CHARLOTTE NICOLE DAVIS

WILD FLOWER

DIE UNZÄHMBARE

Die Autorin
Charlotte Nicole Davis wuchs im Herzen des alten Westens, nahe Kansas City, auf und ist Absolventin des *The New School's Writing for Children*-Programms. Sie liebt Comic-Adaptionen für die Leinwand und Bücher, in die eine Karte gedruckt ist. Aktuell lebt sie in Brooklyn und arbeitet an ihrem nächsten Roman.

CHARLOTTE NICOLE DAVIS

WILD FLOWER

DIE UNZÄHMBARE

Roman

Deutsch von
Frauke Meier

blanvalet

Die Originalausgabe erschien 2021 unter dem Titel
»The Sisters Of Reckoning« bei Tor Teen, New York.

MIX
Papier | Fördert gute Waldnutzung
FSC® C083411

Klimaneutral
Druckprodukt
ClimatePartner.com/14044-1912-1001

Penguin Random House Verlagsgruppe FSC® N001967

1. Auflage

Redaktion: Angela Kuepper
Umschlaggestaltung und -motiv: www.buerosued.de
LA · Herstellung: DM
Satz: Vornehm Mediengestaltung GmbH, München
Druck und Bindung: CPI books GmbH, Leck
Printed in Germany
ISBN 978-3-7341-6258-9
www.blanvalet.de

Für Danielle und Theresa,
meine eigenen Kampfgefährtinnen.

KAPITEL EINS

Es gab noch eine Welt außerhalb von Arketta, natürlich gab es die – aber die ganze Tragweite dieser Wahrheit wurde einem erst dann deutlich, wenn man selbst an der Grenze stand.

In Asters Augen sah es auf der anderen Seite nicht anders aus als auf ihrer eigenen. Drüben in Ferron wuchsen die gleichen Bäume, deren glänzendes grünes Frühjahrslaub im Wind raschelte, und die gleiche Straße schlängelte sich wie ein breiter brauner Fluss zwischen ihnen hindurch. Aber hier, in Arketta, gab es die Staubblutschulden und die von schwarzer Magie verdorbenen Wächter, Raubvögel genannt, auf ihren Höllenpferden. Und es gab die Welcome Houses, in denen staubblütige Mädchen den Aufschneidern zu Diensten sein mussten, und die Rächer – Tote, die wehklagend die Grausamkeit all dessen beschrien.

Und dort, in Ferron: die Freiheit.

Aster verlagerte ihr Gewicht auf dem Sitz des Lastfuhrwerks und umfasste die Zügel fest mit ihren schweißnassen Händen. Raven, von jeher ein wortkarges Mädchen, war noch stiller als sonst und befleißigte sich einer sorgsam neutral gehaltenen Miene, als sie sich dem Grenzkontrollpunkt näherten. Es war für beide nicht das erste Mal, dass sie im Dienste der Lady Ghosts ein Mädchen nach Ferron schmuggelten, aber die

Erfahrung machte es nicht eben leichter. Aster hatte noch nie erlebt, dass die Grenzwachen ihre Pflichten vernachlässigt hätten.

Hinter ihnen rumpelten die Kisten auf der Ladefläche, als Aster den Wagen zum Stehen brachte. Vor ihnen wartete noch ein anderes Fuhrwerk auf die Inaugenscheinnahme, und dahinter ragte ein Wachturm der Söldner auf, einer von Dutzenden, die die Grenze säumten und so hoch waren, dass sie bis zur Baumgrenze zu reichen schienen. Den arkettanischen Söldner auf dem nächsten Turm konnte Aster gerade noch erkennen. Er trug eine graue Uniform und richtete ein voltrisches Gewehr auf die Wagenschlange – ganz wie es die Vereinbarung vorsah, die von den beiden Nationen zum Schutz ihrer Grenze getroffen worden war: Arketta stellte die Männer bereit, Ferron die Waffen.

Ein Schuss aus dieser Waffe würde sich wie ein Blitz durch einen Menschen sengen.

»Tu mir einen Gefallen und sieh noch mal nach, ob die Gewährsscheine immer noch in deinem Beutel sind, ja?«, murmelte Aster leise.

»Du weißt verdammt gut, dass ich erst vor einer Meile nachgesehen habe«, erinnerte Raven sie.

»Na ja, dann tu es eben noch einmal. Ich kann darauf verzichten, erst da vorne herauszufinden, dass wir sie zwischen dort und hier verloren haben.«

Ravens Mundwinkel verzogen sich zu einem Grinsen, aber sie spielte mit und wühlte mit schlanken Fingern in ihrem Ranzen, um sich zu vergewissern, dass die amtlichen Dokumente immer noch da waren. Raven war immer schon eine auffällige Erscheinung gewesen – groß, geschmeidig, rostbraune Haut, gesprenkelt mit weißen Flecken. Ihr langes schwarzes Haar hatte sie zu dünnen Strähnen gedreht, und der hohe Kragen ihres Kleides verbarg nur zum Teil ihre magische Tätowierung, die Kokarde, die eine Kaskade aus schimmernden Rabenfedern darstellte. Sie und Aster waren als Gefährtinnen eines Händlers verkleidet, und die amtlichen Dokumente waren offizielle Papiere zum Nachweis ihrer Identität, unterschrieben mit magischer Tinte. Für Staubblütige war der Grenzübertritt nach Ferron ohne ein solches Dokument illegal, und die arkettanische Regierung stellte sie üblicherweise nur für die äußerst wenigen Staubblütigen aus, die ihre Schuld abgetragen und sich die Freiheit verdient hatten. Aber es gab auch Ausnahmen von dieser Regel, wenngleich ausgesprochen wenige, und eine dieser Ausnahmen bildeten Good Luck Girls, die von einem Aufschneider als persönliche Gefährtinnen – auch Fortunas genannt – erworben worden waren und seinetwegen die Grenze passieren mussten.

Nicht, dass Aster jemandem gehört hätte, das tat sie nicht mehr. Die Dokumente hatten sie von den Lady Ghosts erhalten, beschafft von einem ihrer anonymen Verbündeten innerhalb der Regierung. Sie waren absolut fälschungssicher, und in ihren Besitz zu gelangen musste für den Verbündeten unglaublich kostspielig gewesen sein. Sollten sie der Überprüfung nicht standhalten, stünde nicht nur das Leben von Aster und Raven auf dem Spiel, sondern auch das ganze Netzwerk, das die Ladys aufgebaut hatten.

»Siehst du? Sie sind genau da, wo wir sie hingepackt haben«, murmelte Raven und zeigte Aster die Papiere. Aster fühlte, wie ihre Anspannung ein kleines bisschen nachließ. »Kein Grund zur Sorge, Boss.«

Boss. Das Wort hörte sich für Aster verkehrt an. Mit ihren neunzehn Jahren war Raven ein Jahr älter als sie, und sie war auch schon länger bei den Ladys. Aber Aster war wegen ihrer

Erfahrungen auf der Straße die Verantwortung für ihre Missionen übertragen worden – als hätte die Beaufsichtigung ihrer halb verwilderten Freunde im Grind auch nur entfernte Ähnlichkeit mit dem Versuch gehabt, organisierte Rebellen anzuleiten. Sie war stolz auf den Respekt, den die Ladys ihr zollten, aber die Erwartungen, die damit verbunden waren, waren zuweilen ziemlich erdrückend. Sie konnte es sich nicht leisten zu versagen.

Fast ein Jahr war ins Land gezogen, seit Aster und die anderen Flüchtlinge aus Green Creek auf die Lady Ghosts gestoßen waren. Der Öffentlichkeit war längst berichtet worden, sie seien alle tot, gefangen genommen und getötet von den tapferen Gesetzeshütern, die ihrer Spur gefolgt waren. Aster vermutete, dass Jerrod McClennon, das Oberhaupt der reichsten Landesherrenfamilie von ganz Arketta, diese Lüge aufgebracht hatte, um seinen Ruf zu schützen, nachdem sie ihm auf seinem eigenen Land entkommen waren. Die Wahrheit jedoch lautete, dass Clementine, Tansy und Mallow alle heimlich die Grenze nach Ferron überquert hatten.

Die einzige Ausnahme war Violet, die sie hatten zurücklassen müssen.

Aber in der ihr eigenen Sturheit weigerte sich Aster zu glauben, dass Violet tot war.

Wenn McClennon über den Rest von ihnen gelogen hatte, dann log er vielleicht auch in Bezug auf sie. So musste es sein. Ganz bestimmt hatte Violet jene Nacht überlebt. Und sie hätte auch alles andere überlebt, was McClennon ihr seither zugemutet haben mochte. Vielleicht war sie sogar auf eigene Faust geflohen. Aster war fest entschlossen, sie zu suchen, sobald sie einen Beweis dafür hatte, dass Violet noch am Leben war. Ihr Gewissen würde sie niemals ruhen lassen, solange sie nicht alles

Erdenkliche getan hatte, ganz egal, wie viele andere Good Luck Girls sie über die Grenze in Sicherheit bringen mochte.

Konzentrier dich auf das, was gerade vor dir liegt, ermahnte sich Aster in Gedanken, ehe die Schuldgefühle sie noch mehr piesacken konnten. Das Mädchen auf der Ladefläche war noch lange nicht außer Gefahr.

Glücklicherweise glaubten die Grenzwachen, genau wie beinahe der gesamte Rest der Welt, Aster wäre tot. Außerdem sah sie heute völlig anders aus als früher. Sie hatte sich das Haar zu einem militärischen Bürstenschnitt gekürzt und aus ihrer Astern-Kokarde eine leuchtende Sonne machen lassen. Zudem war sie gekleidet wie eine Luxus-Fortuna, nicht wie eine Verbrecherin auf der Flucht. Es gab keinen Grund, warum irgendjemand sie erkennen oder den Verdacht hegen sollte, sie wäre nicht die, die sie zu sein behauptete.

Trotzdem …

Zwei Söldner winkten das Fuhrwerk vor ihnen durch. Aster ließ die Zügel schnalzen und dirigierte das Pferd voran; ihre Lippen spannten sich, als einer der Söldner auf sie zukam. Er war groß, hatte klare Augen und eine Statur wie ein Felsen, doch er warf keinen Schatten: Ein Staubblütiger wie die meisten im Fußvolk der bewaffneten Streitkräfte Arkettas – ein Leben in deren Dienst würde seine Familie von ihren Schulden befreien. Die Goldknöpfe an der makellosen schiefergrauen Uniform des Soldaten blitzten in der Nachmittagssonne. Wie sein Kamerad auf dem Wachturm trug auch er voltrische Waffen: zwei Pistolen, die einen Summton von sich gaben, der an das Brummen von Fliegen erinnerte und so leise war, dass Aster ihn gerade noch hören konnte.

»Papiere«, sagte er in gelangweiltem Ton und streckte eine behaarte Hand aus. Dann, als sein Blick auf die Kokarden von

Aster und Raven fiel, weiteten sich seine Augen. »Habt ihr Mädchen Gewährsscheine?«, fragte er deutlich barscher.

»Ja, Sir, hier sind sie«, antwortete Aster mit monotoner Stimme. »Wir fahren Waren für unseren Inhaber. Wir sollen ihn gleich auf der anderen Seite der Grenze treffen.« Sie reichte dem Söldner die Gewährsscheine zusammen mit den Exportdokumenten für ihre Ladung. Er klemmte sich ein Monokel über das Auge und las gemächlich die Papiere. Wenn die Gewährsscheine echt waren, dann glühte die magische Tinte auf, sobald man sie durch das Monokel betrachtete.

»Im Dienst von Anthony Wise«, las er laut und langsam. Dann blickte er auf, sah Aster und Raven an, und ein Grinsen zupfte an seinem Mundwinkel. »Na, wenn ihr da mal nicht die glücklichen Ausnahmen seid, die diesen einen besonderen Aufschneider getroffen haben, der bereit ist, euch für immer zu den seinen zu machen. Sagt mir, wie kommt euer *weiser* Mister *Wise* dazu, seine Lucker loszuschicken, damit sie seine Geschäfte für ihn erledigen? Das kommt mir nicht besonders *weise* vor.«

Aster verspannte sich, aber Raven schüttelte kaum merklich den Kopf.

»Ferron ist ein fremdes Land. Mister Wise fühlt sich da oben so einsam«, sagte Aster immer noch mit ruhiger Stimme. »Wir haben diese Reise schon hundertmal gemacht, nur um ihn zu besuchen. Es hat sich so ergeben, dass wir dieses Mal auch Waren dabeihaben. Warum sollte er jemanden anderen bezahlen, um die Fuhre zu machen, wenn wir doch sowieso unterwegs sind.«

Ein Ausdruck des Zweifels huschte über das Gesicht des Söldners. Aster wandte den Blick nicht ab und zwang sich, so still wie nur möglich zu sitzen, obgleich ihre Gedanken sich bereits überschlugen. Wenn er schon lange auf diesem Posten war, dann wüsste er womöglich, dass sie nicht die Good Luck Girls waren, die in der Vergangenheit zu Anthony Wise entsandt worden waren. Die Ladys achteten zwar sehr darauf, solche Dinge zu berücksichtigen, aber es gab so viele Unwägbarkeiten, so viele einzelne Punkte, an denen etwas schiefgehen konnte …

Endlich steckte der Söldner das Monokel weg und gab ihnen die Gewährsscheine zurück. Aster atmete leise auf.

»Hier steht, ihr transportiert eine Ladung Kautabak«, sagte er und hielt nun die Exportpapiere hoch. »Ich werde einen Blick auf eure Ladefläche werfen müssen.«

»Natürlich, Sir.«

Aster bedachte Raven mit einem beruhigenden Lächeln, ehe sie vom Kutschbock stieg, doch hinter dem Lächeln verbarg sich pure Angst. Sie hatten Kisten mit Kautabak geladen – aber das war natürlich nicht alles.

Aster führte den Söldner um das Fuhrwerk herum und war sich seiner Blicke, die träge wie Melasse über ihren Körper wanderten, überaus bewusst. Er war zu dicht hinter ihr, sein Atem schlug sich feucht auf ihrem Nacken nieder, und das Summen seiner voltrischen Pistole ging ihr durch und durch. Aster schluckte ihren Abscheu ebenso hinunter wie die eisige Furcht, die in ihren Eingeweiden brodelte und ihr die Kehle emporstieg. Söldner hatten damals im Welcome House zu den schlimmsten Männern gehört. Verzweifelt, furchtsam oder betrunken aus Verdruss über ihre begrenzte Macht, waren sie stets auf der Suche nach Mädchen gewesen, die sie in ihren vernarbten Händen brechen konnten. Sollte dieser gerade nichts dergleichen mit ihr anstellen wollen, dann nur aus Respekt vor dem Einfluss ihres Inhabers.

»Na schön, dann schauen wir mal«, murmelte er und drängelte sich ungeduldig an Aster vorbei, um sich die Kisten auf der Ladefläche des Wagens anzusehen. Er warf noch einen weiteren Blick auf die Exportdokumente, ehe er hinaufsprang, um mit seiner Kontrolle zu beginnen. Aster hielt den Atem an, als er den Geißfuß vom Ablagebrett nahm und die nächste Kiste aufstemmte. Sie hatte damit gerechnet, dass so etwas passieren würde – dass ihre Ware inspiziert werden würde –, und in der ersten Kiste gab es nichts Frevlerisches für ihn zu sehen, aber sollte er den doppelten Boden in der letzten Kiste auf der linken Seite entdecken …

Er ergriff einen kleinen Beutel Kautabak, drehte ihn einmal hin und her und legte ihn zurück. Und ging weiter zur nächsten Kiste. Die Lady Ghosts hatten den Tabak selbst angebaut und verpackt. Er war nötig, um die erfundene Gestalt des Anthony Wise glaubwürdig zu machen. Gewiss, sie würden auch kostbaren Schimmer durch den Verkauf einnehmen, aber das war nicht der Punkt. Der Punkt war, die Grenze sicher überqueren zu können.

Irgendwann erreichte der Söldner die letzte Kiste. Stemmte sie auf. Wühlte darin herum.

Aster verspannte sich noch mehr, flehte in Gedanken das Mädchen in der Kiste an stillzuhalten, ruhig zu bleiben.

Offenbar zufriedengestellt, seufzte der Söldner endlich und ließ den Deckel fallen.

»Das wird reichen«, sagte er und sprang von der Ladefläche. »Seht zu, dass ihr weiterkommt.«

Eine Woge der Erleichterung rauschte über Aster hinweg. Sie eilte zurück zum Kutschbock, wo Raven auf sie wartete.

»Und?«, fragte Raven im Flüsterton.

»Alles in Ordnung«, murmelte Aster und ergriff die Zügel. Der Söldner winkte sie voran, und sie setzten sich in Bewegung.

Doch sie waren kaum ein paar Fuß weit gekommen, als sein Kamerad ihm etwas zuflüsterte und er zurück zu Aster lief, die Hand an seinem Holster.

»Halt!«, befahl er.

Was zur Hölle …?

Aster wechselte einen panischen Blick mit Raven. Für einen winzigen Moment dachte sie daran, die Pferde zum Galopp zu treiben und einfach durch den Kontrollpunkt zu rasen. Sie könnten die Grenze überqueren und eine halbe Meile auf der Straße hinter sich bringen, ehe die Söldner auch nur im Sattel säßen.

Aber da war auch noch der Scharfschütze auf dem Turm.

Nein.

So gingen die Lady Ghosts nicht vor. Asters Kampf-oder-Flucht-Instinkt passte von vorn bis hinten nicht zur Arbeitsweise der Lady Ghosts. Nur, weil sie sich stets bedeckt gehalten hatten und nicht aufgefallen waren, hatten sie so lange überdauert.

Sie musste ruhig bleiben.

»Sir?«, fragte sie und sah dem Söldner direkt in die Augen.

»Mein Kamerad hat mir erzählt, ein Mädchen eures Alters sei vom Welcome House in Firegulch abgängig gemeldet worden. Zeigt mir noch mal eure Kokarden.«

Aster klappte ihren Kragen herunter, damit er die ganze Kokarde sehen konnte, die Sonnenstrahlen, die sich seitlich an ihrem Hals herabzogen. Raven folgte ihrem Beispiel und offenbarte dem Söldner die Kaskade der Federn an ihrem Nacken.

Der Söldner kniff die Augen zusammen und nickte. Dann trat er zurück und winkte sie durch.

»Sagt Mister Wise, er soll nächstes Mal nicht wieder Frauen schicken, die seine Arbeit machen«, brüllte er ihnen hinterher.

Aster antwortete nicht. *Ruhig bleiben,* sagte sie sich in Gedanken. Aber sie war nicht ruhig. Sie war nervös, wartete auf einen plötzlichen Aufschrei, der ihr verriet, dass sie erkannt worden waren, auf einen Schuss blendender Energie, der sich durch ihren Wagen sengte. Erst, als sie eine Meile weiter um eine Straßenbiegung gefahren waren, beruhigte sich ihr Herzschlag allmählich. Sie atmete auf und sah Raven an, die eine silberne Feldflasche hervorzog und einen kurzen Schluck nahm.

»Du kannst dich wieder entspannen«, sagte Raven mit einem schwachen Lächeln. »Das Schlimmste haben wir hinter uns.«

»Es kann immer *noch* schlimmer kommen. Ich entspanne mich, wenn ich dazu bereit bin«, grollte Aster und grinste Raven dennoch an. »Ehrlich, eine Sekunde lang dachte ich, ich müsste den Mistkerl an Ort und Stelle ausweiden.«

»Ich auch«, antwortete Raven prustend. »Aber du hast einen kühlen Kopf bewahrt. Du wirst immer besser darin, weißt du das?«

Das Lob erfüllte Aster mit dem warmen Gefühl des Stolzes. Raven hatte sie immer an eine Katze erinnert – unnahbar gegenüber den meisten, aber erbittert loyal gegenüber denjenigen, die sich ihren Respekt verdient hatten. Sollte es Aster tatsächlich gelingen, sie nach drei Missionen dieser Art für sich einzunehmen, dann musste das doch ein gutes Zeichen sein.

Sie folgten weiter der Straße, und Aster war erneut fasziniert von der Erkenntnis, dass sie eine ganz andere Welt betreten hatte. Ferron war nicht perfekt, das wusste sie – Ferron war weit entfernt davon, perfekt zu sein, aber im Gegensatz zu Arketta war es auch nie eine Gefängniskolonie des alten Imperiums gewesen, hatte nie erlebt, wie Hunderttausende aus den unzähligen vom Imperium eroberten Ländern an seine Küsten geschleift worden waren. Generationen später mussten die

Staubblütigen noch immer die Schuld abzahlen, wozu sie nun nicht mehr das untergegangene Imperium zwang, sondern die geschäftstüchtigen Landesherren, die seine Stelle eingenommen hatten. Die Zeche: Jede Mahlzeit, die ein Staubblütiger aß, jeder Faden der Kleidung, die er trug, jede Nacht, in der er im Pachtlager eines Landesherrn schlief, wurden zu der endlosen Liste der Schulden hinzuaddiert, die ein Arbeiterlohn nie würde abtragen können. Und für die Frauen war der einzige »Ausweg« ein Welcome House.

Aber irgendwo in Ferrons Hauptstadt Steelway lebten Asters Schwester und ihre Freundinnen nun ein Leben in Freiheit.

Beim Gedanken an Clementine breitete sich der unerträgliche Schmerz der Sehnsucht in Asters Brust aus. Nie zuvor war sie so lange von ihr getrennt gewesen. Ohne sie fühlte sie sich nicht im Gleichgewicht. Womöglich war es ihren Ahnen ähnlich ergangen, als man ihnen ihre Schatten genommen hatte. Und dann waren da auch noch Tansy und Mallow, deren Gutmütigkeit sie mehr vermisste, als sie sich je hätte vorstellen können. Und Zee, auf dessen Standhaftigkeit sie sich nach einer Weile so sehr verlassen hatte, dass sich der Boden unter ihren Füßen ohne ihn wackelig anfühlte.

Bei den Toten, wie verlockend doch der Gedanke war, einfach fortzureiten und in einem neuen Leben bei ihren Freunden zu verschwinden …

Aber du hast Arbeit zu tun.

Endlich trafen Aster und Raven auf zwei junge staubblütige Männer, die am Straßenrand auf der Ladefläche eines leeren Fuhrwerks hockten. Die Jungs trugen Drillich-Overalls über dicken, langärmeligen Flanellhemden. Aster kannte keinen von ihnen, aber sie passten zu der Beschreibung der Kontaktleute der Ladys in Ferron. Der auf der linken Seite grüßte Aster mit hochgereckter Hand, ehe er über die Seitenbretter des Fuhrwerks sprang und herbeitrat, um sie persönlich zu begrüßen, als sie den Wagen anhielten.

»Ein schöner Tag für einen Spaziergang«, sagte der Junge.

»Sieht nach Regen aus«, entgegnete Aster und vervollständigte damit die Phrase. Kaum hatte sie das getan, lächelte er breit.

»Ihr seid spät dran«, sagte er. »Wir haben uns schon Sorgen gemacht.«

Aster kletterte vom Kutschbock und ergriff seine Hand. »Wir wurden am Grenzkontrollpunkt aufgehalten. Nichts Ernstes.«

»Tja, ich bin froh, dass ihr es geschafft habt.« Der Junge und sein Kamerad fingen an, die Kisten aus Asters Fuhrwerk auf das leere zu verladen. Die letzte Kiste auf der linken Seite war so schwer, dass sie beide anpacken mussten, um sie zu heben.

»Die wertvollste Fracht ist hier drin?«, fragte der zweite Junge.

Aster nickte. »Passt gut auf sie auf.«

»Tun wir doch immer.«

Und sie hielten Wort, gingen vorsichtig mit der Kiste um, stiegen langsam mit ihr von Asters Wagen auf ihren. Wenn sie die Kiste später öffnen würden, dann würde das Mädchen, das sich darin versteckte, hinaustreten in ihr eigenes neues Leben.

»Wenn ihr noch etwas für mich tun könntet«, sagte Aster verstohlen, als die Jungs wieder zur Vorderseite des Wagens traten. Sie reichte dem ersten Jungen ein kleines, zusammengefaltetes Stück Papier. Sie mochte ihre Schwester nicht aufsuchen können, aber sie wollte verdammt sein, wenn sie ihr nicht wenigstens schreiben dürfte. »Wenn ihr nach Steelway kommt, fragt nach dem Mädchen mit der Klementinenkokarde und gebt ihr das, bitte. Sagt ihr, es kommt von Dawn.«

KAPITEL ZWEI

Bei Einbruch der Dunkelheit war Aster zurück im Hauptquartier der Lady Ghosts, in dem Zimmer, das sie sich mit Raven und zwei weiteren geflohenen Good Luck Girls – Hannah und Lucille – teilte. Während die anderen bereits im Speisesaal waren, um mit den übrigen Ladys ihr Abendbrot zu essen, legten Aster und Raven die Händlerkleidung ab, die sie während der Mission getragen hatten. Auf einem einzelnen Tisch zwischen den beiden Doppelstockbetten verbreitete eine Laterne einen warmen gelben Lichtschein, und über den Boden verteilten sich allerlei zerknitterte Kleidungsstücke. Fenster gab es hier unten natürlich keine – die verlassene Mine, die die Lady Ghosts ihr Zuhause nannten, lag eine Viertelmeile unter der Erde –, aber Raven hatte ein paar Silberstiftzeichnungen von Arketta aufgehängt, die ihnen als Kostprobe der Außenwelt dienen sollten. Der Grind, der in der Morgendämmerung erglühte, der vom Wind aufgepeitschte Goldsee, die Stadt Northrock, die unter der Mondsichel funkelte … ihrer Kunst haftete eine quälende Schönheit an. Die tiefen Schatten und die kraftvollen Linien spiegelten etwas von der Finsternis wider, die Raven und all die anderen Mädchen erfahren hatten.

Sosehr Aster die Landschaftsbilder gefielen, Ravens Selbstporträts mochte sie noch mehr. Die meisten zeigten die Raven von heute, mit dem stolzen Funkeln in den Augen und den

Locken, die sie entweder hoch aufgetürmt wie einen Kopfschmuck trug oder locker in das lebhafte Gesicht fallen ließ. Aber ein paar zeigten sie auch als Kind, zu einer Zeit, in der sie sich noch gezwungen hatte, als Junge zu leben und einen Namen zu tragen, der für sie inzwischen gestorben war. Ihre Zeichnungen waren für sie auf eine Weise real, wie es die Welt nicht war, hatte Raven ihr erklärt, die einzige Zuflucht, in der sie fähig war, sich als das Mädchen zu sehen, das sie nie hatte sein können, oder als eine Frau, geschaffen aus Sanftmut und Kurven. Das war etwas, das Aster stets an Raven bewundert, um das sie sie sogar beneidet hatte – nicht allein ihre Fähigkeit, sich eine andere Welt vorzustellen, sondern auch, sie zum Leben zu erwecken.

»Also, erzählst du es mir?«, fragte Raven, die auf ihrem Bett saß, um sich aus der Hose zu schälen.

Aster zog derweil ihr Händlerkleid über den Kopf. »Erzähle ich dir was?«, murmelte sie durch den Stoff.

»Welche Botschaft du Clementine zu übermitteln versuchst.«

»Ich habe keine Ahnung, wovon du redest.«

»Ach, komm schon«, sagte Raven und zog eine Braue hoch. Sie hatte ein intuitives Gespür, das Aster bisweilen an Clem erinnerte – was es ihr nur umso schwerer machte, sie anzulügen. »Ich habe gesehen, dass du dem Kutscher etwas zugesteckt hast, und ich weiß, dass es nicht für ihn bestimmt war.«

Aster verdrehte die Augen, als sie das Kleid zur Seite warf. Eine derbe Gänsehaut überzog die sattbraune Haut ihrer nackten Arme, die vom vielen Gewichtestemmen und Gegen-den-schweren-Sack-Schlagen muskulös geworden waren. In den Monaten, seit sie sich den Lady Ghosts angeschlossen hatte, hatte Aster angefangen, ihren Körper zu kräftigen – nie wieder wollte sie sich so verwundbar fühlen wie in den ersten Tagen ihrer Flucht, zu schwach, um auch nur aufrecht im Sattel zu sitzen.

»Hör mal, es liegt doch wohl auf der Hand, dass ich dich nicht bei Priscilla anschwärzen werde«, fuhr Raven fort, als Aster den Köder nicht schlucken wollte. »Ich will dich nur warnen. Wenn sie es herausfindet, wird sie nicht erfreut sein. Du kennst die Regeln – keinen Kontakt mit der Außenwelt ohne ihre Erlaubnis.«

Priscilla war die Anführerin der Lady Ghosts, eine freundliche ältere Frau, die Aster und die anderen Mädchen aus Green Creek vor einem Jahr in Empfang genommen hatte.

Mit mürrischer Miene wühlte Aster in ihrer Kleidertruhe. Priscilla war in jeder Hinsicht das Gegenteil von Mother Fleur – geduldig, großzügig, versöhnlich. Aster respektierte Priscilla. Das Letzte, was sie wollte, war, sie zu enttäuschen.

»In dem Brief steht nichts, worüber man sich Sorgen machen müsste«, beteuerte Aster.

»Also gibst du zu, dass du ihn geschrieben hast.«

Aster schnaubte verärgert. »Hör mal, ich möchte doch nur irgendwie Verbindung zu Clem aufnehmen, mich vergewissern, dass es ihr gut geht. Sogar damals im Welcome House konnte ich … Wir waren noch nie so vollkommen voneinander getrennt wie jetzt. Aber ich bin nicht dumm, ich habe einen Code benutzt. Selbst wenn der Brief in die falschen Hände geraten sollte, könnte ihn niemand zu uns zurückverfolgen.«

Raven schüttelte den Kopf und seufzte, als wäre sie dreimal so alt. »Eines Tages, Aster, wirst du zu weit gehen. Ich hoffe nur, dass dann, wenn man dich schließlich zurückstößt, jemand da ist, um dich aufzufangen.«

Sie zogen sich weiter um. Raven schlüpfte in ihren Lieblingsrock und die dazugehörige Bluse, während Aster ein abgetragenes rotes Siedlerkleid wählte. Langärmelig und knöchellang, war dies die Art von praktischer Kleidung, die typisch für die Lady Ghosts war, solange sie sich nicht tarnen mussten. Nachdem sie in ihre knöchelhohen Stiefel geschlüpft war, folgte sie Raven hinunter zum Speisesaal, damit sie sich zum Abendessen zu den anderen gesellen konnten.

Die ersten paar Wochen bei den Lady Ghosts hatten sich unwirklich angefühlt, und manchmal empfand Aster noch heute so. Mit rund fünfzig Frauen und Mädchen zu leben war in mancher Hinsicht, als wäre sie wieder in Green Creek gelandet – die Freundschaften und Reibereien, die sich zwischen Gleichaltrigen einstellten, die alltäglichen Klagen über Pockennarben und gespaltene Haarspitzen, die Gerüchte und das Gerede, das von Mund zu Ohr wanderte. Aber jedes Mädchen in Green Creek war eine Gefangene gewesen, wogegen jedes Mädchen im Graveyard aus freien Stücken hier war. Die Minen mochten nicht so luxuriös sein wie ein Welcome House, aber ihre Luft war auch nicht mit Leiden geschwängert – und darauf kam es an. Selbst jetzt, als Aster den schlecht beleuchteten unterirdischen Gang hinunterschritt, war sie von einer Dankbarkeit erfüllt, die sie nie verspürt hatte, wenn sie durch die mit kunstvollen Teppichen ausgelegten Gänge der Villa in Green Creek geschlendert war.

Aster und Raven betraten den Speisesaal, einen Raum mit niedriger Decke, der voller abgenutzter Tische war, auf denen Minenlaternen standen. Braungelbes Licht überzog die Gesichter ehemaliger Good Luck Girls, die sich auf den Bänken drängten. Sie hatten bereits zu essen begonnen, beugten sich über ihre Teller oder streckten die Arme nach Wasserkrügen aus. In dem Moment jedoch, in dem sie Aster und Raven sahen, brachen die Anwesenden in Jubel aus. Aster spürte, wie sich ihre Wangen röteten, als der Applaus auf sie einprasselte.

»Herzlichen Glückwunsch zu einem weiteren erfolgreichen Grenzübertritt«, sagte Priscilla, sobald der Lärm sich wieder gelegt hatte. »Damit sind es schon sechs in diesem Jahr. Das ist eines unserer besten Jahre bisher. Raven, Aster – nehmt euch einen Teller, ihr habt es verdient.«

Asters Brust schwoll vor Stolz, und ein Grinsen durchbrach ihre sorgsam kontrollierte, gelassene Mimik. Ehrerbietig neigte sie kurz den Kopf und eilte hinter Raven in Richtung Büfett davon. Das Mädchen, das hinter dem Tisch mit den Speisen stand, lächelte ihnen zu und häufte großzügig bemessene Löffel mit gebackenen Bohnen und Kartoffelbrei auf ihre Teller. Wie immer regte sich in Asters Hinterkopf die Erinnerung an Eli, und wie immer verdrängte sie sie umgehend. Soweit sie wusste, arbeitete Eli immer noch in der Küche der Skorpione, war immer noch ein ernster Mann der leisen Töne und so kahl wie eine Billardkugel. So viele neue Verbündete Aster auch unter den Lady Ghosts gefunden hatte, es war schwer, die Freunde, die sie hatte zurücklassen müssen, nicht zu vermissen – diejenigen, die in der härtesten Zeit ihres Lebens an ihrer Seite gewesen waren.

»Danke«, sagte Aster, schnappte sich ein Brötchen und setzte sich zu Hannah und Lucille. Raven glitt neben sie und stürzte sich auf ihr Essen, ohne die anderen am Tisch auch nur zu begrüßen.

»Also, wie ist es gelaufen?«, fragte Lucille und zog neugierig eine Braue hoch. Sie war achtzehn, genau wie Aster, hatte hellbraune Haut und glattes schwarzes Haar, das sie zu einem Zopf geflochten hatte. Ihre Kokarde glich einem Wasserfall aus Rubinen, aber statt sich Ruby zu nennen, gebrauchte sie ihren wahren Namen, wie die meisten der Lady Ghosts. Aster und Raven waren seltene Ausnahmen von dieser Regel – Raven hatte ihren ehemaligen Namen und die dazugehörige Identität hinter sich gelassen, und Aster zog es vor, ihren wahren Namen nur denen mitzuteilen, denen sie uneingeschränkt vertraute.

»Ungefähr so gut, wie man es erwarten konnte«, sagte Aster mit einem Seitenblick auf Raven. »Es gab ein Problemchen – die Grenzwache hat uns in letzter Minute zurückgerufen und wollte unsere Kokarden sehen. Aber ernsthaft in Schwierigkeiten geraten sind wir nicht.«

»*Wären* wir ernsthaft in Schwierigkeiten geraten, wüssten nur die Toten, was der Wächter mit uns angestellt hätte«, bemerkte Raven grienend und nahm einen Bissen von ihrem Brot mit gezupftem Hühnerfleisch.

Unter den Blicken der anderen zog Aster den Kopf ein. »Das ist wahr«, gestand sie. »Als ich sah, wie der Söldner wieder auf uns zukam, war ich nahe dran, zu fliehen oder ihn anzugreifen. Was, wenn er den doppelten Boden entdeckt hätte? Oder wenn er gemerkt hätte, dass unsere Gewährsscheine nicht rechtmäßig sind?«

»Ist bisher noch nie passiert«, entgegnete Hannah mit einem Achselzucken. Sie hatte krauses blondes Haar, das sie verzweifelt mit einem Staubtuch zu bändigen versuchte; ihre weiße Haut zierte eine Kokarde in Form einer Strelitzie.

»Tja, aber irgendwann wird es passieren«, konterte Aster verbissen und rückte sich den Stuhl zurecht. Die meisten dieser Mädchen hatten nie eine Flucht erlebt, wie sie eine hinter sich hatte. Sie waren von hellblütigen Verbündeten unter dem Vorwand, sie wollten sie als Fortuna zu sich nehmen, aus den Welcome Houses geholt worden – Verbündeten, die dafür sorgten, dass die Mädchen den Graveyard sicher erreichten. Nur eine von hundert wusste, was es bedeutete, auf der Straße zu überleben, wenn man von Raubvögeln und Gesetzeshütern verfolgt wurde.

Man musste auf *alles* vorbereitet sein.

»Was ich sagen will, ist, dass ich mich besser fühlen würde, wenn wir bewaffnet wären«, fuhr Aster fort. »Es muss ja nicht unbedingt ein Gewehr sein. Ich bin so oder so besser mit dem Messer …«

»Du weißt, dass wir unsere Einsätze nicht auf die Art gefährden dürfen«, wandte Lucille ein.

»Aber sollten wir nicht wenigstens einen *Plan* haben?«

»Den haben wir«, antwortete Lucille im gleichen Ton. »Wenn du erwischt wirst, ergibst du dich *friedlich* und offenbarst nichts.«

Und die Lady Ghosts verlieren eine wertvolle Agentin, auf die sie nicht verzichten können.

»Es ist nur … Es ist schwer genug, diesen Mädchen zu helfen«, sagte Aster mit einem ermatteten Seufzer und tunkte ihr Brötchen in die Soße auf ihrem Teller. »Ich verstehe einfach nicht, warum wir es uns noch schwerer machen müssen. Ich meine, wir haben sechs Mädchen über die Grenze gebracht, und der Sommer ist schon halb vorbei. Wir könnten so viel mehr tun, wenn wir bereit wären, größere Risiken einzugehen.«

»So haben wir es aber schon seit Jahren gemacht, Aster«, erwiderte Hannah, und ein scharfer Unterton schlich sich in ihre Stimme. »Langsam und beständig, innerhalb der Grenzen des Systems. In der Sekunde, in der unsere hellblütigen Verbündeten auch nur den leisesten Verdacht schöpfen, dass es bei uns Probleme gibt, sind sie weg. Das werden wir nicht riskieren, nur weil es dir an Geduld mangelt. Du hast heute gute Arbeit geleistet. Hör nicht auf damit.«

Aster erhob keine weiteren Einwände, obwohl sie darauf brannte. Aber sie war immer noch damit beschäftigt, im Graveyard Fuß zu fassen. Das war nicht vergleichbar damit, zusammen mit Mädchen, die sie ihr halbes Leben lang kannte, auf Wanderschaft zu sein. Hier gab es Regeln, Strategien, eine Hierarchie – und Aster stand nicht an deren Spitze.

Sie sah sich zu Raven um, die kaum merklich mit den Schultern zuckte. Aster wusste, sie war nicht die Einzige, die sich wünschte, die Lady Ghosts würden sich mehr engagieren. Raven und sie hatten darüber schon früher gesprochen. Es kostete Tausende um Tausende Adler, ein einziges Good Luck Girl aus seinem Welcome House freizukaufen, und weitere Tausende wurden für die Papiere fällig, die notwendig waren, um das Mädchen über die Grenze zu schmuggeln. Die Ladys waren voll und ganz abhängig von einer Handvoll vertrauenswürdiger Verbündeter unter den Hellblütigen und dem wenigen Schimmer, den sie mit dem Verkauf der Güter einnehmen konnten, die hier in ihrem Hauptquartier hergestellt wurden. Auch nur ein Mädchen über die Grenze zu bringen erforderte monatelange akribische Arbeit und umsichtige codierte Korrespondenz. Zwar gab es auch Mädchen, die es allein schafften, aus den Welcome Houses zu fliehen, aber die mussten die Lady Ghosts erst einmal finden, ohne erwischt zu werden, und die Ladys hatten keinerlei Mittel und Wege, diesen Mädchen zu helfen. Wie viele mochten sich im Grind verlaufen haben oder Gesetzeshütern in die Hände geraten sein?

Sie mussten besser werden. Sie durften sich nicht von der Angst beherrschen lassen. Mit jedem Tag, der verging, war es für irgendein Mädchen zu spät.

Aber das obliegt nicht mir, dachte Aster. Sie konnte froh sein, dass sie überhaupt hier war. Es stand ihr nicht zu, Forderungen zu stellen.

Jedenfalls noch nicht.

Der klare Klang der Triangel riss sie aus ihren Gedanken. Sie blickte zum Kopf der Tafel, wo Priscilla saß, flankiert von zwei anderen Frauen. Rechts von ihr hatte Marjorie Platz genommen, ihre Stellvertreterin, eine ältere Frau mit einem warmen, runden Gesicht, einer Stupsnase und grau meliertem Haar, das sie zu einem unordentlichen Pferdeschwanz gebunden hatte. Sie gehörte dem nordwestlichen Volk an, einer der Neun Nationen, die Arketta beherrscht hatten, bevor es zu einer Gefängniskolonie verkommen war. Aster wusste, dass jene, die sich dem Vorstoß des Imperiums in den Weg gestellt hatten, zu den ersten Staubblütigen geworden waren und dass viele von ihren Nachfahren noch immer im Grind lebten. Dennoch war Aster mit der Kultur der Neun kaum in Berührung gekommen, was nicht verwunderte, stand es doch unter Strafe, ihr die Treue zu halten. Folglich war Marjorie mit ihren Fischbein-Figürchen und den Geschichten aus der Zeit vor dem Imperium die Person, von der Aster besonders gern etwas lernte. Marjorie und Priscilla arbeiteten seit Jahrzehnten zusammen, auch wenn beide schon lange nicht mehr im praktischen Einsatz gewesen waren. Dieser Tage verbrachte Marjorie den größten Teil ihrer Zeit mit der Korrespondenz mit ihren Verbündeten.

Links neben Priscilla stand Agatha – Aggie –, die Frau, die die Triangel geschlagen hatte. Aggie war jünger als die beiden anderen Frauen, vielleicht Mitte zwanzig, hatte dunkelbraune Haut und trug das dichte Haar zu einem Pferdeschwanz gebunden. Sie hatte mehr Mädchen nach Ferron gebracht als irgendeine andere, und sie war für die Logistik der Grenzgänge verantwortlich. Aster konnte nicht anders, als sich selbst an ihrer Stelle zu sehen und sich eine Zukunft auszumalen, in der sie die gefährlichsten Missionen der Ladys leiten würde.

»Danke für eure Aufmerksamkeit«, sagte Aggie, als Schweigen eingekehrt war, und dann ging sie die Ankündigungen des

Tages durch, wie sie es stets beim Abendessen tat. Die Reparaturen der westlichen Tunnel waren im Gang. Ein neues Pferd für die Stallungen war gekauft worden. Sie hatten zwölf weitere Unterschriften für eine Petition gewinnen können, die der Regierung übersandt werden sollte. Aster schweifte in Gedanken ab, kehrte zurück zu der Auseinandersetzung mit Hannah und Lucille. Noch immer brodelte der Frust in ihrem Inneren. Sie verstanden einfach nicht ...

»Zu guter Letzt«, näherte sich Aggie dem Ende, »hat uns die Nachricht erreicht, dass Jerrod McClennon selbst nächste Woche in Northrock etwas Großes bekanntzugeben gedenkt. Wir werden keine Maßnahmen ergreifen, sollten aber dennoch auf alles gefasst sein. Dieser Mann muss nur niesen, um einen Sturm auszulösen.«

Bei der Erwähnung von McClennon hatte Aster die Ohren gespitzt und ihre Fingernägel in das Holz der Bank gebohrt. Als sie Jerrod McClennon das letzte Mal gesehen hatte, hatte er sie und ihre Freunde auf seinem Landgut außerhalb von Northrock den Raubvögeln vorgesetzt wie Fleisch auf einem Silbertablett – genau da, wo Violet noch immer sein könnte.

Zorn stieg ihr wie eine glühende Kohle in die Kehle. Den Zeitungen zufolge hatte McClennon während der letzten paar Monate Wahlkampf im Grind betrieben, wo er als Gouverneur kandidierte. Was also wollte er nun wieder in der großen Stadt? Was konnte so wichtig sein, dass er nach Hause zurückkehrte, um es bekanntzugeben?

Aster stellte sich vor, sie würde sich nach Northrock davonstehlen, sich unter die Menge mischen, die sich versammelte, um ihn sprechen zu hören. Natürlich dürfte sie nicht einmal versuchen, ihn zu attackieren. So ging Lady Ghost nicht vor. Aber zumindest könnte sie herausfinden, was er plante. Und falls sich eine Gelegenheit ergäbe, ernsthaftere Schritte zu ergreifen …

Ihr Blick streifte Hannah und Lucille. Sosehr sie die beiden respektierte, keine von ihnen würde ihr helfen, McClennon etwas anzutun, sollte es so weit kommen. Aber Raven, die unter ihren schwarzen Locken zum Kopf des Tisches starrte, während ihr Knie beständig von unten gegen das Holz schlug, und deren Ungeduld beinahe so greifbar war wie Asters – Raven würde sie vielleicht verstehen.

Ich bin mir sicher, ich kann uns beiden die Erlaubnis verschaffen, nach Northrock zu gehen, dachte Aster. Priscilla war ihnen nach der erfolgreichen Mission schließlich besonders wohlgesonnen. Und es ging ja nur um Auskundschaftung, weiter nichts.

Das war zumindest das, was Aster vorzubringen gedachte.

KAPITEL DREI

Bei Tageslicht wirkte Northrock wie eine völlig andere Welt auf sie.

Beim letzten Mal war Aster in den frühen Morgenstunden hier gewesen. Damals hatte die von Straßenlaternen erleuchtete Stadt wie eine Blase blauweißen Lichts in der Dunkelheit geschwebt. Die Straßen waren voller Säufer und Zocker gewesen, und Aster hatte es gerade noch geschafft, im Chaos zu verschwinden, ehe die Gesetzeshüter sie hatten festnehmen können. Dass sie nicht hierhergehörte, war seinerzeit auf den ersten Blick zu erkennen gewesen: ein schmutziges, schlammverkrustetes Ding in Drillichkleidung, das Gesicht hinter einem Staubtuch verborgen, das mit geweiteten Augen ihre Umgebung begaffte.

Allerdings konnte Aster sich immer noch nicht verkneifen, alles anzugaffen wie eine Närrin, aber zumindest sah sie dieses Mal so aus, als gehörte sie tatsächlich hierher. Wieder einmal hatten sie und Raven sich als Anthony Wises Fortunas herausgeputzt und Gewährsscheine dabei, die sie bei der unvermeidlichen Kontrolle durch irgendwelche Gesetzeshüter, denen ihre Kokarden auffielen, vorlegen konnten. Schon bei Asters erstem Besuch hatte hier viel Betrieb geherrscht; heute aber drängelten sich mindestens dreimal so viele Leute auf den Straßen, angelockt von dem bevorstehenden Auftritt von Jerrod McClennon.

Hellblütige Familien schoben sich aneinander vorbei, bahnten sich mehr oder weniger gewaltsam einen Weg in die Geschäfte und wieder heraus. Staubblütige Arbeiter fegten Konfetti und Erdnussschalen von den Bürgersteigen. Pferdekutschen holperten die Pflasterstraßen hinunter, und an jeder Ecke boten Händler laut brüllend alles von Zeitungen über Sonnenhüte bis hin zu Wurzelbräu in Flaschen feil. Die Gesichter waren in der Hitze der Sommersonne gerötet, die Luft angefüllt mit den Geräuschen des lebhaften Handels und dem Geruch von Schweiß.

»Diese verhobelte Stadt«, fluchte Raven und richtete ihren Hut, ein abscheuliches Ding voller bunter Blumen und Federn. Asters Kopfbedeckung sah sogar noch lächerlicher aus, so weit das überhaupt möglich war. Sollte sie diesen Tag überstehen, ohne das Ding in irgendeinen Mülleimer zu stopfen, würde sie die Mission als Erfolg verbuchen.

»Was denn, bist du die Stadt immer noch nicht gewohnt?«, fragte Aster. Raven war beinahe drei Jahre bei den Ladys, und sie musste regelmäßig hierherfahren, um Vorräte zu beschaffen.

»An Northrock werde ich mich nie gewöhnen«, nörgelte Raven. »Das ist das Arschloch von Arketta.«

Aster unterdrückte ein Grinsen. »Komm schon, das hier ist doch bestimmt besser als der Grind.«

»Sagt wer? Im Grind nehmen sie dir wenigstens nicht für jede Kleinigkeit das letzte Hemd ab. Ich denke, wenn ich schon so leiden muss, dann sollte ich mir auch einen verdammten Drink leisten können. Hör mal, wie weit ist es noch bis zum Rathaus? Diese Hitze bringt mich um.« Raven fächelte sich Luft zu.

Aster holte den Stadtplan von Northrock aus ihrer Handtasche. Die Ladys hatten ihn ihr gegeben, damit sie den Weg zum

Rathaus fanden, wo McClennon seine Rede halten würde, aber Aster und Raven hätten ihn im Grunde nicht gebraucht. Die Menge schien sich kollektiv in eine Richtung zu bewegen und trieb sie ganz von selbst auf das große Ereignis zu.

»Sieht aus, als wären wir noch drei Blocks entfernt …«

»Dreckige Lucker«, zischte plötzlich eine alte Frau in Asters Ohr, ehe sie ihr von hinten einen harten Stoß versetzte. Aster stolperte gegen ein hellblütiges Paar vor ihr, ehe sie irgendetwas dagegen tun konnte. Der Mann wirbelte herum. Sein Gesicht unter der Melone war so oder so schon rot, doch als er Aster erblickte, vertiefte sich die Farbe noch.

»Hände weg von mir«, knurrte er, packte seine Frau am Arm und zerrte sie fort von den Mädchen.

Asters Wangen erglühten unter einer Woge des Zorns. »Ich habe …«

»Bleibt zurück, oder wir lassen euch festnehmen«, giftete die Frau.

Eine Insel bildete sich um Aster und Raven, als die Leute auf der Straße vor ihnen zurückwichen und einen weiten Bogen um sie machten. Einige musterten sie mit unverhohlener Neugier, andere mit unverkennbarem Widerwillen. Den ganzen Nachmittag hatten die Leute ihnen unerfreuliche Blicke zugeworfen, aber dies war das erste Mal, dass tatsächlich jemand auf ihre Gegenwart aufmerksam gemacht hatte. Das Geflüster in der Menge wusch wie schmutziges Spülwasser über Aster hinweg.

»Was haben die hier zu suchen?«

»Ich dachte, es gäbe keine Welcome Houses außerhalb des Grinds …«

»Sind die mit einem Aufschneider hier? Wo ist er denn?«

Scham brodelte in Asters Eingeweiden, eine Scham, die sie hastig unterdrückte.

»Komm«, murmelte sie Raven zu, ergriff ihre Hand und zog

sie in die nächste Seitenstraße. »Lass uns verschwinden, ehe jemand eine Szene macht.«

Oder mehrere Jemande.

Aster konnte sich nicht vorstellen, dass sie sich je daran gewöhnen würde, mit entblößter Kokarde durch die Straßen zu gehen. Sie abzudecken war zwar auf eine ganz eigene Weise quälend gewesen, aber dieser Schmerz … zu spüren, dass man im Mittelpunkt der Verachtung all dieser Leute stand, das eigene Leiden bloßgelegt wie eine offene Wunde, die alle sehen konnten … das war in mancherlei Hinsicht schlimmer. Es war schon hart genug, sich aufrecht zu halten, wenn sie es mit einer Handvoll Grenzwachen zu tun hatte, aber Northrock war eine Stadt mit Hunderttausenden von Menschen.

Sie hatte ihre Kokarde verändert. Nun hätte sie für sie ein Quell des Stolzes sein sollen, ein Zeichen für all das, was sie überlebt hatte, all das, wofür sie gekämpft hatte.

Warum also fühlte sie sich immer noch so wertlos, wenn andere Leute sie anstarrten?

Sie ließ Ravens Hand los. Für einen Moment herrschte unbehagliches Schweigen zwischen ihnen.

»He«, sagte Raven dann und rempelte sie spielerisch an. »Wir haben es in dieser Stadt fünfzehn Minuten ausgehalten, ohne dass du Streit angefangen hast. Das muss doch eine Art von Rekord für dich sein, oder?«

Aster war bewusst, dass Raven sie aufmuntern wollte, aber sie war nicht in Stimmung dafür. »Ich habe diesen Streit überhaupt nicht angefangen. Irgendeine großmütterliche Gestalt hat das getan.«

»Eine alte Schrulle.«

»Mm«, machte Aster zustimmend. Etwas an der Stimme der alten Frau erinnerte Aster viel zu sehr an Mother Fleur, und plötzlich spürte Aster, dass sie in Gefahr war, die Nerven zu verlieren. Die Sonne brannte viel zu heiß in ihrem Nacken, das Geschnatter auf den Straßen klang zu laut. Sie schloss die Augen, zwang sich, langsamer zu atmen, bemühte sich, nicht an die Leiber zu denken, die sich an sie drückten. Marjorie, die Nummer zwei der Ladys, hatte ihr Tipps gegeben, wie sie sich verhalten sollte, wenn die Furcht sie zu überwältigen drohte.

»Diese Panik, die du wahrnimmst, Aster … wenn ein Mann die Stimme erhebt oder dich falsch ansieht … wenn irgendetwas *passiert, das dich an das Welcome House erinnert … Erinnere dich daran, dass wir das alle erlebt haben. Dein Körper denkt, du wärest wieder in Gefahr, also musst du dir ins Bewusstsein rufen, dass das nicht stimmt. Zähle deine Atemzüge. Verankere dich im Augenblick.*

»Und wenn gerade dieser Augenblick gefährlich ist?«, hatte Aster düster gefragt.

»Dann erinnere dich daran, dass du schon früher Gefahren überstanden hast.«

»Da ist das Rathaus«, sagte Raven und riss Aster so aus ihren Gedanken. Sie zeigte geradeaus auf ein überkuppeltes weißes Gebäude. Die arkettanische Flagge wehte stolz an ihrem Mast, ein scharlachroter Sparren vor einem grauen Rechteck, und unter dem Dach war der nationale Leitspruch von Arketta eingemeißelt worden: EHRE DER ZECHE.

Vor dem Gebäude stand eine große hölzerne Bühne, übersät mit Wimpeln. Eine Gruppe gut gekleideter hellblütiger Männer – Politiker, vermutete Aster – saß auf einer Tribüne hinter einem leeren Podium. Der Rasen vor der Bühne war mit Seilen abgesperrt worden und voller Leute, die begierig auf den Auftritt von McClennon warteten.

Der ganze Vorhof wimmelte nur so vor Gesetzeshütern. Sie fuchtelten mit Seitenwaffen und langen Gewehren herum, patrouillierten zu Fuß oder zu Pferde und kontrollierten die Umgebung mit hechelnden Hunden.

Raven setzte eine finstere Miene auf. »Verhobelte Greifer!«

»Das ist in Ordnung. Mit denen haben wir gerechnet.« Aber nicht mit so vielen – ein solches Ausmaß an Sicherheitsmaßnahmen anlässlich einer Publikumsveranstaltung hatte Aster noch nie zuvor gesehen. Ihre Flucht aus dem Welcome House und dann von McClennons Anwesen musste dem alten Mann eine Todesangst eingejagt haben, ein Umstand, der Aster eine verdrehte Form von Befriedigung hätte verschaffen können, stünde er ihren Absichten nicht im Wege. Heute würde sie keine Chance bekommen, sich McClennon vorzunehmen, so viel stand fest. Seufzend zog Aster ihren Gewährsschein hervor und signalisierte Raven, das Gleiche zu tun.

»He da!«, rief der erste Gesetzeshüter, der sah, wie sie sich dem Hof näherten. Seine fleischige Hand sank sogleich auf den Schlagstock an seinem Gürtel hinab. »Wer begleitet euch Mädchen?«

»Wir selbst«, entgegnete Aster vergnügt und zwang sich zu einem Lächeln. Bei den Toten, sie war so schlecht darin. Wo war Violet, wenn man sie brauchte? »Mister Wise war so nett, uns einen freien Nachmittag in der Stadt zu gewähren, und wir dachten, wir könnten doch nachschauen, was all der Trubel zu bedeuten hat.«

Mit zusammengekniffenen Augen nahm der Gesetzeshüter Aster die Papiere ab und betrachtete sie durch das Monokel. Er schien beinahe enttäuscht zu sein, als er keine Fälschung erkennen konnte.

»Und du?«, fragte er barsch und sah Raven an.

Raven verzichtete darauf, sich ein Lächeln abzuringen, und reichte ihm nur wortlos den Gewährsschein.

»Also gut, ihr könnt passieren«, gestand ihnen der Mann schließlich zu und gab ihnen die Papiere zurück. »Aber macht keinen Ärger, verstanden? Dies hier sind anständige Leute. Wenn ich wegen euch beiden irgendwelche Klagen höre, dann darf Mister Wise euch in der Gesetzmeisterei abholen, das kann ich euch versprechen.«

»Selbstverständlich, Sir. Danke, Sir«, trällerte Aster. *Dreckskerl.*

Sie mischten sich unter die Anwesenden.

»Bleib dicht bei mir«, wies Aster Raven an und konzentrierte sich wieder auf ihre Atmung, als sie sich einen Weg nach vorn bahnte. »Wir können es uns nicht leisten, uns in der Menge aus den Augen zu verlieren.«

»Keine Sorge. Ist ja nicht so, als würde ich mir wünschen, mich diesen reichen Arschlöchern mehr als unbedingt nötig zu nähern«, murrte Raven.

Sie entdeckten eine Stelle an einer Mülltonne, an der sie Position beziehen konnten. Glücklicherweise interessierten sich die Leute um sie herum viel zu sehr dafür, was auf der Bühne passierte, um den unbegleiteten Good Luck Girls allzu viel Aufmerksamkeit zukommen zu lassen. Sie rückten lediglich fast unmerklich von Aster und Raven ab, als wären sie ein Teil des Mülls und verströmten einen üblen Gestank.

»Die tun ja gerade so, als könnten sie uns gar nicht sehen«, presste Raven zwischen zusammengebissenen Zähnen hervor. »Was meinst du, würde der Mann da überhaupt merken, wenn ich ihm jetzt die Taschenuhr klaue …?«

Plötzlich brach die Menge um sie herum in lauten Applaus aus, der alle anderen Geräusche übertönte. Jerrod McClennon lief auf die Bühne, stolzierte auf sein Publikum zu, die Hände grüßend in die Luft gereckt, die Lippen zu einem Lächeln gebogen, das an ein Abhäutemesser erinnerte. Er trug einen metallisch grauen Anzug mit einem blutroten Staubtuch in der Brusttasche. Der Zylinder, unter dem langes kastanienbraunes Haar hervorlugte, saß in einem verwegenen Winkel auf seinem Kopf. Zwei bewaffnete Raubvögel bezogen hinter ihm Position und musterten die Menge aus ihren Falkenaugen.

Aster erstarrte. In Northrock zu sein war schwer genug, aber McClennons Gesicht wiederzusehen, diese Raubvögel zu erblicken …

Aster ließ die Arme hängen, ballte aber die Fäuste, und ihr Blick verschleierte sich.

Du bist nicht in Gefahr. Er weiß nicht, dass du hier bist. Er kann dir nichts tun.

Wieder zählte sie ihre Atemzüge, bis sie die Fassung zurückerlangt hatte. Als sie es geschafft hatte, hatte McClennon bereits zu reden begonnen. Seine honigsüße Stimme hallte über das Gemurmel der Menge, und bei ihrem Erklingen kroch eine Gänsehaut Asters Arme hinauf.

»… danke Ihnen allen, dass Sie heute Nachmittag zu mir gekommen sind«, sagte McClennon. »Nach all den langen Monaten des Wahlkampfs im Grind ist es schön, wieder in Northrock zu sein – der Stadt, in der ich geboren und aufgewachsen bin, der Stadt, in der eine Million Seelen leben, der großartigsten Stadt auf der ganzen Welt!«

Mehr Applaus.

»Und was diese Stadt so großartig macht, das ist, dass sie das Beste von Arketta repräsentiert«, fuhr er fort, ganz in seiner Rede versunken. »Hier, in diesem Tal, haben unsere Armeen die letzte Abwehr des Imperiums überwunden. Und hier, in diesem Gebäude …«, er zeigte auf das Rathaus, »… haben die Gründer unserer Nation eine neue Welt ersonnen, die für das arbeitende Volk geschaffen wurde. Eine Welt, in der selbst der einfachste Mann sich ganz nach oben arbeiten kann und in der keiner von uns weniger bekommt, als er verdient. Der Tag, an dem ihre Worte zum Gesetz wurden, war der große Tag der Zeche, und seither feiern wir den Zechentag jedes Jahr! Ehre der Zeche!«

»EHRE DER ZECHE!«, antwortete die Menge aus vollem Halse brüllend.

Aster verspürte ein Zwicken purer Ungeduld. Bisher war das alles ziemlich gewöhnliche Effekthascherei. Sie waren nicht den ganzen Weg hergekommen, nur um McClennon über seine verdrehte Vorstellung von Arketta schwadronieren zu hören – Aster hatte all diese Lügen schon in sämtlichen Zeitungen und Geschichtsbüchern gelesen, die sie je zur Hand genommen hatte. Hatten sie und Raven den weiten Weg womöglich für nichts und wieder nichts gemacht?

Doch dann, nach einigen weiteren Minuten zunehmend poetischen Geschwätzes, widmete sich McClennon schließlich der Bekanntgabe, auf die sie alle warteten.

»... und darum bin ich stolz, heute die große Eröffnung des ersten Welcome House außerhalb des Grinds, direkt hier in Northrock, zu verkünden.«

Asters Brust zog sich schmerzhaft zusammen, und sie sah sich panisch zu Raven um, um sich zu vergewissern, dass sie richtig gehört hatte. Die Ladys hatten seit Monaten immer neue Informationen über ein großes Bauprojekt in der Innenstadt von Northrock erhalten. Eine Spielhalle vielleicht oder ein Luxushotel. Aber die wahre Bestimmung des Bauwerks war der Öffentlichkeit vorenthalten worden. Trotz all ihrer Verbindungen hatten die Ladys nicht gewusst, dass dieses neue Gebäude ein Welcome House werden sollte.

Angespannt lauschte Aster, als McClennon den Applaus übertönte und weitersprach: »Die McClennons und viele andere Landesherrenfamilien haben lange Zeit daran gearbeitet, Ihnen das zu ermöglichen«, sagte er. »Zum ersten Mal in der Geschichte unseres Landes werden Sie nicht mehr die Gefahren des Grinds bewältigen müssen, um diese berühmten Freuden zu genießen. Wir bringen das Hinterland zu Ihnen. Die Türen werden sich für Sie in zwei Wochen öffnen, und die Hausdame hat sich bereits im Haus niedergelassen. Sie ist hellblütig, wie es die Besten unter uns alle sind, und darum wird sie dafür sorgen, dass die Mädchen im Welcome House von Northrock die herausragendste Ausbildung im ganzen Land erhalten werden. Ich zweifele nicht daran, dass sie dem Etablissement einen Schliff geben wird, der dieser großartigen Stadt würdig ist. Tatsächlich bin ich so sehr davon überzeugt, dass ich sie heute mitgebracht habe, damit Sie alle sie persönlich kennenlernen können.« McClennons Grinsen wurde vor lauter Erwartungsfreude noch breiter. »Meine Damen und Herren, bitte gestatten Sie mir, sie Ihnen vorzustellen ... Violet Fleur!«

Nein ... Aster stockte das Blut in den Adern. *Das kann nicht sein ...*

Er konnte doch unmöglich von *ihrer* Violet sprechen. Ihre Violet war eine Gefangene. Ihre Violet wurde für tot gehalten. Ihre Violet ...

... betrat die Bühne am Arm eines eleganten jungen Mannes, den Aster nicht kannte. Der Saum eines hellblauen Kleides, das schimmerte, als wäre es aus purem Himmel gefertigt, schwang um ihre Füße. Ihr von Natur aus glattes schwarzes Haar war zu Locken frisiert worden, die sich, gehalten von einem weißen Band, auf ihrem Kopf türmten. Selbst aus dieser Entfernung konnte Aster erkennen, dass Violet strahlte vor Gesundheit, während sich ihre weiße Haut in der Sonne rötete. Als Aster sie das letzte Mal gesehen hatte, war Violet nur halb bei Bewusstsein gewesen und im Schlamm zusammengebrochen, nachdem McClennons Raubvögel sie gejagt hatten.

Und nun stand sie als freie Frau an McClennons Seite.

Als Komplizin.

Aster drehte sich der Magen um. Sie stützte sich auf den Mülleimer und schreckte die Tauben auf, die dort gethront hatten. Raven musterte sie alarmiert.

»Aster? Was ist los?«, fragte sie leise und ergriff ihren Ellbogen, um ihr zu helfen, sich wieder aufzurichten. Dann folgte sie Asters Blick in Richtung Bühne. »Moment, ist das *deine* Violet?«

Jetzt nicht mehr.

Wie oft hatte Aster davon geträumt, Violet gesund und munter wiederzusehen? Aber das … das war ein Albtraum.

»Guten Tag«, sagte Violet und lächelte in die Menge. Ihre Stimme klang so kalt und glatt wie Glas, erscholl in demselben gebieterischen Ton, den Aster Tausende von Malen in Green Creek vernommen hatte. »Und vielen Dank Ihnen allen, dass Sie sich heute zu uns gesellt haben. Wie viele von Ihnen wissen dürften, wurde ich einst gesetzlich verfolgt wegen meiner Verbindung zu den geflüchteten Good Luck Girls aus Green Creek. Also lassen Sie mich Ihnen nun erklären, was ich auch Mister McClennon gesagt habe, als sie endlich ergriffen wurden: Ich war nie die Komplizin dieser Mädchen, ich war ihre *Gefangene* und gezwungen, meine Kenntnisse als das erste Mädchen des Hauses zu nutzen, um ihnen die Flucht zu ermöglichen. Es war ein scheinbar endloser Albtraum, der mich beinahe das Leben gekostet hätte – und tatsächlich wäre ich, wenn Mister McClennon nicht so barmherzig gewesen wäre, mich während der vergangenen Monate gesund zu pflegen, jetzt zweifellos genauso tot, wie sie es sind. Dass ich nun für ihn arbeite, können Sie als meine Art werten, mich bei ihm zu bedanken, und glauben Sie mir, wenn ich Ihnen sage, ich bin die beste Frau für diese Aufgabe. Ich weiß inzwischen genau, wie die Gehirne der Degenerierten funktionieren, und ich erkenne gefährliche Gedanken früh genug, um sie auszumerzen, ehe sie Fuß fassen können. *Meine* Mädchen werden loyal, fügsam und entgegenkommend sein – und das ist ein Versprechen, auf das Sie sich verlassen können.« Sie drehte sich mit ihrem strahlenden Lächeln zu McClennon um. »Es ist mein größter Stolz im Leben, Sie dabei zu unterstützen, diesen Traum wirklich werden zu lassen, Mister McClennon, und ich werde zeit meines Lebens dankbar für diese zweite Chance sein, die Sie mir gegeben haben.«

Aster zitterte, hatte Mühe, sich aufrecht zu halten. Es hatte eine Zeit gegeben, in der Violet davon geträumt hatte, Hausdame zu werden. Aber Aster weigerte sich zu glauben, dass Violet nach allem, was sie gemeinsam durchgestanden hatten, immer noch so empfand. Dass sie sich je mit so etwas einverstanden erklärt hätte.

Violet musste gelogen haben. Sie war einfach eine gute Schauspielerin. Das war sie immer gewesen.

»Danke, Violet, ich hätte es selbst nicht besser ausdrücken können«, sagte McClennon und nahm wieder seinen Platz am Mikrofon ein, um zu der Menge zu sprechen. »Und Sie alle dürfen beruhigt sein, mein Neffe Derrick hat Violets Arbeit in meinem Auftrag überwacht.« Nun zeigte er auf den gut gekleideten jungen Mann neben Violet. »Wir haben ihn mit einer verflixt großen Aufgabe betraut, als wir ihm die Pflichten seines verstorbenen Bruders übertragen haben, und Derrick hat sich verdammt gut geschlagen und sich der Herausforderung würdig gezeigt. Zu Baxters Ehren wird er sich um dieses Welcome House kümmern, dessen Türen sich erst dann öffnen werden, wenn es das McClennon-Gütesiegel erhalten hat.«

Aster warf einen raschen Blick auf den Jungen an Violets Arm – schmales Gesicht, das rote Haar sorgfältig frisiert, blaue Augen, die ängstlich auf die Menge blickten, als er ihr lächelnd zuwinkte. Aster hätte auf Anhieb wissen müssen, dass er ein verhobelter McClennon war. Sie knirschte mit den Zähnen. Ihr war klar gewesen, dass Baxter einen jüngeren Bruder hatte, aber es hatte geheißen, er sei in einem Internat irgendwo außer Landes.

Doch nun war er offenbar nach Hause beordert worden, um Baxters Platz einzunehmen. Bei den Toten, mit wie vielen McClennons arbeitete Violet zusammen?

Jerrod fuhr fort: »Zum Abschluss freue ich mich außerordentlich anzukündigen, dass das Welcome House in Northrock das erste im ganzen Lande sein wird, in dem die Glücksnacht der Mädchen an ihrem dreizehnten Geburtstag stattfinden wird, nicht erst an ihrem sechzehnten.«

Reagierte die Menge zunächst überrascht, brach sie doch schnell in Applaus aus. Derweil waren alle Gefühle, die Aster empfunden hatte – der Groll, der sich in ihrem Bauch ballte, der Schmerz, der an ihrem Herzen zerrte –, bei dieser letzten Ankündigung erloschen. Sie war wie betäubt, während McClennons Worte in ihrem Geist nachhallten.

Die Glücksnacht der Mädchen wird an ihrem dreizehnten Geburtstag stattfinden.

An ihrem dreizehnten Geburtstag.

Und dann kehrten die Gefühle wie eine Sturmflut zurück zu ihr, ihr Groll verwandelte sich in Rage, der Schmerz in Abscheu. Sie sah Violet an …

… und ihr eigenes Entsetzen spiegelte sich in ihren Zügen.

Violet klappte der Mund auf, in ihren Augen schimmerte pures Grauen, und sie entfernte sich einen halben Schritt von McClennon. Doch schon im nächsten Moment hatte sich Violet wieder gefangen, und das abgeklärte Lächeln kehrte in ihr Gesicht zurück. Aber in diesem Augenblick war Aster sich in zwei Punkten absolut sicher: Der erste war, dass Violet davon nichts gewusst hatte.

Und der zweite war, dass sie die ganze Zeit nur gute Miene zum bösen Spiel gemacht hatte.

»Sie will nicht für die arbeiten«, hauchte Aster so erleichtert, dass sie die Worte nicht zurückhalten konnte. Die Anspannung in ihren Schultern legte sich. »McClennon zwingt sie dazu.«

Raven schien sie nicht zu hören. Sie hatte die Lippen geschürzt und knurrte kaum hörbar: »*Verhobelte Hölle!* Dreizehn? Deine Freundin ist eine verdammte *Verräterin.*«

»Nein, ist sie nicht«, flüsterte Aster. »Sie spielt ihm etwas vor. Darin war sie immer schon gut. Aber hast du ihr Gesicht gerade gesehen? Das hat sie auch überrascht.«

»Und?«, zischte Raven. »Wie kann sie *überhaupt* für die arbeiten? Ich würde mich eher von ihnen umbringen lassen, als zuzulassen, dass die mich auf dieser Bühne vorführen.«

Kurz war Aster geneigt, ihr zuzustimmen. Aber dann breitete sich ein Gefühl der Gewissheit in ihrem Bauch aus. Sie hatte lange gebraucht, um Violet zu verstehen, und noch länger, um zu lernen, ihr zu vertrauen. Inzwischen aber hatte Violet sich dieses Vertrauen verdient.

»Sie würde das nicht tun, wenn sie eine andere Wahl hätte«, sagte Aster und schüttelte langsam den Kopf. »Die müssen irgendein Druckmittel gegen sie haben – vielleicht kooperiert sie nur, um sie davon abzuhalten, etwas noch Schlimmeres zu tun. Sie braucht unsere Hilfe, Raven.«

Raven verschränkte die Arme vor der Brust. »*Unsere?*«

Asters Miene verfinsterte sich. Wenn sie nicht einmal Raven überzeugen konnte, wie sollte ihr das dann bei den anderen Lady Ghosts gelingen?

Aber als Derrick McClennon Violet von der Bühne führte und Aster ihr gezwungenes Lächeln sah, da wusste sie, sie musste es zumindest versuchen.

»Glücksnächte mit dreizehn?«, wiederholte Marjorie, und in ihrer leisen Stimme vermischte sich Wut mit Fassungslosigkeit. Sie und Aggie saßen beidseits neben Priscilla, die bisher keinen Ton von sich gegeben hatte, während Aster und Raven Bericht erstatteten. Sie hatten sich zu fünft in einem Raum versammelt, den die Ladys liebevoll ihre „Kapitänskajüte" nannten, ein Lagerraum, den sie in ein Büro umgestaltet hatten, das sich die drei Anführerinnen teilten. Dies war der Ort, an dem Priscilla neue Rekrutinnen unterrichtete, an dem Aggie die Mädchen auf Grenzübertritte vorbereitete, an dem Marjorie zuhörte und jeder, die ihren Zorn, ihren Kummer und ihre Furcht loswerden musste, mit Rat und Tat zur Seite stand.

Und nun war dies der Ort, an dem Priscilla und die anderen darüber befinden würden, wie sie am besten auf die verheerenden Neuigkeiten reagieren sollten, die Aster ihnen überbracht hatte.

Priscilla beugte sich auf ihrem Stuhl vor. Das Holz knarrte, als sie ihr Gewicht verlagerte. Tiefe Kummerfalten gruben sich in ihre Stirn.

»Wann soll dieses neue Welcome House eröffnet werden?«, fragte sie leise.

»In zwei Wochen«, sagte Aster, der sich schon bei dem bloßen Gedanken die Nackenhaare aufrichteten. »Das ist nicht viel Zeit, aber wenn wir uns beeilen, können wir uns einen Plan überlegen, um dort einzudringen und Violet rauszuholen …«

»Jetzt mal ganz langsam«, fiel Aggie ihr ins Wort und hob eine Hand. »Ich dachte, du hast gesagt, Violet würde dort als Hausdame fungieren. Das klingt, als hätte sie ihre Entscheidung getroffen.«

»Nein … das hat sie nicht«, erklärte Aster eindringlich. »Ihr wart nicht dort, ihr habt ihr Gesicht nicht gesehen. Sie hatte keine Ahnung, dass McClennon so etwas vorhatte.«

»Das ändert nichts. Sie arbeitet trotzdem für ihn«, wandte Marjorie ein. »Ich weiß, ihr habt euch nahegestanden, Aster. Ich weiß, wie schmerzhaft es für dich sein muss festzustellen, dass sie euch verraten hat, nach allem, was ihr gemeinsam durchgemacht habt. Aber wir dürfen uns nicht von unseren Gefühlen leiten lassen. Die Wahrheit ist, dass Violet dein Vertrauen nicht verdient. Jetzt nicht mehr.«

Aster umklammerte die Armlehnen ihres Stuhls, ihre Fingernägel gruben sich in das Holz. »Ihr wisst doch gar nichts darüber«, murmelte sie finster. »Ihr habt keine Ahnung, was McClennon uns angetan hat. Welche Qualen er Violet auch jetzt noch auferlegen könnte, nur um sie dazu zu zwingen, bei dieser Sache mitzumachen. Sie ist nicht seine Partnerin. Sie ist seine *Gefangene.*«

Endlich meldete sich Priscilla zu Wort, sanft, aber entschieden. »Selbst wenn das stimmt, Aster, das, was du vorschlägst – in sein Welcome House einzudringen und Violet irgendwie zu *retten* –, ist schlicht unmöglich. So arbeiten wir nicht. Wir bewegen uns innerhalb des gesetzlichen Rahmens. Das weißt du.«

»Aber wir haben nicht genug Zeit, um es auf die richtige Weise zu tun«, protestierte Aster und konnte nicht verhindern, dass ihre Enttäuschung offenbar wurde. »Geld für Gewährsscheine zu sammeln, sie anfertigen zu lassen, uns eine Geschichte auszudenken, die sogar Jerrod McClennon glauben würde …«

»Es ist unmöglich«, wiederholte Priscilla. »Es tut mir leid, aber Violet ist viel zu bekannt. Wir können ihr jetzt nicht mehr helfen.«

»Vergib mir, aber das kann ich einfach nicht akzeptieren. Außerdem, wenn wir Violet da rausholen, wird sich die Eröffnung des Welcome House verzögern. Schon um all dieser Mädchen willen müssen wir das tun …«

Die Füße von Priscillas Stuhl schrammten über den Steinboden, als sie sich erhob und mit den Händen auf den Tisch stützte.

»Das reicht«, sagte sie leise. »Wir würden gern etwas unternehmen, Aster. Behaupte nur nicht, dem wäre nicht so. Aber es gehört auch zu unserer Arbeit, schwere Entscheidungen zu treffen, und ich werde nicht unsere ganze Organisation für ein Mädchen aufs Spiel setzen, das unsere Hilfe vielleicht gar nicht will.«

Schwere Entscheidungen treffen.

Das war genau das, wozu Violet sie immer wieder ermutigt hatte.

Aster sah sich zu Raven um, die das Ganze schweigend und mit undurchdringlicher Miene verfolgt hatte. Offensichtlich hatte sie nicht vor, sich einzumischen.

»Wir werden diesem neuen Welcome House höchste Priorität einräumen, Aster«, versicherte ihr Marjorie. Vermutlich hatte sie ihr die Bestürzung angesehen. »Danke für den umfassenden Bericht. Wir werden eine Möglichkeit finden, diesen Mädchen zu helfen, das verspreche ich. Es dauert nur seine Zeit.«

Zeit, die sie nicht hatten.

»Natürlich«, sagte Aster und erhob sich steif. »Danke.« Ein Teil von ihr fragte sich, ob sie hätte um Entschuldigung bitten sollen, weil sie so hartnäckig gewesen war, aber sie konnte sich nicht überwinden. Dafür war sie viel zu wütend, und sie fühlte sich verraten, aber nicht von Violet, sondern von den Ladys. Sie war ihnen gefolgt, hatte ihnen vertraut, sie vergöttert … Doch auch wenn sie viel Gutes getan hatten, waren sie nicht bereit, sich auf ein echtes Wagnis einzulassen, und darum würden unzählige Mädchen leiden müssen.

Stumm vor sich hin schmorend, folgte Aster Raven zurück in ihren Schlafraum. Die anderen Bewohnerinnen waren bereits unterwegs und tief in ihrem Tagewerk versunken. Nähten Steppdecken für den Verkauf, packten Tabak in Dosen oder gingen irgendeiner anderen mühseligen Tätigkeit nach, Hunderte Meilen entfernt von ihrem eigentlichen Ziel, Mädchen zu befreien, die in der Falle saßen. Von Aster und Raven wurde erwartet, dass auch sie mithalfen. Weitermachten, als wäre nichts geschehen. Frustriert trat sich Aster die Stiefel von den Füßen und zuckte zusammen, als sie gegen die Wand knallten und Flecken hinterließen.

»Tut mir leid«, murmelte sie.

»Mach dir deswegen keine Gedanken«, antwortete Raven, musterte Aster nachdenklich, verzog das Gesicht und seufzte. »Hör mal, Aster … Ich hätte dir vorhin mehr zur Seite stehen sollen. Bei Priscilla. Es ist nicht meine Art, meine Nase in anderer Leute Angelegenheiten zu stecken, aber … ich stimme dir zu. Wir müssen etwas tun.«

»Ich nehme es dir nicht übel. Sie hätte sich sowieso nicht überzeugen lassen«, sagte Aster, setzte sich auf ihr Bett und strich sich mit der Hand über das kurze Haar. »Und ich verstehe, warum sie Angst hat. Es hat sie viel Zeit gekostet, all das aufzubauen, was sie hier haben, und das will sie nicht aufs Spiel setzen. Aber wenn die Lady Ghosts nicht bereit sind, Violet zu helfen, dann werde ich es eben allein tun.«

Raven bekam große Augen. »Du willst allein zurück nach Northrock? Das ist *Selbstmord.*«

»Ich weiß, aber ich kann sie nicht einfach im Stich lassen«, entgegnete Aster leise. Als Aster Violet gesehen hatte, hatte ihre Wut darüber, dass diese womöglich bereitwillig für McClennon arbeitete, zunächst jegliche Erleichterung überschattet. Aber nun, da Aster wusste, dass dem nicht so war …

Es wäre besser, wenn *sie uns verraten hätte.*

Denn jetzt sind wir es, die sie verraten, indem wir sie im Stich lassen.

»Es gibt da einfach ein paar Dinge, die du nicht verstehen würdest«, sagte Aster schließlich.

»Was gibt es da nicht zu verstehen? McClennon hat deine Freundin. Du willst sie zurückhaben. Aber ich muss dich trotzdem fragen: Ist sie es wert, für sie zu sterben?«

Aster runzelte die Stirn. »Es geht nicht nur um Violet. Es geht um all die Mädchen. Das Welcome House in Northrock kann nicht eröffnet werden, wenn es keine Hausdame gibt.«

Aber heimlich, im Hinterkopf, dachte Aster nur: *Ja.*

»Dein Bauchgefühl hat dich immerhin bis hierhergebracht, also nehme ich an, dass es jetzt auch nicht falschliegt.« Raven strich sich eine Locke aus dem Gesicht. »Also, Lust auf Gesellschaft?«

Aster schüttelte den Kopf. »Ich weiß das Angebot zu schätzen, aber ich kann dich nicht bitten, dein Leben ebenfalls aufs Spiel zu setzen. Aber würdest du mir den Gefallen tun und mich decken? Dir einfach eine Geschichte ausdenken, die Priscilla dir abnimmt, wenn sie merkt, dass ich weg bin?«

»Solange du wieder zurückkommst«, sagte Raven mit einer Stimme, in der eine selten ernste Note mitschwang.

»Das verspreche ich«, versicherte Aster.

Sie konnte nur hoffen, dass das auch die Wahrheit war.

KAPITEL VIER

Am nächsten Morgen stahl sich Aster auf einem Pferd davon. Ein vertrautes Kribbeln summte in ihrem Blut, als sie den Weg nach Northrock einschlug. Gekleidet in ihre alte Drillichhose und eine Staubjacke, ritt sie durch das dichte Unterholz, bis die warme Sonne am späten Nachmittag ihren Nacken rötete. Wieder im Verborgenen zu handeln dämpfte irgendwie die Unruhe in ihrem Inneren. Es war befreiend, nicht in schicken Kleidern zu reisen, die sie förmlich erdrückten, sich nicht auf die Zunge beißen zu müssen, um nur nichts Falsches zu sagen, nicht so tun zu müssen, als wäre sie jemand anderes. Nicht auf die Erlaubnis warten zu müssen, das zu tun, was getan werden musste. Sollte sie versagen, gäbe es niemanden außer ihr selbst, dem sie die Schuld geben konnte. Zumindest würde sie ruhig schlafen in dem Wissen, dass sie für Violet getan hatte, was sie nur konnte.

Dennoch, so wenig Aster derzeit auch mit Priscilla übereinstimmte, das Letzte, was sie wollte, war, die Deckung der Lady Ghosts auffliegen zu lassen – und das bedeutete, dass sie an diesem Abend eben nicht als Fortuna von Anthony Wise auftreten konnte. Sobald sie Northrock erreicht hatte, würde sie ihr Staubtuch anlegen müssen, und bis dahin würde sie sich von der Straße fernhalten.

Aster zog den Kopf ein, als das Pferd sie unter tief hängenden Ästen hindurchtrug, fluchte, als sie durch ein klebriges Spinnennetz ritt. Nach den Monaten bei den Ladys, in denen die Gewährsscheine ihnen ermöglicht hatten, in aller Öffentlichkeit zu agieren, war es beinahe erschütternd, sich wieder im Verborgenen durch den Wald zu stehlen. Die sattgrünen Wälder im nördlichen Arketta waren nicht so tückisch wie die windgepeitschten, unter Staub begrabenen Berge im Grind, dennoch fiel das Vorankommen schwer. Der Schweiß auf ihrer Haut lockte Moskitos an, und der Schlamm sog an den Hufen des Pferdes. So weit im Norden gab es keine Rächer, aber Kojoten, Bären und giftige Weißmaulschlangen. Sie wünschte, Zee wäre an ihrer Seite, um sie zu unterstützen, oder irgendeine ihrer alten Freundinnen.

Inzwischen war sie nur noch ungefähr eine Meile von Northrock entfernt. Bald würde sie in die Zivilisation zurückkehren.

Nicht, dass das irgendetwas leichter macht, dachte sie erbittert.

Dass sie ihre Kokarde verstecken musste, sobald sie nach Northrock kam, bedeutete, dass ihr nur sehr begrenzt Zeit zur Verfügung stand – höchstens dreißig Minuten –, um das Welcome House zu finden und sich in der Nähe ein Versteck zu suchen, von dem aus sie die Lage auskundschaften konnte. Sie würde einen Weg ersinnen müssen, um in das Gebäude einzudringen und dann mit Violet zu flüchten, und das alles, ohne irgendwelche Aufmerksamkeit zu erregen. Aster wagte nicht einmal zu hoffen, dass das Haus nicht bewacht wäre, aber sie hoffte tatsächlich, dass es noch nicht bewohnt und nicht so schwer bewacht wäre wie in Green Creek. Aber sollte das der Fall sein … nun, sie hatte nicht nur ein Messer dabei, sondern auch einen Revolver. In den vergangenen Monaten hatte sie regelmäßig mit Schusswaffen geübt, und sie war im Umgang damit viel besser geworden seit der Zeit, die sie auf der Straße zugebracht hatte. Trotzdem benutzte sie Pistolen und Gewehre nach wie vor nur ungern.

Sie hoffte, heute Nacht würde es nicht dazu kommen.

Aster kämpfte sich durch den letzten Abschnitt des Waldes, ehe sie eine Anhöhe erreichte, von der aus sie die Stadt und das dahinterliegende Bauernland überblicken konnte. Dort machte sie halt, griff nach ihrem Ranzen und suchte nach ihrem Staubtuch. Das alte Staubtuch, das sie vor all diesen Monaten in Augies Stall gestohlen hatte, hatte Aster längst durch ein anderes ersetzt; dieses hatte sie aus weicher Baumwolle mit einem silbernen Paisleymuster selbst genäht. Sie wickelte es sich um die untere Hälfte ihres Gesichts und seufzte in den dünnen Stoff. Dann setzte sie ihren Wegemannhut auf. Wie das Messer an ihrer Seite, bescherte ihr auch die Rückkehr zu dieser alten Routine ein gewisses Prickeln. Selbst die Gefahr war ihr beinahe willkommen.

Es fühlte sich gut an, wieder da zu sein.

Aster dirigierte das Pferd aus dem Wald und auf die Hauptstraße, auf der sich Postkutschen, Güterfuhrwerke und Reisende drängten. Ihre Haut kribbelte bereits ein wenig unter dem Staubtuch – das erste Symptom, das sich einstellte, wenn sie ihre Kokarde abdeckte. Dieses Kribbeln würde sich irgendwann zu einem Brennen steigern und das Brennen zu Schmerz; der Schmerz würde schließlich unerträglich werden und die Kokarde so hell erglühen, dass man sie durch den Stoff sehen könnte. Die verfluchte Tinte würde aufleuchten wie ein Brandmal.

Das Gedränge auf der Straße nahm weiter zu, während Aster von Osten her in die Stadt ritt. Die Abendsonne versank allmählich am Horizont, und die ganze Stadt veränderte sich: Geschäfte schlossen ihre Klappläden, voltrische Straßenlaternen flammten auf, Arbeiter gingen in rauflustigen Dreier- oder Vierergruppen heimwärts, während die Reichen in ihren Kutschen durch die vollgestopften Straßen fuhren.

Es dauerte nicht lange, und Aster war im Gewühl abgetaucht. Bald band sie ihr Pferd an einem Pfosten an und ging zu Fuß weiter, um möglichst wenig aufzufallen. Während sie sich durch die Menge schob, kratzte sie sich am Hals, und ihr Blick landete auf einem staubblütigen Zeitungsjungen, der an einer Ecke stand.

»*DER ZECHENBOTE,* ABENDAUSGABE«, rief er heiser. »ZWEI KUPFERSTÜCKE.«

Plötzlich kam ihr eine Idee. »Ich nehme eine«, sagte sie und fischte hastig die Münzen aus der Tasche. Genau, wie sie vermutet hatte, stand McClennons Ankündigung gleich auf der Titelseite. Sie schnappte sich die Zeitung und las den Artikel. Die Adresse des Welcome House musste dort irgendwo erwähnt sein.

Na los, komm schon …

Da!

Aster steckte die Zeitung in ihren Ranzen und machte sich raschen Schrittes auf den Weg zu ihrem Ziel. Längst brannte die Kokarde – nicht stark genug, um wehzutun, aber ausreichend, um ihre Konzentration zu stören. Unter dem Staubtuch musste sie zugleich schwach rot erglühen. Ihr blieb nicht mehr viel Zeit. An der nächsten Ecke bog sie ab und hastete den Häuserblock hinunter.

Und da stand das Welcome House: eine dunkle Silhouette vor dem noch dunkleren Himmel.

Eine Verwechslung mit einem anderen Gebäude war schlicht unmöglich. Anders als die viereckigen Zweckbauten, die die meisten Straßen in Northrock säumten, war dies ein Ausbund der Maßlosigkeit: ein vierstöckiges Herrenhaus in Purpur und Cremeweiß mit breiten Erkerfenstern, steilen Giebeln und einer umlaufenden Veranda. Von ihrer Position aus konnte Aster nicht einschätzen, wo sich Violets Zimmer befinden mochte, aber schon das Wissen, dass sie ihrem Ziel so nahe war, half, damit sich der Knoten in ihrer Brust ein wenig löste.

Sie atmete auf und schaute sich nach einem Weg hinein um. Das umgebende Grün belegte eine Fläche von der Größe eines ganzen Häuserblocks – sorgfältig gemähter Rasen, getüpfelt mit jungen Bäumen und Formschnitthecken. Ein Baugerüst rahmte das Gebäude ein, das offenkundig darauf wartete, dass die letzten Feinarbeiten abgeschlossen wurden. Ein Maschendrahtzaun begrenzte das gesamte Anwesen. Ein paar neugierige Passanten lugten durch die Maschen im Zaun, wurden jedoch, wenn sie zu lange verweilten, von zwei Raubvögeln vertrieben, die das Gelände bewachten.

»*Verdammt!*«, murmelte Aster. Sie hatte mit bewaffneten Wachen gerechnet, aber nicht mit Raubvögeln. Andererseits hätte sie angesichts des Säbelrasselns, dessen Zeugin sie bei McClennons Auftritt geworden war, nicht überrascht sein dürfen. Sie musste sich verdrücken, ehe die Raubvögel auf sie aufmerksam wurden.

Aster tauchte in die nächste Gasse ab. Kaum war sie im Dunkeln verschwunden, sicher versteckt hinter einer Reihe von Mülleimern, riss sie sich das Staubtuch herunter und seufzte erleichtert auf. Die Kälte und Feuchtigkeit der Pflastersteine unter ihr sickerten durch den Drillich, und der schwere, erdige Geruch der Abfälle machte sie schwummerig. Andererseits war sie ziemlich sicher, dass bis zum Morgen niemand mehr die Gasse benutzen würde, nun, da die angrenzenden Geschäfte geschlossen waren.

Raubvögel, dachte Aster und lehnte sich entmutigt an die Hausmauer. Wie, verhobelt noch mal, sollte sie es ganz allein mit zwei Raubvögeln aufnehmen?

Aster befeuchtete ihre Lippen. Eine Erinnerung blitzte ungebeten vor ihrem geistigen Auge auf: der Raubvogel, den sie im Grind getötet hatte, dem sie das Messer in die Brust gestoßen hatte. Seine Augen hatten die Farbe getrockneten Blutes gehabt, und sie hatte zugesehen, wie das Leben aus ihnen gewichen war. Sein Körper musste immer noch irgendwo liegen, perfekt konserviert durch seine schwarze Magie, Zeugnis ihrer ersten – und einzigen – Tötung. Aster schluckte krampfhaft. Sie bereute ihre Tat nicht. Sie hatte schlicht keine Wahl gehabt.

Aber sie wollte nicht noch einmal töten, wenn es nicht unbedingt sein musste.

Ich warte auf eine Gelegenheit ... darauf, dass sie abgelenkt sind oder einfach nicht aufpassen oder irgendetwas in der Art, sagte Aster sich im Stillen. Ich werde es erkennen, wenn ich es sehe. Noch hat die Nacht kaum angefangen.

Dennoch nagte in ihrem Hinterkopf der Zweifel wie ein Wurm an ihrer Zuversicht. Die Lady Ghosts würden sich nie derart unvorbereitet auf eine Mission begeben. Sie waren akribisch, methodisch, bedacht. Sie hätten gewartet, bis sie sich einen hieb- und stichfesten Plan zurechtgelegt hätten.

Aber ihre Vorgehensweise erforderte Zeit, die Violet nicht hatte.

Also konzentrierte sich Aster wieder auf ihre Mission. Eine Feuerleiter an dem Gebäude gegenüber weckte ihr Interesse, und sie sprang hinauf, um die unterste Sprosse der rostigen Leiter zu fassen zu kriegen. Dann kletterte sie bis zum zweiten Stock hinauf, um aus dem sicheren Schatten heraus das Welcome Haus zu beobachten. Der Schmerz, den ihre Kokarde ausstrahlte, legte sich allmählich, als die Glut auf ihrer Haut erlosch. Das letzte Tageslicht erlosch ebenfalls, und bald färbte sich der Himmel jenseits der dünnen Schicht grauer Wolken blauschwarz. Ein sanfter, säuselnder Regen setzte ein – einer jener vorüberziehenden sommerlichen Schauer, die in diesem Teil Arkettas beinahe täglich niedergingen. Aster zitterte gegen Kälte und Nässe an.

Einfach großartig.

Wenigstens würden die Raubvögel sie bei dem Regen nicht so leicht sehen oder hören können, wenn die Zeit gekommen war.

Aster seufzte ungeduldig. Ruhelosigkeit brodelte erneut unter ihrer Haut, während sie ihre Beobachtung fortsetzte. Die Patrouille der Raubvögel folgte eindeutig einem Muster, und sie machten keine Anstalten, davon abzuweichen. Aster saß inzwischen schon seit mindestens vierzig Minuten hier. Vielleicht musste sie …

Da, plötzlich, näherten sich von der Straße aus zwei weitere Raubvögel dem Welcome House.

Instinktiv machte Aster sich noch etwas kleiner. Sie erkannte die Raubvögel zweifelsfrei an den gewaltigen Rössern, die sie ritten – Höllenpferde, so verflucht und gefährlich wie ihre Reiter. Die Raubvögel stiegen ab und führten ihre Pferde zu den Toren im Zaun, die einer der Raubvögel auf der anderen Seite mit leisem Scharren öffnete. Sein Kamerad gesellte sich einen Moment später dazu.

Die klagende Melodie des Glockenturms erklang, sie schlug die volle Stunde. Neun Uhr am Abend.

Schichtwechsel, begriff Aster.

Das war ihre Chance.

So schnell sie konnte, ohne dabei viel Lärm zu veranstalten, huschte sie die Feuerleiter hinunter. Sie musste über den Zaun klettern, bevor die Nachtschicht die Patrouille übernahm. Kaum waren ihre Füße auf dem Boden aufgeschlagen, band sie sich hastig das Staubtuch wieder vor das Gesicht, ehe sie losrannte. In der Ferne läutete die Glocke.

DONG ... DONG ... DONG ... DONG ...

Sie schaffte es zur Rückseite des Hauses, die dem Tor, an dem sich die Raubvögel unterhielten, gegenüberlag. Diese Straße war stiller, dennoch spazierten vereinzelt Leute den Bürgersteig hinunter, die Regenschirme dicht über den Köpfen. Aster hatte keine Zeit, sich über sie den Kopf zu zerbrechen. Ohne innezuhalten, kletterte sie den Zaun hinauf. Das kalte, feuchte Metall grub sich schmerzhaft in ihre Handflächen und klimperte jedes Mal, wenn ihre Stiefelsohlen auf die Maschen schlugen.

Leise, flehte Aster stumm.

DONG ... DONG ...

»He! Verfluchte Blagen ...«, schimpfte jemand bei ihrem Anblick.

Kletter weiter, befahl sich Aster. Sie würden ihretwegen bestimmt kein Aufhebens machen.

Hoffte sie.

Denn es war längst zu spät, einen Rückzieher zu machen.

DONG ... DONG ... DONG ... Die Glocke verstummte, als Aster sich gerade über die Oberkante des Zauns schwang und auf der anderen Seite auf den Boden prallte. Sie grunzte leise, als sie auftraf, und rollte sich ab, wie Zee es sie gelehrt hatte. Das feuchte Gras dämpfte das Geräusch ihres Aufschlags.

Aber die Raubvögel mussten nun jede Sekunde zur Rückseite des Gebäudes kommen.

Von hier aus konnte Aster ein einzelnes erleuchtetes Fenster im ersten Stock sehen. Orangegelbes Licht schimmerte gedämpft durch das dünne Gewebe der Gardinen. Um das Fenster zu erreichen, würde sie nur das Gerüst hinaufklettern müssen. Das war Violets Zimmer, das musste es sein, denn laut McClennon war außer ihr noch niemand eingezogen.

Aster lief los, ehe sie es sich anders überlegen konnte. Das Gerüst erwies sich als deutlich schwerer zu erklimmen als der Zaun. Um an den hölzernen Steg zu gelangen, der um den ersten Stock herumlief, musste sie auf dem dünnen, schlüpfrigen X aus Metallstangen balancieren, auf dem der Steg ruhte, und sich dann vorsichtig hinaufschieben.

Dabei war sie überhaupt nicht sicher, ob die Metallstangen sie halten würden. Bewegte sie sich zu schnell, mochte die ganze Konstruktion zusammenbrechen. Bewegte sie sich zu langsam, würde einer der Raubvögel sie entdecken.

Aster umfasste das kalte, nasse Metall und mühte sich hinauf. Der Balken unter ihren Füßen erbebte bei jedem einzelnen Tritt. Und dann hörte sie, wie sich einer der Raubvögel mit kraftvollen und zielstrebigen Schritten näherte.

Mist.

Sie erreichte den Steg, zog sich mit einem unwillkürlichen Ächzen hinauf, rollte sich auf den Rücken und robbte in den Schatten, gerade in dem Moment, in dem der Raubvogel um die Ecke kam. Dort wartete sie starr und still, während der Raubvogel unter ihr vorüberging.

Guck nicht hoch, guck nicht hoch.

Ein normaler Wächter hätte eine Laterne dabeigehabt. Ein Raubvogel brauchte keine. Beutegreifer, die sie waren, vermochten sie auch im Dunkeln hervorragend zu sehen. Aster konnte ihn im Licht der Straßenlaterne gerade noch ausmachen, als er auf der Innenseite am Zaun entlangging und seine Blicke zwischen dem dunklen Gebäude und der schwach erleuchteten Straße hin- und herschweifen ließ.

Guck nicht hoch …

Erst, als er um die nächste Ecke verschwand, wagte Aster wieder zu atmen.

»Gut«, flüsterte sie und stand vorsichtig auf. Wenn diese Raubvögel dem gleichen Muster folgten wie die anderen zwei, dann blieb ihr nur ein kurzer Moment, ehe sein Kamerad auftauchen würde. Zusammengekauert, um im Gleichgewicht zu bleiben, schlich Aster zu dem erleuchteten Fenster. Dann duckte sie sich, bis sie außer Sicht war, und lugte über den Sims.

Asters Herz tat einen Satz, und sie atmete auf, innerlich halb lachend, halb vor Erleichterung seufzend.

Dort, den Toten sei Dank, war Violet.

Sie trug ein voluminöses, bodenlanges Kleid aus blutrotem Stoff mit einem weiten Rock und Puffärmeln – die Art von eleganter Garderobe, die einer Hausdame angemessen war, und sie marschierte um ein nicht minder prachtvolles Bett herum, die Züge gezeichnet von unverkennbarem Kummer.

Aster streckte die Hand nach dem Fenster aus, hielt aber dann inne. Wenn sie Violet so erschreckte, dass sie aufschrie, würde das ihnen beiden die Raubvögel auf den Hals hetzen. Besser, sie wartete und schlich sich hinein, wenn Violet ihr Bad aufsuchte. Bestimmt würde sie sich bald fürs Bett zurechtmachen. Violet hatte von jeher viel Wert auf ihren Schönheitsschlaf gelegt.

Aber allzu viel Zeit blieb Aster nicht. Je länger sie hier oben war, desto größer die Gefahr, dass die Raubvögel sie entdeckten.

Aster wog die Risiken ab und biss sich auf die Innenseite ihrer Wange. Die Nachtluft war kühl, dennoch schwitzte sie unter ihrer Staubjacke.

Dann, als Aster gerade aufgeben und einbrechen wollte und erneut über den Sims schaute, sah sie, wie Violet ins Bad ging. Einen Moment später schloss sie die Tür hinter sich.

Aster bewegte sich schnell. Jahrelang hatte sie davon geträumt, aus einem Welcome House auszubrechen – aber sie hatte sich gewiss nie vorgestellt, in eines einzubrechen.

Nur für dich, Violet, dachte sie erbittert.

Vorsichtig öffnete sie das Fenster. Anders als die vierzig Jahre alten Fenster in Green Creek ließ sich dieses geräuschlos öffnen. Das Metall des Fensterrahmens grub sich in ihre Handflächen, als sie durch die schmale Öffnung hineinkletterte, nur um sofort das Fenster von innen zu schließen, damit die Raubvögel nichts bemerkten.

Dann drehte sie sich zum Zimmer um und suchte hektisch nach einem Plätzchen, an dem sie sich verstecken konnte.

Ihre Stiefel versanken regelrecht in dem luxuriösen Teppich. Der Geruch von Parfüm schlug ihr förmlich ins Gesicht. Und während ihr Blick durch den Raum glitt, auf die Ölgemälde fiel, den riesigen Kleiderschrank und das Bett mit den schweren Decken, dem vergoldeten Kopfbrett und den hoch aufgetürmten Seidenkissen, fühlte sie sich plötzlich zurückversetzt nach Green Creek. Erinnerungen, die sie tief in sich begraben hatte, stiegen empor wie Öl aus der Erde, dunkel, zähflüssig und machtvoll. Wie angewurzelt stand sie da und spürte ihren Puls hart und hohl gegen ihre Trommelfelle schlagen. Sie atmete hektisch und flach, und der erdrückende Parfümgeruch bereitete ihr Übelkeit und Schwindelgefühle. Aster versuchte, einen Schritt weiterzugehen, doch da gab ihr Knie nach.

Beim Schleier, bitte nicht. Nicht jetzt, bitte …

Aber die Benommenheit wurde immer schlimmer, bis sie das Gefühl hatte, von sich selbst fortzugleiten, ihren Körper zurückzulassen. Wer sollte jetzt für sie atmen? Wer würde ihr Herz weiterschlagen lassen? Sie würde in diesem Raum sterben, und ihre Überreste würden für alle Zeit hier gefangen sein. Und so würde Violet sie finden, zusammengesackt auf dem Boden wie eine vergessene Puppe …

Violet!

Violet musste jeden Moment zurückkommen. Sie musste sich verstecken.

Konzentrier dich.

Aster kam sich vor, als wäre sie tief unter Wasser. Sie zwang sich zu einem langsamen, tiefen und peinigenden Atemzug und zählte dabei im Geiste, wie die Lady Ghosts es sie gelehrt hatten. Und dann, ganz allmählich, kehrte sie zurück aus der Finsternis, durchbrach die Oberfläche ihres Geistes und war wieder sie selbst. Ihr nächster Atemzug glich einem halb erstickten Schluchzer. Sie unterdrückte das Geräusch mit der Hand und stolperte zu der leeren Ecke neben dem Kleiderschrank.

Es schien, als wäre eine ganze Stunde vergangen, aber tatsächlich war es wohl nicht mal eine halbe Minute gewesen. Als Aster endlich den Rücken an die Wand lehnte, spülte plötzlich eine Woge der Scham über sie hinweg, und sie war froh, dass niemand da war, der sie so sehen konnte.

Aber kaum atmete sie wieder ruhiger, hörte sie, wie sich der Türknauf der Badezimmertür mit leisem Klicken drehte.

Violet kam in ihr Blickfeld, nun in ein Nachthemd gekleidet, das Gesicht rot, die Haut vom Schrubben gereizt, das lange Haar zu einem unordentlichen Knoten gebunden. Als sie die nassen Stiefelabdrücke auf dem Teppich entdeckte, blieb sie abrupt stehen, doch ehe sie aufschreien konnte, sprang Aster auf leisen Füßen auf sie zu, packte sie von hinten und hielt ihr den Mund mit der Hand zu. Das letzte Mal, dass sie Violet so angegriffen hatte, hatte sie sie mit Baxter McClennons Leiche erwischt, und Aster hatte sich vor ihr gefürchtet. Nun jedoch fürchtete sie *um* sie. Sie musste sie von hier wegbringen.

»Ich bin's, Aster«, flüsterte sie rasch. Ihre Stimme klang belegt, und sie schluckte unter Schmerzen. »Ich lasse dich gleich los. Du wirst dich doch benehmen?«

Aster konnte Violets Gesicht nicht sehen, aber Violet nickte, also ließ Aster sie los. Sofort wirbelte Violet mit entrüsteter Miene herum und sah Aster an. Der stechende Blick aus ihren blauen Augen hätte beinahe gereicht, damit Aster zurückgezuckt wäre.

Beinahe.

»Violet …«, setzte Aster an.

Violet versetzte ihr einen heftigen Stoß.

»*Verdammt,* Aster«, knurrte sie leise.

»Wofür, zur Hölle, war das denn?«

»Dafür, dass du mich zu Tode erschreckt hast. Die haben mir erzählt, du wärest tot.«

»Und du hast ihnen geglaubt? Du weißt doch, dass du mich nicht so einfach loswirst«, sagte Aster mit einer Andeutung eines Lächelns, obwohl sie sich in dieser Umgebung immer noch zerbrechlich und verunsichert fühlte. Der Anblick des vertrauten Gesichts sorgte dafür, dass die Erinnerungen sie erneut zu überwältigen drohten, sie hinabzerren wollten in finstere Tiefen.

Dann schlang Violet die Arme um sie, drückte sie wild an sich und holte Aster unerbittlich zurück in die Gegenwart.

»Du hast keine Ahnung, wie sehr ich dich vermisst habe, Dawn.«

Der Klang ihres wahren Namens jagte Aster eine Gänsehaut über den Leib. Sie hatte ihn schon so lange nicht mehr gehört.

»Ich habe dich auch vermisst«, gestand sie leise. Tatsächlich hatte sie Violet sogar viel mehr vermisst, als sie je erwartet hatte. Die Lady Ghosts verstanden natürlich, wie entsetzlich das Leben in einem Welcome House war, aber keine von ihnen konnte nachempfinden, was Aster in Green Creek wirklich erlebt hatte. Nun war ihr zumute, als würde sie zum ersten Mal in einem ganzen Jahr ihr eigenes Spiegelbild erblicken.

Violet wich einen Schritt zurück und musterte sie mit einem Ausdruck fortdauernder Fassungslosigkeit vom Scheitel bis zur Sohle. »Mit dem militärischen Haarschnitt hätte ich dich fast nicht erkannt«, sagte sie lachend und wischte sich die Feuchtigkeit aus dem Augenwinkel.

Verlegen fuhr sich Aster mit der Hand über das kurze Haar. »Es ist definitiv nicht ganz einfach, sich daran zu gewöhnen. Es hat sich viel verändert, Violet. Wir haben Lady Ghost gefunden. Eigentlich handelt es sich um ein ganzes Netzwerk geflohener Good Luck Girls, die zusammenarbeiten. Sie haben Clem und die anderen über die Grenze nach Ferron geschmuggelt.«

Violet schnaubte nur, dachte offensichtlich, Aster würde scherzen, doch dann blinzelte sie ungläubig, als ihr aufging, dass dem nicht so war.

»Warte, *Ferron?* Verhobelte Hölle! *Wie?*«

Aster schüttelte den Kopf. So gern sie Violet in alles eingeweiht hätte, dafür war jetzt keine Zeit.

»Ich werde dir später die ganze Geschichte erzählen, aber jetzt müssen wir dich hier rausbringen. Die Lady Ghosts dachten, dich zu retten wäre zu riskant, darum bin ich allein hergekommen.«

»Retten?« Violet wich vor ihr zurück. »Nein, Aster, du verstehst nicht. Ich will nicht gehen.«

Aster starrte sie an, versuchte verzweifelt, ihren Worten

einen Sinn abzuringen. Plötzlich schoss ein abscheuliches Gefühl durch ihre Eingeweide.

»Aber … Violet …«

Beim Schleier, habe ich mich doch in ihr geirrt?

Hat sie wirklich die Seiten gewechselt?

Violet klappte den Mund zu einer Erklärung auf, wurde aber durch ein leises Pochen an der Tür gehindert. Alarmiert sah sie Aster an.

»Aster, da ist etwas, das ich dir sagen muss …«

Die Tür schwang an geölten Angeln auf.

Und hinter ihr, in einem regennass schimmernden Mantel, stand Derrick McClennon.

KAPITEL FÜNF

Bei Asters Anblick stutzte Derrick, und seine blauen Augen weiteten sich vor Schreck. Seine Abendschuhe quietschten auf dem Boden, als er einen Schritt zurückwich.

»Wer zur Hölle …«

Aster zog ihr Messer, ohne lange zu fackeln. Das Blut raste durch ihre Adern. Sie wollte verdammt sein, ehe sie zuließe, dass sich ihr ein weiterer McClennon in den Weg stellte. Wenn notwendig, würde sie Derrick zu seinem Bruder hinter den Schleier schicken. Aster bleckte die Zähne und stürzte sich auf ihn.

Doch bevor sie ihn erreicht hatte, packte Violet sie, wickelte die langen Finger um ihr Handgelenk.

»Nicht, Aster. Er ist auf unserer Seite«, zischte sie.

Aster wirbelte herum und riss sich los. Das Herz schlug ihr immer noch bis zum Hals, und sie konnte nicht klar sehen, während Violets Worte allmählich zu ihr durchdrangen.

»*Was?*«, würgte sie schließlich hervor.

»Ich sagte, er ist auf unserer Seite. Sag es ihr, Derrick.«

Derricks schmales Gesicht hatte die Farbe von Milch angenommen, und seine Sommersprossen bildeten einen starken Kontrast zu der blassen Haut. Er schien in jeder Hinsicht das Gegenteil seines Bruders zu sein – eher klein, während Baxter groß gewesen war, knochig, breitschultrig und muskulös.

Und während Baxter stets ein lässiges, geradezu angeberisches Selbstvertrauen ausgestrahlt hatte, haftete Derrick etwas nahezu Zerbrechliches an. Sein Kinn wirkte zart, als er in Erwartung des Hiebs die Zähne zusammenbiss, und ein dunkler Schleier unausgesprochenen Kummers legte sich über seine sommerblauen Augen. Er wirkte ängstlich, aber Aster wusste nicht recht, ob sie die Ursache dafür war.

Trotzdem – er war ein verhobelter McClennon. Aster hatte nicht die Absicht, sich eine Blöße zu geben, nur weil er sie ansah wie ein geprügelter Hund.

»Aster? Aster aus … aus Green Creek?«, stammelte Derrick. »Man hat mir erzählt, du wärest tot.«

»Tja, Pech«, sagte Aster und hob warnend das Messer. »Und jetzt erwarte ich eine Erklärung von dir.«

Derrick schluckte, und sein Adamsapfel hüpfte auf und ab. Mit seinem tropfnassen Regenschirm deutete er auf die Sitzgruppe in einer Ecke des Raums.

»Können wir uns wenigstens setzen, während wir reden? Ich war den ganzen Tag auf den Beinen.«

Meint der Mistkerl das ernst?

Aster sah sich zu Violet um, und die nickte.

»Schön, dann pflanz deinen Arsch in einen Sessel«, sagte Aster ungeduldig. »Aber beeil dich, wir haben nicht die ganze Nacht Zeit.«

Artig setzte sich Derrick in den Armsessel mit der geraden Lehne, während Violet ihm gegenüber auf der Couch Platz nahm. Sie wirkte deutlich entspannter, als Aster sich fühlte, und lehnte sich gelassen an die Armlehne. Aster blieb auf den Beinen und ging nervös auf und ab.

»Also?«, blaffte sie.

»Wo fange ich an?« Derrick strich sich den Regen aus

seinen roten Haaren. »Damit du verstehst, was ich für euch tue, musst du vermutlich erst einmal etwas mehr über meine Position innerhalb meiner Familie erfahren«, begann er. Seine Stimme klang weich, die Aussprache war gepflegt. »Wie alle großen Landesherrenfamilien haben die McClennons eine weit zurückreichende Tradition, pro Generation jeweils zwei männliche Erben aufzuziehen: einen bereiten sie darauf vor, die Geschäfte zu übernehmen, den anderen darauf, sich mit Staatsangelegenheiten auszukennen. Und ich war, wie mein Onkel Jerrod, immer für die Position eines Staatsmannes vorgesehen. Mein Vater hat mich auf eine auswärtige Schule geschickt, in der Erwartung, dass ich dort alles Notwendige über Staatsführung, Politik und die Geschichte des alten Imperiums lerne. Und wenn ich auch gar keine Wahl hatte, war ich doch froh, von alldem hier weg zu sein. Von all *denen.*« Er lächelte schwach. »Aber als mein Bruder Baxter … starb, musste ich nach Hause zurückkommen und seinen Platz als Erbe des Bergbaugeschäfts einnehmen. Ich bin erst kürzlich zurückgekehrt, und es war …« Er unterbrach sich, anscheinend bestrebt, seine Worte mit Sorgfalt zu wählen. »Es war, um es milde auszudrücken, eine Herausforderung, mich an diese neue Realität zu gewöhnen. Ich weiß, dass meine Familie mir nicht vertraut, weder geschäftlich noch in Hinblick auf ihre Geheimnisse. Es gibt einen inneren Kreis, in den sie mich bisher nicht hineinlassen – was auch der Grund ist, warum ich nicht wusste, dass du noch am Leben bist, Aster. Aber ich habe in den letzten paar Wochen mein Bestes getan, um sie alle zu überzeugen, dass ich bereit bin, in der Hoffnung, dass sie mir Informationen liefern, die ich dann an Violet weitergeben kann. Siehst du, wir arbeiten zusammen, um das Familiengeschäft zu sabotieren.«

Aster hörte auf herumzuwandern und starrte ihn an.

»Aber … *warum?*«, verlangte sie zu erfahren.

Er neigte den Kopf zur Seite und runzelte neugierig die Stirn. »Ihr alle wisst besser als die meisten, was sie getan haben. Wäre es dir lieber, wenn ich sie einfach weitermachen ließe?«

Aster schürzte die Lippen. Sie wusste nicht, ob er sie provozieren wollte oder einfach nur naiv war, aber wie dem auch sei, sie hatte allmählich genug davon.

»Hältst du das für ein Spiel, du kleiner …«

»Warte, beruhig dich«, sagte Violet seufzend zu Aster, ehe sie sich Derrick zuwandte. »Hör mal, wenn du glaubst, dass es deiner Familie schwerfällt, dir zu vertrauen, Derrick, dann kann ich dir *garantieren,* dass du ein hartes Stück Arbeit vor dir hast, wenn du Aster von deiner Aufrichtigkeit überzeugen willst, also lass mich dir helfen.« Sie drehte sich wieder zu Aster um. »Ehe Derrick nach Hause gekommen ist, hat McClennon mich als seine Gefangene gehalten. Ich habe Stein und Bein geschworen, dass du und die anderen mich gezwungen haben, euch zu helfen, dass ich die Rolle bereue, die ich bei euren Verbrechen gespielt habe – und ich habe gespürt, dass er mir glauben *wollte,* Aster. Er wollte glauben, dass dieses eine hellblütige Mädchen in der Gruppe es besser gewusst haben muss. Bei den anderen musste man mit kriminellem Verhalten rechnen, aber bei mir? Nein, dafür musste es eine Erklärung geben. Erst, als Derrick wieder da war, hat er seine Bedenken über Bord geworfen und mir die Freiheit geschenkt – unter Derricks Aufsicht. Derrick hat gefragt, ob er mich als eine Art Willkommensgeschenk behalten darf, verstehst du? Als seine hellblütige Fortuna.«

Aster warf Derrick einen giftigen Blick zu. »*Das* soll mich überzeugen, dass du auf unserer Seite bist?«

Derrick klappte den Mund zu einer Antwort auf, aber Violet kam ihm zuvor. »Ich bin noch nicht fertig. Das war alles nur ein Trick, Aster. Tatsächlich hat Derrick, als er mich das erste Mal besucht hat, erklärt, er wolle mir auf jede ihm mögliche Art helfen. Anfangs habe ich ihm nicht geglaubt, aber je mehr Zeit wir zusammen verbracht haben, desto deutlicher habe ich gemerkt, dass es ihm ernst ist. Also bin ich ein Risiko eingegangen – ich habe ihm die Wahrheit erzählt. Und nun bin ich nicht nur bei McClennon gut angesehen – Derrick und ich haben auch eine Ausrede, um uns unter vier Augen zu treffen und Strategien zu diskutieren.«

»Darum bin ich heute Nacht hergekommen«, fügte Derrick hinzu.

»Schau, wenn Derrick nicht wäre, dann würde ich immer noch in McClennons Keller verrotten«, schloss Violet. »Er ist derjenige, der mich da rausgeholt hat. Er hat mich als Hausdame empfohlen. Er ist derjenige, der mir eine Chance gegeben hat, etwas zu bewirken.«

Tja, hört sich an, als wäre er ein verhobelter Seraphant, dachte Aster gereizt.

Niemand war so großherzig. Er musste etwas von ihnen wollen. Aster wusste nur nicht recht, was das sein mochte.

Sie nagte erneut an der Innenseite ihrer Wange, während sie nach einer Antwort suchte. Wollte er beide Seiten gegeneinander ausspielen? Und falls nicht, warum sollte Aster auf jemanden setzen, der bereit war, seine eigene Familie zu verraten? Was sagte das über diesen Menschen aus?

Sie machte einen tiefen Atemzug, bemüht, ihre Ungeduld zu zügeln. »Ich werde dich noch einmal fragen, und versuch nicht, dich dumm zu stellen, Derrick. Warum willst du – *du* – uns helfen?«

Ein Schatten legte sich über sein Gesicht. Wieder schien er seine Worte sorgfältig zu erwägen, ehe er sprach. Er legte die Fingerspitzen aneinander. Derweil biss Aster sich auf die Zunge, um dem Drang zu begegnen, ihre Frage zu wiederholen.

»Sagen wir einfach, du bist nicht die Einzige, die Grund hat, meine Familie zu hassen«, sagte er schließlich mit noch weicherer Stimme. »Und dabei belassen wir es.«

Verdattert sah Aster Violet an, doch die schien nicht minder überrumpelt zu sein, und ein Ausdruck der Sorge huschte über ihr Gesicht.

Als hätten wir es mit einem zweiten Zee zu tun, dachte Aster ermattet.

Sie hatte beinahe die ganze Reise durch den Grind gebraucht, ehe sie sich hatte gestatten können, Zee zu vertrauen. Aber ebendiese Reise hatte sie auch verändert – sie wusste nun, dass es Dinge gab, die man nicht allein bewältigen konnte. Dass man sich manchmal von anderen Leuten helfen lassen musste.

Aber um das zu tun, musste man ihnen erst einmal vertrauen.

»Also schön«, gab sie sich seufzend geschlagen. »Welche Art von Strategien habt ihr zwei besprochen?«

Derricks Erleichterung war unübersehbar. Farbe stieg in seine Wangen. »Na ja, ich leite dieses neue Welcome House«, erklärte Derrick. »Mein Vater hilft mir natürlich, aber er wird auf Distanz bleiben – in seinen Augen ist das eine Art Probelauf für mich, ehe ich mit der richtigen Arbeit im Grind anfangen kann.«

»Davon hörte ich«, sagte Aster. »Wir waren bei dieser kleinen feierlichen Ankündigung deines Onkels.«

Derricks Wangen röteten sich noch mehr. »Dann weißt du, dass Violet sich mir gegenüber verantworten muss, was uns ein bisschen Spielraum lässt. Wir hatten vor, den Mädchen zunächst die Süßdistel zu ersparen, damit sie bei klarem Verstand bleiben. Wir wollten auch nicht zulassen, dass die Raubvögel in ihren Geist eindringen. Aber dann hat Onkel Jerrod vorgeschlagen, das Alter auf dreizehn zu senken, um mehr Aufmerksamkeit zu erregen und seinen Wahlkampf voranzutreiben, und, na ja …« Er breitete die Hände zu einer Geste der Hilflosigkeit aus. »Das war das, worüber wir heute Nacht sprechen wollten. Ich werde versuchen, meinen Onkel davon zu überzeugen, diese Entscheidung zu revidieren. Aber falls mir das nicht gelingt …«

Asters Ungeduld überschritt allmählich die Grenze ihrer Belastbarkeit. Sie fing wieder an, auf und ab zu gehen, und kämpfte gegen das überwältigende Gefühl an, in der Falle zu sitzen.

»Nein. Genug ist genug«, sagte sie. »Wir werden niemanden *bitten,* irgendetwas zu tun. Wir werden tun, was getan werden muss. Dieses Welcome House darf nicht in Betrieb genommen werden, und wir werden dafür sorgen, dass das auch nicht passiert.« Noch mehr als die Lady Ghosts versuchte Derrick, innerhalb des Systems zu agieren. Aber es war, wie die Leute vom Glücksspiel zu sagen pflegten: *Das Haus gewinnt immer.* Es hatte keinen Sinn, nach den Regeln zu spielen. Stattdessen musste man die ganze Geschichte in Flammen aufgehen lassen.

In Flammen aufgehen lassen …

Mitten im Schritt hielt Aster inne und starrte die beiden an, als ihr plötzlich die Lösung vor Augen stand. »Wir werden dieses Haus bis auf die Grundmauern niederbrennen. Noch heute Nacht.«

Derricks gesetzte Miene brach in sich zusammen und wich einem alarmierten Ausdruck, während Violets Augen so groß wie Türknäufe wurden.

»Aster …«, setzte Violet an.

Aster deutete anklagend mit dem Finger auf sie. »Sieh mich

nicht so an. *Du* solltest es besser wissen. Wie lange würde es dauern, bis ihr diese Mädchen befreit hättet? Wie sieht der Plan aus, wenn ihr McClennon nicht überzeugen könnt, sich die Sache mit den Glücksnächten noch einmal zu überlegen? Wir können nicht zulassen, dass irgendjemand durchmacht, was wir durchgemacht haben – nicht, wenn wir die Möglichkeit haben, dem hier und jetzt einen Riegel vorzuschieben.«

»Ich verstehe ja, was du sagst«, warf Derrick ein, »aber ich denke …«

»Entschuldige, habe ich dich um deine Meinung gebeten?«

»… *aber*«, wiederholte er, »ich denke, eine derart drastische Maßnahme würde mehr Probleme aufwerfen, als sie lösen kann.«

»Sie würden wissen, dass es Brandstiftung war«, warf Violet leise ein.

»*Gut*«, sagte Aster, und es fiel ihr nicht leicht, ihre Stimme im Zaum zu halten. Plötzlich stieg alles an die Oberfläche – das Grauen, das sie allein dadurch empfand, wieder in einem Welcome House zu sein, der Zorn, den McClennon in ihr auslöste, die Freude darüber, Violet wiederzusehen, die sich gleich darauf in Enttäuschung verwandelte, weil Violet in dieser Sache nicht an ihrer Seite sein würde. Höllische Galle stieg in ihrer Kehle auf, bitter und brennend. »Ich *will*, dass McClennon weiß, das war kein Unfall. Soll er doch sehen, dass seine Grausamkeit nicht einfach so hingenommen wird.«

»Und das sollte sie auch nicht – aber wenn du diesen Kampf aufnehmen willst, Aster, dann musst du vorbereitet sein«, beschwor Derrick sie. »Ein Akt des Protests von diesem Ausmaß … das wird einen Gegenschlag nach sich ziehen, und nicht nur von meiner Familie. Von *allen* Landesherren, *allen* Leuten in Northrock, *allen* hellblütigen Familien in Arketta, die fürchten, sie könnten die Nächsten sein, die von den Staubblütigen angegriffen werden.« Zum ersten Mal wirkte Derrick ernsthaft beunruhigt. »Ich habe mein ganzes Leben mit diesen Leuten verbracht. Ich weiß, wie sie denken. Sie halten euch für Ungeheuer. Ihr dürft sie nicht in dieser Annahme bestätigen.«

Aster stand regelrecht neben sich. Sie war das Ungeheuer? Obwohl die Hellblütigen ihren Lebensunterhalt mit Grausamkeit verdienten? Und sich daran ergötzten?

Doch sosehr ihr der Zorn den Geist vernebelte, sie erkannte, dass Derrick nicht unrecht hatte. Die Lady Ghosts hatten so lange durchgehalten, *weil* sie innerhalb der Beschränkungen des Gesetzes arbeiteten. Sie wussten, sie waren nicht bereit, um sich einem offenen Schlagabtausch mit McClennon und seinesgleichen zu stellen.

Aber Aster *war* bereit. Sie war nicht aus Green Creek ausgebrochen, hatte den Grind durchquert und sich den Lady Ghosts angeschlossen, nur um jetzt aufzugeben. Sie hatte sich bereits gegen Priscilla und die anderen gewandt – Frauen, die ihr Vertrauen und ihren Respekt genossen –, nur um herzukommen. Da würde sie sich von einem geckenhaften hellblütigen Jungen bestimmt nichts ausreden lassen.

»Sollen die Leute doch denken, was sie wollen«, sagte sie schließlich. »Ich kann nicht einfach hier herumsitzen und nichts tun. Ich bin den ganzen Weg hergekommen, und nur die Toten wissen, wann ich eine weitere Chance bekomme. Wir werden es tun – und wir werden es jetzt tun.«

»Aster …«, sagte Derrick flehentlich.

»Ihr habt beide recht«, fiel ihm Violet ins Wort, stand auf und blickte von einem zum anderen. »*Sie* hat recht damit, dass wir dieses Welcome House nicht in Betrieb nehmen dürfen, und *er* hat recht, dass wir beide unsere Deckung aufrechterhalten müssen – es gibt immer noch so viel Gutes, das wir von innen heraus tun können. Bis heute hätten wir uns für das eine oder das andere entscheiden müssen, aber jetzt, da du hier bist, Aster, können wir beides tun.«

»Und was schlägst du vor?«, fragte Aster langsam.

»Du brennst das Haus nieder – heute Nacht, wie du gesagt hast. Wir werden dich nicht daran hindern. Aber du musst warten, bis wir weg sind und uns ein Alibi verschafft haben, damit kein Verdacht auf uns fällt.«

Abwechselnd musterte Aster die beiden, Argwohn kroch in ihr herauf. In ihren Ohren hörte sich das nach einer bequemen Möglichkeit für Derrick an, sich davonzustehlen und die Gesetzeshüter zu informieren. Aber nach seinem Gesichtsausdruck zu urteilen war ihm angesichts Violets Vorschlag ebenso unbehaglich zumute.

»Dieses Welcome House unterliegt meiner Verantwortung«, sagte er leise. »Wenn hier etwas passiert, werde ich den wenigen Respekt verlieren, den ich derzeit genieße.«

»Und der ist wichtiger als das Leben dieser Mädchen, richtig?«, konterte Aster.

»Nein, natürlich nicht. Ich sage nur … ich bin für euch nutzlos, wenn meine Familie mir die Macht entzieht.«

Die McClennons konnten Derrick zu einem Botenjungen degradieren, und er hätte dennoch mehr Macht als irgendeine andere Person, mit der Aster je zu tun hatte. Das wollte sie ihm gerade sagen, als Violet ihr zuvorkam.

»Hab ein bisschen Vertrauen zu mir, Derrick«, sagte sie. »Ich kann das zu deinen Gunsten drehen. Das wird eine Gelegenheit für dich werden, ausnahmsweise einmal echte Leidenschaft und Initiative zu zeigen – und wenn dein Onkel wissen will, was du zu tun gedenkst, sorgen wir dafür, dass du einen Lösungsvorschlag hast, mit dem wir arbeiten können.«

Derrick und Aster wechselten einen zweifelnden Blick. Schließlich seufzte Aster und winkte Violet zu sich, weg von dem McClennon-Jungen, dem sie gleich darauf den Rücken zukehrten.

»Hör mal, Violet, ich vertraue dir«, sagte Aster so leise, dass Derrick sie nicht hören konnte. »Wenn du dich in ihm irrst …«

»Das tue ich nicht«, versicherte sie. »Derrick ist kein Feigling, Aster, er ist nur vorsichtig – und er hat Grund dazu. Es stimmt, er kennt seine Familie besser als irgendjemand sonst. Aber das werden wir zu unserem Vorteil nutzen, und darum darf er nicht in diese Geschichte verwickelt werden, hörst du?« Sie drückte Aster beruhigend die Schulter. »Ich habe das unter Kontrolle, das verspreche ich.«

Tja, wenn es etwas gab, worin Violet richtig gut war, dann war es, Leute *unter Kontrolle* zu halten. Aster seufzte.

»Schön«, gab sie nach. »Ihr zwei beeilt euch und verschwindet von hier. Ich werde bis Mitternacht warten, ehe ich das Feuer lege, aber keine Minute länger. Ich brauche so viel Zeit wie möglich, um vor Tagesanbruch aus der Stadt zu verschwinden.«

»Das wird klappen«, sagte Violet zu Derrick, der sich in die Nasenwurzel kniff.

»Wenn ich euch noch einmal bitten dürfte, das zu überdenken …«

»Darfst du nicht. Haut jetzt ab«, sagte Aster.

Violet eilte ins Bad, um sich wieder anzuziehen, und ließ Derrick und Aster allein zurück. Aster schritt ungeduldig auf und ab und weigerte sich, ihn auch nur anzusehen, obwohl sie spürte, dass er noch etwas zu sagen hatte. Als er gerade im Begriff zu sein schien, den Mund aufzumachen, bedachte Aster ihn mit einem finsteren Blick, und er presste die Lippen so fest zusammen, dass sie gar nicht mehr zu sehen waren. Nur der Regen, der auf das Dach prasselte, durchbrach die angespannte Stille. Endlich kam Violet zurück und errettete sie beide. Derrick sprang hastig auf, um ihr in den Mantel zu helfen.

»Ich habe dir eine Anleitung geschrieben, wie du uns per Voltragraf erreichen kannst«, sagte Violet und drückte Aster ein Stück Papier in die Hand. »Du wirst natürlich einen Decknamen benutzen müssen – ›Sunny‹, habe ich mir überlegt.« Sie lächelte, strich kurz mit dem Daumen über Asters neue Kokarde und nahm sie noch einmal in die Arme. »Versprich mir, dass du dich meldest, sobald du kannst, ja? Es ist so schön, dich wiederzuhaben, Aster.«

Aster hatte einen Knoten in der Brust, als sie die Umarmung erwiderte. »Dich auch, Vi. Möge das Glück mit dir sein.«

Dann sahen Aster und Derrick einander an. Derrick sagte nichts mehr, um sie von ihrem Plan abzubringen, sondern streckte nur die Hand zu einem Friedensangebot aus. Ein schmaler Theomitring glitzerte an seinem Ringfinger – einer, der dem seines Bruders Baxter allzu sehr glich. Aster kniff die Augen zusammen, ehe sie seine Hand ergriff und sie langsam schüttelte. Sein Griff war erstaunlich kraftvoll.

»Danke, Aster«, sagte er.

Sie runzelte die Stirn. »Wofür? Dafür, dass ich dein Welcome House niederbrenne?«

Er rang sich ein schiefes Grinsen ab. »Nein – dafür, dass du mir dein Vertrauen schenkst. Du wirst es nicht bereuen.«

»Sorg besser dafür, dass ich das nicht werde.«

Ein Handschlag mit einem McClennon, dachte sie und ließ los.

Sie konnte nicht fassen, was da gerade passiert war.

KAPITEL SECHS

Als Violet und Derrick fort waren und genug Zeit vergangen war, schlich Aster die Treppe hinunter in das Empfangszimmer, sorgsam darauf bedacht, so leise wie nur möglich zu sein, um die nach wie vor patrouillierenden Raubvögel nicht zu alarmieren. Der leichte Sommerregen hatte aufgehört – gut, um Feuer zu legen, aber schlecht, wenn es darum ging, das Geräusch ihrer Schritte zu verbergen. Aster hoffte, die Raubvögel wären, wenn es erst brannte, schlicht zu beschäftigt, um mitzubekommen, wie sie sich davonstahl.

Aber sie konnte es sich gewiss nicht leisten, sich schon vorher von ihnen erwischen zu lassen.

Asters Füße verkrampften sich in den Stiefeln, als sie auf Zehenspitzen durch den Gang tippelte, vorbei an leeren Schlafzimmern. Sie hatte immer Streichhölzer in ihrem Ranzen, aber sie musste trotzdem erst etwas finden, was leicht entflammbar war – vielleicht die Wattierung in den Polstermöbeln oder Malerabdeckpapier, falls noch welches übrig war. Es war unerlässlich, das Feuer unter Kontrolle zu halten, jedenfalls zu Beginn. Sie durfte in diesem Punkt nicht leichtsinnig handeln, wollte sie sich nicht selbst umbringen.

Aster schluckte die Furcht hinunter, die ihr die Kehle emporkroch. Ohne Violet an ihrer Seite war sie wieder arg nervös geworden, erschrak durch ein Funkeln von Gold in der Dunkelheit und vor ihrem eigenen schattenhaften Bild im Spiegel. Alles an diesem Ort – die schmalen Gänge, die sie umfingen, der Teppich, der ihre Schritte verschluckte, die warme, schwere Luft, die angefüllt war mit dem Geruch von Politur und Farbe – gab Aster das Gefühl, sie säße in der Falle wie eine Fliege in Honig.

Eins, zwei, drei, vier, fünf, sechs, sieben …

Sie erreichte das Empfangszimmer.

Die Möbel waren immer noch mit weißen Laken abgedeckt, der Boden geschützt von Papier, das mit Wandfarbe befleckt war. Ein Tresen stand im hinteren Teil des Raums, und hinter ihm glitzerten Gläser an der Wand. War er schon mit Alkoholika bestückt worden? Womöglich sogar mit etwas, das stark genug war, um ein Feuer anzufachen?

Es könnte sich auszahlen, das zu überprüfen.

Tief geduckt, näherte sich Aster dem Tresen, darauf bedacht, unterhalb der Sichtlinie der Fenster zu bleiben. Und tatsächlich, kaum war sie sicher hinter der Theke angelangt, entdeckte sie reihenweise schimmernde Flaschen mit Bier und Schnaps. Stumm dankte sie den Toten, während sie ihre Möglichkeiten erwog. Sie brauchte das starke Zeug – das hatte Zee sie gelehrt, als er ihnen damals verschiedenste Möglichkeiten aufgezeigt hatte, ein Feuer zu entfachen. Alkohol sollte man nur im Notfall verwenden, hatte er ihnen erklärt. Es könnte schwer werden, solch ein Feuer wieder zu löschen. Dass sie seine Ratschläge nun auf diese Weise nutzte, würde er, wie Aster vermutete, nicht billigen. Aber was er nicht wusste, konnte ihm auch nicht wehtun.

Endlich fand Aster, was sie gesucht hatte – Feuerzungenwhiskey, gebrannt aus Getreide vom Goldsee. Die Leute sagten, er sei stark genug, die Haut vom Hintern eines Babys zu sengen.

Heute Nacht würde er zweifellos seinen Zweck erfüllen.

»Ah, da haben wir ihn ja«, murmelte Aster vor sich hin, nicht imstande, ein Grinsen zu unterdrücken, als sie mit jeder Hand einen Krug ergriff.

Bewaffnet mit dem Feuerzungenwhiskey, kroch sie hinter der Bar hervor und machte sich daran, das Feuer zu errichten: Papier, aufgehäuft auf mehreren Holzstühlen. Anschließend tränkte sie es mit dem Whiskey und zog dann mit der Flüssigkeit eine Spur über den Boden. Schließlich bespritzte sie die Wände, tränkte den Teppich, benetzte das Piano, die Standuhr und den Pooltisch mit den Klauenfüßen. Als sie keinen Alkohol mehr hatte, kehrte sie zum Tresen zurück, um mehr zu holen, und gönnte sich einen Schluck, um sich Mut zu machen, ehe sie wieder loszog. Das reichte, damit sich in ihrem Kopf alles drehte.

Danke für den Drink, du Mistkerl, dachte Aster verzückt. Sie konnte nicht anders, sie musste sich McClennons Gesicht vorstellen, wenn er sah, dass sein Millionen-Adler-Welcome-House abgebrannt war. Im Geheimen zu arbeiten hatte Aster gewisse Vergnügungen vorenthalten, auch die Art von Rausch, die man nur erlebte, wenn man einen reichen Mann um seinen Schimmer brachte.

Endlich stank das ganze Erdgeschoss so heftig nach Whiskey, dass Asters Nase bei jedem Atemzug brannte. Schweiß lief ihr über den Nacken, und die Aufregung brachte ihr Blut in Wallung. Sie fühlte sich schon jetzt so berauscht, als hätte sie sich mit dem Feuerzungenwhiskey unter ihren Füßen volllaufen lassen.

Aber noch war es nicht vorbei. Feiern konnte sie, wenn sie in Sicherheit war.

Aster kehrte zur Treppe zurück. Ihr Plan sah vor, dass sie auf demselben Weg verschwand, auf dem sie gekommen war. Sie würde einfach ein Streichholz fallen lassen und die Stufen hinaufrennen, ehe das Feuer Gelegenheit hatte, den ersten Stock zu erreichen. Aber dafür musste sie schnell sein. Sie erinnerte sich noch an die Brandschutzlektionen aus Green Creek – das, was einen umbrachte, war der Rauch, nicht die Flammen, und der Rauch brauchte nur ein paar Augenblicke, um sich voll zu entfalten.

Aster holte das Streichholzheft aus ihrem Ranzen und zog ein Hölzchen ab.

Du bist dir deiner Sache besser sehr sicher, Lucker, sagte sie sich in Gedanken.

Ein letztes Mal ging sie in sich und überlegte, ob Arroganz sie dazu trieb zu glauben, sie wisse es besser als die Lady Ghosts. Aber es war ja nicht so, als sei sie der Überzeugung, die Methode der Ladys sei falsch – nein, natürlich nicht. Sie war nur nicht *ausreichend.* Die Landesherren erhöhten den Einsatz, also musste Aster mitziehen. So, wie es eine Zeit und einen Ort gab, um Vorsicht walten zu lassen, gab es auch eine Zeit und einen Ort für Risiken.

Und der Ort für Letzteres war hier und die Zeit jetzt.

Mit stockendem Herzschlag kauerte sich Aster auf die unterste Stufe und zündete das Streichholz an. Mit dem warnenden Zischen einer im Gras verborgenen Schlange flammte es auf. Der ätzende Geruch des Rauchs stieg ihr in die Nase. Aster beugte sich vor und leckte sich die Lippen. Ließ die hungrige Flamme auf den Boden fallen.

WUSCH!

Feuer flammte auf und raste mit beängstigender Geschwindigkeit durch den Raum, fegte über den Boden, leckte an den Wänden, umfing die Möbelstücke, die sie mit Whiskey getränkt hatte. Aster stolperte rücklings die Stufe hinauf. Die trockene Hitze versengte ihr augenblicklich jedes entblößte Stück Haut. Furcht ergriff Besitz von ihr. Sie rappelte sich auf und rannte die Treppe hinauf. Der schwarze Rauch stob hinter ihr her.

Mist! Mist! Mist …

Aster versuchte, das Husten zu unterdrücken, aber es bahnte sich gewaltsam einen Weg durch ihre Kehle, und als es erst angefangen hatte, wollte es nicht mehr aufhören. Als sie den ersten Stock erreicht hatte, fiel sie auf Hände und Knie und versuchte verzweifelt, den Kopf unterhalb der anschwellenden Rauchwolke zu halten. Das Tosen des Feuers dröhnte in ihren Ohren, die Hitze erdrückte sie wie eine riesige Faust. Sie konnte die Raubvögel draußen brüllen hören, ohne jedoch die Worte zu verstehen. Aber das war nicht wichtig. Nichts war mehr wichtig, außer hier rauszukommen.

Einen kurzen entsetzlichen Moment lang glaubte Aster, nicht mehr zu wissen, wo Violets Zimmer war. In der Dunkelheit war es unmöglich, die Türen auseinanderzuhalten. Doch dann gelangte sie an die Tür, die sie offen gelassen hatte, und sie kroch in das Zimmer und schloss die Tür hinter sich.

Aster vergeudete keine Zeit. Sie sprang auf, rannte zum Fenster und schob es hoch. Schnappte gierig nach der frischen, sauberen Nachtluft. Dann kletterte sie hinaus auf das Gerüst, glitt an der Seite hinab und sprang ins Gras. In ihrer Eile kam sie unglücklich auf und verdrehte sich das Fußgelenk. Mühsam unterdrückte sie einen Schmerzensschrei.

»Es hat keinen Sinn, wir müssen Hilfe rufen!«, bellte einer der Raubvögel seinem Kameraden zu, und seine Stimme klang beängstigend nah. Aster erstarrte. In ihrer Hast davonzukommen, hätte sie die Wächter um ein Haar vergessen. Doch dann entdeckte sie ihre Umrisse, beide rannten mit übernatürlicher

Geschwindigkeit zum Tor auf der Vorderseite. Kaum waren sie außer Sichtweite, wusch sich Aster mit dem Wasser aus einer Pfütze den Ruß vom Gesicht, band sich das Staubtuch über Nase und Kinn und machte sich auf den Weg zum hinteren Zaun. Ihr Gang war ein wenig schief, weil sie ihr linkes Fußgelenk schonte.

Wäre wirklich nett gewesen, hätte ich wieder in einen Heuwagen springen können, stellte sie reumütig fest, als sie an ihren letzten Sprung aus dem Fenster eines Welcome House zurückdachte. Doch wenn es auch in ihrem Fußgelenk pulsierte und ihre Kehle sich rau anfühlte, wogte nun Adrenalin durch ihren Körper und vertrieb den Schmerz. Sie kletterte den Zaun hinauf, schwang sich hinüber und spürte kaum, wie sich das Metall in ihre Handflächen grub.

Erst, als sie sicher auf der anderen Seite angelangt war, nahm sich Aster einen Moment Zeit, um ihr Werk auf sich wirken zu lassen.

Sie drehte sich zu dem brennenden Welcome House um, lauschte darauf, wie das Holz in der Hitze knirschte und krachte, sah zu, wie sich eine dichte graue Rauchsäule in den schwarzen Himmel bohrte. Das Haus war viel schneller in Flammen aufgegangen, als sie erwartet hatte. Inzwischen war es vollständig vom Feuer umschlossen, und die Flammen loderten so heiß und hell wie in einem Schmiedeofen. Welche Veränderung hatte sie heute Nacht herbeigeführt? Wie viele Mädchen hatte sie vor Leid bewahrt? Dies war nur eines unter Dutzenden von Welcome Houses, trotzdem. Plötzlich füllte sich Asters Brust mit einem Hochgefühl, und ein Grinsen breitete sich über ihr Gesicht aus. McClennon dachte vermutlich, er wäre sie längst los. Wahrscheinlich war er ganz gegen seinen Willen sogar ein bisschen erleichtert gewesen.

Nun, bald würde er es besser wissen. Sie alle würden es bald besser wissen.

Dann erklang das Geläut der Feuerwehrglocken in der Ferne, und der Bann war gebrochen. Abrupt kehrte Aster in die Wirklichkeit zurück, wohl wissend, dass sie verschwinden musste.

Aber es hörte sich so an, als käme die Feuerwehr aus der Richtung, wo sie ihr Pferd zurückgelassen hatte – und sie wurde zweifellos von Gesetzeshütern begleitet. Das Pferd war in Sicherheit, aber sie wäre es nicht, wenn sie auf diesem Weg zurückginge. Was würden die Gesetzeshüter wohl denken, wenn sie sahen, wie sie aus diesem Gebiet flüchtete, eine Staubblütige im falschen Teil der Stadt, das Gesicht verhüllt wie eine Kriminelle?

Aster biss sich auf die Lippe, erwog die Risiken und verschwand dann in einer dunklen Gasse, so schnell sie nur konnte.

Die Glocken ertönten noch immer, als die Feuerwehrfuhrwerke sich dem brennenden Haus näherten. Asters Kokarde brannte mit ihm, als wollte sie sich solidarisch zeigen. Kaum hatte sie genug Abstand zwischen sich und das Welcome House gebracht, verließ sie die Gasse und fand sich auf einer belebten Straße wieder, wo die Leute auf dem Bürgersteig innehielten und die Gesichter zu dem Rauch erhoben, der über die Dächer stieg. Wenn er die Menschen von ihrer Gegenwart ablenkte, umso besser. Sie hatte nur noch einen kurzen Weg vor sich, bis sie eine der Brücken erreicht hätte, die sie aus Northrock hinausführen würden, und soweit es Aster betraf, konnte sie dort gar nicht schnell genug hingelangen. Ihre Arbeit war getan.

Der stechende Schmerz in ihrer Kehle ließ nach, als sie allmählich wieder zu Atem kam. Was würde Priscilla sagen, wenn Aster ihr erzählte, was sie getan hatte? Würde man sie aus dem Graveyard verstoßen? Plötzlich schien es ihr wichtig, diese

Möglichkeit in Betracht zu ziehen. Violet direkt vor McClennons Nase zu befreien, wäre vielleicht verzeihlich gewesen, aber ein Welcome House niederzubrennen …

Ich werde ihr alles erklären. Sie wird verstehen, dass es nötig war. Sie wird sich erweichen lassen. Sie muss einfach.

Aber was, wenn nicht?

Asters Überschwang kühlte rasch ab und verdichtete sich zu einem Knoten in ihrem Bauch. Sie schluckte, wischte sich den brennenden Schweiß aus den Augen. Ihre Schwester und ihre Freunde waren alle in Ferron, und Violet war bei den McClennons. Sollten die Ladys Aster verstoßen, konnte sie nirgendwo mehr hin.

Inzwischen war die Brücke in Sichtweite. Eine Menge schien sich neben ihr versammelt zu haben. Die Kokarde verbreitete einen zunehmend stechenden Schmerz, als Aster sich an den Leuten vorbeidrängte. Jede Minute würde sie durch das Staubtuch zu sehen sein. Sie hatte keine Zeit für was immer hier los war.

»Entschuldigung … Verzeihung … Entschuldigt …« Und dann blieb Aster wie angewurzelt stehen, und ihre Stimme erstarb in ihrer Kehle.

Eine Reihe Gesetzeshüter hatte die Brücke abgeriegelt und blaffte jeden an, der sie überqueren wollte, stieß die Leute sogar mit den Gewehrkolben zurück.

»Was, verhobelt noch mal, geht hier vor?«, murmelte Aster kaum hörbar.

»Hast du es nicht gehört?«, antwortete die Frau neben ihr. »Hast du es nicht *gesehen?* Das neue Welcome House steht in Flammen.«

»Aber ich … ich verstehe nicht …«, stammelte Aster und gab sich alle Mühe, nicht panisch zu klingen. »Was hat das mit dieser Barrikade zu tun?«

»Na ja, es heißt, es wäre Brandstiftung gewesen. Die ganze Stadt wird abgeriegelt.«

»Abgeriegelt?«

»Genau. Niemand kommt rein oder raus, bis die Täter gefasst wurden.«

KAPITEL SIEBEN

Abgeriegelt?

In Asters Kopf drehte sich alles. Es war eine Sache, irgendeine der kleinen Städte im Grind abzuriegeln oder Kontrollstationen an der Knochenstraße einzurichten, doch einen Ort von der Größe von Northrock? Wie lange würde es dauern, bis die Gesetzeshüter die ganze Stadt durchsucht hätten? Wie lange, bis sie aufgäben?

Oder sie ausfindig machten?

Zumindest eines stand fest: Auf diesem Wege würde sie hier nicht mehr rauskommen. Sie musste weg von den Gesetzeshütern, sofort.

Asters Kokarde zwickte sie schmerzhaft, und sie legte die Hand an die Seite ihres Halses, als sie erneut in den Gassen verschwand und dabei aufgrund ihres zunehmend steifen Fußgelenks humpelte. Kaum hatte sie sich im Schatten versteckt, kauerte sie sich zu Boden, nahm sich einen Moment Zeit, um sich zu sammeln, und entfernte das Staubtuch.

Was jetzt?

Aller Wahrscheinlichkeit nach war inzwischen jede Straße, die aus der Stadt führte, gesperrt worden, aber sie konnten eine Stadt dieser Größe sicher nicht ewig von der Außenwelt abschneiden. Sie musste einfach nur lange genug durchhalten.

Aber wie lange?, fragte sie sich erneut. Einen Tag? Eine

Woche? Und sie hatte nicht einmal für heute Nacht einen Platz, an dem sie schlafen konnte.

Aster wurde ganz flau, als ihr ihre Misere bewusst wurde. Sie hatte ein paar Adler dabei, aber gewiss nicht genug, um sich ein Zimmer in einem Gasthaus zu leisten, in dem sie sich verkriechen konnte, bis die Abriegelung aufgehoben wurde – und selbst wenn, die Gesetzeshüter würden von Tür zu Tür gehen und jedermann befragen.

Auf so eine Situation hätte sie sich vorbereiten müssen. Sie hätte mehr Schimmer mitnehmen, sich im Vorfeld ein Versteck suchen und …

Auf die Lady Ghosts hören sollen.

Aster knirschte mit den Zähnen. Für Reue war später noch Zeit, jetzt musste sie sich überlegen, wo sie diese Nacht verbringen konnte. Wenn sie draußen auf der Straße nächtigte, würden die Gesetzeshüter sie zweifellos aufgreifen. Sie brauchte einen Ort, an dem niemand suchen würde.

In der Wildnis hätte Aster gewusst, was zu tun war. Zee hatte sie gelehrt, einen Unterschlupf ausfindig zu machen und ihre Spuren im Gebirge zu verwischen. Aber Northrock? Durch die Stadt zu schleichen war etwas vollkommen anderes, als sich durch den Grind zu schlagen.

Moment mal …

Wie war noch der Name dieses staubblütigen Mädchens, das sie das erste Mal darüber belehrt hatte? Des Mädchens, das ihr geholfen hatte, Violet zu finden in jener Nacht, in der diese sich zum Haus ihres Vaters davongeschlichen hatte?

Cora.

Ob sie sich an Aster erinnern würde? Und falls sie das täte, wäre sie bereit, ihr noch einmal zu helfen? Es war eine Sache, eine Fremde durch die Straßen zu führen, aber sie vor den

Gesetzeshütern zu schützen, während die ganze Stadt abgesperrt war …

Doch Aster hatte keine Wahl.

Sie wartete noch ein wenig länger, damit die Kokarde abkühlen konnte, ehe sie, sosehr sie davor zurückschreckte, ihr Gesicht wieder mit dem Staubtuch verhüllte und sich auf den Weg machte. Das erste Mal war Aster Cora auf der anderen Seite der Stadt begegnet, ganz in der Nähe der Lagerhäuser, Verpackungsbetriebe und Ladedocks, die den Mercy River säumten: in dem Industriegebiet, wo die meisten der Staubblütigen von Northrock hausten. Cora hatte ihr erzählt, dass sie und ihre Freunde in einer alten Mühle ganz in der Nähe schliefen. Aster musste sie nur finden.

Es kostete sie beinahe eine Stunde, das richtige Viertel zu erreichen. Unterwegs verschwand sie immer wieder in irgendwelchen Gassen, um den Gesetzeshütern auszuweichen und ihrer Kokarde eine Pause zu gönnen. Kälte und Feuchtigkeit drangen in ihre Haut, brachten sie zum Zittern, und die Muskulatur in ihren Beinen verkrampfte sich, während sie humpelnd einen Block nach dem anderen hinter sich brachte. Das Gewerbegebiet schien eine völlig andere Stadt zu sein. Anders als in den gut gepflegten Teilen Northrocks, wo McClennon seinen Wahlkampfauftritt abgehalten und sein Welcome House errichtet hatte, standen hier dicht gedrängt verfallene Bauten wie ein Übermaß an Zähnen in einem Mund. Nicht abgeholter Müll ergoss sich aus den Gassen, und dank der vielen durchgebrannten Straßenlaternen lagen ganze Häuserblocks im Dunkeln. Die Luft selbst war angefüllt mit dem Geruch des Flusses und der Abwasserkanäle. Rauch aus den Mühlen verhüllte die Sterne am Himmel. Und ein Name fiel ihr immer wieder an den Fassaden der Fabrikgebäude auf:

Cain. Dem Mann, wer immer er war, schien dieser Teil der Stadt zu gehören.

Dann nahm sie neben den Geräuschen der Stadt, dem Säuseln des Flusses und dem Brummen der voltrischen Leitungen über ihr einen leisen, klagenden Chor wimmernder Stimmen wahr, der irgendwo tief in den Bäuchen der endlosen Mietskasernen erklang.

Asters Nackenhaare richteten sich auf, und das Blut gefror ihr in den Adern.

Rächer?

Hier?

Rächer konnten überall geboren werden, das wusste sie, aber außerhalb des Grinds waren sie extrem selten. So viele in einem Stadtviertel, das konnte kein Zufall sein – es bedeutete, dass genug Menschen an diesem Ort unter solchen Qualen ihr Ende gefunden hatten, dass sie nach dem Tode gewalttätig geworden waren. Und das wiederum bedeutete natürlich, dass die Leute hier nur umso mehr litten, mussten sie doch in steter Furcht vor den Toten leben. Rächer stellten ein sich selbst reproduzierendes Problem dar. Deshalb hatten sie den Grind auch regelrecht überrannt.

Wann hatten sich die Dinge in Northrock so sehr zum Schlechten gewendet?

Und gerade jetzt will McClennon anfangen, auch hier Welcome Houses zu bauen?

Ein schwärendes Gefühl von Panik brodelte in Asters Eingeweiden. Seit Monaten hatte sie sich nicht mehr den Kopf über Rächer zerbrechen müssen, und nun hatte sie nicht einmal ein eisernes Hufeisen zu ihrem Schutz dabei.

Sie musste diese Mühle finden.

Aster schlich weiter durch die Schatten, taumelte mit schmerzender Kokarde durch die dunklen Straßen. In ein Welcome House einbrechen, einem Feuer entkommen, quer durch die Stadt flüchten … es fiel ihr schwer, sich zu erinnern, wann sie das letzte Mal so erschöpft gewesen war. Sollte jetzt jemand – oder etwas – auftauchen und sie angreifen, dann, so fürchtete sie, würde sie nicht mehr die Kraft haben, sich zur Wehr zu setzen.

Endlich tauchte vor ihr in der Finsternis ein großes, ausgebranntes Gebäude auf. Die Schornsteine waren eingestürzt, und in den Fensterrahmen schimmerten die Reste geborstener Scheiben. Im silbrigen Mondschein konnte sie gerade noch die Worte CAINS TUCHMACHEREI erkennen. Hoffnung regte sich in Asters Brust, als ihr Blick auf den Eingang des Gebäudes fiel.

Und von dort glitt er direkt auf sie zu mit seinen durchscheinenden, fledermausartigen Flügeln, die skelettierten Hände ausgestreckt, der Schädel bewehrt mit Gehörn und Fangzähnen …

Aster rutschte das Herz in die Hose, und ein Wimmern entfloh ihren Lippen, als sie rückwärtsstolperte, fort von dem Rächer. Instinktiv riss sie die Hände hoch, um ihr Gesicht zu schützen, die Augen fest zugekniffen …

PENG!

Ein Schuss zerriss die Nacht.

Aster schlug die Augen wieder auf. Der Rächer ergriff die Flucht und flog quiekend davon. Rauch stieg von seiner schmalen Gestalt auf, dort, wo die eisernen Schrotkugeln ihn erwischt hatten. In der nun geöffneten Tür des Hauses sah sie die Silhouette einer jungen Frau mit einer rauchenden Flinte in der Hand. Sie schwang den Lauf herum und zielte auf Aster.

»Geh weiter, Fremde«, rief sie. »Wir wollen auch keinen Ärger mit Lebenden.«

»Ich will keinen Ärger machen«, versprach Aster mit zitternder Stimme, schluckte und bemühte sich, das Entsetzen in den Griff zu bekommen, das sich ihrer bemächtigt hatte. »Ich … ich suche jemanden namens Cora. Sie ist eine junge Frau, klein, glattes dunkles Haar. Als wir uns das letzte Mal gesprochen haben, hat sie mir erzählt, dass sie in einer alten Mühle in dieser Gegend lebt.«

Das Mädchen senkte die Waffe, aber nur ein bisschen. »Wer fragt?«

Aster zögerte. Sie wollte ihre Identität nicht vor einer Fremden preisgeben.

»Die Streunerin, der sie letztes Jahr geholfen hat, die, die sie zu Tom Wells geführt hat«, sagte Aster einen Moment später.

Das Mädchen fluchte leise. »Noch so eine verhobelte Rumtreiberin. Pass auf, ich werde es ihr sagen, aber wenn du lügst, dann bist du dran.«

»Danke …«, hauchte Aster und tat einen Schritt in ihre Richtung.

»Ah, ah.« Die Fremde richtete das Gewehr auf Asters Gesicht. »Du wartest hier.« Dann verschwand sie in der Mühle.

Aster leckte sich die Lippen und sah sich bang über die Schulter hinweg um. Furcht vibrierte in ihrem Nacken. Sollten die Rächer zurückkehren, würde sie hineinlaufen, zur Hölle mit den Konsequenzen.

Die Minuten zogen sich. Dann endlich regte sich etwas. Etwas kam zurück. Aster kniff die Augen zusammen, starrte angestrengt in die Dunkelheit …

Cora.

Eine Welle der Erleichterung spülte über sie hinweg, und sie riss sich das Staubtuch herunter.

»Cora! Ich bin's, Aster, das Mädchen, dem du letztes Jahr

geholfen hast. Erinnerst du dich? Bitte …« Ihre Stimme versiegte vor Erschöpfung. »Ich brauche noch einmal deine Hilfe.«

»Aster.« Zur Begrüßung breitete Cora die Hände aus, und ihr Lächeln strahlte trotz der Finsternis. »Irgendetwas hat mir gesagt, dass ich dich nicht zum letzten Mal gesehen habe.«

Im Inneren der Mühle war es feucht und zugig, der Holzboden bog sich durch, das Dach war löchrig, und überall türmten sich im Dunkeln irgendwelche Maschinen wie die Skelette mythischer Bestien. Cora und ihre Freunde hatten in der verlassenen Werkhalle ein provisorisches Zeltlager aufgebaut, beleuchtet von dem kirschroten Schein der Feuer, die auf dem Boden rostiger Metallfässer brannten. Coras Freunde, größtenteils Staubblütige etwa in Asters und Coras Alter, wenngleich ein paar nur halb so alt zu sein schienen, schliefen unruhig auf dem Boden, nur ein paar waren noch wach und warfen den beiden neugierige Blicke zu.

Angesichts der Umstände kam Aster sich vor, als hätte sie gerade ein Zimmer in einem der feinsten Gasthäuser von Northrock betreten.

»Wirklich, Cora, ich kann dir gar nicht genug danken«, wiederholte Aster, wickelte sich die Decke, die Cora ihr gegeben hatte, um die Schultern und nippte an einem Becher Tee. Aster hatte ihr genug Vertrauen entgegengebracht, um ihr die Wahrheit über das Feuer im Welcome House und die Abriegelung der Stadt zu erzählen – dies war immerhin schon das zweite Mal, dass Cora sie gerettet hatte, und sie war auch beim ersten Mal nicht zu den Gesetzeshütern gelaufen. Trotzdem verzichtete Aster darauf, die Lady Ghosts, Violet oder die verrückte Allianz mit Derrick McClennon zu erwähnen. Das waren Geheimnisse, bei denen es ihr nicht zustand, sie aufzudecken.

»Für eines der Mädchen aus Green Creek würde ich alles tun, jetzt erst recht, nachdem du das verdammte Welcome House niedergebrannt hast«, erklärte Cora nachdrücklich. Ihr kurz geschnittenes Haar umrahmte ein elfenbeinfarbenes Gesicht, und ihre dunklen Augen funkelten vor Bewunderung. Sie hielt eine Handvoll roter Lakritzstangen in der Hand, ihre kurzen Finger ragten aus fingerlosen Lederhandschuhen, als sie Aster eine anbot, als wäre es eine Zigarre. Zögernd nahm Aster sie. »McClennon hat gesagt, du wärest tot, aber ich wusste es besser«, fuhr Cora fort. »Jede Geschichte, die irgendein Politiker vehement verbreitet, kann nur eine Lüge sein. Aber erst, als all das plötzlich in der Zeitung stand, habe ich mir ausrechnen können, wer du bist. Hätte ich das gewusst, als wir uns begegnet sind, hätte ich deinen Schimmer nicht angenommen.«

»Dieses Mal habe ich nicht viel, was ich dir geben könnte«, gestand Aster.

»Behalt es. Du brauchst es derzeit dringender als wir.«

Aster nickte dankbar und nahm einen Bissen von der Lakritzstange. Die Süße explodierte auf ihrer Zunge und machte ihr den Mund wässrig. Nach der Nacht, die sie hinter sich hatte, reichte das beinahe, um ihr die Tränen in die Augen zu treiben. In ihrem Kopf blitzte die Erinnerung an den flüchtenden Rächer auf, dessen gepeinigte Schreie die Nacht erfüllten, und sie schauderte.

»Deine Freundin hat mir da draußen das Leben gerettet«, sagte Aster leise, und plötzlich verwandelte sich ihre tiefe Dankbarkeit in schwere Müdigkeit.

Cora blickte ihr in die Augen. »Du sagst das, als wäre es etwas Schlechtes.«

»Ich weiß nur nicht, wie ich euch allen das je vergelten kann.«

»Nicht alles, was gut ist, muss einen Preis haben, Aster. Schlag dir das aus dem Kopf.«

Aster seufzte und trank einen Schluck von dem Tee. Er besänftigte ihre Kehle, die immer noch rau von all dem Rauch war, den sie eingeatmet hatte. »Was haben diese Rächer in Northrock zu suchen? Ich dachte, ich hätte die im Grind hinter mir gelassen.«

Das Grinsen verschwand aus Coras Gesicht. »Das dachten wir auch. Aber in letzter Zeit ging es im Gewerbegebiet ziemlich übel zu. Die Landesherrenfamilie, der die meisten Geschäfte hier gehören – die Cains –, hat die Löhne gekürzt, seit so viele Leute verzweifelt Arbeit suchen. Darum gibt es eine Menge böses Blut zwischen den armen Hellblütigen, die immer hier gelebt haben, und den freigelassenen Staubblütigen, die im Zuge der letzten Generation hergezogen sind. Vor einer Weile wurde ein Gesetz beschlossen, das staubblütigen Männern einen Erlass ihrer Familienschuld verspricht, wenn sie in der Armee dienen. Darum siedeln sich diese Familien jetzt in Städten wie Northrock an.«

Aster verzog das Gesicht. Sie kannte das Gesetz. Durch die Zeche wurden staubblütige Männer fast genauso gnadenlos ausgebeutet wie Frauen, und sie hatte im Welcome House viel zu viele dieser Männer kennengelernt. Sie konnte sie nicht verstehen, konnte nicht nachvollziehen, wie sie für das Land, das ihren Ahnen alles genommen hatte und sie wie Ungeziefer behandelte, zu den Waffen greifen konnten. In den Minen zu rackern war wenigstens ehrbare Arbeit.

Aber wenn sie dadurch wirklich Freiheit für ihre Familien erlangen konnten …

Es war nicht an ihr zu urteilen. Sie würde auch alles für ihre Familie tun. Das hatte sie bereits getan.

»Weil so viele von unseren Leuten hergezogen sind, ist es für die Hellblütigen immer schwerer geworden, Arbeit zu finden, und sie hassen es, in derselben Nachbarschaft zu leben wie unseresgleichen«, fuhr Cora fort. »Es hat harte Worte gegeben. Und Gewalt. Revierkämpfe und Terrorakte. Besonders in den letzten paar Monaten. Du und deine Freundinnen, ihr habt eine Menge Aufregung verursacht, als ihr durch den Grind gezogen seid, um ehrlich zu sein. Das hat all die Hellblütigen nervös gemacht. Letzte Woche hat es sogar ein Bombenattentat auf eine unserer Kirchen gegeben. Und allmählich sehen wir die Auswirkungen von alldem hinter dem Schleier. Hier zu leben war nie einfach, aber jetzt …«

Jetzt gibt es hier Rächer, dachte Aster.

Sie kam sich vor, als wäre sie in den letzten zehn Minuten um zehn Jahre gealtert. Sie stellte die Tasse weg und rieb sich die Augen. »Verhobelte Hölle. Dabei hätte hier doch alles besser sein sollen.«

Cora schnaubte verächtlich. »Ist es. Und was sagt dir das?«

Aster ließ den Kopf hängen. Ein Teil von ihr wollte sich Vorwürfe machen für die Rolle, die sie dabei gespielt hatte, aber sie verdrängte den Gedanken energisch. Rächer entwickelten sich aus ganzen Lebensspannen, nicht aus Abschnitten von gerade mal ein paar Monaten. Dieser Sturm hatte sich schon zusammengebraut, ehe sie überhaupt auf der Welt gewesen war. Und schuld daran waren die *Landesherren.* Sie waren diejenigen, die all den Schimmer horteten und zusahen, wie die Übrigen sich um Essensreste balgten. Warum also ließen die armen Hellblütigen ihren Zorn an ihren staubblütigen Nachbarn aus, die *gar nichts* hatten?

»Ich schätze, sie wollten einfach sicherstellen, dass wir nicht vergessen, wo wir hingehören«, entgegnete Cora, als Aster sie danach fragte. »Niemand will ganz unten sein. Die Reichen trampeln auf den Armen herum, die Männer auf den Frauen, die Hellblütigen auf den Staubblütigen … und so weiter. Nichts ändert sich je.«

Aber Aster weigerte sich, das hinzunehmen. McClennon *wusste,* dass sie fähig waren, Dinge zu ändern. Er fürchtete sie. Das hatte sie an den vermehrten Sicherheitsmaßnahmen bei seinem Wahlkampfauftritt erkannt. Und sie erkannte es auch jetzt daran, dass die ganze Stadt abgeriegelt worden war. Die Landesherren konnten nicht zulassen, dass ein Haufen Good Luck Girls sich einfach nahm, was man ihnen schuldete. Sie waren ganz unten, bildeten den Fuß dieses Berges – wenn sie sich bewegten, brach das ganze Ding zusammen.

»Wie auch immer, lass dich davon nicht zu sehr verrückt machen. Hier bei uns bist du sicher«, fuhr Cora fort. »Wir beschützen uns hier gegenseitig vor den Lebenden und den Toten.«

»Aber das Gesetz …«, setzte Aster an.

»Ist die geringste unserer Sorgen. Die Gesetzeshüter werden höchstwahrscheinlich diese alte Mühle durchsuchen, und das nicht nur einmal. Aber es gibt Orte, an denen wir dich verstecken können, wenn sie kommen. Du bist nicht die Erste, die wir vor ihnen schützen. Bleib einfach hier, so lange es nötig ist.«

Aster seufzte. »Danke«, sagte sie. Plötzlich spürte sie Druck auf ihrer Brust, und sie blinzelte gegen die Tränen an.

Cora lächelte nur. »Es ist, wie ich gesagt habe – ich tue alles für eines der Green-Creek-Mädchen. Ihr alle habt die Dinge für Leute wie uns verändert. Dass ihr diesen reichen Mistkerlen die Stirn geboten habt, hat den Leuten Mut gemacht. McClennon war ein Idiot, der Welt zu erzählen, ihr wäret tot.

Er hat sich hingestellt und Märtyrer aus euch gemacht. Jetzt warten haufenweise Leute darauf, da weiterzumachen, wo ihr aufgehört habt. Und so, wie sich die Dinge hier entwickeln, mit dem Welcome House und den Rächern und den Vergeltungsmaßnahmen der Hellblütigen … diese Form der Inspiration ist genau das, was wir brauchen.«

Bei Coras Worten flackerte Wärme in Aster auf und verjagte die Kälte, die ihr bis ins Mark gesickert war.

»Aber wenn du so begierig darauf bist, mir etwas zu vergelten, Aster … Es gibt einen Gefallen, um den ich dich bitten werde.«

»Was immer du willst«, versprach Aster.

»Schick diesen Hurensohn zu den Toten!«

KAPITEL ACHT

Die Stadt blieb ganze zwei Wochen abgeriegelt.

Trotz der Hilfe von Cora und den anderen Staubblütigen war Asters Lage brenzlig. Die Gesetzeshüter fielen gleich dreimal über die Mühle her, krempelten im Zuge ihrer Suche die ganze Zeltstadt um und drohten jedem, der Widerstand leistete, Prügel an. Aster versteckte sich in einem Kriechboden über dem alten Hauptbüro, zusammen mit zwei Läufern – davongerannten Staubblütigen –, die keine Gewährsscheine hatten und zurück in den Grind geschickt werden würden, sollte man sie entdecken. Der Zorn fraß an ihr, während sie dort in der dunklen, von Spinnweben verhangenen Enge kauerte; ihr heißer Atem füllte den Raum, Splitter bohrten sich in ihre Handflächen. Völlig hilflos lauschte sie den Geräuschen des Chaos unter ihr. Noch immer fühlte sie sich verantwortlich, und das ärgerte sie. Schließlich hatte sie, indem sie das Welcome House niedergebrannt hatte, nur getan, was sie hatte tun müssen … Oder nicht?

Als die Abriegelung endlich aufgehoben wurde, verabschiedete sich Aster mit einem überwältigenden Gefühl der Erleichterung von Cora und ihren Freunden und dankte ihnen dafür, dass sie ihr eigenes Leben riskiert hatten, um sie so lange zu verstecken. Cora gab ihr ein Pferd und ein paar Lakritzstangen für den Weg und wünschte ihr Glück. Dann verließ Aster die Mühle und floh aus der Stadt.

Nachdem sie zwei Wochen lang unter diesen harten Bedingungen hatte ausharren müssen, war Aster so geschwächt wie seit Monaten nicht mehr, und sie schaffte es kaum, die Augen offen zu halten, während sie zum Graveyard zurückgaloppierte. Als sie nach Northrock aufgebrochen war, um Violet zu suchen, hätte sie sich nicht träumen lassen, dass bis zu ihrer Rückkehr so viel Zeit vergehen würde. Der Friede und die Abgeschiedenheit des Unterschlupfs der Lady Ghosts würden ihr eine willkommene Atempause verschaffen.

Immer vorausgesetzt natürlich, dass Priscilla bereit wäre, sie wieder aufzunehmen.

Die Nacht brach an, als Aster die Mine erreichte, abstieg und das Pferd anband, ehe sie in den Untergrund hinabstieg. Ihre Schritte hallten durch den langen Tunnel, plätscherten in seichten Pfützen und lösten Steine, die durch die Dunkelheit polterten. Bei jedem Laut zuckte sie zusammen. Sie war nervös, fürchtete sich vor der bevorstehenden Konfrontation mit den Lady Ghosts.

In den vergangenen Tagen hatte sie mehr als genug Zeit gehabt, darüber nachzudenken, doch sie wusste immer noch nicht, was sie tun sollte, falls sie abgewiesen würde.

Das Gefälle ließ nach, als Aster sich dem unteren Ende des Minenschachts näherte, an dem zwei Ladys mit Pistolen an den Hüften Wache hielten. Eine von ihnen war Raven; sie lehnte mit vor der Brust verschränkten Armen und einem gelangweilten Gesichtsausdruck an der Wand. Ihre goldbraunen Augen blitzten vor Überraschung auf, als sie Aster sah.

»Raven«, hauchte Aster. Es war so lange her, seit sie einander das letzte Mal gesehen hatten, dass sie trotz ihrer Erschöpfung unwillkürlich lächeln musste.

»Beim Schleier, Aster, du hast dir aber ganz schön Zeit gelassen. Wo zur Hölle bist du gewesen?«, verlangte Raven zu wissen.

Verwirrt runzelte Aster die Stirn. Mussten das nicht inzwischen längst alle ahnen? Musste es nicht in der Zeitung gestanden haben? Sie hatte Raven gebeten, sie zu decken, aber diese Lüge hätte gleich auffliegen müssen, als sie die Neuigkeiten über das Welcome House und die Abriegelung der Stadt erfahren hatten. Alle hätten sich denken können, was sie getan hatte.

»Das … ist eine lange Geschichte, Ray«, wich Aster einer direkten Antwort aus. »Hör mal, ich muss mit Priscilla reden. Ist sie da?«

Die andere Wächterin, eine ältere rothaarige Frau namens Dinah, antwortete an Ravens Stelle, und auch ihre Augen funkelten vor Aufregung angesichts Asters Rückkehr. »Priscilla ist gerade in irgendeiner Besprechung.«

»Mit wem?«, fragte Aster.

»Können wir dir nicht sagen«, entgegnete Raven. »Sie und die anderen Kommandantinnen haben ziemlich geheimnisvoll getan. Muss wohl einer ihrer Regierungskontakte sein.«

»Oh, na ja, ich möchte natürlich nicht stören …«, sagte Aster hastig. Ihr war alles recht, um dieses Gespräch noch etwas aufzuschieben.

»Nein, nein! Geh, sie wird dich sofort sehen wollen, Aster«, widersprach Dinah. »Wir haben alle das Schlimmste befürchtet.«

Aster zögerte, und Raven löste sich seufzend von der Wand. »Soll ich dich begleiten?«

»Bitte«, sagte Aster, froh, nicht erst fragen zu müssen. Ihr war klar, dass Priscilla nicht Mother Fleur war, dass sie ihr nicht wehtun würde, ganz gleich, wie wütend sie sein mochte. Trotzdem wäre es mit einer Freundin an ihrer Seite einfacher.

Wenn es etwas gab, das Aster in Northrock gelernt hatte, dann, dass sie nichts von alldem allein bewältigen konnte.

Raven sah sich zu Dinah um, um deren Einverständnis einzuholen, und Dinah nickte.

»Nur zu – den Rest der Schicht kann ich allein übernehmen.«

»Danke«, sagten Aster und Raven wie aus einem Munde.

Unter lastendem Schweigen gingen sie durch die Tunnel zum Kommandanten-Quartier. Alle paar Schritte schaute Raven Aster an, als hätte sie ein Gespenst gesehen.

»Was?«, fragte Aster schließlich.

»Was meinst du mit *was?* Hast du Violet gefunden? Warum ist sie nicht mit dir zurückgekommen? Was habt ihr da draußen ganze zwei Wochen lang gemacht? Ich habe Priscilla gesagt, du wärest in die Stadt gegangen, um Vorräte zu beschaffen. Sie dachte, wir hätten dich verloren.« Raven wandte den Blick ab. »Und ich auch.«

Aster blieb stehen. Sie hatten das Kommandanten-Quartier erreicht, und sie konnte gedämpfte Stimmen von der anderen Seite der Tür hören. Es klang, als wären eine ganze Menge Leute in dem Raum. Mit wem konferierte Priscilla da nur?

»Es tut mir leid, Raven. Ich habe etwas Waghalsiges getan und werde dazu stehen. Priscilla wird mir vielleicht nie vergeben, wenn ich es ihr erzähle, aber ich hoffe, sie tut es doch, und ich hoffe, du kannst das auch – ich wollte dir nie Kummer bereiten.«

»Also … *wirst* du es ihr erzählen? Was immer es auch ist«, hakte Raven nach.

Aster schluckte und nickte. *Schätze schon.*

Es war Zeit, es hinter sich zu bringen. Sie stieß die schwere Holztür auf und zuckte bei dem leisen Ächzen der verrosteten Angeln zusammen.

Und dort, auf der anderen Seite, sah sie Zee.

Und Tansy. Und Mallow. Und …

»Clementine?« Asters Stimme brach, als sie den Namen aussprach. Ihr war, als hörte die Welt auf, sich zu drehen. Sie stand wie angewurzelt da, als ihre Freunde – ihre Familie – sich umdrehten und sie erkannten.

Als Aster Zee das letzte Mal gesehen hatte, da hatte er den derben Drillich der Wegemänner getragen und dazu ein Arbeitshemd, das ganz steif vor Schweiß gewesen war. Seine Haut war rissig gewesen von dem unerbittlichen Wind und der Sonne über dem Grind. Nun trug er eine schwarze Hose und eine gemusterte Weste zu einem frischen weißen Hemd. Das lockige Haar hatte er sich mit Pomade zurückgekämmt wie ein Stadtjunge. Als sich seine Überraschung in Freude wandelte, fing er an zu lächeln, und in seinen Augenwinkeln zeichneten sich kleine Fältchen ab.

Mallow war mit ihrer neuen blauen Drillichhose und der braunen Lederjacke etwas salopper gekleidet. Ein kunstvoll gemustertes Stirnband zog sich durch ihr kurzes schwarzes Haar. Die Ärmel hatte sie über die sonnengebräunten Unterarme hochgekrempelt, und ihr Gesicht hatte einen strahlend-verschmitzten Ausdruck. Tansy stand in einem himmelblauen Kleid neben ihr, das lange blonde Haar zu einem Zopf geflochten, der ihr über die Schulter hing. Nun, da sie oben im Norden lebte, sprenkelten nicht mehr ganz so viele Sommersprossen ihre weiße Haut, und ihre Haltung drückte Selbstvertrauen aus; die Schultern waren gerade, der Blick ihrer grünen Augen ruhig. Sie und Mallow schienen sich miteinander wohler denn je zu fühlen.

Und Clementine …

Clementine sah inzwischen aus wie eine Frau. Was war passiert? Sie war so groß wie Aster, ihr vormals rundes Gesicht war schmaler, die Hüften dagegen fülliger. Das elegante salbeigrüne Kleid, das sie trug, hob sich wunderschön von ihrer tiefbraunen Haut ab. Aber der Ausdruck in ihren Augen war der Gleiche wie eh und je – ein Zeichen ungebrochener Hoffnung. Ihre Lippen öffneten sich vor Überraschung, als sie Aster erblickte, und dann breitete sich ein mädchenhaftes Grinsen über ihr Gesicht aus, an das Aster sich so lebhaft erinnerte. Sie glaubte, vor lauter Gefühlen platzen zu müssen.

»Was … was macht ihr alle hier?«, stammelte Aster endlich in das verdatterte Schweigen hinein.

»Lucker, was tust *du* hier?«, konterte Mallow und sah so perplex aus, wie Aster sich fühlte. »Priscilla hat uns benachrichtigt, dass du vermisst wirst, und wir sind zurückgekommen, um bei der Suche nach dir zu helfen.«

Aster riss sich vom Anblick ihrer Freunde los und sah Priscilla an.

»Du warst lange fort, Aster – ich dachte wirklich, wir hätten dich verloren«, sagte sie mit einer Stimme, die vor lauter Gefühlen ganz brüchig klang. »Ich dachte, uns bliebe keine andere Wahl, als die anderen zu benachrichtigen.«

»Und *wir* dachten, uns bliebe keine andere Wahl, als selbst nach dir zu suchen, ganz gleich, was es kostet«, fügte Clementine hinzu, stürmte durch den Raum und schlang die Arme um sie. Als sie sich umarmten, zerbrach etwas in Aster. Tränen traten ihr in die Augen und strömten über ihre Wangen.

»Ihr alle?«, fragte sie, kaum in der Lage zu sprechen.

»Natürlich wir alle«, antwortete Zee, und die anderen beteiligten sich an der Umarmung, bis Aster in den Kokon ihrer Liebe gehüllt war. Was sie nur noch mehr zum Weinen brachte. Sie war schon so lange von niemandem derart liebevoll gehalten worden. Als sie schließlich von ihr abließen, wischte sie sich mit einem verlegenen Lachen die Tränen aus den Augen.

»Na ja, tut mir leid, dass ich euch alle dazu getrieben habe, diese lange Reise auf euch zu nehmen.«

»Sei nicht albern, wir sind einfach nur froh, dass du gesund bist!«

»Ja, natürlich«, stimmte Priscilla zu und rang sich trotz ihrer verwirrten Miene ein Lächeln ab. »Aber beim Schleier, Aster, wo bist du gewesen?«

Aster atmete noch einmal tief durch, wappnete sich und sah ihre Freunde an, um Mut zu sammeln, ehe sie das Wort ergriff.

»Ich war in Northrock. Ich habe wegen der Abriegelung festgesessen. Ich … ich war diejenige, die das Welcome House niedergebrannt hat. Ich bin hingegangen, um Violet zu suchen, aber ich konnte nicht wieder gehen, ohne dafür zu sorgen, dass diese Türen nie geöffnet werden würden.«

Danach kehrte eine so umfassende Stille im Raum ein, dass Aster, außer dem Ticken von Zees Taschenuhr, nichts mehr hören konnte. In den Gesichtern ihrer Freunde spiegelte sich eine Mischung aus Verwirrung und Fassungslosigkeit, während Priscilla eine undurchdringliche Miene aufgesetzt hatte und ihr Lächeln verblasste.

»Aber, Aster …«, durchbrach Tansy die Stille. »Die Zeitungen haben berichtet, eine Vagabundin hätte das Feuer gelegt – ein ehemaliges Good Luck Girl, das zu alt und labil geworden sei.«

»Warte, was?«

»Ja, sie haben sie festgenommen und all das«, griff Zee den Faden auf. »Deshalb wurde die Abriegelung aufgehoben.«

»Und deshalb ist niemand darauf gekommen, dass *ich* es war«, sagte Aster langsam, als die Erkenntnis dämmerte.

Die anderen nickten und murmelten zustimmend.

»Denkst du, die Gesetzeshüter glauben wirklich, diese Frau hätte es getan?«, fragte Clementine.

»Nein«, sagte Aster, während sich in ihrem Inneren ein Knoten formte. »Vermutlich lügen sie, um das Gesicht zu wahren, so wie damals, als wir aus McClennons Anwesen entkommen sind. Diese Frau existiert wahrscheinlich gar nicht. Die werden immer noch auf der Suche nach mir sein.«

Wieder senkte sich Stille über den Raum, bis Priscilla aufstand. Die Beine ihres Stuhls rutschten kreischend über den Steinboden.

»Nun«, sagte sie brüsk und stützte sich mit den Handflächen auf den Tisch. »Das war sicher nicht die Antwort, mit der ich gerechnet habe, Aster. Aber ich nehme an, was zählt, ist, dass du in Sicherheit bist. Du hast hier allen große Sorgen bereitet.«

Enttäuschung schlug sich auf ihre Stimmung nieder, und Aster fühlte sich schlechter denn je, während sie ihre Worte verdaute.

»Ma'am, ich versichere, ich wollte niemandem hier Kummer machen …«

»Das bezweifle ich nicht. Aber deine Freunde haben dennoch deinetwegen das Risiko auf sich genommen, nach Arketta zurückzukehren. Ich lasse euch nun allein, damit ihr euch gegenseitig auf den neuesten Stand bringen könnt, aber du und ich werden uns morgen früh unterhalten müssen … und ich nehme an, wir haben eine Menge zu bereden.«

Hilflos sah Aster zu, wie Priscilla durch die Tür hinausrauschte. Ihr wurde schwer ums Herz. So hatte sie sich ihre siegreiche Rückkehr nicht vorgestellt. Sie hatte nicht einmal eine Chance bekommen, sich zu rechtfertigen.

»Die ist sauer!«, stellte Mallow fest, kaum dass die Tür zugefallen war. »Aber ich muss mehr darüber erfahren, wie du diese Geschichte gedeichselt hast.«

»Seid ihr nicht wütend auf mich?«, fragte Aster verzweifelt und drehte sich wieder zu den Anwesenden um. Priscillas Enttäuschung konnte sie ertragen, jedenfalls so gerade eben, aber sollten ihre Freunde nicht akzeptieren können, was sie getan hatte …

»Wütend?«, wiederholte Clementine. »Aster, du hast dich verstecken müssen, darum weißt du es vielleicht nicht, aber ausschließlich die Hellblütigen sind *wütend* über dieses Feuer. Der Rest von uns konnte größtenteils gar nicht mehr aufhören zu juchzen.«

Aster schnappte nach der ausgeworfenen Rettungsleine. »Wirklich?«

Zee nickte. »Sogar ein paar staubblütige Männer, die Welcome Houses gewöhnlich unterstützen, waren froh zu sehen, dass McClennon von einem der ihren zum Narren gehalten worden war.«

»Ja, und letzte Woche hat eine Gruppe Landarbeiter eine Süßdistelplantage niedergebrannt«, fügte Tansy aufgeregt hinzu.

»Die haben *was* getan?«

»Warum zum Geier sollten die sich für Süßdisteln für ein Welcome House abrackern, das gar nicht eröffnet werden wird? Das werden sie sich dabei gedacht haben«, erklärte Mallow grinsend. »Wenn ein Good Luck Girl sich gegen einen Landesherrn erheben kann, dann können die das auch.«

»McClennon und seine Leute werden weiter versuchen, die Geschichte in ihrem Sinne zu drehen, aber es ist zu spät – die Leute sind auf deiner Seite, auch wenn sie nicht wissen, wer du wirklich bist«, sagte Clementine.

»Ja, ich schätze, Miss Priscilla ist lediglich gekränkt, dass du sie hintergangen hast«, schloss sich Tansy an. »Sie wird sich schon wieder beruhigen, Aster. Was du getan hast, war gut.«

Aster fand ihr Lächeln wieder und atmete erleichtert auf, ehe sie sich umdrehte und Raven in die Augen sah, die sich am Rande der Gruppe herumdrückte. Sie hatte die Arme vor der Brust verschränkt und erweckte den Eindruck, als wollte sie am liebsten in der Ecke des kleinen Zimmers verschwinden.

»Na ja, nichts von alldem hätte ich ohne Raven tun können«, räumte Aster ein. »Sie ist eine meiner Zimmergenossinnen, und sie war mir eine wunderbare Freundin. Ich möchte, dass ihr euch kennenlernt.«

Aster winkte Raven herbei, aber die bekam nur ganz große Augen und reckte beide Hände hoch.

»Ich bin nur hier, um mir den Rest der Geschichte anzuhören«, sagte Raven. »Ich muss nicht …«

»Schön, dich kennenzulernen!«, fiel Zee ihr gut gelaunt ins Wort, trat näher und schüttelte ihr überschwänglich die Hand. Die anderen folgten seinem Beispiel und machten Raven mit ihrer Begeisterung mürbe, bis sich ihre Züge ein wenig glätteten. Sie strich sich eine verirrte Locke hinter das Ohr und trat mit einem schwachen Grinsen in ihren Kreis.

»Das alles hat damit angefangen, dass Raven und ich zusammen nach Northrock gegangen sind, um McClennon reden zu hören«, erklärte Aster – und dann erzählte sie die Geschichte von Anfang an. Die verdeckte Operation, die sie zu McClennons Wahlveranstaltung geführt hatte, bei der sie und Raven von dem neuen Welcome House und der entsetzlichen Glücksnacht-Richtlinie erfahren hatten; ihre Bitte, die Lady Ghosts mögen Violet helfen, die ganz offensichtlich nicht glücklich war mit der Rolle, die zu spielen man sie gezwungen hatte;

ihr Versuch, sie entgegen der Wünsche Priscillas zu retten, der Aster mit Derrick McClennon bekannt gemacht hatte – und die Brandstiftung im Welcome House, in deren Folge sie zwei Wochen lang in Northrock festgesessen hatte.

»Ich *wusste,* Violet arbeitet nicht mit McClennon zusammen!«, rief Clementine, kaum dass Aster fertig war. »Habe ich es euch nicht gesagt, als wir die Meldung in der Zeitung gelesen haben? Das war nur eine weitere von den ewigen Lügen dieses Mannes.«

Mallow schlug sich begeistert mit der Faust in die Handfläche. »Wir hätten dir vertrauen müssen. Wir hätten *ihr* vertrauen müssen. Niemand sonst wäre fähig, so eine Situation zum eigenen Vorteil zu nutzen.«

»Ja. Ich bin nur froh, dass es ihr gut geht«, murmelte Zee und wandte den Blick ab. Aster wusste, dass er sich Vorwürfe machte, weil er nicht in der Lage gewesen war, Violet zu retten, so wie Aster sich immer wieder Vorwürfe deswegen gemacht hatte.

»Ich bin froh, dass es *dir* gut geht, Aster«, fügte Tansy hinzu und lehnte sich mit der Kehrseite an Priscillas Schreibtisch. »Du hast Glück, dass du das überlebt hast. Allein der Rauch, den du eingeatmet hast ...«

»Es war leichtfertig, das gebe ich zu«, gestand Aster ein. »Ich hätte es besser durchdenken sollen ... alles, was ich getan habe. Aber ich hatte einfach keine Zeit. Es gibt nie genug Zeit. Die Arbeit, die die Ladys hier tun, besteht darin, Leben zu retten, das habe ich mit eigenen Augen gesehen. Aber ein Mädchen nach dem anderen über die Grenze zu schmuggeln ... auf diese Weise werden wir sie nie alle retten können. Das ist mir jetzt völlig klar. Wir müssen uns höhere Ziele setzen und schneller handeln.«

»Schön, und was schwebt dir vor? Sollen wir weiter Welcome Houses niederbrennen?«, fragte Raven skeptisch.

Aster fing an, auf und ab zu gehen, während sie sprach: »Ich hatte während der Abriegelung eine Menge Zeit, über diese Frage nachzudenken, und so gern ich jedes einzelne Welcome House im Grind niederbrennen würde ... ich glaube nicht, dass ich das kann«, gab sie zu. »Bei *diesem* Welcome House bin ich nur davongekommen, weil es noch nicht eröffnet worden war. Es waren keine Mädchen dort. Aber ein Welcome House, das bereits in Betrieb ist ... Ich kann die Leben dieser Mädchen nicht leichtfertig in Gefahr bringen. Schließlich geht es bei der ganzen Geschichte nur darum, sie zu retten.«

Außerdem war Aster inzwischen aufgegangen, dass die Landesherren mit all ihrem Schimmer für jedes Welcome House, das sie dem Erdboden gleichmachte, zwei neue bauen würden. Das Leid der Staubblütigen in Northrock hatte sie auf ernüchternde Weise daran erinnert, wie groß die Reichweite und wie unerschöpflich die Ressourcen der Landesherren waren. Sie mussten das Problem an der Wurzel packen. Diese Männer konnten jedes einzelne Welcome House, das sich im Besitz ihrer jeweiligen Familie befand, mit einem einzigen Federstrich schließen und über Nacht Hunderte von Mädchen befreien. Sie mussten sie nur überzeugen – oder *zwingen* –, es zu tun.

Aster hörte auf herumzumarschieren. Sie hatte keine Ahnung, was notwendig wäre, um Männer wie Jerrod McClennon dazu zu bringen, solch einer Forderung nachzukommen.

Aber Derrick McClennon könnte es wissen.

Das ist höllisch dreist, Lucker, mahnte eine warnende Stimme in ihrem Hinterkopf. *Schlimm genug, dass du einen Haufen Aufschneider ausgenommen hast, jetzt willst du hingehen und die reichsten Familien des Landes erpressen?*

Ihr Mund wurde trocken.

Wenn sie das tun wollte, dann konnte sie es nicht allein tun.

Aster sah sich in der Runde um. Ihre Schwestern aus Green Creek hatten in Ferron endlich Geschmack an der Freiheit finden dürfen. Raven hatte sich hier bei den Ladys ein echtes Zuhause geschaffen. Und Zee hatte schon so viel für sie und ihre Freundinnen auf sich genommen. Es kam ihr nicht gerecht vor, irgendeinen von ihnen zu bitten, das hart erkämpfte kleine Glück zurückzulassen, um sich ihr in einem Kampf anzuschließen, der sie alle umbringen könnte.

»Es ist schon in Ordnung, Dawn. Du kannst uns ruhig sagen, was dir durch den Kopf geht«, sagte Clem leise.

Aster verspürte einen Stich in der Brust. Clementine hatte sie immer schon besser gekannt als sie sich selbst.

»Ich überlege …«, setzte Aster gedehnt an. »Ich überlege, die Landesherren direkt ins Visier zu nehmen. Ihnen einen harten Schlag zu versetzen, angefangen mit McClennon. Und ich denke, das kann ich nur tun, wenn ihr alle mitmacht.«

»Aber wie willst du ihnen einen harten Schlag versetzen?«, fragte Mallow, deren Augen vor Interesse aufleuchteten.

»Das«, antwortete Aster, »ist eine Frage, die wir Derrick stellen sollten. Wir holen ihn dazu – ihn und Violet. Sie werden uns zeigen, an welchem Punkt seine Familie am verwundbarsten ist, und darauf werden wir abzielen. Ihr sagt, die Leute brennen Felder ab? Es gibt keinen Grund, warum wir nicht das Gleiche tun sollten. Ich schätze, wenn wir nur genug Ärger machen, kommt irgendwann der Moment, in dem McClennon verzweifelt genug ist, um zu tun, was immer wir verlangen, nur damit wir aufhören.« Nacheinander sah sie allen in die Augen. »Und wir werden verlangen, dass er die Welcome Houses seiner Familie schließt. Für immer.«

Die nun einkehrende Stille war so profund, dass Aster ihren eigenen Herzschlag hören konnte.

»Aster … das würde er nie tun«, wandte Zee sanft ein.

Die Hitze des Zorns wogte in ihr auf. »*Nie* juckt mich nicht. Wir hätten nie aus Green Creek entkommen dürfen. Wir hätten nie den Grind überleben dürfen. Wir hätten nie Lady Ghost finden oder nach Ferron entkommen dürfen. Also stell dich nicht hin und sag mir, ich wäre unrealistisch. Da draußen geht es schlimmer zu als je zuvor. Jemand *muss* es einfach versuchen.« Ihre Stimme war unwillkürlich lauter und schriller geworden, und sie hielt inne und atmete einmal tief durch, um sich zu beruhigen, ehe sie fortfuhr: »Hört mal … ihr alle habt jedes Recht, euch abzuwenden. Ich würde es euch nicht verübeln. Jede hier hat schon mehr durchgemacht, als irgendjemand sollte.« Sie schluckte. »Aber *ich* werde es tun, und ich bin nicht zu stolz zuzugeben, dass ich Hilfe brauchen werde.«

»Und die wirst du haben«, entgegnete Clementine, ohne zu zögern, trat vor und legte Aster die Hand auf die Schulter.

»Immer, Aster«, versprach Mallow.

»Es wäre mir eine Ehre«, schloss sich Tansy an.

Zee nickte. »Sag mir einfach, wo du mich haben willst.«

Nun sahen alle Raven an, die unter ihren Blicken leicht errötete.

»Ich erwarte nicht von dir, dass du mit uns kommst«, versicherte Aster ihr rasch. »Du kennst diese vier Leute kaum …«

Ravens Antwort fiel leise, aber bestimmt, und ein Lächeln zupfte an ihren Mundwinkeln. »Ich möchte das nicht verpassen.«

An diesem Abend saßen sie zum ersten Mal seit einem Jahr alle beisammen und aßen gemeinsam.

Die Lady Ghosts hatten zur Feier von Asters sicherer Rückkehr einen Schmorbraten zubereitet. Priscilla hielt eine kurze Ansprache, erwähnte aber die Brandstiftung im Welcome House nicht, sondern sagte nur, dass Aster im Zuge einer Mission im abgeriegelten Northrock festgesessen habe. Dennoch konnte Aster an Marjories und Agathas beunruhigten Minen ablesen, dass Priscilla ihre Stellvertreterinnen über Asters Ungehorsam in Kenntnis gesetzt hatte.

»Ich nehme an, es hat keinen Sinn, sie in Hinblick auf unseren nächsten Zug gegen McClennon um Hilfe zu bitten«, kommentierte Clementine, nachdem sie Asters Blick zur Vorderseite des Raums gefolgt war.

Aster seufzte. »Nein, vermutlich nicht.« Wenn Priscilla schon nicht bereit gewesen war, einen Abstecher nach Northrock zu riskieren, um Violet zu retten, dann würde sie das Risiko, in den Grind zu gehen, um noch mehr von McClennons Besitz niederzubrennen, bestimmt nicht eingehen wollen. Aber vielleicht, dachte sie plötzlich, war das sogar besser so – denn wenn sie sich in dem vollen Speisesaal umblickte und all die Frauen schwatzen und lachen sah, verstand sie, warum die führenden Köpfe der Lady Ghosts so darauf bedacht waren zu schützen, was sie geschaffen hatten. Dieser Ort war während des letzten Jahrs ihr Zuhause gewesen, das einzige Zuhause, in dem sie sich immer sicher gefühlt hatte und in dem es ihr nie an etwas gefehlt hatte. Es war nicht so, dass sie gehen wollte – es war nur, dass sie jedem Good Luck Girl eine Chance geben wollte, ebensolche Erfahrungen zu machen.

»Meinst du, du wirst hierher zurückkehren, wenn das alles vorbei ist?«, fragte Tansy.

»Vielleicht … Allerdings könnte ich es ihnen auch nicht vorwerfen, wenn sie zu dem Schluss kämen, dass ich ihr Vertrauen nicht länger verdiene. Ich kann nur hoffen, dass sie mir dann helfen, die Grenze nach Ferron zu überqueren, damit ich zu euch stoßen kann.« Aster wollte einfach nicht allein sein.

»Ja, bei den Toten, *bitte* komm zu uns nach Ferron«, bettelte Mallow förmlich. »Wir brauchen noch jemanden, um unsere Schlagballmannschaft zu vervollständigen.«

Aster blinzelte verdattert. »Eure was?«

»Mal, niemand will sich deiner Mannschaft anschließen«, sagte Tansy langmütig und legte eine Hand über die von Mallow.

»Ha! Das denkst du. Ich habe schon ein paar Freundinnen auf der Arbeit gefragt, ob sie dazustoßen wollen. Dann haben wir Clem am ersten Schlagball, mich zwischen dem zweiten und dem dritten und Zee im rechten Außenfeld, wo er nicht allzu viel Mist bauen kann.«

»Hey …«, begehrte Zee auf.

Mallow wedelte nun aufgeregt mit ihrer Gabel, auf die sie einen Happen Röstkartoffeln gespießt hatte. »Wir brauchen nur noch einen Werfer …«

»Ach? Und wo passe ich in dieses Szenario?«, fragte Tansy.

»Na ja, du bist natürlich die Schiedsrichterin«, entgegnete Mallow grinsend, beugte sich zu ihr und küsste Tansy auf die Schläfe. »Dafür brauchen wir jemanden, der besonnen ist.«

Aster prustete vor Lachen. Die beiden waren wie Ebbe und Flut, wogten mit unermüdlicher Freude bald hierhin, bald dorthin. Sie hatte ganz vergessen, wie leicht man sich mitreißen lassen konnte. »Noch mal von vorn, Mal«, sagte sie. »Freundinnen auf der *Arbeit?* Wer war denn närrisch genug, dich anzuheuern?«

Mallow strahlte. »Die Ladedocks. Die Arbeit ist hart und

der Lohn mies, aber meine Arme sind so kräftig wie nie zuvor. Und, Aster, das wirst du nicht glauben, aber einer der Männer, mit denen ich arbeite, ist tatsächlich ein Sohn der Neun und aus dem südlichen Volk – genau wie meine Familie väterlicherseits. Oben in Ferron gibt es anscheinend ein ganzes Netzwerk von Läufern aus den Nationen. Sie haben mich so viel über die Traditionen gelehrt, was meine Familie mir nicht beibringen konnte. Dieses Stirnband habe ich selbst gemacht.«

»*Wirklich?*«, fragte Aster mit hochgezogenen Brauen. Mallows Stirnband mit dem aufwendigen Muster aus roten, gelben und schwarzen Sparren sah nicht so aus, als hätte eine Anfängerin es bestickt.

»Na ja«, korrigierte sie sich, »eine der Tanten hat geholfen.«

Tansy lachte. »Das zählt trotzdem, Mal. Und, Aster, ich habe auch echt aufregende Neuigkeiten. Ich bin jetzt in einem Krankenhaus und arbeite als Schwester, und ich habe eine Salbe entwickelt, die das Brennen der Kokarden für mehrere Stunden unterdrücken kann, was uns die Möglichkeit gibt, sie viel länger abzudecken.«

»*Was?*«, entfuhr es nun Raven. Bis dahin hatte sie sich zurückgehalten, wie es ihre Art war, wenn sie es mit neuen Leuten zu tun bekam, aber sogar sie hatte sich angesichts der Neuigkeit vor Staunen auf die Zunge gebissen. »Moment mal, *echt?* Wie zur Hölle hast du das geschafft?«

»Es gibt da diese auf Wolfsmilch basierende Droge zur Schmerzlinderung, die sich gerade in der Entwicklung befindet – Ferron ist in solchen Dingen sehr fortschrittlich. Das Zeug ist natürlich nicht für Kokarden gedacht, aber ich habe ein bisschen mit der Rezeptur herumgespielt, und, na ja ... am Ende hatte ich ein Ergebnis, das funktioniert.« Sie lief rot an und zuckte mit den Schultern.

Begeisterung regte sich in Asters Eingeweiden. Das war die Art von Vorteil, den sie brauchen würden, wollten sie das vor ihnen Liegende überleben.

»Tansy, das ist fantastisch«, sagte Aster. »Ich kann mir gar nicht vorstellen, wie sehr das den Menschen helfen wird.«

»Na ja, ich muss die Mischung immer noch perfektionieren. Aber ich bin auf der richtigen Spur, so viel ist sicher. Ich habe jetzt nur eine begrenzte Menge dabei, aber für uns sollte es reichen, solange wir sparsam damit umgehen.«

»Und was hast du zu berichten, Clem?«, fragte Aster ihre Schwester und zog eine Braue hoch. »Bist du auch losgezogen, um Leben zu retten?«

Clementine schnaubte leise. »Kaum! Ich spiele Piano in einem Tanzlokal weiter unten an der Straße. In dieser Stadt wird kulturell so viel geboten, Aster. Leute aus der ganzen Welt kommen in unser Lokal und haben die interessantesten Geschichten zu erzählen. Ich wünschte nur, ich könnte meine eigene auch preisgeben«, schloss sie lachend.

Aster lächelte. Stolz wärmte ihre Brust. Nicht alles war gut in Ferron, das war ihr klar – Good Luck Girls mussten mit Gehässigkeiten rechnen, ganz gleich, wohin der Wind sie auch trug. Doch ihre Schwester so erblühen zu sehen, auf eine Weise, die keine von ihnen sich ein Jahr zuvor auch nur hätte träumen lassen, fühlte sich immer noch so unwirklich an wie ein Traum aus dem Reich hinter dem Schleier.

»Den tollsten Job aber hat Zee«, fuhr Clem fort. »Er arbeitet in der Waffenfabrik und baut diese hochwertigen voltrischen Feuerwaffen zusammen.«

»Und das versetzt dich in die Lage, sie zu ernähren?«, fragte Aster spitz.

»Kaum«, antwortete Clementine an seiner Stelle. »Außerdem könnte ich schwören, er gibt die Hälfte von seinem Lohn für Pomade aus.«

»Mag ja sein, aber wozu brauchen wir den Schimmer?«, konterte Zee, legte den Arm um Clementine und zog sie an sich. »Die Sonne schenkt uns alles Gold, was wir uns nur wünschen können, und der Mond das Silber dazu. Wir sind reicher als Könige.«

Clementine kicherte und stieß ihn spielerisch von sich. »Das ist ziemlich schnulzig.«

Aster war nicht so begeistert.

»Nun gut«, sagte sie in bemüht munterem Ton zu Raven, »da hast du es. Eine Ein-Frau-Schlagballmannschaft, eine Schankstubenpianistin, ein sentimentaler Habenichts und eine Medizinerin, die vielleicht wirklich brillant genug ist, um den Rest von uns durch diese Sache lebend durchzubringen. Bist du sicher, dass du dich diesem Zirkus anschließen willst?«

Raven setzte ein schiefes Grinsen auf. »Tja, es hört sich an, als hättet ihr noch Platz für eine grüblerische Künstlerin frei. Wenn dem so ist, biete ich mit Freuden meine Dienste an.«

Zee erwiderte das Grinsen. »Ich mag sie.«

»Da ist sie bestimmt erleichtert«, bemerkte Tansy ironisch. »Raven, welche Art Kunst machst du?«

Aster rechnete mit einer ausweichenden Antwort, aber stattdessen leuchteten Ravens Augen vor Freude.

»Vor allem Bleizeichnungen«, sagte Raven. »Die Ladys waren so nett, mir das Material zu beschaffen. Aber vorher, im Welcome House, musste ich nehmen, was immer ich finden konnte. Da habe ich alte Kohlen für Linien und Schattierungen benutzt und alte Zeitungen als Leinwand.«

»Oh, in welchem Welcome House bist du denn aufgewachsen?«, fragte Clementine.

Ravens Miene verschloss sich wieder, und ihr Lächeln verblasste.

»Entschuldige, das geht mich wirklich nichts an«, ruderte Clementine zurück.

»Nein, nein … Wir werden eine Menge Zeit miteinander verbringen, da ist es nur natürlich, dass ihr mehr über mich wissen wollt, nicht wahr?«, erwiderte Raven, lehnte sich zurück und verschränkte die Arme vor der Brust. »Aber mein Welcome House ist eines, von dem ihr wohl noch nie gehört habt. Es war ein inoffizielles Etablissement, spezialisiert auf … ›verbotene‹ Gelüste. Da gab es einen ganzen Haufen Mädchen wie mich. Meine Leute haben mich verkauft, kaum dass ich alt genug war – haben gesagt, wenn ich unbedingt ein Mädchen sein wollte, dann könnte ich mir auch damit meinen Lebensunterhalt verdienen.«

Diesen Teil ihrer Geschichte hatte auch Aster bisher noch nicht gehört, und sie fühlte sich, als hätte ihr jemand in den Magen geschlagen. Die meisten Mädchen wurden an Welcome Houses verkauft, weil die Familien den Schimmer bitter benötigten oder wirklich glaubten, ihren Töchtern würde es dort besser gehen. Aber von den eigenen Eltern aus purer Böswilligkeit veräußert zu werden …

»Bei den Toten, Ray. Ich hatte ja keine Ahnung. Es tut mir so leid.«

»Mir auch. Zur Hölle mit denen«, sagte Mallow mit leiser Stimme und angespannter Miene. »Mein Bruder und ich … wir waren immer irgendwie anders. Nicht genauso wie du … es war mehr, als hingen wir irgendwo in der Mitte fest, zwischen dem, was immer es heißt, ein Junge oder ein Mädchen zu sein. Er war einfach ein bisschen zu zart und ich ein bisschen zu grob … und die anderen Kinder haben uns deswegen natürlich übel mitgespielt, aber nie unsere eigenen Leute. Die schienen das zu verstehen.«

Tansy ergriff Mallows Hand und wandte sich wieder Raven zu. »Ich weiß, wir sind kein Ersatz für die Familie, die du verloren hast, Raven, und wir werden das auch gar nicht versuchen. Aber … wir alle mussten lernen, füreinander da zu sein, wenn es niemand anderes getan hat. Aus *dieser* Familie wird dich keiner vertreiben.«

Clementine nickte energisch. »Zur Hölle, wenn du während meiner Abwesenheit nach Aster gesehen hast, dann bist du jetzt schon beinahe eine Schwester für mich.«

Ravens Züge glätteten sich für einen Moment, doch dann zog sie die Mauer wieder hoch, räusperte sich und wandte den Blick ab. »Was ihr sagt, ist wirklich nett. Ich verlasse mich darauf.« Dann löste sie ihre Arme und sah Aster an. »Ich schätze, das alles ist einer der Gründe dafür, dass ich dich immer mochte, Aster, das und deine Enttäuschung darüber, wie die Ladys vorgehen. Sie geben sich so viel Mühe, innerhalb der gesetzlichen Rahmenbedingungen zu bleiben – aber soweit es die Gesetze betrifft, sollte es mich überhaupt nicht geben. Warum soll ich das Gesetz respektieren, wenn es mich nicht respektiert?«

»Ganz genau!«, sagte Mallow und hob ihr Glas.

»Und ich werde nicht so tun, als hätte ich nicht gewisse Bedenken wegen eures Plans – ich meine, ich musste mich nie so wie ihr auf der Straße durchschlagen, und ich bin absolut sicher, dass ich mein Bett vermissen werde«, fuhr Raven mit einem nervösen Kichern fort. »Aber wenn das Gesetz die Leute nicht beschützt, dann muss es jemand anderes tun.« Sie zuckte mit der Schulter. »Das können ebenso gut wir sein.«

KAPITEL NEUN

Am nächsten Morgen verließen sie den Graveyard, während die Sonne warm auf ihre Rücken schien.

Priscilla hatte sich, genau wie Aster es erwartet hatte, geweigert, sie bei ihrer neuen Mission, der Erpressung von McClennon, zu unterstützen. Aber sie hatte auch nicht versucht, sie davon abzuhalten, und war sogar so weit gegangen, ihnen ausgeruhte Pferde, Proviant und etwas Schimmer für den Anfang mit auf den Weg zu geben. Der Ärger, den Priscilla am Vorabend empfunden hatte, war der Resignation einer alten Frau gewichen, und das Bedauern hatte sich auf ihre Stimme niedergeschlagen, als sie Aster ein Stück abseits von den anderen Auf Wiedersehen gesagt hatte.

Mir ist, als hätte ich dich im Stich gelassen, Dawn, hatte sie gemeint.

Die Worte hatten Aster das Herz gebrochen. *Auf keinen Fall. Ihr habt mich gerettet – ihr habt uns alle gerettet. Aber jetzt bin ich an der Reihe, das Gleiche für andere zu tun, nach meinem eigenen besten Wissen.*

Daraufhin hatte Priscilla geseufzt. *Ich vergesse immer wieder, wie berauschend der Mut der Jugend sein kann, wenngleich man auch von Torheit sprechen könnte … ich wünsche euch allen, dass das Glück mit euch sein möge, doch ich fürchte, auf dem Pfad, den ihr gewählt habt, erwartet euch großes Leid. Wie es auch sei, meine Liebe wird euch begleiten.*

Ihre letzten Worte hallten noch in Asters Ohren nach, als sie sich einen Weg durch den Wald bahnten. *Meine Liebe wird euch begleiten.*

Asters eigene Mutter war eine sehr kühle Frau gewesen, bitter wie der Kern einer Frucht, deren Süße längst verzehrt worden war. Auf ihre Art hatte sie Aster geliebt, aber sie hatte es nie ausgesprochen. Und Mother Fleur – Mother Fleur hatte ihre Mädchen immer nur auf die Art geliebt wie eine Spinne die Fliegen in ihrem Netz. Darum hatte Aster nicht gewusst, wie sie auf die Liebe, die Priscilla ihr im Augenblick ihrer Trennung so freigiebig geschenkt hatte, reagieren sollte. Die ganze Geschichte hatte einen sehr empfindlichen Punkt in ihr getroffen, und sogar jetzt noch, Stunden später, kämpfte sie darum, ihr Herz wieder mit der harten Schale zu umgeben, die sie für den vor ihnen liegenden Kampf benötigte.

»Hier ist alles voll von diesen verdammten Moskitos«, murrte Raven hinter Aster. Die beiden teilten sich ein Pferd und ritten voraus, gefolgt von Clementine und Zee. Tansy und Mallow bildeten den Abschluss. Raven schlug auf die sirrenden Insekten um sie herum ein – ganz offensichtlich hatte sie sich genau wie Aster an den Luxus gewöhnt, den die verdeckte Arbeit für die Lady Ghosts ihnen geboten hatte, wie zum Beispiel die Freiheit, auf der Straße reisen zu können, manchmal sogar in einer Kutsche. Aber von nun an würden sie sich versteckt halten müssen, sofern sie nicht Tansys kostbare Wolfsmilchsalbe nutzten, die es ihnen gestatten würde, ihre Kokarden für einen längeren Zeitraum abzudecken. »Wie lange noch, bis wir da sind, wo wir hinwollen, Aster?«

»Mindestens noch sechs Stunden, also gewöhn dich besser daran«, antwortete Aster. Sie waren unterwegs nach Bullridge, einer Stadt, die ein paar Stunden entfernt von Northrock lag. Aster hatte Violet in der vergangenen Nacht unter ihrem

Aliasnamen ein Voltragramm geschickt, um die Einzelheiten des Treffens weiterzugeben, auf das sie sich zuvor geeinigt hatten:

Mr. Derrick McClennon:
Bitte lassen Sie mich Ihnen mein tiefstes Mitgefühl über den Verlust des Welcome House in Northrock ausdrücken. Ich hatte mich so gefreut, weitere Einzelheiten über das Projekt zu erfahren, als wir uns das letzte Mal begegnet sind. Mehr denn je wünsche ich heute, weiter mit Ihnen zusammenzuarbeiten, um Ihre Vision für ein besseres Arketta wahr werden zu lassen. Zu meiner großen Freude sind kürzlich mehrere meiner Geschäftspartner aus Ferron eingetroffen, die Sie baldigst treffen möchten. Wann und wo wäre eine Konferenz zum Wohle aller Beteiligten möglich?
Ergebenst
Miss Sunny O'Brian

Worauf Violet an diesem Morgen geantwortet hatte:

Miss Sunny O'Brian:
Herzlichen Dank für Ihre freundliche Anteilnahme. Mr. McClennon freut sich zu hören, dass Sie wohlauf sind. Er wäre entzückt, sich heute Abend mit Ihnen und Ihren Geschäftspartnern zu treffen. Bitte gesellen Sie sich um acht Uhr im Broken Wheel Saloon in Bullridge zu uns. Er hat ein Separee reserviert, sodass Sie sich in Ruhe unterhalten können. Wir freuen uns darauf, Sie zu sehen.
Ergebenst
Violet

Nach allem, was sie in Northrock bereits hatte durchmachen müssen, hatte Aster es nicht besonders eilig, eine weitere Stadt aufzusuchen, sei es auch nur eine kleine. Es wäre besser gewesen, sich an einem abgelegeneren Ort zu treffen. Warum hatte Violet diesen Saloon vorgeschlagen? Traute Derrick dem Rest der Truppe vielleicht nicht über den Weg?

Nun, dachte sie, *das könnte auf Gegenseitigkeit beruhen.* Je weiter sie ritten, desto weniger überzeugt war Aster, dass es eine gute Idee war, den McClennon-Jungen einzubeziehen. Das Feuer im Welcome House war *trotz* Derrick ein Erfolg gewesen, nicht seinetwegen. Und er hatte nicht gerade freudig mitgespielt – wer konnte da schon sagen, ob er bereit wäre, ihnen dabei zu helfen, seinen Onkel zu erpressen, damit er all seine Welcome Houses schließen würde?

Sagen wir einfach, du bist nicht die Einzige, die Grund hat, meine Familie zu hassen, hatte er gesagt, um sie zu besänftigen. Aber wie konnte er so viel Grund dazu haben wie zum Beispiel Clementine, die fast durch die Hand seines Bruders gestorben wäre? Es fühlte sich beinahe herzlos an, Clem in die Lage zu bringen, dass sie mit ihm im selben Raum säße.

Wenn er sie auch nur einen Herzschlag lang falsch anblickte, würde ihm Aster eins auf den hübschen Mund geben – und ihr war egal, wer dabei Zeuge wurde.

Raven, schlau wie eh und je, durchschaute Asters ehernes Schweigen.

»Und was tun wir, wenn wir diesen ganzen Weg geritten sind, nur damit uns Baby McClennon erzählt, er wird seine Familie *nicht* hintergehen?«, fragte sie.

Aster verlagerte unbehaglich ihr Gewicht im Sattel. Plötzlich fühlte sich die feuchte Luft in ihrer Kehle zu warm an. »Du hast ihn nicht kennengelernt. So entschieden ist er nicht. Der tut, worum immer wir ihn bitten, nur um einem Streit aus dem Weg zu gehen.«

»Schön und gut, Aster … aber das ist schon eine *sehr* große Bitte.«

Aster seufzte, nicht länger imstande, Raven irgendetwas vorzuspiegeln. »Schau, es stimmt, was du sagst. Aber wenn es eines gibt, womit die Ladys recht haben, dann damit, dass es unbezahlbar ist, einen Spitzel zu haben. Ich werde nicht so tun, als würde ich dem Mistkerl trauen – das tue ich nicht –, aber Violet vertraut dem Mistkerl, und ich vertraue ihr.«

»Ich nehme an, sie ist so oder so der Hauptgrund für dich, dir all diesen Ärger aufzuladen«, bemerkte Raven listig.

Aster warf einen Blick über die Schulter. »Was, verhobelt noch mal, soll das denn heißen?«

Raven zuckte mit den Schultern und wedelte sich mit einem Papierfächer Luft zu, den sie zusammen mit anderen Unentbehrlichkeiten eingepackt hatte. »Das soll heißen, du wolltest Violet so dringend zurückhaben, dass du sogar *ganz allein* nach Northrock gegangen bist, um sie zu retten. Und nun führt dich dein Instinkt als Erstes erneut zu ihr, wobei du dieses Mal nicht nur dein eigenes Leben aufs Spiel setzt, sondern auch das von denen«, sagte Raven und deutete auf die anderen, die hinter ihnen ritten. »Du hast mir erzählt, wie ihr zwei euch gegenseitig eine Stütze wart, als ihr geflohen seid … Ich bin nur manchmal ein bisschen besorgt, dass du vielleicht nie gelernt hast, ohne sie aufrecht zu stehen.«

Asters Wangen wurden heiß. Einmal hatte sie sich von Raven porträtieren lassen. Eine ganze endlose Stunde hatte sie still dagesessen, während Raven sie mit einem bohrenden Blick studiert hatte. Das hier fühlte sich ganz ähnlich an. »Ich *brauche* niemanden, Raven, und ich schätze es nicht besonders, wenn du andeutest, ich würde euer aller Leben leichtfertig in Gefahr bringen.«

»He, ganz ruhig«, sagte Raven. »Ich versuche nur, dir die harten Fragen zu stellen, vor denen alle anderen zurückscheuen. Mir scheint, das war früher Violets Aufgabe, aber solange sie nicht bei uns ist, habe ich das Gefühl, ich muss das übernehmen. Immerhin bin ich die Älteste.«

Aster wusste nicht, was sie dazu sagen sollte. Raven hatte wieder einmal recht, aber das wollte sie nicht zugeben.

»Du sagst also, wir sollten nicht zu dem Treffen gehen – ist es das, was du meinst?«, murmelte Aster gedrückt.

»Nein, was ich meine, ist … Ich glaube, dass du das Richtige tust, jedoch aus den falschen Gründen. Aber was macht das, solange es uns einen Spitzel einbringt? Und außerdem, so viel, wie ihr alle über dieses Mädchen geredet habt, habe ich das Gefühl, ich muss sie kennenlernen. Und da möchte ich einen guten ersten Eindruck machen.«

Bei diesen Worten musste Aster ein bisschen grienen. »Seit wann kümmert es dich, was andere Leute über dich denken?«, fragte sie.

»He, dass ich nicht auf die Anerkennung anderer angewiesen bin, heißt ja nicht, dass ich sie nicht genießen könnte«, konterte Raven.

Am frühen Abend erreichte die Gruppe Bullridge. Alle stiegen ab, um ihre Kokarden zu bedecken, ehe sie den Wald verließen und in die Stadt vordrangen.

»Also gut, dann probieren wir diese Wolfsmilchsalbe doch mal aus«, sagte Aster und drehte sich zu Tansy um. Die nickte und kramte ein großes Glas aus ihrem Ranzen hervor.

»Nur so viel, dass ihr die Kokarde dünn abdecken könnt – vergesst nicht, wir müssen sparsam mit unseren Ressourcen umgehen«, wies Tansy sie an und demonstrierte an sich, was sie meinte, ehe sie das Glas an Aster weitergab. Die Salbe hatte ein leichtes Lavendelaroma, aber ob die Wolfsmilch von Natur aus so roch oder ob Tansy einen Duftstoff zugefügt hatte, konnte Aster nicht sagen. Vorsichtig verteilte sie die geschmeidige weiße Salbe auf Hals und Kinn, und ihr Herz schlug schneller vor lauter Spannung. Die Arznei fühlte sich kühl an auf ihrer Haut, obwohl sie der Hitze des Tages ausgesetzt war, und die betäubende Wirkung trat augenblicklich ein. Aster hatte sich bemüht, ihre Erwartungen zu zügeln, trotzdem konnte sie nun ein triumphierendes Lachen nicht zurückhalten. Sie reichte das Glas weiter.

»Ich hasse es trotzdem, dieses Staubtuch tragen zu müssen«, murrte Clementine, als sie sich den Stoff um die untere Hälfte ihres Gesichts knotete.

»Du musst es ja nicht lange tragen«, versprach Aster. »Violet hat gesagt, Derrick hätte uns in der Bar ein Separee reserviert. Wir müssen unsere Kokarden nur verstecken, bis wir dort sind.«

»Warum konnten die beiden sich nicht hier draußen mit uns treffen?«, fragte Mallow. Sie hatte ihr Stirnband sorgfältig unter der Hutkrempe versteckt, um kein Misstrauen zu erregen, wenn sie in die Stadt gingen, aber Aster sah ihr an, dass sie damit nicht glücklich war. »Hat der Schönling Angst, sich die Schuhe schmutzig zu machen?«

»Wahrscheinlich hat er viel mehr Angst vor *uns*«, entgegnete Clementine.

»Ja, genau, Aster. Sollten wir uns auf Ärger gefasst machen?«, fragte Zee, und seine Hand glitt zu dem Revolver an seiner Hüfte. »Ich meine, ihr habt seinen Bruder getötet … Womöglich ist das eine Falle.«

Aster sah sich zu Raven um, die ihr Gesicht bereits verhüllt hatte, doch ihre hochgezogenen Augenbrauen verrieten deutlich genug, was sie dachte: *Habe ich es dir nicht gesagt?*

»Derrick ist nicht der, dem ich vertraue – das ist Violet«, erwiderte Aster gereizt. »Und ich vertraue euch, denn ich weiß, wir werden mit allem fertig, was dieser kleine Idiot gegen uns auffahren könnte. Und jetzt kommt, wir sollten ihn nicht warten lassen.«

Sie stiegen wieder auf und ritten zur Straße nach Bullridge, schleppten die langen Schatten ihrer Pferde hinter sich her, wenngleich sie selbst keine warfen. Bis zum Sonnenuntergang würde es noch mindestens eine halbe Stunde dauern, trotzdem waren die Glutfliegen bereits hervorgekommen und flackerten schwach im schwindenden Tageslicht. Die Geräusche der Stadt waren ähnlich milde: Ein Hammer traf auf ein Hufeisen, ein Hund bellte um Aufmerksamkeit, und ein Kind reagierte mit einem beglückten Lachen. Bullridge wirkte sauber und frisch, die Gebäude an der Hauptstraße waren ordentlich ausgerichtet und leuchteten förmlich unter ihrem weißen Anstrich. Dieser Ort hatte so gar nichts mit den verwahrlosten, halb im Staub erstickten Städten im Grind gemeinsam, die sich hinter Wehrmauern zur Abwehr von Rächern versteckten und in denen es nur so wimmelte vor Gesetzeshütern, die die Staubblütigen fernhalten sollten. Nein, dies war die Art von »schönem Ort«, die McClennon im Sinn hatte, wann immer er sich in poetischer Schwärmerei über Arketta und seine edlen hellblütigen Familien ausließ.

Aster hasste die Stadt vom ersten Moment an.

»Schau, dort ist das Broken Wheel«, murmelte Raven.

Aster folgte ihrer Blickrichtung. Der Saloon befand sich an der Ecke am Ende der Straße. Ein zerbrochenes Wagenrad hing unter dem Schild.

»Gutes Auge, Ray«, sagte Aster und drehte sich um, um die anderen auf die Bar aufmerksam zu machen. Wegen der Staubtücher war es schwer zu sagen, aber Aster hatte den Eindruck, sie fühlten sich ebenso unbehaglich wie sie selbst. Sie hatte sich auch in den angenehmeren Ecken von Northrock fehl am Platz gefühlt, aber dort waren zumindest genug Leute unterwegs, sodass man in der Menge untertauchen konnte. Hier schien es, als würden sie von aller Welt beobachtet werden, während sie zum Saloon ritten und dort ihre Pferde am Pfosten anbanden.

»Nicht, dass ich ausfallend klingen will, aber wo, verhobelt noch mal, ist Derrick?«, flüsterte Mallow heiser.

Und sie hatte recht – er war nirgends zu sehen. Aster warf einen Blick auf ihre Taschenuhr und fluchte, als sie erkannte, dass es schon fünf nach acht war. Wahrscheinlich verspätete er sich nur um ein paar Minuten, aber sie konnten hier kaum längere Zeit ohne ihn herumhängen.

»Kein Grund, einen Aufstand zu machen«, sagte Zee leise. »Überlasst mir den Vortritt. Sie können uns nicht rauswerfen. Wir verstoßen gegen kein Gesetz.«

»Noch«, grollte Mallow.

Durch die Doppeltür betraten sie den Saloon; ihre Stiefel quietschten auf dem polierten Holzboden. Goldfarbene Gaslampen hingen an der mit Zinnplatten verkleideten Decke und tauchten den Raum in einen warmen, honiggoldenen Lichtschein. Die leisen Gespräche verstummten, als die Gäste auf Aster und die anderen aufmerksam wurden. Auf ihre verhüllten Gesichter, ihre schattenlosen Füße. Unbehaglich rutschten sie auf ihren Sitzen herum.

Zee räusperte sich und stolzierte direkt zum Tresen, als wäre ihm die veränderte Stimmung im Raum völlig entgangen.

»Guten Abend, Sir«, grüßte er den Wirt, einen untersetzten

Mann mit schütterem Haar, auf dessen Namensschild RUSS zu lesen war.

»'n Abend«, antwortete Russ ausdruckslos und stellte das Glas ab, das er poliert hatte. »Ihr seht aus, als hättet ihr einen weiten Weg hinter euch.«

»Haben wir«, stimmte Zee ohne das kleinste Zögern zu. »Wir sind hier, um einen Geschäftspartner von mir zu treffen. Ich wäre Ihnen für einen Apfelwein sehr verbunden, während wir auf ihn warten.« Er griff in seine Tasche und schob ein paar Adler über den Tresen. Russ musterte den Schimmer, steckte ihn aber nicht ein.

»Dann kommt ihr aus dem Grind?«, bohrte er nach. »Müsst ihr wohl, so, wie ihr eure Gesichter verhüllt habt. Das ist hier nicht nötig, wisst ihr? Staub ist in dieser Gegend kein Problem.«

Zee zögerte, aber Tansy übernahm sogleich für ihn.

»Wenn man lange genug im Grind lebt, reagiert die Lunge empfindlich auf kleinste Spuren von Staub in der Luft. Vorsicht ist besser als Nachsicht, Sir, wenn Sie uns vergeben wollen.«

Aster und Zee wechselten einen knappen Blick. Tansy hatte sich einfach etwas ausgedacht, aber vielleicht reichte es ja, um den Mann zu überzeugen. Alles, was er über den Grind wusste, stammte vermutlich aus einem effekthascherischen Kupferstückroman.

Die Kiefermuskulatur des Barkeepers arbeitete, aber er ließ sich erweichen und wandte sich ab, um Zee den Apfelwein einzugießen. Aster atmete leise auf.

Da ergriff ein Mann neben ihnen das Wort.

»Russ, jetzt komm schon. Du kannst die hier nicht bleiben lassen.«

Sofort verspannte sich Aster. Der Mann war samt seinem Barhocker herumgewirbelt, um sie anzustarren, einen finsteren Zug um die Lippen unter dem struppigen blonden Schnurrbart.

»Du weißt doch, was in Northrock passiert ist«, fuhr der Mann fort. »Dieses Feuer im Welcome House – das war eine von denen.«

Furcht bohrte sich in Asters Herz. Wie zur Hölle hatte er davon erfahren? Ihre Hand glitt zu ihrem Messer.

»Damit hatten wir nichts zu tun, Sir«, sagte Zee mit ruhiger Stimme.

»Es war ein Staubblut, oder etwa nicht? Ihr seid doch alle gleich.«

Oh. Aster lockerte den Griff um das Heft des Messers, aber ihr Stirnrunzeln vertiefte sich, als der Mann fortfuhr: »Schlechte Gene, verdorbene Seelen. Wie Tiere. Ihr könnt doch gar nicht anders.« Dann wandte sich der Mann wieder an Russ. »Es ist nicht sicher, wenn die hier sind. Ihre Vorfahren wurden nicht ohne Grund in den Grind geschickt.«

Hitze wärmte Asters Wangen, Zorn und Scham brannten wie ein Fieber in ihrem Inneren. Sie öffnete und schloss den Mund, schluckte die trotzigen Worte hinunter, die ihr auf der Zunge lagen.

»Pass bloß auf, was du sagst«, knurrte Mallow, während Aster noch um Fassung rang.

»Mal!«, warnte Tansy sie flüsternd.

Der Mann drückte den Rücken durch. »Was hast du zu mir gesagt?«

»Nur, dass Sie achtgeben sollten. Man spricht nicht schlecht von unseren Toten.«

»Also schön, das reicht«, sagte Russ und legte die fleischigen

Hände auf den Tresen. »Ich werde euch auffordern müssen zu gehen …«

»Dann hätten eure Toten vielleicht ein ehrbares Leben führen sollen, statt sich als Halsabschneider und Verräter zu verdingen …«

Mallows Faust flog von ihrer Hüfte hoch und kollidierte hart mit dem Kinn des Mannes. Er fiel vom Hocker und landete auf dem Boden. Das Glas, das er in der Hand gehalten hatte, zerschellte neben ihm. Aster war vor Schreck wie erstarrt. War es zuvor schon auffallend ruhig im Raum gewesen, herrschte nun Totenstille.

Dann, nur einen Sekundenbruchteil später, brach Lärm aus.

»Was zur Hölle ist hier los?«

»Schafft die raus!«

»Hol deine Knarre, Russ!«

»Was habe ich euch gesagt? *Was zur Hölle habe ich gerade erst gesagt?*«, bellte der erste Mann über das Chaos hinweg, während er sich aufraffte und Mallow einen harten Stoß versetzte. »Nichtsnutzige verhobelte Verbrecher!«

Mallow stürzte rücklings gegen einen anderen Gast, der ihr fluchend einen wüsten Schlag an die Schläfe verpasste.

»He!«, jaulte Tansy, machte einen Schritt vorwärts und trat dem Mann geradewegs zwischen die Beine. Heulend brach er zusammen. Doch dann packte ein dritter Mann Tansy von hinten, schlang die Arme um ihre Leibesmitte und hob sie in die Luft.

Scheiß drauf, dachte Aster. Die Zeit der Diskretion war vorbei. Sie schnappte sich den nächsten Stuhl und ging damit auf den dritten Mann los. Er zerbarst auf seinem Rücken. Dann packte jemand Asters Schultern und riss sie zu Boden. Panik erfasste sie, als sie so hart auftraf, dass der Schmerz sie bis ins

Mark erschütterte. Für einen Moment kehrte die Furcht, die sie aus früheren Zeiten gewohnt war, zurück, ließ ihre Kiefermuskulatur sich verkrampfen, raubte ihr den Atem und trieb ihr die Galle in die Kehle. Da hechtete Zee über sie hinweg und rammte dem Mann einen Aufwärtshaken in die Magengrube.

Aster sprang wieder auf und nickte Zee dankbar zu. Inzwischen beteiligten sich alle an der Rauferei, sogar Raven, die über Tische hinwegsetzte und halb volle Pintgläser nach dem wild mit den Augen rollenden Mann warf, der hinter ihr her war. Der vormals so aufgeräumt wirkende Saloon verwandelte sich rasch in ein Trümmerfeld, und die Luft war angefüllt mit den Geräuschen splitternden Holzes, berstender Bierflaschen und Faustschlägen auf Fleisch. Aster eilte zu Clementine und stellte sich Rücken an Rücken zu ihr auf. Die Ausbildung in Selbstverteidigung, die sie den Lady Ghosts verdankte, machte sich unvermittelt bemerkbar, und sie wich allerlei Schwingern aus und konterte mit präzisen Schlägen auf Nasen und Kehlköpfe.

Da plötzlich, gerade als ein Mann, der doppelt so groß wie Aster war, sich auf sie stürzen wollte, hallten zwei ohrenbetäubende Schüsse durch das Chaos.

Alle hielten inne und drehten sich um. Russ stand mit einer Flinte in Händen hinter dem Tresen. Er hatte mit seinen Warnschüssen ein Loch in die Decke geblasen, sah aber nicht so aus, als würde ihn das noch kümmern.

»ICH SAGTE, ES REICHT!«, brüllte er lauthals. »IHR DA!« Er zeigte mit dem Finger auf Zee. »RAUS!«

Zee war zerzaust und außer Atem, und sein Staubtuch war verrutscht. Sie konnten von Glück sagen, dass es nur seines war, ging Aster auf. Wäre nur einer von ihnen das Tuch fortgerissen worden, wären sie alle bloßgestellt worden.

»Aber Sir, unser Geschäftspartner …«, setzte Zee an.

Russ stampfte hinter dem Tresen hervor und auf ihn zu. Der stolperte zurück, beide Hände erhoben. Russ packte ihn am Kragen, zerrte ihn zu der Doppeltür und stieß ihn hinaus auf die Straße.

»RAUS!«

»Zee!«, rief Clem und rannte mit Aster hinterher, dicht gefolgt von den anderen Mädchen. Draußen versammelten sich alle um Zee und halfen ihm auf.

»Tut mir leid, tut mir so leid«, beteuerte Mallow wieder und wieder. »Das ist alles meine Schuld. Ich habe mich so aufgeregt …«

»Hör auf, dich zu entschuldigen. Der Mistkerl hatte es verdient«, sagte Zee und wischte sich das Blut von der aufgeplatzten Lippe.

Mehrere Leute auf der Straße waren stehen geblieben und starrten sie an. Asters Wangen brannten, und sie wandte sich ab. Und dann, den Blick zu Boden gerichtet, stellte sie fest, dass sie die makellosen Lacklederschuhe direkt vor ihr kannte. Sie blickte auf, und ihre Verlegenheit nahm noch weiter zu.

Denn dort, unverkennbar, stand Derrick McClennon. Violet stieg gerade hinter ihm aus der Kutsche. Die Krempe von McClennons Melone beschattete seine Augen, aber die herabgezogenen Mundwinkel konnte Aster klar und deutlich sehen.

»Was zur verhobelten Hölle ist hier los?«, fragte er seufzend.

»Natürlich werde ich für den Schaden aufkommen«, sagte Derrick am Tresen zu Russ. Aster und die anderen standen hinter ihm. Tansy tupfte vorsichtig eine Platzwunde über Mallows Auge ab, während Zee Whiskey über seine blutigen Knöchel schüttete und vor Schmerz zusammenzuckte.

Russ hatte nach wie vor einen roten Kopf. »Das allein ist es nicht. Ihre ›Geschäftspartner‹ hier …«

»Mitarbeiter«, korrigierte Derrick. Dann drehte er sich um und maß die ganze Truppe mit einem finsteren Blick. »Sie dürfen versichert sein, dass deren inakzeptables Verhalten heute Abend noch vor vielen anderen Dingen, die ich mit ihnen zu bereden habe, zur Sprache kommen wird. Aber ich bin einen weiten Weg gekommen, um sie hier zu treffen, und ich hoffe, Sie werden uns trotz allem gestatten, Ihr Nebenzimmer zu benutzen.«

Russ fuhr sich mit der Hand durch das schüttere Haar. »Ja, Mister McClennon, gewiss. Ich bitte um Verzeihung«, sagte er mit einem ergebenen Seufzen.

Aster atmete auf. Bei jedem anderen hätte der Wirt zu erfahren verlangt, was genau sie zu besprechen hatten, das so verdammt wichtig war. Aber die Leute waren es nun mal nicht gewohnt, den McClennons Fragen zu stellen.

Derrick holte seine Münztasche hervor und ließ ein charmantes Lächeln aufblitzen. »Eine Runde für alle, da wir gerade dabei sind. Und Sie bekommen das Doppelte für all den Ärger.«

»Ja, Sir. Danke, Sir. Ich sorge dafür, dass Sie nicht gestört werden.«

»Guter Mann.«

Derrick krümmte einen Finger, um die anderen aufzufordern, ihm zum Hinterzimmer zu folgen. Aster schluckte den bitteren Groll hinunter, der ihr in die Kehle stieg. Wegen seines milden, gemessenen Tons, wegen der Selbstverständlichkeit, die mit seiner Macht einherging. Sie waren eingetreten, und es hatte nur Minuten gedauert, bis sich mehr oder minder das ganze Lokal empört gegen sie erhoben hatte. Er trat ein und genoss augenblicklich Respekt, ohne dass er irgendetwas dafür hatte tun müssen. Wie mochte das sein, wenn man einfach so durch das Leben gehen konnte und alle Probleme sich in Luft auflösten, wenn man nur kurz mit der Hand wedelte?

Aber genau deshalb brauchen wir ihn, ermahnte Aster sich in Gedanken. Nur jemand, der solch eine hohe Position in der Welt der Landesherren bekleidete, konnte ihr sagen, wie sie die Herrschenden am besten unter Druck setzten.

Derrick öffnete die Tür zu dem Hinterzimmer, in dem sich ein halbrundes Sofa um einen polierten Kirschholztisch schmiegte, in dessen Mitte ein übrig gebliebener Aschenbecher stand. Zwei Fenster führten hinaus zur Straße, doch er zog sofort die schweren Samtvorhänge zu, um ihnen etwas mehr Privatsphäre zu verschaffen.

»Licht, bitte«, forderte er, ohne jemanden gezielt anzusprechen, und Zee streckte die Hand nach dem Knopf der Gaslampe aus, um die Helligkeit hochzudrehen. Dann schloss Tansy die Tür hinter ihnen und zog auch den Vorhang vor dem kleinen Fenster im Türblatt zu. Erst, als sie mit leisem Klicken den Riegel vorlegte, gestatteten sie sich, die Staubtücher abzunehmen, und rutschten nacheinander auf das Sofa.

»Also«, sagte Violet, als alle saßen, verschränkte die Arme vor der Brust und starrte jede Einzelne erbost an. »Wie wäre es, wenn ihr uns erklärt, was das zu bedeuten hatte?«

»Was da passiert ist …«, setzte Clementine an.

»Zerbrich dir darüber nicht den Kopf«, fiel Aster ihr ins Wort. »Wir haben viel zu viel zu besprechen.«

»Ja, beispielsweise, wo zur Hölle du gewesen bist, Violet?«, fragte Mallow grinsend. »Ich dachte wirklich, ich würde deine Visage nie wiedersehen.«

»Gleichfalls, Mallow«, antwortete Violet. »Als Aster mir erzählt hat, ihr hättet es nach Ferron geschafft, hatte ich gehofft, ihr hättet euch vielleicht in einem ruhigen Leben eingerichtet. Aber wie ich jetzt feststellen muss, balgt ihr euch immer noch wie streunende Katzen …«

»Das war nicht Mals Schuld«, sagte Aster ermattet. »Diese Leute … sie wollen uns hier nicht. Sie haben Streit gesucht. Ich verstehe nicht, warum du dich nicht an einem weniger öffentlichen Ort mit uns hast treffen können, Derrick.«

Nun, da sie unter sich waren, hatte Derrick die charmante Fassade abgelegt, die er Russ präsentiert hatte, und sah wieder weit mehr so aus, wie Aster ihn aus dem Welcome House in Northrock in Erinnerung hatte: müde, ängstlich, niedergeschlagen. Er seufzte schwer und fuhr sich mit der Hand durch das rote Haar.

»Vielleicht hat er ja törichterweise angenommen, ihr wäret imstande, euch in der Öffentlichkeit zu benehmen«, grummelte Violet. So, wie sie sich im Raum aufgeteilt hatten, saßen Violet und Derrick, die beiden Hellblütigen, allein auf einer Seite des Tisches. Aster gefiel das nicht, ihr gefiel auch nicht, wie peinlich berührt Violet schien, statt für sie einzustehen. Dass sie einen Schatten zu ihren Füßen hatte, zählte nicht. Violet war auch ein Good Luck Girl.

»Verhobelte Hölle, ihr habt doch keine Ahnung, welches Risiko wir eingehen mussten, um herzukommen.«

»Tja, für uns war das auch nicht gerade ein Spaziergang, Vi«, entgegnete Aster bitterer als beabsichtigt. Der Schmerz, den sie empfand, wandelte sich allmählich in pures Gift. »Wir haben den Schutz der Lady Ghosts aufgegeben, um *euch* zu treffen. Wir sind in diese Schlangengrube gekommen, um *euch* zu treffen …«

Raven erhaschte Asters Aufmerksamkeit und schüttelte kaum merklich den Kopf. *Richtig, darum geht es nicht.* Aster schluckte den Rest ihrer Worte hinunter.

Violet öffnete den Mund zu einer scharfen Entgegnung, aber Derrick reckte die Hand, ehe sie dazu kam.

»Aster hat recht«, murmelte er. »Es ist nicht ihre Schuld. Es ist, wie ich vorhergesagt habe … Das Feuer im Welcome House hat die Hellblütigen nervös gemacht. Ich wollte euch an einem Ort treffen, den ich auch zu anderen Zeiten geschäftlich aufsuche, um möglichst unverdächtig zu erscheinen, aber … Ich hätte mit so etwas rechnen müssen.«

»Ja, aber nun sind wir hier, also lasst uns loslegen«, sagte Tansy, unverkennbar bemüht, den Frieden zu wahren.

Nun folgte eine recht steife Vorstellungsrunde, bei der jede von ihnen Derrick auf eine gezwungen formelle Art begrüßte, während er ihnen im Gegenzug mit einem wenig überzeugenden Lächeln dankte. Doch als Clementine an der Reihe war, drohte die Spannung endgültig überhandzunehmen. Derricks Lächeln erstarb.

»Clementine«, wiederholte er. »Dann bist du also diejenige, die meinen Bruder getötet hat.«

Voltrischer Strom ergriff die Gruppe. Violet warf Derrick einen warnenden Blick zu. Zee verlagerte sein Gewicht, um Clementine zu beschützen. Aster richtete sich auf ihrem Platz auf und beugte sich vor.

»Dabei hat jede von uns ihre Rolle gespielt, McClennon«, sagte sie mit leiser Stimme. »Wenn das ein Problem sein sollte, dann wäre es wohl das Beste, wenn wir sofort wieder unserer Wege gehen.«

Er lachte humorlos. »Problem? Kaum. Das ist der Grund, warum ich diesem Treffen zugestimmt habe. Mein Bruder, er kam mir immer so … so unzerstörbar vor. Unzerstörbar und unausweichlich, wie ein Zug, der auf den Schienen heranbraust. Ich habe mein ganzes Leben damit zugebracht, ihm hinterherzulaufen … oder vielleicht auch vor ihm weg. Ich weiß es selbst nicht so recht.« Er wich ihren Blicken aus und fummelte an seinem Ärmelaufschlag herum. »Die Veränderungen, die ich in unserer Regierung sehen möchte, sind Veränderungen, die die meisten als unmöglich einstufen würden, aber eine Person, die imstande war, meinen Bruder zu töten, ist auch eine, die das Unmögliche bereits *getan hat,* soweit es mich betrifft.« Wieder lachte er. »Ich bin nur überrascht, dass diese Person ein kleines Mädchen ist.«

Clementine fuhr auf. »Ich bin genauso alt wie du.«

Aster versetzte ihr unter dem Tisch einen Tritt. »Also«, wandte sie sich noch immer argwöhnisch an Derrick, »keine bitteren Gefühle? Bist du sicher?«

»Alle Gefühle haben etwas Bitteres. Aber, nein – dieser Zug musste aufgehalten werden. Ich kann das verstehen, auch wenn es niemand sonst in meiner Familie tut. Und ich kann, nebenbei bemerkt, auch Abbitte leisten – es tut mir wirklich leid, dass mein Bruder dir solchen Schmerz bereitet hat.« Er seufzte und schien sich zu sammeln. »Also, Aster, nun, da du uns alle in einem Raum zusammengebracht hast, worüber willst du mit uns reden?«

Aster betrachtete Derrick mit einem Gefühl, das sie widerstrebend als Respekt anerkennen musste. Sie hatte nicht damit gerechnet, dass er ihnen gegenüber so aufrichtig sein würde. Vielleicht war das alles nur vorgespielt, aber irgendwie glaubte sie das nicht. Etwas an ihm wirkte zerschunden, wie ein unausgesprochener Kummer, der aus ihm heraussickerte wie Blut aus einer offenen Wunde. Dergleichen hatte Aster schon zigmal zuvor gesehen – aber noch nie bei einem Mann.

»Fangen wir mit dem Feuer im Welcome House an«, sagte Aster und räusperte sich. »Wie hat deine Familie darauf reagiert?«

»Eine hervorragende Frage«, entgegnete Derrick, augenscheinlich dankbar für den Themenwechsel. Er zog ein Notizbuch aus seinem Ranzen und schlug es an einer mit einem Band gekennzeichneten Stelle auf. Die Seite war von oben bis unten fein säuberlich beschriftet. »Die Führerschaft der Landesherrengilde hatte eine Zusammenkunft infolge des Feuers, um unsere Reaktion zu diskutieren. Mein Vater hat mich mitgenommen, und ich habe mir Notizen gemacht …«

»Moment – wer genau war dabei?«, unterbrach ihn Aster.

Derrick stutzte. »Ist das wichtig?«

»Vielleicht schon.«

Er lehnte sich zurück, schloss die Augen und dachte nach. »Die Harkers und die Sullivans natürlich, das sind die zweit- und drittmächtigsten Familien im Grind – den Harkers gehört der Großteil der Pachtfarmen, während die Sullivans Eigentümer der größten Bahnlinie und einiger zugehöriger Minen sind. Dann waren da die Cains – neues Blut aus dem Norden –, die Staubblütige in dem wachsenden industriellen Sektor beschäftigen. Und schließlich war auch Boyle anwesend, dessen Familie ihre Geschäfte in der Schiffsindustrie an der Küste südlich des Grinds tätigt. Es gibt natürlich Hunderte anderer Landesherren, die auf einer niedrigeren Ebene in Arketta tätig sind, sowohl innerhalb als auch außerhalb des Grinds, aber diese fünf Familien kontrollieren zusammen fünfundachtzig Prozent der staubblütigen Arbeiterschaft – einschließlich der Welcome Houses. Und die Oberhäupter dieser Familien bilden traditionell den Rat der Landesherrengilde. Ein Angriff auf einen von uns gilt als Angriff auf uns alle.«

Aster schürzte unwillkürlich die Lippen, als Derrick die Namen jener Männer herunterratterte, deren Vorfahren Arketta wie ein Stück Fleisch untereinander aufgeteilt hatten und deren Familien noch immer vom Leid seiner Bewohner profitierten. Der Name Sullivan hatte auf dem Deckel jeder Kiste und dem Handgriff jeder Spitzhacke in Shade Hollow geprangt, jener alten Minenstadt, in der sie aufgewachsen war, und sie war auch auf die Uniform jedes Raubvogels gestickt worden, der je ihre Familie terrorisiert hatte. Als Aster sich umblickte, sah sie ihren Abscheu in den Gesichtern all ihrer Freunde gespiegelt. Es fiel ihr nicht leicht, nicht vorwurfsvoll zu klingen, als sie das Wort ergriff.

»Und wenn du bei dieser großen Willensbekundung zugegen warst, heißt das dann, dass deine Familie dich endlich in ihren inneren Kreis aufgenommen hat?«, fragte sie angespannt.

»In Anbetracht des Ernsts der Lage nehme ich an, sie hatten keine andere Wahl, als mich einzubeziehen.« Derrick zögerte und faltete nachdenklich die Hände. »Im Nachhinein betrachtet, war allein das vielleicht schon das Feuer wert.«

»Na, dann bin ich ja froh, dass es sich für dich ausgezahlt hat«, bemerkte Tansy säuerlich.

»He, ganz ruhig«, konterte Violet. »Derrick hat sich von seiner Familie einiges anhören müssen, weil das unter seiner Aufsicht passiert ist. Und dass sie jetzt seine Hilfe brauchen, heißt noch lange nicht, dass sie ihm Anerkennung zollen.«

Seine Sommersprossen verfärbten sich rosarot. »Die haben mir noch nie Anerkennung gezollt«, murmelte er. »Aber es reicht wohl zu sagen, dass dieses Treffen die Dinge für uns komplizierter gemacht hat. Die Landesherren *wissen,* dass das die Tat eines Revolutionärs war, nicht die irgendeines angeblich labilen Good Luck Girls – und meine Familie hat ganz speziell dich im Verdacht, Aster, auch wenn sie den anderen gegenüber natürlich niemals zugeben würden, dass du immer noch am Leben bist. Dass es seither mehrere kleine Vorfälle gegeben hat, darunter das Absengen von einem von Harkers Süßdistelfeldern, ist auch nicht hilfreich. Wie die Dinge liegen, ergreifen sie jede erdenkliche Vorsichtsmaßnahme, um zu verhindern, dass die Staubblütigen noch mehr Ärger machen. In ihren Lagern haben sie eine Null-Toleranz-Politik eingeführt – jeder, der dabei erwischt wird, einen Aufruhr anzuzetteln, oder auch nur darüber spricht, wird exekutiert. Derweil üben unsere Verbindungsleute in der Regierung Druck auf den Autoritanten aus, damit der den Gesetzesmeistern mehr Ressourcen zur Verfügung stellt, um die Lage unter Kontrolle zu halten.« Der Autoritant – der Kopf der arkettanischen Regierung. Wenn der involviert war, dann hatte die ganze Geschichte viel weitere Kreise gezogen, als Aster gedacht hatte. »Autoritant Lockley gehört nicht der Landesherrengilde an, müsst ihr verstehen«, fuhr Derrick fort, »aber er ist schon seit Jahren eine bezahlte Marionette der Gilde. Und soweit es *meine* Familie betrifft …« Nun sah Derrick Aster direkt in die Augen. »Die verdoppelt ihre Bemühungen, dich zu fassen. Vor dieser Sache hat mein Onkel gedacht, du wärest untergetaucht oder vielleicht auf der Flucht gestorben, und er war bereit, es dabei bewenden zu lassen. Aber nun, da er annimmt, dass du immer noch aktiv bist, hat er vor, härter denn je zurückzuschlagen.« Endlich schloss Derrick das Notizbuch und lehnte sich zurück. »Du kannst auf meine Unterstützung zählen, ganz gleich, was du beschließt – wie ich schon früher gesagt habe, ich denke, wir haben viele gemeinsame Ziele. Aber nachdem du nun all das weißt, bitte ich dich, dir genau zu überlegen, ob diese direkte Herangehensweise das Risiko wirklich auch weiterhin rechtfertigt.«

»Schon komisch, dass du so etwas sagst, denn wir haben tatsächlich vor, noch direkter an die Sache heranzugehen als je zuvor«, entgegnete Aster. Dann aber zögerte sie, fürchtete sich plötzlich davor, ihren fragilen Plan aufzudecken, auf dass Derrick ihn mit chirurgisch präzisen Argumenten zerlegen könnte. Und Violet – Violet würde sie auch nicht verschonen. Das hatte sie nie.

Aber Raven hat recht … ich brauche sie, dachte Aster, eine Erkenntnis, die sich gnadenlos durch ihren eigensinnigen Stolz bohrte.

Und sie brauchte auch Derrick.

Sie holte tief Luft. »Wir wollen die Landesherren erpressen, damit sie ihre Welcome Houses schließen.« Da, nun war es raus. »Wir werden ihren Besitz, Welcome Houses, Süßdistelfelder niederbrennen, bis sie sich unseren Forderungen beugen.«

Derrick starrte sie an, und sie sah seine Kiefermuskulatur zucken. »Das ist doch ein Scherz«, sagte er langsam.

Asters Wangen wurden erneut heiß. »Ich meine das todernst. Wir brauchen deine Hilfe, um zu entscheiden, welche Besitztümer wir ins Visier nehmen.«

»Aster, das, was du da beschreibst, ist eine Aufgabe für eine ganze Armee. Ihr könnt unmöglich genug Schaden anrichten, damit …«

»Die Logistik kannst du mir überlassen«, fiel Aster ihm ins Wort. »Wie ich schon sagte, wir brauchen dich, damit wir wissen, welche Richtung wir einschlagen sollen.«

»Alle Richtungen führen zu einer Katastrophe!« Zum ersten Mal erhob Derrick die Stimme, und Violet beeilte sich, ihn zu besänftigen, ehe die Gäste außerhalb des Zimmers ihn hören konnten. Angespannt flüsternd, sprach er weiter: »Ihr versteht nicht – ihr könnt nicht verstehen –, wie viel Schimmer diese Familien mit den Welcome Houses einnehmen. Das Geschäft ist sogar noch einträglicher als der Bergbau. Die Nachfrage lässt nie nach und der Nachschub auch nicht. Welcome Houses sind die Juwelen im Reich jedes Landesherren …«

Aster stand auf und beugte sich über den Tisch, um Derrick an seinem perfekten weißen Kragen zu packen. Hart bohrten sich ihre Knöchel in sein Schlüsselbein, und das Holz knarrte unter ihm, als sie ihn zu sich zog.

»Benutz in Bezug auf meine Freundinnen weiter Begriffe wie Nachschub und Nachfrage und warte ab, was dann passiert«, presste sie zwischen den Zähnen hervor.

»Aster«, zischte Violet.

»Immer mit der Ruhe«, bat Zee. »Wir können uns hier nicht noch eine Streiterei leisten.«

Aber da zuckte Derrick zurück, schloss in Erwartung der bevorstehenden Bestrafung die Augen, und seine Furcht hatte etwas so Vertrautes, dass Aster sofort von ihm abließ, als hätte sie etwas Kaltes, Nasses berührt. Derrick sackte zurück in die plüschige Sitznische.

»Es tut mir leid«, hauchte er und strich sich die Haare aus dem Gesicht, die ihm über die Augen gefallen waren. »So hatte ich das nicht gemeint. Ich wollte euch nur helfen zu verstehen.«

Der Junge hat Nerven. Aster erschrak, als sie Tränen in ihren Augen brennen spürte. »Ich verstehe das besser, als du es je könntest«, murmelte sie und ließ sich schwer auf ihren Platz fallen.

»Also, Derrick, du sagst, die Welcome Houses sind so profitabel, dass nichts es wert wäre, sie aufzugeben, habe ich das richtig verstanden?«, griff Clementine den Faden auf und blickte, unverkennbar um Frieden bittend, zwischen den beiden hin und her.

»Nicht ganz«, sagte Derrick, dessen Stimme immer noch ein wenig zitterte. »Irgendwann könnten eure Aktionen die Landesherren vielleicht teuer genug zu stehen kommen, dass die euch nicht länger ignorieren würden. Aber wie ich schon sagte, das ist eine Aufgabe für eine Armee. Dass ihr hier in diesem Raum das allein in Angriff nehmt … das ist einfach unmöglich.«

»Tja, dann ist es doch eine gute Sache, dass du so ein Interesse daran bekundet hast, das Unmögliche zu tun«, kommentierte Aster trocken. »Schau, Derrick, nach allem, was du uns erzählt hast, werden die Landesherren niemals bereit sein, die Welcome Houses freiwillig aufzugeben – also besteht unsere einzige Möglichkeit darin, genau diesen Krieg zu führen. Wir schulden es diesen Mädchen, es wenigstens zu *versuchen.*« Wieder brannten ihre Augen, und sie blinzelte ärgerlich gegen die Tränen an. »Du kennst deine Familie am besten, also sollten wir es uns ein bisschen einfacher machen und bei ihr beginnen – was ist den McClennons am teuersten?«

Endlich schien er ernsthaft über ihre Frage nachzudenken. Schließlich schluckte er, und sein Adamsapfel hüpfte auf und ab.

»Natürlich das Minengeschäft«, warf Tansy nach einem Moment ein. »Da habt ihr alle angefangen. Also, welche Mine ist am wertvollsten?«

»Das ist nicht wichtig«, sagte Derrick. »Eine Mine zu zerstören – *irgendeine Mine* – wäre unglaublich gefährlich. Dafür braucht ihr Sprengstoff.«

Nun, das ließe sich sicherlich arrangieren, aber Aster gefiel der Gedanke auch nicht besonders. Da gab es zu viele Unwägbarkeiten, die sich ihrer Kontrolle entzogen. Es könnte zu einem Felsrutsch kommen, der Boden könnte nachgeben, ein Krater könnte sich unter ihnen auftun und sie verschlingen – sie würden die Hilfe eines Experten benötigen, wenn sie einen Berg in die Luft jagen wollten, und Derrick hatte bei all seinen internen Kenntnissen vermutlich noch nie auch nur eine Spitzhacke geschwungen.

»Die Idee ist gut, aber wir würden viel Zeit für die Vorbereitung benötigen. Was können wir *jetzt* tun?«, fragte Aster, bemüht, sich nicht von der eigenen Ungeduld überwältigen zu lassen.

»Wie wäre es denn mit einem weiteren Welcome House«, schlug Derrick vor. »Wenn das der Geschäftszweig ist, den ihr verändern wollt, warum greift ihr ihn dann nicht direkt an, statt Gehöfte niederzubrennen oder Minen zu sprengen? Ich könnte euch ein paar Häuser nennen, die …«

Aster schüttelte den Kopf. »Wir haben bereits entschieden, dass wir die Mädchen nicht in Gefahr bringen wollen. Wir fünf allein haben es gerade geschafft, da rauszukommen und die Flucht zu überleben. Ein ganzes Welcome House voller Mädchen … die Kleinen, die alten Frauen, die süchtig nach Süßdistel sind … Ich bin ja bereit, Risiken einzugehen, aber nicht, wenn es um deren Leben geht.«

Derrick blies frustriert die Wangen auf.

»Du machst es ihm wirklich schwer, uns zu helfen«, warf Violet ein.

»Hör auf, ihn zu verhätscheln«, blaffte Aster sie an. »Kommt schon, denkt nach.«

Alle verfielen in Schweigen, während sie das Problem überdachten. Gedämpft drangen die Geräusche aus dem Schankraum jenseits der Tür herein.

»Was ist mit *dir?*«, fragte Raven plötzlich, beugte sich vor und fixierte Derrick mit einem starren Blick. Das war das erste Mal, dass sie sich zu Wort meldete, seit sie sich zusammengesetzt hatten, und Derrick wirkte regelrecht erschrocken, weil sie ihn angesprochen hatte.

»Was ist mit mir?«, fragte er.

»Aster hat gefragt, was deiner Familie am teuersten ist«,

erklärte Raven. »Und etwas sagt mir, es gibt nichts, was ihr teurer sein könnte als der einzige überlebende Sohn. Wenn wir so tun, als würden wir dich als Geisel halten, dann, schätze ich, kommen die unseren Forderungen sofort nach.«

Es war, als hätte Raven eine Bombe mitten im Raum platzen lassen.

»Heilige Scheiße, Raven. Ich meine, das ist die beste Möglichkeit überhaupt, aber wie verhobelt noch mal funktioniert eigentlich dein Gehirn ...?«, meinte Mallow grinsend.

»Das ist brillant«, stimmte Clementine zu.

»Aber wie genau sollen wir das machen?«, fragte Zee.

»Sollen wir es vielleicht sofort tun?«, schlug Tansy vor.

»*Wartet!*«, ging Derrick mit geweiteten Augen dazwischen. »Bisher habe ich noch nicht zugestimmt.«

Aber Asters Gedanken überschlugen sich bereits dabei, die Möglichkeiten zu überdenken. Sie beugte sich vor. »Denk darüber nach, Derrick – das ist perfekt. Wir inszenieren eine Entführung, du tauchst mit uns zusammen unter, und dann kannst du uns weiterhin helfen, ohne dir Sorgen darüber machen zu müssen, dass deine Familie Verdacht schöpfen könnte. Denn die werden an nichts anderes denken als daran, dich zurückzubekommen.«

Und wir können dich im Auge behalten, sodass du keine Chance hast, uns zu hintergehen, dachte Aster, sprach es aber nicht aus.

»Damit würden wir denen auf jeden Fall schneller Feuer unter dem Hintern machen als auf jede andere Weise«, räumte Violet ein, und langsam verzogen sich ihre Lippen zu einem schiefen Grinsen. »Sagst du nicht sowieso immer, du willst von denen weg, Derrick? Ich weiß jedenfalls definitiv, dass *ich* von denen wegwill.«

»Ja, Violet, wir könnten sogar dich zurückbekommen!«, stimmte Clementine aufgeregt zu.

Aster und Violet sahen einander in die Augen. Trotz der vorangegangenen Reiberei zwischen ihnen empfand Aster Freude bei dem Gedanken, sie würde dauerhaft zu ihnen zurückkehren.

»Aber ich kann nicht einfach ... Ich kann nicht einfach für einen Zeitraum, von dem nur die Toten wissen, wie lang er sein wird, mein ganzes Leben hinter mir lassen«, stammelte Derrick. »Und wo sollten wir uns verstecken, ohne dass die Raubvögel meiner Familie uns finden?«

Zee räusperte sich und warf Aster einen bedeutsamen Blick zu. »Wir haben Freunde, die uns aufnehmen würden, wenn wir den Preis dafür bezahlen. Sie könnten uns vielleicht sogar mit ein paar voltrischen Waffen aus Ferron ausrüsten, die militärischen Standards genügen, um uns bei der Bewältigung unserer Aufgabe zu helfen.« Aster starrte ihn nur ausdruckslos an. »Sam Daniels und die anderen«, erklärte er.

Die Skorpione. Zee drückte sich vermutlich wegen Derrick so vage aus, um nicht zu viele Informationen über die Rebellen und ihre unterirdische Zuflucht preiszugeben. Die Skorpione hielten sich schon seit Jahren in ihrem Netzwerk verlassener Minen erfolgreich vor den Raubvögeln versteckt. Im ganzen Grind gab es keinen Ort, an dem Aster sich sicherer fühlen würde.

»Das ist fantastisch, Zee«, sagte sie und nahm ein Notizbuch aus ihrem Ranzen, damit sie die Einzelheiten notieren konnte. »Welche Stadt ist am nächsten an ihrem Basislager?«

»Na ja, Scarcliff, natürlich – aber ich nehme an, wir wollen uns dort nach dem Bankraub nicht mehr blicken lassen. Die beste Alternative wäre dann Rattlebank.«

»Also gut. Derrick, hat deine Familie irgendwelche Außenstellen in Rattlebank?«, preschte Aster vor. »Es muss da was geben, sie sind doch überall. Kannst du behaupten, du hättest geschäftlich dort zu tun, um eine Ausrede zu haben, dich da aufzuhalten?«

»Wir haben … einen Spielsalon in Rattlebank. Es ist sogar unser größter. Dort verwahren wir auch einen Teil unserer besten Theomitschliffe als Gewinne. Das Haus ist seit Generationen im Besitz unserer Familie, und es laufen eine Menge inoffizieller Geschäfte da ab. Aber …«

»Also inszenieren wir die Entführung vor Ort. Und wenn wir schon mal dabei sind, stehlen wir auch gleich den Theomit und brennen den Spielsalon nieder. Ich halte es immer noch für wichtig, sie auch finanziell zu treffen. Und dann müssen wir nur noch eine Möglichkeit finden, um unsere Forderung zu übermitteln und zu erklären, dass wir Derrick freilassen, wenn sie erfüllt …«

»Halt«, flüsterte Derrick. Mit geschlossenen Augen legte er die zarten Hände auf den Tisch, und sein Atem ging langsamer, als versuchte er, seinen Magen auf einem schwankenden Schiffsdeck zu besänftigen. »Dieser ganze Plan … *setzt voraus* …, dass meine Familie irgendwelche Nachteile in Kauf nehmen würde, um mich freizubekommen, obwohl sie froh wäre, mich los zu sein. Mein Vater hat deutlich genug gemacht, dass in seinen Augen der falsche Sohn gestorben ist, und mein Onkel ist trotz all seiner halbherzigen Versuche, mich nach seinem Bild zu formen, viel mehr daran interessiert, seine eigene Karriere voranzutreiben. Ich bin für die nichts als eine Bürde und eine Enttäuschung. Es ist nicht so, dass ich nicht bereit wäre mitzumachen – ich tue, was immer du von mir verlangst, Aster –, aber ihr seid hergekommen, um meinen Rat einzuholen, und darum rate ich euch: Setzt eure Hoffnungen nicht auf meine Entführung.«

Verdattert sah Aster Violet an. *Was zur Hölle hat das jetzt zu bedeuten?* Vielleicht erwartete Derrick, dass sie ihn bemitleidete – er selbst schien sich ziemlich zu bemitleiden –, aber ihr fiel nur erneut auf, wie realitätsfern er doch war. Die Welt drehte sich weiter, wenn *staubblütige* Kinder verschwanden, sicher. Aber wenn es um ein hellblütiges Kind ging? Den Sohn eines Landesherrn? Den *Erben* des McClennon-Imperiums?

»Derrick, um der Liebe der Toten willen …«, fing Aster gereizt an, doch Violet brachte sie mit einem kühlen Blick aus ihren blauen Augen und einem kaum wahrnehmbaren Kopfschütteln zum Schweigen.

»Verkauf dich nicht zu billig, Derrick«, sagte sie zu ihm. »Du bist der letzte lebende Stammhalter der McClennons, die einzige Zukunftshoffnung, die deine Familie noch hat. Ihr mögt eure Differenzen haben, aber keiner von ihnen zweifelt an deinem Wert und deiner Bedeutung für die Familie. Das ist der *Grund*, warum sie so hart zu dir sind.«

»Aber …«, setzte er zu einem Protest an.

»Hör auf eine Außenseiterin, die inzwischen schon seit einigen Monaten bei deiner Familie lebt«, beharrte Violet. »Sie würden den Schleier selbst einreißen, um dich zurückzuholen.«

Derrick wirkte immer noch skeptisch und schluckte schwer, nickte dann aber. »Also gut«, sagte er und schien sich innerlich zu wappnen. »Also gut, ich bin einverstanden. Aber zu meinen Bedingungen: Keine unnötige Gewalt, und auf keinen Fall darf jemand getötet werden.«

Mallow seufzte unduldsam. »Jetzt geht es los.«

»Wie kommst du darauf, wir würden unnötigerweise zu Gewalt greifen?«, fragte Tansy spitz. »Im Gegensatz zu der Gewalt, wie sie von den Welcome Houses ausgeübt wird?«

»Nein, ich wollte nicht …«, sagte Derrick und setzte neu an. »Ich will nur nicht, dass meinetwegen jemand verletzt wird.«

»Es wäre nicht deinetwegen«, sagte Violet leise. »Es wäre nicht einmal unseretwegen. Es wäre wegen der Mädchen, die wir zu befreien versuchen.«

Während sie sprach, sah sie Aster vielsagend an, und zum ersten Mal, seit sie zusammensaßen, hatte Aster wirklich das Gefühl, dass sie auf derselben Seite standen. Wärme breitete sich in ihrer Brust aus.

»Also gut, dann ist es entschieden. Unsere nächste Station ist Rattlebank«, sagte sie und tippte auf Derricks Notizbuch, um ihn zum Mitschreiben aufzufordern. »Dann lasst uns die Einzelheiten besprechen.«

KAPITEL ZEHN

Als Aster das letzte Mal Zug gefahren war, wäre sie unter die Räder geraten, hätten ihre Freundinnen sie nicht festgehalten und schließlich mit vereinten Anstrengungen hinauf in den Güterwagen gezogen, in dem sie als blinde Passagierinnen gereist waren.

Dieses Mal hatte sie dank Derrick sogar eine Fahrkarte.

»Staubblütige in den letzten Wagen, in einer Reihe aufstellen, weitergehen«, rief der Schaffner, als Aster und Raven den schmalen Gang zwischen den Sitzen hinunterliefen. Sie hatten sich aufgeteilt, um während der Reise keinen Verdacht zu erwecken – Aster reiste mit Raven, Tansy und Mallow mit Clementine und Zee allein. Der Zug würde sie bis an den Rand des Grinds bringen, von wo aus sie für den Rest des Weges nach Rattlebank eine Kutsche nehmen würden. Und sie wählten eine andere Strecke als beim letzten Mal; damals waren sie mit der Arkettanischen Nationalbahn gefahren, dieses Mal nahmen sie Sullivan Rails.

»Ich bin noch nie Zug gefahren«, flüsterte Raven Aster zu. »Sind die alle so luxuriös? Dieses Mistding sieht aus wie ein Welcome House auf Rädern.«

Sie hatte recht – Derrick hatte ihnen erzählt, dass Sullivan Rails über die edelsten Wagen aller Eisenbahngesellschaften verfügte, und so schien es auch zu sein. Ein Gang mit einem polierten Kirschholzboden führte zwischen mit Teppich ausgelegten, samtgepolsterten Sitznischen auf protzigen goldenen Klauenfüßen hindurch. Schwere Volants krönten die Fenster wie Zuckerguss auf einem Kuchen. Die Passagiere, alles gut gekleidete Hellblütige, warfen Aster und Raven böse Blicke zu, als sie vorübergingen, und die Eingänge sämtlicher Wagen wurden von Raubvögeln bewacht. Dies war kein Ort, an dem Staubblütige willkommen waren, von Good Luck Girls ganz zu schweigen. Ihre Kokarden hatten sie mit der Wolfsmilchsalbe behandelt, sodass sie sie für die nächsten paar Stunden mit Schminke abdecken konnten, aber das änderte nichts an der Tatsache, dass sie keinen Schatten warfen.

»Darüber weiß ich genauso viel wie du«, murmelte Aster. »Aber etwas sagt mir, dass der Wagen für die Staubblütigen mit denen hier nicht die geringste Ähnlichkeit hat.«

Endlich erreichten sie den fraglichen Waggon, der vollgestopft mit Leuten war. Aster und Raven bahnten sich einen Weg – anders als in den Wagen der Hellblütigen gab es hier keine samtbezogenen Polstersitze oder Teppich auf dem Boden, sondern lediglich derbe Holzbänke und fensterlose Wände. Die Sitzplätze reichten nicht für alle, weshalb einige Leute auf dem Boden hockten oder einfach stehen blieben. Die Luft war stickig, heiß und drückend wie im Inneren eines Mundes. In die Seitenwände waren Luftlöcher getrieben worden, durch die ein wenig Sonnenlicht in die Finsternis drang, aber kaum genug, um etwas sehen zu können. Ein paar Kinder schrien ununterbrochen, und Aster stellte fest, dass sie es ihnen nicht verübeln konnte.

»Tja, dieser Scheiß sieht aus wie … Scheiße«, kommentierte Raven.

Aster legte die Stirn in Falten. Die hellblütigen Passagiere würden vermutlich sagen, sie könnten froh sein, überhaupt mitfahren zu dürfen. Einige von ihnen beklagten sich vermutlich gerade in diesem Moment, dass sie den Zug mit einem Haufen Verwahrloster teilen mussten. Aber um der Liebe der Toten willen, konnten sie ihnen denn nicht wenigstens genug Platz zum Atmen lassen?

Als verhobelte blinde Passagierin hatte ich es bequemer, dachte Aster wütend, als sie und Raven zu Boden glitten, um sich zwischen einen schlafenden, buckligen alten Mann und eine Frau mit einem zappelnden Säugling auf den Armen zu setzen. Ihre Freunde suchten sich anderswo im Wagen einen Platz, die Mädchen etliche Reihen hinter Aster, Zee direkt gegenüber. Ein langer Pfiff ertönte, und der Zug setzte sich in Bewegung. Als die Räder sich schneller drehten, holperte der Boden unter ihnen derart, dass er blaue Flecken an Asters Hinterteil hinterließ. Sie nahm an, dafür sollte sie Sullivan danken, ebenso wie für so vieles andere, was sie hatte erleiden müssen.

Acht Stunden lagen nun vor ihnen.

Es gab nicht viel, worüber Raven und Aster sich unterhalten konnten, ohne sich zu verraten, also schwiegen sie. Die Gesprächsfetzen um sie herum rauschten bedeutungslos an Aster vorbei, bis einer doch ihre Aufmerksamkeit weckte.

»... erst bringen diese Mädchen aus Green Creek McClennons Jungen um, und nun hat ein anderes Good Luck Girl sein Welcome House niedergebrannt«, sagte eine junge Frau zu einer anderen. Raven spitzte ebenfalls die Ohren und sah sich zu Aster um, die ihren Blick zwar nicht erwiderte, ihr aber mit einem Nicken signalisierte, dass sie die Worte auch gehört hatte. So unauffällig sie konnte, beugte Aster sich vor, um besser lauschen zu können.

»Mein Schwager hat uns geschrieben und berichtet, dass es im Süden zu Aufständen gekommen ist – einige der Minenarbeiter haben sich verbündet und all ihre Werkzeuge zerstört. Und in der Zeitung habe ich gelesen, dass eine andere Pächtergruppe sich zusammengerottet und den wachhabenden Raubvogel dressiert hat wie einen Truthahn.«

»Ja«, sagte ihre Reisebegleiterin, »und eine Menge Leute haben die Fliege gemacht, allein oder zu zweit, Läufer auf dem Weg nach Ferron. Die meisten sind wahrscheinlich erwischt worden, aber im Moment sind die Gesetzeshüter ziemlich überfordert – sie können nicht alle schnappen.«

Läufer wie diejenigen, die die Skorpione in ihren unterirdischen Schlupfwinkeln beherbergten. Ob die Skorpione wohl einige dieser Leute rekrutiert hatten?, überlegte Aster. Junge Männer, die noch mehr staubblütigen Familien dazu verhelfen würden, der Zeche zu entkommen? Bei dem Gedanken zog ein Lächeln an ihrem Mundwinkel.

»Der ganze Ärger … Denkst du nicht, es wird Konsequenzen haben?«, fuhr die erste Frau fort. »Wir müssen das bremsen, nicht befeuern.«

»Ich glaube langsam, das ist wie dieser Zug – nicht aufzuhalten, bis es am Ziel ist. Schlimmer als jetzt kann es auch nicht werden. Soweit es mich betrifft, mir kann es gar nicht schnell genug gehen.«

Und da spürte Aster, trotz der stickigen Luft, dem Schweiß, der auf ihrer Haut klebte, und dem Schmerz in ihren Knien vom langen Sitzen im Schneidersitz, wie sich ihre Stimmung hob. Als sie letztes Jahr die Aufschneider ausgeraubt hatten, da hatte sie der pure Überlebensinstinkt angetrieben. Damals hatten sie im eigenen Interesse gehandelt. Was sie nun vorhatten, war viel größer. Nicht nur wegen der Good Luck Girls, sondern wegen all jener, die von ihren Landesherren schlecht behandelt wurden. Es schenkte Menschen die Courage, sich zu wehren, und das war jedes Risiko wert. Derrick kannte diese Seite von Arketta nicht, er konnte das nicht verstehen.

Das Gespräch verstummte, als ein Raubvogel den Waggon betrat und die Menge aus Augen musterte, die im Halbdunkel orange aufblitzten. Etwa im Abstand von einer halben Stunde kam einer von denen herein und zwang ihnen allen eine Art von zäher Trägheit auf, um sie davon abzuhalten, dem Frust, den jeder nach einem halben Tag in diesem Zug verspüren musste, Taten folgen zu lassen. Zusammen mit der Hitze und dem Gestank reichten ihre manipulativen Eingriffe, damit sich in Asters Kopf alles drehte und ihr Magen rebellierte. Doch kaum war der Raubvogel wieder weg, sah Aster, wie der Trotz in die Augen der Leute zurückkehrte.

»Verdammte Raubvögel«, grollte die Frau, die zuerst gesprochen hatte. »Ich würde schwören, die haben einen sechsten Sinn, was solche Dinge angeht …«

»Aster«, flüsterte Raven, die von den Manipulationen nicht annähernd so gepeinigt zu sein schien, wie Aster erwartet hatte, und allenfalls ein bisschen gelangweilt aussah. »Wie weit, denkst du, müssen wir noch?«

»Ich glaube, wir sind fast da«, sagte Aster und lugte zu einem der Luftlöcher in der Seitenwand hinaus. Die Hitze brannte in ihrem Auge.

Rote Wüste. Die fruchtbaren Wälder des Nordens und die gekräuselten Ebenen des Goldsees lagen längst hinter ihnen. Hier gab es nur noch aufgerissene Erde unter einem grausamen blauen Himmel, und kaum ein Gestrüpp durchbrach den Blick zum Horizont. Felsenformationen verteilten sich über die Landschaft wie Würfel, geworfen von der Hand eines Riesen. Aus der Ferne sahen sie klein aus, aber Aster wusste, von Nahem betrachtet, waren sie gewaltig.

Nicht mehr lange, und die Wüste würde in die Bergkette übergehen, die den Grind beherrschte – den Grind mit all den mickrigen, verkrüppelten Bäumen und den Tieren, die zwischen ihnen um ihr Überleben kämpften – hechelnde Kojoten, kriechende Rasselschwänze, krauchende Taranteln … und Menschen natürlich auch, und alle litten gleichermaßen unter dem Wind und dem allgegenwärtigen Staub.

Unerwartet wallte eine Woge des Heimwehs durch Asters Herz, so intensiv, dass ihr der Atem stockte. Wütend schluckte sie das Gefühl hinunter. Sie hatte ihr ganzes Leben lang nichts anderes gewollt, als diesem elenden Ort zu entkommen. Er hatte ihr nur Leid gebracht. Er verdiente sie nicht, und er verdiente auch nicht die Sehnsucht nach dem Gefühl der Sonne auf ihrer Haut oder dem Geschmack des Staubs auf der Zunge, die sie plötzlich empfand.

Gleich, wie weit du davonläufst, dieser Ort wird dich nie freigeben, flüsterte düster eine Stimme in ihrem Hinterkopf.

Aster reckte das Kinn vor. Wenn sie nicht vor dem Grind davonlaufen konnte, dann musste sie ihn eben einreißen und als das Zuhause neu aufbauen, das er ihr von jeher hätte sein sollen.

Asters wirre Gedanken wurden unterbrochen, als ein weiterer Raubvogel den Waggon betrat.

Etwas an seiner Aura fühlte sich auf Anhieb anders an, machtvoller. Aster keuchte auf, als ihr ein Schauder nach dem anderen über die Haut raste und eine Woge der Hoffnungslosigkeit Besitz von ihrem Geist ergriff.

Warum?, dachte Aster. Zorn bohrte sich durch den Kummer, den der Raubvogel ihnen allen so abrupt aufgezwungen hatte. Niemand hatte sich etwas zuschulden kommen lassen. Dieser Raubvogel spielte einfach nur aus Freude an der eigenen Grausamkeit mit ihnen.

Sie drehte sich um, um ihn anzusehen, während ihre Kehle vor lauter Tränen wie zugeschnürt war.

Und ihr Herz setzte vor Überraschung einen Schlag aus.

Dieser Raubvogel war eine Frau.

Eine Frau … und eine Staubblütige. Ihre Haut war von einem warmen Braun, das dunkle Haar unter der Eisenbahnerkappe zu einem strengen Dutt gebunden. Sie sah sich mit Augen, so leuchtend orange wie ein faulender Kürbis, im Wagen um. Eine ihrer Hände ruhte auf der Waffe an ihrem Gürtel, und ihre Fingernägel waren so gefeilt, dass sie beinahe wie Klauen aussahen. Sie war schön, aber auf die todbringende, verschlagene Art eines Falken.

Jeder im Raum verkrampfte sich, auch dann noch, als der Einfluss des Raubvogels nachließ. Ihr Entsetzen und ihre Furcht kamen aus ihnen selbst. Aster wagte einen Blick zu den anderen aus ihrer Gruppe, um zu sehen, ob sie die gleiche Beklemmung empfanden wie sie selbst. Obwohl es gefährlich war, klammerten sich Tansy und Mallow aneinander, und von Clementines gewohntem Lächeln war nichts zu sehen.

Und dann war da noch Zee, dessen Miene sich zu einer Maske ungläubigen Entsetzens verzogen hatte, die Kiefermuskulatur erschlafft, die Augen rund vor Furcht. Er schüttelte den Kopf und murmelte etwas vor sich hin. Aster hätte beinahe unbeabsichtigt seinen Namen gerufen, konnte sich aber gerade noch beherrschen. Sie wusste, dass Zee von jeher mehr Angst vor den Raubvögeln gehabt hatte als die anderen. Und er hatte Grund dazu. Sein eigener Vater war ein Raubvogel gewesen und hatte sich vor den Augen von Zee und seinen drei jüngeren Schwestern in ein wahres Monstrum verwandelt. Die grausige Aufgabe, Good Luck Girls und andere Läufer zu jagen und zur Strecke zu bringen, hatte vielleicht gereicht, um seine Familie von den Schulden zu befreien, aber sie hatte auch einen entsetzlichen Preis gefordert.

Aster hatte nie genau gewusst, was Zees Vater ihm angetan hatte, als er sich selbst an die dunkle Macht verloren hatte. Sie selbst war den Quälereien der Raubvögel mehr als genug ausgesetzt gewesen und würde sich hüten, ihn danach zu fragen. Aber was immer es war, es war schlimm genug, dass Zee all sein entspanntes, lockeres Selbstvertrauen verlor, sobald er einem Raubvogel begegnete.

Und dennoch hatte Aster ihn noch nie so aufgelöst erlebt.

»Letzter Halt!«, kündigte die Schaffnerin an. Mit einem Ruck blieb der Zug stehen, und die Raubvogelfrau bedachte sie mit einem hämischen Grinsen, ehe sie auf dem Weg verschwand, auf dem sie gekommen war.

Und Zee stand auf, drängte sich durch die Menge und folgte ihr.

»*Zee!*«, zischte Clem.

Was zur Hölle denkt der sich dabei? Hatte die Manipulation ihn um den Verstand gebracht? Er konnte doch nicht einfach der Raubvogelfrau in einen Wagen für Hellblütige folgen; man würde ihn verhören oder rauswerfen – oder schlimmer.

Aster und Clementine machten beide zugleich Anstalten, ihm nachzugehen.

Doch als Aster sein Handgelenk umfasste, fixierte er sie mit einem völlig verzweifelten Blick und riss sich los. Kein Wahnsinn flackerte in seinen Augen, nur pure Not.

»Geht ohne mich«, sagte er mit einer heiseren Stimme, die beinahe flehentlich klang.

»Zee, nein …«, beharrte Clem.

»Ich stoße morgen wieder zu euch. Ich verspreche es. Doch jetzt müsst ihr ohne mich gehen.«

»Aber …«

»Das war Elizabeth«, würgte er hervor.

Erschrocken ließ Aster von ihm ab und sah verdattert zu, wie Zee davonging. Clementine schluchzte gequält, so oder so geschwächt nach dem Raubvogelangriff und nun gebrochen von der abrupten Wendung der Ereignisse. Mehrere Leute drehten sich um und starrten sie an.

»He, alles wird gut«, flüsterte Aster und ergriff rasch die Hand ihrer Schwester, um sie zu beruhigen. »Er weiß ganz offensichtlich, was er tut.«

Aster war selbst nicht so ganz von ihren Worten überzeugt, aber Zee jetzt zu folgen barg das Risiko, sie alle bloßzustellen – ihnen blieb gar keine andere Wahl, als ihm zu vertrauen.

»W-wie kann er denn einfach gehen? Ohne uns einen Grund zu nennen …«

Inzwischen hatten sich auch die anderen zu ihnen gesellt. »Du weißt, dass Zee nicht einfach so verschwinden würde, wenn es nicht wichtig wäre«, sagte Tansy.

»Ja, und wenn es jemanden gibt, der gut auf sich selbst aufpassen kann, dann ist es dieser Junge«, fügte Mallow hinzu.

»Bestimmt … aber …«

»Nichts, aber«, fiel Aster ihr ins Wort. Sie wollte nicht noch mehr Aufmerksamkeit erregen und diese schreckliche Raubvogelfrau wieder herlocken. »Er hat gesagt, er stößt morgen zu uns, also stößt er morgen zu uns. Und jetzt bring dein Gesicht in Ordnung, ehe wir aussteigen, hörst du? Wir sind wieder im Grind. Zeit, uns furchtlos zu zeigen.«

KAPITEL ELF

Der Grind hatte sich in den Monaten, seit sie ihn hinter sich gelassen hatten, verändert.

Nicht auf eine Weise, die für irgendjemanden, der nicht dort aufgewachsen war, gleich zu erkennen gewesen wäre, und doch auf eine, die für Aster und ihre Freundinnen unübersehbar war. Derrick hatte ihnen genug Schimmer gegeben, damit sie für den Rest des Weges nach Rattlebank eine Kutsche nehmen konnten. Und so blickte Aster durch den dünnen Vorhang hinaus und erfasste die Neuerungen – die verstärkte Präsenz der Gesetzeshüter, von denen viele nun schlanke Schäferhunde mit sich führten. Die Abneigung in den Augen der Hellblütigen, die in der Stadt ihren Geschäften nachgingen und sich in Gruppen zusammenfanden, statt allein unterwegs zu sein. Und die Härte, die sich in den Mundwinkeln all der Staubblütigen zeigte, die dort ihre Arbeit taten, die Erschöpfung, der Zorn und die Furcht, die selbst junge Männer vorzeitig um Jahre altern ließen. Nichts von alldem war neu, aber alles trat stärker zutage und erfüllte Aster mit zunehmendem Unbehagen.

Der wahre Schrecken jedoch lauerte auf der Knochenstraße.

Galgen.

Galgen, an denen hoch oben Käfige hingen, in die ungehorsame Staubblütige, die sich unverzeihlicher Vergehen schuldig gemacht hatten, eingesperrt wurden, um zu verhungern. Diese

Käfige hatten im Grind schon immer als grausame Warnung gedient, doch während sie früher ein seltener und umso schockierenderer Anblick gewesen waren, schienen sie nun beinahe überall im Geäst der Bäume zu hängen. Einige der Toten befanden sich schon lange dort, Gewebe und aufgedunsenes Fleisch schälten sich von ihren sonnengebleichten Gebeinen. Andere waren noch so frisch, dass Aster für einen entsetzlichen Augenblick dachte, sie könnten noch am Leben, aber schon zu geschwächt sein, um die Aasvögel abzuwehren, die an ihren Händen und Gesichtern pickten. Und mehr als nur ein paar wiesen die verräterischen Spuren von Rächerklauen auf – lange, tiefe Furchen, die aufzeigten, wo ihnen das Leben entrissen worden war. Doch vielleicht hatten die es noch am besten getroffen: Sie waren schnell gestorben.

Eines jedoch hatten all die Toten gemeinsam – Schilder, direkt unter ihnen, auf denen schlicht zu lesen stand: SIE HABEN SICH AUFGELEHNT.

Wenn du diesen Kampf aufnehmen willst, Aster, dann musst du vorbereitet sein, hatte Derrick sie gewarnt. *Das wird einen Gegenschlag nach sich ziehen, und nicht nur von meiner Familie. Von* allen *Landesherren,* allen *Leuten in Northrock,* allen *hellblütigen Familien in Arketta, die fürchten, sie könnten die Nächsten sein, die von den Staubblütigen angegriffen werden.*

Plötzlich ergriff eine entsetzliche Furcht Besitz von ihr, regte sich in ihrem Bauch wie eine erwachende Schlange. Sie schloss die Vorhänge, um die schaurige Zurschaustellung auszublenden, und beugte sich vor, um ihre Übelkeit zu bekämpfen, während die Kutsche die Straße hinunterschaukelte. Vorhin, im Zug, war sie begeistert gewesen, dass ihre Taten solch weitreichende Auswirkungen hatten. Aber wie hatte sie nur so dumm sein können, sich einzubilden, dass diese Auswirkungen nur gute Seiten aufwiesen?

Diese Menschen sind unseretwegen gestorben, dachte Aster. *Wir haben dieses Welcome House niedergebrannt. Wir haben dafür gesorgt, dass die Landesherren sich bedroht fühlen. Und nun willst du auch noch Derrick McClennon entführen …*

Nein, das war nicht ihre Schuld. Es war die der Landesherren.

Landesherren, die wegen unserer Taten wütend sind.

»Beim Schleier«, murmelte Raven, die zum gegenüberliegenden Fenster hinausblickte. »Ich habe Geschichten über die Knochenstraße gehört, aber ich hätte nie gedacht, dass es so schlimm ist.«

»Das war es früher auch nicht«, sagte Tansy leise. »Es sind dauernd Leute den natürlichen Gefahren des Grinds zum Opfer gefallen, aber diese vielen Galgen … das ist neu.«

»All diese Toten hat man hier draußen gelassen wie eine verhobelte Warnung«, raunte Mallow und drehte sich zu Aster um. »Wir sind erst vor einem Jahr fortgegangen. Was ist nur aus dieser Gegend geworden?«

Darauf hatte Aster keine Antwort zu bieten, und so stiegen sie, erfüllt von düsteren Vorahnungen, in Rattlebank aus der Kutsche. Trotz des klaren Himmels war ihnen zumute, als drückte ein schwerer Sturm sie nieder, und Aster konnte es plötzlich kaum erwarten unterzutauchen. Das Auf und Ab der Totenklagen der Rächer ließ ihre Nackenhaare zu Berge stehen. Derzeit waren sie sicher innerhalb der Wehrmauern der Stadt, aber bis zum Lager der Skorpione mussten sie immer noch vier Meilen durch die Wildnis hinter sich bringen, ehe sie um Unterschlupf bitten konnten, nicht nur für sich selbst, sondern auch für den McClennon-Jungen, hatten sie ihn erst als Geisel genommen.

Den Rest des Weges bewältigten sie mithilfe von Zees sorgfältigen schriftlichen Anweisungen zu Fuß. Niemand sagte etwas über seine Abwesenheit, aber Aster fühlte, wie schwer sie auf der ganzen Gruppe lastete, so sonderbar und plötzlich, wie sie gekommen war. Derrick hatte ihnen seinen Theomitring nicht überlassen können, fürchtete er doch, dass sein Vater dessen Fehlen bemerken könnte, also mussten sie die Rächer mit ihren mit Eisen geladenen Flinten abwehren. Sie alle waren inzwischen viel besser geworden im Umgang mit Feuerwaffen, und Clementine konnte die Rächer sogar ohne den Schein des Mondes sehen, dennoch wurde es einige Male arg knapp. Der Schweiß auf Asters Haut gefror in der kalten Nachtluft, die sich wie eine Klinge in ihre Lunge bohrte. Die Furcht machte ein Tier aus ihr – ein Tier, das bei jedem Laut zusammenzuckte, sich verkrampfte in Erwartung von Schmerzen. Und wie die rote Erde und die glühende Sonne fühlte sich auch das wie eine Heimkehr an.

Endlich erreichten sie die Geisterstadt außerhalb der verlassenen Minen, in denen die Skorpione Quartier bezogen hatten. Aster führte die anderen den Minenschacht hinunter und begrüßte die beiden jungen Männer, die Wache hielten, erleichtert, dass die sich von ihrem vorherigen Besuch her noch an sie erinnerten. Das Letzte, was sie nach der langen Reise, die sie hinter sich hatten, brauchen konnte, war, jetzt abgewiesen zu werden.

»Wir müssen so schnell wie möglich mit Sam reden – noch heute Abend, wenn es geht«, erklärte Aster dem Wachmann, der sie in einem Minenwagen, dessen Räder schrill in der Dunkelheit des Tunnels quietschten, ins Lager brachte. Der Wachmann war jung, womöglich erst vierzehn, und sein Bergmannshelm war viel zu groß und saß so locker auf seinem Kopf, dass die aufmontierte Lampe bei jeder Bewegung wackelte.

»Na ja, ich bin sicher, er wird sich freuen, euch zu sehen«, sagte der Junge, dessen Stimme über den Lärm, den der Wagen machte, kaum zu hören war. »Aber er hatte in letzter Zeit viel zu tun. Mehr Läufer denn je und nicht genug von uns, um sie zu versorgen. Inzwischen ist es fast unmöglich, alle zu ernähren.«

»Das hört sich nicht gut an«, murmelte Clementine hinter Aster.

»Es ist gut, wenn es bedeutet, dass die Leute ihre Landesherren verlassen«, wandte Mallow ein.

»Ja, aber nur, wenn es für sie einen besseren Ort gibt, an den sie gehen können«, erwiderte Tansy. »Schlimm genug, dass sie hier unter der Erde hausen müssen – aber jetzt gibt es nicht einmal mehr genug Betten. Nicht genug zu essen.«

»Ich dachte, das Ziel wäre, die Läufer weiter nach Ferron zu bringen«, sagte Raven zu Aster. »Was tun die dann immer noch hier?«

»Wir haben darauf gewartet, dass das Tunnelsystem vollständig ausgebaut ist«, erklärte der Junge, ehe Aster antworten konnte. »Inzwischen sind wir fast fertig – die Tunnel sind alle schon miteinander verbunden, sie sind nur noch nicht abgesichert.«

»Also, *das* klingt gut«, sagte Clementine, und obgleich Aster ihr Gesicht in der Dunkelheit nicht sehen konnte, wusste sie, dass ihre Schwester lächelte.

Sie erreichten das Ende des Tunnels, kletterten aus dem Minenwagen, und der Junge breitete die Arme aus, als er sie ein weiteres Mal in der unterirdischen Stadt, dem Lager Red Claw, willkommen hieß.

»Sam ist bestimmt in der Haupthalle«, sagte er. »Braucht ihr Hilfe, um hinzufinden?«

»Nein, geh nur zurück auf deinen Posten. Wir kennen den Weg«, entgegnete Aster.

»Danke«, fügte Clementine hinzu, und der Junge tippte sich an den überdimensionierten Helm, ehe er wieder in seinen Minenwagen kletterte.

Im Lager ging es viel lebhafter zu, als Aster es in Erinnerung hatte. Die gewaltige Höhle war angefüllt von den widerhallenden Geräuschen spielender Kinder, die zwischen den kleinen Holzhütten herumliefen, die Skorpione und Läufer ihr Zuhause nannten. Es gab auch noch andere Gebäude, alle ausgestattet mit Grubenlampen, die das Lager mit einem warmen gelben Lichtschein überzogen – Ställe für die Pferde, Hundezwinger, ein Lazarett für die Kranken und Verwundeten, eine Waffenkammer voller Schusswaffen und Munition. Genau in der Mitte befand sich die Versammlungshalle, die je nach Bedarf auch als Speiseraum und Tanzsaal diente. Vor ihr, auf dem Stadtplatz, stand eine Statue von einem Skorpion, geschnitten aus theomitdurchzogenem Gestein: Das war es, was die Lebenden unter dem Berg vor den Toten schützte.

Sam Daniels begrüßte sie in der Versammlungshalle. Seine schwarzen Augen leuchteten regelrecht auf, als er sie erblickte. Er hatte sich kaum verändert, seit Aster ihn das letzte Mal gesehen hatte – er war immer noch groß, dunkel und gediegen, hatte immer noch sein selbstsicheres Lächeln und die krumme Nase. An der Linken, die er Aster zur Begrüßung hinhielt, fehlten zwei Finger.

»Na, *das* ist ja mal eine schöne Überraschung«, sagte er. »Als es hieß, ihr Mädchen wäret wieder da, hatte ich angenommen, das wäre nur ein Gerücht. Wir alle hatten gehört, ihr wäret tot.«

»Tja, Fehlanzeige«, sagte Aster, erwiderte sein Grinsen

und umfasste seinen Arm. Cutter, in Grubenarbeiterkleidung, das zottige schwarze Haar unter der Mütze zu einem Pferdeschwanz gebunden, das zur Hälfte von einer alten Verbrennung vernarbte Gesicht mit Schmutz beschmiert, schlenderte hinter ihm herbei.

»Wenn das nicht meine Lieblingsgeächteten sind«, begrüßte er sie.

»Cutter hat eine ganze Woche geheult, als er gehört hat, ihr wäret umgekommen«, verkündete Sam.

»Ich habe *nicht* …«

»Wo ist mein Bruder?«, fragte Sam.

»Auf dem Weg«, versicherte Cutter. Dann huschte sein Blick über die Neuankömmlinge. »Wo ist Zee?«

Aster sah sich zu Clementine um, der hinter dem Lächeln der Atem stockte. Aster wusste nicht, wie sie den Jungs erklären sollte, dass Zee seiner lange verloren geglaubten Schwester über den Weg gelaufen war und dass diese Schwester nun ein Raubvogel war. Nur die Toten wussten, wohin Zee und Elizabeth inzwischen verschwunden waren – Aster konnte nur hoffen, dass er sein Versprechen, bald wieder zu ihnen zu stoßen, halten würde.

Aster drückte ihrer Schwester beruhigend die Hand.

»Zee ist auch unterwegs«, sagte sie vorsichtig. »Er wurde am Bahnhof aufgehalten. Aber er weiß natürlich, wo er uns finden kann.«

Sams Lächeln erstarb. »Steckt er in Schwierigkeiten?«

»Nicht mehr als üblich«, sagte Aster und hoffte, dass dem so war. »Aber wir haben eine neue Freundin gefunden, seit wir uns zum letzten Mal gesehen haben – Sam, Cutter, das ist Raven.«

Die Jungs stellten sich Raven vor, deren Gesicht trotz der kühlen Luft in der Mine vor Schweiß glänzte. Aster beobachtete sie genau. Sie erinnerte sich nur allzu gut, wie überfordert sie sich gefühlt hatte, als sie das erste Mal nach Red Claw gekommen war und sich plötzlich inmitten lauter ruppiger junger Männer wiedergefunden hatte. Aster hatte ihr versichert, dass die Skorpione gute Jungs waren, trotzdem – es war schwer, die Lektionen zu vergessen, die ein Welcome House einem erteilt hatte.

»Ihr seht alle aus, als könntet ihr einen Happen zu essen vertragen«, sagte Sam und verschränkte die Arme vor der Brust. »Das Abendessen habt ihr verpasst, aber wenn es euch nichts ausmacht, Reste zu essen, könnt ihr euch einen Teller holen, während ihr uns erzählt, wie zur Hölle es kommt, dass ihr noch am Leben seid.«

»Das ist nett, Sam«, sagte Aster und fühlte sich dankbar. »Und es tut uns leid, dass wir uns so unangekündigt selbst eingeladen haben. Wir hatten keine Möglichkeit, im Vorfeld gefahrlos Kontakt aufzunehmen.«

»Aster, bitte«, erwiderte Sam. »Ihr seid an unserem Tisch immer willkommen.« Er sah sich zur Tür um. »Sofern mein dummer Bruder endlich so gut wäre, ihn zu decken, heißt das.«

Und dann, wie aufs Stichwort, stürmte Eli zur Tür herein. Er war klein und stämmig, während sein Bruder groß und schlank war. Wie Cutter trug er Minenkleidung, und seine dunkle Haut war mit Schweiß überzogen. Er zog einen Lappen aus der hinteren Hosentasche, um sich den glatt rasierten Kopf zu trocknen, und lächelte auf diese warme, aufrichtige Weise, an die Aster sich so gut erinnern konnte. Ein Anblick, bei dem ihr Herz einen Satz tat.

»Tut mir leid, dass ich euch habe warten lassen«, sagte er sanft.

»Entschuldige dich nicht, mach dich an die Arbeit«, sagte Sam. »Unsere Gäste sind hungrig.«

»Oh, äh, soll ich vielleicht die Rippchen für morgen zubereiten?«

»Nein, das dauert zu lang. Wärm einfach das Hühnchen von heute Abend wieder auf.«

Eli hoppelte von dannen, ehe Aster Gelegenheit hatte, ihm Hallo zu sagen, aber im Vorbeigehen bedachte er sie mit einem fragenden Blick.

Dann stimmt es also? Ihr seid wirklich alle am Leben?, schienen seine Augen zu fragen.

Sie lächelte zur Antwort und senkte den Kopf zu einem knappen Nicken.

»Also, dann erzählt mal«, sagte Sam und setzte sich an den nächsten Tisch. Alle anderen versammelten sich um ihn herum. »Wenn die Zeitungen Lügen über euren Tod gedruckt haben, dann haben sie vielleicht auch gelogen, als sie geschrieben haben, euer Mädchen Violet würde mit McClennon zusammenarbeiten?«

Aster schnappte nach Luft. »Eigentlich sind wir hergekommen, um genau darüber mit euch zu reden …«

Und dann erzählte sie Sam und Cutter alles – darüber, wie sie von McClennons Anwesen entkommen waren und die Lady Ghosts gefunden hatten, über ihren Entschluss, in Arketta zu bleiben, während die anderen die Grenze nach Ferron überquert hatten, über ihre Absicht, Violet aus dem Welcome House in Northrock zu retten, und ihre Entscheidung, es niederzubrennen. Doch die Zusammenarbeit mit Derrick erwähnte sie nicht. Sie konnte sich nur zu gut vorstellen, wie ein Haufen ehemaliger Minenarbeiter auf diese Neuigkeit reagieren würde.

Schuldgefühle machten sich in Asters Brust breit, während sie sprach. Alle, die je mit den Lady Ghosts zu tun gehabt hatten, mussten schwören, ihre Existenz geheim zu halten. Offen mit Leuten, mit denen Priscilla niemals kooperieren würde, über sie zu sprechen … das fühlte sich für Aster trotz all der oft kopflosen Entscheidungen, die sie inzwischen gefällt hatte, wie der erste echte Verrat an den Lady Ghosts an. Nach allem, was die für sie getan hatten, hinterließ das einen bitteren Nachgeschmack auf ihrer Zunge – umso mehr, da sie Derricks Beteiligung immer noch verheimlichte.

Aber wir haben keine Wahl, dachte Aster. *Wir brauchen die Hilfe der Skorpione, um diese Mädchen zu retten.*

Und die Skorpione brauchten ihrerseits die Hilfe der Good Luck Girls. Aster hielt hier nicht einfach den Hut hin und bettelte um Almosen. Sie würde dafür sorgen, dass auch Sam und die anderen das begriffen.

Mitten in ihrer Geschichte kehrte Eli zurück und verteilte Teller mit auf dem Herd aufgewärmtem Hühnerfleisch und Kartoffelbrei. Er setzte sich ans Ende des Tisches neben Aster. In seinen Kleidern hing noch immer der Geruch der Küche. Er stützte die Ellbogen auf das verschrammte Holz und faltete die Hände wie zum Gebet, studierte aber stattdessen Aster aus Augen, so dunkel wie Melasse – er sah sie nicht einfach an, wie es Männer üblicherweise taten, er stellte ihr stumme Fragen. *Bist du in Sicherheit, Aster? Bist du glücklich? Geht es dir gut?* Sie spürte, wie ihr unter seinem Blick die Hitze in die Wangen stieg.

»Es ist wirklich schön, dich zu sehen, Aster«, sagte er schließlich mit einer Stimme, die immer noch so erstaunlich sanft klang, wie Aster sie im Gedächtnis behalten hatte.

»Es ist auch schön, wieder hier zu sein«, entgegnete sie schluckend.

Aster riss sich von seinen Augen los und fuhr mit ihrer Geschichte fort. Als sie Eli das letzte Mal von ihrem Traum von einer Zusammenarbeit der beiden Gruppen erzählt hatte, da hatte ihm die Idee gefallen, er hatte sie jedoch auch davor gewarnt, dass es schwer sein würde, sie den übrigen Skorpionen zu verkaufen. Sie hoffte, dass er immer noch auf ihrer Seite war, nun, da tatsächlich alles darauf hinauszulaufen schien.

»Also, nur, um mich zu vergewissern, dass ich das richtig verstehe«, sagte Sam gedehnt, als Aster fertig war. »Du willst den Spielsalon der McClennons in Rattlebank niederbrennen und von ihm verlangen, seine Welcome Houses zu schließen. Aber um da mit heiler Haut wieder rauszukommen, müsst ihr euch anschließend hier verstecken?«

»Zee sagte etwas darüber, dass wir womöglich auch ein paar voltrische Waffen aus Ferron in die Finger bekommen könnten. Damit wir den Gesetzeshütern etwas voraushaben«, fügte Aster zögernd hinzu. Sie war es nicht gewohnt, um Hilfe zu bitten, und die Worte kamen ihr nur schwer über die Lippen.

Sam zog eine Braue hoch. »Hat er das? Der Junge verspricht immer das Blaue vom Himmel. Wir haben keine derartigen Waffen hier, aber das Lager Deathstalker verfügt über eine gut gefüllte Waffenkammer. Die verleihen ihre Ausrüstung bei Bedarf auch an andere Lager. Du könntest ihnen dein Anliegen vortragen, aber du musst selbst dorthin reisen. Ich fürchte, ich bin hier unentbehrlich – du siehst ja selbst, was los ist.«

»Ja, natürlich. Natürlich«, sagte Aster hastig. »Und ich weiß, es ist viel verlangt, euch um Unterstützung zu bitten. Zumal ihr unseretwegen riskiert, entdeckt zu werden. Aber wir können euch genug Schimmer verschaffen, dass es sich für euch auszahlt. Das wird euch helfen, all die Leute hier zu ernähren.«

»Ich weiß nicht … Hast du gesehen, wie voll es hier geworden ist?«, bemerkte Cutter lachend. »Selbst ihr dürftet nicht genug Aufschneider ausrauben können, um das zu schaffen.«

Aster sah sich zu den anderen um. Der Schimmer würde von Derrick kommen, aber das wollte sie nicht offenbaren.

»Du solltest uns doch inzwischen gut genug kennen, um nicht an uns zu zweifeln, Cutter«, kam Clementine ihr zu Hilfe, und Aster nickte ihr dankbar dazu, auch wenn die Schuldgefühle in ihrer Brust immer größer wurden.

Es ist eine Sache, die Landesherren oder die Gesetzeshüter anzulügen, aber nun lüge ich meine eigenen Verbündeten an.

Aber, so ermahnte sie sich im Stillen, es war notwendig.

Sam seufzte. »Wenn es nur an mir läge, würde ich ja sagen, mich hast du überzeugt«, sagte er. »Aber bei so etwas ... das werden wir der ganzen Gruppe vorlegen müssen. Die Gesetzeshüter sind in den letzten paar Monaten viel aggressiver vorgegangen, und sie werden auf der Suche nach euch jeden einzelnen Stein umdrehen. Das könnte unsere ganze Operation gefährden. Zu einem guten Zweck, zweifellos – trotzdem.«

»Ich will ehrlich zu euch sein. Ich gehe nicht davon aus, dass den Jungs das gefallen wird«, fügte Cutter hinzu. »Kopf und Kragen riskieren für ein paar Good Luck Girls ... da gibt es einige, die darin einen Verrat an unserer Sache sehen dürften. Sie halten *euch* für Verräterinnen ... und natürlich liegen sie falsch, aber sie scheuen sich auch nicht, ihre Meinung laut hinauszuposaunen.«

»Ja, aber denkt mal darüber nach«, warf Eli leise ein. »Wenn Aster recht hat und die Landesherren sich, wenn ihr Besitz abgefackelt wird, wirklich gezwungen sehen, etwas zu ändern, dann könnte das für uns alle von Nutzen sein. Dieses Mal geht es um die Welcome Houses ... Beim nächsten Mal ... wer weiß?«

»Genau«, stimmte Aster zu und sah ihm in die Augen.

»Tja, dann hoffen wir mal, dass die anderen das auch so sehen«, sagte Sam. »Wir halten morgen als Erstes ein Treffen ab.«

KAPITEL ZWÖLF

Asters Mund war staubtrocken, als sie am nächsten Morgen ihren Platz hinter dem Rednerpult auf der Vorderseite der Versammlungshalle einnahm. Der Raum war voller Leute, von Jungs, die gerade zwölf waren, bis hin zu Männern, alt genug, ihr Vater zu sein, doch die meisten waren Jugendliche oder junge Erwachsene in den Zwanzigern. Einige schienen erfreut, sie zu sehen, flüsterten untereinander und schauten verstohlen zu ihr herüber, doch eine ganze Menge anderer Männer hatte eine ernste Miene aufgesetzt. Und sie alle trugen die Narben, die die Arbeit in den Minen hinterlassen hatte, ehe sie sich den Skorpionen angeschlossen hatten. Wie viele von ihnen würden für einen Haufen Mädchen, die in Villen lebten, bereitwillig riskieren, was sie sich aufgebaut hatten? Ein Welcome House war ebenso die Hölle wie jeder lichtlose, erstickende Minenschacht – aber Cutter hatte recht. Die meisten dieser Männer würden das anders sehen.

»Also schön, seid still! Ruhe!«, brüllte Sam. Er stand gleich neben Aster, zusammen mit Eli, Cutter und ihren Freundinnen. Es fühlte sich gut an, sie bei sich zu haben, bereit, ihren Worten mehr Gewicht zu verleihen. Doch sie empfand Zees Abwesenheit wie einen körperlichen Schmerz – und sosehr Clementine sich auch bemühte, ihre Sorge zu verbergen, es war unverkennbar, dass auch sie sich wünschte, er wäre hier. Er war das Bindeglied zwischen ihnen und den Skorpionen. Dies waren seine Leute. Er würde besser als irgendeine von ihnen wissen, was zu sagen war.

Zee hatte ihnen versichert, er würde irgendwann heute nachkommen, und noch war es früh am Tag, dennoch …

Wo war er?

»Nicht nervös werden, Aster«, sagte Eli neben ihr mit einer Stimme, kaum mehr als ein leises Grollen, aber laut genug, um sich gegen den Lärm zu behaupten.

»Wer sagt, dass ich nervös bin?«, murmelte sie verärgert.

Eli gluckste. »Niemand. Ich sage nur, *falls* du es bist – sei es einfach nicht. Das sind wir nicht wert. Ich garantiere dir, die Hälfte dieser Jungs dreht ihre Unterhosen einfach auf links, statt sie zu waschen.«

Aster rümpfte angewidert die Nase, konnte sich aber ein kurzes Kichern nicht verkneifen. Das lockerte ein wenig die Spannung, die auf ihrer Brust gelastet hatte, und sie schenkte Eli ein dankbares Lächeln.

Sam brüllte weiter über den Lärm hinweg, bis endlich Stille einkehrte. »Ich möchte, dass ihr Lumpenpack Aster hier eure ungeteilte Aufmerksamkeit widmet! Sie hat uns einen wichtigen Vorschlag zu unterbreiten, und ich erwarte, dass ihr eingehend darüber nachdenkt, ehe ihr eure Stimme abgebt.«

»Danke, Sam«, sagte Aster und kämpfte die Furcht nieder, die ihr die Kehle hinaufkroch. Nicht Furcht davor, vor einer Menge zu sprechen – Eli hatte recht, es interessierte sie einen Dreck, was irgendwer von diesen Leuten von ihr hielt, von ihren Freunden abgesehen –, aber da war diese Stimme in ihrem Hinterkopf, die sie beständig warnte, dass sie in der Unterzahl waren und in Gefahr in diesem Raum voller Männer. Ihre Gedanken fingen an umherzuflattern, als sie die Gesichter betrachtete, drohten, sie vollständig von ihrem Körper zu entkoppeln. Benommenheit breitete sich in ihrem Schädel aus, Übelkeit rumorte in ihrem Bauch. Sie schluckte, befeuchtete die Lippen.

Zähl deine Atemzüge.

Aber sie waren längst zu kurz, kamen zu schnell. Entzogen sich ihr. Alles entzog sich ihr. Sie packte das Pult mit beiden Händen, fest genug, dass sich ihre Fingernägel in das Holz gruben.

»Aster?«, fragte Tansy vorsichtig und berührte sie an der Schulter.

Eins – zwei – drei – vier –

Fünf –

Sechs –

Sieben.

Aster spürte, wie die Panik schwand. Sie atmete einmal zittrig aus und lächelte dankbar ihren Freundinnen zu. Dann drehte sie sich zur Menge um, richtete sich zu voller Größe auf und fing an zu reden.

»Ihr kennt mich als Aster aus Green Creek«, fing sie an. »Und trotz allem, was die Zeitungen geschrieben haben, wurde ich nicht von McClennons Männern getötet …«

In der Menge wurden Stimmen laut, Fragen gestellt, genauere Erklärungen gefordert, aber Aster hielt nur eine Hand hoch, um sie zum Schweigen zu bringen, ehe sie mit ihrer Geschichte begann. Es half, dass sie sie bereits am Vorabend Sam erzählt hatte, denn nun wusste sie, was sie zu sagen hatte – und was sie auszulassen oder wann sie zu lügen hatte. Sie versuchte, die Reaktion der Anwesenden abzuschätzen, herauszufinden, wie sie ihr Anliegen aufnahmen, aber sie waren schwer zu durchschauen.

»Wir haben vor, die Landesherren an ihrer empfindlichsten Stelle zu treffen und sie zu zwingen, die Welcome Houses zu schließen, und dafür benötigen wir eure Gastfreundschaft – denn sie werden hinter uns her sein«, endete Aster, längst nicht mehr gezwungen, ihrer Stimme gezielt Leidenschaft zu verleihen. »Die Arbeit, die ihr geleistet habt – was ihr in diesen Tunnels vollbracht habt –, gehört zu den beeindruckendsten Errungenschaften des Widerstands in der Geschichte von Arketta. Darum bitte ich euch: Lasst uns bleiben, bis unsere eigene Arbeit getan ist. Helft uns, denen zu helfen, die die Hilfe am dringendsten brauchen.«

Von vereinzeltem Gemurmel abgesehen, senkte sich Stille über den Raum. Aster schluckte krampfhaft.

»Habt ihr noch irgendwelche Fragen, ehe wir darüber abstimmen?«, fragte Sam in die Stille hinein.

»Verdammt richtig, ich habe ein paar Fragen«, meldete sich eine Stimme aus dem Hintergrund. »Ihr sagt, ihr tut das alles, um die Good Luck Girls aus McClennons Welcome Houses zu befreien? Tja, wer sagt denn, dass diese Mädchen überhaupt befreit werden wollen? Die leben wie Königinnen. Ich glaube nicht, dass die es euch danken werden, wenn ihr sie um ihren Job bringt, und ich bin nicht gerade scharf darauf, dass wir übrigen im Zuge dieser Geschichte gefasst und getötet werden.«

Zustimmendes Gemurmel erklang. Aster unterdrückte ihren Frust.

»Keiner von euch weiß, was es heißt, in einem Welcome House zu leben. *Wir* schon«, sagte sie und zeigte auf ihre Freundinnen. »Ihr könnt uns also glauben, wenn wir euch sagen, diese Mädchen werden dankbarer sein, als ihr es euch vorstellen könnt. Einige könnten sich sogar eurer Sache anschließen, wenn sie erst frei sind.«

»Ich meine, mir würden da schon ein, zwei Möglichkeiten einfallen, wie sie uns danken könnten«, witzelte eine andere Stimme, und hier und da war Gelächter zu vernehmen.

Hitze flutete Asters Gesicht. Sie bleckte die Zähne, während sie gegen die Rage ankämpfte, die sie zu überwältigen drohte. Doch ehe sie zu einer Antwort ansetzen konnte, stand Sam auf und ergriff das Wort.

»Das reicht«, donnerte er. Zum ersten Mal sah er wahrhaft wütend aus. »Habt ihr kein Schamgefühl? Ihr nennt euch Männer, aber ihr zieht ängstlich die Köpfe ein und drangsaliert Aster wie kleine Kinder. Diese Frauen haben im letzten Jahr mehr erreicht, als einige von euch in ihrem ganzen Leben zustande kriegen werden. Und jetzt sind sie hergekommen, haben sich von allen Orten auf der Welt unser Lager ausgesucht, um unsere Unterstützung zu erbitten, damit sie euren Tanten und Cousinen und Schwestern und Freundinnen helfen können – und ihr seid dreist genug, euch auf ihre Kosten lustig zu machen. Das dulde ich nicht, hört ihr? *Ich dulde das nicht.*« Er musterte die beschämten Gesichter. »Also«, schloss er und zupfte an seinen Ärmelaufschlägen. »Hat sonst noch jemand etwas zu sagen, ehe wir abstimmen? Hat irgendjemand ein *legitimes* Anliegen vorzubringen?«

Asters Augen brannten, und sie brachte es nicht fertig, Sam anzusehen, denn sie wusste, würde sie das tun, dann würden ihr die Tränen kommen. Sie blinzelte heftig, zählte wieder im Kopf ihre Atemzüge. Lange Zeit sagte niemand ein Wort, und Aster wusste nicht recht, ob die Stille gut war. Die Stimmung im Raum hatte sich verschlechtert, dessen war sie sicher – sie wollte nicht, dass die Skorpione abstimmten, während sie verärgert waren. Andererseits mussten Sams Worte doch bestimmt zumindest ein paar von ihnen berührt haben.

»Also gut, fangen wir mit der Abstimmung an …«, begann Sam.

»Ich habe eine Frage«, rief ein alter Mann im Hintergrund, der aufgestanden war, um sich besser verständlich machen zu können.

Bei den Toten, dachte Aster.

»Bitte, Mister Weatherby«, sagte Sam und überließ ihm das Feld.

Die braune Haut des Mannes war so runzlig wie eine Walnuss, seine Kleider an Knien und Ellbogen dermaßen abgetragen, dass der Stoff beinahe weiß schimmerte. In seinen Augen stand kein Ärger, nur Ermattung. Aster knirschte mit den Zähnen, nickte ihm aber zu fortzufahren.

»Danke«, sagte Mr. Weatherby. »Ich empfinde nichts als Respekt für dich, Aster, und ich stimme Sam zu, dass für einige der Gehässigkeiten, deren Opfer du heute geworden bist, in der Gemeinde, die wir hier aufzubauen versuchen, kein Platz ist. Aber im Sinne ebendieser Gemeinde muss ich dich fragen: Wie willst du all diesen Schimmer für uns beschaffen, den du im Gegenzug dafür, dass wir euch Schutz und Obdach bieten, versprochen hast? Nicht, dass ich an deiner Redlichkeit zweifle, es geht mir nur um die Einzelheiten. Für den Fall, dass du in irgendwelche Schwierigkeiten gerätst – Schwierigkeiten, die sich auf uns auswirken … Nun, ich denke, wir haben ein Recht, das zu erfahren. Euer Leben und das unsere hängen davon ab.«

Aster schluckte und sah ihre Freundinnen an.

»Ich verstehe Ihre Sorge sehr gut, Mr. Weatherby. Aber ich fürchte, das sind äußerst vertrauliche Informationen«, würgte sie hervor. »Um Ihrer eigenen Sicherheit willen ist es besser, wenn Sie nicht alle Einzelheiten kennen.«

Der nun folgende Tumult war zu erwarten, dennoch schrak Aster davor zurück. Sie wusste wirklich nicht, wie lange sie das noch würde aushalten können.

»Vertraulich für wen?«

»Was hat die überhaupt zu entscheiden?«

»Was zur Hölle verheimlichen die?«

»Meine Herren, bitte«, beschwor Sam die Männer.

»Wollt ihr euch etwa wieder als Straßenräuberinnen verdingen?«, fragte jemand. »Weil ich nämlich nichts dagegen habe, einige Mistkerle um ihr Hab und Gut zu erleichtern. Aber ihr müsst zugeben, dass das nicht reichen würde.«

»Nicht bei all den hungrigen Mäulern, die wir jetzt zu stopfen haben«, stimmte ein anderer zu.

»Und wie wollt ihr damit davonkommen, wenn das Gesetz auf der Suche nach euch erst einmal jedes Loch im Grind umpflügt? Ihr könnt nicht immer Glück haben.«

Nicht Glück hat uns so weit gebracht, dachte Aster wütend, *sondern harte Arbeit, unsere Fähigkeiten und die Bereitschaft zur Zusammenarbeit.*

Aber dass sie mit Derrick zusammenarbeiteten, würde wohl nicht gut aufgenommen werden.

»Es tut mir leid, ich wollte keinen Ärger verursachen«, schloss Mr. Weatherby und nahm wieder Platz. »Es ist nur … ich fühle mich nicht wohl bei dem Gedanken, für das eine oder andere zu stimmen, solange ich nicht mehr darüber weiß.«

Sam beugte sich zu ihr. »Ich verstehe deine Zurückhaltung, Aster. Und du weißt, dass jeder hier oben dir vertraut. Aber ein bisschen mehr Offenheit würde bei den anderen eine Menge bewirken. Und die Frage, die er gestellt hat, ist berechtigt.«

Verdammt. Sie sah sich zu ihren Freundinnen um. Eli nickte ihr aufmunternd zu. Aster holte tief Luft und ergriff erneut das Wort.

»Also schön, also schön«, sagte sie, um zunächst einmal Ruhe in den Saal zu bringen. »Ich kann euch sagen, wo wir den Schimmer herbekommen werden, aber diese Information *darf* das Lager *nicht* verlassen«, sagte sie. »Wie ich schon sagte, die Sicherheit jedes Einzelnen hängt davon ab.«

»Nun sag es uns schon!«, brüllte jemand.

Aster senkte den Blick auf das Podium, musterte die Holzmaserung, als stünde die Antwort dort geschrieben. Zögernd. Hinhaltend. Sie hatte ihnen bereits die Geheimnisse der Lady Ghosts verraten. Was machte da noch ein weiterer Verrat? Sie blickte wieder auf, befeuchtete ihre Lippen und sprach:

»Derrick McClennon«, fing sie an. »Ich habe euch erzählt, dass unsere Freundin Violet als Doppelagentin für ihn gearbeitet hat – aber die Wahrheit lautet, dass er selbst auch ein Doppelagent ist. Er hat ihr – uns – Informationen geliefert, Geheimnisse aus dem inneren Kreis der Landesherren. Wir verdanken es ihm, dass wir es uns leisten konnten, so schnell und sicher zurück in den Grind zu reisen. Und nun hat er uns erneut seine Hilfe angeboten: Wenn wir den Spielsalon angreifen, wird Derrick dort sein, und wir werden seine Entführung inszenieren und ihn mit uns ins Lager nehmen. Wir werden so tun, als wäre er unsere Geisel, um weiteren Druck auf seine Familie auszuüben und sie zu zwingen, unsere Forderungen zu erfüllen, und er wird uns weiter mit Informationen – und Schimmer – versorgen, während er hier ist.«

Gegen den Tumult, der nun losbrach, wirkte die vorangegangene Reaktion wie ein Flüstern im Wind.

»Ihr nehmt Schimmer von Derrick McClennon?«

»Ihr erwartet von uns, dass wir mit dieser Schlange gemeinsame Sache machen?«

»Und ihm drei Mahlzeiten am Tag geben?«

»Seht ihr? Was habe ich euch gesagt? Die teilen sich *buchstäblich* das Bett mit den Landesherren …«

Hilfesuchend sah Aster sich zu ihren Freunden um, aber selbst Eli schien sprachlos zu sein. Eine tiefe Falte hatte sich in seine Stirn gegraben. Asters Herz zog sich vor Bedauern zusammen.

Ich hätte Derricks Hilfe nie annehmen dürfen.

Dann meldete sich der trotzige Teil ihrer selbst zu Wort: *Ich habe getan, was ich tun musste. Warum begreift das niemand?*

Wenn es eines gab, das sie gelernt hatte, dann war es, dass sie nichts von alldem allein bewältigen konnte – und das galt auch für all die anderen Staubblütigen. Sie brauchten jede Hilfe, die sie bekommen konnten. Sie waren nicht in der Position, Derrick abzuweisen.

Mehrere der Skorpione machten sich auf, den Versammlungssaal zu verlassen.

»Meine Herren, bitte!«, mahnte Sam. »Wir müssen immer noch eine Abstimmung abhalten.«

»Wozu? Als würden wir je mit einem verhobelten McClennon zusammenarbeiten. Als würden wir je mit jemandem zusammenarbeiten, der das tut.«

»Seine Familie hat versucht, euch *umzubringen*. Was muss man für ein Feigling sein, um zu denen zurückzukriechen und sich mit dem zufriedenzugeben, was bei Tisch übrig bleibt?«

»Diese Mädchen haben keine Ehre. Keine Loyalität. Wir haben es immer gewusst …«

»Ich wünschte, du hättest uns dieses Geheimnis früher anvertraut, Aster«, sagte Sam sanft zu ihr, während der Rest des Raums sie weiter beschimpfte. »Wir hätten versuchen können, dir dabei zu helfen, sie zu überzeugen … aber jetzt …«

»Die werden niemals mitmachen«, murmelte Eli finster. »Sie

fühlen sich hintergangen … und vielleicht sollten sie das auch.« Schmerz flackerte in seinen Augen, als er Aster ansah, und das gab ihr endgültig den Rest. Sie entfernte sich vom Rednerpult.

»Mit welchem Recht richtet ihr über uns? Mit welchem Recht richtet irgendeiner von euch über uns?«, rief sie gellend über den Lärm hinweg. Wie ein Berglöwe auf der Lauer ging sie auf dem Podest auf und ab, über die Maßen gereizt vor lauter Frust. »Keiner von euch hat die Nase über den Schimmer der Landesherren gerümpft, wenn ihr euren Wochenlohn abgeholt habt. Aber jetzt, da er uns umsonst angeboten wird, da seid ihr euch zu gut, ihn anzunehmen?«

»Nichts ist umsonst! Was kostet dich dieser Handel?«, brüllte jemand.

»Was immer es kostet, *ich* werde den Preis bezahlen. *Ich* bin bereit, ihn zu bezahlen – um dieser Mädchen willen. Was seid *ihr* zu tun bereit?«, konterte Aster und richtete anklagend den Finger auf den, der gesprochen hatte. »Mir ist egal, was du oder sonst wer von mir denkt. Mein Stolz ist hier nicht von Bedeutung. Diese Mädchen sind das, was zählt.« Aster dachte an all die Freundinnen in Green Creek, die sie zurückgelassen hatte – Mädchen, die in den seither vergangenen Monaten der Gnade Dutzender gewalttätiger Männer ausgeliefert gewesen sein mussten, die jede Nacht gezwungen wurden, mehr Leid zu ertragen, als irgendjemand in einem ganzen Leben erfahren sollte. Ihr stieg die Galle hoch. »Derrick hat Macht. Das kann niemand von uns bestreiten. Und wir brauchen Macht, wenn wir die Chancen in diesem Kampf ausgleichen wollen.« Sie ging auf den Mann zu, der gesprochen hatte. »Vielleicht bist ja *du* der Feigling …«

»Aster«, flüsterte Clementine, packte ihren Arm und zog sie zurück. »Aster, nicht. Das hilft uns nicht weiter.«

Aster blinzelte, und allmählich bekam sie wieder einen klaren Kopf, als sie ihrer Schwester in die Augen sah. Sie schaute sich zu Sam um, der vergeblich versuchte, für Ordnung zu sorgen; Cutter, der sich erbittert mit der Hand durch das zottige Haar fuhr; und Eli, der immer noch nicht in der Lage zu sein schien, Asters Blick zu begegnen.

»Der Schimmer reicht nicht, damit sie mitspielen – nicht, wenn er von Derrick McClennon kommt«, sagte Clementine.

Tansy, Mallow und Raven drängelten sich nun auch dichter um Aster.

»Es muss noch etwas anderes geben, was wir ihnen anbieten können, um ihnen die Sache schmackhaft zu machen.«

»Das sollten wir gar nicht nötig haben«, presste Aster zwischen zusammengebissenen Zähnen hervor.

»Ich weiß«, stimmte Mallow seufzend zu. »Aber wir verlangen auch eine Menge von ihnen – sie benehmen sich zwar wie Arschlöcher, aber von ihnen zu erwarten, dass sie einem McClennon vertrauen, das ist viel verlangt.«

Aster runzelte die Stirn. Auch sie war zu Beginn nicht bereit gewesen, Derrick zu vertrauen. Sie seufzte.

»Tja, was könnten wir noch vorbringen, um sie zu überzeugen? Es ist ja nicht so, als wären sie begeistert gewesen, bevor wir ihn erwähnt haben, und jetzt …«

»Ich glaube, ich habe eine Idee«, sagte Clementine leise. »Derrick hat gesagt, sie hätten Theomit in dem Spielsalon gehortet – einige der besten Stücke aus den Minen seiner Familie. Wir könnten ihn stehlen und herbringen. Damit könnten die Jungs viel sicherer durch ihre Tunnel reisen, und das sollte ihnen doch die Mühe wert sein, den Gastgeber für Baby McClennon zu spielen.«

»Aber, Clem, Derrick ist noch gar nicht hier«, wandte Aster

ein. »Wir haben keine Ahnung, wie viel Theomit es dort gibt. Wie können wir etwas versprechen, wenn wir gar nicht wissen …«

»Es wird schon reichen!«, beharrte Clementine. »Da wird wahrscheinlich mehr sein, als unsereins sich überhaupt vorstellen kann. Du hast doch gesehen, wie diese Leute leben! Und bitte, Aster … wir dürfen nicht diesen ganzen Weg gekommen sein … wir dürfen Zee nicht zurückgelassen haben … für nichts und wieder nichts. Mach den Vorschlag.«

Aster sah ihrer Schwester in die Augen und mochte nicht an deren Überzeugung zweifeln.

Sie hat recht. Wir dürfen nicht den ganzen Weg umsonst zurückgelegt haben. Wir müssen es wenigstens versuchen.

»Sam«, sagte Aster und winkte ihn zu sich, nachdem es ihm endlich gelungen war, für Ruhe im Saal zu sorgen. Hastig flüsternd, trug sie ihm den neuen Plan vor, und er nickte langsam und schien darüber nachzudenken.

»Das könnte vielleicht hinhauen«, sagte er dann. »Möchtest du, dass ich ihnen das vorschlage?«

»Nein«, murmelte Aster. Sie wollte sich nicht von diesen Leuten einschüchtern lassen. »Lass mich das zu Ende bringen.«

Aster wandte sich wieder dem Saal zu und erklärte den Männern, was sie anzubieten hatte. Einige mochten sie immer noch nicht ansehen, aber andere zeigten unverkennbares Interesse, ja, sogar Begeisterung, als sie den Theomitvorrat erwähnte. Ihre Augen leuchteten auf wie die von kleinen Jungs in Erwartung eines lang ersehnten Geburtstagsgeschenks.

Als sie fertig war, ließ Sam abstimmen – und sie gewannen, wenn auch nur knapp.

Während sie zusah, wie die Skorpione den Saal verließen, hatte Aster nicht das Gefühl, dies als Sieg verbuchen zu können. Obwohl Eli ihr erklärt hatte, wie die meisten staubblütigen Männer über Good Luck Girls dachten, hätte sie nie damit gerechnet, dass sie ihrer Absicht, anderen Mädchen zu helfen, so viel Widerstand entgegenbringen würden.

»Das mit dem Theomit war ziemlich geistesgegenwärtig«, bemerkte Eli. Er lächelte, aber es war ein vages Lächeln in seinem Gesicht, beinahe wie eine Mondsichel jenseits der Wolken. In seinen dunklen Augen flackerte noch immer Verunsicherung. »Ich bin froh, dass du sie zum Nachgeben bewegen konntest.«

»So viel hätte dazu eigentlich nicht nötig sein dürfen«, entgegnete Aster, außerstande, ihre Enttäuschung zu verbergen. »Die hätten alle bereit sein müssen zu helfen, einfach, weil es das Richtige ist, nicht, weil sie sich einen Haufen Juwelen davon versprechen.«

»Tja, mit Derrick McClennon zusammenzuarbeiten bringt ein zusätzliches Risiko mit sich. Ich verstehe, warum es einigen von ihnen schwergefallen ist, sich an den Gedanken zu gewöhnen.«

Aster warf ihm einen bitterbösen Blick zu.

»Ich meine ja nur«, sagte er abwehrend. »Die McClennons sind keine Menschen, denen man vertrauen kann. Aber ich vertraue *dir*, Aster. Das tun wir alle.«

»Tja, dann habt ihr aber eine ziemlich komische Art, das zu zeigen«, murmelte sie.

»Vielleicht könntest du versuchen, auch uns zu vertrauen, weißt du?«, schlug Eli vor.

Nach der heutigen Vorstellung? Unwahrscheinlich. Aber Aster war zu erschöpft, um sich noch weiter herumzustreiten. Es nutzte sowieso nichts. Die Skorpione dachten, sie wären hier sicher, dachten, sie wären frei, und sie hassten den Gedanken, das aufs Spiel zu setzen. Wie sollte sie ihnen klarmachen, dass diese Freiheit eine Illusion war? Sie waren nicht frei, solange sie sich wegen der Gesetze der Landesherren im Untergrund versteckt halten mussten. Das Gesetz war ihr Feind, nicht Aster oder irgendein Good Luck Girl. Es würde den Staubblütigen nicht helfen, wenn sie untereinander um Brotkrumen stritten. Niemand von ihnen war frei, solange sie nicht alle frei waren.

Wir haben keine Zeit für so etwas, dachte Aster. Es war schwer genug gewesen, die Leute davon zu überzeugen, dass sie sie dabei unterstützten, diesen einen Spielsalon niederzubrennen. An den ganzen Grind mochte sie kaum denken.

Sie würde eben eine Schlacht nach der anderen schlagen müssen.

KAPITEL DREIZEHN

Spät am Abend traf Zee endlich ein – und er war nicht allein.

Aster war beinahe eingeschlafen, als sie ein leises Pochen an der Tür der Hütte hörte, die man ihr und Clem gemeinsam zugewiesen hatte. Sie zog das Messer unter ihrem Kissen hervor, ehe sie öffnete. Nach dem hitzigen Treffen am Morgen war sie nicht überzeugt davon, dass sie derzeit keine Feinde im Lager hatte.

»Clem … bitte, ich bin's …«, flüsterte eine vor Ermattung geschwächte Stimme.

Zee?

Aster ließ das Messer fallen und riss die Tür auf. Zee stand vor ihr im Schein der Kerzen, der aus der Hütte fiel, das Gesicht ausgezehrt und von Bartstoppeln verschattet, die Augen vor Erschöpfung blutunterlaufen. Neben ihm stand eine zierliche Gestalt, eingewickelt in einen Mantel, als wäre es eine Decke. Ein Mädchen, nicht älter als sechs oder sieben, die braune Haut trocken und rissig, das Haar zu vier ausgefransten Zöpfen geflochten.

Seine Schwester, ging Aster auf, und ihre Betroffenheit beruhte nicht nur darauf, dass die Gesichter der beiden sich so glichen, sondern auch darauf, dass sie diesen beschützerischen Ausdruck in Zees Augen überall wiedererkennen würde.

»Aster. Bei den Toten, du hast ja keine Ahnung, wie froh ich bin, dich zu sehen«, sagte Zee und sackte vor lauter Erleichterung regelrecht in sich zusammen. »Ist Clem …?«

»Zee!«, rief Clementine hinter Aster und sprang auf, um sich zu ihnen zu gesellen. Zee stolperte voran und schloss Clementine in die Arme.

»Es tut mir leid«, hauchte er. »Es tut mir so leid, dass ich gegangen bin. Und es tut mir so leid, dass ich so lange gebraucht habe, um zu dir zurückzukommen …«

»Nicht. Ich bin einfach froh, dass du hier bist«, sagte Clementine, trat einen Schritt zurück und wischte sich die Augen mit dem Handrücken trocken. »Wer … wer ist das?«, fragte sie dann verunsichert. Das Mädchen hatte immer noch keinen Ton gesagt und machte sich an Zees Seite noch ein wenig kleiner.

»Oh, na ja, das … das ist meine Schwester Emily«, antwortete er stockend.

Clementines Blick huschte zwischen den beiden hin und her, und ihre Augen weiteten sich, als sie die Wahrheit in ihren Gesichtern erkannte.

»Deine … deine Schwester?«, stammelte Clementine. »Aber wo hast du … *Wie* …?«

Aster klappte den Mund zu der ersten von tausend eigenen Fragen auf, aber Zee sah die beiden so flehentlich an. *Nicht jetzt,* sagten seine Augen. »Das … das ist eine lange Geschichte. Aber sie wird bei uns bleiben, wenn das in Ordnung ist. Mit Sam habe ich schon geredet.«

Aster und Clem wechselten einen Blick, in dem sich Verwirrung und Sorge gleichermaßen mitteilten.

»Natürlich«, sagte Aster im nächsten Moment. »Wir freuen uns, sie bei uns zu haben.« Sie ging in die Knie, um auf Augenhöhe zu Emily zu kommen, in der Hoffnung, ihr ein Lächeln entlocken zu können, aber Emily war entweder zu müde oder zu schüchtern für solch eine Reaktion. Stattdessen verschloss sie sich wie eine Blüte im Regen.

Was zur Hölle ist mit ihr passiert, Zee?, überlegte Aster. So lange sie ihn kannte, hatte er versucht, seine drei jüngeren Schwestern zu finden. Wo waren die anderen zwei?

Angesichts des gequälten Ausdrucks in Emilys Augen war Aster nicht überzeugt, dass ihr die Antwort gefallen würde.

Aster und Clem halfen Emily in eines der oberen Betten und erzählten Zee flüsternd, was er verpasst hatte. Erst, als Emily eingeschlafen war, berichtete Zee, wo er gewesen war.

»Es tut mir leid, dass ich euch bei den Skorpionen nicht zur Seite stehen konnte«, fing er an. Sie saßen alle auf dem Bett gegenüber, und der Kerzenschein zeichnete flackernde Schatten auf ihre Gesichter. Mit vor Erschöpfung zitternden Händen trank Zee einen tiefen Schluck aus seiner Feldflasche, ehe er fortfuhr. »Ich hatte euch nie allein lassen wollen, aber als ich diesen Raubvogel im Zug gesehen habe …« Mit den Augen eines waidwunden Tiers sah er Clementine an. »Als ich meine *Schwester* gesehen habe …«

Aster wurde das Herz schwer. Sie hatte gehofft, Zee hätte sich geirrt, als er gesagt hatte, der Raubvogel im Zug sei Elizabeth gewesen, die älteste seiner Schwestern.

»Mögen die Toten uns schützen«, murmelte sie.

»Also … du meinst, Elizabeth … sie … sie ist genau wie dein Vater?«, stotterte Clementine, in deren Zügen sich abgrundtiefer Kummer ausbreitete.

Zee nickte und sah die beiden Schwestern an, als suchte er Kraft bei ihnen. »Ihr erinnert euch sicher, dass ich euch erzählt habe, meine Schwestern wären verschwunden, während ich einen Auftrag zu erfüllen hatte, damals, als ich gerade angefangen hatte, als Wegemann zu arbeiten? Tja, wie sich herausgestellt hatte, waren sie irgendwann in die Stadt gegangen, und als sie wieder nach Hause wollten, wurden sie von zwei Raubvögeln gefangen genommen, die Mädchen für ein Welcome House transportierten. Niemand hat gesehen, wie es passierte, niemand konnte ihnen helfen. Sie verschwanden einfach, wie Tote im Tageslicht. Aber ihr Ziel haben sie nie erreicht. Elizabeth schaffte es, das Schloss zu knacken und mit den beiden anderen wegzulaufen. Elena, meine mittlere Schwester, wurde getötet, als sie zu fliehen versuchten, aber Lizzy konnte mit Emily entkommen und ist mit ihr untergetaucht. Es war ihr Glück, dass die Raubvögel nicht viel Zeit für die Suche nach ihnen aufgewendet haben, weil sie für sie kein Kopfgeld bekommen hätten. Aber nun waren Lizzy und Emily mitten im Grind, und Elena …« Zees Stimme versagte, und er musste schlucken, ehe er weitersprechen konnte. »Also, Lizzy ist selbst zum Raubvogel geworden, um für sie zu sorgen. Sie dachte, sie hätte keine andere Wahl. Und sie wollte sich nie wieder so schutzlos fühlen. Irgendwann wurde sie als Zugbegleiterin für Sullivan Rails angeheuert, wo wir uns schließlich begegnet sind. Ich bin ihr bis zu dem Zimmer im Gasthaus gefolgt, das sie sich mit Emily geteilt hat. Dort hat sie mir alles erzählt. Ich habe ihr versprochen, ich könnte sie in Sicherheit bringen, beide, aber …« Wieder verstummte er für einen Moment. »Sie hat mir nicht getraut. Sie sagte, es stünde mir frei, Emily mitzunehmen, wenn ich das wollte; sie sagte, sie wäre froh, wenn sie diese Bürde los wäre, aber sie selbst ginge nirgendwohin mit mir. Und ich kann ihr das kaum vorwerfen. Wäre ich ein besserer Bruder gewesen, dann wären sie gar nicht erst entführt worden. Und Elena wäre nicht … wäre nicht …«

»Zee …«, sagte Aster hilflos. »Ich … ich weiß gar nicht, was ich dir sagen soll … Es tut mir so leid.«

»Es ist nicht deine Schuld«, fügte Clementine eindringlich hinzu und hielt seine Hand. »Es liegt an den Raubvögeln …«

»Und Lizzy ist jetzt einer von ihnen!«, fiel Zee ihr ins Wort. Seine Stimme brach unter der Last der Gefühle, und er drängte sie rasch beiseite. »Sie ist noch nicht so weit, wie mein Vater am Ende war, noch nicht, aber die Schwester, mit der ich aufgewachsen bin … Ich habe sie kaum wiedererkannt. Die Art, wie sie mir Emily übergeben hat, als wäre sie ein toter Hund und nicht unsere kleine Schwester …«

Emily regte sich, und sie alle verfielen in Schweigen, bis kein Laut mehr von ihr zu hören war.

»Können wir irgendetwas für Elizabeth tun?«, fragte Aster. Zee war für sie inzwischen beinahe wie ein Bruder geworden, und sie würde ihn mit seinem Verlust nicht allein lassen.

Mit glasigen Augen schüttelte er den Kopf. »Ich habe noch nie von jemandem gehört, der von den Raubvögeln zurückgekehrt wäre. Sie weiß, was das mit einem Menschen macht. Sie hat es bei unserem Vater selbst gesehen – ich kann nur einfach nicht fassen, dass sie so etwas tut …«

Aber sie hatte sich aus dem gleichen Grund dafür entschieden, aus dem Eltern ihre Töchter an ein Welcome House verkauften. Aus dem gleichen Grund, aus dem staubblütige Jungs sich selbst an die arkettanische Armee verkauften. Aus dem gleichen Grund, aus dem Clementine Baxter McClennon getötet hatte.

Wenn man nur verzweifelt genug war, dann war man zu allem fähig.

Wir dürfen Menschen nicht länger in solch eine Lage bringen, dachte Aster. Es zerriss sie alle tief im Inneren.

»Trotz allem konntest du Emily retten, Zee. Das ist es, was zählt«, sagte Aster. »Und wir werden nicht zulassen, dass ihr so etwas zustößt, hörst du?«

Zee nickte dankbar, und Aster ergriff seine andere Hand und hielt sie, bis seine stummen Tränen versiegten.

Am nächsten Abend traf sich Aster mit Violet am Spielsalon von Rattlebank. Sie hatten die Aufgabe, die Umgebung zu erkunden, während Derrick das Innere auskundschaftete. Rattlebank schien ein verstaubter Ort wie so viele andere im Grind zu sein, kaum mehr als zwei übersichtlich angeordnete Reihen heruntergekommener Häuser, deren Farbe unter dem Einfluss von zu viel Sonnenschein abblätterte. Pferdeäpfel und zerbrochene Bierflaschen lagen auf der Straße, und die Luft war staubgeschwängert und voller Stechmücken. Der Spielsalon logierte in dem bei Weitem eindrucksvollsten Gebäude, drei Stockwerke hoch und sorgfältig instand gehalten wie eine Art Anker, der den Rest der Stadt davor bewahrte, einfach fortgeweht zu werden. Sein langer Schatten breitete sich über die Hauptstraße.

Aster und Violet saßen in überdimensionierter Minenarbeiterkleidung auf der Veranda des Saloons auf der anderen Straßenseite, die Staubtücher hochgezogen, um die Kokarden zu verbergen. Derweil streifte Raven unauffällig in der Umgebung herum und skizzierte die Lage des Bauwerks auf ihrem Zeichenblock, während Tansy in der Apotheke Zutaten für ihre Wolfsmilchsalbe kaufte und Mallow zum Waffenschmied ging, um Munition zu besorgen. Asters Blick schoss ständig die Straße hinauf und hinunter, unentwegt auf der Suche nach Hinweisen, dass die patrouillierenden Gesetzeshüter es auf sie abgesehen haben könnten. Dank der Wolfsmilchsalbe würden ihre Kokarden sie nicht verraten, aber das Gesetz war dieser Tage in höchster Alarmbereitschaft – Aster durfte ihnen keinen Grund geben, sie auch nur eines zweiten Blickes zu würdigen.

Dass Violet sie nervös machte, war auch nicht gerade hilfreich. Vielleicht bildete Aster sich nur etwas ein wie so oft, aber sie hatte das Gefühl, dass sich seit dem letzten Zusammentreffen ein Riss in ihrer Beziehung aufgetan hatte; Derrick war zwischen sie geraten wie ein sehniges Stück Fleisch zwischen zwei Zähne. Und so dankbar Aster dafür war, nun endlich Gelegenheit zu haben, allein mit Violet zu reden, zog sich doch alles in ihr zusammen bei dem Gedanken, sie könnte Violet noch weiter von sich forttreiben.

Trotzdem fühlte es sich gut an, wieder in ihrer Nähe zu sein. Ihre Beine berührten sich sacht, als sie sich zum Schutz vor der Kälte der Nacht zusammenkauerten.

»... und jetzt ist seine jüngste Schwester bei uns im Lager Red Claw. Nur die Toten wissen, für wie lange«, murmelte Aster kaum hörbar, als sie endlich damit fertig wurde, Violet auf den neuesten Stand zu bringen.

»Beim Schleier«, fluchte Violet. Träge ließ sie einen Kronkorken zwischen ihren Fingern hindurchgleiten und musterte ihn dabei wie ein Glückskupferstück. »Ich erinnere mich an diesen Raubvogel. In unserem Wagen war sie auch. Ich dachte noch, dass mir irgendetwas an ihr bekannt vorkam, aber ich wäre in hundert Jahren nicht darauf gekommen ...« Sie verstummte und warf kopfschüttelnd den Kronkorken weg. »Verdammt.«

»Ich hoffe, bei dir und Derrick ist es besser gelaufen«, sagte Aster vorsichtig, um sie zum Reden zu bringen. Violets Haar, das sie sonst so lange bürstete, bis es glänzte wie der Flügel eines Raben, lugte fransig unter ihrer Leinenmütze hervor, und unter ihren blutunterlaufenen Augen lagen Ringe, so dunkel wie Blutergüsse. Selbst ihr Schatten sah müde aus, wie er sich in dem Licht aus dem Saloon vor ihnen ausstreckte. Violet achtete immer darauf, in der Außenwelt keinerlei Schwäche zu zeigen, warum also sah sie jetzt so schlecht aus?

»Wir sind zurechtgekommen«, sagte Violet seufzend. »Letzte Nacht haben wir uns unterwegs ein Hotelzimmer genommen, aber viel Schlaf haben wir beide nicht bekommen.«

»Das dachte ich mir. Bei allem Respekt, aber du siehst furchtbar aus, Vi.«

»Das ist dieser Ort.« Wieder seufzte sie schwer. »Dieser verhobelte Ort. Er saugt mir das Leben aus.«

»Was, der Grind?«, fragte Aster, und Violet nickte.

»Man merkt erst, wie schrecklich er ist, wenn man ihn verlassen hat. Achtzehn Jahre lang habe ich jede Nacht die Toten heulen gehört, und kaum bin ich ein paar Monate draußen, kann ich es plötzlich nicht mehr ertragen. Und nicht nur das … Alles hier ist einfach unerträglich. Ich verstehe es nicht. Ich habe mein ganzes Leben hier verbracht, und früher habe ich trotzdem gut geschlafen. Also, was hat sich verändert?«

Darauf hatte Aster keine Antwort zu bieten, sosehr sie sich auch wünschte, es wäre anders. Violets Worte erinnerten sie so sehr an ihre eigenen widerstreitenden Empfindungen. Der Hass, den sie selbst diesem Ort entgegenbrachte, schien komplizierter zu sein als der von Violet – auch wenn sie sich beinahe wünschte, es wäre nicht so.

»Wie auch immer, Derrick hatte immer schon Schlafprobleme, hat er mir gesagt, also nehme ich an, er war einfach froh, Gesellschaft zu haben.«

Aster ertappte sich dabei, wie ihre Gedanken zu einem finsteren Ort schweiften, und das war nicht das erste Mal, dass ihr das passierte. »Derrick …«, flüsterte sie. »Er hat doch nicht …

du weißt schon … irgendetwas bei dir versucht, oder? Weil, wenn er das hat …«

»Nein, nein«, erwiderte Violet matt und lehnte sich zurück, die Hände auf den Boden der Veranda gestemmt. »Er ist der perfekte Kavalier. Er hat sogar auf dem Boden geschlafen.«

»Wo er hingehört.«

Die Spitze konnte Aster sich nicht verkneifen, doch zu ihrer Erleichterung spürte sie, dass Violet zum ersten Mal an diesem Abend hinter ihrem Staubtuch lächelte. »Du kannst deinen Stiefel ruhig für zehn Minuten von seinem Nacken nehmen.«

Aster lächelte ihrerseits. Der Stoff ihres Staubtuchs kratzte auf ihren Wangen. »Warum sollte ich? Ich bin dir gegenüber auch gerade erst ein wenig milder und offener geworden, und dich kenne ich schon seit Jahren.«

»Mm, das fehlt mir beinahe«, sinnierte Violet.

»Trotzdem frage ich mich …«

Hinter ihnen zersplitterte mit lautem Krachen eine Flasche, dann erklang das donnernde Gelächter eines Mannes, und sie fuhren beide erschrocken auf. Violet keuchte, klammerte sich an Asters Knie, und ihre Finger gruben sich in den Drillich. Die Berührung jagte eine weitere Ladung Voltrizität durch Asters Rückgrat.

»Tut mir leid«, hauchte Violet und zog hastig die Hand weg. »Was wolltest du gerade sagen?«

Aster schluckte und bemühte sich, sich wieder auf das Thema zu konzentrieren. »Ich wollte sagen, dass ich, auch wenn Derrick sich dir gegenüber wie ein Kavalier verhält, glaube, er ist ziemlich vernarrt in dich.« Und das machte Aster irgendwie zu schaffen, obwohl sie nicht so recht verstand, warum.

Violet zog eine Braue hoch. »*Wirklich?* Denn wenn ich es recht überlege, würde ich sagen, er ist vernarrt in *dich*.«

»Was?«, spie Aster hervor und vergaß für einen Moment, die Stimme zu senken, doch sie besann sich rasch und sprach im Flüsterton weiter, als ein Gesetzeshüter auf dem Weg in den Saloon an ihnen vorüberging. *»Was?«*

»Das stimmt wirklich!«, beharrte Violet und lachte über Asters Gesichtsausdruck. »Er hat seit eurem letzten Zusammentreffen überhaupt nicht mehr aufgehört, über dich zu reden, und er wird jedes Mal fürchterlich nervös, wenn er das tut. Ich glaube, du hast ganz schön Eindruck auf ihn gemacht. Und wer könnte es ihm auch verdenken.«

»Hör mal, es ist ja nett, wenn Derrick … mich respektiert, aber sollte er wirklich für mich *schwärmen* …«

»Wäre das denn so schlimm? Er sieht nicht übel aus.«

»Er ist nur so … dünn …«

»Umso besser kannst du seinen Knochenbau bewundern.«

Genug.

»Derrick und ich haben nichts gemeinsam«, konstatierte Aster knapp.

»Ach, da wäre ich nicht so sicher. Ihr gehört beide zu den leidenschaftlichsten Menschen, die mir je begegnet sind. Ihr hungert beide nach Gerechtigkeit. Ihr beide ladet euch viel mehr Verantwortung auf, als gut für euch ist. Und ihr seid beide höllisch schlau und denkt immer ein halbes Dutzend Züge voraus. Ihr mögt euch bei der Strategie nicht einig sein, aber ihr spielt dasselbe Spiel.«

Aster schnaubte verächtlich. Das war alles nur oberflächlicher Blödsinn und änderte rein gar nichts an der Tatsache, dass er der Sohn einer der reichsten Familien des Landes war, während sie wie ein Stück Vieh verkauft worden war, um einem Leben in Armut zu entgehen.

»Was mich und Derrick betrifft«, fuhr Violet fort und prustete leise durch die Nase. »Ich respektiere ihn, so viel steht fest – um ehrlich zu sein, er ist vielleicht der einzige Mann außer Zee, den ich je respektiert habe –, aber ich will ihn nicht. Nicht so.« Nun sah sie Aster in die Augen, und ihr Ton wurde milder. »Ist das der Grund, warum sich die Beziehung zwischen uns anders anfühlt, seit ich wieder da bin, Dawn? Hast du Angst, ich könnte diesen Jungen dir vorziehen? Hast du Angst, ich … könnte vergessen, wer ich bin?«

Aster spürte einen Kloß im Hals, als sie ihren wahren Namen hörte, und sie schluckte ihn unter Schmerzen hinunter. »Ich habe einfach Angst, dich zu verlieren. Das kann ich nicht ertragen. Nicht noch einmal.«

Violets Hand glitt auf Asters Knie, und dieses Mal verweilte sie dort. »Tja, darüber musst du dir keine Sorgen machen. Ich gehe nirgendwohin.«

Aster atmete zittrig auf. »Danke, Vi. Ich … kann es einfach kaum erwarten, dass du wieder mit uns anderen zusammen bist.«

»Und wie lange wird es bis dahin dauern?«

Aster ging die nächsten Schritte im Kopf durch. »Wir müssen immer noch die voltrischen Waffen aus diesem Skorpionlager beschaffen. Sam hat gesagt, es wäre eine zweitägige Reise unter Tage. Rechnen wir die Rückreise mit ein und einen zusätzlichen Tag, um uns zu erholen und vorzubereiten … und dann noch einmal achtundvierzig Stunden, um einen Puffer zu haben, falls irgendetwas schiefgeht, dann sollten wir den Angriff in sieben Tagen starten können«, schloss sie. War ihre Stimme vorher schon leise gewesen, kam sie nun kaum mehr über einen Atemhauch hinaus. Es wäre schlimm genug gewesen, hätte man sie über Freier reden gehört, aber sollten sie dabei erwischt werden, wie sie über Verrat diskutierten, würden sie beide in einem Galgenkäfig enden.

»Ist dieser Abstecher wegen der Waffen wirklich notwendig?«, fragte Violet. »Derrick möchte das so schnell wie möglich hinter sich bringen. Je länger wir warten, desto mehr Lügen muss er sich ausdenken, um seine Anwesenheit hier zu rechtfertigen.«

Aster nickte. »Wir haben es nach diesem Banküberfall kaum aus Scarcliff rausgeschafft, und heute Nacht müssen mehr als doppelt so viele Gesetzeshüter unterwegs sein. Wir brauchen jeden Vorteil, den wir uns verschaffen können – nicht nur für diesen Kampf, sondern auch für die Kämpfe, die anschließend vor uns liegen.«

»Also gut«, gab Violet sich seufzend geschlagen. »Ich werde es ihm sagen. Noch sieben Tage, und dann schlagen wir zu.«

Weitere Gesetzeshüter kamen von der Gesetzmeisterei aus auf den Saloon zu. Es war Zeit zu verschwinden, ehe sie doch noch entlarvt wurden. Widerstrebend verabschiedeten sie sich voneinander. Aster sah sich noch einmal zu dem Spielsalon um, ehe sie ging. Seine Silhouette hob sich scharf von dem dunkler werdenden blauen Himmel ab. Dann drehte sie sich wieder zu Violet um und gestattete sich endlich, etwas lauter zu sprechen, zwang sich zu einem beherzten Ton:

»Wir sehen uns auf der anderen Seite.«

KAPITEL VIERZEHN

Neben Aster sollten Tansy, Mallow und Eli den Weg zum Lager Deathstalker antreten: Tansy, falls jemand in den Tunneln verletzt wurde und ihrer Hilfe bedurfte, Mallow als zusätzliche Unterstützung zum Schutz vor den Rächern, auf die sie zweifellos treffen würden, und Eli als ihr Verbindungsmann aus dem Lager Red Claw. Sie standen früh um fünf auf, damit sie den ganzen Tag zur Verfügung hatten, und Cutter erbot sich, sie für ihre unterirdische Reise auszustatten.

»Jetzt guck nicht so, Aster! Heute wirst du ein echter Skorpion«, sagte Cutter genüsslich. Er war der Einzige, der wirklich wach zu sein schien. Seine Augen leuchteten vor Begeisterung, und seine Stimme klang kraftvoll, während der Rest der Truppe nur matt grummelnd in den schwachen Lampenschein des Schuppens blinzelte, in dem das Rüstzeug lagerte.

»Wie lange dauert das denn noch?«, grollte Aster.

»Nicht lange. Keine Sorge, wir bringen dich im Nullkommanichts auf den langen Weg durch den Bauch des Gebirges«, versprach Cutter, während er allerlei Dinge für sie aus den Regalen holte. »Der Kommandant drüben in Deathstalker ist zufällig ein Freund von mir – Sidney Miller. Wir gehören beide dem Volk der Mitte an. Er ist in einem Rebellenlager groß geworden und hat als Soldat im Krieg der Nationen gekämpft, aber die arkettanische Armee hat seine Truppe zur Strecke gebracht.

Sid ist entkommen und hat sich den Skorpionen angeschlossen. Seitdem gehört er zu uns. Ich warne dich, er ist ein kratzbürstiger Mistkerl … Andererseits, ich schätze, er hat jedes Recht dazu.«

Krieg der Nationen? Triefäugig versuchte Aster sich zu erinnern, was sie im Unterricht gelernt hatte. Da war ganz bestimmt nichts über einen Krieg der Neun Nationen zur Sprache gekommen, und die Ladys hatten dergleichen auch nie erwähnt, nicht einmal Marjorie, die ihn erlebt haben musste und stets mit Freuden ihre Geschichte den jüngeren Frauen nahegebracht hatte.

Vielleicht war ihr Volk nicht daran beteiligt, sinnierte Aster.

Oder vielleicht gab es da etwas, woran sie sich nicht erinnern *wollte.*

Aster überlegte, ob sie Mallow danach fragen sollte. Möglicherweise hatte sie in Ferron etwas davon gehört. Aber sie wollte auch den Abenteuerdrang nicht dämpfen, der die anderen erfasst zu haben schien. Außer ihr waren alle bereits ausgerüstet. Tansy hatte einen Minenarbeitermantel erhalten, der sie regelrecht zu verschlucken schien, als Eli ihr half, ihn zuzuschnallen, und Mallow tat irrwitzig große Schritte, während sie übte, mit der schweren Ausrüstung zu gehen. Unter all dem Zeug waren sie kaum noch zu erkennen: Minenhelm aus gehämmertem Material mit aufmontierter Lampe, dicker Leinenmantel, glatte Beinschützer aus Gummi und dazu Stiefel mit stahlverstärkter Spitze. Der Mantel war mit Eisengliedern verziert, die Aster an die Kettenhemden aus den Geschichten über das alte Imperium erinnerten.

Sie freute sich nicht allzu sehr auf ihre eigene Verwandlung.

Eli war fertig damit, Tansy zu helfen, und gesellte sich zu ihr. »Aster«, sagte er sanft, und sie spürte, wie ihr Magen beim

Klang seiner Stimme ganz gegen ihren Willen einen Salto schlug.

»Wie es aussieht, bin ich an der Reihe. Kannst du mir vielleicht erklären, warum Cutter uns nötigt, Bergmannsausrüstung mit uns herumzuschleppen, die so viel wiegt wie unser eigener Körper?«, fragte Aster ihn.

Eli kicherte ein wenig. »Der Eisenüberwurf dient dem Schutz vor den Rächern«, erklärte er. »Und der Rest soll uns vor dem Berg schützen. Der Weg durch diese Tunnel ist hart, jede Menge Unebenheiten, niedrige Decken und lange Strecken, die halb unter Wasser stehen. Ganz zu schweigen davon, dass es eisig kalt ist und so dunkel wie im Schatten des Schleiers. Die Lager arbeiten an einem Schienenwagensystem, aber das ist noch nicht fertig. Wir werden diesen Weg zu Fuß bewältigen müssen.«

»Die Ausrüstung macht das natürlich nicht leichter. Aber ich werde nicht zulassen, dass ihr da unten ungeschützt den Elementen ausgeliefert seid«, verkündete Cutter gestreng und überprüfte die Lampen der anderen.

»Hier, die Beinschützer musst du zuerst anlegen. Ich helfe dir«, erbot sich Eli und hielt sie ihr hin.

Aster zögerte. Die Bergmannsausrüstung wurde zwar zusätzlich zu der Kleidung, die sie bereits trugen, angelegt, dennoch hatte es etwas überaus Intimes, sich von jemandem anziehen zu lassen. Mallow und Tansy hatten allerdings nicht den Eindruck erweckt, sich unwohl zu fühlen, als sie sich von den Jungs hatten helfen lassen … Andererseits hatten die auch nicht erlebt, was Aster durchgemacht hatte.

Ich wünschte, Violet wäre hier, dachte sie. *Oder Raven.* Die würden sie verstehen. Vielleicht …

»Linker Fuß«, sagte Eli. Und dann, bestrebt, ihre Furcht nicht zu offenbaren, tat Aster, was ihr gesagt wurde, schob den Fuß in den linken Beinschützer und hielt sich dabei an Elis breiten Schultern fest, um im Gleichgewicht zu bleiben. Gleich darauf folgte das rechte Bein. Sie und Eli standen dicht beieinander, fast schon Stirn an Stirn, als er ihr die Hosenträger überstreifte und sie mit sanften Händen an ihrer Taille zuschnappen ließ. Sein Atem roch vage nach dem Kaffee, den er in drei tiefen Schlucken hinuntergekippt hatte, um wach zu werden.

Aster fragte sich, ob er wohl ihr Herz rasen hören konnte, als er ihr anschließend in die Jacke half. Eine Woge des Schamgefühls raste bei dem Gedanken ihren Nacken hinauf. Sie war nicht irgendein errötendes Schulmädchen, das wegen eines Jungen in Verzückung geriet. Es fühlt sich anstößig, ja, beinahe schon pervers an, dass sie überhaupt so reagieren konnte, eine Schande im Angesicht der Drangsal, die sie hatte erdulden müssen. In all ihren Nächten im Welcome House hatte sie die Berührung durch einen Mann niemals willkommen geheißen. Warum zur Hölle sollte sie das jetzt tun?

Unbehagen brodelte in ihrem Inneren, nagte an ihrer Haut. Am liebsten wäre sie einfach im Boden versunken, und zugleich sehnte sie sich nach seiner Berührung. Sie hasste sich selbst dafür, dass sie den Wunsch verspürte, sie zu genießen. Und sie hasste die Tatsache, dass sie das nicht tun konnte.

Endlich hatte Eli einen Helm für sie gefunden, den er ihr wie eine Krone auf den Kopf setzte. Dann trat er zurück und betrachtete lächelnd das Ergebnis seiner Arbeit. Seine Zähne hoben sich leuchtend weiß von dem dunklen Zahnfleisch ab. Aster verging vor Hitze unter all der Ausrüstung, und jeder Atemzug fühlte sich an, als lastete ein Stein auf ihrer Brust.

»Und? Wie sehe ich aus?«, fragte Aster und kämpfte gegen das Zittern in ihrer Stimme an. Ihr Gesicht glühte, aber das hatte nichts mit den zusätzlichen Lagen an Bekleidung zu tun, die sie nun trug.

Eli musterte sie von Kopf bis Fuß und nickte anerkennend. »Wie ein Skorpion«, sagte er.

»Wie eine Närrin«, korrigierte sie ihn und sah sich mit einem schiefen Grinsen zu Tansy und Mallow um, verzweifelt darum bemüht, diesen verwirrenden Moment so schnell wie möglich hinter sich zu lassen. »Also schön, dann kommt. Bringen wir die Sache ins Rollen.«

Eli sollte recht behalten: Es war ein beschwerlicher Weg.

Aster kam kaum zum Verschnaufen, während sie durch das endlose unterirdische Labyrinth wanderten. Da gab es Steigungen, so steil, dass sie auf allen vieren krabbeln mussten, und die Gefälle waren gefährlich stark und schlüpfrig dazu. An manchen Stellen war die Decke so niedrig, dass sie Hunderte von Fuß weit kriechen mussten; an anderen standen die Wände so dicht beieinander, dass sie sich nur seitlich durch die schmalen Lücken quetschen konnten. Aus Pfuhlen stehenden Wassers stieg ein modrig-erdiger Geruch auf, der Aster auf den Magen schlug. Und selbst auf den trockenen, ebenen Abschnitten, auf denen es genug Platz zum Stehen und Umdrehen gab, war der Boden gespickt mit Löchern und übersät mit Steinen, so groß wie ein menschlicher Schädel. Die Bergmannsausrüstung machte es so oder so schwer, sich zu bewegen, doch nun, mit all dem Schlamm, der an Asters Schuhen klebte, und dem Mantel, der sich bis zur Taille mit Wasser vollgesogen hatte, kam das einer Mammutaufgabe gleich.

Und das alles in undurchdringlicher Dunkelheit und Grabesstille. Im Lager hatte es wenigstens Licht und Leben gegeben, das sie von der Tatsache hatte ablenken können, dass sie sich hundert Fuß unter der Erde befanden. Hier aber gab es lediglich die schwachen Helmlampen und einen Chor aus angestrengten Atemzügen. Aster konnte sich nicht erinnern, wann sie sich das letzte Mal so klein und unbedeutend vorgekommen war. Es war aberwitzig zu glauben, man könne diesen Äonen alten Berg einfach so durchdringen. Für sie jedenfalls fühlte sich sein gewaltiges Gewicht an, als schwebte ein Todesurteil über ihrem Kopf.

Kaum zu fassen, dass es Landesherren gab, sterbliche Männer, die sich einbildeten, diese Berge wären ihr Besitz, die jeden Kieselstein mit einem Preis auszeichneten. Die würden hier unten keine zwei Sekunden durchhalten.

»Beim – verhobelten – Schleier«, keuchte Mallow, als die nächste Steigung auf sie wartete. Dies waren die ersten Worte, die seit einer Stunde oder mehr in ihrer Gruppe gefallen waren. Eli, der die Führung übernommen hatte, drehte sich zu ihnen um, und Aster kniff im gelb-braunen Lichtschein seiner Helmlampe die Augen zusammen.

»Macht ruhig eine Verschnaufpause«, sagte er, obwohl er selbst kaum außer Atem zu sein schien. »Auf der anderen Seite dieses Anstiegs liegt ein Basislager. Dort werden wir die Nacht verbringen.«

»Ist es denn schon Abend?«, fragte Tansy mit schwacher Stimme. Ihr Gesicht war wie das aller anderen mit Schlamm beschmiert.

Eli nickte. »Fast. Ich weiß, hier unten ist das unmöglich genau festzustellen, aber die Rächer wissen dennoch, wann die Sonne untergeht. Wir sind heute gut vorangekommen. Wenn einer von uns diesen Weg mit einer Gruppe von Läufern beschreitet, müssen wir uns gewöhnlich ziemlich abstrampeln, um das Basislager zu erreichen, ehe die Toten angreifen.«

Aster konnte sich nicht ansatzweise vorstellen, wie es sein musste, eine Familie von Flüchtlingen durch diese Tunnel zu führen. Es war wirklich ein Wunder, dass die Skorpione es überhaupt schafften, irgendjemanden aus dem Grind rauszubringen.

Und das ist der Grund, warum die Lady Ghosts es anders machen, dachte Aster. Das ist die Alternative. Was die Ladys aufgebaut hatten, war genauso immens und komplex, genauso gefährlich, aber auf eine völlig andere Art. Sie kämpften gegen Männer, nicht gegen die Natur.

Plötzlich kam Aster ein düsterer Gedanke, und als sie sprach, war ihre Stimme so leise, dass sie nicht einmal ein Echo erzeugte.

»Eli … die Rächer hier unten, stammen die von Leuten, die gestorben sind, als sie versucht haben, diese Tunnel zu bewältigen. Durch sie zu reisen?«

Eli hatte innegehalten, um etwas zu trinken. Nun senkte er seine Feldflasche und sah Aster mit ruhiger Miene an. »Was hast du denn gedacht, woher sie stammen?«

Aster schüttelte den Kopf. Sie hatte wohl gar nicht darüber nachgedacht. Es war so viel einfacher, sich vorzumachen, dass die Rächer überhaupt nicht von irgendwoher *stammten,* und sie als eine Art Naturkatastrophe wahrzunehmen, nicht als die ruhelosen Geister von Toten, denen schweres Unrecht widerfahren war.

»Und … wie viele Leute habt ihr hier unten verloren?«, fragte sie.

»Zu viele«, sagte Eli brüsk, wandte sich wieder der Steigung zu und machte sich ohne ein weiteres Wort daran, sie zu erklimmen.

Aster wechselte einen kurzen Blick mit Tansy und Mallow. Anscheinend hatte sie einen wunden Punkt berührt.

Sie folgte Eli den Hang hinauf und stemmte keuchend die Absätze in den zähen Lehm. Die Muskeln in ihren Beinen verkrampften sich aus Protest gegen die Belastung, und ihre Fußgewölbe fühlten sich an, als bohrte sich bei jedem Schritt ein Messer hinein. Außerdem schwitzte sie in ihrer Aufmachung derartig, dass sie die Kälte gar nicht wahrnahm, die sich in der Luft um sie herum ausbreitete. Sie wollte zu Eli aufschließen, sich entschuldigen, aber sie hatte schon genug damit zu tun, sich nur auf den Beinen zu halten.

Den Toten sei Dank, dass wir über Nacht rasten, dachte sie. Viel länger hätte sie diese Tortur nicht mehr durchgehalten.

Endlich wurde der Weg wieder ebener, und am Ende der Steigung gelangten sie zu einem großflächigen offenen Bereich mit einem kärglichen Lager – zwei große Zelte und ein paar verstreute Kisten mit Ausrüstungsgegenständen und Proviant. Eli war bereits dabei, ein Feuer zu entfachen.

»Hey, Bruder, lass uns dir helfen«, sagte Mallow und wischte sich mit den derben Handschuhen den Schmutz aus dem Gesicht.

»Bemüht euch nicht«, murmelte er. »Das wird nicht lange dauern. Aber ihr könntet uns etwas zu essen aus den Kisten holen. Die müssten alle beschriftet sein.«

Sie machten sich an die Arbeit, öffneten Kisten und fischten gepökeltes Schweinefleisch, trockenes Brot und Dosenbohnen heraus. Dazu kamen Zinnteller und Besteck. Als sie das erledigt hatten, brannte das Feuer bereits. Eli hockte direkt daneben, stocherte mit einem Schürhaken darin herum und fügte eine Handvoll Grauweidenholz hinzu, um die Rächer in Schach zu halten. Als er sie mit vollen Händen erblickte, stand er auf.

»Kommt, ich mache euch allen einen Teller …«, fing er an, aber Aster reckte eine Hand und schüttelte den Kopf.

»Nein«, widersprach sie entschieden. »Lass das zur Abwechslung mal jemand anders machen … aber gewöhn dich nicht daran«, fügte sie scherzhaft hinzu, als sie ihm den Teller reichte.

Eli lächelte schwach, als er ihn entgegennahm, und seine Finger streiften ihre. Hastig wandte sie sich ab, versorgte Tansy und Mallow und schließlich sich selbst, und dann saßen sie alle ermattet am Boden um das Lagerfeuer herum, legten Handschuhe und Helme ab und widmeten sich dem faden Mahl.

Das war der Moment, in dem die Rächer sich regten. Ihr Wehklagen hallte durch die Dunkelheit wie das Jaulen eines angeschossenen Hundes.

»Jetzt geht es los«, murrte Mallow und trank einen kräftigen Schluck aus ihrer Feldflasche, als wünschte sie, sie enthielte etwas Stärkeres. Eli schloss die Augen, und ein gepeinigter Ausdruck legte sich über seine Züge. Aster musterte die anderen besorgt. An Zee und seine extreme Angst vor den Raubvögeln hatten sie sich gewöhnt, aber Elis Kummer in Gegenwart der Rächer kam unerwartet.

»Eli … ist alles in Ordnung mit dir?«, fragte Tansy. »Ich meine, ich weiß ja, dass das hier unten vermutlich eine ziemlich dumme Frage ist, aber … ist es?«

»Diese Berge sind eine Gruft«, murmelte er und stellte seinen halb leeren Teller ab. »Ich hasse es, hier unten zu sein. Das war immer schon so.« Seine dunklen Augen richteten sich auf Aster, und sie fühlte, wie sich ein Knoten in ihrem Bauch bildete, als ihr das erste Gespräch wieder einfiel, das sie mit ihm geführt hatte, das, in dem er ihr erzählt hatte, wie sehr er die Sonne vermisste. Staubblütige verdienten in der Tat etwas Besseres, als sich wie Gewürm durch den Untergrund zu wühlen. Was die Skorpione aufgebaut haben, kam einem Wunder gleich – und trotzdem war es nicht genug.

»Dort oben weiß man nie, wer die Rächer mal waren«, fuhr er fort. »Aber hier unten kennen wir ihre Namen, und jeder von ihnen war einmal jemand, bei dem wir versagt haben.«

Aster stellte ihren Teller ebenfalls beiseite. »Eli«, sagte sie eindringlich. »Du darfst dir das nicht vorwerfen. Ihr alle habt diesen Leuten eine Chance verschafft, frei zu sein – das war mehr, als sie je hatten, während sie für ihre Landesherren schuften mussten.«

»Wenn du die zwei da verlieren würdest, könntest du die Schuld dann auch so einfach von dir weisen?«, fragte Eli und deutete mit dem Kinn auf Tansy und Mallow. »Wenn ihre Schreie durch diese Tunnel hallen würden, könntest du dann hier noch ruhig schlafen?«

Aster gerann bei dem bloßen Gedanken daran das Blut in den Adern, erinnerte es sie doch sogleich daran, wie es gewesen war, Violet zurückzulassen. Es half nicht mal, dass Violet überlebt hatte; die Schuldgefühle waren immer noch stark genug, dass Aster sich wie am Boden zerstört fühlte. Als Eli sah, wie sie um Worte rang, schien er sich erweichen zu lassen, und seine Miene wurde sanfter.

»Tut mir leid. Ich hätte nicht … Manchmal werde ich … Es ist, wie ich gesagt habe – ich hasse es einfach, hier unten zu sein.«

»Warum hast du dann zugestimmt, uns zu begleiten?«, fragte Aster unverblümt. Sie wollte nicht anklagend klingen, konnte es aber auch nicht verhindern. Das Heulen der Rächer wurde noch lauter, doch so, wie sich der Schall hier unten ausbreitete, war es schwer zu sagen, wie viel näher sie inzwischen gekommen sein mochten.

Eli atmete einmal tief durch, um sich zu sammeln. »Weil ich, so wie das Treffen verlaufen ist, nicht darauf vertraut habe, dass irgendjemand anderes sich euch gegenüber anständig benehmen würde«, sagte er so leise, dass er in dem zunehmenden Geheul kaum zu hören war. »Sam und Cutter gehören natürlich zur Familie, aber die sind zu beschäftigt, um diese Aufgabe zu übernehmen, und der Rest der Jungs … Ich habe sie noch nie zuvor so aufgebracht erlebt. Zuerst dachte ich, es läge nur daran, dass sie McClennon zu sehr hassen, um den Gastgeber für seinen Sohn spielen zu wollen – das war jedenfalls meine Reaktion, Aster, und ich werde nicht so tun, als gefiele mir die Sache inzwischen besser. Aber was die anderen betrifft, ist da mehr dran als das … Es geht auch um euch. Um die Idee, dass sie ihr Leben riskieren oder zu den Waffen greifen sollten wegen eines Haufens gefallener Mädchen. Ich schätze, für sie ist es einfacher zu glauben, dass Good Luck Girls Verräterinnen sind, als zuzugeben, dass sie selbst nicht in der Lage sind, die Frauen, die zu ihrem Leben gehören sollten, vor den Landesherren zu schützen … dass sie kaum imstande sind, sich selbst zu schützen. Ich glaube, sie haben sich in ihrem Stolz verletzt gefühlt, weil ihr den Finger in die Wunde gelegt habt – aber ihr gebt ihnen zugleich eine Chance, ihren Stolz zurückzugewinnen. Das werden sie schon bald begreifen.« Er schüttelte den Kopf und nahm seinen Teller wieder hoch, um den Rest seines Mahls zu verzehren. »Aber bis dahin … Ich denke einfach, mit mir seid ihr am sichersten.«

Aster sträubten sich die Nackenhaare. Sie brauchte Elis Schutz nicht; sie war achtzehn Jahre lang gut ohne ihn ausgekommen. Und beinahe hätte sie das auch ausgesprochen. Aber etwas an den Sorgenfalten in seinem ansonsten so versteinert wirkenden Gesicht hielt sie zurück. Vielleicht war er derjenige, der Schutz benötigte – vor sich selbst. Vor der Scham, die an ihm nagte, obwohl er nichts getan hatte, um derlei zu verdienen.

Und das war etwas, das Aster verstehen konnte.

Wieder hallte ein schriller Schrei der Toten herbei. Die Temperatur fiel noch weiter. Aster gefror der Schweiß auf der Stirn. Mallow warf Tansy einen besorgten Blick zu und legte die Hand auf die abgesägte Flinte an ihrer Hüfte.

»Eli, diese Biester kommen immer näher«, sagte sie. »Weißt du genau, dass wir hier in Sicherheit sind?«

Er griff zu dem Schürhaken, und stocherte wieder im Feuer herum. »So lange wir darauf achten, dass das Grauweidenholz weiter brennt, werden sie uns nicht zu nahe kommen …«

Und dann schoss etwas mit einem schrillen Schrei über sie hinweg, und in dem Luftzug, den es verursachte, ging das Feuer aus, und sie saßen urplötzlich im Dunkeln.

KAPITEL FÜNFZEHN

Als das Feuer erlosch, tat es auch Asters Mut, und das Herz rutschte ihr in die Hose. Hastig tastete sie nach ihrer Waffe. Sie mochte gerade noch imstande sein, hier unten einen klaren Kopf zu behalten, solange sie sah, was um sie herum war, aber abrupt in totaler Finsternis zu hocken …

Ein Donnern erklang, begleitet von einem Aufblitzen von Licht, als Mallow ihre Flinte abfeuerte.

»Nein!«, schrie Eli. »Wir dürfen nicht riskieren, einander zu treffen. Erst müssen wir uns alle Rücken an Rücken positionieren.«

Im Dunkeln griff Eli nach Aster, und seine Hand berührte ihren Unterarm. Instinktiv zuckte Aster zusammen, fand dann aber sein Handgelenk und hielt sich an ihm fest. Mit der anderen Hand tastete sie auf der Suche nach Tansy und Mallow blind im Dunkeln umher. Schließlich berührten ihre Finger das kalte, schmierige Metall eines Eisenüberwurfs. Tansy schrie auf.

»Ich bin's nur!«, rief Aster in dem zunehmenden Lärm der Rächer. »Schnell, wo ist Mallow?«

»Ich bin direkt neben ihr!«, gellte Mallow zur Antwort. Rasch bildeten sie einen Kreis und hakten sich an den Ellbogen unter. Um sie herum wehte die Zugluft bald von hier, bald von da, während die heulenden Rächer immer näher kamen. Das

Eisen in ihren Mänteln war nun das Einzige, was die Toten in Schach hielt, aber die Rächer würden zweifellos jede Minute anfangen, die Schutzwirkung mit ihren unsichtbaren Zähnen und Klauen auf die Probe zu stellen.

Elis Armmuskulatur spannte sich unter Asters Fingern, als er zu seiner eigenen Flinte griff.

»Okay, Mallow …«, setzte er an.

»Wir können immer noch nichts sehen!«, protestierte sie sogleich.

»Wir könnten sie auch nicht sehen, wenn wir Licht hätten! Feuer einfach direkt geradeaus, und ich mache das Gleiche. Wir werden uns so lange im Kreis bewegen, bis wir den Bereich gesäubert haben. Das sollte uns genug Zeit geben, um das Feuer wieder …«

Plötzlich verspürte Aster eine betäubende Kälte, als unsichtbare Klauen über ihre ungeschützten Waden strichen. Schmerz explodierte in ihren zuckenden Muskeln, und ihre Drillichhose sog sich mit Blut voll. Ihr Knie gab nach, und sie stieß einen Schrei hervor, den sie nicht einmal als ihren eigenen erkannte.

»Aster!«, brüllte Eli und gab zwei schnelle Schüsse aus der Hüfte ab. Feurig blitzte die Mündung seiner Flinte auf. Mallow reagierte mit zwei weiteren Schüssen, um die Rächer zu vertreiben, die aus der Gegenrichtung kamen. Aster bemühte sich, auf ihrem gesunden Bein zu balancieren, als sie zu viert eine Kreisbewegung machten. Eli und Mallow schossen ununterbrochen, bis ihnen die Munition ausging. Die Schreie der Rächer wurden weniger, sie schienen sich zurückzuziehen, doch Aster wusste, dass sie in einer Sekunde wieder da sein würden.

Sie hörte ein leises Geräusch, als Eli seine Flinte ins Holster rammte. »Wir haben nicht viel Zeit. Ich werde das Feuer wieder anfachen«, sagte er.

Die Feuerstelle konnte höchstens ein paar Fuß entfernt sein, doch der Gedanke, dass er sie allein lassen könnte, erfüllte Aster mit entsetzlicher Furcht. »Eli, warte …«

Aber er war schon weg und hinterließ ein Vakuum in der Finsternis an ihrer Seite. Aster zitterte, halb vor Angst, halb wegen der Kälte, die immer noch von der Stelle ausstrahlte, an der der Rächer sie erwischt hatte. Sie spürte, dass die anderen sich zu ihr umdrehten.

»Aster, wo hat er dich verletzt?«, fragte Tansy drängend.

»Am linken Bein«, presste sie mit zusammengebissenen Zähnen hervor.

»Verlierst du viel Blut?«

»Nein … ich weiß nicht … ich kann's nicht sagen. Es ist taub geworden.«

»Du kommst wieder in Ordnung«, sagte Mallow. Ihr Gewehr knackte, als sie es öffnete und mit Eisenschrot nachlud. »Ich habe diese Biester überlebt, und du wirst das auch tun.«

Inzwischen hatte Eli es geschafft, die Streichhölzer aus seiner Tasche herauszufummeln. Er hielt eines an das Anmachholz und hütete verzweifelt die kleine Flamme, während er zugleich versuchte, Leben in das Feuer zu blasen. Ganz schwach flackerte das Licht um sie herum und zeichnete schaurige Schatten auf ihre angstvollen Gesichter.

»Beim Schleier, sie kommen zurück«, sagte Aster voller Grausen. Sie konnte die Toten nicht sehen, aber sie hörte, wie sie sich sammelten, fühlte den Wind, der an ihrer Haut leckte, als sie erneut zu kreisen begannen.

»Schon gut, das Feuer ist schon fast …«

Plötzlich wurde Eli von einem kreischenden Rächer angegriffen und an die Wand geschleudert. Er grunzte vor Schmerz, als er über den Boden rutschte, und dann wieder, als die Klauen des Rächers über seine Brust scharrten und bei der Berührung des Eisenüberwurfs eine Wolke unheimlicher Funken erzeugten. Tansy stieß einen schrillen Schrei aus, und Aster tat taumelnd einen Schritt in seine Richtung.

»NEIN!«, keuchte er, das Gesicht ein Bild der Qual, als der Rächer ihn erneut angriff. »Das Feuer – lasst nicht zu, dass sie es wieder löschen …«

Tansy zögerte kurz und stürzte dann zur Feuerstelle, fütterte die Flammen mit mehr Holz und Grauweide, bis es so hell brannte, dass Aster blinzeln musste. Mallow eilte zu ihr und feuerte in die Luft über Eli, bis die schreckliche Macht, die ihn am Boden festnagelte, endlich flüchtete. Auch die anderen Rächer zogen sich nun zurück, fortgetrieben von dem Geruch der brennenden Grauweide, und ihr Wehklagen wurde leiser und leiser. Endlich sank Aster neben dem Feuer zu Boden, streckte das verletzte Bein aus und umklammerte ihre Wade. Tansy und Mallow liefen zu Eli und halfen ihm, sich zu ihr zu setzen. Kaum hatten sie ihn von der Wand weggeschleppt, stürzte die mit einem donnernden Geräusch ein. Asters Herz tat einen Satz, und sie fürchtete, der ganze Tunnel könnte nachgeben, aber nach einem atemlosen Augenblick trat wieder Ruhe ein.

»Verhobelte Hölle!«, fluchte Mallow. »Was hatte das zu bedeuten?«

Eli verzog schwer atmend das Gesicht. »Unsere Schüsse müssen wohl den Tunnel in Mitleidenschaft gezogen haben. Wir können von Glück reden, dass es nur ein Teileinsturz war.«

»Spar dir deinen Atem«, wies Tansy ihn an und runzelte besorgt die Stirn. »Mal, kannst du mir die Medizintasche geben? Ich habe sie in einer der Kisten gesehen.«

Als Mallow davoneilte, zog Aster unter Schmerzen die

schlammverkrusteten Stiefel aus und krempelte den linken Beinschützer und das Hosenbein hoch. Die Einschnitte an ihrer Wade waren lang, aber nur oberflächlich, und das Blut fing bereits an, auf ihrer Haut zu gerinnen. Aber noch immer fühlten sich die Wunden eiskalt an, als hätte sie Erfrierungen erlitten.

»Aster, ich bin in einer Sekunde bei dir«, versprach Tansy mit gequälter Stimme.

»Keine Sorge, mir geht es gut«, sagte Aster mit einem leisen Stöhnen. Doch Eli war derjenige, der einen direkten Angriff erlitten hatte. Hätten Tansy und Mallow nicht so rasch gehandelt …

Aster wollte gar nicht darüber nachdenken. Stattdessen nutzte sie ihre Feldflasche, um Wasser über die Wunde zu schütten und sie zu säubern. Aus dem Augenwinkel sah sie, wie Tansy Eli Mantel und Hemd auszog, um die darunterliegenden Verletzungen zu behandeln. Sein kräftiger Brustkorb war überzogen mit den gleichen unebenmäßigen Schnittwunden, die auch Asters Bein verunstalteten – aber seine Wunden sahen tiefer aus, und das Blut wirkte im Flammenschein fast schwarz. Sofort wandte Aster den Blick ab, von Übelkeit und – absurderweise – einem Gefühl tiefer Scham erfasst. So hatte sie sich auch gefühlt, als Eli ihr beim Anziehen geholfen hatte. Es war, als hätte sie eine Grenze der Vertrautheit überschritten, weil sie ihn so gesehen hatte. Für Tansy war ein nackter Mann nur ein weiterer Patient, der behandelt werden musste. Aber für Aster hatte dieser Anblick nichts derart Unschuldiges an sich.

»Lass mich dir helfen«, murmelte Mallow und kauerte sich, mit Verbänden in der Hand, neben Aster. »Ich bin nicht so nutzlos, dass ich mich nicht um deine Verletzung kümmern könnte.«

»Danke, Mal«, sagte Aster schwach. »Ich bin froh, dass du hier bist.«

»Na ja, wo zur Hölle denkst du, sollte ich sonst sein?«

Als Mallow die Wunde gereinigt hatte, rieb sie sie mit Whiskey ein und umwickelte sie mit weißem Stoff. Die Behandlung tat beinahe genauso weh wie die Wunde selbst. Aster zappelte die ganze Zeit wie ein Fisch an der Angel. Dann, endlich, ließ der Schmerz nach, doch die Kälte blieb. Inzwischen flickte Tansy Eli zusammen, der unter Schmerzen die Zähne zusammenbiss, aber nicht einen Ton von sich gab. Ein schönes Paar gaben sie ab, dachte Aster ergrimmt. Keiner von ihnen war bereit zu offenbaren, wie sehr sie litten.

Schließlich war Tansy fertig und half Eli, sich aufzusetzen.

»Danke«, murmelte er und sah dann Aster an, um sich zu vergewissern, dass es ihr gut ging. Abbitte schimmerte in seinen dunklen Augen. »Tut mir leid, dass ich euch alle in diese Lage gebracht habe.«

»Eigentlich haben wir dich in diese Lage gebracht«, konterte Mallow schnaubend. »Keine Sorge, wir haben schon Schlimmeres erlebt, und ich schätze, du auch.«

Eli gluckste leise. »Wie auch immer, wir sollten versuchen, ein bisschen zu schlafen. Morgen wartet wieder ein anstrengender Marsch auf uns.« Rundherum klang vernehmliches Ächzen auf, und Eli wandte sich mit einem vorsichtigen Lächeln an Aster. »Also, wie willst du die Zelte aufteilen?«

Unbehagen kroch in einem Hitzeschwall ihren Hals hinauf. Bei jedem anderen Jungen hätte sie seine Worte als unerwünschte Andeutung verstanden. Aber sie erkannte die geradezu kindliche Angst, die er hinter einer gleichgültigen Fassade verbarg. Er war bestürzt über das, was passiert war, und ihm graute davor, hier unten allein zu bleiben. Vielleicht dachte ein

Teil von ihm sogar, er hätte bekommen, was er verdient hatte, angefallen und verletzt von den hungrigen Geistern der Leute, die er nach seinem Empfinden im Stich gelassen hatte. Sicher wollte er darüber mit jemandem sprechen, von dem er hoffte, er würde verstehen, Trost suchen in der Nähe zu einer Person, der an ihm lag. Und Aster wollte ihm das geben. Sie wollte imstande sein, neben einem Mann zu ruhen, ohne dass sich ihre Brust verkrampfte oder ihr Bewusstsein zersprang wie brüchiges Glas. Sie hasste es, so zu empfinden.

Und dennoch klebte sie sich ein falsches Lächeln ins Gesicht und sagte: »Ich glaube, ich geselle mich zu Tansy und Mallow. Die sind mein Schnarchen inzwischen gewohnt.

Eli senkte den Blick, schluckte und nickte.

»Natürlich«, sagte er knapp. »Ich übernehme die erste Wache.«

Früh am nächsten Nachmittag trafen sie im Lager Deathstalker ein, nass und schmutzig wie Regenwürmer nach einem Wolkenbruch. Aster konnte auf ihrem verletzten Bein zwar gehen, aber es fühlte sich nicht gut an. Eli hatte es erheblich schlimmer getroffen. Alle paar Minuten musste er innehalten, um zu verschnaufen. Er hatte nicht mehr viel mit Aster geredet, aber ob das daran lag, dass er sich in ihrer Nähe unwohl fühlte, nachdem sie ihm am Vorabend ausgewichen war, oder ob er schlicht nicht genug Kraft hatte, vermochte sie nicht zu sagen.

Sam hatte ihnen einen Brief mitgegeben, um ihr Anliegen zu erklären, und den zeigten sie den Wachen, damit diese sie zu Sidney Miller brachten, dem Kommandanten des Lagers. Anders als das Lager Red Claw war dieses ähnlich aufgebaut wie das Hauptquartier der Lady Ghosts – weil es keine natürliche Höhle gab, in der sie eine unterirdische Stadt hätten erbauen können, bestand Deathstalker aus einer ganzen Reihe größerer Räume, die alle von einem Hauptgang abzweigten, der mit Minenlampen beleuchtet wurde. Aber ganz wie Lager Red Claw war auch dieses unverkennbar überfüllt mit Läufern, die nach Ferron geführt werden mussten. Menschen schliefen unruhig unter abgewetzten Decken im Korridor. Heiseres Husten hallte durch die Durchgänge, und der Geruch von Schweiß und ungewaschener Haut hing schwer und dicht in der Luft.

Was müssen die durchgemacht haben, um herzukommen?, überlegte Aster, die immer noch von ihrer eigenen Reise durch die Tunnel erschüttert war. *Und wie viel weiter müssen sie noch ziehen?*

Endlich erreichten sie das hintere Ende des Hauptkorridors.

»Sid dürfte da drin sein«, sagte der Wächter und deutete mit einem Nicken auf die nicht gekennzeichnete Tür, vor der sie angehalten hatten. »Das ist sein Büro – und ich warne euch, für unerwarteten Besuch hat er nicht viel übrig.«

»Kümmert mich wenig, wie er das empfindet«, brummte Aster. Sie hatten einen zu weiten Weg hinter sich gebracht, um sich jetzt abweisen zu lassen. Der Wächter zuckte mit den Schultern und ließ sie allein. Aster atmete einmal tief durch, hob die Faust und klopfte an.

Sidney antwortete beinahe augenblicklich.

Er war größer als Sam Daniels, und er sah auch älter aus. Seine Haut war rosig braun, das schwarze Haar extrem kurz geschoren, und er hatte ein schmales, scharf geschnittenes Gesicht. Über seinen dunklen Augen prangte ein leuchtend roter Farbstreifen, aber davon abgesehen war er schlicht gekleidet. Während Sam wählerisch war und Wert auf formelle, edle Kleidung legte, selbst wenn er sich die Hände schmutzig machte, trug Sidney die Bergmannskleidung eines Menschen, der für Anspruchshaltung nichts übrig hatte. Er musterte die vier, und sein Blick blieb an den Kokarden von Aster, Tansy und Mallow hängen.

»Und wer zur Hölle seid ihr?«, fragte er mit einer Stimme, als schüttete er Kies über seine Worte.

Aster wechselte einen Blick mit Eli, der kurz zögerte und dann Sams Brief überreichte. Sidney murmelte einige unverständliche Flüche, als er ihm das einmal zusammengefaltete Stück Papier aus der Hand riss, aufklappte und die ersten paar Zeilen überflog.

»Kommt rein«, sagte er mit einem tiefen Seufzer und winkte ihnen zu, ihm zu folgen, ehe er sich hinter seinen Schreibtisch setzte. In seinem Rücken hing eine Flagge der Neun, ein schwarzes Rad mit neun Speichen vor einem himmelblauen Hintergrund. Und auf dem Schreibtisch, neben einem Durcheinander aus Journalen, Kalendern und Zeitungen, stand ein Glas mit einem Skorpion von der Art, der das Lager seinen Namen verdankte. Mallow beugte sich mit großen Augen vor und wollte auf das Glas klopfen, aber Tansy hielt sie zurück.

»Also«, sagte Sidney und blickte auf. »Ihr wollt unsere voltrischen Waffen, ist das richtig? Und ihr denkt, ich gebe euch die einfach, weil ihr so nett darum bittet?«

Aster, die seine abschätzige Art jetzt schon leid war, schürzte die Lippen. Sie waren durch die Hölle gegangen, um herzukommen. Sie klappte den Mund auf, um etwas sagen, doch da berührte Eli sacht ihr Handgelenk.

»Diese Waffen gehören uns allen«, sagte er leise.

»Sie gehören den *Skorpionen*«, korrigierte Sidney. »Ich werde nicht zulassen, dass unsere eigenen Leute schutzlos zurückbleiben wegen so einer … so einer Farce«, sagte er und schleuderte den Brief von sich.

Aster hatte genug. »Das ist keine Farce«, blaffte sie. »Wir sprechen hier über das Leben meiner Freundinnen. Diese Mädchen …«

Sidney hielt eine Hand hoch. »Lass mich dich gleich an dieser Stelle unterbrechen, denn ich kann dir versichern, ich habe das alles schon früher gehört. Die furiose Ansprache, die Aufforderung zum Handeln. Ich war in einer Revolution an der Front, und ich habe zugesehen, wie sie gescheitert ist. Ich danke den Toten jeden einzelnen Tag für das kühlere Gemüt, das mich davor bewahrt hat, mein Leben für eine verlorene Sache wegzuwerfen. Damit ihr wisst, wen ihr vor euch habt.«

Wenn es eines gab, das Aster einfach nicht ertragen konnte, dann war es, wenn jemand sie zum Schweigen bringen wollte. Zischend atmete sie durch die Zähne aus, faltete die Hände hinter dem Kopf und starrte die Decke an, während sie versuchte, ihren Zorn hinunterzuschlucken.

»Moment … du hast gesagt, du hättest in einer Revolution an der Front gestanden«, sagte Mallow. Sie trat vor und deutete auf die Flagge hinter seinem Schreibtisch. »Du sprichst vom Krieg der Nationen, richtig? Cutter hat uns erzählt, dass du in diesem Krieg gekämpft hast.«

Sidney kniff die Augen zusammen. »Und wenn?«

»Ich bin auch ein Abkömmling der Neun, von der Seite meines Vaters«, fuhr Mallow fort.

Sidney musterte ihr Stirnband, schien sogar kurz zu zaudern, doch dann verschränkte er die Arme vor der Brust. »Und warum sollte das für mich einen Unterschied machen? Dadurch sind wir noch lange keine Sippe«, sagte er. »Pass auf, die Nachfahren aller haben untereinander geheiratet. In den Adern der meisten Arkettaner fließt Blut der Neun. Aber diese Besessenheit vom ›Blut‹ ist Imperiumsblödsinn der alten Schule. Die

Reichen nutzen das als Ausrede für den Besitzanspruch, den sie auf Ländereien erheben, die sie gestohlen haben. Und dafür, für uns und über uns hinweg zu sprechen. Deine Landsleute sind nicht die, deren Blut du teilst, sondern die, deren Traditionen du teilst.«

»Tja, ich habe mich über die Traditionen informiert«, beharrte Mallow. »Oder es zumindest versucht. Es ist nicht die Schuld meines Dads, dass er sie mich nicht lehren konnte, und es ist nicht die Schuld meiner Großeltern, dass sie sie ihn nicht lehren konnten. Wir sind nicht alle in Rebellenlagern aufgewachsen.«

Ein Ausdruck des Bedauerns flackerte in Sidneys Zügen auf, und er setzte sich auf und wich Mallows Blick aus. »Ich leiste Abbitte, Schwester, für die Anmaßung. Mir begegnet selten jemand, der dieses Argument ohne Hintergedanken vorbringt. Trotzdem fürchte ich, das ändert gar nichts – tatsächlich fühle ich mich nun umso mehr für eure Sicherheit verantwortlich.«

Aster, Eli und Mallow sahen Tansy an. Nun war sie an der Reihe. Seufzend setzte sie sich auf eine Ecke des Schreibtischs.

»Tja, ich weiß rein gar nichts über diesen Krieg, wärest du also so freundlich, mir ein bisschen davon zu erzählen? Was ist passiert, dass es dir so widerstrebt, noch einmal zu kämpfen?«, fragte sie.

»Was passiert ist?« Sidney lachte humorlos. »Was ist *nicht* passiert? Ihr seid offensichtlich alle zu jung, um euch daran zu erinnern. Ein ganzes Jahr lang sind überall im Grind blutige Schlachten ausgebrochen, Rebellen der Neun haben versucht, die Forts der arkettanischen Armee in ihre Gewalt zu bringen. Dies ist besetztes Land, alles hier, und wir wollten die Besatzungsmacht direkt angreifen. Aber wir waren einfach nicht genug Leute, um das zu schaffen. Für jedes Fort, das wir besiegten – und wir haben viele besiegt –, schickte die Gegenseite Verstärkungskräfte, die uns wieder vertrieben. Am Ende glaubten wir, keine andere Wahl zu haben, als uns zu ergeben, und wir luden den kommandierenden Offizier zu Verhandlungen in unser Basislager ein. Wir übergaben unsere Waffen, unterschrieben das Abkommen ... und dann haben er und seine Truppen das Feuer auf uns eröffnet. Auf unsere unbewaffneten Männer, auf deren Frauen und Kinder ...« Sidney brach ab. Sein Adamsapfel hüpfte auf und nieder, als er krampfhaft schluckte, und er atmete tief durch, ehe er weitersprach. »Die meisten unserer Soldaten kamen bei dem Massaker ums Leben, und diejenigen, die überlebt haben, sind überall im Land verstreut. Mein Vetter ist nach Ferron entkommen, und er ist derjenige, der die voltrischen Waffen zu uns schmuggelt, wann immer er kann. Ich schätze mich glücklich, hier gelandet zu sein, wo ich immer noch ein wenig Gutes tun kann. Aber das tue ich mit offenen Augen. Ich weiß jetzt, dass der Feind nicht fair spielt.«

Aster spürte, wie ihr Zorn versiegte und eine kaum zu ertragende Art von Mitgefühl an seine Stelle trat; ein Mitgefühl, wie man es nur unter jenen findet, die selbst Unvorstellbares erlitten haben. Ihre Hände, die zuvor zu Fäusten geballt waren, entspannten sich. »Es tut mir so leid. Ich ... Davon habe ich gar nichts gewusst«, gestand sie leise.

»Tja, das gehört nicht zu der Geschichte, die man euch gern beibringt. Nicht, dass noch jemand auf Ideen kommt«, sagte Sidney mit einem schweren Seufzer. Er stand auf und strich sein Hemd glatt, als wäre es nicht längst viel zu verknittert, um sich noch glätten zu lassen. »Wie auch immer, um eine Revolte wie die unsere für alle Zeiten zu verhindern, begann die Regierung nach dem Krieg mit dem militärischen Rekrutierungsprogramm und bot jungen Staubblütigen einen Schuldenerlass an, wenn sie zum Militär gingen. Jetzt haben sie also noch mehr Soldaten als je zuvor … und einige davon sind sogar Kinder der Neun. Wenn wir sie damals nicht schlagen konnten, dann könnt ihr sie heute ganz gewiss auch nicht schlagen.«

»Aber, Sidney – Mister Miller …«, sagte Aster hastig und verstellte ihm den Weg, damit er nicht einfach gehen konnte. »Wir versuchen gar nicht, es mit der Armee aufzunehmen. Wir wollen gegen die Landesherren vorgehen. Das ist ein völlig anderer Kampf – einer, den wir gewinnen können.«

»Nein, es ist der gleiche Kampf, und wenn du das nicht begreifst, dann bist du auch nicht bereit dazu.«

Aster blieb standhaft. Er hatte einmal die gleiche Leidenschaft verspürt, die sie heute hegte. »Diese Waffen verdienen es, wieder für einen guten Zweck eingesetzt zu werden. Bitte. Wenn dich sonst nichts überzeugt, dann bedenke den Schimmer, den wir dafür zu zahlen bereit sind. So, wie es hier aussieht, könnt ihr den sicher gebrauchen.«

Stirnrunzelnd verschränkte Sidney wieder die Arme vor der Brust.

»So, wie es hier aussieht? Denkst du wirklich, du bringst deine Sache voran, indem du die Leute unter meiner Obhut beleidigst?«

»Nicht die Leute. Die Bedingungen, unter denen sie leben. Und ich werfe euch das nicht vor. Das Lager Red Claw leidet auch – zur Hölle, der ganze Grind leidet –, aber bist du nicht verpflichtet zu versuchen, diesen Leuten das Leben zu erleichtern? Was brauchen deine Leute mehr: diese Waffen oder Nahrung und Decken?«

Seine Lippen zuckten, aber er sagte nichts.

»Und hast du den Teil über den Theomit gelesen, den wir

bei dieser Sache einsammeln werden?«, fragte Eli und trat neben Aster. »Wir sind im Begriff, die Reise zwischen den Lagern viel sicherer zu machen. Das allein ist es doch schon wert.«

Sidney fixierte Eli.

»Das hat auch Cutter euch gesagt, was?«, fragte er.

»Das musste er mir nicht erst sagen«, antwortete Eli. »Aber ja, er ist derjenige, der die meisten Läufer durch die Tunnel begleitet. Und ich persönlich würde mich viel besser fühlen, wenn er etwas Theomit in der Tasche hätte.«

Um Geduld ringend, schloss Sidney die Augen. »Dieser Junge würde nichts mehr lieben, als für das Volk der Mitte zu kämpfen und zu sterben. Ich konnte ihn endlich überzeugen, es nicht zu tun, und jetzt riskiert er stattdessen in den Tunneln Kopf und Kragen? Ich schwöre, der kann es nicht erwarten herauszufinden, was hinter dem Schleier ist. Ist es wirklich zu viel verlangt, dass ihr Jungspunde einfach nur mal … *still sitzen bleibt* …«

»Möglicherweise«, sagte Mallow ohne eine Spur ihres gewohnten Humors. »Bitte, Mister Miller … Sidney … Ich kann verstehen, dass du deine Waffen niedergelegt hast, aber einige von uns hatten bisher noch gar keine Chance, für unsere Leute zu kämpfen. Einige von uns haben nicht einmal gewusst, dass es so etwas wie *unsere* Leute gibt, bis wir ihnen begegnet sind. Und wir – *ich* – verdiene es, selbst zu entscheiden, wann ich damit fertig bin, für uns zu kämpfen.«

Sidney schwieg lange Zeit. Dann, endlich, schlug er die Augen wieder auf und nickte einmal.

»Also schön«, sagte er milde. »Ich bringe euch zur Waffenkammer.«

KAPITEL SECHZEHN

Der Rückweg nach Red Claw erwies sich als noch beschwerlicher. Asters verwundetes Bein war immer noch geschwächt und zwang sie zum Humpeln, und Eli bereitete die verletzte Brust nach wie vor Atemprobleme. Außerdem schleppten sie nun mehrere Kisten voltrischer Waffen mit sich – lange Gewehre, Faustfeuerwaffen und sogar etwas, das sich Kurbelkanone nannte. Es war nicht gerade einfach, die mit Rädern ausgestatteten Kisten über den unebenen Boden zu zerren, und wann immer der Weg zu eng wurde, musste Eli zur Schaufel greifen, um ihn für sie zu erweitern. Wenigstens hatte Sidney ihnen auf ihr Versprechen hin, bald mehr davon zu stehlen, einen kleinen Beutel Theomitstaub mitgegeben, sodass sie sich die Rächer vom Hals halten konnten. Trotzdem brauchten sie dreieinhalb Tage, um zurückzugelangen. Nun war Aster froh, dass sie Violet gesagt hatte, es würde eine ganze Woche dauern, den Angriff auf den Spielsalon vorzubereiten. Zumal sie einen zusätzlichen Tag brauchen würde, um sich zu erholen – physisch wie mental.

Für die nächsten vierundzwanzig Stunden zog sich Aster in ihre Hütte zurück. Die blutigen Kratzer an ihrer Wade heilten ab und ließen eine schorfige Kruste zurück. Die anderen kamen zu ihr, um ihr zu dem Erfolg bei der Beschaffung der Waffen zu gratulieren und ihre Aufregung angesichts der vor ihnen liegenden Aufgabe mit ihr zu teilen. Einen Spielsalon auszurauben war schon eine beachtliche Herausforderung, aber dabei auch noch Derrick zu »entführen« – das würde all ihr Können erfordern. Raven ging ihre Skizzen von dem Gebäude mit Aster durch, damit sie ihre Rückzugsstrategie planen konnten. Tansy half ihr, das Bein zu dehnen und zu kräftigen, um die Heilung voranzutreiben. Mallow informierte sie über die Fortschritte, die sie mit den voltrischen Waffen machten. Und Clementine und Zee leisteten ihr beständig Gesellschaft. Zu dritt taten sie, was sie konnten, um sich – und Zees kleine Schwester – bei Laune zu halten. Das Mädchen war immer noch scheu in Gegenwart all der Fremden, schien sich aber inzwischen in der Hütte zu Hause zu fühlen und spielte mit den kleinen Puppen, die Raven ihr aus Heu und Schnur gebastelt hatte, in einer Scheinwelt.

Nur Eli besuchte sie nicht. Er war zu sehr damit beschäftigt, sich von seinen eigenen Wunden zu erholen. Das zumindest redete Aster sich ein. Denn seit sie sein Angebot, ein Zelt mit ihr zu teilen, zurückgewiesen hatte, wirkte er in ihrer Gegenwart zaghaft und verunsichert, als wäre sie eine Schlange und hätte mit dem Schwanz gerasselt. Aber Aster brachte es nicht über sich, um Entschuldigung zu bitten – außerdem, was gab es da zu entschuldigen? Sie war nicht für sein Wohlbefinden verantwortlich, auch wenn ein Teil von ihr ihm Trost spenden wollte. Aber vielleicht ließ er ihr auch nur den Raum, von dem er annahm, dass sie ihn haben wollte … und vielleicht sollte sie ihm dafür dankbar sein. Sie hatte eine Entführung und einen Raubüberfall zu planen und keine Zeit, sich über derartige Dinge den Kopf zu zerbrechen.

Endlich war der Tag des Überfalls gekommen und damit die Zeit, sich zu versammeln.

Die Gruppe traf sich auf dem Schießstand des Lagers, wo Sam und Mallow den anderen zeigen wollten, wie sie mit den voltrischen Waffen umzugehen hatten. Aster zog noch immer ihr Messer jeder Feuerwaffe vor, aber nach allem, was sie durchgestanden hatten, um sie zu beschaffen, konnte sie eine gewisse Begeisterung nicht leugnen, als sie sah, wozu sie imstande waren.

»Also schön, was haben wir nun?«, fragte Zee gespannt und klatschte in die Hände.

»Wo soll ich anfangen«, entgegnete Sam mit einem erwartungsvollen Grinsen und führte sie zu der ersten offenen Kiste. »Ich habe ein bisschen Erfahrung im Umgang mit voltrischen Waffen, und ich habe ununterbrochen mit Mal gearbeitet, um ihr meine Kenntnisse zu vermitteln. Ich glaube, niemand von euch wird Probleme dabei haben, diese Waffen zu gebrauchen, aber für alle Fälle möchte ich, dass ihr euch ein Gefühl dafür verschafft, ehe ihr heute Abend loslegt.«

Er zog etwas hervor, das aussah wie ein Revolver, und klappte es auf. Anstelle einer Trommel kam eine dicke Spule zum Vorschein. Das Metall summte so vor Energie, dass Aster instinktiv zurückwich. Sie erinnerte sich nur allzu gut, dieses Geräusch bei den Söldnern an der Grenze nach Ferron wahrgenommen zu haben.

»Das ist eine gewöhnliche voltrische Pistole«, erklärte Sam. »Die Spule hier enthält die Ladung. Die dient als Munition für derartige Waffen. Ist sie einmal vollständig entladen, nimmt man sie heraus und setzt sie in eine voltrische Quelle, um sie wieder aufzuladen.«

»Voltrische Quelle?«, fragte Eli seinen Bruder skeptisch. Er würde sie an diesem Abend nicht begleiten, nicht mit seinen schweren Verletzungen, aber die Neugier hatte ihn dennoch hergetrieben.

»Ja, so wie die hier«, sagte Mallow, lief zu einer anderen Kiste und fischte einen kastenförmigen schwarzen Apparat voller Kabel hervor. »Man braucht Dampf, um die Energie für diesen Kasten zu generieren, und der transferiert sie dann im Verlauf mehrerer Stunden auf die Spulen. Danach …«

»Die Details sind nicht wichtig«, unterbrach Aster sie und reckte eine Hand hoch. »Wir müssen lediglich wissen, wie viele Schüsse so eine Pistole abfeuern kann, ehe sie wieder aufgeladen werden muss, denn wir werden sie ganz sicher nicht aufladen können, wenn wir da draußen sind.«

Sam und Mallow sahen sie an wie Kinder, die aufgefordert worden waren, ihr Spielzeug wegzuräumen. Sam gab einen enttäuschten Seufzer von sich.

»Richtig, also, na ja, das ist keine *exakte* Wissenschaft – es kommt auf die Umgebungsbedingungen wie beispielsweise Luftfeuchtigkeit und Höhenlage an«, entgegnete er. »Aber im Durchschnitt solltet ihr bei jeder Ladung mit zehn bis zwölf elektrischen Blitzen rechnen können.«

»Warte – zehn bis zwölf? Das ist alles?«, fragte Raven fassungslos. »Ihr seid mehr oder weniger durch die Hölle gegangen und habt ein kleines Vermögen hingelegt, damit wir jeweils zehn bis zwölf Schuss bekommen?«

»Zehn bis zwölf *voltrische* Schüsse«, sagte Sam hastig. »Ein voltrischer Blitz ist praktischer als eine Kugel; ein Treffer irgendwo am Körper reicht, um einen Mann kampfunfähig zu machen. Ihr müsst nicht annähernd so genau zielen, und ein Raubvogel, der gegen die Schmerzen, die ihr mit einer Kugel auslösen könnt, immun ist, würde durch den Schock dennoch einen Krampfanfall erleiden, der ihn lang genug ausschaltet, dass ihr ihn fesseln oder abhauen könnt. Das alles setzt natürlich voraus, dass ihr eine nicht tödliche Ladung verwendet –

wenn ihr diesen Schalter hier umlegt, um eure Waffe auf eine letale Ladung umzustellen, ist jeder Schuss stark genug, um einen Herzstillstand herbeizuführen, aber dann könntet ihr nur halb so viele Schüsse abfeuern. Fünf oder sechs.«

»Das ist erschreckend«, entfuhr es Tansy.

»Immerhin nicht so erschreckend wie die Alternative«, wandte Mal ein. »Du kannst niemanden umbringen oder auch nur ernsthaft verletzen, wenn du es nicht wirklich willst.«

»Tja, schön zu hören«, murmelte Aster und nahm sich eine der Pistolen aus der Kiste. Sie wollte an diesem Abend niemanden töten, wenn es sich vermeiden ließ. Aber sollte es drauf ankommen, würde sie nicht zögern. Die würden schließlich noch weniger zögern, sie zu töten.

Derricks Worte hallten durch ihren Geist. *Diese Leute halten euch für Ungeheuer. Ihr dürft sie nicht in dieser Annahme bestätigen.*

Sie knirschte mit den Zähnen. Er hatte nichts verstanden.

Aster ging zum Schützenstand, bemüht, die Waffe in ihrer Hand ruhig zu halten. Sie hatte den Umgang mit Schusswaffen inzwischen regelmäßig geübt, dennoch brauchte sie jedes Mal einen Moment, um ihre Furcht niederzuringen. Heute Abend würde sie es sich nicht leisten können, vor Angst zu erstarren.

Sie zählte bis sieben und wieder zurück, atmete ruhig, blickte am Visier entlang und spürte das Summen der Energie in ihren Händen. Sie drückte ab.

BRIZZZ! Ein zerklüfteter Blitz purpurnen Lichts raste auf das Ziel am Ende des Raums zu. Erschrocken machte Aster einen Satz zurück, und die Waffe fiel ihr aus der Hand.

»Also, was denkst du?«, fragte Mallow aufgeregt.

»Ich denke, das sollte völlig reichen«, murmelte Aster, und ein Grinsen breitete sich in ihrem Gesicht aus.

Der Reihe nach probierten sie nun alle die Faustfeuerwaffen

aus, ehe sie sich den Langwaffen und schließlich der Kurbelkanone widmeten, einem gewaltigen Monstrum auf Rädern, das einen beständigen Strom von Blitzen ausstieß. Wie Sam vorhergesagt hatte, brauchten sie nicht lange, um den Dreh im Umgang mit diesen neuen Waffen herauszubekommen. Aster fiel auf, dass sie alle überrascht waren über die Unterschiede in der Leistung. Zee und Raven schienen geradezu entzückt zu sein, während Clementine und Tansy eher ängstlich wirkten. Eli sah aus, als wäre er nicht besonders glücklich, dass er außen vor geblieben war, doch sosehr Aster seine beruhigende, verlässliche Präsenz auch geschätzt hätte, ein Teil von ihr war dennoch erleichtert, dass er nicht dabei sein würde. Eli wurde zunehmend zu einer … Ablenkung. Und diese Aufgabe erforderte äußerste Konzentration.

»Nun wissen wir also, wie man mit diesen verdammten Dingern schießt«, sagte Aster, als alle die Spulen herausnahmen, um sie vor Einbruch der Dunkelheit wieder aufzuladen. »Aber, Mal, bist du *sicher,* dass sie für heute Abend reichen werden?« Sie drehte sich zu Raven um, die Sam dabei half, den Gurt eines Gewehrs von seinem Rücken zu lösen. »Raven, du hast dir die Örtlichkeiten am besten ansehen können. Womit genau haben wir es zu tun?«

Raven zog ihr Notizbuch aus dem Ranzen und schlug es dort auf, wo sie über zwei Seiten eine Zeichnung des Spielsalons angefertigt hatte. Ihren Porträts haftete etwas Weiches an, alle Kanten abgemildert durch die Reibung mit dem Daumenballen, aber dies war die scharfe, klare Darstellung einer technischen Zeichnerin. Ehe Raven ihr das Bild das erste Mal gezeigt hatte, hatte Aster gar nicht gewusst, dass sie zu solch einer präzisen Arbeit fähig war.

»Also, der Spielsalon hat drei Eingänge, alle von je zwei

Raubvögeln bewacht. Da wäre der Haupteingang auf der Vorderseite, eine Hintertür, die zu einer Veranda führt, und ein Dienstboteneingang auf der Seite.« Raven zeigte auf die jeweiligen Zugänge. »Außerdem sind natürlich auch im Haus Raubvögel stationiert, die Falschspieler ausfindig machen sollen. Derrick sagt, es sind weitere sechs – drei auf jeder Etage.« Sie blickte zu Aster auf und zog eine Braue hoch. »Zwölf Raubvögel gegen sechs von uns.«

»Ich spiele zwar nur ungern die Überbringerin schlechter Nachrichten, aber wir müssen auch die Gesetzeshüter berücksichtigen«, bemerkte Tansy. »Wie viel Zeit haben wir deiner Schätzung nach, ehe *die* auftauchen?«

Aster erinnerte sich gut an ihren Banküberfall, bei dem die Gesetzeshüter einer ganzen Stadt hinter ihnen her gewesen waren. Sie runzelte die Stirn. Wie sollten sie so etwas noch einmal überstehen und zugleich einem Dutzend Raubvögeln entkommen?

»Und vergesst nicht, dass die Gäste im Spielsalon wahrscheinlich auch bis an die Zähne bewaffnet sind«, kommentierte Eli und fügte mit einem leisen Glucksen hinzu: »Schließlich sind wir hier im Grind.«

»Mit den normalen Leuten dürfen wir uns nicht anlegen«, sagte Aster. »In dem Punkt hat sich Derrick unmissverständlich geäußert. Tun wir es doch, steigt er aus.«

Eli sagte nichts, aber Aster sah seine Kiefermuskulatur arbeiten. Unbehagliche Stille senkte sich über den Raum.

»Tja, wir wollen natürlich Derrick McClennon auf keinen Fall aufregen. Wir müssen exakt das tun, was er sagt«, kommentierte Sam leichthin.

»Darum geht es nicht«, widersprach Aster. »Er will nur … Er sagt, wir müssen der Welt zeigen, dass wir nicht auf sinnlose Gewalt aus sind. Dass normale hellblütige Familien nichts von uns zu befürchten haben. Am Ende brauchen wir sie auf unserer Seite.«

Aber noch während sie sprach, fühlten sich die Worte auf ihrer Zunge falsch an. Glaubte sie das wirklich? Oder fürchtete sie sich nur davor zu tun, was getan werden musste?

Über den Punkt, an dem wir noch versucht haben, irgendjemanden zu überzeugen, sind wir längst hinaus. Die hatten Hunderte von Jahren Zeit, um das Richtige zu tun, und sie haben gar nichts getan. Niemand sollte mir das Gefühl geben, ich würde mich schuldig machen, wenn ich sie jetzt dazu zwinge zu handeln …

Sie schüttelte den Kopf. Sie hatten keine Zeit für philosophische Debatten, nicht jetzt, da sie kurz davor standen loszuschlagen.

»Schaut«, sagte sie und sah sich im Raum um. »Ich sage nicht, legt euch nieder und sterbt, sollten die Spieler auf euch schießen. Ich sage nur, greift sie nicht von euch aus an, habt ihr gehört? Wir nehmen uns die Raubvögel und die Gesetzeshüter vor, denn das sind diejenigen, die die Gewalt hervorbringen, der wir Einhalt gebieten wollen. Wir müssen uns auf das Wesentliche konzentrieren.«

Clementine reckte eine Hand hoch. »Ich dachte, das Wesentliche wäre, dass wir Räuberinnen sind?«

Aster seufzte. »Ja, so werden wir die Sache angehen. Aber *anschließend*, wenn der Spielsalon abgebrannt ist und Derrick sicher in unserer Hand, werden wir der Regierung unsere Forderungen vorlegen, und dann müssen die wissen, dass wir keine Zivilisten ins Visier genommen haben.«

Alle wechselten zweifelnde Blicke.

»Sonst noch jemand? Irgendwelche Fragen?«, wollte Aster wissen. »Nein? Dann lasst uns weitermachen.«

KAPITEL SIEBZEHN

Zu Pferde zogen sie nach Rattlebank, huschten über die dunkler werdende Knochenstraße wie Kojoten auf der Jagd. Die kühle Nachtluft flüsterte köstlich auf Asters Haut, die erste Kostprobe frischer Luft seit Langem. Das strahlende Auge des Mondes hing an einem wolkenlosen blauschwarzen Himmel und goss sein Licht durch die skelettartigen Zweige über ihnen. Kummervoll heulende Rächer sausten am Rande von Asters Sichtfeld entlang und verschwanden wieder, wenn sie das silbrige Licht passiert hatten. Eine Gänsehaut bildete sich auf ihren Armen, und ihr Magen war im freien Fall unter dem Einfluss einer Furcht, die sie den anderen nicht zeigen wollte. Eiserne Wächter säumten die Kochenstraße, um die Toten in Schach zu halten, doch sie würde sich erst wieder ganz sicher fühlen, wenn sie sich den Theomit aus dem Spielsalon geschnappt hatten.

Aber bis dahin, dachte sie und leckte sich die aufgesprungenen Lippen, *müssen wir uns sowieso mehr Sorgen um die Lebenden machen.* Violet war bereits mit Derrick im Spielsalon, umgeben von Raubvögeln. Die beiden durften jedoch nicht riskieren, ihre Tarnung auffliegen zu lassen, also würden sie ihnen bei dem Feuergefecht nicht helfen können. Aster bezweifelte sogar, dass Violet überhaupt bewaffnet war. Der Gedanke, sie könnte im Kreuzfeuer verletzt oder gar getötet werden, erfüllte Aster mit einer noch größeren Angst als die hungrigen Toten. Und dann waren da natürlich noch Zee, der nun die Verantwortung für seine kleine Schwester trug, und Raven, die nie zuvor an einem Feuergefecht beteiligt gewesen war, und Tansy und Mallow, die ihre Freiheit geopfert hatten, um herzukommen, und Clementine, Asters einzige Angehörige und beste Freundin …

»Wisst ihr, ich wollte schon immer mal in einen Spielsalon gehen«, sinnierte Zee müßig, vielleicht, um das angespannte Schweigen zu durchbrechen, in das sie alle verfallen waren. Er und Clem bildeten den Abschluss und fuhren in einem Wagen, in dem sie ihre Ersatzwaffen versteckt hatten. »Zu schade, dass wir nicht erst ein paar Runden spielen können, ehe wir den Laden überfallen.«

»Zee, wie zur Hölle konntest du je irgendjemanden davon überzeugen, dass dein Vater ein professioneller Spieler war, wenn du noch nie so einen Ort von innen gesehen hast?«, zog Mallow ihn auf.

Aster konnte Zees Gesicht von ihrer Position ganz vorn in der Schlange aus nicht sehen, aber sie konnte sich die Röte unter seiner braunen Haut vorstellen.

»Schätze, ich hatte einfach Glück, dass ich immer nur Narren zu überzeugen versucht habe«, konterte er.

»Tja, wenn es mich zu einem Narren macht, darauf zu vertrauen, dass du ein halbwegs anständiger Mensch bist, dann mal meine Nase rot an und schick mich in den Zirkus …«

Als die anderen fortfuhren, sich gegenseitig mit leiser Stimme zu foppen, blendete Aster sie aus. Sie ritt mit Raven, die ihr Gesicht wie all die Mädchen mit einem Staubtuch bedeckt und ihre Kokarde mit Wolfsmilchsalbe eingecremt hatte. Noch wollten sie ihre Identität nicht vor dem Rest der Welt offenbaren – für tot gehalten zu werden hatte Aster eine gewisse Freiheit geschenkt, und davon hatte sie nicht genug, um leichtfertig damit umzugehen.

»Du wirkst nervös«, sagte Raven leise zu ihr, grinste aber selbst vor Aufregung – Aster konnte es beinahe im Genick spüren.

»Natürlich bin ich nervös«, knurrte sie. »Wir werden in der Stadt ein Mordschaos veranstalten, und das habe ich oft genug erlebt, um zu wissen, was es bedeutet.«

»Tja, ich habe bisher noch so gut wie gar kein Chaos veranstaltet, also darfst du mir glauben, wenn ich dir sage, ich bin bereit.« Sie hob die voltrische Pistole und imitierte die Schussgeräusche: »*Zzzt, zzzt!* Diese Dreckskerle werden bald den Zorn der Ahnen zu spüren bekommen.«

Aster war zu angespannt, um in ihr Lachen einzustimmen. Sie sah sich über die Schulter um. »Ray, es ist wichtig, dass du das ernst nimmst.«

»Was, so wie die zwei?«, fragte sie sarkastisch und deutete auf Mallow und Zee, die sich immer noch gegenseitig auf den Arm nahmen.

Aster stieg die Hitze ins Gesicht. »Die müssen das auch ernst nehmen! Pass auf, so etwas wie unser Vorhaben klingt toll, wenn man irgendwann später die Geschichte erzählt, aber du hast keine Ahnung, wie oft wir hier draußen beinahe zu Tode gekommen wären. Hölle auch, wir alle haben gedacht, Violet *wäre* zu Tode gekommen. Es gibt tausend Dinge, die heute Nacht schiefgehen können. Und wenn wir nicht vorsichtig sind, wenn wir nicht *konzentriert* …«

»He, ganz ruhig, alles wird gut, Aster«, versprach Clementine. »Mach dich nicht verrückt, hörst du? Raven hat recht – die Toten sind mit uns.«

Aster sagte nichts, wünschte aber im Stillen, sie könnte den

Glauben ihrer Schwester teilen, dass die Seraphanten hinter dem Schleier über sie wachten, sie leiteten. Aber wenn das so wäre, wo waren sie dann an jenem Tag gewesen, an dem sie beide an das Welcome House verkauft worden waren? Oder in ihrer Glücksnacht?

Nein, dachte Aster – sie waren ganz auf sich gestellt.

Nicht lange darauf erreichten sie die Stadt. Die Wehrmauer ragte vor ihnen auf, und der Theomitstaub in ihrem Mörtel glitzerte im Mondschein. Wie stets bewachten Gesetzeshüter die Zufahrt, aber nun, da Aster und die anderen Flüchtlinge aus Green Creek angeblich exekutiert worden waren, kontrollierten sie die Personalien der Reisenden nicht mehr so, wie sie es früher getan hatten.

Trotzdem sind mehr denn je von ihnen da, dachte Aster ergrimmt.

In dieser Nacht ging es in Rattlebank lebhafter zu als vor einer Woche, was ihre Aufgabe umso schwieriger machen würde. In einer Einzelreihe ritten sie zwischen den Gruppen betrunkener Männer und den Gesetzeshütern, die diese im Zaum zu halten versuchten, vorüber. Aster zog sich den Hut tiefer ins Gesicht, um jeglichem Blickkontakt vorzubeugen. Am Spielsalon angelangt, stieg sie ab und band ihr Pferd an einen Pfosten, ehe sie den anderen signalisierte, sie sollten das Gleiche tun. Mehrere Männer tranken und rauchten vor dem Etablissement. Kirschrot leuchtete die Glut an den Enden ihrer Zigarren. Und wie erwartet bewachten zwei Raubvögel die Eingangstür vor ihnen – einer hager und verdreht wie eine Scheuerbürste, der andere gebaut wie eine Steintafel. Ihre orangefarbenen Augen leuchteten wie die einer Katze.

»Also schön«, murmelte Aster und sah ihre Freunde an. Lärm und Licht ergossen sich aus dem Spielsalon, drohten, ihre Worte zu übertönen, und badeten ihre halb verdeckten

Gesichter in einem gelborangefarbenen Lichtschimmer. Asters Herz pochte heftig in der Brust, und ihr Kopf schwamm förmlich in Adrenalin, aber sie zwang sich um der anderen willen, mit ruhiger Stimme zu sprechen.

»Genau, wie wir es geplant haben, verstanden? Passt aufeinander auf. Wir treffen uns in Red Claw, sollte irgendetwas schiefgehen.«

Alle nickten, und Aster atmete noch einmal tief durch, um sich zu wappnen. Dann ging sie voran zum Haupteingang.

»'n Abend«, sagte Zee und nickte einigen vorübergehenden Fremden zu. Einer der Fremden spuckte seinen Kautabak aus, die anderen beäugten sie nur argwöhnisch. Jeder in ihrer Gruppe hielt die Waffen unter den langen Staubmänteln verborgen, doch sie gaben auch so bedrohlich wirkende Gestalten ab. Der dürre Raubvogel am Eingang reckte die Hand hoch, um sie aufzuhalten.

»Ich muss euch auffordern, die Staubtücher abzunehmen, ehe ihr das Gebäude betretet. Befehl vom Boss.«

Angespannt sah Aster sich zu Zee um. Davon hatte Derrick nichts gesagt.

»Seit wann?«, fragte Tansy gelassen.

»Seit wir es verhobelt noch mal sagen, Staubblut«, herrschte er sie an. »Manche Leute kommen sich zu stark vor und machen Ärger, wenn sie ihre Gesichter verhüllt haben. Das können wir hier nicht brauchen. Dies ist ein nobles Etablissement – zu nobel für euresgleichen, wie mir scheint.«

Aster dachte angestrengt nach. Sie mussten einer glaubhaften Geschichte zuliebe gesehen werden, wenn sie Derrick entführten, aber erst auf dem Weg nach draußen, nicht schon beim Hineingehen. Ihr Plan hatte gelautet, so nah wie möglich an Derrick heranzukommen, ehe sie losschlugen, damit sie sich den Weg zu ihm nicht freikämpfen mussten. Er hatte sie gewarnt, dass man sie nicht in seine Privatgemächer vorlassen würde, aber dass sie schon hier am Eingang aufgehalten wurden …

Der andere Raubvogel richtete sich zu voller Größe auf und überzog sie mit einer Woge der Furcht. Asters Eingeweide schienen sich aufzulösen, und ihr Puls raste, als die Panik durch ihre Adern schoss.

»Er hat gesagt, nehmt eure Staubtücher ab. Wenn das ein Problem ist …«

Vielleicht lag es an der plötzlich aufflammenden Furcht in ihrem Blut, vielleicht an der Ungeduld, die sich in den Wochen aufgebaut hatte, die diesem Moment vorausgegangen waren. Vielleicht lag es auch einfach an der Wut darüber, wie der Raubvogel mit ihnen gesprochen hatte. Ehe sie wusste, was sie da tat, lag schon die voltrische Pistole in ihrer Hand. Sie zielte auf seine Brust.

»Ich fürchte, es ist eines«, sagte sie.

Er reagierte schneller, als sie erwartet hatte, obwohl sie wusste, wie übernatürlich flink Raubvögel sein konnten. Mit beängstigender Kraft packte er ihr Handgelenk und schleuderte sie zu Boden. Die Furcht, die Aster nun empfand, kam ganz aus ihr selbst, und ein hilfloser Aufschrei drang über ihre Lippen. Sie krabbelte rückwärts von ihm weg und starrte dabei in den Lauf der Waffe, die der Raubvogel auf sie richtete. Sein Partner zog ebenfalls eine Waffe und zielte damit auf den Rest der Gruppe. Die anderen Männer, die auf der Veranda herumlungerten, gaben überraschte Laute und Jubelrufe von sich, freuten sich offenbar auf die zu erwartende Rauferei.

»Ihr verschwindet besser von hier, kapiert?«, donnerte der zweite Raubvogel. »Ihr alle …«

BRIZZZ!

Ein Blitz zerriss die Luft und traf den Raubvogel direkt am Brustkorb. Der andere Raubvogel, der über Aster stand, schwang knurrend die Waffe herum, nur um von einem weiteren blauweißen Lichtstreifen an der Schulter erwischt zu werden. Auf der anderen Seite des Lichtbands stand Mallow, deren voltrische Pistole unter dem Einfluss der Energie leise summte.

»Tut mir leid«, sagte sie schwer atmend. »Ich wusste nicht, wie der neue Plan aussieht, also dachte ich mir, es wäre Zeit zu improvisieren.«

Der Raubvogel brach derweil mit einem Schrei zusammen und blieb zuckend am Boden liegen. Die Männer auf der Veranda rannten in alle möglichen Richtungen davon. Raven half Aster wieder auf die Beine.

»Danke. Euch allen«, sagte sie zittrig.

»Ist selbstverständlich«, entgegnete Zee und zog seine eigene Waffe.

Jetzt, dachte Aster, *gibt es kein Zurück mehr.*

Sie trat die Tür auf.

»WIR KOMMEN WEGEN DERRICK MCCLENNON! ALLE ANDEREN RAUS HIER!«, donnerte Aster hinter ihrem Staubtuch, hob die Waffe und schoss einmal in die Luft.

Schreie klangen nach dem überraschenden Lärm in dem gut besuchten Spielsalon auf. Der Klavierspieler hörte abrupt auf zu spielen. Im Grind war es normal, Kampfgeräusche auf den Straßen zu hören, aber nicht in so einem noblen Etablissement wie diesem. Die ganze Inneneinrichtung des Spielsalons funkelte wie das Innenleben eines Schmuckkastens, von den Goldplatten an der Decke über die glitzernden, gasbetriebenen Kristallkronleuchter bis hin zu den polierten Rotholzmöbeln und den glänzenden Marmorböden. Selbst die Gäste verströmten einen überbordenden Reichtum: schimmernde Taschenuhren und Theomit-Daumenringe bei den Männern, Perlenketten und Juwelen bei den Frauen. Derzeit klammerten sie sich verwirrt und furchtsam aneinander fest.

»ICH SAGTE, RAUS!«, brüllte Aster wieder, als alle wie erstarrt stehen blieben, trat zur Seite, um den Weg zur Tür freizumachen, und deutete mit der Waffe darauf. »ZWINGT MICH NICHT, EUCH BEINE ZU MACHEN!«

Endlich kam Bewegung in die Leute. Und die wuchs sich zu einer wilden Flucht aus. Fluchend drängelten sie sich an ihnen vorbei.

»Mist«, murmelte Mallow.

Die Raubvögel bahnten sich mit Gewalt einen Weg durch die Menge. Drei an der Zahl, und weitere kamen von oben und von draußen herbei. Die würden sie ausschalten müssen, ehe sie Derrick suchen konnten. Hastig sah Aster sich in dem Raum um. Die Theke bot eine perfekte Deckung.

Wenn sie sie schnell genug erreichten.

»Mir nach!«, rief sie den anderen zu und lief zum Tresen. Der Raum war inzwischen beinahe frei von Unbeteiligten, und die ersten Kugeln der Raubvögel sausten an ihnen vorbei. Aster kauerte sich beim Laufen so tief wie nur möglich zusammen, trotz der stechenden Schmerzen in ihrem Bein. Dann tauchte sie hinter der Bar ab und krabbelte auf allen vieren weiter. Die anderen folgten ihr. Schüsse fielen, zertrümmerten das Glas auf der Rückseite des Raums und verschrammten die Marmorverkleidung.

»Bleibt unten«, befahl Aster und sah sich um, um sich zu vergewissern, dass sie es alle geschafft hatten. Mallow, Clementine, Raven, Zee …

»Tansy!«, brüllte Mallow. Tansy war gestolpert, als sie den Kugeln hatte ausweichen wollen, und war immer noch mitten im Raum, schutzlos. Sie rollte sich auf den Rücken, zog ihre Pistole hervor und feuerte wie wahnsinnig. Die Waffe zitterte in ihren Händen.

»Tansy …« Mallow machte Anstalten, zu ihr zu kriechen, aber Aster hielt sie an der Schulter fest.

»Nein, geh nicht in die Schusslinie. Wir geben ihr von hier aus Deckung.«

Aster lugte über den Tresen. Inzwischen waren acht Raubvögel im Raum, zwei davon hielten direkt auf Tansy zu. Zwar konnten sie ihre Schüsse in dem Sperrfeuer nicht erwidern, aber sie wichen ihnen gewandt aus, während sie immer näher kamen. Aster zielte und feuerte auf den, der ihr am nächsten war. Daneben.

»*Verdammt.* Sie sind so verhobelt schnell«, fluchte Aster, als sie wieder in Deckung ging.

»Nicht zu schnell für mich«, erwiderte Mallow finster, richtete sich auf und feuerte in einer geschmeidigen Bewegung. Aster hörte, wie ein Raubvogel mit einem lauten *Rumms* krampfend zu Boden ging. Aber nun gab Tansys Waffe nur noch ein Klicken von sich, sie hatte keine Ladung mehr. Der zweite Raubvogel zog mit einem höhnischen Grinsen seine Pistole. Aster richtete sich aus der Hocke wieder auf …

… und schaltete den Raubvogel mit einem Schuss in den Bauch aus. Er klappte zusammen und sackte unter Krämpfen zu Boden. Tansy hastete zu den anderen hinter den Tresen, ehe die übrigen Raubvögel sich ihr nähern konnten. Trotzdem flogen immer noch Kugeln über sie hinweg und drohten jeden zu erwischen, der sich aus der Deckung wagte, um selbst einen Schuss anzubringen.

»Danke«, sagte Tansy mit bebender Stimme und glasigen Augen, als Mallow sie in die Arme schloss.

»Als würden wir dich einfach als Köder da draußen lassen«, spöttelte Clementine.

Mallow kontrollierte den Ladezustand ihrer Waffe. »Nach meiner Zählung sind vier Raubvögel erledigt, bleiben noch acht«, sagte sie.

»Sieben«, korrigierte Zee und ging wieder in Deckung. Seine voltrische Pistole summte. »Aber hier unten sind nur noch fünf. Wo zur Hölle sind die anderen zwei?«

»Bewachen vermutlich Derricks Privatgemach im Obergeschoss«, mutmaßte Aster erbittert. Sie würden ihn sicher nicht allein lassen, ganz bestimmt nicht mitten in einem Kampf. »Wir müssen ihn holen, ehe die Gesetzeshüter das Haus umstellen, oder wir kommen hier nie raus. Und die Schatzkammer – wir müssen auch noch den Theomit für die Skorpione aus dem Tresor stehlen.« Sie schluckte die klebrige Angst in ihrem Rachen hinunter. »Wir teilen uns auf.«

Clementine riss die Augen weit auf. »Aster, nein …«

Eine Kugel traf die Registrierkasse und schnitt ihr mit einem klirrenden Kupferregen das Wort ab.

»Wir haben keine Zeit zu streiten«, presste Aster zwischen zusammengebissenen Zähnen hervor. »Tansy, ich möchte, dass du und Clem das Theomit holt – und die Liste mit unseren Forderungen im Tresor hinterlasst, wo sie keinen Schaden nehmen kann, wenn wir den Laden abfackeln. Das ist sehr wichtig, hört ihr? Raven, du gehst mit mir, Derrick und Violet holen. Und, Zee, du bleibst mit Mallow zusammen hier und gibst uns Deckung …«

In dem Moment spülte eine Woge der Furcht über Aster hinweg und verwandelte ihren Magen in einen Eisklumpen. Lethargie laugte ihre Glieder aus, und ein Schluchzer löste sich von ihren Lippen, als sie darum kämpfte, nicht zusammenzuklappen.

Nein ...

Die Raubvögel mussten inzwischen nahe genug gekommen sein, um ihre Macht entfalten und ihren Geist vergiften zu können. Aster hatte in ihrer Zeit im Welcome House mehr als genug Übung darin bekommen, ihren Angriffen standzuhalten, aber sie war nie gezwungen gewesen, es gleich mit so vielen auf einmal aufzunehmen. Selbstverachtung, Erschöpfung, Verzweiflung und Bedauern zerrissen sie innerlich. Ihr Blick war verschleiert, und sie sah doppelt, ihr Atem ging stoßweise, und sie fühlte sich, als würde ihr Gehirn durch den Fleischwolf gedreht.

»Wir ... wir müssen nur ...«, stammelte Aster.

Sie hätte ihre Freunde nie herbringen dürfen.

Sie waren frei gewesen, sie alle. Und sie hatte sie nur wegen ihres selbstsüchtigen Wunsches, eine Heldin zu sein, zurückgezerrt und in Gefahr gebracht. Wegen ihres Ehrgeizes würden sie alle sterben müssen. Gerade jetzt hatten sie die gleichen glasigen Augen, ihre Gesichtszüge sahen so erschlafft aus, wie ihre eigenen aussehen mussten, während sie darauf warteten, dass die Raubvögel über sie herfielen ...

»Aster ... *Aster!* Sieh mich an«, sagte Raven drängend und schnippte vor Asters Nase mit den Fingern. »Komm schon, sie sind gleich hier.«

Raven war die Einzige, die unbeeinträchtigt schien. Sie allein hielt die Raubvögel in Schach, feuerte einen Schuss nach dem anderen über den Tresen ab – doch ihre angespannte Miene deutete an, dass sie nicht mehr viel Ladung übrig hatte.

»Wie ... wie kannst du das aushalten ...?«, fragte Aster schwach.

»Um mich aus den Schuhen zu hauen, ist ein bisschen mehr nötig als diese Mistkerle«, knurrte sie zur Antwort. Mit zitternden Fingern schaltete sie die Pistole auf die stärkere Einstellung um.

»Nicht, du verbrauchst den Rest deiner Ladung«, warnte Zee, das Gesicht vor Qual verzerrt.

»Dann muss ich wohl gut zielen«, sagte Raven und biss die Kiefer zusammen. Sie richtete sich auf, umfasste die Pistole mit beiden Händen und jagte einen so blendend hellen Blitz los, dass Aster für einen Moment nichts mehr sehen konnte. Donner krachte einen Moment später, zusammen mit dem explosiven Geräusch splitternden Holzes.

Die Raubvögel ließen von ihnen ab.

Aster presste beide Hände an den Kopf, als sie plötzlich wieder klar wurde. Sie mühte sich auf die Beine und blickte über die Theke.

Feuer. Rauch wogte auf, als es den Tisch verschlang, den Raven hochgejagt hatte, und die Raubvögel zu einem hastigen Rückzug zwang.

»Du hast doch gesagt, dass wir den Laden sowieso abfackeln«, sagte Raven achselzuckend.

Zum ersten Mal seit Beginn des Abends fühlte Aster, wie ein Grinsen an ihren Mundwinkeln zog. »Ziemlich geistesgegenwärtig, Ray.« Sie sah die anderen an, die auch wieder zu sich kamen. Ihnen würde nicht viel Zeit bleiben, bis die Raubvögel wieder vorrückten. »Also gut, wir müssen uns beeilen. Keine Zeit für Diskussionen. Wir teilen uns auf und treffen uns am Wagen, ehe das Haus über uns zusammenbricht, habt ihr gehört?«

Alle nickten. Zee und Mallow nahmen ihre Position ein, während Clementine und Tansy in die eine und Aster und Raven in die andere Richtung davonstürzten. Aster huschte von einem Tisch zum anderen, um in Deckung zu bleiben, als sie vor Raven zu der Prunktreppe eilte, tief zusammengekauert, um sowohl dem dichter werdenden Rauch als auch den Kugeln der Raubvögel zu entgehen. Das ständige Feuer von Zee und Mallow erfüllte den Raum mit knisterndem Donnerhall und einer voltrischen Energie, die Aster die Nackenhaare zu Berge stehen ließ.

»Also, wann zur Hölle wolltest du mir sagen, dass du immun gegen die Raubvögel bist?«, zischte Aster, als sie den Fuß der Treppe erreicht hatten.

Raven lachte rau, nur um gleich darauf zu husten, als der Rauch sie zu ersticken drohte. »Wenn wir diesen Mist überleben, dann, das verspreche ich dir, werde ich dir alles erzählen.«

Rücken an Rücken eilten sie die Stufen hinauf. Aster erwiderte das Feuer eines Raubvogels, der über einen Billardtisch hinwegsetzte, um ihnen zu folgen, während Raven nach oben blickte, um sich den beiden Raubvögeln zu widmen, die zweifellos im ersten Stock Wache hielten.

»Ja, zur Hölle!«, flüsterte Aster, als sie endlich einen Treffer landete. Der Blitz traf den Raubvogel direkt an der Schulter, sodass er sich beinahe rücklings überschlagen hätte. Sie versuchte, die übrigen Raubvögel zu zählen, konnte aber wegen des Rauchs nicht genug erkennen. Auch von ihrer Schwester und Tansy war keine Spur zu sehen. Das kurze Aufflackern von Siegesfreude erlosch sogleich. Bedeutete das, sie hatten es zum Tresor geschafft? Oder hieß es, dass sie …

»Runter!«, sagte Raven plötzlich, packte Aster von hinten und warf sie zu Boden. Mit einem Grunzen schlug Aster auf dem Treppenabsatz im ersten Stock auf, als auch schon der Schuss aus einer Flinte über sie hinwegpfiff. Ihre Waffe entglitt ihren Fingern und rutschte über den Boden. Hastig krabbelte sie hinterher.

»Das ist weit genug, du kleine Schlange«, grollte eine leise Stimme, und eine kantige Stiefelspitze sank auf ihr Handgelenk. Aster verzog gepeinigt das Gesicht und blickte zu dem Raubvogel hinauf, der ihr die Hand quetschte. Seine Flinte zielte direkt auf ihr Gesicht. Hinter ihm hatte der andere Raubvogel Raven am Boden festgenagelt. Sie zerkratzte ihm das Gesicht, während er mit einer finster konzentrierten Miene versuchte, ihren Geist zu unterwerfen.

»Endstation, Staubblut«, sagte Asters Raubvogel, und ein Grinsen klaffte in seiner mit grauen Stoppeln überzogenen unteren Gesichtshälfte. Seine orangefarbenen Augen blitzten auf, als er ihr die Mündung des Gewehrs zwischen die Augen drückte. »Aufstehen, hübsch brav und langsam.«

Aster schluckte, suchte verzweifelt nach einem Ausweg. Sie blickte den mit Marmor ausgelegten Flur hinunter und zu der vergoldeten Tür an seinem Ende. Und aus dieser Tür trat …

Violet?

Sie sahen einander an. Der Schrecken, der sich in dem Blau von Violets sich weitenden Augen spiegelte, löste einen Schock in Asters Brust aus. Ihr schwarzes Haar war zu Ringellocken geformt und auf dem Kopf festgesteckt, und der Saum ihres mitternachtsblauen Kleides fegte um ihre Fußgelenke. Derrick stand in einem Dreiteiler hinter ihr, das Haar glatt zurückgekämmt, das sommersprossige Gesicht noch etwas blasser als sonst. Plötzlich schien die Zeit nur noch mit halber Geschwindigkeit zu laufen: Violets Blick schoss von Aster zu ihrer am Boden liegenden Waffe; sie lüpfte ihre Röcke und rannte zu der Waffe, hob sie mit ihren beringten Fingern auf und feuerte auf Asters Raubvogel, als der sich gerade zu ihr umdrehte. Donnerhall erfüllte den Flur. Der Körper des Raubvogels verkrampfte sich unter dem Einfluss der Voltrizität, und er brach am Boden zusammen. Der zweite Raubvogel stieß ein lautes Gebrüll aus, ließ von Raven ab, wirbelte herum, um sich Violet vorzunehmen, und griff nach seiner Seitenwaffe. Violet wich zurück, feuerte erneut, verfehlte ihn jedoch. Derweil sprang Raven mit erschreckender Geschwindigkeit auf die Beine, packte den Raubvogel von hinten und schlang den Arm um seinen Hals, um ihn zu würgen. Vor Schock und Zorn wich sämtliche Farbe aus seinem Gesicht.

»Schnell, Violet! Ich kann ihn nicht halten …«, flehte Raven.

Der Raubvogel befreite sich.

Violet schien sich gefangen zu haben und schoss erneut, und dieses Mal traf der Blitz ihn mitten in der Brust. Stille kehrte ein, abgesehen von ihren unregelmäßigen Atemgeräuschen und dem Knistern des Feuers im Erdgeschoss. Zitternd, als hätte die voltrische Energie sie direkt erwischt, rappelte Aster sich auf.

»Ich dachte, *ihr* wolltet herkommen, um *mich* zu retten«, keuchte Violet schließlich und warf Aster die Waffe zu. Die schaffte es gerade noch, sie zu fangen.

»Du lebst, oder etwa nicht?«, fragte Aster und lachte befreit, und dann – trotz der Gefahr oder vielleicht auch gerade deswegen – umarmten sie sich.

»Wo ist der kleine rote Rattenknabe?«, blaffte Raven, als sie sich voneinander lösten, während sie hastig die Waffen der Raubvögel aufsammelte, nun, da ihre eigene erschöpft war.

»Anwesend«, sagte Derrick schwach und trat aus den Schatten, um sich zu ihnen zu gesellen. Er sah aus, als wäre ihm schlecht, als er die Raubvögel zu ihren Füßen betrachtete. »Und ich bitte um Vergebung, aber ich glaube, wir müssen einen anderen Weg nach draußen finden.«

Er deutete auf die Treppe, die nun rasch ein Opfer der Flammen wurde, welche sich inzwischen im ganzen Erdgeschoss ausgebreitet hatten. Der Rauch war so dicht, dass sie einander kaum mehr erkennen konnten. Auch die Decke hatte Feuer gefangen und verfärbte sich schwarz, während das Holz unheilvoll knisterte und knackte. Aster schwitzte unter ihrer Kleidung, und zugleich jagte ihr die Furcht einen Pfeil von eisiger Kälte durch den Brustkorb. Unten war niemand zu sehen. Was, wenn sie das Bewusstsein verloren hatten oder von Flammen umzingelt oder zu orientierungslos waren, um den Ausgang zu finden? Der Instinkt trieb sie, sich in das Inferno zu stürzen, um ihre Freunde zu suchen und im Notfall eigenhändig an die frische Luft zu zerren. Sie konnte nicht riskieren, sie zurückzulassen …

»Ich *sagte* …«, versuchte Derrick es noch einmal mit angespannter Stimme.

»Ich habe es gehört«, bellte Aster und wandte ihm die Kehrseite zu. Sie hatten keine andere Wahl, als die Sache zu Ende zu bringen, oder keiner von ihnen würde überleben.

»Unter dem Fenster des Raums, aus dem wir gerade gekommen sind, wächst eine Reihe von Sträuchern«, sagte Violet. »Das wird nicht die sanfteste Landung, aber …«

Aster nickte dankbar. »Das wird schon reichen. Wir springen. Folgt mir.«

Sie wartete nicht darauf, dass irgendjemand Einwände erhob, sondern hastete den Gang hinunter und hustete durch ihr Staubtuch. Die Hitze wollte ihr jedes Stück entblößter Haut abziehen und brachte ihre Augen zum Tränen. Als sie es endlich in Derricks Privatgemach geschafft hatte, war sie bereits auf allen vieren, um dem schlimmsten Rauch zu entgehen. Die anderen krabbelten hinter ihr her. Das große Erkerfenster war bereits geöffnet worden, um frische Luft hereinzulassen, und das Dunkel dahinter lockte Aster mit dem Versprechen kühler Nachtluft näher heran. Sie lugte über den Sims und fluchte leise.

Gesetzeshüter hatten das Gebäude umstellt.

Dort hinten waren mindestens ein Dutzend Männer, und vor dem Haus standen zweifellos weitere. Das kam nicht überraschend, erschwerte die Dinge aber dennoch. Sie drehte sich wieder zu den anderen um, die sich hinter ihr drängelten.

»Die werden sich auf uns stürzen, sobald wir unten ankommen«, sagte sie mit leiser, eindringlicher Stimme. »Vergesst nicht, hier geht es um eine Geiselnahme – das ist die einzige Möglichkeit für uns, es zurück zum Wagen zu schaffen, wo, so die Toten wollen, die anderen schon auf uns warten. Raven, ich übernehme den Helden der Stunde hier, und du Violet, klar? Wir müssen das überzeugend aussehen lassen. Folgt einfach alle meinem Beispiel.«

Derrick sah Aster an. »Du meinst … äh … du und ich …?«

»Du und ich.« Aster packte seine Hand, ehe er die Nerven verlieren konnte, und dann kletterten sie aus dem Fenster und ließen sich fallen. Asters Magen hüpfte ihr im freien Fall zur Erde bis in die Kehle, und die kühle Luft verschluckte die Hitze. Derrick drückte ihre Hand so fest, dass es wehtat, und ließ erst im letzten Moment los, sodass sie einigermaßen sicher landen konnten. Zweige zerkratzten ihre Haut, als sie durchs Gebüsch krachten, und Aster fühlte sich bis aufs Mark erschüttert, als ihre Füße auf dem Boden aufkamen. Sie zog die Beine an die Brust und rollte sich aus dem Gestrüpp hinaus. Unter den Gesetzeshütern brandete lautes Geschrei auf, kaum dass sie in ihr Blickfeld kam, und ein Chor aus Klicklauten verriet, dass sie ihre Waffen entsicherten.

»SIE SIND HIER DRÜBEN …«

»ICH SEHE SIE ...«

»GENUG!«, brüllte Aster zurück, sprang auf und zerrte Derrick mit sich. Sie presste ihm die Mündung ihrer voltrischen Pistole an die Kehle und drückte ihn so fest an sich, dass sie seinen Herzschlag spüren konnte. Hinter sich hörte sie Raven und Violet mit einem dumpfen Aufschlag landen. Gleich darauf tauchten sie aus der Dunkelheit auf und bauten sich neben ihr auf.

»Wir haben Derrick McClennon und diese Lucker hier in unserer Gewalt. Lasst eure Waffen fallen, oder wir bringen sie beide um«, befahl Aster.

»Bitte!«, jammerte Violet obendrein mit künstlich brechender Stimme.

Die Gesetzeshüter zögerten, ließen die Waffen nicht fallen, kamen aber auch nicht näher.

»Wenn ihr Lumpen euch nicht für den Tod des McClennon-Jungen verantworten wollt, dann lasst ihr uns ziehen«, fügte Raven mit vor Husten heiserer Stimme hinzu.

»Tut, was sie sagen! Mein Onkel wird sich darum kümmern«, befahl ihnen nun Derrick. Sein Gesicht mochte rußverschmiert sein, sein Haar voller Blätter, und die Mündung einer Waffe lag direkt unter seinem Kinn, doch in seinem Ton schwang eine unverkennbare Autorität mit.

»Befehle?«, fragte einer der Gesetzeshüter.

»Lasst sie passieren«, sagte ein anderer und reckte die Hände hoch, worauf die anderen die Waffen sinken ließen. Aster stieß Derrick grob voran.

»Sachte«, flüsterte Derrick. »Wenn ich es nicht besser wüsste, würde ich sagen, du genießt das richtig.«

»Ich will das nur überzeugend verkaufen«, wisperte Aster grimmig. In ihren Augen gab es derzeit noch keinen Grund zur Freude, nicht, solange sie nicht wusste, ob die anderen es lebend aus dem Gebäude geschafft hatten.

Sie und Raven führten Derrick und Violet zur Vorderseite des Hauses, gefolgt von den Gesetzeshütern, deren vor Hass glühende Blicke sich in Asters Rücken bohrten. Nur ein Fehltritt, und sie würden ihr eine Kugel in den Kopf jagen, das war ihr vollkommen klar.

Ihr Fluchtwagen stand immer noch auf der Straße, wurde jedoch von Gesetzeshütern belagert, die sich eine Schießerei lieferten …

Da sind sie.

Erleichterung flutete Asters Blutstrom. Tansy, Mallow, Clementine und Zee waren alle aus dem brennenden Gebäude entkommen und hatten es geschafft, sich in den Wagen zu flüchten, in dem ihre Ersatzwaffen für sie bereitgelegen hatten. Sie feuerten voltrische Blitze in alle Richtungen und duckten sich vor den Kugeln, die im Gegenzug auf sie zuflogen.

»Sag deinen Männern, sie sollen sich zurückziehen«, knurrte Aster den Gesetzeshüter an, der ihr am nächsten war. *»Sofort«*, fügte sie hinzu, als er nicht gleich reagierte.

Er lief ein Stück voran, gab den Befehl und wedelte wie wahnsinnig mit den Händen, um die anderen Gesetzeshüter auf die Lage aufmerksam zu machen. Ihre Freunde grinsten und jubelten, als sie sie zu sehen bekamen.

»Genau, zieht euch zur Hölle noch mal zurück!«, schrie Aster dem Gesetzeshüter entgegen. »Wir sind hier beinahe fertig! Niemand muss mehr verletzt werden!«

»Tut, was sie sagen«, wiederholte Derrick mit ruhiger Stimme.

Die Ordnungsmacht trat ab. Sie senkten ihre Waffen. Und endlich, endlich gelangte Aster zu dem Wagen. Sie stieß Derrick auf die Ladefläche und zielte die ganze Zeit auf ihn, während sie hinterherkletterte. Dann stiegen auch Raven und Violet ein. Zee sprang auf den Bock und ergriff die Zügel, ließ sie einmal schnalzen, sodass die Pferde losgaloppierten.

»Sorg dafür, dass wir nicht verfolgt werden«, wies Aster Mallow an, ehe sie erschöpft auf dem splitternden Holz zusammenklappte.

Mallow nickte knapp und riss die Abdeckung von der letzten Waffe in ihrem Arsenal – der Kurbelkanone. Sie fing an, am Griff zu drehen. Ein Summen wurde um sie herum laut, blaues Licht baute sich im Inneren der Kanone auf, Voltrizität zupfte an den Härchen an Asters Armen. Und dann raste ein konstanter Strom an Blitzen hinaus auf die Straße, und Mallow drehte die Kanone auf der Achse hin und her und betätigte gleichzeitig die Kurbel, um sie in Gang zu halten. Die Gesetzeshüter schrien auf und suchten Deckung. Holz splitterte, sobald es getroffen wurde, die Erde verkohlte, und Männer fielen betäubt zu Boden, als sie versuchten, die Verfolgung aufzunehmen. Das extrem helle Licht tauchte alles in einen unwirklichen blauweißen Schimmer, begleitet von dem Getöse ununterbrochenen Donnerhalls.

»Tja, ich schätze, das wird uns die Aufmerksamkeit meines Onkels sichern«, kommentierte Derrick milde.

Die Voltrizität summte so sehr durch Asters Knochen, dass sie nur zustimmend nicken konnte, hocherfreut über den Sturm, den sie heraufbeschworen hatten.

KAPITEL ACHTZEHN

Erst in den frühen Morgenstunden erreichten sie das Lager der Skorpione. Den Wagen mit der Kurbelkanone mussten sie im Wald verstecken. Den Rest des Weges legten sie zu Fuß zurück und verwischten unterwegs ihre Spuren. Zwar hatten sie etwas Zeit gewonnen, indem sie alle potenziellen Verfolger betäubt hatten, dennoch würden die Gesetzeshüter und McClennons Raubvögel unweigerlich ihre Spur aufnehmen, sobald der Tag anbrach. Aster durfte nicht riskieren, sie zum Lager Red Claw zu führen – die Skorpione hatten nur zugestimmt, sie aufzunehmen, nachdem sie ihnen versprochen hatte, sie würden ihre Sicherheit nicht gefährden.

Nichtsdestoweniger wurden sie wie Helden gefeiert, als sie endlich zu Hause eintrafen. Sam Daniels persönlich wartete am Ende des Minenschachts auf sie, um sie in Empfang zu nehmen. Sie erwischten ihn mit der Feldflasche auf halbem Weg zum Mund, und als er sie sah, weiteten sich seine Augen, und sein Grinsen brachte Licht in die Dunkelheit.

»Bei den Toten! Ich war drauf und dran, selbst loszuziehen, um euch Narren zu suchen«, rief er und umfasste nacheinander den Unterarm jedes Einzelnen. »Habt ihr es alle geschafft? Violet, schön, dich wiederzusehen! Raven, den Toten sei Dank, dass du gesund bist. Und du … du musst Derrick sein.« Sam hielt in seiner herzlichen Begrüßung inne, während er den

McClennon-Jungen taxierte. Derrick sah aus, als könnte er jeden Moment zusammenbrechen – er war es nicht gewohnt, durch den Wald zu streifen, umso weniger bei Dunkelheit, und Aster hatte ihn mehr oder weniger über die letzte Meile zerren müssen, weil er ständig erschrak, wenn er etwas hörte oder aus dem Augenwinkel einen Rächer erblickte. Sein feiner Anzug war ziemlich hinüber, sein Gesicht mit Ruß und Schlamm beschmiert, die Lider schwer vor Erschöpfung.

»'n Abend«, sagte Derrick matt und streckte die Hand aus. »Oder Morgen. Was auch immer.«

Ein wenig verunsichert, umfasste Sam den dargebotenen Unterarm und sah Aster an. »Bist du, äh, sicher, dass du den richtigen Mann erwischt hast? Dieser hier sieht ein bisschen schwindsüchtig aus.«

»Oh, keine Sorge, er sieht immer so aus …«, plapperte Clementine los, ehe Aster ihr sacht den Ellbogen in die Seite rammte.

»Derrick hatte es nicht leicht«, erklärte Aster und räusperte sich. »Eigentlich gilt das für uns alle. Kann uns jemand zum Lazarett bringen?«

»Natürlich«, sagte Sam, machte kehrt und winkte ihnen zu, ihm zu folgen.

Der Rest des Lagers lag noch schlafend im Dunkeln, doch aus den Fenstern des Lazaretts ergoss sich Lichtschein wie aus einem Leuchtturm über einer mitternächtlichen See. Die Einrichtung wurde von Freiwilligen geführt, die sich ihr Handwerk selbst beigebracht hatten – die Person, die einem echten Arzt noch am nächsten kam, war Tansy. Während der Nachtschicht war nur ein Freiwilliger im Dienst, und der führte sie mit einem Ausdruck stiller Verwunderung hinein.

»Ja, ja, die Mädchen haben es alle in einem Stück zurückgeschafft, mehr oder weniger«, verkündete Sam vergnügt. »Aber sie werden heute Nacht trotzdem hierbleiben müssen, um sich zu erholen. Haben wir genug Betten?«

Im Inneren stand ein Dutzend Betten in zwei Reihen, und nur drei von ihnen waren belegt, eines mit einem alten Mann, eines mit einem Kind, und im letzten lag …

»Eli«, sagte Aster mit einem erleichterten Seufzer. Er lehnte auf einem Stapel Kissen, die Brust frisch bandagiert, und setzte sich nun mit gepeinigter Miene auf.

»Aster«, sagte er, obwohl ihm das Sprechen deutlich schwerfiel. »Den Toten sei Dank! Was habe ich verpasst?«

Und so berichteten Aster und die anderen Sam und Eli, was sich zugetragen hatte, während ihre Verletzungen behandelt wurden: geringfügige Verbrennungen, Platzwunden, Kratzer und blaue Flecken, bellender Husten infolge der Inhalation von zu viel Rauch. Am schlimmsten erwischt hatte es Zee, dem ein Gesetzeshüter mit dem Kolben seines Gewehrs die Nase gebrochen hatte, und Derrick, der sich beim Sprung aus dem Fenster den Knöchel verstaucht hatte. Tansy gab ihm etwas Whiskey gegen die Schmerzen. Erschöpft, wie er war, schlief er beinahe augenblicklich ein.

»Wir haben es geschafft, ohne allzu große Probleme an den Tresor zu kommen, das Theomit zu stehlen und eine Liste mit unseren Forderungen zu hinterlassen«, erklärte Clementine von ihrem eigenen Bett aus. »Zu entkommen war der schwierigste Teil. Bis dahin hatten Zee und Mal keine Ladung mehr, um uns Feuerschutz zu geben, und es waren immer noch zwei Raubvögel übrig, mit denen wir es aufnehmen mussten.«

»Und das Feuer hatte sich schon im größten Teil des Erdgeschosses ausgebreitet«, fügte Tansy hinzu. »Darum mussten wir uns klein machen, um dem Rauch auszuweichen.«

»Und kaum hatten wir es aus dem Gebäude geschafft, bekamen wir es mit einem Haufen Gesetzeshüter zu tun, die den Spielsalon umstellt hatten. Das war ziemlich knapp«, gestand Zee und zuckte zusammen, als er vorsichtig sein geschwollenes Gesicht betastete. »Wäre Mal nicht gewesen, hätten wir es nie geschafft – sie hat für alle Fälle ihren Revolver mitgenommen.«

»Ohne den verlasse ich nie das Haus«, sagte Mal mit einem heiseren Lachen.

»Moment mal, waren die voltrischen Waffen die Mühe dann überhaupt wert?«, fragte Eli und klang dabei ziemlich bestürzt.

»Oh, auf jeden Fall«, antwortete Aster umgehend – und nicht nur, um ihn zu besänftigen. Es stimmte. Ohne die voltrischen Waffen, mit denen sie einen Raubvogel mit einem einzigen Schuss überwältigen konnten, wären sie nie lebend aus Rattlebank hinausgekommen. Die und …

»Raven«, sagte Aster. Raven lag in dem Bett direkt gegenüber von ihrem und hatte wie üblich lieber zugehört, als selbst etwas zu sagen. »Du hast versprochen, du erzählst mir, wie du es schaffst, den Raubvögeln standzuhalten. Ohne dich hätten wir es keine fünf Minuten länger ausgehalten.«

»Ja, das war ein höllischer Zaubertrick«, stimmte Zee zu und drehte sich zu ihr um. »Das ist nichts, was du uns beibringen kannst, richtig?«

Aster hörte deutlich heraus, was er unausgesprochen ließ: Er wollte wissen, ob es eine Möglichkeit für ihn und seine kleine Schwester Emily gab, mit ihrer Raubvogelschwester Elizabeth zu leben. Vielleicht hoffte er immer noch, dass er seine Familie nach alldem wieder zusammenführen konnte. Aster verspürte vor Mitgefühl einen Stich im Herzen.

Raven sah sich im Raum um, offenbar beklommen, plötzlich so im Zentrum der Aufmerksamkeit zu stehen. Aster nickte ihr aufmunternd zu und hoffte, sie würde sich nach allem, was sie gemeinsam durchgemacht hatten, sicher genug fühlen, um ihre Zurückhaltung in Gegenwart der anderen aufzugeben.

»Na ja, genau weiß ich es nicht«, murmelte Raven. »Ich habe nur einen Verdacht.«

»Das reicht schon«, bemerkte Violet ermattet. Sie lag mit einer kalten Kompresse auf der Stirn im Bett und sah so leidend aus, als hätte sie einen Schuss abbekommen und nicht nur einen kleinen Kratzer.

Raven lachte leise und richtete sich ein Stück weit auf. »Ich war nicht immer dazu in der Lage. Als ich noch sehr jung war – fünf, sechs –, da konnten sie mich mühelos brechen. Andererseits konnte das damals jeder. Kinder, Nachbarn, Landesherren. Meine Eltern. Ich war immer der ›Schecke‹ wegen meiner Haut oder ›hochnäsig‹ wegen meiner Art oder eine ›Tunte‹ wegen … allem anderen. Sogar als ich ins Welcome House kam, haben die anderen Mädchen …« Ihre Stimme verlor sich, und sie sah sich kurz zu Aster um. »Aber da hatte ich schon längst gelernt, mich, meine Gefühle, in meinem Inneren zu verschließen, damit andere mich nicht manipulieren konnten. Damit ich nicht verletzt werden konnte.«

»Nicht einmal von Raubvögeln?«, fragte Tansy skeptisch.

Raven schüttelte den Kopf. »Nicht einmal von Raubvögeln.« Ihre Finger tasteten nach der Rabenfedertätowierung an der Seite ihres Gesichts. »Es ist komisch, wisst ihr, dieses Wort – *Raubvögel* –, das schließt mich ein. Die Leute sagen, Raben wären ein Todesomen, sie wären Diener des Todes und ihren eigenen Körpern so treu, dass sie nicht einmal verwesen würden. Aber wenn ihr mich fragt, ist es viel einfacher. Diese Raubvögel greifen die Schwächsten unter uns an, diejenigen, die besonders verletzbar sind. Diese Kokarde sollte mich als leichte Beute kennzeichnen. Aber stattdessen erinnert sie mich daran, wie stark ich geworden bin.«

Zee runzelte die Stirn. »Das kann nicht alles sein. Ihr Mädchen habt euch alle ein dickes Fell aneignen müssen. Asters ist beinahe so hart wie eine Rüstung.«

»Und eine Klinge habe ich auch, also pass auf, was du sagst«, warnte ihn Aster.

Raven kicherte achselzuckend. »Na ja, wie ich schon sagte, es ist lediglich eine Theorie. Aber wenn ich raten sollte, was der Unterschied zwischen uns ist … dann würde ich sagen, er liegt darin, dass ihr alle Familie und Freunde hattet, ehe ihr ins Welcome House gekommen seid, und einander, während ihr dort wart. Eure Rüstung hat Schwachstellen. Aber ich hatte nie irgendjemanden in dieser Art. Darum ist meine Rüstung vielleicht anders …«

»Das klingt nach einem einsamen Leben«, sagte Violet in der nun eingetretenen Stille, und Aster hörte den Kummer, der in ihrer Stimme lag. Violet hatte ihre Familie nie kennengelernt, hatte Freundschaft im Welcome House zugunsten von Macht ausgeschlagen. Das war nicht vergleichbar mit dem, was Raven hatte durchstehen müssen, aber wenn es jemanden gab, der verstand, wie es war, allein zu sein, und sei es auch zur Hälfte aus freien Stücken, dann war es wohl sie.

»Das war es«, gestand Raven und senkte den Blick.

»War?«, wiederholte Clementine in hoffnungsvollem Ton.

Raven lächelte schwach, während sie den Blick von einem Gesicht zum anderen schweifen ließ. »Na ja, ich gebe zu, ihr Lucker macht mich mürbe.«

Am nächsten Tag begann das Warten auf McClennons Antwort. Sie hatten seinen Neffen entführt, seinen Spielsalon niedergebrannt und seine Familie aufgefordert, all ihre Welcome Houses zu schließen. Selbst ein Mann, der so bedeutend war wie Jerrod McClennon, konnte solch eine Provokation nicht allzu lange ignorieren. Spannung beherrschte die Stimmung im Lager. Sam hatte die Wachen verdoppelt, um besser Ausschau nach Raubvögeln halten zu können, und er hatte Kundschafter nach Scarcliff geschickt, um Zeitungen zu beschaffen, damit sie nachsehen konnten, wie über den Vorfall – und, wichtiger, ihre Forderungen – berichtet wurde. Asters Haut kribbelte vor lauter Ungeduld, während sie auf Antworten wartete. All die Zeit und die Mittel, die sie für diese Sache aufgewendet hatten, die Brücken, die sie hinter sich abgebrochen hatten, die Leben, die sie in Gefahr gebracht hatten …

Es musste einfach funktionieren.

Aber statt den ganzen Tag allein in ihrer Hütte auf und ab zu laufen, hatte sie beschlossen, Derrick dabei zu helfen, sich einzugewöhnen. Sie machte sich weniger Sorgen über sein Wohlbehagen als darüber, dass er den Skorpionen in die Quere kommen könnte. Hier hatte er keine Dienerschaft; hier würde er lernen müssen, seine Klamotten selbst zu waschen und sich allein den Hintern abzuwischen. Und sie würde dafür sorgen, dass er niemandem außer sich selbst zur Last fiele.

Glücklicherweise – oder vielleicht auch unglücklicherweise, Aster konnte es noch nicht so recht sagen – beschloss Eli, sie zu unterstützen.

»Dieser Ort übertrifft alles, was ich mir vorgestellt hatte«, sagte Derrick, als sie ihn durch die unterirdische Stadt führten. Er hatte seinen maßgeschneiderten Anzug abgelegt und trug stattdessen eine schmutzige Drillichhose und ein grotesk überdimensioniertes Hemd, das er sich von Eli geborgt hatte. »Das ist wahrhaftig ein modernes Wunderwerk der Arbeitskraft und der Bergbautechnik.«

Eli, der neben ihm ging, warf Aster über die Schulter einen betrübten Blick zu, wie er es jedes Mal tat, wenn Derrick anfing zu reden wie ein Politiker. Wegen seiner Verletzung ging Eli etwas langsamer als sonst, hielt sich aber mit dem stillen Stolz aufrecht, den Aster inzwischen so gut kannte. Sein bestes Hemd hatte er für sich behalten, und er schien es sogar gebügelt zu haben. Er hatte die Ärmel über die starken Unterarme hochgekrempelt, und der tiefrote Stoff betonte das satte Braun seiner Haut. Eli war nicht viel größer als Derrick, aber er war massiger gebaut, und Derrick wirkte an seiner Seite wie ein Spatz neben einem dösenden Puma.

Was Aster betraf, so blieb sie zu beiden auf Distanz. Sie fühlte sich in Gegenwart der zwei immer noch unbehaglich – der Basston ihrer Stimmen, der Geruch ihrer Haut –, aber sie wollte es sie nicht spüren lassen. Sie wünschte verzweifelt, Violet würde sie begleiten. Wenn Violet bei ihr war, fühlte sie sich immer stärker.

»Ich bin neugierig … Wie viele Menschen hausen hier?«, fuhr Derrick mit gezwungener Lebhaftigkeit fort.

»Kommt darauf an – meinst du nur die Lebenden oder auch die Toten?«, fragte Eli.

»Oh! Sind die Toten … äh … stellen die hier ein dauerhaftes Problem dar?« Nervös schaute sich Derrick zu Aster um. Er hatte dunkle Ringe unter den Augen, weil er so lange aufgeblieben war, und wenn er sich auch ein bisschen Wasser ins Gesicht gespritzt hatte, klebte doch noch eine Menge Dreck an seinem Hals und unter seinen Fingernägeln. Violet hatte recht, stellte Aster fest – Derrick sah gar nicht so übel aus, hier, im Zwielicht, wenn man ein bisschen blinzelte. Seine Schulterblätter hoben sich unter dem locker sitzenden Hemd wie gefaltete Schwingen, und wenn er sich für irgendetwas begeisterte, so wie jetzt, da er das Lager entdeckte, leuchteten seine Augen strahlend genug, um etwas von dem Frost fortzuschmelzen, mit dem Aster allen Männern begegnete.

»Die Toten sind kein Problem«, sagte Eli gedehnt. »Die Toten sind die Bürde, die wir zu tragen haben. Sie verweilen in der Welt der Lebenden, weil die ihnen Unrecht getan haben, und sie werden hierbleiben, bis Gerechtigkeit waltet.«

»Das ist … eine faszinierende Sichtweise. So habe ich das noch nie betrachtet. Mein Vater sieht in ihnen eher Schädlinge, die vertrieben werden müssen. Wir beschäftigen Kräutersegner, die unseren Besitz einmal im Monat von jeglichen neuen Relikten säubern. Und die Rächer … na ja … wenn ich denen je wieder so nahe komme, wird es zu früh sein, ganz gleich, wie lange es bis dahin dauert«, bemerkte Derrick mit einem gekünstelten Lachen.

Elis Kiefermuskulatur arbeitete, er wurde langsamer und blieb schließlich stehen.

»Sag mir, Derrick, fürchtest du die Toten?«, fragte Eli und sah ihm direkt ins Gesicht.

Derricks Adamsapfel hüpfte auf und ab. »Ob … ob ich … ich verstehe nicht …«

Verhobelte Hölle, dachte Aster. *Zeit, einzugreifen.* Rasch trat sie zwischen die beiden Männer und schob Eli sanft zurück.

»Lass ihn, Eli«, sagte sie seufzend. »Du weißt so gut wie ich, dass die Reichen nicht religiös sind.«

Elis glänzende dunkle Augen huschten zu ihr. »Das bist du auch nicht, soweit ich es sehe. Was also kümmert es dich?«

Die Beschuldigung trieb Aster das Blut ins Gesicht. Ihr ging es um etwas ganz anderes. Sie vertraute nicht darauf, dass die

Toten sie retten würden. Die Reichen hingegen brauchten sie ganz einfach nicht.

»Also …«

»Eigentlich sind wir sogar unglaublich fromm«, brachte Derrick mit leisem Spott hervor. »Ich habe in meiner Jugend nie einen Gottesdienst ausgelassen, dafür hat mein Onkel gesorgt.«

»Ja, man erkennt gleich, was für ein rechtschaffener Mann er ist.«

Derrick lachte hohl, hob ergeben eine Hand und sah Aster an, als spräche er mit einem renitenten Kind. »Aster – bitte, ich habe keine Ahnung, wie wir hier gelandet sind. Ich habe es nicht böse gemeint. Sag es ihm. Ich möchte nur gern diesen spannenden Rundgang fortsetzen. Wir waren, glaube ich, auf dem Weg zu den Hundezwingern …«

»Du *solltest* die Toten fürchten«, fiel Eli ihm ins Wort und baute sich dichter vor ihm auf. »Ihr Blut klebt an deinen Händen.«

Derricks Lächeln verrutschte, und eine Falte bildete sich zwischen seinen Augen. »Das ist mir bewusst, Eli. Und ich bin hier, oder etwa nicht?«

»Ja, und welchem Leid bist du ausgesetzt …«

»Ich habe nicht um diese fürstliche Behandlung gebeten! Du hast dich *angeboten.* Und ich kann dir sagen, dass ich viel gelitten habe. Letzte Nacht hätte ich auf ein Dutzend verschiedene Arten sterben können – ein Abenteuer, bei dem du bequemerweise abwesend warst, wie ich hinzufügen sollte …«

Eli schürzte die Lippen. »Möchtest du das noch mal wiederholen, Rotschopf? Denn ich weiß, ich kann dich gerade nicht sagen gehört haben …«

»*Schluss jetzt!* Alle beide«, blaffte Aster und schubste sie in verschiedene Richtungen. »Was zur Hölle stimmt nicht mit euch? Wir stehen auf derselben Seite.«

»Ja, danke«, sagte Derrick mit hochrotem Kopf.

»Halt den Mund«, sagte Aster ermattet. »Und du …« Sie drehte sich zu Eli um. »Warum überlässt du den Rest nicht einfach mir? Geh nach Hause und ruh dich aus.«

»Was – und lass dich allein mit dem da?«, fragte Eli fassungslos.

Aster zog eine Braue hoch. »Ich kann ganz gut auf mich selbst aufpassen, danke sehr.«

Eli starrte zu Boden und schluckte unverkennbar eine Entgegnung hinunter. Dann machte er auf dem Absatz kehrt und ließ sie allein, stapfte zu der Hütte, die er sich mit Sam teilte. Aster seufzte.

»Warte hier«, wies sie Derrick an. Sie konnte Eli nicht so gehen lassen, also lief sie hinter ihm her und packte ihn an der Schulter. Er verspannte sich prompt unter der Berührung.

»Eli«, flüsterte sie. »Komm schon, rede mit mir. Bitte.«

Er schüttelte sie ab und drehte sich zu ihr um. Zwar beeilte er sich, den verletzten Ausdruck aus seinem Gesicht zu tilgen, doch entging er ihr trotzdem nicht.

»Du konntest es in den Tunneln nicht ertragen, länger als eine Minute mit mir allein zu sein, aber wenn ein netter, kleiner, hellblütiger Junge des Weges kommt, kannst du plötzlich auf dich selbst aufpassen?«, fragte Eli mit leiser Stimme.

Erschrocken über seine Worte, wich Aster einen Schritt zurück – erschrocken und gegen ihren Willen eingeschüchtert. Sie wusste, Eli würde ihr niemals wehtun, aber ihre Instinkte waren zu tief verwurzelt. Sie versuchte, ihren Herzschlag in den Griff zu bekommen, ehe ihr schwindelig werden konnte. Übelkeit regte sich in ihrem Bauch.

»Eli … worauf zur Hölle willst du hinaus?«, fragte sie mit ruhiger Stimme.

»Ich bin *deinetwegen* hier, Aster. Weil ich gesehen habe, wie unwohl du dich unter Männern fühlst, und ich wollte nicht, dass du dich ganz allein um Derrick kümmern musst. Aber vielleicht fühlst du dich ja nur in *meiner* Gegenwart unwohl. Warum? Was ist so beängstigend an mir? Denn ich kann dir sagen, es fühlt sich so an, als würde die ganze verdammte Welt denken, staubblütige Jungs wie ich wären nur so was wie … *Tiere.* Von anderen bin ich das gewohnt, da kann ich das vertragen, aber bei dir …« Hilflos gestikulierte er in ihre Richtung. »Schau, du kannst es ja nicht einmal ertragen, mir jetzt in die Augen zu sehen. Du hast Angst vor mir, das sehe ich. Was muss ich tun, um das zu ändern?«

Scham ließ Asters Haut glühen. Sie hasste es, dass Eli ihr Unbehagen erkennen konnte, hasste, dass es ihn verletzte. Das war keinem von ihnen gegenüber fair. Sie zwang sich, zu ihm emporzublicken, und reckte das Kinn vor, während sie nach den passenden Worten suchte, um die Sache wieder in Ordnung zu bringen.

»Ich … Du musst einfach Geduld mit mir haben, Eli«, sagte sie schließlich so leise, es war kaum mehr als ein Flüstern. »Du weißt, was ich durchgemacht habe. Du weißt, wie viele nette, kleine hellblütige Jungs in diesem Welcome House ein und aus gegangen sind. Also weißt du auch, dass ich nicht für eine Sekunde auf die Lüge hereinfalle, dass die irgendwie bessere Leute wären. Damit hat das nichts zu tun.«

Eli schien nicht imstande zu sein, seine Worte zurückzuhalten. »Aber wenn das so ist, warum ist es dann mit Derrick …«

»Wenn ich in Derricks Nähe entspannter wirke, dann nur, weil ich mir aus ihm nicht so viel mache wie aus dir. Und so zu empfinden … das macht mir Angst«, gestand Aster, griff nach Elis rauer Hand und strich mit dem Daumen über seine vernarbte Handfläche, und während sie langsam weiteratmete, beruhigte sich ihr Puls. Elis Blick flackerte zu ihren Händen, und ein Ausdruck der Überraschung trat in seine Augen. »Ich weiß, mich zu mögen kann frustrierend sein«, sagte sie mit einem verlegenen Auflachen. »Das hat mir meine Schwester schon viele Male klargemacht. Zur Hölle, ich finde es ja schon anstrengend, mich selbst zu lieben …«

»Das habe ich nie gesagt«, warf Eli hastig ein.

»… *aber*«, fuhr sie fort und schluckte. »Ich bitte dich, versuch es, hörst du? Gib mir … gib mir einfach noch etwas mehr Zeit, damit ich das alles verstehe. Es ist … *Das* … ist neu für mich.«

Lächelnd entzog sie ihm ihre Hand und war erleichtert, als Eli das Lächeln mit Lachfalten in den Augenwinkeln erwiderte.

»Na schön«, willigte er ein. »Aber Derrick mag ich trotzdem nicht.«

Aster sah sich über die Schulter um. Er wartete noch immer einige Meter entfernt und schwang gelangweilt ein Stück Holz herum, als prügelte er mit einem Bo-Stab auf unsichtbare Angreifer ein. Aster verdrehte die Augen, obwohl in ihr eine gewisse Zuneigung zu ihm heranwuchs. Es war nicht das, das sie für Eli empfand, aber dennoch von einer Intensität, die sie überraschte.

»Mag ja sein«, räumte sie seufzend ein. »Aber wir brauchen ihn.«

Am nächsten Tag kehrten die Kundschafter der Skorpione mit einer Ausgabe der Morgenzeitung zurück. Sie enthielt eine Liste der Forderungen, die sie für die Gesetzeshüter zurückgelassen hatten. Aufgeregt versammelten sich Aster und ihre Freunde um die Zeitung, um ihre Worte in Großbuchstaben gedruckt zu sehen.

FÜR MR. JERROD MCCLENNON:
WIR SPRECHEN FÜR DIE FRAUEN UND MÄDCHEN, DIE SIE ZUM VERSTUMMEN GEBRACHT HABEN. WIR HABEN IHR WELCOME HOUSE NIEDERGEBRANNT. WIR HABEN IHREN SPIELSALON NIEDERGEBRANNT. UND NUN HABEN WIR IHREN LETZTEN LEBENDEN ERBEN GEFANGEN GENOMMEN. WENN SIE DERRICK MCCLENNON WIEDERSEHEN WOLLEN, DANN LESEN SIE AUFMERKSAM UNSERE FORDERUNGEN UND GEBEN SIE DIESE DER BEVÖLKERUNG BEKANNT:

1. SIE WERDEN DEN BETRIEB IN SÄMTLICHEN WELCOME HOUSES SOFORT EINSTELLEN.
2. SIE WERDEN ALLE GOOD LUCK GIRLS FÜR IHRE GESTOHLENE ARBEIT BEZAHLEN.
3. SIE WERDEN ALLE OFFENEN STAUBBLUT-SCHULDEN ERLASSEN.

SIE HABEN EINE WOCHE ZEIT, UM EINE ÖFFENTLICHE ANTWORT ZU PUBLIZIEREN. DIE ZEIT IST GEKOMMEN, DASS ENDLICH DIE MÄCHTIGEN IHRE SCHULD BEZAHLEN.

UNTERSCHRIFT:
DIE ABRECHNER

»Meint ihr, die geben nach?«, fragte Tansy und krallte bang die Hand in ihren Kragen, während sie die Zeilen überflog.

»Ich hoffe es jedenfalls«, murmelte Aster. Sie hatte geglaubt, sie würde sich besser fühlen, wenn sie die Forderungen schwarz auf weiß vor sich sähe, aber stattdessen schien der furchtsame Knoten in ihrem Bauch nur größer zu werden.

Doch ein Zurück gab es nun nicht mehr.

»Es ist ein gutes Zeichen, dass sie das gedruckt haben – das bedeutet, sie haben bereits eine unserer Forderungen erfüllt«, meinte Zee.

Derrick schüttelte den Kopf und nagte an seinem Daumennagel. »Wenn sie das gedruckt haben, dann nur, weil sie sich in irgendeiner Weise einen Vorteil davon versprechen. Die wollen, dass die Öffentlichkeit informiert ist, damit sie sich gegen euch wendet, Belohnungen für Informationen in Aussicht gestellt werden und so was.«

Derrick schien stets überzeugt zu sein, dass alles erst einmal schlimmer werden würde, ehe es besser werden konnte. Aster weigerte sich, so zu denken. Sie brauchte Hoffnung.

»Also … was tun wir, wenn sie *nicht* nachgeben?«, fragte Mallow und blickte sich in der Runde um. »Ihnen einen von Derricks Fingern schicken? Oder was?«

Derrick erbleichte.

»Nein, die werden nachgeben«, beharrte Aster. »Wir müssen einfach nur warten.«

Und so warteten sie. Die Tage krochen nur so dahin. Aster und die anderen sahen jeden Tag in der Zeitung nach, ob McClennon geantwortet hatte. Hatten die Skorpione gereizt auf sie reagiert, als Aster um Hilfe gebeten hatte, spürte sie nun eine Veränderung in ihrer Stimmungslage. Sie schienen stolz auf die Rolle zu sein, die sie dabei spielten, die Landesherren auf ihren Platz zu verweisen und einen Mann wie McClennon in solch enormem Ausmaß in Verlegenheit zu bringen. Es fühlte sich an, als wären sie alle beteiligt. Jeden Tag berichteten ihnen die Kundschafter, was die Leute in der Stadt sagten, und stolperten vor lauter Aufregung über die eigenen Worte.

»Ich habe gehört, es war ein Haufen geflohener Sträflinge aus der Scorchbrush-Mine – da sperren sie die schlimmsten Verbrecher ein. Diese Tiere …«

»Nein, das waren die Neun Nationen. Die planen das schon seit Jahren. Noch ein Krieg, um ungeschehen zu machen, was das Imperium getan hat …«

»McClennon und diese Leute müssen etwas tun, auch wenn das bedeutet, dass sie mit den Mistkerlen verhandeln müssen. Ich habe Familie in einem dieser Minenlager. Ich will nicht, dass denen auch noch was passiert.«

»Greifen einfach unsere schwer arbeitenden Gesetzeshüter an, die ständig ihr Leben riskieren? Wegen einem Haufen Lucker? Was für moralisch verkommene …«

Und so ging es immer weiter. Aster wusste nicht, was sie von dem halten sollte, was sie zu hören bekam.

»Die falschen Leute haben Angst«, sagte sie beim Kartenspiel frustriert zu Violet, als die halbe Woche verstrichen war. »Ich war nie darauf aus, normale Leute zu verletzen, und wir waren so vorsichtig in diesem Punkt. Ich habe nur mit den Gesetzeshütern, den Raubvögeln und den Aufschneidern ein Problem.«

In ihrem Hinterkopf regte sich die Furcht, dass Derrick am Ende doch recht behalten könnte und sie ihre Erfolgschancen ruiniert hatten, indem sie die Massen gegen sich aufgebracht hatten.

»Schau, Aster, Gesetzeshüter *sind* normale Leute«, entgegnete Violet seufzend. »Genauso wie die meisten Aufschneider. Und die Raubvögel waren das auch, ehe sie zu dem wurden, was sie sind. Und selbst wenn die Landesherren es nicht sind, blickt doch ein großer Teil der normalen Leute zu ihnen auf. Sie empfinden einen Angriff auf die Landesherren als Angriff auf ihre eigenen Träume. Da ist es nur natürlich, dass sie es persönlich nehmen, wenn du drohst, ihnen diese Träume zu nehmen.«

Aster runzelte die Stirn. »Und was sollen wir nun tun?«

»Ich sage ja nicht, dass wir irgendetwas *tun* sollen«, erwiderte Violet. »Ich sage nur … es ist unmöglich, die Dinge so einfach zu ändern, ohne einige der ›normalen Leute‹ zu verärgern. Und das ist in Ordnung. Es ist ja nicht so, als hätte es die gekümmert, als *wir* diejenigen waren, die leiden mussten.«

Aster nagte stumm an ihrer Lippe, während sie ihr Blatt beäugte. Es schien, als würde sie mit jedem Zug, den sie tat, verlieren.

»Ich will mich nur nicht selbst verlieren, Vi«, sagte sie leise. »Manchmal fühlt es sich an, als täte ich das. Alle zählen auf mich, aber … vielleicht sollten sie das nicht tun.«

Violets Lächeln verblasste. »Natürlich sollten sie. Ich kann mir niemanden vorstellen, der besser geeignet wäre, eine Gruppe wie diese anzuführen. Du bist die Einzige, die es überhaupt schaffen konnte, uns alle zu Lady Ghost zu bringen – und das ist die reine Wahrheit.«

»Ich habe nicht uns alle gerettet. Dich konnte ich nicht retten«, wandte Aster verzagt ein.

»Fang nicht so an. Du hast alles richtig gemacht, indem du mich zurückgelassen hast. Das war das, was ich gewollt habe. Und ich weiß, du glaubst nicht an diesen Kram, aber vielleicht hat es ja so sein sollen. Wie sonst hätten wir je die Gelegenheit bekommen, mit Derrick zusammenzuarbeiten?«

Aster versuchte, sich ihre Worte zu Herzen zu nehmen, vermochte es aber nicht.

»Du bist nicht die Einzige, die ich im Stich gelassen habe«, sagte sie. »Ich habe das Vertrauen der Lady Ghosts enttäuscht, als ich ihnen den Rücken gekehrt habe. Und beinahe hätte ich das Bündnis mit den Skorpionen zerstört …«

»Du hast also auch ein paar Fehler gemacht. Das geht uns allen so. Die Toten wissen, *ich* habe meine Fehler gemacht. Aber du hast zumindest um anderer willen gehandelt. Die meisten von uns denken nur an sich selbst«, bemerkte Violet trocken. »Schau, am Ende kann kein Anführer es jemals allen recht machen. Du tust einfach, was du unter den gegebenen Umständen tun kannst. Und manchmal gibt es eben keine einfache Entscheidung, Aster.«

Manchmal gibt es keine einfache Entscheidung … Wenn das nicht eine treffende Zusammenfassung ihres bisherigen Lebens war, dann wusste Aster nicht, was es sonst wäre.

Aster seufzte. »Ich schätze, du hast recht.«

»Ich habe immer recht, du hörst nur nie zu, das ist dein Problem«, konstatierte Violet in diesem unerträglichen Ton, in dem sie bisweilen sprach. »Und jetzt bitte ich dich, mir noch einmal zuzuhören: Es gibt nichts, weswegen du dich schuldig fühlen müsstest, Aster. Die Gesetze dieses Landes sind *böse.* Die Welcome Houses, die Raubvögel, die Zeche – alles böse. Aber dein Kampf gegen all das ist es nicht. Das ist Selbstverteidigung. Wenn dich jemand schlägt, dann hast du das Recht zurückzuschlagen.«

Wieder seufzte Aster und legte ihre Karten weg. »Also gut, also gut, ich hör ja schon auf.«

»Vertrau mir einfach: McClennon wird einen Handel mit uns schließen, ehe morgen die Sonne untergeht. Ich kann es spüren.«

Am Ende dauerte es dann doch bis zum letzten Tag der Woche, bis sie eine Antwort von McClennon erhielten.

Aster und ihre Freunde hatten es sich zur Gewohnheit gemacht, jeden Abend nach dem Essen in der Versammlungshalle auf den Kundschafter zu warten, und mit jedem Tag warteten mehr und mehr neugierige Skorpione und Läufer mit ihnen. Ihre Erwartungen lasteten wie ein Stein auf Asters Brust, der jedes Mal, wenn der Kundschafter sie mit einem bedauernden Kopfschütteln begrüßte und ihr eine weitere Abendausgabe ohne eine offizielle Reaktion aushändigte, ein wenig schwerer wurde. Am letzten Tag war der Druck so enorm, dass sie kaum atmen konnte. Die Versammlungshalle war angefüllt von rauem, aufgeregtem Geplapper und fühlte sich doch so fern an; Aster hätte ebenso gut unter Wasser sein können. Was sollte sie diesen Leuten sagen, wenn McClennon ihnen bis zum Ablauf der Frist keine Antwort lieferte? Oder, schlimmer noch, die Antwort *Nein* lautete? Wie zur Hölle sollte dann ihr nächster Zug aussehen? Wie konnte sie überhaupt …

»Da kommt er«, rief Clementine aufgeregt und packte Asters Arm. Die Türen zur Haupthalle schwangen auf, und alle drehten sich gleichzeitig um und starrten die siegestrunkene Gestalt auf der Schwelle an.

»Titelblatt!«, rief der Kundschafter atemlos. »Jerrod McClennons Antwort. Hier ist sie.«

»Warum lässt du Idiot uns dann noch warten? Wie lautet sie?«, blaffte ihn Sam an.

»Ich habe sie noch nicht gelesen. Ich wollte, dass alle sie gleichzeitig hören können.« Der Kundschafter lief zu ihnen und wich unterwegs begierigen Händen aus, die nach der zusammengerollten Zeitung in seiner Hand griffen. Inzwischen hatte der Lärm im Raum eine ohrenbetäubende Lautstärke angenommen, und Aster gestattete sich zum ersten Mal an diesem Tag zu hoffen. Die Aufregung schoss aus ihrem Bauch empor und zauberte ihr ein Lächeln ins Gesicht. Mit einer zitternden Hand nahm sie dem Boten die Zeitung ab.

»Na los, lies laut vor!«, forderte jemand sie auf.

»Ja, lass hören!«

»Wir haben alle ein Recht, es zu erfahren.«

»Nur, wenn ihr erst mal die Schnauze haltet!«, befahl Sam und hielt die Hände hoch, um Ruhe einzufordern. Es dauerte nur wenige Augenblicke, und der Lärm wich einem leisen Gemurmel. Aster nickte ihm dankbar zu, immer noch ein lockeres Lächeln auf den Lippen, und nahm sich einen Moment Zeit, um einen Blick mit ihren engsten Freunden zu wechseln. Nicht nur mit den Good Luck Girls. Sam und Eli, Cutter und Zee, Derrick ... sie alle hatten ihr Leben riskiert, um diesen Augenblick zu ermöglichen. Alle sahen Aster aufgeregt und aufmunternd an. Solchermaßen beruhigt, faltete sie die Zeitung auseinander, betrachtete die dick gedruckte schwarze Schlagzeile und las die Worte laut vor, sodass alle sie hören konnten:

DEN GUTEN LEUTEN VON ARKETTA:
ALS GESCHÄFTSMANN, ALS FAMILIENMENSCH UND ALS REPRÄSENTANT DES ARKETTANISCHEN STAATS UND KANDIDAT FÜR DAS AMT DES GOUVERNEURS, ERKLÄRE ICH, JERROD MCCLENNON: MEINE ANTWORT AUF DIE FORDERUNGEN DIESER »ABRECHNER« LAUTET NEIN.

Aster schluckte, eisiges Grauen breitete sich in ihrem Bauch aus, aber sie zwang sich, mit kraftvoller, klarer Stimme weiterzulesen.

DIES IST EINE NATION VON MENSCHEN, GESCHAFFEN AUS STAHL UND STEIN. NICHT KÖNIGE, NICHT IMPERATOREN, NEIN, GEWÖHNLICHE MENSCHEN, DIE ARKETTA ALLEIN DURCH EHRLICHE ARBEIT AUS DEM BODEN GESTAMPFT HABEN.
ABER DIE STAUBBLÜTIGEN KENNEN KEINE EHRLICHE ARBEIT. ES LIEGT IN IHRER NATUR ZU LÜGEN, ZU STEHLEN, ZU TÖTEN, WENN ES IHREN ZWECKEN DIENT. SIE MÜSSEN VON STARKER HAND UNTER KONTROLLE GEHALTEN WERDEN, DENN WENN MAN IHNEN STATTDESSEN MIT WEICHEM HERZEN BEGEGNET, WERDEN SIE NICHT ZÖGERN, ES MIT EINER KLINGE ODER EINER KUGEL ZUM STILLSTAND ZU BRINGEN.
DAHER SOLLTE ES UNS NICHT ÜBERRASCHEN, DASS SICH EINIGE VON IHNEN NUN GEGEN UNS ERHOBEN HABEN: SCHON SEIT MONATEN KOMMT ES ZU UNRUHEN, SIE REBELLIEREN GEGEN DIE WIEDERGUTMACHUNG, DIE IHNEN DIE ARBEIT ERMÖGLICHT, UND STATT DIESER HERAUSFORDERUNG MIT DER BRUTALITÄT ENTGEGENZUTRETEN, DIE DIESE LEUTE VERSTEHEN, HABEN WIR IHNEN EINE TOLERANZ GEZEIGT, DIE SIE NICHT VERDIENEN.
ALSO, NEIN, ICH WERDE MICH NICHT DEM WILLEN VON FEIGLINGEN BEUGEN, DIE GEWALT UND TERROR BENUTZEN, UM UNS ZU BEEINFLUSSEN.
ICH WERDE DIE WELCOME HOUSES MEINER FAMILIE, DIE DAZU DIENEN, DIE STAUBBLÜTIGE BEVÖLKERUNG IM ZAUM ZU HALTEN, UND IHREN FRAUEN GELEGENHEIT GEBEN, EINER NOTWENDIGEN ARBEIT NACHZUGEHEN, NICHT SCHLIESSEN.

ICH WERDE DIESE FRAUEN, DIE SCHON JETZT MEHR WOHLSTAND UND BEHAGLICHKEIT GENIESSEN ALS VIELE HART ARBEITENDE HELLHÄUTIGE FAMILIEN, NICHT BEZAHLEN.
UND ICH WERDE DIESEN FRAUEN IHRE SCHULDEN GEGENÜBER DER GESELLSCHAFT NICHT ERLASSEN, DENN SIE MÜSSEN SICH IHRE FREIHEIT EBENSO ERARBEITEN, WIE ES DER REST VON UNS GETAN HAT. DIESE »ABRECHNER« BEDROHEN DAS LEBEN MEINES NEFFEN. DOCH ICH HANDELE AUS LIEBE ZU IHM. ER WIRD NICHT FREI SEIN – NIEMAND VON UNS WIRD FREI SEIN –, SOLANGE DIE BEDROHUNG DURCH DIE STAUBBLÜTIGEN NICHT AUSGEMERZT IST.
DIE GILDE DER LANDESHERREN IST SICH IN DIESEM PUNKT EINIG. UND DA DIE ABRECHNER SICH AUF UNSERE WELCOME HOUSES KONZENTRIEREN, LAUTET UNSERE ANTWORT WIE FOLGT: DAS FÜR NORTHROCK GEPLANTE GESETZ ZUR HERABSETZUNG DES ALTERS DER SUNDOWN GIRLS AUF DREIZEHN JAHRE WIRD NUN LANDESWEIT EINGEFÜHRT WERDEN. AUSSERDEM IST VON JETZT AN JEDE STAUBBLÜTIGE FAMILIE VERPFLICHTET, IHRE ERSTGEBORENE TOCHTER IN EIN WELCOME HOUSE ZU SCHICKEN. NIE WAREN DIE FESTE STRUKTUR UND DER EINFLUSS, DEN DIESE HÄUSER ZU BIETEN HABEN – ODER UNSERE GEMEINSAMEN ANSTRENGUNGEN, SIE ZU SCHÜTZEN –, WICHTIGER ALS HEUTE.
WAS NUN DIE ABRECHNER SELBST BETRIFFT: SEIEN SIE UNBESORGT, MITBÜRGER, WIR WERDEN SIE FINDEN, WIR WERDEN SIE GEFANGEN NEHMEN, UND WIR WERDEN SIE EXEKUTIEREN LASSEN. DENN WIR SIND

MENSCHEN, GESCHAFFEN AUS STEIN UND STAHL –
UND WIR WERDEN NICHT WEICHEN.

UNTERZEICHNET,
DER RAT DER LANDESHERRENGILDE
JERROD MCCLENNON
DENNIS BOYLE
LEONARD SULLIVAN
SYLAS CAIN
ANTHONY HARKER
COLIN HARKER

KAPITEL NEUNZEHN

Aster wusste, sie musste um der anderen willen stark bleiben, aber in diesen erbärmlichen Augenblicken nach dem Vorlesen von McClennons Antwort schaffte sie es nur mit Mühe, nicht in Tränen auszubrechen.

Clementine weinte, kuschelte sich in Zees Arme und schluchzte leise an seinem Hals. Mallow hatte wütend das Kinn vorgereckt, Tansys Gesicht war blass vor Entsetzen. Raven fluchte und wandte sich mit einem finsteren Ausdruck in den Augen ab; Sam griff nach ihrer Schulter, um ihr Trost zu spenden. Und Derrick und Eli starrten beide Aster an, verzweifelt und hilflos wie verirrte Kinder. Violet griff nach ihr, ihre Lippen formten Asters Namen, aber Aster konnte sich nicht aufraffen, sich auch nur einem von ihnen zuzuwenden. Sie warf die Zeitung zu Boden und rannte aus der Versammlungshalle, schloss sich in ihrer Hütte ein und rollte sich auf dem Bett zusammen.

Wie konnte er …

Aster war kaum imstande, den zunehmenden Zorn, den McClennons Worte in ihr auslösten, unter Kontrolle zu halten. Diese Heuchelei! *Er* war der Feigling, der seinen Reichtum auf Blut und Betrug aufgehäuft hatte. *Er* war das Tier, das Gewalt und Furcht nutzte, um andere zu beherrschen. *Sie* hatten nur versucht, ihn aufzuhalten.

Und jetzt, als Belohnung für all ihre Mühe, würde er ein Gesetz beschließen lassen, das …

Aster schluchzte und hustete. Was sie gerade empfand, hatte sie schon früher gefühlt, diesen weiß glühenden Hass, der sie in den Wahnsinn treiben würde, wenn sie es zuließe. Schon um ihrer selbst willen hatte sie stets sorgsam darauf geachtet, ihm nicht nachzugeben. Sie wusste, dass solch ein unkontrollierter Zorn es nur noch schwerer machen würde, sich auf die Arbeit zu konzentrieren, die getan werden musste.

Aber wie zur Hölle sollte sie im Angesicht all dessen die Ruhe bewahren?

Clementine betrat die Hütte, Zee und seine kleine Schwester folgten ihr auf dem Fuß. Aster wischte die Tränen weg und bemühte sich, ihre Gefühle zu verbergen, ehe die anderen sie anschauen konnten.

»Dawn, bitte – mir musst du nichts vormachen. Beim Schleier, es tut mir so leid«, rief Clementine, eilte zu Aster und schloss sie in die Arme. Ihr Gesicht war noch immer nass von den Tränen, die sie vergossen hatte. »Ich verstehe nicht, wie das passieren konnte. Ich dachte wirklich, er würde nachgeben.«

»Er hätte nie nachgegeben«, murmelte Aster finster. »Ich war eine Idiotin, mir einzubilden, er würde es tun.«

»Du warst keine Idiotin, Aster. Du hattest Hoffnung. Niemand von uns kann ohne Hoffnung irgendetwas bewirken«, sagte Zee und half Emily auf ihr Bett.

»Warum weint sie?«, fragte Emily mit einer tiefen Sorgenfalte zwischen den Brauen.

»Sie hat nur gerade eine schlechte Nachricht erhalten, das ist alles«, erklärte Zee sanft.

Emilys Züge glätteten sich und wichen einer verständnisvollen Miene. »So wie damals, als du mir von Papa erzählt hast.«

»Ja.«

Aster spürte, wie ihr Zorn einem Kummer Platz machte, der so eisig und schwer auf ihr lastete, dass ihr beinahe übel wurde. Was für eine Welt würden sie Emily hinterlassen? All den kleinen Mädchen, die nun in einem Land aufwachsen würden, in dem jede Familie eine Tochter einem Welcome House opfern musste und die Arbeit der Sundown Girls in jedem Haus schon mit dreizehn beginnen würde?

Alles, was Aster gewollt hatte, war, diesen Mädchen zu helfen, aber stattdessen hatte sie es schlimmer gemacht, als sie es sich auch nur hätte vorstellen können.

Nein, dachte sie voller Verzweiflung.

Das nehme ich nicht hin.

Aster schluckte und klammerte sich noch mehr an Clementine, während sie versuchte, ihre Entschlossenheit wiederzufinden. Sie durften jetzt nicht aufgeben. Sie konnten es nicht dabei belassen. McClennon hatte den Konflikt in einem Maß ausgeweitet, in dem seine Ursprünge nicht mehr zu erkennen waren – sie würden ganz einfach das Gleiche tun müssen. Wenn er die ganze staubblütige Bevölkerung verantwortlich machen und bestrafen wollte, dann würde er vor der ganzen staubblütigen Bevölkerung Rechenschaft ablegen müssen. Sie waren in der Überzahl, und das wusste er. Warum sonst wäre er so erpicht darauf, sie zu vernichten?

Was tun?, hatte Mallow gefragt. *Was tun wir, wenn sie nicht nachgeben?*

Aster löste sich von Clementine, stand auf und ging im Raum auf und ab, während ein Plan in ihrem Kopf Gestalt annahm. »Wir müssen uns an unsere Verbündeten wenden«, sagte sie leise.

Zee, der seine Schwester zugedeckt hatte, blickte auf. »Welche Verbündeten?«, fragte er.

»Alle.«

Am nächsten Tag rief Aster, gestählt von einer eisigen Ruhe, all ihre Freunde in die Versammlungshalle. Sie saß am Kopf der Tafel und las in ihren Gesichtern, so gut sie nur konnte. Es sah nicht so aus, als hätte einer der anderen in der letzten Nacht besser geschlafen als sie selbst, aber sie wirkten auch nicht, als hätte sie jemand bezwungen, noch nicht. Dafür waren sie zu wütend.

Gut.

Violet saß rechts neben Aster, Derrick gleich auf dem nächsten Platz. Er beugte sich an Violet vorbei, um Aster etwas zuzuflüstern, während die anderen ihre Plätze einnahmen.

»Aster, ich war wegen dieser Geschichte die ganze Nacht wach. Ich weiß gar nicht, wo ich anfangen soll. Es tut mir so leid …«

Aster sah ihm in die Augen und schüttelte einmal kurz den Kopf. Sie wusste, dass er es gut meinte, aber wenn sie sich nun auf ihn einließe, würde sie nur das Bedürfnis verspüren, seine Schuldgefühle zu lindern, und dafür hatte sie weder Zeit noch Kraft. Jerrod McClennon war noch schlimmer, als sie gedacht hatte, und das war nicht Derricks Schuld, dennoch … Allein die Ähnlichkeit ihrer Gesichter war heute schwer für sie anzusehen.

Sam saß links von Aster, Eli gleich neben ihm. Der finstere Blick, den er Derrick über den Tisch hinweg zuwarf, hätte Stahl schneiden können, aber Derrick schien zu elend zumute zu sein, um ihn auch nur wahrzunehmen.

»Also, was jetzt, Boss?«, wandte Raven sich mit einem schweren Seufzer an Aster, als alle Platz genommen hatten. »Schlagen wir zurück? Oder ziehen wir uns zurück?«

»Wir schlagen natürlich zurück«, sagte Eli, beugte sich vor und sah auf der Suche nach Bestärkung seinen Bruder an. »Schlimm genug, dass die unsere Vorfahren in diese verfluchten Berge verschleppt haben. Und nun wollen sie auch noch einen Haufen kleiner Mädchen rauben? Nein.«

Aster runzelte die Stirn. Das ganze Welcome-House-System war von jeher darauf aufgebaut, Mädchen zu rauben, soweit es sie betraf. Dass Familien für ihre Töchter bezahlt wurden oder man ihnen eine Wahl gelassen hatte, änderte daran rein gar nichts – die Mädchen wurden dennoch verschleppt, eingesperrt, und ihre Familien sahen sie niemals wieder. Das Problem war nicht, dass eine gerechte Sache ungerecht geworden war, das Problem war, dass eine ungerechte Sache sich nun auf alle auswirken würde.

»Ich wäre da nicht zu hastig«, warnte Derrick. »Etwas muss geschehen, aber wir sollten uns unsere Strategie gut überlegen.«

»Unsere?«, höhnte Eli. »Was genau hast du denn getan, außer auf deinem Hintern zu sitzen und all unser Essen zu verspeisen?«

Derrick lief rot an, ging aber nicht darauf ein. »Ich sage nur, dass unsere bisherige Vorgehensweise die Landesherren zu dieser Reaktion veranlasst hat. Wir müssen davon ausgehen, dass sie sich, sollten wir diesen Kurs beibehalten, etwas noch Schlimmeres einfallen lassen werden. Und ich bin nicht überzeugt, dass wir dafür gerüstet sind.«

»Sag einfach ›Ich habe es euch ja gesagt‹, und komm drüber weg«, ätzte Mallow.

»Darum geht es mir nicht …«

»Nein, dir geht es darum, dass du nicht willst, dass wir uns mit deinem lieben Onkel oder seinen Freunden anlegen«, murmelte Eli kaum hörbar.

Derricks Röte vertiefte sich noch mehr. »Du hast nicht über meine Loyalität zu befinden, Elijah. Ich habe diese ganze Operation finanziert. Ich habe euch gesagt, wo und wann ihr zuschlagen könnt. Ich habe …«

»Dieser Mistkerl klingt wie jeder andere verhobelte Landesherr, den ich je reden gehört habe. Denkt, weil er für uns bezahlt hat, kann er uns herumkommandieren …«

»So ist es doch gar nicht! Denkst du etwa, mich regt das nicht auf zu hören, was mein Onkel getan hat? Ich will mehr als jeder andere hier, dass er aufgehalten wird. Dass sie alle aufgehalten werden …«

»Ich bezweifle ernsthaft …«, mischte sich nun auch Clementine ein.

»Das reicht«, sagte Aster. In ihrem Kopf hämmerte es, und ihr Herz war schwer. »Wir können es uns nicht leisten, uns untereinander zu bekämpfen.« Das war genau das, was *die* wollten, das war ihre Methode, die Herrschaft über sie zu behalten. »Eli, Derrick, ihr habt beide recht. Wir können jetzt nicht klein beigeben, nicht nach dem, was die getan haben. Es ist Zeit für eine verhobelte Kriegserklärung. Aber wir sind auch nicht bereit, uns mit der ganzen Landesherrengilde anzulegen … die haben sich deswegen zusammengetan. Das müssen wir auch tun. Wir müssen uns Hilfe holen.«

»Aber wer außer uns ist da noch, Aster?«, fragte Violet sanft.

Aster schluckte. »Nun, da wären zum Beispiel die Lady Ghosts und die übrigen Skorpione. Und es gibt noch andere Staubblütige außerhalb des Grinds, die gegen die Ausbreitung der Landesherren im Norden vorgehen. Und schließlich wären da noch die Neun, die länger gekämpft haben als irgendjemand von uns. Diese Sache wirkt sich auf alle aus. Wir müssen sie zusammentrommeln.«

»Die sind allerdings überall im Land verteilt«, wandte Sam ein. »*Wie* genau sollen wir sie zusammentrommeln?«

Auf diese Frage war Aster vorbereitet. »Raven und ich können mit den Lady Ghosts sprechen, und ich habe eine Kontaktperson in Northrock, die einige der Staubblütigen in der Stadt um sich versammelt hat – Cora, das Mädchen, das mich versteckt hat, nachdem wir das Welcome House abgefackelt haben. Außerdem habe ich im Lager Deathstalker mit Sid gesprochen, und er ist vielleicht in der Lage, Kontakt zu einigen der alten Rebellen von den Neun aufzunehmen.«

»Also schön, aber du hast Sid kennengelernt«, meldete sich Cutter zu Wort. »Wie kommst du darauf, dass er dabei mitspielen würde? Er oder sonst einer von diesen Leuten?«

Aster zögerte. Es hatte endlos viel Überzeugungskunst gekostet, nur dieses eine Skorpion-Lager zu überreden, ihnen bei dem Spielsalon zu helfen; sie zweifelte nicht daran, dass nicht weniger als ein Wunder nötig war, um eine größere Gruppe dieser Leute dazu zu bekommen, sich an einem noch umfangreicheren Gegenschlag zu beteiligen. Und die Lady Ghosts hatten schon ihrer Rettungsmission in Northrock nicht zugestimmt. Was sie im Sinn hatte, widersprach allem, woran Priscilla glaubte.

Aber Aster hatte keine andere Wahl, als es zu versuchen.

»Es ist, wie ich gesagt habe – diese Gesetze betreffen alle«, setzte Aster zu einer Entgegnung an. »Sie werden wütend sein, verzweifelt, auf der Suche nach einer Möglichkeit, sich zur Wehr zu setzen. Wir müssen ihnen nur die Mittel geben, um genau das zu tun. Und das können wir, denn wir haben nun einen Vorteil, den außer uns niemand hat: einen Spitzel.« Sie sah Derrick an. »Derrick, ich sehe, dass du befürchtest, niemand würde dir zuhören oder dich ernst nehmen. Aber ich versichere dir, ich tue es. Also, sag mir: Womit genau haben wir es zu tun?«

An seiner Schläfe, dort, wo er sich ermattet auf die Hand gestützt hatte, prangte ein roter Fleck. Er setzte sich gerader hin und blickte verlegen von einem zum anderen.

»Na ja«, meinte er dann. »Ich weiß nur, was man mir erzählt hat, ehe ich ›entführt‹ worden bin, und wir haben allen Grund, davon auszugehen, dass sich die Pläne meines Onkels seitdem weiterentwickelt haben …«

Sam schnitt ihm mit einem ungeduldigen Winken das Wort ab. »Ja, natürlich, erzähl uns einfach, was du weißt, Rotschopf.«

»… aber ich glaube, wir können mit ziemlicher Sicherheit annehmen, dass er zumindest vorhat, seine öffentliche Drohung, euch aufzuspüren und gefangen zu nehmen, so schnell wie möglich in die Tat umzusetzen«, fuhr Derrick fort. »Nach allem, was letztes Jahr passiert ist, hat er seine Bemühungen verdoppelt, einen neuen Chef-Raubvogel als Anführer seiner Kopfjäger für künftige Verfolgungsjagden zu finden. Und nach der Sache in Northrock hat diese Suche oberste Priorität bekommen. Er hat seinen neuen Bluthund gefunden, kurz bevor ich nach Rattlebank aufgebrochen bin: eine Frau, die zugleich ein besonders machtvoller Raubvogel ist und hoch motiviert, euch alle zur Strecke zu bringen. Wie sie wissen konnte, dass ihr noch am Leben seid, wo das doch so geheim gehalten wird, kann ich nicht sagen – ganz zu schweigen davon, warum sie euch unbedingt tot sehen will. Aber ich kann euch versichern, dass diese Frau uns sucht, schon jetzt, während wir hier sitzen.« Bei dem Gedanken war er sichtlich unruhig geworden.

Aster saß stocksteif da und sah Zee an, der sich erkennbar verspannt hatte und nach Clementines Hand tastete.

»Hast du gesagt, es ist eine Frau?«, hakte Zee dennoch mit ruhiger Stimme nach.

»Ja, das war, gelinde gesagt, ungewöhnlich …«

»Wie hat sie ausgesehen?«, fiel Aster ihm ins Wort.

Derricks Blick huschte zwischen den beiden hin und her. »Braune Haut, durchschnittlicher Körperbau, das Haar zu einem tiefen Knoten zurückgebunden.

Und dann hatte sie diese erschreckend spitz gefeilten Fingernägel …«

»Lizzy«, schloss Zee aus seinen Worten, und Aster sah ihm an, dass der Kummer ihn innerlich zerriss.

»Nein, das kann nicht sein«, murmelte Clementine. »Du hast gesagt, sie wäre nicht vollständig verloren. Warum sollte sie … wie könnte sie …«

»Sie gibt mir die Schuld an dem, was passiert ist, vergiss das nicht«, erklärte Zee und schluckte schwer. »Welche Gefühle sie mir auch entgegenbringen mag … es sind keine guten.«

»Verhobelte Hölle, Zee«, murmelte Sam.

»Zee, ich … es tut mir so leid«, sagte Tansy stockend.

»Moment, was bekomme ich hier nicht mit?«, fragte Derrick verwirrt.

»Dieser Raubvogel ist Zees Schwester«, klärte Violet ihn auf. »Sie waren in Kontakt – darum weiß sie über uns Bescheid. Aber, Derrick, woher weiß McClennon von ihr?«

Derrick sah völlig entsetzt aus. »Ich … ich habe keine Ahnung. Mein Onkel hat deinen Namen nie erfahren, Zee. Er weiß ganz bestimmt nicht, dass du eine Schwester hast, die ein Raubvogel ist.«

»Vielleicht ist sie zu ihm gegangen«, warf Raven düster ein. »Nachdem Zee auf ihrer Schwelle gestanden und ihr alles über seine Abenteuer erzählt hat, hat sie vielleicht eine Gelegenheit darin erkannt, mit diesen Informationen zu den McClennons zu gehen. Raubvögel sind kalt und berechnend.«

Bei dem Gedanken verfielen alle in Schweigen. Aster spürte instinktiv, dass sie recht hatte, und das erfüllte sie mit tiefer Verzweiflung.

»Mit Elizabeth können wir uns befassen, wenn die Zeit gekommen ist«, sagte sie dennoch und zwang sich um der anderen willen, mit ruhiger Stimme zu sprechen. »Wir haben es in Rattlebank mit einem Dutzend Raubvögeln aufgenommen. Was macht da schon einer mehr? Derrick … bitte … gibt es sonst noch etwas, was du uns sagen kannst? Irgendetwas?«

Schweigend und mit einem finsteren Stirnrunzeln im blassen Gesicht starrte Derrick auf seine Hände hinab. Seine Falten vertieften sich noch mehr, als er sich zu einer Entscheidung durchzuringen schien. Aster sah, wie der Entschluss im Blau seiner Augen aufflackerte wie ein Lichtschimmer auf dem Wasser.

»Du hast noch nicht gesagt, wie dein Plan aussieht, aber ich kann es mir gut vorstellen: Du und deine Freunde, ihr werdet euch noch eine Geisel holen wollen oder vielleicht auch zwei. Echte dieses Mal. Landesherren von beträchtlichem Einfluss. Männer, ohne die dieses Gesetz nicht verabschiedet werden kann. Und die einen Verlust darstellen würden, der groß genug wäre, um Autoritant Lockley zu überzeugen, euch zuzuhören und nicht der Gilde.«

Aster klappte den Mund auf – nicht, um zu widersprechen, denn er hatte recht, sondern um Derrick zuvorzukommen, ehe er zwangsläufig versuchen würde, es ihr auszureden. Sie mussten den ganzen Weg bis zur Spitze der Regierung gehen – weniger würde nun nicht mehr reichen.

»Derrick …«, setzte sie an.

Er sah Aster direkt in die Augen. »Ich kann euch sagen, wo ihr sie findet.«

Den nächsten Tag brachte Aster damit zu, Briefe an ihre Verbündeten zu schreiben, die durch die Tunnel der Skorpione befördert werden sollten. Nun, da sie einen neuen Vorrat an Theomit hatten, konnten die Boten die Nachrichten mit beträchtlich geringerem Risiko ausliefern und Leute von ihren Zielorten aus zurück zum Lager begleiten ... immer vorausgesetzt natürlich, dass überhaupt jemand da war, den sie begleiten konnten. Aber Aster durfte die Hoffnung nicht aufgeben, dass das, was sie ihren Freunden erzählt hatte, zutraf – dass die Leute viel zu verzweifelt und zu wütend sein würden, um ihren Aufruf zu ignorieren.

Als Erste trafen die anderen Kommandanten der Skorpione ein.

Alles in allem waren es etwa zwei Dutzend. Ihre nächsten Nachbarn tauchten schon innerhalb von zwei Tagen auf, die anderen trudelten im Lauf der Woche ein. Nicht jedes Lager hatte auf Asters Aufruf reagiert, aber Sam schien von dem Ergebnis beeindruckt zu sein und begrüßte seine Mitkommandanten wie alte Freunde. So verzweifelt die Lage auch sein mochte, Aster entging nicht, dass er sich freute, Gastgeber, für was immer daraus werden würde zu sein – seinen eigenen Worten zufolge eine Riesenparty. Und so überließ sie die Organisation ihm. Sollte er ruhig in dem überfüllten Lager Schlafräume für alle finden und Eli in der Küche einsperren, wo er Abend für Abend ein Festmahl würde zubereiten müssen.

Die Staubblütigen aus Northrock kamen als Nächste – Cora und eine Handvoll ihrer Leute. Aster begrüßte sie mit dem üblichen Umfassen des Unterarms, woraus schnell eine Umarmung wurde. Sie konnte es kaum erwarten, Cora endlich ihren Freunden vorzustellen. Ihre Aufregung und Begeisterung zu erleben erfüllte Aster mit dringend benötigter Zuversicht, und sie war überzeugt: Was immer sonst geschah, zumindest auf die Unterstützung einer Gruppe konnte sie sich absolut verlassen.

Dann, nach einer langen Reise vom Graveyard zum Lager, trafen die Lady Ghosts ein. Priscilla selbst hatte nicht an dem zermürbenden Marsch durch die Tunnel teilgenommen und stattdessen Aggie geschickt, zusammen mit einer Gruppe jüngerer Ladys. Asters Brust zog sich zusammen, als sie sie in Empfang nahm – ihre Gefühle waren gemischt: Da war die Freude, ihre Schwestern wiederzusehen, und ihr Bedauern darüber, wie sie sie zurückgelassen hatte. Sie wusste, dass Priscilla weder Gewalt noch Gesetzesübertritte gutheißen würde. Was, wenn diese Ladys nur geschickt worden waren, um sie aufzuhalten?

Und dann, endlich, tauchten aus allen Ecken von Arketta Rebellen aus den Neun Nationen auf. Aster war besonders gespannt auf diese Verbündeten, denn ihre Geschichten unterschieden sich von ihrer eigenen am meisten. Und so hielt Aster, noch ehe die Zeit für das große Treffen gekommen war, eine kleinere Willkommensparty nur für sie ab. Männer und Frauen jeden Alters aus jeder der Nationen waren gekommen. Sie alle saßen in der Versammlungshalle beisammen und reichten die Platte mit Schweinskoteletts herum, die Eli vorbereitet hatte.

»Es war schlau von euch Skorpionen, die alten Minen als Versteck zu nutzen«, sagte eine ältere Frau in einem mit Perlen bestickten Kleid zu Aster. Sie hatte sich ihr als eine der Anführerinnen des Südöstlichen Volks vorgestellt. »Unsere Rebellenlager sind überirdisch, darum müssen wir ständig weiterziehen. Aber unsere Vorfahren waren sowieso Nomaden – wir sind dafür gerüstet.«

Mallow bekam in ihrer Gegenwart kaum den Mund auf.

Eigentlich war sie nicht für ihre Schüchternheit bekannt, aber während des Essens war sie ungewöhnlich still gewesen, beinahe, als fürchtete sie sich, etwas Falsches zu sagen. Doch schließlich konnte sie ihre Begeisterung nicht länger zügeln.

»Unsere Nationen waren benachbart, richtig?«, fragte sie die ältere Frau. »Ich gehöre zum Südlichen Volk.«

Die ältere Frau sah sie mit einem Lächeln in den Augen an. »Ja, das sehe ich. Hast du das Stirnband selbst gemacht?«

»Na ja … nicht allein …«, gestand Mallow.

»Zählt trotzdem!«, brachte Tansy ihr in Erinnerung.

»Ich bin vom Nördlichen Volk«, sagte ein junger Mann. »Vermutlich ist dies das erste Mal seit einer Generation, dass jemand von euren und meinen Leuten gleichzeitig unter demselben Dach ist. Das ist etwas, das wir feiern sollten, ganz gleich, was bei dem größeren Treffen herauskommt.«

»Was das betrifft …«, mischte Aster sich ein, in der Hoffnung, ihren Punkt anbringen zu können.

»Warte mal«, fiel Derrick ihr ins Wort. Er hatte wieder dieses Leuchten in den Augen, das sich stets einstellte, wenn er eine Gelegenheit roch, etwas zu lernen. »Heißt das, ihr arbeitet gar nicht ständig zusammen? So, wie mein Onkel es beschrieben hat …«

»Bitte, Derrick, verdirb mir nicht den Appetit, indem du diesen Mann erwähnst«, unterbrach ihn Cutter.

»Wir sind die *Neun,* nicht das Eine, McClennon«, fügte Sid mit einem trockenen Lachen hinzu – er schien regelrecht weich geworden zu sein beim Anblick so vieler Menschen, die er zu seiner Familie zählte. »Wir mögen zusammenarbeiten, aber wir sind dennoch unabhängige, souveräne Nationen.«

»Dann müssen wir also … euch *alle* überzeugen?«, fragte Derrick gedehnt.

Das löste noch mehr Gelächter aus, doch Aster hegte im Stillen die gleiche Sorge. Ungeachtet des süßen Aromas von Gewürzen in der Luft, brodelte es in ihrem Magen vor Nervosität. Sie fühlte sich völlig überfordert. Je mehr Zeit sie mit den Neun verbrachte, desto deutlicher wurde, dass sie mitten in eine Geschichte geplatzt war, eine, die lange vor ihrer Geburt begonnen hatte und noch lange weitergehen würde, wenn der letzte Landesherr gestorben wäre. Wer war sie, diesen Leuten zu erzählen, wie sie das nächste Kapitel zu schreiben hatten? Die meisten der Neun waren Staubblütige, ja, aber anders als der Rest von ihnen hatten sie eine lange Vergangenheit.

Asters Unbehagen nahm immer weiter zu, je mehr sich die Nacht ihrem Ende näherte, und am nächsten Morgen hatte es sich wie eine Krankheit in ihrer Brust eingenistet. Darauf zu warten, ob und welche Verbündeten erscheinen würden, war eine Qual gewesen, doch nun, da die Zeit gekommen war, das Wort an sie zu richten, schien plötzlich alles viel zu schnell zu gehen. Die Menschen zu überreden, sich zu ihnen durchzuschlagen und sie anzuhören, war nur die halbe Schlacht – nun musste sie alle auch noch überzeugen, zu bleiben und mit ihnen zu kämpfen. Zur Vorbereitung – und um Zeit zu schinden – verkroch sie sich in ihrer Hütte und ging jeden Punkt noch einmal durch. Außerdem hatte sie Violet gebeten, ihr dabei zu helfen, sich vorzeigbar zu machen – teilweise, weil niemand dergleichen es besser beherrschte als Violet, aber vor allem, weil Aster sich nach der beruhigenden Wirkung sehnte, die Violets Gegenwart auf sie hatte.

»… und nicht, dass Raven je irgendjemandem irgendetwas über sich erzählen würde, aber ich habe sie, einfühlsam, wie ich bin, am Ende doch dazu bekommen zuzugeben, dass sie neulich abends mit Sam einen Schluck getrunken hat … Aster … Aster! Hörst du mir überhaupt zu?«

Ruckartig blickte Aster vom Spiegel auf und sah sich zu Violet um, die sie vom Bett aus beobachtete, schon jetzt und ohne sich sonderlich zu bemühen, prachtvoll herausgeputzt in dem Kleid, das sie an jenem Abend getragen hatte, an dem sie entführt worden war.

»Entschuldige, ich … ich …«, stammelte Aster.

Violet stand auf, stellte sich so dicht hinter sie, dass sie ihren Atem am Hals spüren konnte, und blickte Aster über den Spiegel mit einem wissenden Lächeln in die Augen. Asters Wangen wurden röter, und sie starrte hastig wieder ihre eigene Reflexion an. Ihr Blick huschte über die Kokarde an ihrem Hals, die Narbe an ihrer Wange und die Linie zwischen den Brauen, die sich dort über die Jahre eingegraben hatte – Jahre, in denen sie meist ebenso finster geschaut hatte wie jetzt. Selbst im Welcome House, wo es von ihr erwartet worden war, hatte sie nie so viel Zeit vor dem Spiegel zugebracht wie an diesem Morgen. Sie hatte sich das länger gewordene Haar gekämmt, jede Falte aus ihrem Hemd gerieben und sich Fett ins Gesicht geschmiert, bis es glänzte. Sie musste heute aussehen wie eine Anführerin.

Wenn sie sich doch nur wie eine fühlen würde.

»Weißt du, wenn du dir diese Grimasse nicht aus dem Gesicht wischst, dann bleibt sie irgendwann kleben«, sagte Violet leichthin.

»Vi, die Sache ist ernst«, murrte Aster und wandte sich vom Spiegel ab.

»Das weiß ich. Aber du siehst immer gut aus, Aster. Wo kommen bloß plötzlich all diese Selbstzweifel her?«

Aster wich ihrem Blick aus. »Ich … Wie zur Hölle soll ich

die Leute überzeugen, Violet? Jedes Mal, wenn ich versucht habe, dieses Chaos in Ordnung zu bringen, habe ich es nur noch schlimmer gemacht. Es ist genau, wie ich gesagt habe. Sie sollten mir nicht folgen. Aber wenn ich jetzt nichts unternehme …« Ihre Stimme brach, und sie klappte den Mund zu und schluckte gequält.

»He, du«, sagte Violet beschwichtigend und umfasste Asters Gesicht mit den Händen. Aster stockte bei der Berührung der Atem, aber irgendetwas hinderte sie daran, wie sonst instinktiv wegzuzucken. Violets kühle Berührung beruhigte sie. Sie lehnte sich hinein, presste ihre Stirn gegen die ihrer Freundin. »Alle hier glauben an dich, Dawn. Sie wären nicht den weiten Weg hergekommen, wenn sie das nicht täten. Du bist die Anführerin der Mädchen aus Green Creek. Du bist die Märtyrerin, die McClennon niemals hatte erschaffen wollen. Zur Hölle, die Hälfte dieser Leute hat geglaubt, du wärest *tot*, nur um dann plötzlich von dir persönlich zu hören, dass du lebst und immer noch kämpfst und sie um Unterstützung bittest. Die werden sich alles anhören, was du zu sagen hast. Also sei ihnen gegenüber einfach ehrlich, hörst du? Es ist in Ordnung, wenn sie deine Wut, deine Angst und deine Verwirrung wahrnehmen. Wir alle empfinden Wut, Angst und Verwirrung. Aber dadurch, dass du uns hier zusammengebracht hast, hast du uns auch eine Gelegenheit gegeben, etwas dagegen zu tun. Du hast uns daran erinnert, dass wir nicht hilflos sind. Und gerade jetzt gibt es nichts, was wichtiger wäre.«

Aster atmete tief durch, griff nach Violets Hand und zog sanft an ihr, die Finger mit ihren verschränkt. »Glaubst du wirklich?«

»Das glaube ich nicht, ich *weiß* es. Hab doch ein bisschen Vertrauen in dich selbst. Hab ein bisschen Vertrauen in den Rest von uns. Bei mir hat es schließlich auch geklappt, oder?«

Aster prustete und schubste Violet weg. Nun fühlte sie sich etwas erleichtert, aber auch stärker. Sie war wieder sie selbst.

»Schätze schon«, räumte sie ein.

KAPITEL ZWANZIG

So voll hatte Aster die Versammlungshalle noch nie erlebt. Auf jedes vertraute Gesicht kam ein Dutzend anderer, die Aster nicht kannte. Gesprächsfetzen, Streitereien und Gelächter hallten durch den Saal. Harte Akzente aus Northrock kollidierten mit der trägen, gedehnten Sprechweise des Grinds. Das Klirren von Besteck erscholl wie prasselnder Regen im Hintergrund. Musik überlagerte die ganze Kakophonie, ein fiebriges Tanzstück, gespielt auf Banjo, Mundharmonika und Trommeln. Eli stand hinter dem Büfett, die Hände bis zu den Ellbogen in einem Topf Chili versenkt. Die Schlange der Leute, die auf etwas zu essen warteten, zog sich bis vor die Tür. Sam huschte voller Selbstvertrauen von einem Tisch zum anderen, stellte sich vor, hieß seine Gäste willkommen und bedachte Freunde wie Fremde gleichermaßen mit seinem gewinnenden Lächeln. Asters Freunde saßen an dem Tisch auf dem Podium. Zee versuchte, seiner Schwester das Gemüse schmackhaft zu machen. Tansy und Mallow spielten Karten mit Clementine und Raven. Und Violet hatte ein wenig beschützerisch neben Derrick Platz genommen, der so nervös aussah, dass man fürchten musste, er würde sich übergeben.

Sam hat recht, dachte Aster in der Ecke, von der aus sie alles beobachtete. Das war eine Party. Nicht, weil es etwas zu feiern gab – nein, ganz im Gegenteil –, sondern weil dies vermutlich das erste Mal in der Geschichte Arkettas war, dass es so vielen Staubblütigen derart unterschiedlicher Herkunft gelungen war, sich mehr oder weniger unter den Augen der Landesherren zu versammeln. Hier konnten sie einfach sie selbst sein. Hier waren sie *sicher.* Heute hatten sich mehr von ihnen zusammengefunden, als die meisten von ihnen je im Leben gesehen haben dürften. Und folglich begleitete eine mitreißende Energie jeden Austausch, und sogar Aster ließ sich, ihrer Beklemmungen zum Trotz, von der optimistschen Stimmung anstecken.

Sam schlich sich an sie heran. Sein Gesicht glänzte vor Schweiß vom vielen Herumlaufen. »Das müssen über dreihundert Leute sein, Aster«, sagte er, atemlos vor Begeisterung. »So etwas habe ich noch nie erlebt. Ganz egal, was dabei herauskommt, du hast hier etwas Großartiges zustande gebracht.«

Aster blickte zu ihm auf. »Bist du sicher, dass du nicht die Zügel in der Hand halten willst, Sam? Das hier ist dein Zuhause. Niemand von uns könnte jetzt hier sein, wenn du nicht wärest.«

Sam zog hörbar die Luft ein. »Nicht in tausend Jahren. Ich kann aus einem Haufen weggelaufener Minenarbeiter etwas formen, das zumindest Ähnlichkeit mit einer respektablen Gemeinde hat, aber für so etwas wie das hier fehlt mir die Vorstellungskraft. Du hast gewagt zu denken, was der Rest von uns einfach als unmöglich hingenommen hat. Ich fühle mich geehrt, Zeuge dessen zu werden.«

Hitze stieg Aster in die Wangen. Normalerweise verdrehte sie nur die Augen angesichts seiner effekthascherischen Art, aber nun war es genau das, was sie hatte hören müssen.

»Die Schlange am Büfett ist bald abgearbeitet«, sagte Sam. »Nicht mehr lange, und sie sind bereit, dich reden zu hören.«

Aster ballte die Fäuste und löste sie wieder, bemühte sich,

etwas von der Anspannung loszuwerden, die sich in ihrem Inneren aufgebaut hatte.

»Also gut, danke, Sam«, sagte sie und atmete tief durch, ehe sie sich auf den Weg zum Podium machte und den Blick über die Menge schweifen ließ. Die Letzten brachten gerade ihre Teller zu ihren Tischen, und Eli selbst kehrte zu den übrigen Freunden zurück. Aster schluckte und läutete die Glocke, um sich die Aufmerksamkeit der Anwesenden zu sichern. Das Geplapper wurde langsam leiser, als sich nach und nach alle Gesichter ihr zuwandten.

Das ist es, dachte sie und brachte im Stillen den Toten ein seltenes Gebet dar.

»Guten Abend, Freunde, und danke, dass ihr alle hier seid«, fing sie an. »Ich wünschte, wir könnten uns unter besseren Umständen zusammenfinden. Aber nun, da wir alle hier vereint sind, komme ich nicht umhin festzustellen, wie schön es ist, so viele von uns so zu erleben – bei einem guten Mahl frei miteinander plaudernd und bereit, für unsere Zukunft zu kämpfen.«

Zustimmendes Murmeln begleitete vereinzelte Jubelrufe. Aster umfasste die Ränder des Pults, um Kraft zu schöpfen, und fuhr fort:

»Am Anfang wollte ich McClennons Reich ein Ende machen. So etwas wie einen ›guten‹ Landesherren gibt es nicht, aber die McClennons waren immer die Schlimmsten von allen, und soweit es mich betrifft, ist das neue Welcome House der Beweis. Meine Freunde und ich waren bereit, alles zu tun, um Jerrod zu Fall zu bringen.«

»Du hast uns hintergangen«, rief jemand, einer der Staubblütigen aus Northrock. »Du hast behauptet, ihr hättet seinen Neffen entführt, dabei macht ihr gemeinsame Sache mit ihm! Und jetzt erwartest du von uns, dass wir das auch tun?«

Aster reckte das Kinn vor. Das Spiel würde sie nicht noch einmal spielen. »Derrick McClennon kann nicht länger als Landesherr gelten. Er hat seine Position aufgegeben, um bei uns zu sein, und seinen Reichtum und seine Kenntnisse genutzt, um uns zu helfen. Dieses Treffen hätte ohne ihn niemals stattfinden können.«

»Dieses Treffen wäre gar nicht *nötig,* hättet ihr ihn nicht entführt!«, brüllte jemand vom Tisch der Neun. »Nun sind die Landesherren aufgebracht und holen sich unsere Töchter. Du hättest die Finger davon lassen sollen. Unsere Lage ist schlimmer denn je.«

Aster lief rot an. Schuldgefühle bohrten sich in ihr Herz. Doch da stand Sam auf, um ihr beizustehen.

»Ihr redet, als wären die Dinge vorher irgendwie vertretbar gewesen«, sagte er. »Aber das waren sie nicht. Das wisst ihr – wir alle wissen das. Wir alle haben auf unsere jeweilige Art daran gearbeitet, die Situation zu verändern. Und *jede* bedeutende Veränderung, die *irgendjemand* von uns herbeigeführt hat, hatte auch eine Gegenreaktion wie diese zur Folge – erinnert ihr euch, wie der Krieg der Nationen zur Rekrutierung Staubblütiger durch das Militär geführt hat? Die Reaktion der Landesherren beweist nur, dass diese Frauen es geschafft haben, ihnen wirklich zu schaden.«

Aster nickte ihm dankbar zu. »Und ich werde nicht bestreiten, dass ich Fehler gemacht habe. Ich habe Menschen, die ich liebe, wehgetan, Menschen, die ich bewundere, enttäuscht … Aber genau deshalb habe ich euch alle hergerufen. Ich will es richtig machen. Die Entscheidungen, die meine Freunde und ich getroffen haben, wirken sich auf euch alle aus – darum sollt ihr mitbestimmen, was, wenn überhaupt, wir als Nächstes tun werden.«

»Es liegt wohl auf der Hand, dass wir *irgendetwas* tun müssen«, rief Aggie am Tisch der Lady Ghosts. »Wir können diese neue Taktik nicht unerwidert lassen.«

»Ich stimme zu«, meldete sich Cora zu Wort. »Die Landesherren müssen begreifen, dass sie damit nicht durchkommen werden. Was können wir tun, Aster?«

Ein warmes Gefühl der Dankbarkeit ergriff Besitz von Aster. Womöglich würde doch alles gut gehen. Sie befeuchtete ihre Lippen und fing aufgeregt an, ihren Plan zu umreißen.

»Also, Derrick war ein vergleichsweise kleines Ziel – er ist zwar mächtigen Leuten wichtig, hat aber selbst nicht so viel Macht.« Sie sah sich zu Derrick um. »Nichts für ungut, Mister McClennon.«

»Kein Problem«, tschilpte er.

»Darum denke ich, es ist an der Zeit, dass wir uns einen größeren Fisch vornehmen«, fuhr Aster fort. »Diese Landesherren – sowohl die in der Regierung als auch die in der Industrie – sind *Verbrecher*. Der Reichtum, den sie uns gestohlen haben, die Gewalt, die sie anwenden, um uns auf Linie zu halten ... Es ist Zeit, dass wir sie wie die Verbrecher behandeln, die sie sind. Lasst uns *sie* gefangen nehmen.«

Vereinzelt erklang Applaus, aber auch zweifelndes Gemurmel.

»Wen?«, rief jemand.

Und dann, von weiter hinten: *»Wie?«*

Darauf jedoch war Aster vorbereitet. »Derrick wird uns das ›Wer‹ liefern. Er kennt die Namen der mächtigsten Männer in der Landesherrengilde. Schalten wir von den richtigen Leuten ein halbes Dutzend aus, könnten wir innerhalb von einigen Wochen die ganze Regierung in die Knie zwingen.« Sie sah sich um. »Das ›Wie‹ ist allerdings eine größere Herausforderung.

Diese Männer sind überall über den Grind verteilt, und nach der Nummer, die wir mit Derrick durchgezogen haben, sind sie wachsamer denn je. Niemand lässt sich irgendwo blicken, wenn er nicht muss, und wenn sie sich herauswagen, werden sie zusätzliche Sicherheitsmaßnahmen ergreifen.« Sie dachte daran, dass McClennon Zees Schwester angeheuert hatte, und schluckte mühsam ihren Kummer hinunter. »Das ist der riskanteste Teil des Plans, und darum werden meine Freunde und ich das selbst übernehmen. Wir haben Erfahrung darin, reiche Leute zur Strecke zu bringen. Aber wir brauchen dennoch eure Hilfe, um dafür zu sorgen, dass die übrigen Regierungsangehörigen genug Druck spüren, um unseren Forderungen nachzukommen. Wir *müssen* es den Landesherren unmöglich machen, weiter ihren Geschäften nachzugehen, bis sie verschiedene Dinge verändert haben. Ich hörte, dass einige Staubblütige vor ein paar Wochen ein Süßdistelfeld abgebrannt haben – das ist genau die Art von Maßnahmen, die wir brauchen. Stellt euch so etwas in einem größeren Maßstab vor. Wenn ihre Anführer in Gefangenschaft und ihre Geschäfte ein Trümmerfeld sind, dann werden sie keine andere Wahl haben, als uns anzuhören.«

Aufregung breitete sich im Saal aus – aber auch Unsicherheit, das entging Aster nicht. Und nicht nur seitens der Lady Ghosts, mit deren unbehaglichen Blicken sie gerechnet hatte. Einer der Kommandanten der Skorpione verschränkte in einer trotzigen Geste die Arme vor der Brust. Der Staubblütige aus Northrock, der sie beschuldigt hatte, alle hintergangen zu haben, sah nach wie vor nicht überzeugt aus.

Sam erhob die Stimme über den zunehmenden Lärm hinweg. »Hört zu, wir alle wissen, dass wir uns, wenn wir das tun, auf einen Gegenschlag einstellen müssen. Sie werden Raubvögel schicken, um den Frieden zu wahren, und diese Raubvögel werden keinen Unterschied machen zwischen den Leuten in diesem Raum und jenen, die wir zu schützen versuchen«, sagte Sam. »Also denke ich, der erste Punkt auf der Tagesordnung *muss* es sein, diese Leute zu bewaffnen, damit sie sich verteidigen können. Die Staubblutfamilien, die auf den Feldern arbeiten, welche wir abbrennen wollen, werden besonders gefährdet sein. Die Skorpione können in diesem Punkt helfen – wir haben Kontakt zu einem Ferroniter Schmuggler, der uns fortschrittliche voltrische Waffen in den Grind bringen kann.« Er sah sich zu Derrick um. »Jetzt, da wir endlich den nötigen Schimmer dazu haben.«

»Wir werden auch für Lebensmittel und Kleidung sorgen müssen«, fügte Eli hinzu, und seine weiche Stimme war deutlich zu vernehmen. »Ein Landesherr stattet seine Leute mit allem aus, was sie brauchen – wir müssen davon ausgehen, dass sie das dann nicht mehr tun werden. Sie werden versuchen, das einfache Volk auszuhungern. Das dürfen wir nicht zulassen.«

Sam nickte. »Ich werde eine gesonderte Besprechung mit den anderen Kommandanten der Skorpione abhalten, um festzustellen, welche Unterstützung ihre jeweiligen Lager leisten können, so sie überhaupt die Möglichkeit haben. Dies waren für uns alle magere Zeiten, aber wie ich bereits sagte, wir haben jetzt den Schimmer der McClennons. Wenn wir all unsere Kräfte bündeln, dann können wir die Raubvögel von den Farmen und Minen vertreiben, die Felder und Tunnel zerstören und die staubblütigen Familien ausrüsten, damit sie die Tage, die uns bevorstehen, gut meistern.«

Zustimmende Rufe waren zu hören, hier und da klang Jubel auf. Die Spannung im Raum schien sich zu legen.

Nun erhob sich Cora. »Im Norden läuft das anders«, sagte sie. »Wir arbeiten in Fabriken, nicht auf dem Feld. Aber meine

Leute und ich haben schon eine ganze Weile darüber diskutiert, einen Streik zu organisieren, und so, wie es sich anhört, kann es dafür keinen besseren Zeitpunkt geben. Wir können auch schauen, ob wir die eine oder andere Bahnlinie zerstören. Wenn die Züge nicht fahren, wird es für die Landesherren viel schwerer, aus dem Grind zu flüchten – oder Verstärkung herbeizurufen.«

»Gut mitgedacht!«, sagte Aster und war peinlich berührt, weil ihr das nicht eingefallen war. Andererseits, genau das war ja der Grund, warum sie alle zusammengerufen hatten. »Außerdem werden die Landesherren außerhalb des Grinds nicht mit Widerstand rechnen. Das wird sie kalt erwischen. Was immer du brauchst, Cora – wir sorgen dafür, dass du es bekommst.«

Wieder brandete Jubel auf. Jetzt waren sie auf ihrer Seite, und Asters Stimmung hob förmlich ab, als sie das wahrnahm.

Doch dann meldete sich am Tisch der Lady Ghosts Aggie zu Wort: »Das ist ja alles gut und schön, Aster«, sagte sie, »aber Priscilla wird dennoch Fragen haben – nicht zuletzt die, wie zur Hölle wir das alles koordinieren sollen. Eine so umfangreiche Operation, all diese Leute, überall im Land … wir werden ständig in Kontakt sein müssen. Es ist nur eine Frage der Zeit, bis der Nachrichtenaustausch unterbrochen wird. Wie sollen wir verhindern, dass unsere Pläne in die falschen Hände geraten?«

»Durch die Tunnel …«, fing Sam an.

»Werden wir nicht schnell genug sein. Nicht für dieses Unterfangen«, fiel Aggie ihm ins Wort und fixierte ihn starren Blickes. »Deine Boten brauchen mehrere Tage, um auch nur das nächste Skorpionlager auf diesem Weg zu erreichen, und wir befinden uns nahe der Grenze nach Ferron. Das wird Zeit kosten, die wir nicht haben werden.«

»Ich habe vielleicht eine Lösung für dieses Problem«, polterte Sid, stand auf und drehte sich zu den Verbündeten um, die er herbeigerufen hatte. »Als das alte Imperium in Arketta eingefallen ist, hat man die Sprachen der Neun Nationen für illegal erklärt, aber wir haben sie heimlich am Leben erhalten – wenn wir einen Code bereitstellen können, sodass ihr alle sie übersetzen könnt, dann wäre es möglich, diese Sprachen für den Nachrichtenverkehr zu nutzen. Schickt eure Botschaften über Land, und selbst wenn die Gesetzeshüter eine abfangen, werden sie nicht erfahren, was wir einander mitteilen wollen. Wir können auch helfen, die Leute zu ernähren. Wir alle haben Familien in der Landwirtschaft – die Hellblütigen sind in dem Punkt auf uns angewiesen, auch jetzt noch, nach all diesen Jahrhunderten. Wir kontrollieren, wer was zu essen bekommt.«

Überrascht sah Aster Sid an. Sie war keineswegs sicher gewesen, dass sie überhaupt mit Unterstützung seitens der Neun rechnen konnten, besonders nicht nach all den Zweifeln, die sie letzte Nacht befallen hatten. Doch sie mussten diese Angelegenheit unter sich besprochen haben, lange, nachdem sie sich zurückgezogen hatte.

»Ich bin nur ein Mittelsmann – ich kann nicht für alle Neun Nationen sprechen, nicht einmal für meine eigene«, fuhr Sid fort und wandte sich nun an den ganzen Saal. »Aber ich kann sagen, dass diese Demonstration der Stärke und Solidarität größer ist als alles, womit ich je habe rechnen können. Ich hätte nie gedacht, dass ich mich einmal dabei ertappen würde, mich erneut einem Kampf anzuschließen, aber für unsere Schwestern, unsere Töchter … für alle, die von diesem neuen Gesetz betroffen sein werden … kann ich euch versprechen, dass ihr auf meine ganze Unterstützung zählen könnt. Und wenn – nicht falls, Aster, *wenn* – Arketta seine Söldner schickt, um uns aufzuhalten, nun, es gibt mehr als nur ein paar von uns, die dir vielleicht erzählen könnten, was du von ihnen zu erwarten hast.«

»Danke, Sidney«, sagte Aster aufatmend und hoffte, er nähme ihre Dankbarkeit auf der anderen Seite des Raums wahr. Sie sah sich zum Tisch der Lady Ghosts um, wo Aggie anscheinend mit den anderen Ladys konferierte. Sie waren die Einzigen, die sich noch nicht angeschlossen hatten.

Einen Moment später drehte Aggie sich zu Aster um und nickte. »Mich hast du überzeugt, Aster, Priscilla wird so einem Unterfangen jedoch niemals zustimmen – das weißt du. Aber ich verspreche, ich werde ihr das alles vortragen und in deinem Sinne argumentieren. Sie weiß, wir müssen etwas gegen McClennon unternehmen, und wenn es sonst nichts sein sollte, dann werden wir tun, was wir immer getan haben: unsere Sympathisanten in der Regierung anschreiben, Geld sammeln, um unseren Frauen zu helfen, und über die Grenze schmuggeln, wen immer wir ganz aus Arketta rausschaffen können.«

»Und das ist eine notwendige Arbeit, die schon unzählige Leben gerettet hat, mein eigenes eingeschlossen«, würdigte Aster ihre Worte, erleichtert, dass Aggie nicht gegen sie antrat. »Es gibt mehr als nur einen Weg, die Landesherren zu bekämpfen – aber damit das alles funktionieren kann, müssen wir uns zumindest darüber einig sein, wofür wir kämpfen. Als meine Freunde und ich mit dieser Sache begonnen haben, ging es nur darum, anderen Good Luck Girls zu helfen – aber das reicht nicht, das ist mir jetzt klar. Die Welcome Houses sind ein Symptom. Die Zeche ist die Krankheit. Sie hat unsere Vorfahren als Kriminelle gebrandmarkt, doch was war ihr Verbrechen? Zu arm zu sein, um die Steuern des Imperiums zu entrichten. Sich gegen eine Invasionsarmee zu wehren. Außerhalb ihrer starren Wertvorstellungen zu leben. Und als das Imperium fiel, haben die Landesherren seine Stelle eingenommen. Unser Leid wurde zu ihrer Währung, und sie wurden reich damit. Und nun behaupten sie, das sei alles gerechtfertigt, weil wir Kriminelle seien.« Aster schluckte. »Gibt es da draußen Staubblütige, die diese Anschuldigung verdienen? Gibt es Mörder und Vergewaltiger, Leute, die Kindern wehtun, die grundlos grausam sind und sich an Schwächeren schadlos halten? Gewiss gibt es die. Aber es sind nicht mehr als bei den Hellblütigen – und unter den Hellblütigen werden *diese* Leute Landesherren genannt und als große Männer angesehen. Und darum ist es Zeit für eine neue Zeche. Diese Kriminellen müssen zur Rechenschaft gezogen werden. Sie können die Leben, die sie genommen haben, die Jahre, die sie gestohlen haben, nicht zurückgeben. Sie können den Schaden, den sie angerichtet haben, nicht rückgängig machen. Aber sie können uns das Land zurückgeben. Sie können uns den Reichtum zurückgeben. Entweder sie zahlen aus eigener Tasche, oder sie zahlen mit ihrem Leben. Die Zeit für Verhandlungen ist vorbei. Darum frage ich euch jetzt, und haltet euch nicht zurück: Wie lauten eure Forderungen?«

Rauschender Beifall setzte ein, und die Leute fingen an, Dinge in den Raum zu brüllen. Derrick machte Notizen, beeilte sich, jeden Vorschlag aufzuschreiben. Bald hatten sie eine komplette Liste, bereit, sie an alle wichtigen Zeitungen zu schicken:

AN JERROD MCCLENNON UND DIE LANDESHERREN-GILDE:
IHR SEID KEINE MÄNNER, GESCHAFFEN AUS STEIN UND STAHL, SONDERN MÄNNER AUS BUNTGLAS UND FEINER SEIDE. EURE STÄRKE BEZIEHT IHR VON UNS, UND DAS WISST IHR. DIES SIND UNSERE NEUEN FORDERUNGEN:

1. IHR WERDET DEN BETRIEB SÄMTLICHER WELCOME HOUSES UMGEHEND EINSTELLEN.
2. IHR WERDET ALLE NOCH OFFENEN STAUBBLUTSCHULDEN ERLASSEN UND UNS FÜR DIE ARBEITSLEISTUNG BEZAHLEN, DIE IHR UNS GESTOHLEN HABT.
3. IHR WERDET DEN STAUBBLÜTIGEN DIE VOLLE STAATSBÜRGERSCHAFT UND GLEICHEN RECHTE ZUERKENNEN.
4. IHR WERDET DEM VOLK DAS LAND ZURÜCKGEBEN.
5. IHR WERDET DIE BESCHÄFTIGUNG VON RAUBVÖGELN FÜR UNGESETZLICH ERKLÄREN.

IHR NENNT UNS LÜGNER, DOCH IHR SEID NICHT SO VERTRAUENSWÜRDIG, WIE IHR DIE LEUTE GLAUBEN MACHEN WOLLT. IHR HABT DER ÖFFENTLICHKEIT ERZÄHLT, WIR WÄREN VON EUREN MÄNNERN GEFANGEN GENOMMEN UND GETÖTET WORDEN, ABER WIR SIND IMMER NOCH HIER, UND WIR WERDEN NICHT SO EINFACH AUFGEBEN. LEISTET WIEDERGUTMACHUNG FÜR EURE VERBRECHEN ODER STELLT EUCH DER VERDIENTEN STRAFE.

UNTERZEICHNET
DIE ABRECHNER
ASTER
CLEMENTINE
TANSY
MALLOW
RAVEN
VIOLET

KAPITEL EINUNDZWANZIG

Die ersten Landesherren auf Derricks Liste waren Colin und Anthony Harker, Zwillinge. Anthony arbeitete in der Regierung, Colin führte den landwirtschaftlichen Betrieb der Familie – alles von Süßdistel über Zuckerrohr bis hin zu Baumwolle und Tabak. Beide hatten mehrere Kinder, wie Derrick erklärte, doch im Gegensatz zu ihm waren sie nicht alt genug, um selbst schon irgendeinen Einfluss zu haben. An ihnen war Aster nicht interessiert.

»Da wir schon dabei sind, bist du sicher, dass wir uns die Kinder nicht schnappen sollen?«, fragte Mallow mit gedämpfter Stimme, als sie sich über Derricks Aufzeichnungen beugten. »Ich meine, wir würden ihnen natürlich nichts tun, aber … wenn wir den Eltern wirklich Feuer unterm Hintern machen wollen …«

»Nein«, widersprach Aster entschieden. »Kinder zu benutzen ist das, was die Landesherren tun. Wir müssen den Leuten zeigen, dass wir eine andere Welt wollen. Wenn diese Kinder aufwachsen und die gleichen Verbrechen begehen wie ihre Väter, dann werden wir uns um sie kümmern, aber vorher nicht.«

Derrick sah erleichtert aus, auch wenn er nichts dazu sagte. »Also, Colin Harker lebt hier im Grind auf einem Gut außerhalb von Pinecrest. Ihn können wir uns jederzeit vornehmen. Anthony Harker lebt in der Hauptstadt, kommt aber am Ende jeden Monats her, um sich mit seinem Bruder zu treffen.«

Tansy rechnete die Sache im Kopf durch. »Das bedeutet also, wenn wir beide erwischen wollen, dann müssen wir …«

»… noch zwei Wochen warten«, beendete Derrick den Satz an ihrer Stelle.

Aster schnaubte frustriert. Sie konnten nicht öffentlich zum sofortigen Handeln aufrufen und dann zwei Wochen lang nichts tun.

»Gibt es irgendeinen anderen, den wir uns in der Zwischenzeit vornehmen könnten?«, fragte sie.

»Na ja, die Harkers sind die zweitmächtigste Landesherrenfamilie nach meiner eigenen«, sagte Derrick. »Wenn ihr mich fragt, wäre es besser, wenn wir uns die zuerst schnappen. Aber wenn Zeit ein kritischer Faktor ist …« Er blätterte in seinem Notizbuch. »Leonard Sullivans Anwesen ist unserem Standort am nächsten. Die Familie hat nicht so viel politischen Einfluss – Sullivan ist der einzige Sohn seiner Eltern, also hat er keinen Bruder in der Regierung. Aber die Familie ist ziemlich reich.«

Aster bekam schon beim Klang des Namens einen steifen Rücken. *Sullivan.*

Der Eisenbahnbaron, für den Lizzy gearbeitet hatte.

Der Landesherr, in dessen Schuld Asters Familie stand.

»Wie kommen wir dorthin?«, fragte sie finster.

»Besser wäre, wir locken ihn raus«, entgegnete Derrick. »Das Anwesen der Sullivans liegt an einem Berghang – es ist schwer, da raufzugelangen, und wir wären im Nachteil, sollte es zu einem Kampf kommen. Aber eine ausreichend große Katastrophe in einem seiner Lager würde ihn zwingen, seine Deckung zu verlassen und sich darum zu kümmern. Wir könnten ihm eine Falle stellen.«

»Sam will sowieso, dass ich diese Woche heimlich einige

der nahen Minenlager aufsuche, um Waffen und Ausrüstungsgegenstände zu verteilen«, sagte Eli und fing Asters Blick ein. »Du könntest mich begleiten, dann würden wir die Falle zusammen vorbereiten.«

Derrick schien verärgert zu sein, weil Eli ihn unterbrochen hatte. Schnaubend strich er sich das Haar aus den Augen. »Ihr zwei allein werdet kaum reichen, um es mit Leonard Sullivan und seinen Raubvögeln aufzunehmen«, betonte er.

»Du meinst wohl, wir würden dich brauchen?«, fragte Eli und funkelte Derrick an.

»Ganz abgesehen von der Tatsache, dass ihr in der Tat meine Hilfe braucht, um das alles zu planen, möchte ich euch daran erinnern, dass ich den unbewaffneten Nahkampf sechs Jahre lang gelernt habe. Ich bin also im Einsatz nicht so nutzlos, wie ihr anzunehmen scheint …«

»Ach, tatsächlich? Hat man dich auch das Fuß-im-Arsch-Manöver gelehrt? Denn wenn nicht, dann würde ich mich freuen, es dir zu demonstrieren …«

Ihr Gezänk wurde langsam unerträglich. Raven verdrehte die Augen, Tansy unterdrückte ein Kichern, Zee sah lediglich verdattert aus. Aster und Violet schauten einander an und fanden zu einem wortlosen Einverständnis. Aster wusste, dass dieses nutzlose Gehabe ihr galt, doch sie hatte dafür keine Zeit mehr übrig.

»Es reicht«, bellte sie, und beide verstummten. »Derrick … erzähl uns einfach, welche Lager wir ins Auge fassen können.«

Seufzend rollte Derrick eine Landkarte aus. »Also, Sullivans Land umfasst die folgenden Pächterlager und Gehöfte …«

»Warum reden wir überhaupt darüber? Wir wissen doch schon, wohin wir gehen müssen«, fiel Eli ihm ins Wort und deutete auf ein Minenlager, einen Tagesritt entfernt. Shade

Hollow. Asters Herz krampfte sich zusammen. Das war das Lager, in dem sie aufgewachsen war.

»Aster«, sagte Eli. »Lass uns deine Familie besuchen.«

Aster und Clementine kauerten versteckt auf der Ladefläche eines Wagens voller Waren für die Pächter des Minenlagers, während Eli sie die Knochenstraße hinunterlenkte. Der Rest ihrer Gruppe sollte tief im Wald in der Nähe von Shade Hollow auf Asters Signal warten, um mit dem Angriff aus dem Hinterhalt zu beginnen. Zumindest in einem Punkt hatten Derrick und Eli übereingestimmt: Bei Nacht mithilfe von Dynamit einen Einsturz auszulösen war die einfachste Methode, um sich Sullivans Aufmerksamkeit zu sichern. Er würde noch vor Sonnenuntergang am folgenden Tag vor Ort in Erscheinung treten.

Für Aster und Clementine wäre es sicherer gewesen, hätten sie zusammen mit den anderen im Wald gewartet – nun, da Aster ihre Identität öffentlich enthüllt hatte, musste der ganze Grind hinter ihnen her sein. Aber es war ihr wichtig, einen Tag Vorsprung vor den anderen zu haben. Das würde ihr und Clementine Zeit geben, um mit ihren Eltern zu reden.

Sofern sie noch dort waren.

»Bestimmt sind sie weitergezogen, meinst du nicht auch?«, fragte Clementine in neutralem Ton, als hätte sie Asters Gedanken gelesen. Tief zusammengekauert, hockten sie unter dem Sackleinen, das über den Wagen geworfen worden war, beide gekleidet in schwarze Segnerroben. »Mallow und Tansy haben beide versucht, nach Hause zu schreiben, als wir in Ferron waren, aber die Briefe sind ungeöffnet zurückgekommen. Ihre Familien waren nicht mehr dort.«

Aster verdrehte sich den Kopf, um ihre Schwester anzusehen, und zog eine Braue hoch. Pessimismus passte so gar nicht zu

Clem – andererseits, überlegte Aster, wollte sie sich vielleicht einfach nur schützen. Dies war nicht wie die anderen Herausforderungen, denen sie sich hatten stellen müssen. Hier ging es um etwas Persönliches.

»Ja, na ja, du weißt doch, wie das ist«, sagte Aster vorsichtig. Ihr Magen drehte sich bei jeder Unebenheit in der Straße herum, und sie schluckte krampfhaft, um ihn zu besänftigen. »Die Familien werden ständig umgesiedelt. Vielleicht hat Sullivan sie in einem anderen Lager benötigt. Oder er hat sie einem anderen Landesherrn gegen eine Gegenleistung überlassen. Oder vielleicht haben sich unsere Leute auch irgendwie in Schwierigkeiten gebracht und sind …« Aster verstummte.

Exekutiert worden.

»Also, *das* bezweifle ich sehr«, sagte Clementine, und Aster wusste trotz des mulmigen Gefühls in ihrem Bauch, dass ihre Schwester recht hatte. Ihre Eltern waren nie der Typ Mensch gewesen, der aus der Reihe tanzte. *Überflügele die, die über dir stehen.* Das war es, was ihre Mutter immer gesagt hatte. *Beackere ihr Land, respektiere ihre Gesetze. Wenn du tust, was dir gesagt wird, behandeln sie dich freundlicher.*

Wir sind für sie nicht mehr wert als Hunde, dachte Aster erbittert. Solange sie gehorchten, solange sie treu und ergeben waren, die Arbeit taten, die von ihnen verlangt wurde, und niemals die Zähne zeigten, gab man ihnen Essen und Unterkunft, und vielleicht gewährte man ihnen sogar eine gönnerhafte Form der Zuwendung. Und viele Leute, darunter auch Asters Eltern, hatten ihr erklärt, dafür müsse sie dankbar sein.

Aber sie war kein Tier. Sie war ein Mensch. Und es war Zeit zu fordern, dass man sie auch so behandelte.

»Aster, du ziehst wieder dieses Gesicht«, bemerkte Clementine. »Als wolltest du jemanden schlagen.«

»Das ist einfach nur mein Gesicht, Clem.«

»Du hoffst, dass unsere Eltern noch dort sind«, fuhr Clementine scharfsichtig fort. »Nicht, weil du dich freuen würdest, sie zu sehen, sondern weil du auf Streit aus bist. Habe ich recht?«

»Und wenn?«, fragte Aster defensiver als beabsichtigt. Inzwischen verging sie vor Hitze unter dem Sackleinen, so sehr, dass der Schweiß in Strömen lief, und ihre Wut sorgte nur dafür, dass ihre Haut noch heißer brannte. »Fast zehn Jahre sind vergangen, seit sie uns an das Welcome House verkauft haben. Hast du gedacht, mein Groll hätte sich über die Zeit gelegt? Nein, inzwischen ist er voll ausgewachsen.«

»Aber was willst du ihnen denn sagen?«

Aster knirschte mit den Zähnen. Nichts, was sie sagen konnte, würde die Vergangenheit ändern.

»Es geht nicht darum, was ich ihnen zu sagen habe. Es geht darum, was sie uns zu sagen haben. Wir verdienen Abbitte. Aber wenigstens – wenigstens – sollten sie zugeben, dass das, was sie getan haben, falsch war«, erklärte Aster.

Clementine sagte nichts dazu, aber Aster konnte ihr Schweigen gut genug deuten. Clem war nicht der Ansicht, dass ihre Eltern etwas falsch gemacht hatten, als sie beschlossen hatten, sie zu verkaufen; sie dachte, der Fehler liege bei den Landesherren, weil die sie zu dieser grausamen Entscheidung gezwungen hatten. Das war es, wofür sie kämpften: eine Zukunft, in der niemand mehr um des eigenen Überlebens willen seine Töchter würde verkaufen müssen.

Aber auch wenn Aster das rational begreifen konnte, änderte es nichts an dem Gefühl, verraten worden zu sein, das in ihrem Herzen schwärte. Trotz allem, was sie selbst durchgemacht hatte, konnte Clementine immer noch nicht wirklich verstehen, was Aster hinter sich hatte. Und dafür war Aster unbeschreiblich dankbar – aber sie fühlte sich auch einsam, weil sie mit ihrer Schwester über dieses Thema nicht sprechen konnte.

Ich wünschte, Violet wäre hier, dachte Aster unwillkürlich und wie so oft. Clementine sah zu ihr auf, also musste Aster ihr stets mit gutem Beispiel vorangehen. Aber Violet hätte ihren Zorn verstanden, selbst wenn der nicht wirklich gerecht war. Mit ihr hätte Aster offen reden können. Das hätte ihr die Gelegenheit gegeben, Last von ihrer Seele zu laden, ehe sie ihren Eltern gegenüberträte.

Ruckelnd blieb der Wagen stehen, und Eli klopfte zweimal an das Brett hinter dem Bock. »Wir sind da, Freunde – Mütze auf!«

Aster und Clem wechselten einen Blick, ehe sie pflichtschuldig die Kopfbedeckung aufsetzten, die alle Segner trugen – einen schwarzen Schleier als Symbol für den Schleier zwischen der Welt der Lebenden und der der Toten, der ihr Gesicht verdeckte. Wie ein Spinnennetz klebte er an Asters Wangen, als sie das Sackleinen zurückschleuderte und vom Wagen sprang. Ihr Rücken schmerzte, als sie sich streckte, und der Saum ihrer Robe wirbelte Staub auf, während sie das Lager betrachtete.

Asters Erinnerungen an Shade Hollow waren so spärlich wie die wenigen Büschel Trockengras, die die aufgesprungene Erde tüpfelten. Da wäre zuerst der Geruch, das säuerliche Aroma der Kohle, und dann das Gefühl, das der feine Sand zwischen den Zähnen auslöste. Die Hütten sahen aus, als könnten sie jederzeit zusammenbrechen, lehnten sich in maroden Reihen trunken aneinander. Primitive Eisenwächter standen vogelscheuchengleich vor jeder einzelnen, bildeten eine letzte Verteidigungslinie gegenüber den Toten. Unter den Lebenden hängten Frauen ihre Wäsche zum Trocknen auf, während unbeaufsichtigte Kinder lärmend rauften und Männer wie Ameisen in dem Minenschlund verschwanden oder aus ihm hervorkamen. Ja, das war es … das war ihr Zuhause. Das war der Schmutz, in dem sie und Clementine mit geschwärzten Fingernägeln gemalt hatten. Dort war die Wasserpumpe, an der sie sich im Sommer den Honig von den Händen gewaschen hatten. Aber dieses »Zuhause« war kleiner, als Aster es in Erinnerung hatte. Und schmutziger. Sie kam sich vor, als wäre sie in eine von Ravens Bleizeichnungen gestolpert, in der eine dünne graue Schicht Ruß auf jeder Oberfläche lag und sogar den grausam grellen und heißen Sonnenschein dämpfte.

Ein einzelner Raubvogel mit einem über die Schulter geschlungenen Gewehr bewachte das Gelände. In der Mine mussten noch mehr sein, aber vorerst mussten sie sich nur mit diesem einen befassen.

»Erinnerst du dich noch, wo eure Familie gewohnt hat? Und wie sie heißt?«, fragte Eli sanft. Auch er war gekleidet wie ein Segner – ein Bruder und zwei Schwestern, die gekommen waren, um den Menschen den Glauben zu bringen.

»Walker«, sagte Aster, ein Name, der sich nach so vielen Jahren fremd auf ihrer Zunge anfühlte. »Wilma und Clyde Walker. Aber ich … ich weiß nicht mehr genau, in welcher Hütte wir gewohnt haben.«

»Gut, dann lasst uns herumfragen«, schlug Eli vor.

Zuerst ging er zu dem Raubvogel, allein, damit der die Magie von Asters und Clementines Kokarde nicht spüren konnte. Die beiden Männer unterhielten sich beunruhigend lang mit leiser Stimme, und Aster bekam vor Beklommenheit eine Gänsehaut. Sie wusste, lügen fiel Eli nicht leicht. Was, wenn er ihm ihre Geschichte nicht andrehen konnte? Oder wenn dieser Raubvogel ihnen befahl, kehrtzumachen und wieder zu verschwinden?

Aster hatte einen Revolver unter ihrer Robe versteckt … nur eine einfache sechsschüssige Waffe, keine voltrische Pistole. Die hatten sie dem Rest der Gruppe überlassen, der sich derzeit noch einen Weg durch die Wälder bahnte. Trotzdem, sollte es Schwierigkeiten geben …

Dann, endlich, drehte Eli sich um und winkte ihnen zu, zu ihm zu kommen. Aster entspannte sich, aber nur ein kleines bisschen. Etwas daran, wieder hier zu sein, zerrte an ihren Nerven, wollte sie innerlich zerreißen und ihr Herz zum Galopp treiben.

Der Raubvogel verschwand den Hang hinauf und ließ sie ungehindert von Tür zu Tür gehen, Geschenkkörbe abgeben, von denen sie behauptet hatten, sie wären gefüllt mit Grauweidengirlanden, die jedoch tatsächlich Lebensmittel, Medikamente und Waffen enthielten. In jedem Haus erkundigten sie sich auch nach Asters Familie, ernteten aber nur ausweichende oder leere Blicke. Niemand wusste, wo ihre Eltern waren … oder es wollte niemand darüber sprechen.

Fünfzehn Minuten später klopften sie an die Tür eines Hauses mit einem zerbrochenen Fassadenfenster, aus dem ein Hund mit dreckiger Schnauze herausschaute. Er bellte zweimal laut und kündigte so zusätzlich ihre Gegenwart an. Eine alte Frau kam fluchend zur Tür und hielt den Köter im Genick fest. Dunkle Adern zogen sich unter ihrer papiernen Haut entlang, und ihr blondes Haar war dünn und brüchig wie trockene Maisgrannen.

»Guten Tag, Ma'am«, sagte Eli.

»Ich habe in meinem Leben schon genug Predigten gehört«, sagte sie kurz angebunden.

Aster fing die Tür ab, ehe die Frau sie schließen konnte. »Eigentlich, Ma'am, sind wir nicht zum Predigen gekommen …«

Die milchigen Augen der Frau weiteten sich vor Staunen, als

sie ihr den wahren Zweck ihrer Anwesenheit kundtaten und sie baten, Stillschweigen zu wahren, bis die Zeit zum Zuschlagen gekommen war. Niemand würde gezwungen werden, sich an dem Kampf zu beteiligen, versicherte ihr Clementine – dennoch wollten sie, dass jeder die nötigen Mittel hatte, um auf sich selbst aufzupassen, bis alles vorbei war.

»Eine letzte Sache noch«, sagte Aster, als die alte Frau grinsend ihre Gaben betrachtete. »Wir suchen Wilma und Clyde Walker. Man sagte uns, sie würden hier leben. Weißt du, wo wir sie finden können?«

Das schelmische Lächeln, das auf den Lippen der alten Frau gelegen hatte, erstarb augenblicklich.

»Wilma und Clyde Walker?« Sie senkte die Stimme. »Habt ihr es denn nicht gehört? Habt ihr es nicht *gesehen?*«

Etwas an ihrem Ton sorgte dafür, dass Asters Kopfhaut vor Grauen kribbelte. »Was gesehen?«

»Ihr müsst von Süden gekommen sein. Wäret ihr von Norden gekommen, dann hättet ihr sie sehen müssen. Sie sind schon seit vier Tagen da draußen.«

Aster kämpfte um ihre Fassung, konzentrierte sich auf ihren zitternden Atem, auf die unerträgliche Hitze, auf alles, nur nicht auf die Worte der alten Frau.

»Heißt das …?«, fragte Eli gedehnt.

»Die Raubvögel haben sie exekutiert – haben sie an Galgen gehängt und Geiern und Rächern überlassen. Ihre Töchter waren zwei von diesen Good Luck Girls, die hinter dem Angriff auf McClennon stecken. Vielleicht seid ihr ihnen ja sogar mal begegnet, wenn ihr all das auf ihre Anweisung hin tut. Ich schätze, ihr habt Wilma und Clyde gesucht, um sie vor der Vergeltung zu bewahren, aber der alte Sullivan hat es wohl kommen sehen und ist schneller gewesen.«

Asters Brust zog sich zusammen. Plötzlich klangen alle Geräusche fern und gedämpft, während die Farben übertrieben leuchtend wirkten. Sie war darauf vorbereitet gewesen, ihren Eltern zu begegnen oder zu erfahren, dass sie weitergezogen waren. Aber sie war nicht darauf gefasst gewesen, dass man ihr sagte, sie wären einfach … fort.

Ermordet.

Der Hund der alten Frau leckte winselnd Asters Hand, und die Frau zog ihn sanft zurück.

»Es tut mir wirklich leid, Überbringerin der schlechten Nachricht zu sein«, sagte sie. »Die Walkers … sie waren gute Leute.«

Und dann schloss sich knarrend die Tür.

Aster schluckte und drehte sich zu Clementine um, die, zitternd und mit Tränen in den Augen, hinter ihr stand.

»He«, sagte Aster sanft und legte ihr die Hand auf die Schulter. »Das ändert gar nichts, hörst du? Wir mussten unseren Weg schon seit Jahren ohne sie finden. Wir haben immer noch einander. Du hast immer noch mich, Clem.«

Aber Clementine schüttelte ihre Hand ab, ging davon und wischte sich unter dem Schleier wütend die Tränen aus den Augen.

»Das ist unsere Schuld. Sie sind unseretwegen gestorben«, würgte sie hervor.

»Clementine – Grace, bitte …«

Aster wollte ihr folgen, aber Eli packte sie am Ellbogen.

»Lass sie gehen«, sagte er.

Nun brannten die Tränen in Asters Augen, und sie blinzelte zornig dagegen an.

»Natürlich«, sagte sie mit brechender Stimme und ging, gefolgt von Eli, zum Wagen zurück. »Natürlich hat er sie ermordet. Natürlich hat er mir meine Eltern genommen. Diese Landesherren haben schließlich auch schon alles andere geraubt, warum dann nicht auch sie?«

Sie kletterte auf den Wagen und rollte sich zusammen. Nun war sie dankbar für den Schleier. Sie wollte nicht, dass Eli sie so sah, verwüstet, als wäre ein Sturm über sie hinweggezogen. Er stieg ebenfalls auf die Ladefläche und setzte sich neben sie. Das Fuhrwerk sackte unter seinem Gewicht ein. Lange sagte er nichts, und seine stille, verlässliche Gegenwart wirkte beruhigend auf sie.

»Die verdienen meine Trauer nicht«, sagte Aster schließlich und schluckte unter Schmerzen. »Das ist so höllisch, Eli. Sie haben uns verraten. Sie haben uns im Stich gelassen. Und jetzt … jetzt werde ich keine Gelegenheit mehr haben, mit ihnen ins Reine zu kommen.«

Als Eli antwortete, war seine Stimme so weich wie Gaze auf der Haut. »Du kannst immer noch sagen, was du zu sagen hast, Aster. Der Schleier ist nicht so dick, dass die Toten uns nicht dann und wann hören könnten.«

Doch irgendwie hatte Aster nun, nach all den vielen Jahren, in denen sie sich diesen Moment vorgestellt hatte, keine Worte mehr. Sie hatte nie damit gerechnet, nach Shade Hollow zurückzukehren und den Ort genauso vorzufinden, wie sie ihn verlassen hatte, nur ohne ihre Familie …

»Es war nicht real, Eli«, sagte sie mit belegter Stimme. »Nichts davon war real. Ich habe sie geliebt. Ich habe ihnen vertraut. Und ich habe diesen Ort geliebt, auch wenn …« Sie schloss die Augen. »Machmal vermisse ich ihn. Manchmal vermisse ich das alles. Ich vermisse das Mädchen, das ich damals gewesen bin.«

Und vielleicht war dieser Verlust das, worum sie tatsächlich trauerte. Die Tränen liefen nun ungehindert über ihre Wangen, und sie machte sich nicht mehr die Mühe, sie fortzuwischen.

»Zwei Dinge können gleichzeitig wahr sein«, sagte Eli. »Es kann stimmen, dass deine Eltern dich geliebt haben, und es kann ebenso stimmen, dass sie dir wehgetan haben. Es kann stimmen, dass du schöne Erinnerungen an diesen Ort hast, und es kann ebenso stimmen, dass du Besseres verdient hast. Es steht dir frei zu fühlen, was immer du fühlst, und es ist auch in Ordnung, wenn das gerade jetzt keinen Sinn ergibt. Deine Liebe war real. Es ist normal, um sie zu trauern.«

In Asters Geist herrschte ein heilloses Durcheinander. Als sie ein kleines Mädchen gewesen war, hatte sie nichts mehr gewollt, als hier wegzukommen. Aber sie hatte ihr Zuhause auch vermisst, kaum dass sie an das Welcome House verkauft worden war, und den Ort in Gedanken als etwas Kostbares ausgeschmückt, das man ihr genommen hatte. Nun also, mit frischen Augen, älteren Augen zurückzukehren und zu sehen, wie hässlich das Lager wirklich war … zu begreifen, wie hässlich es immer gewesen war …

»Ich bin in einem Minenlager aufgewachsen, das diesem sehr ähnlich war«, sagte Eli leise. »Bis Sam und ich davongelaufen sind. Sie haben die Jungs schon früh zum Arbeiten gezwungen – sobald sie groß genug waren, um die Werkzeuge zu halten. Die Arbeit ist gefährlich, auch für die Kleinen. Besonders für die Kleinen. Aber das Verrückte war …« Er lachte leise. »Ich konnte es kaum erwarten. Ich habe Sam und die anderen Jungs in der Mine bewundert, als wären sie die Helden in einem Kupferstück-Roman. Sie sahen so stark aus mit ihren verbeulten Helmen, den Stiefeln mit den Stahlspitzen, den verschmutzten Gesichtern und den Hacken über der Schulter. Ich wollte so sein wie sie – macht ja nichts, dass die Hälfte von denen keine dreißig werden würde und die andere Hälfte sich eine Staublunge zuziehen würde oder ein zertrümmertes Bein, für dessen Behandlung der Landesherr nicht aufzukommen gedachte. Sam war erst zwölf, als er die Finger an der linken Hand bei einem Unfall verloren hat. Das war ein schlimmer Ort, Aster. Ein Ort, an dem Kinder litten und starben. Und doch, an jenem ersten Tag, als ich *meinen* Helm und *meine* Stiefel bekam, hat ein Teil von mir eine fast unbezähmbare Begeisterung empfunden. Und dann sind wir in die Tunnel gegangen, um uns herum hat der Theomit geglitzert … das war, als würde man von einem Stern verschlungen werden.« Er sah Aster an. »Das war real. Die Liebe und Bewunderung, die ich für meinen Bruder empfunden habe, war real. Die Aufregung, weil ich anfangen sollte zu arbeiten, der Stolz, als es endlich so weit war … die Loyalität und Freundschaft gegenüber den anderen Jungen, die mit mir zusammen dort unten waren … das war alles real, Aster. So real wie der Schmerz und das Leiden und der Hass und die Wut und die Verbitterung. Dass du in einer schlimmen Lage auch etwas Freude gefunden hast, bedeutet nicht, dass du kindisch oder rückgratlos wärest – oder dass du den Leuten, die dir wehgetan haben, irgendwie dankbar wärest. Es bedeutet nur, dass du etwas Wunderbares an einem Ort hast erblühen lassen, an dem es gar kein Leben geben sollte. Und das allein ist großartig.«

Aster schniefte leise, wischte sich die Nase am Ärmel ab. Seine Worte wirkten wie Balsam gegen die glühende Schande und die Wut, die sie empfand.

Zittrig atmete sie durch. »Danke, Eli«, murmelte sie und lehnte sich bei ihm an. Er erstarrte, anscheinend verdattert, doch dann, einen Moment später, legte er ihr den Arm um die Schultern. Die Last seines Arms wirkte besänftigend. Sie war immer noch verkrampft, wenn er sie berührte – und sie hegte den Verdacht, dass sich das nie legen würde –, und es war irgendwie verlockend, sich selbst oder die Welt, die sie so geformt hatte, dafür zu hassen. Aber Eli hatte recht, zwei Gefühle konnten nebeneinander bestehen. Sie konnte sich unter der Berührung eines Mannes verkrampfen, auch wenn sie sanft war ... und sie konnte zugleich dankbar für ebendiese Berührung sein.

»Tut mir leid, dass ich dich hergebracht habe«, sagte er. »Ich hätte wissen müssen, dass so etwas passieren könnte ...«

»Nein, ich bin froh, dass du das getan hast«, widersprach Aster, und so war es auch. Zumindest wusste sie nun Bescheid. Es nicht zu wissen wäre in gewisser Weise schlimmer gewesen. »Aber wir müssen Clementine suchen. Sie denkt, das ist unsere Schuld. Und vielleicht stimmt das ja ... Bei den Toten, das ist so ein Schlamassel.«

Eli kletterte auf den Kutschbock. »Sie ist nach Norden gegangen. Weit kann sie nicht gekommen sein. Wir werden sie finden, Aster.«

Norden?

»Oh, verdammt«, fluchte Aster. »Sie ist losgegangen, um sie zu sehen. Wir müssen sie aufhalten.«

Elis Gesicht verzog sich zu einer Maske des Grauens, und er wendete rasch das Fuhrwerk und ließ die Zügel schnalzen, um die Pferde die Straße hinunterzutreiben. Doch noch ehe sie am Ortsrand von Shade Hollow angelangt waren, zügelte er die Tiere beim Anblick eines berittenen Trupps, der ihnen den Weg versperrte – drei Raubvögel, ein sterblicher Mann und ...

»Clementine!«, schrie Aster, sprang auf die Straße und griff nach ihrer Pistole.

»Na, na, vorsichtig«, rief der Mann, stieg ab und packte

Clementine im Nacken, wie es die alte Frau bei dem Hund getan hatte. Er war makellos gekleidet, klein und schlank, hatte bronzene Haut, glattes schwarzes Haar und einen schmalen Schnurrbart, der ständig ein wenig zu zucken schien. Aster erkannte ihn anhand Derricks akkurater Beschreibung auf Anhieb. Und ebenso anhand der Schauergeschichten aus zweiter Hand, die sie zu hören bekommen hatte, als sie hier in Shade Hollow aufgewachsen war.

Leonard Sullivan.

KAPITEL ZWEIUNDZWANZIG

Aster hätte Wut erwartet, doch stattdessen bestand ihre erste Reaktion schlicht aus verdattertem Schweigen. So viel sie und ihre Freunde auch über die Landesherren gesprochen hatten, sie empfand sie immer noch vorwiegend wie eine abstrakte Bedrohung, nicht so sehr wie Männer aus Fleisch und Blut. Sie waren wie das Wetter, eine Macht, die sich ihrer Kontrolle entzog und erbarmungslos Leben zerstörte. Und Jerrod McClennon war der Legende, die Aster um ihn herum geschaffen hatte, vollkommen gerecht geworden, sprühend vor Charisma und tödlichen Absichten, wann immer er einen Raum betrat. Aber Zeugin zu werden, wie die Hände dieses Wiesels, das ihre Eltern bis aufs Blut ausgebeutet und schließlich ermordet hatte, nun auf ihrer Schwester lagen …

Zorn wogte tief aus ihrem Bauch empor.

»Lass sie los, oder ich schwöre, ich werde …«

»Du wirst was?«, fragte Sullivan mit einem leisen Lachen, und der Raubvogel hinter ihm stieg ab und drängte sich nach vorn.

Lizzy Greene.

Eli, der sich neben Aster aufgebaut und eine dezent beschützerische Haltung eingenommen hatte, schnappte hörbar nach Luft. »Eine Raubvogelfrau …«, flüsterte er. »Aster, ist das …«

»Nachdem ich eure kleine Kriegserklärung in der Zeitung

gelesen hatte, dachten wir uns, dass ihr womöglich hier auftauchen würdet, um eure Eltern in Sicherheit zu bringen«, fuhr Sullivan fort. »Also habe ich beschlossen, euch zuvorzukommen, und Elizabeth habe ich auch hergebeten. Sie verfolgt euch Ungeziefer schon seit einer ganzen Weile. Meine Männer hatten Anweisung, mir alle verdächtigen Vorkommnisse umgehend zu melden, und, na ja … ihr habt uns definitiv nicht lange warten lassen. Aber dass sich ein paar gefallene Mädchen, Diebinnen und Mörderinnen, nichts weniger, die heilige Robe der Segner überwerfen, um ihre Lügen zu verbreiten? Das ist abgefeimt, selbst für euch.«

Aster schluckte die Übelkeit hinunter, die ihr in die Kehle stieg. Sie hatten beabsichtigt, Sullivan in eine Falle zu locken, aber stattdessen hatte er ihnen eine gestellt. Sie überlegte angestrengt. Ihre Freunde waren gerade auf dem Weg durch die Wälder unterwegs hierher; sie musste ihnen also nur das Signal geben. Aber damit rechneten sie nicht vor morgen – was, wenn sie noch zu weit weg waren, um ihnen zu Hilfe zu eilen? Was, wenn sie es einfach nicht sahen?

Lizzy kam gemächlich näher und zog den Revolver aus ihrem Gürtel.

»Eli«, flüsterte Aster heiser. »Schnapp dir die Leuchtpistole von der Ladefläche.«

»Aber …«

»Tu es einfach.«

Eli machte kehrt und rannte zum Wagen. Kaum tat er das, schickte Lizzy ihnen eine erdrückende Woge der Verzweiflung ins Bewusstsein. Aster schrie vor Qual, als sie auf Hände und Knie stürzte, und wieder traten ihr die Tränen in die Augen. Eli taumelte gegen die Seitenwand des Wagens, kaum in der Lage, sich auf den Beinen zu halten. Lizzys Lippen verzogen sich zu einem Grinsen, und ihre orangefarbenen Augen leuchteten so hell wie die Sonne am Himmel.

»McClennon zahlt mir das Doppelte, wenn ich euch lebend abliefere, also tut mir den Gefallen und macht keine plötzlichen Bewegungen«, sagte sie. Als Aster ihre Stimme hörte, wurde ihr klar, dass sie der von Zee erschreckend ähnlich war. Wie seine klang auch ihre so, als stünde sie kurz davor zu lachen, doch während Zees Gelächter freundlich war, war ihres grausam.

Aster mühte sich wieder auf die Beine. »Elizabeth«, würgte sie hervor. »Lizzy, bitte, du musst das nicht tun. Komm mit uns. Wir können dich zu deinem Bruder bringen.«

Lizzys Grinsen wich einem Zähnefletschen. »Mein Bruder ist ein Verräter und ein Narr. Ich habe ihm nichts zu sagen.«

»Du bist wütend. Das verstehe ich. Ich weiß, das fühlt ...«

»Ich fühle nichts, Lucker.«

Aster versuchte, sich ins Gedächtnis zu rufen, was Raven ihnen darüber erzählt hatte, wie man sich der Raubvögel erwehren konnte, und sie bemühte sich, ihr Herz vor ihren eigenen Gefühlen zu verschließen. Aber sie waren ständig viel zu nah an der Oberfläche. Schuldgefühle, weil ihre Eltern ihretwegen gestorben waren. Kummer darüber, sie plötzlich verloren zu wissen. Und das uralte, tief verwurzelte Gefühl, verraten worden zu sein, das sich stets zusammen mit dem Gedanken einstellte, dass ihre Eltern sie und Clementine nie genug geliebt hatten, um sie vor dem Welcome House zu bewahren. Lizzy hob die Hände, um ihr einen weiteren psychischen Schlag zu versetzen. Asters Brustkorb schien in sich zusammenzufallen, und sie sank wieder auf die Knie.

»Aster!«, schrie Clementine, und Aster hörte, wie sie sich gegen Sullivans Griff zur Wehr setzte, nur um mit einer Ohrfeige gefügig gemacht zu werden. Asters Zorn flackerte erneut auf,

aber der Frost, mit dem Lizzy sie überzogen hatte, erstickte ihn sogleich. Lizzy hatte sie inzwischen fast erreicht und grinste genießerisch. Sie hob den Fuß und rammte Aster ihren Stiefel in den Brustkorb. Außer Atem rollte Aster auf der staubigen Straße auf den Rücken. Von Lizzy, die direkt vor der Sonne stand, konnte sie nur noch die Silhouette ausmachen.

»Danke, dass du es mir so einfach machst«, sagte Lizzy, steckte die Waffe wieder ins Holster und griff zu dem Lasso an ihrem Gürtel. Sie ging in die Knie, um Asters Hände und Füße zu fesseln …

Und ein Schuss zerriss die Luft.

Fluchend stolperte Lizzy zurück und presste die Hand an die Schulter, wo sie getroffen worden war. Raubvögel verspürten keinen Schmerz, dennoch hing ihr rechter Arm nun kraftlos herab. Aster krabbelte hastig weg von ihr und sah sich um, auf der Suche nach der Person, die geschossen hatte. Eli? Nein, der litt immer noch unter dem Raubvogelangriff und erholte sich erst jetzt, da Lizzys Konzentration gebrochen war. Aber wer …

»Du da! Geh wieder rein!«, brüllte Sullivan mit rauer Stimme.

Aster folgte seinem Blick und entdeckte die alte Frau, die ihr von ihren Eltern erzählt hatte.

»Nein, das glaube ich nicht«, antwortete die Frau nicht minder laut. Herausfordernd trat sie auf die Straße und kam auf sie zu, die Waffe sicher in der von Leberflecken überzogenen Hand. Und sie war nicht allein. Weitere Leute aus der Gruppe, die sie gerade erst bewaffnet hatten, traten mit erhobenen Waffen aus ihren Häusern. Dies waren nicht die Menschen, die diese Waffen nach Asters Vorstellung hätten benutzen sollen, es waren nicht die jungen Männer, die derzeit unten in der Mine schufteten. Dies waren Frauen, alte Leute, kranke und verwundete Männer. Und doch stellten sie sich nun in einer

Reihe zwischen Aster und den Raubvögeln auf. Asters Herz tat einen Satz, erfüllt von unerwarteter Hoffnung, und sie stemmte sich wieder auf die Füße.

»Ihr macht jetzt verhobelt noch mal besser kehrt!«, donnerte Sullivan der wachsenden Menge entgegen. »Ich werde euch nicht noch einmal warnen!«

Die beiden Raubvögel an seiner Seite zogen nun ebenfalls ihre Waffen und gingen auf die Leute zu. Lizzy, die sich immer noch die Schulter hielt, um die Blutung zu stillen, schickte einen Furchtimpuls aus. Aber inzwischen waren da viel zu viele, und sie konnte ihre Macht nicht auf alle zugleich ausüben.

»Geht und tut, was er sagt. Ich möchte nicht, dass ihr meinetwegen verletzt werdet«, warnte Aster die Menschen.

Eine andere Frau schüttelte den Kopf. »Wir tun das nicht für dich. Wir tun das für uns«, erwiderte sie erbittert.

»Sechzig Jahre lang habe ich mich für diesen Dreckskerl bucklig geschuftet«, gesellte sich ein alter Mann hinzu. »Und jetzt will er meine Enkelin an ein Welcome House verschachern? Das glaube ich nicht.«

Aster hörte ein Zischen und Ploppen hinter sich und wirbelte herum.

Eli hatte die Leuchtpistole abgefeuert.

Ein Ausdruck von Panik huschte über Sullivans Gesicht, und er stieß seine Raubvögel voran. »Macht sie fertig!«, polterte er.

Die beiden Raubvögel stürmten mit erhobenen Schlagstöcken auf ihren Höllenpferden auf die Menge zu, während Sullivan Clementine auf den Rücken seines Pferdes warf und in die Gegenrichtung davonritt. Aster geriet in Panik. Sie durfte ihre Schwester nicht im Stich lassen, aber sie konnte auch diese Leute nicht im Stich lassen. Sie würde nicht zulassen, dass ihretwegen noch jemand zu Tode kam.

Und dann war Eli mit dem Revolver in der Hand an ihrer Seite. »Los«, sagte er. »Ich schütze sie.«

Aster sah ihn an. Ihr blieb keine Zeit, ihre Dankbarkeit auszudrücken, also schluckte sie nur, nickte und rannte hinter dem Landesherrn her. Vereinzelt klangen hinter ihr Schreie auf, und Schüsse ertönten, als die Raubvögel die Menge angriffen, aber sie zwang sich weiterzulaufen. Elizabeth' Höllenpferd stand immer noch mitten auf der Straße, und Aster würde es brauchen, wollte sie Sullivan einholen, der zweifellos im Begriff war, seinerseits Verstärkung zu holen, und das durfte nicht geschehen. Wenn nun noch Gesetzeshüter dazukamen und das Lager umzingelten, waren sie erledigt.

Als Aster die Zügel des Höllenpferds ergriff, schnaubte das Tier warnend.

»Ganz ruhig«, murmelte Aster nervös. Es war größer als ein sterbliches Pferd, mächtige Muskelstränge spannten sich unter seinem haselnussbraunen Fell, und die rostroten Augen schimmerten wie die eines Greifvogels. Höllenpferde waren Kreaturen, verdorben von der gleichen schwarzen Magie wie die Raubvögel. Sie fühlten weder Furcht noch Schmerz und hatten den Instinkt eines Raubtiers. Sie waren nicht dazu geschaffen, von normalen Menschen geritten zu werden.

Aber Aster blieb keine Wahl.

Sie wappnete sich innerlich, setzte den Fuß in den viel zu hoch hängenden Steigbügel und schwang das andere Bein empor und über den Sattel. Das Höllenpferd stieß einen Schrei aus und bäumte sich auf den Hinterbeinen auf. Asters Magen tat einen Satz, als sie beinahe von seinem Rücken stürzte, und die Zügel wickelten sich um ihre Handgelenke und zogen sich schmerzhaft zusammen.

»Brr!«, machte sie, so laut sie konnte, und zog heftig an

den Zügeln. Das Höllenpferd setzte die Vorderfüße mit einem Ruck wieder auf den Boden, der Aster bis ins Mark erschütterte. Ihr blieb kaum genug Zeit, sich davon zu erholen, als das Tier auch schon im Galopp davonschoss – erst auf die Menge zu und dann, nachdem Aster es unter Einsatz all ihrer Kraft herumgerissen hatte, die Straße hinunter und hinter Sullivan her.

Asters Segnerkleidung beinhaltete keine Sporen, aber die brauchte sie gar nicht. Das Höllenpferd war schneller als jedes andere Ross, das sie je geritten hatte. Der Wind zerrte an ihrer Haut. Der Hufschlag schüttelte sie so durch, dass es sich anfühlte, als würde sie in Stücke gerissen. Ihr war, als ritte sie einen Sturm. Bald mündete der unbefestigte Weg in die Knochenstraße, und Aster musste sich vom Anblick der Bäume und der Käfige losreißen, die schwer an ihren Ästen hingen. Sie wollte nicht sehen, was von ihren Eltern noch übrig war.

Sie wollte sie rächen.

Schon bald kam sie Sullivan, der sich immer wieder panisch über die Schulter umsah, näher. Clementine hing wie ein Sack Getreide auf dem Rücken seines Pferdes. Aster zog ihren Revolver, um auf ihn zu schießen, doch sie konnte nicht zugleich zielen und die Bestie, auf der sie saß, unter Kontrolle halten. Ihr erster Schuss ging weit daneben, der zweite hätte beinahe Clementines Schläfe erwischt. Die Furcht, sie könnte ihrer Schwester wehtun, erwischte sie wie ein Faustschlag, und sie steckte die Waffe zurück ins Holster.

»Wenn du noch mal auf mich schießt, ziehe ich deine Schwester hinter dem Pferd her, bis ihr das Fleisch in Fetzen von den Knochen hängt!«, schrie Sullivan mit vor Anstrengung gerötetem Gesicht.

Clementine fing angesichts dieser Drohung an zu zappeln,

worauf Sullivan ihr einen Hieb mit dem Griff seiner Pistole versetzte. Aster knurrte und trieb das Höllenpferd zu einem höheren Tempo an. Sullivan feuerte dreimal auf sie, und Aster zog den Kopf ein, um den Kugeln auszuweichen. Dann jedoch traf ein vierter Schuss die Brust des Höllenpferds und brachte es ins Stolpern. Asters Magen schlug einen Salto, als das Tier abrupt stehen blieb und sie beinahe abwarf. Dann, bevor sie auch nur versuchen konnte, es zu beruhigen, stieß es einen Zornesschrei aus, warf den Kopf vor und zurück und scharrte am Boden wie ein wilder Stier, ehe es mit Höchstgeschwindigkeit hinter Sullivan herjagte.

Verhobelte Hölle!, dachte Aster voller Schrecken. In ihrem Schädel rappelte es bei jedem donnernden Schritt des Tiers, und sie kämpfte darum, die Kontrolle zurückzuerlangen, während der verbliebene Abstand zu Sullivan und Clem innerhalb von Sekunden zusammenschrumpfte. Und dann stürzte sich das Höllenpferd auf sein Ziel, warf Sullivans Ross mit einem wilden Tritt in die Seite einfach um. Sullivan fluchte, als sein Bein unter der Last des um sich tretenden Tiers zermalmt wurde.

»Clem!«, schrie Aster heiser vor Furcht. Aber die Tatsache, dass Clem einfach nur quer über dem Pferd gelegen hatte, statt im Sattel festzuhängen, hatte sie anscheinend gerettet – sie war fortgeschleudert worden, statt unter ihm zu landen, und sie rührte sich schon wieder. Das Pferd selbst kam derweil wieder auf die Beine und ergriff die Flucht. Sullivan blieb am Boden liegen. Clementine kroch von ihm weg, so schnell sie nur konnte, aber Asters Höllenpferd schien wild entschlossen zu sein, beide zu zertreten, und bäumte sich auf, um sie unter seinen Hufen zu zerschmettern.

»ES REICHT!«, brüllte Aster und zerrte mit aller Kraft an den Zügeln. Im letzten Moment konnte sie das Tier bändigen und von ihrer Schwester wegziehen. Es kreischte protestierend, aber Aster ließ nicht nach, bis es sich endlich fügte. Erschöpft, das Gesicht schweißnass und mit vor Anstrengung zitternden Armen, stieg Aster ab und band das Höllenpferd am Stamm eines immergrünen Baumes fest, ehe es sich erneut seinem Zorn hingeben konnte. Soweit sie es beurteilen konnte, war das Tier stark genug, um den ganzen verdammten Baum auszureißen – aber nicht, ehe sie hier fertig war.

Schwer atmend, zog Aster ihr Messer.

»Sullivan«, knurrte sie und näherte sich dem gefallenen Landesherrn, der sich gerade aufsetzte. Doch aufstehen konnte er offenbar nicht. Sein linkes Bein war auf unnatürliche Weise verdreht, die feine Hose blutgetränkt. Seine Waffe lag außer Reichweite im Dreck. Mit Augen, so groß wie die eines in die Enge getriebenen Tiers, sah er zu, wie Aster näher kam. Die jedoch kniete sich zuerst zu Clementine und befreite sie von ihren Fesseln.

»Beim Schleier, geht es dir gut?«, flüsterte Clementine, als Aster ihr aufhalf.

»Mir geht es gut. Wie geht es dir?«

»Das wird schon wieder. Ich bin vor allem ziemlich durchgeschüttelt worden«, sagte Clementine. »Aber Sullivan, er …«

»Bleibt zurück!«, warnte Sullivan in dem Moment. Sein Selbstvertrauen hatte unverkennbar gelitten, doch das konnte den Befehlston nicht aus seiner Stimme vertreiben. »Wenn ihr wisst, was gut für euch ist, dann geht ihr jetzt einfach. Ihr habt sowieso schon genug Ärger mit dem Gesetz, auch ohne die Liste eurer Verbrechen um den Mord an einem Landesherrn zu ergänzen.«

»Wer hat gesagt, dass ich hier bin, um dich zu ermorden?«, fragte Aster gelassen.

»Das hast du doch in deiner kleinen Kriegserklärung in den Zeitungen versprochen, oder etwa nicht?« Er leckte sich die Lippen. »Ihr Lucker wollt Rache.«

»Wir wollen Gerechtigkeit«, korrigierte Aster, ging in die Knie und hielt ihm das Messer an die Kehle. »Aber notfalls gebe ich mich auch mit Rache zufrieden.«

»Und was ist mit Gnade?« Sein Gesicht rötete sich noch mehr, ob aus Zorn oder Scham, vermochte Aster nicht zu sagen. »Denkst du, ihr wäret so viel besser als wir? Denkst du, ihr wäret mehr als die Tiere, die wir alle in euch sehen? *Beweis es!*«

Aster schürzte die Lippen und presste die Klinge tiefer in seine Haut. »Ich werde dir nicht vergeben.«

Sullivans Adamsapfel hüpfte, als er schluckte. Seine schwarzen Knopfaugen huschten abwärts zu der Hand, die das Messer hielt, und wieder zurück zu Aster, die ihn finsteren Blickes fixierte.

»Folgendes wird passieren«, fuhr sie milde fort. »Du wirst uns begleiten, irgendwohin, wo deine Gesetzeshüterfreunde dich nicht finden können, und wir werden dich so lange gefangen halten, bis unsere Forderungen erfüllt werden. Niemand wird dir etwas tun – wir werden uns sogar um dein Bein kümmern und dafür sorgen, dass du es bequem hast –, aber wenn du je die Sonne wiedersehen willst, dann solltest du hoffen, dass dein Marionettenautoritant und wer immer sonst noch in der Regierung sitzt, bereit sind, einige Dinge zu ändern.«

»Und woher weiß ich, dass ihr mich nicht einfach umbringt, sobald ihr außer Gefahr seid?«, spie er ihr entgegen.

Clementine kniete sich neben Aster. »Weil wir, anders als du, Leben nicht einfach verschwenden.«

Sullivans Blick wanderte zu Clementine. »Nein«, sagte er

gedehnt. »Ich glaube, ihr werdet mich nicht umbringen, weil ihr mich lebend braucht. Was würde ich euch noch nützen, wenn ich tot bin? Dann hättet ihr kein Druckmittel mehr.«

»Dann sind wir uns ja einig«, sagte Aster mit einem grimmigen Lächeln. »Es ist für alle von Vorteil, wenn du uns begleitest, ohne Krach zu schlagen. Clem«, sie nickte ihrer Schwester zu, um ihr zu signalisieren, sie solle die Seile am Boden auflesen und Sullivan fesseln. Sullivans Atem ging schneller.

»Nein …«, sagte er und setzte eine Miene auf, die Aster nicht zu deuten wusste. »Nein, ich werde niemals euer Gefangener sein.«

Und dann stürzte er sich selbst in Asters Messer. Die Spitze bohrte sich in seine Halsgrube. Aster fluchte. Schock und Abscheu überfielen sie, als sein warmes Blut hervorschoss und sich über ihre Hand ergoss, bis die sich heiß und klebrig anfühlte. Clementine kreischte auf und fiel rücklings um.

»Mögen die Toten uns beistehen, was sollen wir jetzt machen?«, schluchzte sie.

»Ich … ich weiß es nicht.« Aster ließ das Messer fallen. Ihr Herz setzte einen Schlag aus, Galle stieg ihr in die Kehle, und sie hatte Mühe, ihre Gedanken beisammenzuhalten. Würden sie die Leiche hier zurücklassen, dann würde das Gesetz ihnen zweifellos den Mord an dem Mann zur Last legen – was fraglos genau das war, was er gewollt hatte. Ihm war es nicht nur darum gegangen, ihnen die wertvolle Geisel vorzuenthalten, nein, er hatte sie auch in der Öffentlichkeit als blutrünstige Mörderinnen hinstellen wollen.

Aber wenn sie seinen Leichnam mitnahmen, ihn einfach verschwinden ließen …

»Wir müssen ihn nach Red Claw mitnehmen«, sagte Aster und war schon dabei, ihn zu dem Höllenpferd zu zerren. »Wir werden sein Verschwinden nicht für uns beanspruchen. Sollen die daraus machen, was immer sie wollen. Sie werden nichts beweisen können.«

Clementine sah jämmerlich aus. »Und was dann? Sollen wir seine Leiche einfach … für immer da unten liegen lassen?«

Aster verspürte einen Anflug von Unsicherheit, doch dann dachte sie an ihre Eltern und all die anderen Leute in Shade Hollow, an die jungen Männer und Jungs, die sich für Sullivan unter der Erde quälen mussten, und die Mädchen, die geraubt werden sollten, und sie verschloss ihr Herz gegen alle Skrupel.

»Die Rächer werden ihm Gesellschaft leisten.«

KAPITEL DREIUNDZWANZIG

Als Aster und Clementine mit Sullivans Leichnam im Schlepptau nach Shade Hollow zurückkehrten, stellten sie fest, dass der Rest ihrer Leute schon auf sie wartete: Die anderen waren, als sie die Leuchtkugel gesehen hatten, an Elis Seite geeilt. Gemeinsam hatten sie beinahe alle Raubvögel des Lagers ausgeschaltet – nicht nur die zwei, die Sullivan mitgebracht hatte, sondern auch diejenigen, die in der Mine Wache gehalten hatten. Nun feierten die Arbeiter und ihre Familien auf der Straße.

»Und Lizzy?«, fragte Aster ihre Freunde, unfähig, sich der allgemeinen Feststimmung anzuschließen. Zees Schwester war nicht unter den gefallenen Raubvögeln. Vielleicht war sie ebenso wie Sullivan geflüchtet.

»Die ist abgehauen, kaum dass sie gemerkt hat, dass wir Unterstützung bekommen«, erklärte Eli und wischte sich die blutigen Knöchel mit einem whiskeygetränkten Lappen ab. »Ist einfach im Wald verschwunden. Ich schätze, sie hat gemerkt, dass sie nicht in der Verfassung war zu kämpfen, nicht mit dem verletzten Arm.«

Neben Aster war auch Zee offenbar nicht nach Feiern zumute. »Ich wollte ihr folgen«, sagte er mit belegter Stimme. »Aber …« Über die Schulter sah er sich zu den Menschen um, die tanzten und lachten und in die Luft schossen. »Ich wurde hier gebraucht.«

»Du könntest ihr immer noch folgen, Zee, jetzt, da es vorbei ist«, schlug Eli vor. »Ich kenne die Wälder gut genug. Ich kann uns zurückführen.«

Zee schüttelte den Kopf. »Nein, das ist zu gefährlich. *Sie* ist zu gefährlich, auch jetzt noch – sie könnte mir schreckliche Dinge zeigen, mich schreckliche Dinge fühlen lassen. Ich muss sie wohl einfach … ziehen lassen. Zumindest dürfte McClennon für eine Weile nicht daran interessiert sein, sie uns auf den Hals zu hetzen, nicht, ehe sie wieder kampfbereit ist.« Zee lächelte schwach und blickte zu Aster auf. »Und wir sind immerhin Sullivan los, was?«

Aster erwiderte sein Lächeln, fühlte sich aber innerlich versengt, wie ein Stoppelfeld nach einem Feuer. Sie hatte heute etwas Kostbares verloren. Die Menschen von Shade Hollow hatten ihr versprochen, ihre Eltern anständig beizusetzen, dennoch … sie hätten gar nicht tot sein dürfen. Es reichte ihr nicht, dass Sullivan nun selbst tot war. Der Gerechtigkeit war nicht Genüge getan worden.

Aber sie wollte ihren Freunden die Freude über diesen Sieg nicht mit ihrem Missbehagen verderben, und sie konnte ihnen ihre Jubelstimmung nicht verübeln – sie glaubten, zwischen Aster und Clementine und ihren Eltern wäre nicht viel Liebe zu verlieren gewesen. Zur Hölle, selbst Aster hatte so gedacht. Clementine, für die der Tod ihrer Eltern schwerer wog als für sie, hatte sich voll und ganz darauf konzentriert, Zee zu trösten, und nun schienen sogar die beiden vorübergehend von der Freude um sie herum mitgerissen zu werden. Folglich rang sich Aster auch weiterhin ein Lächeln ab, während sie sich durch den golden schimmernden Wald auf den Rückweg nach Red Claw machten und unterwegs ihre Spuren verwischten für den Fall, dass Gesetzeshüter – oder Elizabeth – versuchten, ihnen zu folgen.

»Ich kann immer noch nicht fassen, dass der alte Mann für seinen Stolz gestorben ist! Erspart uns aber immerhin die Mühe, ihn umzubringen«, bemerkte Mallow. Der ganze Wald brummte vor Insekten, und die Sonne des späten Nachmittags dörrte die grobe Erde unter den Hufen der Pferde. Zee ritt mit Clem und hatte die Führung übernommen, Eli transportierte Sullivans Leichnam, Raven saß auf dem Höllenpferd. Aster ritt wieder mit Violet, die ihr angeboten hatte, die Zügel zu übernehmen, nachdem sie gehört hatte, was Aster hatte durchmachen müssen. In diesem Moment war es für Aster eine unglaubliche Erleichterung, jemand anderem die Kontrolle zu überlassen, und sie konnte nicht anders, sie lehnte sich müde an Violets Rücken, und die steten Atemzüge ihrer Freundin machten sie schläfrig. Sie waren einander so nahe, dass sie den Lavendelduft von Violets Hals riechen konnte – denn natürlich hatte Violet auch anlässlich eines Aufstands Parfüm aufgelegt.

»Es war aber gar nicht *geplant,* Sullivan zu töten«, wandte Clementine mit sorgenvollem Ton ein. »Was, wenn McClennon und diese Leute einfach davon ausgehen, dass wir das getan haben? Warum sollten die unseren Forderungen noch nachgeben, wenn sie denken, wir würden sie sowieso alle umbringen?«

»Wir haben keine klaren Beweise zurückgelassen. Sie werden einen Verdacht haben, aber mehr auch nicht«, sagte Aster ermattet.

»Ich weiß nicht, ich sehe das wie Mal – mir ist nicht so wichtig, warum es passiert ist, ich bin einfach froh, dass der Mistkerl hinüber ist«, sagte Raven lachend. »Die Leute in Shade Hollow werden unser Geheimnis wahren, und für den Rest der Welt wird er einfach nur … verschwunden sein. Genau wie so viele von unseren Leuten, allein die Toten wissen, wie viele es wirklich sind. Geschieht ihm recht.«

»Und jetzt, da er aus dem Weg ist, dürfte es den Menschen in seinen anderen Minenlagern leichter fallen, sich selbst zu befreien«, fügte Zee hinzu. »Die Raubvögel werden nicht kämpfen, wenn sie nicht bezahlt werden.«

»Nicht, dass wir nicht mit ihnen fertigwerden würden, wenn sie es täten. Du hast eine hübsche Rauferei verpasst, Aster«, kommentierte Mal.

Tansy seufzte gequält auf. »Du hättest dir beinahe das Genick gebrochen.«

»Aber nur *beinahe.*«

Aster rang sich ein Kichern ab. »Sieht aus, als kämet ihr gut ohne mich zurecht.«

Violet sah sich mit sorgenvollem Blick über die Schulter zu ihr um.

»Na los, Aster, du hast uns kaum etwas über *deinen* Kampf mit Sullivan erzählt«, drängelte Mallow. »Was hat er gesagt, als …«

»Reitet voran«, fiel ihr Violet ins Wort. »Ich glaube, unser Pferd ist dabei, ein Hufeisen zu verlieren. Wir kommen in einer Minute nach.«

»Sicher? Wir können auch warten«, sagte Eli und wendete sein eigenes Pferd.

»Wir kommen zurecht«, sagte Violet eindringlich.

Eli wirkte immer noch unsicher, aber Raven winkte ihn weiter. »Komm, wir müssen diese Leiche ins Lager schaffen. Die beiden brauchen uns nicht.«

Aster war zu müde, um irgendetwas beizutragen, aber als die anderen fort waren, richtete sie sich etwas gerader auf und versuchte, ihre letzten Reserven an Willenskraft anzuzapfen. »Was soll das, Vi? Du hast keine Ahnung, wie man ein Hufeisen aufbringt. Jetzt muss *ich* es tun.«

»Es gibt kein gelockertes Hufeisen, du Dummkopf«, murmelte Violet. »Ich wollte dir nur für eine Minute die anderen vom Hals schaffen. Du kannst jetzt aufhören, so zu tun, als wärst du gut gelaunt.«

»Ich tu doch gar nicht so«, spottete Aster. »Ich freue mich wahnsinnig. Wir haben mein Heimatdorf befreit. Davon träume ich schon, seit ich ein kleines Kind war.«

»Mach dich nicht über mich lustig. So gehen wir nicht miteinander um.« Violet drehte sich im Sattel um, sodass sie einander in die Augen sehen konnten, Knie an Knie, die Waden verschlungen. Der Wind zupfte an Violets Haar, und sie strich sich eine lose Strähne hinter das Ohr. »Rede mit mir, Aster.«

Aster spürte, wie sich ein Kloß in ihrer Kehle formte, und sie schluckte gequält. »Ich … ich dachte, ich würde mich besser fühlen, wenn Sullivan tot wäre … Aber stattdessen fühle ich mich einfach nur erbärmlich.«

»Weil sein Tod sie nicht zurückbringt«, sagte Violet sanft.

»Nein …« Aster sprach langsam, angestrengt, als müsste sich die Wahrheit den Weg an die Oberfläche erzwingen. »Weil er mir das aufgebürdet hat. Erst hat Sullivan mir die Möglichkeit genommen, die Dinge mit meiner Familie zu klären … und dann hat er mir die Wahl geraubt, ob ich ihn dafür töte oder nicht. Und vielleicht hätte ich es getan, vielleicht hätte ich beschlossen, dass sie es wert sind, alles für sie zu riskieren, aber nun werde ich es nie erfahren. Und ich bin …« Ihre Stimme brach, und sie ließ es geschehen. »Ich bin es so müde, dass andere mir die Entscheidungsfreiheit abnehmen.«

Sie fiel regelrecht in Violets Arme und weinte stumm an ihrem Hals. Violet drückte sie kraftvoll an sich.

»Ich fühle mich so verdammt hilflos, Violet. Ich habe zugelassen, dass das passiert ist.«

»An dir ist gar nichts hilflos«, entgegnete Violet erbittert. »Du bist der stärkste Mensch, den ich kenne.«

»Aber es ist schwer, so zu sein. Ich muss ständig daran arbeiten. Und es erschöpft mich. Ich kann nicht ewig so weitermachen.«

Violet rückte von ihr ab, und in ihren blauen Augen schimmerten ebenfalls Tränen. »Aber das musst du auch nicht, hörst du? Bei mir musst du nicht stark sein, Dawn. Sollte irgendwann der Tag kommen, an dem du sagst, es ist zu viel, dann sag es mir, und ich hole dich von alldem weg.«

Aster lachte freudlos. »Was, einfach … aufhören zu kämpfen? Und was ist dann mit all den anderen?«

»Zur Hölle mit den anderen.« Aster seufzte, aber Violet sprach einfach weiter: »Ich meine es ernst, Dawn. Du hast im letzten Jahr mehr Gutes getan als die meisten Menschen in ihrem ganzen Leben – ganz gewiss mehr als ich. Niemand würde es dir zum Vorwurf machen, wenn du das hinter dir lassen würdest.«

Aster dachte an Sid, der trotz eines niederschmetternden Verlusts Wege gefunden hatte, um weiterzukämpfen. An Priscilla, die immer noch kämpfte, obwohl sie alt und grau war. Sie schüttelte den Kopf.

»Ich kann nicht«, flüsterte sie.

»Doch, du kannst. Du hast nie gelernt, eigennützig zu sein, das ist dein Problem. Also lass es dir von mir – jemandem, der das viel zu gut kennt – beibringen. Die Welt hat dir schon so viel genommen, und du hast ihr so viel mehr gegeben, aber sie wird nicht alles von dir bekommen. Du musst etwas für dich selbst behalten.«

Aster wischte sich mit dem Handballen über die Augen. »Und für dich, meinst du das?« Sie war Violet inzwischen so nahegekommen, sie konnte sich gar nicht vorstellen, wieder in eine Zeit zurückzukehren, in der sie nicht alles mit ihr geteilt hatte.

Violet lächelte, und ihre Zähne blitzten im verblassenden Sonnenschein. »Na ja, schon. Wie gesagt, ich war schon immer eigennützig … aber du hast mir geholfen zu lernen, wie auch ich anderen mehr von mir geben kann. Wir können uns also gegenseitig die Schuld zuweisen.«

Wärme breitete sich in Asters Brust aus, und der Knoten der Anspannung in ihrem Inneren löste sich zum ersten Mal an diesem Tag. Sie lachte sogar ein wenig und war plötzlich verlegen, weil sie sich so hineingesteigert hatte.

»Warte mal, war das etwa ein Lächeln?«, fragte Violet und hob Asters Kinn an. »Ich dachte, für so was wärest du viel zu hart.«

»Bin ich.« Aster schob sie weg. Violet zog eine Braue hoch, sah ihr noch einen Herzschlag länger in die Augen und drehte sich wieder nach vorn.

»Na schön. Dann überlasse ich dich jetzt deinen Grübeleien«, sagte sie über die Schulter. »Aber versprich mir, dass du versuchst, dir selbst zu vergeben – nicht nur für Sullivan. Für alles. Auch dafür, dass du nur ein menschliches Wesen bist.«

»Ich verspreche es«, murmelte Aster, schlang die Arme um Violets Taille und lehnte sich an ihren Rücken, als ihre Freundin das Pferd wieder vorantrieb. Die Wärme in ihrer Brust schien sich nun über ihren ganzen Körper auszubreiten, und ihre Wangen glühten geradezu.

»Violet?«, sagte Aster nach einer Weile, und ihre Stimme ging beinahe unter im Chor der Waldgeräusche, als es langsam Abend wurde.

»Mm?«

»Danke.«

Als Aster und Violet ins Lager Red Claw zurückkehrten, lieferten sich Derrick und Eli gerade einen Kampf.

Sie drängelten sich durch die Menge, die sich auf dem Platz vor der Versammlungshalle um die Jungs herum gebildet hatte. Die Skorpione stachelten die Streithähne noch weiter an, während die beiden einander umkreisten, die Hände schützend vor das Gesicht erhoben. Eli trug immer noch die Segnerrobe und hatte die weiten schwarzen Ärmel bis über die Ellbogen hochgekrempelt. Der Straßenstaub verlieh seiner dunklen Haut eine geisterhafte Blässe. Derrick hatte nur seine Hose an. Die Hosenträger schnitten sich in seine nackten weißen Schultern, Sommersprossen tüpfelten die Arme, und sein Oberkörper wirkte erstaunlich drahtig. Er strich sich eine rote Haarsträhne aus dem blutigen Gesicht und holte erbittert aus. Seine knochige Faust flog auf Elis Kinn zu. Eli wehrte sie genervt ab und versuchte, ihn zu packen, aber Derrick duckte sich weg und hüpfte wie ein Sperling auf den Fußballen.

Aster und Violet wechselten einen wissenden Blick. Aster seufzte schwer und trat in die Arena.

»Was geht hier verhobelt noch mal vor?«, herrschte sie die Jungs an.

Beide hielten inne und starrten sie an.

»Aster …?«

»Aster …!«

»SCHERT EUCH WEG!«, befahl Aster den Zuschauern. Von ihren Freunden war in der Menge niemand zu sehen. Wo zur Hölle waren sie dann?

»Aster«, rief Derrick erneut und lief auf wackeligen Beinen auf sie zu. Seine Nase sah aus, als wäre sie gebrochen, ein dünner Streifen Blut rann hinab zu seiner Lippe. *Beim Schleier!* »Aster, du hast mir versprochen … Du hast mir *versprochen …*«

»Dein kleiner Schoßlandesherr hier hat gehört, dass wir Leonard Sullivan getötet hätten, und ist durchgedreht«, fiel Eli ihm ins Wort und rieb sich eine Platzwunde am Kinn.

»Sprich gefälligst nicht für mich!« Derricks Stimme klang rau und hart. So häufig er und Eli auch schon aneinandergeraten waren, so hatte Aster ihn noch nie erlebt, und ein Teil von ihr zuckte instinktiv vor seinem Zorn zurück. Das war der gleiche Zorn, den sein Bruder empfunden hatte und der Clementine beinahe das Leben gekostet hätte. Violet trat vor und richtete sich auf die Art auf, wie sie es stets tat, wenn es darum ging, ihrem Einfluss Geltung zu verschaffen.

»Achte auf deinen Ton, Derrick«, warnte sie ihn. »Verhobelte Hölle, ich kann dich offenbar wirklich keine fünf Minuten unbeaufsichtigt lassen, was? Wo sind die anderen?«

»Die sind in den Hütten und gönnen sich ein wenig wohlverdiente Ruhe«, antwortete Eli an seiner Stelle. »Ich habe mich freiwillig bereit erklärt, mich um Sullivans Leiche zu kümmern, und ich dachte, ich könnte Derrick bewegen, mir zu helfen, weil er ja sowieso nur faul herumsitzt. Hab ihn angetroffen, wie er in der Unterhose herumgelegen und in seinem Notizbuch gekritzelt hat. Kaum habe ich ihm gesagt, dass der alte Knabe tot ist, ist er auch schon auf mich losgegangen. Ich habe versucht, es zu ignorieren, und mich vom Acker gemacht – bis hierher bin ich gekommen, ehe ich beschlossen habe, dass ich ebenso gut zurückschlagen kann.«

Derricks tiefrotes Gesicht wurde noch eine Spur dunkler. »Ich werde mich für meine Wut nicht entschuldigen! Ihr habt mir versprochen, dass niemand umgebracht wird!« Dann drehte er sich zu Aster um und sagte mit brechender Stimme: »Ihr wolltet doch eigentlich *anders* sein.«

Asters Erschöpfung machte sich mit einem Pochen in ihrem

Schädel bemerkbar, dumpfem Kopfschmerz, der im Takt ihres Herzens pulsierte. Der Tag war lang gewesen, und sie hatte keine Kraft mehr übrig, um sich gegenüber Derrick zu rechtfertigen. Aber sein Zorn fiel schon wie ein schlecht sitzender Anzug von ihm ab und machte dem verletzten Ausdruck eines Menschen Platz, der sich verraten vorkam, ein Gefühl, das Aster nur zu gut kannte.

»Violet, tu mir einen Gefallen und bring Eli zum Lazarett«, bat Aster matt. »Ich rede mit Derrick.«

»Kommst du zurecht?«, fragte Violet und blickte zwischen beiden hin und her.

Eli sog die Luft zwischen den Zähnen ein. »Sie kommt zurecht. Sie hat keine Angst vor dem hellblütigen Knaben.«

Aster spürte, wie ihr vor Ärger die Hitze ins Gesicht stieg. »Eli, ich habe dir gesagt, das ist nicht …«

»Komm.«

Eli und Violet ließen sie allein, wenngleich sich Violet über die Schulter besorgt zu ihr umblickte, aber Aster winkte nur.

»Du musst nicht auf mich aufpassen«, grollte Derrick kaum vernehmlich, als die beiden fort waren.

»Zur Hölle damit«, konterte Aster. »Mach dein Gesicht sauber.« Sie warf ihm ein Staubtuch zu, damit er die Blutung stillen konnte, und er presste es an die krumme Nase und setzte sich mit einem tiefen Seufzer in den Dreck. Aster hockte sich neben ihn, wenngleich sie sich so nahe bei einem halb nackten Mann nach wie vor nicht wohlfühlte, was allerdings nun, da er mehr oder weniger unter seiner eigenen Bestürzung zusammengebrochen war, nicht gar so schlimm war.

»Du hast nicht gescherzt, als du gesagt hast, dass du den unbewaffneten Kampf gelernt hast. Du hast einen bösen Aufwärtshaken drauf«, sagte Aster etwas sanfter.

Aber Derrick ließ sich nicht erweichen. Er schniefte und verzog dabei das Gesicht. »Das ist nicht witzig, Aster.«

Na gut.

»Dann lass mich damit anfangen, dass niemand von uns Leonard Sullivan getötet hat«, setzte Aster neu an. »Der Mistkerl hat sich selbst in mein Messer geworfen, als ihm klar geworden ist, dass wir ihn gefangen nehmen wollten.«

»Und du erwartest, dass ich dir das glaube?«

Aster drückte den Rücken durch. »Ja, das tue ich tatsächlich. Und ich bin auch nicht gerade glücklich darüber. Ich kann dir gar nicht sagen, wie es sich angefühlt hat, als er einfach …« Sie brach ab, dachte noch einmal darüber nach. Er konnte das nicht verstehen. »Pass auf, ich werde nicht um einen Mann wie ihn trauern, sicher, aber ich wünschte wirklich, es wäre anders gelaufen.«

Derrick schmollte schweigend vor sich hin. Das Staubtuch troff inzwischen vor Blut, und Aster versuchte mit gerunzelter Stirn, seine Miene zu deuten.

»Trauerst *du* um ihn, Derrick?«, fragte sie plötzlich.

»Nein«, sagte er angewidert und warf das Staubtuch weg. »Ich hatte *Angst* vor ihm. Genauso wie ich Angst vor meiner Familie hatte. Vor meinem Bruder. Aber jetzt habe ich auch Angst vor *dir.*«

»Aber ich habe dir doch gesagt …«

»Dass du nicht gewollt hast, dass es so weit kommt, ja, ich weiß. Das sagen sie immer.«

Aster verfiel in Schweigen. Derrick schloss die Augen und tat einen beruhigenden Atemzug. Seine Rippen zeichneten sich wie Klaviertasten unter seiner Haut ab.

»Warum hattest du Angst vor deinem Bruder?«, fragte sie schließlich leise, denn sie erkannte diese Angst wieder. Es war die Form von Angst, die jeden Gedanken derart verzerrte, dass er eine monströse Gestalt bekam.

Er schlug die Augen wieder auf. »Muss ich das wirklich beantworten? Muss ich dir das wirklich erklären? Ausgerechnet dir?«

»Aber du bist doch nicht irgendein Good Luck Girl, das er hätte töten können, ohne Konsequenzen fürchten zu müssen.«

»Nein, das ist richtig. Bei mir konnte er nicht mit allem davonkommen.«

Plötzlich ergaben einige Dinge, die Aster an Derrick aufgefallen waren, einen Sinn: seine Sprunghaftigkeit, seine Unsicherheit, sein Widerwillen gegenüber seiner Familie und sich selbst. War Missbrauch dafür verantwortlich, dass er so zerbrechlich war? Oder hatte sein Bruder in ihm einfach nur irgendein zerbrechliches Wesen gesehen, das er niederwalzen konnte?

Oder beides?

»Mein Vater hat mich nicht geschützt«, fuhr Derrick fort. »Er hat meine Schwäche erkannt, und er hat sie verabscheut. Hat mich zu seinem Bruder abgeschoben, damit der mich aufzieht. Onkel Jerrod hat sogleich gemerkt, wie weich ich bin, und darin eine Möglichkeit gesehen, mich nach seinem eigenen Bild zu formen. Ich weiß nicht, wer ich bin, Aster, ich weiß nur, was andere mir angetan haben. Und ich vertraue darauf, dass du das verstehst, besser, als ich es je könnte.« Mit glasigen Augen blickte er sie an. »Darum erfüllt es mich mit so viel Hoffnung, wenn ich dich mit deiner Schwester erlebe – oder mit irgendeinem der anderen Menschen, denen du dich zugehörig fühlst. Und mit Sehnsucht, denn ich wusste nicht, dass es so sein kann. So habe ich Familie nie kennengelernt – eine Familie, deren Basis nicht aus Blut und Macht besteht, sondern aus Liebe und Respekt. Und ich weiß, ich gehöre nicht dazu, aber ich wäre gern ein Teil davon. Das wünsche ich mir mehr als alles andere. Aber nicht …« Wieder holte er tief Luft, wappnete sich innerlich. »Nicht, wenn ihr am Ende doch so seid wie *die.*«

Hätte ein anderer Aster zu irgendeinem anderen Zeitpunkt beschuldigt, genauso schlimm zu sein wie ein Landesherr, dann hätte sie mit Zorn reagiert. Aber sie verstand Derrick nun – verstand, warum er sich so scheute, anderen zu vertrauen, und wie leicht dieses Vertrauen zerbrechen konnte. Sie wusste nicht genau, was er durchlitten hatte, aber sie hatte genug erfahren. Und so beschloss sie, Geduld mit ihm zu haben, genauso wie sie lernen musste, Geduld mit sich selbst zu haben.

»Derrick«, sagte sie sanft, »ich bin sicher, du erkennst den Unterschied zwischen Leuten wie denen in deiner Familie und solchen wie uns. Zwischen dem … dem in die Enge getriebenen Tier, das um seines eigenen Überlebens willen zuschlägt, und dem Jäger, der es jagt, weil es ihm Spaß macht.« Sie musste Metaphern gebrauchen, wenn sie mit ihm sprach, denn sie wusste, dass die besänftigend auf ihn wirkten.

Er strich sich das Haar zurück. »Ja … zumindest glaube ich, dass ich das tue … Es ist nur …« Frustriert verzog er das Gesicht, während er nach den richtigen Worten suchte. »Ich habe nur solche Angst, das Falsche zu tun. Das Falsche zu *sein.* So zu werden wie mein Bruder.«

»Ich glaube nicht, dass du so grausam sein könntest wie dein Bruder, nicht einmal, wenn du es versuchen würdest«, entgegnete Aster. »Du kannst den Schmerz anderer zu sehr und zu tief nachempfinden. Und das mag dich vielleicht in den Augen deiner Familie schwach gemacht haben – oder weich –, aber es ist auch das, was ich an dir am meisten bewundere, Derrick. Du sagst, du wünschst dir, ein Teil *dieser* Familie zu sein, aber soweit es mich betrifft, bist du das schon.«

»Ist das dein Ernst?«

»Ja.«

Zum ersten Mal lächelte Derrick, nur um gleich darauf eine gepeinigte Miene aufzusetzen, als seine Gesichtsmuskeln an seiner empfindlichen, blutigen Nase zerrten.

»Ich … Es tut mir leid, dass ich so eine Szene gemacht habe«, sagte er und lief erneut rot an. »Das war … untypisch für mich.«

Aster lachte prustend. »Ehrlich, es hat gutgetan zu sehen, dass du Kampfgeist in dir hast. Ich muss dich aber bitten, die Sache mit Eli in Ordnung zu bringen. Ich kann nicht dulden, dass ihr zwei jedes Mal, wenn ihr im selben Raum seid, aufeinander losgeht.«

»Wir halten eben beide große Stücke auf dich«, sagte Derrick verhalten.

Betreten blickte Aster zu Boden. Sie wusste nicht recht, was sie damit anfangen sollte, wusste nicht, wie sie ihm sagen sollte, dass sie ihn nicht als einen begehrenswerten Mann liebte, sondern vielmehr so wie die große Schwester, die er nie gehabt hatte. Sie wollte ihm nicht wehtun, nachdem er gerade zum ersten Mal seine wahre Verletzlichkeit vor ihr offenbart hatte. Aber Derrick schien ihr Unbehagen wahrzunehmen und ihr Schweigen als Antwort aufzufassen, denn er wandte den Blick ab und räusperte sich.

»Wie auch immer«, flötete er dann. »Ich habe mich ordentlich zum Narren gemacht. Aber ich verspreche, ich mache es wieder gut.«

»So?«, fragte Aster erleichtert. »Und wie?«

»Nun, zuerst einmal möchte ich dir das hier geben …« Derrick zog den Theomitring mit dem in Silber gefassten, viereckigen schwarzen Juwel vom Finger. Der Ring war feiner gearbeitet, als der von Baxter es gewesen war, der silberne Reif mit Filigranarbeit verziert.

Aster schüttelte den Kopf. »Derrick, ich kann unmöglich diesen …«

»Ich biete ihn dir als Freund an«, insistierte er. »Bitte, ich … Er repräsentiert alles, was ich hinter mir lassen wollte, und ich weiß, dass du ihn besser brauchen kannst, als ich es je könnte. Bitte.«

Aster zögerte, nahm den Ring aber schließlich an und steckte ihn auf ihren Daumen, wo er saß, als wäre er für sie gemacht worden. Das Metall war noch warm. Tränen zogen ihr die Brust zusammen. Sie hatte nie damit gerechnet, von irgendeinem Mann je so viel Zartgefühl zu erleben, umso weniger vom Sohn eines Landesherrn.

»Danke, Derrick«, sagte sie leise.

»Und zweitens …«, fuhr er fort.

»Zweitens?« Was sollte das noch übertreffen?

Derrick grinste spitzbübisch. »Zweitens gehe ich mit euch die Brüder Harker entführen.«

KAPITEL VIERUNDZWANZIG

Während der nächsten paar Tage planten Aster und ihre Freunde ihren Schachzug gegen die Gebrüder Harker, Zwillingskönige der Landwirtschaft. Doch während sie sich versteckt hielten, waren etliche ihrer Verbündeten bereits zum Angriff übergegangen. Jeden Tag trafen Kundschafter mit verschlüsselten Nachrichten ein, geschrieben in einer der Sprachen der Neun, in denen jeder Erfolg und jeder Misserfolg detailliert niedergelegt wurden. Zwar waren darunter einige schlechte Neuigkeiten – fehlgeschlagene Hinterhalte, zerstörte Ausrüstung, Abrechner, die in Gefangenschaft geraten waren –, aber die guten überwogen bei Weitem. In Northrock hatten Cora und ihre Freunde den angekündigten Streik organisiert, und Staubblütige in der ganzen Stadt hatten die Fabriken verlassen und waren auf die Straße gegangen. Die Nationalbank war bis auf die Grundmauern niedergebrannt worden, Statuen früherer Landesherren waren gestürzt worden, das Regierungsgebäude besetzt und zum Hauptquartier der Abrechner umfunktioniert. Schon bald sprang der Funke auf andere Städte über, bis der ganze Norden brannte. Cora versicherte ihnen, dass die Gesetzeshüter, so erbarmungslos ihre Vergeltungsmaßnahmen auch sein mochten, in der Unterzahl waren und zudem im Begriff, ihren Kampfeswillen zu verlieren.

Das Beste jedoch war die Nachricht, dass die Abrechner im

Norden Sylas Cain gefangen genommen hatten – einen der Köpfe der großen Landesherrenfamilien und Ratsmitglied der Landesherrengilde, der Mann, dessen Namen auf jedem Fabrikgebäude im Industriegebiet von Northrock zu prangen schien. Nun, da Cain und Sullivan von der Bildfläche verschwunden waren, hatten sie ein Drittel der Führungsebene der Gilde ausgeschaltet. Im Lager Red Claw wurde in der Nacht, in der diese Information eintraf, fröhlich getrunken und musiziert.

Derweil hatten die Lady Ghosts eine anonyme Petition an Autoritant Lockley gerichtet und ihn aufgerufen, sich gegen die Landesherren zur Wehr zu setzen, die ihn gewiss ebenso in der Hand hatten wie jeden gewöhnlichen staubblütigen Bergmann. Außerdem hatten sie sich die Unterstützung wohlhabender hellblütiger Freunde gesichert, die in den Grind reisten, um die Welcome Houses einzukesseln und Aufschneider am Betreten zu hindern. Es gab nicht genug von ihnen, um mehr als zwei oder drei Häuser pro Nacht abzuschirmen, und sie mussten erhebliche Bußgelder entrichten – doch anders als bei den streikenden Staubblütigen waren die Gesetzeshüter nicht ganz so erpicht darauf, sie zu verprügeln; ihre Schatten boten ihnen einen gewissen Schutz. Aggie schrieb, dass Priscilla besorgt sei, die Dinge seien außer Kontrolle geraten, und verzweifelt versuche, sie wieder in den Griff zu bekommen, dass jedoch die meisten anderen Ladys in einer Weise vor Aufregung und Erwartungsfreude übersprudelten, wie sie es in all ihren Jahren, in denen sie dazugehörte, nicht erlebt hatte.

Schließlich arbeiteten auch noch die Skorpione und die Neun zusammen, um die Familien in den Pächterlagern zu befreien. Die Neun versorgten sie mit Nahrung, während die Skorpione Waffen und andere Ausrüstungsgegenstände lieferten. Durch die voltrischen Waffen bekamen die Rebellen im

Kampf gegen Raubvögel eine echte Chance, und die staubblütigen Familien griffen eifrig zu den Waffen, um sie durch ihre schiere Zahl zu überwältigen. Nachdem Sullivan nicht mehr im Weg war, hatte es nur Tage gedauert, bis die meisten Lager gefallen waren. Die Zeitungen hatten inzwischen berichtet, dass der Landesherr vermisst werde, und obgleich keine Beschuldigungen vorgebracht worden waren, erzählte man sich zur Freude vieler Staubblütiger, die Abrechner seien für sein Verschwinden verantwortlich.

Aster nahm die aktuellen Informationen jeden Tag mit einer Mischung aus Aufregung und Furcht auf. Aufregung, weil sie nie, nicht einmal vor einem Jahr, gedacht hätte, sie würde jemals erleben, dass Männer für die Freiheit von Good Luck Girls kämpften, dass Menschen, Hunderte von Meilen entfernt, ihr Leben aufs Spiel setzen würden wegen ihrer Worte und Taten und der ihrer Freunde. Schon lange hatte sie eine Rüstung um ihr Herz angelegt, um Enttäuschungen zu vermeiden, denn das Einzige, worauf man bei Menschen wirklich vertrauen konnte, war, dass sie einen enttäuschten. Doch die letzten paar Tage hatten diese Rüstung beinahe aufgebrochen und sie empfänglich gemacht für die Tränen der Erleichterung, die in der Stille der Nacht aus ihren Augen traten.

Aber natürlich fürchtete Aster sich auch, denn sie hatte gesehen, wie Landesherren auf Widerspruch reagierten, und sie wollte nicht, dass irgendjemand ihretwegen verletzt oder getötet wurde.

Die einzige Wahl, die ihnen nun blieb, war, diese Sache zu Ende zu bringen, ehe die Landesherren die Gelegenheit bekämen zurückzuschlagen.

Als Aster und ihre Freunde eine Woche nach der fehlgeschlagenen Entführung von Leonard Sullivan endlich zum Anwesen der Harkers aufbrachen, war die Gruppe, die sie zu führen hatte, größer denn je. Mit Derrick und Eli waren sie neun Mann stark. Das Verwischen ihrer Spuren auf dem Weg durch die Wälder würde bei solch einer großen Gruppe ein Albtraum werden, warnte Zee, doch ihnen blieb nichts anderes übrig. Die Gesetzeshüter waren nun in voller Stärke angetreten, patrouillierten auf der Knochenstraße und bewachten die Zufahrten zu jeder ummauerten Stadt. Folglich mussten sie sich einen Weg über unebenen Waldboden bahnen und immer wieder falsche Spuren legen, um mögliche Verfolger in die Irre zu führen, während sie die echten mit Zweigen verwischten, die sie hinter den Pferden herzogen.

Am Ende brauchten sie drei Tage und zwei Nächte, bis sie das sanfte Tal erreicht hatten, in dem das Anwesen der Harkers lag, und ihre Nerven waren nach dieser beschwerlichen Reise bis zum Zerreißen gespannt. Ihr Lagerfeuer lockte zwei halb verhungerte Kojoten an, und Zee trug von seinen Bemühungen, sie zu vertreiben, eine böse Bisswunde im Unterarm davon. Derricks Theomitring glitt von Asters verschwitztem Daumen, und sie brachten mehr als eine Stunde damit zu, ihre Schritte im Wettlauf mit dem heraufziehenden Abend zurückzuverfolgen, um ihn wiederzufinden. Hin und wieder drang das Geschrei wütender Auseinandersetzungen zwischen Reisenden und Gesetzeshütern auf der Knochenstraße zu ihnen durch, und auch wenn sie jedes Mal darüber diskutierten, hielten sie doch nie inne, um sich einzumischen. Dafür war ihre derzeitige Mission zu wichtig.

Derrick war der Einzige, der sich die gute Stimmung nicht nehmen lassen wollte und sich im Zweifelsfall lieber mit erzwungener Begeisterung über die raue Schönheit des Grinds ausließ, als sich über die sengende Hitze oder die Stechmücken zu beklagen. Er schien fest entschlossen zu sein, sich auf Schritt und Tritt nützlich zu machen, um zu beweisen, dass er bereit war, all das zu erdulden, was auch die anderen zu erdulden hatten, trotz seiner offensichtlichen Furcht, die immer mehr zunahm, je näher sie ihrem Ziel kamen. Aber das konnte Aster ihm nicht verübeln – sie empfand ebenso. Furcht und Vorfreude rasten so energiegeladen wie ein voltrischer Blitz durch ihren Blutkreislauf. Bei Sullivan hatten sie ein ganzes Lager voller Staubblütiger gehabt, die sie unterstützt hatten. Bei den Harkers waren sie auf sich allein gestellt.

»Ich sehe eine Patrouille«, murmelte Mallow, die auf die unteren Äste eines immergrünen Baumes geklettert war und von dort mit einem Fernglas in das Tal hinunterblickte. Sogar vom Boden aus konnte Aster das Herrenhaus der Harkers erkennen: ein gewaltiges weiß getünchtes Gebäude mit drei Stockwerken und zwei Flügeln, das ganz unten im Tal im Schatten leuchtete wie eine Laterne im Dunkeln. Hier oben jedoch überzog das verblassende Sonnenlicht den Wald noch immer mit einem rosafarbenen Schimmer, und Aster wollte den Schutz der Dunkelheit abwarten, ehe sie zuschlugen.

»Und? Wie viele siehst du?«, hakte Aster nach.

»Ich zähle vier Raubvögel, die das Gelände umkreisen. Zwei weitere bewachen das Tor in der Wehrmauer.«

Aster fixierte Derrick mit einem anklagenden Blick. Er hatte sich das Haar kurz geschoren und dunkel gefärbt, um sich auf diese Nacht vorzubereiten, und war gerade damit beschäftigt, unbeholfen seine Pistole zu laden. Anscheinend spürte er, dass Aster ihn anstarrte, denn er blickte verlegen auf.

»Was?«

»Du hast gesagt, diese Mistkerle hätten auf ihrem Anwesen keine großen Sicherheitsmaßnahmen getroffen«, grollte Eli.

»Du hast gesagt, sie hätten all ihre Raubvögel in ihre Lager geschickt, um eine Rebellion zu verhindern.«

»Nicht *alle*. Die meisten«, korrigierte Derrick. »Hört mal, nach dem, was Sullivan passiert ist, kann es euch doch kaum überraschen, dass sie weitere Leute zur Unterstützung angeheuert haben. Aber das wird wohl kaum reichen, um uns aufzuhalten.«

Raven schnaubte verächtlich. »Uns?«, wiederholte sie.

»Ja, *uns*«, beharrte Derrick und steckte endlich die Waffe ins Holster. »Ich habe es euch doch gesagt, dieses Mal werde ich nicht zurückbleiben. Ich war schon viele Male auf diesem Anwesen. Ich kann euch zeigen, wo der Hintereingang ist. Dass ich nichts von diesen Raubvögeln wusste, heißt doch nicht ...«

»Schon gut, Derrick«, sagte Aster mit einem unduldsamen Seufzer. »Aber vergiss dein Staubtuch nicht. Wir dürfen nicht riskieren, dass diese Mistkerle dich erkennen.«

»Ich habe schon mein Haar hingegeben! Dass muss doch reichen! Ihr tragt *alle* keine Staubtücher«, protestierte er.

»Weil die Harkers bereits wissen, dass wir hinter ihnen her sind. Aber sie und der Rest der Welt müssen weiter in dem Glauben belassen werden, dass wir dich irgendwo gefangen halten. Wir dürfen kein Risiko eingehen.«

Derrick murmelte etwas Unverständliches vor sich hin, band sich aber folgsam das Staubtuch um die untere Gesichtshälfte. Die anderen fingen auch an, sich vorzubereiten, luden ihre Waffen und schnappten sich die benötigte Ausrüstung aus den Satteltaschen. Mallow sprang von ihrem Beobachtungsposten herunter und landete wie eine Katze auf allen vieren.

»Also, wie wollen wir an diesen Raubvögeln vorbeikommen?«, drängelte Eli und verschränkte die Arme vor der Brust. Sein Wegemannhut überschattete seine Augen, aber Aster konnte die angespannte Kiefermuskulatur gut genug erkennen.

Im Geist ging sie die Möglichkeiten durch. »Wir brauchen ein Ablenkungsmanöver«, sagte sie einen Moment später. »Irgendetwas, das sie in den Wald lockt. Das würde dem Rest von uns eine Chance geben, unbemerkt zum Haus zu schleichen. Und da du ja schon vor Ungeduld mit den Füßen scharrst, Eli, überlasse ich dir die Leitung.«

»Was, bei dem Ablenkungsmanöver?«

Aster nickte und gab ihm den Theomitring. »Den will ich wiederhaben, hörst du? Und nimm Zee mit. Der Rest von uns geht runter zu den Harkers.«

Eli zog das Kinn an. »Dann sollten wir besser loslegen. Es wird bald dunkel sein.«

»Warte, warum Zee?«, ging Clementine dazwischen und baute sich mit vor der Brust verschränkten Armen vor Aster auf. »Du weißt doch, wie es ihm mit den Raubvögeln geht ...«

»Clem«, presste Zee zwischen den Zähnen hervor.

»... und er muss sich erst noch richtig von dem Zusammenstoß mit seiner Schwester erholen.«

»Es ist in Ordnung«, beharrte Zee und wandte sich an Aster. »Ich finde mich im Dunkeln im Wald besser zurecht als jeder andere. Ich bringe Eli auf die andere Seite des Anwesens und entfache ein offenes Lagerfeuer. Die Raubvögel werden den Rauch entdecken und losziehen, um nachzusehen.«

Es war unübersehbar, dass Clementine damit nicht glücklich war, aber sie seufzte und presste ihre Stirn gegen seine. »Schön, aber ... sei vorsichtig, Zee. Du hast keine voltrische Waffe mehr.« Die hatten sie unter den befreiten Lagern aufgeteilt.

»Nein«, sagte Eli und schlang sich die Flinte über den Rücken. »Aber er hat mich.«

Aster sah ihm in die Augen. *Danke,* formte sie stumm mit den Lippen.

Die beiden Männer stiegen zusammen auf Elis Pferd und ritten davon. Aster und der Rest ihrer Gruppe wanderten hinab zum Waldrand und warteten ruhelos darauf, dass die Raubvogel-Patrouille ihren Köder schluckte. Bis zum Sonnenuntergang blieben nur noch wenige Augenblicke, und das Geheul der Rächer ging schon los – entfernt, aber dennoch bedrohlich nah. Ohne den Theomitring hatten sie zu ihrem Schutz nur noch Eisen, und Derricks Hand sank auf den Hufeisenglücksbringer an seinem Gürtel, ohne dass er es überhaupt zu merken schien.

»Die werden um dieses Gebiet einen großen Bogen machen. Sie wissen, dass es da unten eine Wehrmauer gibt«, flüsterte er.

»Glaubst du das wirklich, oder versuchst du nur, dir selbst Mut zu machen?«, brummte Mal.

Er antwortete nicht. Clementine hielt die Augen geschlossen, und ihre Lippen murmelten ein stilles Gebet. Aster griff nach ihrer Hand und drückte sie kurz.

»Er schafft das schon«, versprach sie.

Sie hoffte nur, dass sich das nicht als Lüge entpuppen würde.

Einen Augenblick später sahen sie den Rauch, ein dünner Silberstreif, der sich über die Bäume erhob. Die Raubvögel entdeckten ihn sofort und schlugen Alarm, und derjenige, der dem Feuer am nächsten war, raste mit beängstigender Geschwindigkeit in den Wald hinein. Die anderen verteilten sich über das Anwesen, um die Lücke auszugleichen, die er hinterlassen hatte.

»Verdammt«, fluchte Aster leise. Sie hatte gehofft, mehr von ihnen würden den Köder schlucken.

»He, das ist in Ordnung«, sagte Violet. »Jetzt ist die Lücke zwischen ihnen groß genug, dass wir hindurchschlüpfen können. Da, siehst du?«

»Ja, ich schätze, wir werden einfach …«

Da erklangen die ersten Schüsse – das stakkatoartige *Popp-*

Popp-Popp von Zees sechsschüssigem Revolver und das schwere Donnern von Elis Flinte. Einer der Raubvögel im Tal brüllte den anderen Befehle zu, und dann schwärmten, bis auf die beiden Torwachen, alle aus, um sich an dem Kampfgeschehen zu beteiligen.

»Mögen die Toten uns schützen«, murmelte Tansy, und Clementine gab einen leisen Schreckenslaut von sich.

Derrick sah Aster regelrecht verzweifelt an, seine Augen waren so geweitet, dass sie vor lauter Weiß in der Dunkelheit leuchteten. »Sollten wir ihnen nicht lieber helfen?«

»Nein«, sagte Aster, auch wenn ihr angesichts des lauten Feuergefechts ganz flau geworden war. Das war Zees eigener Plan. Er wusste, was heute Nacht auf dem Spiel stand. »Wir müssen das zu Ende bringen.«

Sie brach aus der Deckung des Waldes hervor und kletterte, tief zusammengekauert, den Hang hinab, ehe noch jemand ihre Entscheidung infrage stellen konnte. Das Messer hielt sie bereits in der Hand. Sie mussten die beiden verbliebenen Raubvögel ausschalten, ohne Lärm zu veranstalten. Einen weiteren Alarm konnten sie sich nicht leisten.

»Mallow ...«, begann sie.

»Schon dran«, sagte Mal, die ihre eigene Klinge an der Spitze hielt.

Sie erreichten die Wehrmauer und schlichen an den glitzernden Steinen entlang, verborgen im Schutz ihres Schattens. Spitze Scherben aus buntem Glas ragten aus der Mauerkrone hervor, um Eindringlinge am Hinüberklettern zu hindern. Das bewachte Tor stellte den einzigen Zugang dar. Mallow übernahm die Führung, als sie sich leise den Raubvögeln näherten, die schon jetzt äußerst alarmiert wirkten und ihre Waffen bereithielten. Sie blieb stehen, zielte, reckte das Kinn vor.

Und schleuderte das Messer auf den nächsten Raubvogel.

Lautlos bohrte sich die Klinge in seine Kehle. Mit unmenschlicher Ruhe griff er nach dem Heft, doch er blutete zu schnell aus, um noch mehr zu tun, und sank zu Boden. Sein Partner rannte fluchend zu ihm, um ihm zu helfen, als Aster mit erhobenem Messer aus dem Schatten rannte. Sie sprang, zielte auf seine Brust …

»Das glaube ich nicht«, knurrte der Raubvogel, fing ihren Arm ab und stieß sie zurück. Aster prallte so hart zu Boden, dass sie für einen Moment doppelt sah. Sie keuchte, als die Luft aus ihrer Lunge gepresst wurde. Der Raubvogel ragte drohend über ihr auf, fettiges Haar fiel über seine Schultern, und seine Augen blitzten im Mondschein. Er presste die Mündung seines Gewehrs auf ihre Brust. Ihr Herz schien schmerzhaft gegen das Metall zu schlagen.

»Wer ist bei dir?«, herrschte er sie an und flutete sie mit Wogen der Furcht.

Vor lauter Angst drehte sich ihr der Magen um. Sie schluckte. »Ich …«

Dann hastiges Geraschel und Verwirrung, als ihre Freunde sich auf ihn stürzten.

Violet und Raven packten ihn an den Armen, warfen ihn zu Boden und hielten ihn dort fest, sosehr er sich auch zur Wehr setzte. Mallow sprang auf seine Beine, Tansy hielt ihm den Mund zu, damit er nicht um Hilfe rufen konnte, und Clementine half Aster auf die Beine und klopfte ihr auf den Rücken, bis sie wieder atmen konnte.

»Danke«, sagte Aster zittrig und umfasste mit aller Kraft ihr Messer. Als sie sich dem Raubvogel näherte, schickte der ihr eine neue Woge der Furcht. Sie verzog das Gesicht und unterdrückte die Übelkeit.

»Was sollen wir mit ihm machen?«, fragte Raven zähneknirschend.

»Nichts. Ich bringe das zu Ende«, entgegnete Aster leise. Sie ging neben ihm in die Knie, hob das Messer. Zögerte.

»Aster, wie wäre es, wenn du mir das …«, fing Violet an.

Und dann sah Aster, wie die Erkenntnis in den Augen des Raubvogels aufblitzte, als ihm klar wurde, wer sie war, und sie stieß ihm das Messer in die Brust.

»Beim Schleier«, fluchte Derrick.

Sie alle drehten sich zu ihm um. Er hielt sich immer noch im Schatten verborgen und war so blass wie ein Relikt.

Ein scheußliches Schmatzen erklang, als Aster ihr Messer aus der Wunde zog. »Ich dachte, du wärest hier, um zu helfen«, knurrte sie.

»Bin ich … Es ist nur …« Er schüttelte den Kopf und schien sich eines Besseren zu besinnen. »Von hier aus kenne ich den Weg. Folgt mir.«

Derrick keuchte vor Anstrengung, als er das Eisentor aufstieß, und dann huschten sie schon über das dunkle Anwesen zum Herrenhaus der Harkers. Die Geräusche des Feuergefechts im Wald hallten immer noch von jenseits der Mauer herbei, wurden aber von den Klagerufen der Rächer übertönt. Wenn die Toten es wollten, so dachte Aster, hatten sie das Überraschungsmoment nicht verloren. Ihre Muskeln fühlten sich nach dem Kampf gegen den Raubvogel immer noch wie Sülze an, und ihr Sehvermögen war beeinträchtigt, aber sie zwang sich, sich zu konzentrieren. Die Nacht war noch lange nicht vorbei.

»Da«, flüsterte Derrick und zeigte auf eine im Schatten verborgene Tür. Er hatte sie in weitem Bogen um das Haus herumgeführt und war geschickt dem Licht ausgewichen, das zu den Fenstern herausdrang. »Das ist der Dienstboteneingang.

Er führt in die Küche. Es werden immer noch einige Leute vom Personal dort arbeiten.«

»Das ist kein Problem«, sagte Aster. »Das haben wir eingeplant. Überlass das Reden mir.«

Tief gebückt, hastete sie zu der Tür und betätigte testweise die Klinke. Unverschlossen. Stumm winkte sie den anderen zu, ihr zu folgen, stieß die Tür auf und schlich sich in die Villa.

Für einen Augenblick fühlte Aster sich zurückversetzt in das Welcome House. Nirgendwo sonst hatte sie bisher je so eine noble Küche gesehen: Da gab es genug funkelndes silbernes Kochgeschirr, um die Schuld eines Staubblütigen abzubezahlen, und mehr Lebensmittel in der Speisekammer, als die meisten Familien in einem Jahr auch nur zu sehen bekamen. Eli wäre hingerissen, aber Aster war nur angewidert. All diese Maßlosigkeit, während normale Leute hungern mussten.

Zwei staubblütige Frauen waren in der Küche. Eine wischte den Boden, die andere hatte die Arme bis zu den Ellbogen im Spülwasser. Als die erste Frau sie erblickte, ließ sie mit entsetzter Miene den Mopp fallen, der klappernd auf den Boden prallte. Die zweite Frau wirbelte herum und schrie auf vor Schreck.

»Nicht schreien«, sagte Aster hastig und hielt die Hände hoch. »Seht euch mein Gesicht an, meine Kokarde – wisst ihr, wer ich bin?«

»Ich … ich …«, stammelte die erste Frau.

»Du bist eines der geflohenen Good Luck Girls, die es auf die Landesherren abgesehen haben«, sagte die zweite Frau mit geweiteten Augen. »Ihr seid in der Zeitung. Ihr alle. Ihr seid die Abrechner.«

»Die sind wir«, sagte Aster mit einem freundlichen Lächeln. »Und nun sind wir hier, um uns die Gebrüder Harker vorzunehmen. Wo können wir sie finden?«

Die Frauen wechselten einen Blick, und eine stumme Anspannung baute sich zwischen ihnen auf.

»Wir werden sie nicht töten«, fügte Aster hinzu, denn das Zögern, das sich in ihren Augen spiegelte, war ihr nur zu vertraut.

»Nicht? Baxter McClennon habt ihr getötet«, sagte die erste Frau.

»Das … war nicht zu ändern«, entgegnete Aster vorsichtig. »Aber …«

Die zweite Frau schüttelte den Kopf. »Schau, ich habe auch nichts für die Harkers übrig, aber wenn ihnen etwas zustößt und die Gesetzeshüter denken, wir hätten etwas damit zu tun …«

»Ja, den armen Jungen der Yanceys haben sie aufgehängt, nur weil er von den Taten der Abrechner geschwärmt hat …«

»He, he«, flüsterte Aster, trat einen Schritt näher und forderte sie zugleich mit Gesten auf, leiser zu sprechen. »Macht euch wegen der Gesetzeshüter keine Sorgen. Darum haben wir uns bereits gekümmert. In der Nähe gibt es ein landwirtschaftliches Pächterlager, das die Skorpione befreit haben – die haben die Straße hierher besetzt und warten auf euch. Aber ich muss euch zwei bitten, zunächst den Rest des Personals zu wecken und dann sofort mit ihnen zu verschwinden, hört ihr? Denn sobald wir hier fertig sind, werden wir diesen verdammten Kasten bis auf die Grundmauern niederbrennen.«

Erneut wechselten die Frauen einen Blick, und plötzlich zerrten Zweifel an Asters Eingeweiden. Vielleicht wollten die beiden das ja gar nicht. Verglichen mit den meisten anderen Staubblütigen, hatten sie ein gutes Leben – in einem Herrenhaus mit ordentlicher Kleidung und genug zu essen.

Andererseits sagte man das auch über das Leben in einem

Welcome House, und trotzdem hatte Aster sich so nach Freiheit gesehnt.

»Colin und Anthony sind im Obergeschoss in den großen Schlafzimmern an den Enden der beiden Korridore«, sagte die zweite Frau schließlich.

»Macht ihnen für uns die Hölle heiß«, fügte die erste Frau hinzu.

Aster atmete auf, und ihr Grinsen wurde breiter. »Wir werden unser Bestes tun«, versprach sie und tippte sich dankend an die Hutkrempe.

Die Frauen verschwanden die Hintertreppe hinauf, um die anderen Staubblütigen zu wecken. Aster drehte sich zu ihren Freunden um.

»Also gut, wir haben keine Minute zu vergeuden«, sagte sie und dachte dabei an Zee und Eli. »Raven, ich will, dass du hierbleibst und dem Personal hilfst. Tansy, Mal, ihr sucht die Kinder und bringt sie in Sicherheit – ihnen darf nichts geschehen, hört ihr? Alle anderen folgen mir. Wir schnappen uns die Brüder.«

Sie teilten sich auf. Aster zog mit Derrick zu ihrer Linken und Violet zu ihrer Rechten zuerst los, gefolgt von Clementine, die ihnen den Rücken freihielt. Der Überfluss, der sich bereits in der Küche gezeigt hatte, wurde nur noch schlimmer, aber nun war Aster froh darüber. Die luxuriösen Teppiche dämpften ihre Schritte, und die schweren Möbel boten Deckung. Heller Mondschein fiel durch die vielen Fenster herein und lieferte ihnen gerade genug Licht, sich zurechtzufinden. Dennoch nahm Aster nicht nur einmal mit Schrecken ein dunkles Etwas im Augenwinkel wahr, nur um festzustellen, dass es sich um den ausgestopften Kopf eines Wildschweins, eines Widders oder eines Zwölfenders handelte. Jeder Raum trumpfte mit Trophäen auf. Diese Männer töteten hemmungslos, einfach nur, weil es ihnen Spaß machte und ihnen ein Gefühl der Macht verlieh. Die Übelkeit, die in Asters Bauch wütete, nahm noch weiter zu. Sie würden nicht zögern, auch sie umzubringen.

Derrick wischte sich den Schweiß von der Stirn, als sie die Treppe erklommen.

»Reiß dich zusammen«, flüsterte Clementine heiser hinter ihnen.

»Das versuche ich ja«, antwortete Derrick, ebenfalls flüsternd. »Aber das sind keine Männer, die sich leicht überwältigen lassen.«

»Du schaffst das, Derrick«, versicherte ihm Violet. »Ich habe schon zu viel für dein hübsches Köpfchen riskiert. Ich werde bestimmt nicht zulassen, dass es jetzt Schaden nimmt.«

Sie erreichten den ersten Stock, in dem sich der Korridor gabelte, und genau, wie die Frauen gesagt hatten, schimmerte Licht durch die Ritzen unter den Türen am Ende beider Gänge. Aster zog ihren Revolver, auch wenn ihr das Herz bis zum Hals schlug. Sie hatte nicht die Absicht, ihn zu benutzen, aber sie würden mit den Landesherren leichter fertigwerden, wenn die glaubten, sie täte es.

»Sollen wir uns aufteilen?«, fragte Clementine. »Und sie uns gleichzeitig vornehmen?«

»Besser wär's«, stimmte Aster leise zu. Dann zögerte sie, überlegte, wie sie sich am besten aufteilen sollten. Sie wollte Violet an ihrer Seite – Violet, die wenige Augenblicke zuvor bereit gewesen war, einen Mann zu töten, nur um Aster die Abscheulichkeit zu ersparen. Oder Clementine mit ihrer sturen Zuversicht. Aber dann sah sie Derrick an, der zitterte wie ein ängstliches Kätzchen, und sie wusste, sie konnte ihn nicht mit gutem Gewissen jemand anderem überlassen. Sie seufzte.

»Clem, du gehst mit Violet nach rechts, Derrick und ich halten uns links.«

Violet sah Aster an. »Gut, aber wenn es Probleme gibt, dann schrei!«

»Du weißt, dass ich das tun würde.«

Aster und Derrick liefen den linken Korridor hinunter, schlichen an der tapezierten Wand entlang. Gedämpfte Stimmen drangen mal lauter, mal leiser durch die Tür am Ende. Sie hörten sich an, als stritten sie. Aster geriet in Panik, als die Dielen unter ihren Füßen knarrten, fürchtete, die Geräusche würden sie verraten, aber wer immer auf der anderen Seite dieser Tür war, zankte sich offenbar zu laut, um es zu hören.

»Ich habe dir gesagt, dass ich das Zimmer an diesem Abend brauche, Winnifred«, donnerte eine tiefe Stimme. »Lass dir von einer der Mägde ein Bad einlassen und komm in einer Stunde zurück.«

Fast da.

»Ich lasse mich nicht aus meinem eigenen Bett verscheuchen, nicht noch einmal, nicht heute Nacht …«, erwiderte eine zweite Stimme in schrillem Ton.

»Was, willst du lieber bleiben und zusehen?«

»Zur *Hölle* mit dir, Colin. Und zur Hölle mit deiner dreckigen kleinen Lucker-Schlampe …«

Aster stieß die Tür auf.

»Auf den Boden!«, befahl sie, hob den Revolver und zielte direkt auf Colin Harker. Er war ein kleiner, kräftig gebauter Mann in einem waldgrünen Morgenmantel und Hausschuhen. Neben ihm stand eine knochige Frau im Nachthemd, von der Aster annahm, dass sie seine Gemahlin Winnifred war. Und hinter ihnen, auf dem Bett, angetan allein mit einem seidenen Höschen …

»Er hat eine Fortuna?«, flüsterte Derrick und klang schockiert.

Das staubblütige Mädchen sah nicht älter aus als Clementine. Ihr glattes schwarzes Haar hing wie ein Schleier vor ihrem furchtsamen Gesicht, und auf ihrer goldenen Haut schillerte eine Kokarde in Form eines Edelsteins. Aster sah rot vor Wut, und ihr Brustkorb fühlte sich an, als müsste er jeden Moment vor Anspannung platzen.

»Auf den Boden!«, befahl sie erneut, als die Harkers wie erstarrt in verdattertem Schweigen an Ort und Stelle verharrten.

»D-du bist die Anführerin der Abrechner«, stammelte Winnifred.

»Verdammt richtig«, sagte Derrick mit klarer, ruhiger Stimme und hob ebenfalls seinen Revolver. »Und jetzt tut, was sie sagt.«

»Die Kinder …«, würgte sie verzweifelt hervor.

»Den Kindern wird nichts geschehen«, versprach Aster, trat einen Schritt näher und entsicherte mit leisem Klicken die Waffe. »Aber euch, wenn ihr nicht kooperiert.«

Winnifred machte Anstalten, auf die Knie zu sinken, doch da trat Colin vor sie und schirmte sie mit dem Arm ab.

»Ihr denkt, ihr könnt mich einschüchtern? In meinem eigenen Haus? Ich werde euch von meinen Raubvögeln das Fleisch von den Knochen schälen lassen und eure Schädel über dem Kamin aufhängen.«

»Deine Raubvögel sind tot«, sagte Aster und hoffte, dass sie recht hatte.

Colin knirschte mit den Zähnen, dicke Muskelstränge zuckten unter seinen Koteletten.

»Du lügst.«

In dem Moment fiel am anderen Ende des Korridors ein

Schuss. Ein Jagdgewehr, dem Klang nach zu schließen. Aster und Derrick wechselten einen angstvollen Blick. Weder Violet noch Clementine hatten eine Flinte. Das war jemand anderes, der auf die beiden geschossen haben musste.

»Sollen wir …«, flüsterte Derrick.

Collin stürzte sich auf ihn. Aster hatte den Landesherrn nur für einen Moment aus den Augen gelassen, doch der hatte sich erstaunlich schnell bewegt, und ehe sie eine Chance hatte zu reagieren, rangen die beiden am Boden miteinander. Derrick trat und kratzte, wand sich aus Colins Griff, während der immer wieder mit schweren Fäusten auf Derrick einschlug. Aster richtete die Waffe auf ihn. Das Blut pulsierte so machtvoll in ihrem Kopf, dass sich ihr Blick verschleierte, während ihr schweißnasser Finger am Abzug lag. Aber sie konnte nicht abdrücken, nicht ohne das Risiko einzugehen, Derrick zu erwischen. Sie wusste, sie musste ihm helfen, wusste, sie musste die Waffe ins Holster stecken und Colin Harker mit bloßen Händen angreifen, aber der Gedanke, ihm auch nur eine Handbreit näher zu kommen, sich in die Reichweite dieser zupackenden, haarigen Hände zu bringen, ihren Körper an seinen zu pressen … seinen jetzt, nachdem der Morgenmantel sich geöffnet hatte, fast nackten Körper …

Übelkeit überfiel sie, ihr Geist machte sich auf davonzutreiben.

Nein, nicht jetzt, bei den Toten, nicht JETZT …

Derrick beharkte Colins Gesicht mit den Fingernägeln und zog blutig rote Streifen über seine Wange. Colin schrie auf vor Schmerz.

»AUFHÖREN!«, kreischte Winnifred.

Aster wirbelte herum. Winnifred presste die junge Fortuna an sich und hielt ihr ein Taschenmesser an die Kehle.

»Du bist wegen dieser kleinen Hure hier, nicht wahr?«, fragte sie in giftigem Ton. »Darum geht es bei eurem Kreuzzug? Um die Befreiung der Good Luck Girls? Ich habe nichts dagegen. Alles, was euresgleichen tut, ist, gute Männer zum Bösen zu verleiten.«

Aster sah dem Mädchen, das immer noch keinen Ton von sich gegeben hatte, in die Augen. Ihr Gesicht war vor Grauen zu einer Grimasse verzerrt.

»Tu ihr nicht weh«, warnte Aster Winnifred Harker.

»Nimm die Waffe runter, dann muss ich das nicht.«

Derrick und Colin kämpften hinter Aster immer noch miteinander. Sie konnte sie hören. Als sie einen Blick über die Schulter riskierte, sah sie, dass Colin nun über Derrick war und die Hände um seinen Hals legte. Und zudrückte. Derrick zappelte wie ein Fisch an der Angel. Sein Staubtuch verdeckte noch immer den größten Teil seines Gesichts, aber das, was Aster davon erkennen konnte, lief tiefrot an.

Er wird ihn umbringen.

Du musst auf ihn schießen, jetzt …

»ICH SAGTE, WAFFE RUNTER!«, wiederholte Winnifred und presste die Klinge so hart an die Kehle des Mädchens, dass Blut darunter hervorsickerte. Das Mädchen schrie vor Schmerz und Angst.

»Also gut!«, rief Aster, ließ die Waffe fallen und reckte die Hände hoch. Das Herz schlug ihr bis zum Hals, und sie bekam kaum mehr Luft. In ihrem Leichtsinn, ihrem Ehrgeiz könnte sie den Tod dieses Mädchens verursachen, und das würde sie sich nie verzeihen. »Also gut, bitte, nur …«

»Aster …«, flüsterte Derrick schwach.

Er hatte seine Waffe aus dem Holster gefummelt, richtete sie aber nicht auf Colin Harker, sondern aufwärts auf den funkelnden Kronleuchter, der über ihnen hing. Colin musste die Waffe aus dem Augenwinkel gesehen haben, denn er fluchte leise, doch dieses Mal bewegte er sich nicht schnell genug.

Plötzlich zerriss der laute Knall eines Schusses die Luft. Die Kugel schlug durch die Kette, die von der Decke herabhing. Der Kronleuchter kam in Bewegung. Die Zeit schien langsamer zu laufen. Winnifred stieß einen gellenden Schrei aus und brachte sich mit einem Satz außer Gefahr. Dabei ließ sie das Good Luck Girl los. Aster stürzte voran, um das Mädchen aus dem Weg zu schubsen. Sie stießen so hart gegen den Nachttisch, dass sie sich Blutergüsse zuzogen, und der Kronleuchter krachte hinter ihnen in einer Explosion aus Glas zu Boden. Der Raum stürzte in die gleiche Dunkelheit, die auch im Rest des Hauses herrschte, doch Aster konnte in dem fahlen Mondlicht sehen, wie Derrick sich aus den Händen des schockierten Landesherrn befreite. Colin griff erneut nach ihm. Derrick schoss einmal auf ihn, mitten in seine Hand. Colin heulte auf, drehte sich auf den Rücken und presste die andere Hand auf die Wunde.

»Das war's«, keuchte Derrick, rappelte sich auf und steckte die Waffe ins Holster. Dann drehte er sich zu Winnifred um, die immer noch in ihrer Ecke kauerte. »Das *war's.*«

Aster richtete sich ebenfalls zitternd auf und half der Fortuna auf die Beine.

»Danke«, sagte das Mädchen mit tränenerstickter Stimme. Aster überließ ihr ihre Jacke, damit sie sich bedecken konnte, und nahm sie in die Arme.

»Du bist jetzt in Sicherheit«, versprach sie und drehte sich zu Derrick um. Sie wusste überhaupt nicht, wie sie ihre Dankbarkeit zum Ausdruck bringen sollte. »Hör mal …«

Violet und Clementine stürmten aus dem Korridor zur Tür herein.

»Was zur Hölle geht hier vor?«, verlangte Violet zu erfahren.

Aster lachte erleichtert auf. »Hier? Was war drüben bei euch los? Wir haben einen Schuss gehört.«

»Das war ich«, antwortete Violet. »Anthony war schon im Bett, als wir hineingestürmt sind. Er wollte aufstehen und nach seinem Gewehr über dem Kamin greifen, aber ich war schneller und habe einen Warnschuss abgegeben. Danach war er handzahm. Er ist verschnürt und bereit zum Abtransport.«

»Zur Hölle mit euch«, knurrte Colin.

»Fang gar nicht erst an«, blaffte Derrick und bückte sich, um ihn zu fesseln. Colin wehrte sich und schrie gepeinigt, als Derrick seine verletzte Hand hinter seinen Rücken zerrte, woraufhin er ihn mit einem Stofffetzen knebelte.

»Er hat uns gerettet«, sagte Aster und strahlte Derrick an. »Wir wussten nicht, dass Colin eine Fortuna hat. Miss … äh …«

»Sapphire«, sagte das Mädchen und strich sich das lange Haar aus dem Gesicht.

»Sapphire muss nach unten gebracht werden, damit Raven dafür sorgen kann, dass sie zusammen mit dem übrigen Personal in Sicherheit gelangt. Und sagt ihnen, sie sollen schnell ihre Sachen packen«, fügte Aster hinzu. »Sobald sie fertig sind, stecke ich diesen Kasten in Brand.«

Violet und Clementine nickten und führten Sapphire sanft hinaus.

»Ihr seid Ungeheuer«, schluchzte Winnifred in ihrer Ecke. »Ihr alle. Ihr habt kein Schamgefühl, keine Ehre …«

»Ganz im Gegenteil«, sagte Aster matt. »Wir erweisen euch erheblich mehr Barmherzigkeit, als ihr und eure Freunde je für uns übrig hattet. Colin und Anthony werden weiterleben dürfen, was mehr ist, als sie verdienen. Und du darfst gehen, was, offen gesagt, mehr ist, als du verdienst.«

»Warum?«

»Weil du dich ganz offensichtlich einen verhobelten Dreck um andere Frauen scherst, zumindest, wenn es um Frauen wie uns geht.«

»Nein, nein«, haspelte sie. »Ich meine, warum verschont ihr mich? Was wollt ihr überhaupt?«

Ein harter Zug zeigte sich um Asters Lippen. Sie hockte sich vor die hellblütige Frau, um auf Augenhöhe mit ihr zu kommen, nahe genug, dass sie ihr Parfüm riechen konnte.

»Ich verschone dich, weil es kein Kind verdient, ohne Mutter aufzuwachsen«, sagte Aster. Tränen brannten in ihren Augen, als sie an ihre eigenen Eltern dachte. »Und ich will, dass du deine Kinder zu besseren Menschen erziehst, als du einer bist.« Sie stand wieder auf und zeigte zur Tür. »Also geh jetzt. Die Kleinen werden schon draußen warten.«

Winnifreds Augen sahen dunkel und verschlagen aus, als sie erst Aster, dann Derrick und dann ihren Gatten anschaute, der so säuberlich zusammengeschnürt war wie das Wild, das er zu erlegen pflegte. Erst war ihr Gesicht vor Wut verzerrt, doch dann, als bräche in ihr etwas unter dem eigenen Gewicht zusammen, verflog der Ausdruck, und sie wirkte einfach nur müde und sogar ein bisschen erleichtert. So würdevoll sie konnte, stand sie auf und überließ sie ihrer Arbeit.

»Gut gemacht, Aster«, sagte Derrick und sah der Frau mit vor der Brust verschränkten Armen nach. Trotz des Staubtuchs vor seinem Gesicht ahnte Aster, dass er lächelte. Zu seinen Füßen zappelte Colin immer noch mit aller Kraft, doch seine Unmutsbekundungen waren durch den Knebel kaum zu verstehen. Aster erwiderte Derricks Lächeln und bereute im Stillen, dass sie an ihm gezweifelt hatte.

»Du warst auch nicht übel«, sagte sie sanft.

KAPITEL FÜNFUNDZWANZIG

Den Rest der Operation wickelten sie mit straffer Effizienz ab, dennoch dauerte es noch beinahe eine Stunde, ehe Aster und ihre Freunde das Harker-Anwesen hinter sich lassen konnten. Das Herrenhaus brannte lichterloh, orangerote Flammen züngelten hungrig zum Himmel empor. Zee und die anderen hatten den letzten Raubvogel vertrieben, Raven hatte die Staubblütigen in einen Wagen gesetzt, mit dem sie zu dem nahen Bauernlager fahren konnten, und die Gebrüder Harker lagen auf den Rücken der Pferde, bereit, zum Lager Red Claw gebracht zu werden.

Die Heimreise war beschwerlich, umso mehr, da die Harkers ihnen bei jeder sich bietenden Gelegenheit Schwierigkeiten machten, dennoch waren die Abrechner guter Stimmung. Allen Widrigkeiten zum Trotz hatten sie es endlich geschafft: Sie hatten nicht einen, sondern gleich zwei mächtige Landesherren gefangen genommen. Und da Sullivan tot und Cain in der Gewalt von Coras Leuten war, blieben nur noch zwei aus der Führungsebene der Landesherrengilde übrig: Dennis Boyle, der Prinz der Schifffahrtsindustrie, und Jerrod McClennon selbst. Ohne Zweifel verlor die Gilde ihren Einfluss auf Autoritant Lockley und den Rest der arkettanischen Regierung, denen es zugleich kaum mehr möglich sein dürfte, die Abrechner zu ignorieren. Von jetzt an mochte Lockley ihren Forderungen jederzeit nachgeben. Aster konnte es gar nicht erwarten, die Neuigkeiten zu hören, die sie in ihrer Abwesenheit verpasst hatte, und die gespannte Erwartung trug sie durch die sengend heißen Tage und die bitterkalten Nächte.

Aber als sie endlich wieder im Lager waren, mussten sie natürlich zunächst dafür sorgen, dass die Gebrüder Harker sicher verwahrt wurden.

»Bring sie zu den Zwingern«, wies Aster Eli an, während die anderen sich zurückzogen, um sich ein wenig wohlverdiente Ruhe zu gönnen. Die Harkers hatten die ganze Reise mit verbundenen Augen hinter sich bringen müssen und wussten daher nicht, wo sich das Lager der Skorpione versteckte. Nun führte Eli sie vorsichtig zu Fuß zu dem langen, niedrigen Gebäude, in dem die Hunde des Lagers gehalten wurden. Skorpione und Läufer verhöhnten die Landesherren, als sie vorübergingen.

»Die Leute davon abzuhalten, diese zwei in Stücke zu reißen, dürfte meinem Bruder Herzklabastern einbringen«, murmelte Eli, darauf bedacht, dass nur Aster ihn hören konnte. »Ich würde ja sagen, er sollte Wachen aufstellen, aber selbst denen könnten wir nicht trauen.«

»Wir werden sie wohl selbst bewachen müssen«, stimmte Aster zu, auch wenn sie niemandem den Wunsch verübeln konnte, Kleinholz aus den beiden zu machen. »Ich sorge dafür, dass immer einer von uns da ist, um darauf zu achten, dass ihnen nichts geschieht.«

»Und darauf, dass sie nicht versuchen zu entkommen, hoffe ich«, entgegnete Eli und zog eine Braue hoch.

Aster prustete. »Darüber musst du dir nicht den Kopf zerbrechen. Die gehen nirgendwohin.«

Sie betraten die Baracke und steckten die Harkers in leere Zwinger am hinteren Ende. Dort erst nahmen sie ihnen die

Augenbinden und die Handfesseln ab. Anschließend bat Aster Eli, Essen und Wasser zu holen – sie würde ihre Gefangenen, die sie lebendig brauchte, nicht darben lassen, aber sie würde ihnen gegenüber auch nicht unachtsam werden. Nicht nur sie mussten vor allen anderen geschützt werden. Aster musste auch alle anderen vor ihnen schützen.

Das Gebell der Hunde in den benachbarten Zwingern hallte durch den begrenzten Raum, bis Asters Kopf dröhnte, während die Gebrüder Harker sie voller Hass fixierten.

»Dafür wirst du sterben, Lucker«, versprach Colin. Sein Gesicht war nach der Reise von der Sonne gebräunt, dennoch entging Aster nicht, wie gerötet seine Wangen waren.

»Mag sein«, erwiderte sie träge. »Aber sollte es wirklich so kommen, dann nehme ich euch mit hinter den Schleier.«

Er spuckte sie an. Nicht zum ersten Mal. Das hatte er getan, wann immer sie ihm unterwegs den Knebel abgenommen hatten, um ihm etwas zu essen zu geben. Sein Bruder ebenfalls. Angewidert schürzte Aster die Lippen. Pulsierender Zorn ergriff Besitz von ihr, so intensiv, dass weiße Flecken durch ihr Blickfeld schwammen, aber sie schluckte ihn hinunter. Diese Männer waren in *ihrer* Gewalt, sie waren *ihrer* Gnade ausgeliefert. Sie würden sie nicht aus der Fassung bringen.

Eli kehrte mit dem Essen – Hartkekse und gepökeltes Schweinefleisch – und zwei Krügen Wasser zurück. Anthony, der bisher lediglich mit seinen blutunterlaufenen Augen böse Blicke verschossen hatte, setzte sich mit einem höhnischen Grinsen auf.

»Wir werden nicht noch mehr von eurem Scheißfraß essen«, sagte er.

»Dann verhungert ihr eben«, entgegnete Eli rundheraus und öffnete nacheinander die Drahtgittertüren einen Spalt weit, um die Blechteller hineinzuschieben.

»Niemand wird verhungern«, konterte Colin. »Die Gesetzeshüter werden diesen Ort finden, und spätestens morgen um diese Zeit legen sie ihn in Trümmer, während ihr hier drinnen seid.«

»Die suchen uns schon sehr lange, und bisher haben sie uns nicht gefunden«, erwiderte Eli. Er hatte auch zwei Kissen und derbe Decken mitgebracht, die er nun in die Zwinger warf. »Ihr macht es euch also besser bequem.«

»Wie großzügig«, kommentierte Anthony trocken.

»Das ist es allerdings«, sagte Aster. »Lasst mich euch erklären, wie das laufen wird, meine Herren. Ihr kommt hier nur wieder raus, wenn Autoritant Lockley und der Rest eurer Freunde in der Hauptstadt unsere Forderungen erfüllen. Also, wenn ihr irgendwelche Informationen habt, die helfen könnten, diesen Prozess zu beschleunigen, dann ist es in eurem eigenen Interesse, sie uns mitzuteilen.«

»Euch heruntergekommenem Pack werden wir gar nichts erzählen.«

»Auch gut. Dann schnappen wir uns eben so lange weitere Angehörige eurer Gilde, bis niemand mehr übrig ist, der uns aufhalten könnte.«

Colin schlug mit der Hand gegen die Gitterstäbe, was das Metall mit einem leisen Klirren quittierte. »Was zur Hölle gibt euch das Recht dazu?«

»Was hat euren Vorfahren das Recht gegeben?«, fragte Aster zurück und wurde dabei ganz gegen ihre Absicht laut. »Die haben Tausende von Menschen als Kriminelle gebrandmarkt, deren Verbrechen weit geringfügiger waren als eure. Menschen, deren Verbrechen darin bestanden, Brot zu stehlen, weil sie Hunger litten, oder die falsche Person zu lieben oder sich gegen die Armeen zur Wehr zu setzen, die gekommen waren, um sie zu unterwerfen. Aber *ihr* – ihr vergewaltigt und foltert und tötet. Ihr stehlt Land und Leben. Und während ihr das tut, werdet ihr reich wie die Könige. Es ist Zeit, dass ihr eure Schuld bezahlt, Harker. Ehre der Zeche.«

Eli salutierte spöttisch.

Colin sah aus, als wollte er noch etwas sagen, doch dann hörten sie Schritte, und alle drehten sich gleichzeitig um.

Derrick.

Was zur Hölle tut der hier?, dachte Aster, und ihre Gedanken überschlugen sich förmlich. Eigentlich sollte ihre Zusammenarbeit nach wie vor geheim bleiben.

»Hallo«, sagte Derrick verlegen, als er sah, dass alle Blicke auf ihn gerichtet waren. Er hatte sich gewaschen und einen frischen Anzug angezogen, und er sah aus, als wäre er bereit, die Steuererklärung der Harkers zu bearbeiten.

»Was suchst du hier, Red? Das ist was für Erwachsene«, sagte Eli zu ihm, klang aber nicht unfreundlich. Seit der Harker-Sache sah er Derrick mit anderen Augen – hätte Aster es nicht besser gewusst, dann hätte sie behauptet, er begegne ihm neuerdings mit Respekt.

»Ich dachte, ich könnte dienlich sein«, entgegnete Derrick. »Ich weiß, welche Art von Fragen ihr ihnen stellen solltet …«

»Moment mal, ist das nicht Baby *McClennon*?«, rief Colin fassungslos. »Junge, warum bist du nicht eingesperrt? Was hast du diesen Mistkerlen erzählt, dass sie dich rausgelassen haben? Und was hast du verhobelt noch mal mit deinem Haar gemacht?«

»Wichtiger noch, warum hast du keine Hilfe geholt, du verdammter Idiot …«, begann Anthony.

Derrick reckte stirnrunzelnd eine Hand, um sie zum Schweigen zu bringen. »Ihr stellt die falschen Fragen«, sagte er knapp.

»*Was erwartet ihr von uns? Wie können wir euch helfen?* Das ist die Art von Fragen, die ihr stellen solltet.«

»Derrick«, sagte Aster leise. »Ich weiß deine Unterstützung zu schätzen, aber wir schaffen das …«

»Moment«, sagte Colin erneut. »Jetzt verstehe ich, was hier los ist.« Er presste sich an die Gitterstäbe. Weiß zeichneten sich seine Knöchel unter der Haut ab. »Du warst nie eingesperrt, nicht wahr, du kleine Ratte? Du hast die ganze Zeit mit denen zusammengearbeitet.«

Derricks Miene verriet rein gar nichts. »Wie ich bereits sagte, ihr solltet euch derzeit nicht den Kopf über mich zerbrechen.«

»Verräter«, schimpfte Anthony. »Beim Schleier, wir hätten es wissen müssen. Wir haben um dich getrauert, als wärst du tot, weißt du das? Deine Mutter war untröstlich, und wir alle haben sie bedauert. Beide Söhne innerhalb von nur einem Jahr zu verlieren. Aber dein Vater …« Und nun setzte Anthony wieder ein abstoßend höhnisches Grinsen auf. »Dein Vater hat keine Träne vergossen. Er hat gesagt, du wärest schwach, sonst hättest du dich gar nicht erst gefangen nehmen lassen. Und weißt du was, Derrick? Dein Onkel war ganz seiner Meinung, sosehr es ihn auch geschmerzt hat, das zuzugeben. Sie geben dir die Schuld daran, von einem Haufen dahergelaufener Lucker entführt worden zu sein. Stell dir nur die Schande vor, wenn sie herausfinden, dass du *freiwillig* mit ihnen gegangen bist.«

»Ich wusste immer, dass du im Gegensatz zu Baxter kein Kupferstück wert bist, aber das … Nicht einmal eine Schlange würde so tief sinken«, pöbelte Colin. »Konntest den Erwartungen an dich nicht genügen, also hast du einfach beschlossen, einem Haufen Staubblütiger zu helfen, alles in Schutt und Asche zu legen, was? Du Dummkopf. Du *Feigling*.«

Aster hatte Derrick noch nie mit so hochrotem Kopf gesehen, und er verzog das Gesicht, als wäre jedes Wort eine Backpfeife. Mit zitterndem Kinn klappte er den Mund zu einer Entgegnung auf, aber Eli kam ihm zuvor.

»Überlegt euch gut, wie ihr mit ihm redet«, sagte er drohend. »Derrick ist zweimal so sehr ein Mann, wie ihr es je sein könntet. Ihr habt keine Ahnung, wie viel Mut er bewiesen hat.«

Derrick starrte Eli fassungslos an. Der nickte ihm einmal knapp zu. Und Aster war so schockiert, dass sie nur mit offenem Mund dastand und vergeblich um Worte rang. Doch dann schwoll ihre Brust vor Zuneigung zu allen beiden.

Wie sich die Dinge doch verändert haben, dachte Aster, als ihr klar wurde, wie wohl sie sich mit diesen beiden jungen Männern fühlen konnte.

»Mut? Wie soll er den bewiesen haben? Indem er sich hier unten versteckt hat?«, fragte Colin, dem die plötzlich veränderte Atmosphäre offenbar ganz entgangen war.

»Nein, indem er beschlossen hat, das Richtige zu tun, auch wenn es ihn seine Familie und seine Zukunft kostet«, sagte Eli. »Aber euch zwei hätte es *gar nichts* gekostet, das Richtige zu tun und unseren Forderungen nachzukommen. Und ihr habt euch trotzdem geweigert.«

»Ein *Vermögen* hätte uns das gekostet«, spie Anthony aus. »Es hätte uns unseren Reichtum und alles gekostet, was unsere Großväter uns hinterlassen haben und was wir unseren Enkeln hinterlassen wollen. Ihr würdet sie ihrer Zukunft berauben, nur weil ihr zu faul seid, euch etwas zu erarbeiten, und es lieber anderen stehlt.«

Aster erwachte aus ihrem kurzen Augenblick des Wohlgefühls. »Wir? Wir sind die Faulen? Wir sind die Diebe?«

Ein Skorpionjunge kam, atemlos keuchend, hereingelaufen.

»Was ist los?«, fragte Eli und runzelte besorgt die Stirn.

»Es ist wegen der Lady Ghosts«, schnaufte er. »Die Lady Ghosts … sind gefallen.«

Aster rannte zur Versammlungshalle, wo sie ein Chaos vorfand. Mindestens ein Dutzend Lady Ghosts waren dort, alle schmutzig und unverkennbar erschöpft von der unterirdischen Reise. Aster suchte unter den vertrauten Gesichtern nach dem von Priscilla – sie war nicht bereit zu glauben, dass die Lady Ghosts gefallen waren, ehe sie es aus dem Mund ihrer Anführerin gehört hatte –, aber die alte Frau war nirgends zu sehen. Marjorie und Agatha, ihre Nummer zwei und drei, fehlten auch.

Sam stand im vorderen Bereich des Saals und notierte die Namen der Frauen, die zu ihm kamen. Er hatte sich die Ärmel bis über die Ellbogen hochgekrempelt und wischte sich mit der Rückseite des Unterarms den Schweiß von der Stirn. Als er Aster sah, stutzte er kurz, legte den Stift ab und ging ihr mit ausholenden Schritten entgegen.

»Aster, den Toten sei Dank«, sagte er leise. »Komm mit mir nach vorn. Sie haben nach dir gefragt.«

Aster hielt ihn auf. »Was ist denn nur los?«, fragte sie mit abwesender Stimme, als träumte sie bloß schlecht.

»Etwas Furchtbares ist passiert. Die Gesetzeshüter haben den Graveyard entdeckt. Das ging von jetzt auf gleich. Die meisten wurden gefangen genommen, aber mindestens vier Frauen wurden getötet, darunter auch Priscilla. Diese Frauen hier sind die Einzigen, die entkommen konnten.«

Aster blieben die Worte im Hals stecken, nur eines konnte sie mühsam hervorwürgen.

»Wie?«

»Wir wissen es nicht«, sagte Sam düster. »Wir glauben, dass jemand sie hingehängt hat – wahrscheinlich einer der hellblütigen Verbündeten, der nicht damit einverstanden war, wie sich die Dinge entwickelten. Northrock in Flammen, verschwundene Landesherren, offen rebellierende Staubblütige …«

»Aber die Ladys haben sich an diesen Aktionen doch gar nicht beteiligt!«, wandte Aster ein. »Sie haben klar und deutlich gesagt, sie wollten weiter innerhalb der rechtlichen Möglichkeiten arbeiten.«

»Du weißt so gut wie ich, dass die Gesetzeshüter nicht zwischen den ›Guten‹ und den ›Bösen‹ unterscheiden«, erwiderte Sam erbittert. »Und sie haben immer noch Mädchen über die Grenze geschmuggelt. Das dürfte mehr als genug sein, um ihre Gefangennahme zu legitimieren, zumindest, soweit es die Landesherren betrifft.«

Die Verantwortung für ihre Taten lastete auf Aster wie Graberde. Erst waren ihretwegen ihre Eltern getötet worden, und nun … die Lady Ghosts … Priscilla …

Plötzlich gingen ihr die letzten Worte durch den Kopf, die Priscilla an sie gerichtet hatte.

Ich wünsche euch allen, dass das Glück mit euch sein möge, doch ich fürchte, auf dem Pfad, den ihr gewählt habt, erwartet euch großes Leid. Wie es auch sei, meine Liebe wird euch begleiten.

Sie konnte nicht vor diese Frauen treten. Sie konnte nicht zu ihnen sprechen. Sie hatte sie alle in jeder Hinsicht im Stich gelassen.

»Aster … wo willst du hin? *Aster!*«, rief Sam.

Aster hatte kehrtgemacht und floh aus dem Saal. Tränen rannen über ihre Wangen. Sie wusste nicht, bei wem sie Trost suchen sollte. Clementine wollte sie nicht belasten. Eli konnte sie nicht so nahe kommen. Vielleicht Violet …

Raven, erkannte sie plötzlich.

Raven musste davon erfahren.

Aster suchte in all ihren bevorzugten Schlupfwinkeln nach Raven: in der Küche, in die sie und Tansy sich manchmal zurückzogen, um in aller Ruhe in dem hellen, warmen Raum zu lesen; in der Hütte von Sam und Eli, in der sie ab und an nach dem Abendessen oder einer Lagerversammlung verschwand; und schließlich am Schießstand, wo Mallow ihr geholfen hatte, ihre Fähigkeiten im Umgang mit Waffen zu verbessern. Schließlich fand sie Raven auf dem Friedhof, zusammengekauert an einem Grabstein, das Ende eines Bleistifts im Mund und ihr Skizzenbuch in der Hand. Die kleine unterirdische Begräbnisstätte war eher ärmlich und kein Ort, den Aster häufig besuchte – sie wollte nicht bei all den Läufern verweilen, die gestorben waren, ehe sie die Freiheit erringen konnten, oder den Skorpionen, die ihr Leben bei dem Versuch gelassen hatten, ihnen zu helfen. Raven jedoch hatte stets behauptet, sie würde den Frieden und die Stille genießen und empfände die Gesellschaft der Toten als tröstlich. Was sie verunsicherte, das waren die Lebenden.

Sie blickte von ihrem Zeichenblock auf, als Aster sich näherte, legte ihn zur Seite und zog den Bleistift aus dem Mund.

»Warum machst du so ein langes Gesicht, Boss? Sag nicht, die Harker-Jungs sind schon wieder ausgebrochen«, sagte Raven mit einem schiefen Grinsen. Doch als Aster näher kam, schien sie zu erkennen, wie aufgelöst sie tatsächlich war, und ihr Lächeln erstarb. »Beim Schleier, das sollte nur ein Witz sein. Sind sie etwa wirklich …?«

Aster schüttelte den Kopf. »Es geht nicht um die Harkers«, sagte sie und setzte sich zu ihrer Freundin auf den kalten Boden. Sie schluckte, als ihr erneut die Tränen die Kehle zuschnürten. »Es ist wegen der Lady Ghosts.«

Aster erzählte ihr, was passiert war. Raven hörte zu, und die Falten auf ihrer Stirn gruben sich immer tiefer in die Haut.

Sie vergoss keine Tränen, aber Aster kannte sie gut genug, um zu wissen, dass das nicht bedeutete, sie würde keine Trauer empfinden. Sie hielt lediglich ihre Gefühle noch mehr als jeder andere zurück. Nur auf den Seiten ihres Skizzenbuchs ließ sie ihnen freien Lauf.

»Priscilla hat immer gewusst, dass das Gesetz sie irgendwann erwischen würde«, murmelte Raven und rieb an einem Grafitfleck auf ihrer Handfläche. »Ich schätze, es ist ein Beleg für die Stärke der Ladys, dass sie – dass *wir* – so lange durchgehalten haben.«

Aster wischte sich mit dem Daumen eine Träne von der Wange. So hatte sie die Sache noch nicht betrachtet.

»Jedenfalls bedeutet das, dass wir siegen müssen«, sagte sie. »Die Good Luck Girls sind immer noch da draußen und haben niemanden mehr, der für sie kämpft. Wenn dieser Plan nicht funktioniert … Wir *müssen* siegen, Ray.«

»Und das werden wir auch«, versicherte Raven. »Vertrau mir einfach.«

Aster blickte durch einen Schleier aus Tränen zu ihr auf. Sie hatte ihre Mutter verloren, und sie hatte die Frau verloren, die wie eine Mutter für sie gewesen war, aber zumindest hatte sie in Gestalt von Raven eine ältere Schwester. Sie hatte immer noch jemanden, der auf sie achtete. Der Gedanke rief ein warmes Gefühl in ihrem Herzen wach.

»Verzeih mir«, sagte sie und räusperte sich verlegen. »Ich denke nur an meinen eigenen Kummer, dabei hast du sie länger gekannt als ich.«

Raven wandte sich zähneknirschend ab. »Ja, na ja …« Sie zuckte mit einer Schulter. »Als ich den Graveyard verlassen habe, da hatte ich irgendwie das Gefühl, es wäre eine Reise ohne Wiederkehr. Bevor ich gegangen bin, habe ich mich von

Priscilla verabschiedet. Ich habe nur immer gedacht, ich wäre diejenige, die umkommt, nicht sie.«

Aster spürte, wie neue Tränen in ihre Augen traten, und sie wischte sie hastig weg. Sie zog die Knie an die Brust, legte das Kinn darauf, schlang die Arme um die Beine und atmete lang und zittrig aus.

Seufzend drehte Raven sich zu ihr um und sah ihr direkt in die Augen. »Aster«, fing sie an. »Manchmal frage ich mich … Es kommt mir einfach so vor, als würde das alles zu viel werden. Ich mache mir Sorgen um dich. Gibt es jemanden, mit dem … du weißt schon … jemanden, mit dem du reden kannst?«

»Ich rede mit dir«, meinte Aster, als läge das auf der Hand.

Raven lachte leise. »Na ja, schon, dieses Mal, weil es um Priscilla geht. Aber ich weiß, dass es andere Dinge gibt, die du nicht so gern mit mir teilen würdest. Es ist, als würdest du dich irgendwie immer noch bemühen, meinen Respekt zu erringen, und hättest Angst, dich vor mir zum Narren zu machen.« Sie versetzte ihr einen spielerischen Stoß. »Als hätte ich nicht längst höllisch Respekt vor dir.«

Aster fühlte, wie ihre Wangen heiß wurden. Ihr war nicht bewusst gewesen, dass das so offensichtlich war.

»Was ist eigentlich mit dem kleinen Eli?«, fragte Raven. »Ich weiß, dass ihr zwei vernarrt ineinander seid.«

»Nicht so sehr wie du in seinen Bruder«, bezichtigte Aster sie, statt die Frage, der sie lieber ausweichen wollte, zu beantworten. »Ich habe deine Zeichnungen von Sam gesehen. Da fehlen nur noch ein paar kleine Herzchen rund um sein Gesicht.«

Raven lief rot an. »Er hat mich ein- oder zweimal angesprochen«, räumte sie ein. »Wir lassen es langsam angehen, trotzdem, es … es tut mir gut, schätze ich, mit jemandem zusammen zu sein, der auch mal ein bisschen kindisch sein kann. Keiner von uns hatte je Gelegenheit, ein Kind zu sein. Das ist, als bekäme ich durch ihn eine zweite Chance.« Wieder sah sie Aster direkt in die Augen. »Und hör mal, wenn Eli das für dich ist, dann freut mich das.«

»Das … das würde ich nicht sagen«, entgegnete Aster vorsichtig. Raven zog eine Braue hoch. »Nein, wirklich, Ray … es ist nichts passiert«, beharrte Aster. »Immer, wenn Eli mir näher kommt … Ich warte auf den Tag, an dem ich mich dann nicht verkrampfe, aber … allmählich glaube ich, dieser Tag wird nie kommen.« Aster bemühte sich, Scham und Verbitterung aus ihrer Stimme fernzuhalten, aber sie drangen doch durch und trieben ihr erneut die Tränen in die Augen. Bei den Toten, was für ein Tag! »Er ist so ein guter Mann«, fuhr sie fort. Sie konnte nicht aufhören, nicht, nachdem sie einmal angefangen hatte. »Wenn es überhaupt irgendeinen Mann gibt, mit dem ich … du weißt schon … dann sollte man doch annehmen, er wäre es. Die Art, wie er versucht hat, mich zu trösten, als wir vom Tod meiner Eltern erfahren haben – aber selbst da bin ich schließlich zurückgezuckt, als er mich in den Arm genommen hat. Vielleicht bin ich inzwischen einfach so.«

»Gib dir selbst Zeit, Aster«, sagte Raven sanft. »Seit du aus dem Welcome House entkommen bist, ist erst ein Jahr vergangen. Davon musst du dich erst mal erholen. Außerdem gibt es noch so viel anderes, was dir zusetzt. Dass du dich verwundbar fühlst, heißt nicht, dass niemals eine Zeit kommen wird, in der du bereit sein wirst für mehr – oder ein Mensch, mit dem du dazu bereit sein wirst.«

»Und was, wenn ich doch *nie* bereit sein werde?«, fragte Aster und gab damit einer Furcht eine Stimme, die sie lieber tief in ihrem Inneren begraben hätte.

»Und wenn. Auch das heißt nicht, dass du nicht imstande wärst, auf eine andere Art etwas ganz Besonderes mit jemandem zu schaffen.« Raven seufzte und lehnte sich an den Grabstein. »Ich befasse mich mit alldem schon ein bisschen länger als du, Aster, und ich habe *alles* gesehen. Ich bin Frauen begegnet, die viel Trost in den Armen eines Mannes gefunden haben. Ich bin Frauen begegnet, die mehr Trost darin gefunden haben, ihre Sundown-Arbeit fortzusetzen, nur unter ihrer eigenen Regie. Ich bin Frauen begegnet, die nach dem Welcome House nur noch Frauen in ihrer Nähe ertragen konnten, und Frauen, die überhaupt niemanden mehr ertragen haben. Und ich bin Frauen begegnet, die sich in meiner Gegenwart unwohl gefühlt haben, weil ich bin, wie ich bin … und ich habe sie akzeptiert, solange sie mich auch akzeptiert haben, als eine Frau und ihre Schwester, eine, die ihrem Körper zwiespältigere Gefühle entgegengebracht hat, als sie es je könnten. Zu lernen, mich selbst zu lieben … mich nicht von meinem eigenen Körper verraten zu fühlen, hat mich *Jahre* gekostet. Und ich schätze, du wirst auch lange Zeit brauchen. Du musst einfach Geduld haben und den Dingen ihren Lauf lassen.«

»Ich bin kein sehr geduldiger Mensch«, murmelte Aster. Dennoch wirkten Ravens Worte beruhigend auf sie.

»Weißt du, wenn du es übereilst, wirst du dir nur selbst wehtun«, fuhr Raven fort. »Vertrau darauf, dass Eli auf dich warten wird. Und wenn er es nicht tut, dann ist er deine Zeit so oder so nicht wert. Aber Aster, als jemand, der versucht, auf dich achtzugeben, muss ich dich fragen: *Willst* du überhaupt etwas mit diesem Jungen anfangen, oder willst du dir nur beweisen, dass du es kannst?«

Aster blieben die Worte im Hals stecken. »Ich … beides«, gestand sie schließlich.

»Denn wenn du dich aus den falschen Gründen darauf einlässt …«

»Raven, ich *muss* das einfach hinkriegen«, sagte sie beinahe flehentlich. »Das ist vielleicht meine einzige Chance auf etwas Echtes. Denn so unbehaglich mir in seiner Nähe auch zumute sein mag, er ist immer noch der einzige Mensch, dem ich überhaupt so nah sein kann.«

»Ach komm, wir wissen doch beide, dass das nicht stimmt«, tadelte Raven sie mit einem leisen Schnauben.

Aber Aster konnte daran nichts Lustiges erkennen. »Tun wir das? Wen sollte es denn sonst geben? Derrick? Ich mag ihn, wirklich, aber er weiß, dass ich ihm keine …«

»Nein, du Dummerchen. Violet.«

Panik traf Aster wie ein Schlag vor die Brust.

»Mach dich nicht über mich lustig«, sagte sie mit einem weichen, warnenden Ton in der Stimme. »Nicht heute.«

»Tue ich nicht. Ich habe gesehen, wie ihr zwei miteinander umgeht. Genau so sieht ›etwas Echtes‹ aus.«

»Du hast keine Ahnung, wovon du redest. Du kennst uns doch kaum.« Aster wusste selbst nicht, warum sie abwehrend reagierte oder woher die Hitze kam, die ihr den Hals emporstieg. Dann sah sie, wie ein verletzter Ausdruck über Ravens Gesicht huschte, und sogleich bekam sie Gewissensbisse, umso mehr in Anbetracht dessen, wie sehr sich Raven an diesem Abend auf sie eingelassen hatte.

Aber Raven machte keinen Rückzieher. Stattdessen zog sie die Brauen in einem Ausdruck des Trotzes näher zusammen. »Du bist verletzt. Du hast Angst. Du schlägst um dich. Das verstehe ich. Aber ich kenne dich, Aster, wie sehr du dich auch bemühst, dein wahres Selbst zu verbergen. Wenn man seine ganze freie Zeit damit verbringt, Leute zu zeichnen, dann wird es einem schnell zur zweiten Natur, ihre Körpersprache zu lesen«, erklärte sie. »Ich habe die Fältchen in Zees Augenwinkeln gesehen, wann immer sein Lächeln aufrichtig ist, und ich weiß, dass er zu viele Zähne zeigt, wenn er nur versucht, deine Schwester zum Lachen zu bringen. Tansy lässt die Schultern hängen und sinkt in sich zusammen, wenn sie sich aufregt, während Mallow sich eher aufplustert. Sam berührt immer, wenn ihn etwas verunsichert, die Stümpfe seiner fehlenden Finger; er merkt nicht einmal, dass er das tut. Und du, Aster – du hast das Gefühl, du müsstest für alle Stärke zeigen – für alle außer Violet. Deine ganze Haltung wird weicher, wenn sie in der Nähe ist. Deine Stirn entspannt sich, du hörst auf, die Fäuste zu ballen. Und du darfst mir glauben, wenn ich dir sage, dass sie kein Stück besser ist. Streicht sich ständig das Haar hinters Ohr, zupft an ihrem Kleid herum, um sicherzustellen, dass es richtig sitzt, achtet genau darauf, wie du reagierst, wann immer sie sich in der Gruppe zu Wort meldet. Sie schaut auf alle herab, aber zu dir blickt sie auf.«

Noch während Raven sprach, wusste Aster, dass sie die Wahrheit sagte, dennoch erfüllten ihre Worte sie mit einer Furcht, der sie sich nicht ansatzweise stellen mochte. Es war ein Gefühl, als balancierte sie über einem bodenlosen Abgrund.

»Wie soll ich wissen …« Sie schluckte, immer noch den Tränen nahe, ihre Kehle brannte regelrecht. »Wie soll ich wissen, dass ich mich nicht nur einer Frau zuwende, weil ich Angst habe? Vor Männern?«

Raven seufzte. »Tja, das mag eine Rolle spielen. Andererseits, vielleicht auch nicht. Vielleicht waren diese Gefühle immer in dir, aber du musstest erst von dem Welcome House wegkommen, um sie dir zu gestatten. Vielleicht geht es gar nicht um

Frauen oder Männer oder irgendwen, sondern um diese eine Person. Oder vielleicht hast du recht, und du hast dich verändert wegen der Dinge, die dir passiert sind, und das, was du jetzt empfindest, wurzelt darin. Aber das macht das Gefühl nicht weniger real.«

Das war ein Gespräch, das Aster, hätte sie je den Mut gefunden, mit Tansy oder Mallow zu führen erwartet hätte. Sie liebten Mädchen, sie liebten einander, das hatten sie immer getan. Aber Aster wusste, dass sie, obwohl die beiden ihr zweifellos mit Freuden beigestanden hätten, viel zu verlegen gewesen wäre, um mit ihnen zu reden. Sie waren so viel jünger als sie und zugleich so viel sicherer, was ihre Liebe anbelangte. Und sie wussten nichts von der Sundown-Arbeit, die so viele Narben in Asters Herz hinterlassen hatte.

Nein, es war genau richtig, dass Raven diejenige war, mit der sie sprach. Raven, die nicht erwartete, dass Aster alles wusste; Raven, die selbst sehr genau wusste, wie es sich anfühlte, wenn derlei Gefühle zu etwas Hässlichem verdreht wurden. Aster war so glücklich, dass sie da war.

Nun liefen ihre Tränen ungehindert. »Es tut mir leid«, würgte sie hervor.

Raven lachte milde. »Was, zur Hölle?«

»Ist einfach so.«

»Es gibt nichts, das dir leidtun müsste.« Raven breitete die Arme aus, und Aster schmiegte sich hinein.

»Bitte verrat es niemandem«, flüsterte sie eindringlich. »Das mit Violet, meine ich.« Diese plötzliche Verletzlichkeit gefiel ihr nicht, ihr war, als wäre sie zu einem Relikt geworden, und nun könnten alle direkt in sie hineinschauen.

»Natürlich nicht.«

»Die würden dir eh kein Wort glauben. Vor einem Jahr habe

ich noch versucht, sie umzubringen. Das könnte immer noch passieren. Sie neigt dazu, mich auf die Probe zu stellen.«

»Nicht so schnell«, sagte Raven mit einem leisen Glucksen. »Wir müssen erst mit diesen verdammten Landesherren aufräumen. Für die Lady Ghosts.«

Ja, dachte Aster, deren Tränen endlich versiegt waren. *Für die Lady Ghosts.*

KAPITEL SECHSUNDZWANZIG

Die letzte große Landesherrenfamilie, die sie sich vornehmen mussten, waren die Boyles, doch die waren bedauerlicherweise außerhalb ihrer Reichweite. Sie lebten in dem schmalen Küstenstrich von Arketta im Süden des Grinds und wachten über die Staubblütigen, die in den Hafenstädten arbeiteten. Im Norden Arkettas herrschte die Industrie vor, doch der Süden wirkte immer noch so zerklüftet und unvollendet, als wäre der Grind eine Art Sieb, durch das nur die Brosamen der Reichtümer des Nordens fielen. Aster kannte keinen der Staubblütigen, die dort unten lebten: Die Eisenbahn führte nicht bis dorthin, die Tunnel der Skorpione verliefen in einer anderen Richtung, und per Post eine verschlüsselte Botschaft zu schicken erforderte mehr Zeit, als ihnen nach Asters Gefühl blieb. Der Verlust der Lady Ghosts hatte ihnen den Boden unter den Füßen weggerissen, Furcht und Verzweiflung vergifteten die Stimmung im Lager. Aster konnte nur ahnen, was ihre übrigen Verbündeten empfanden. Vielleicht fragten sie sich, ob sie die Nächsten waren, überlegten, ob sie aussteigen sollten, solange sie noch konnten. Die Landesherrengilde war alt und mächtig und mochte die Schläge, die sie ihr versetzt hatten, überstehen, die Abrechner jedoch waren eine neue Gruppierung, deren Bande noch nicht fest waren. Ein weiterer Verlust wie dieser könnte sie vernichten.

Sie mussten es zu Ende bringen. Jetzt.

Das Problem war, dass selbst Derrick kaum mehr über die Boyles wusste als der Rest von ihnen. Die Familie hatte den Grind nur selten und wenn, dann in großen Abständen aufgesucht, und er selbst war Jonah Boyle, dem Familienoberhaupt, erstmals bei der Krisensitzung anlässlich des Feuers in Northrock begegnet. Derrick konnte ihnen nichts darüber sagen, wo sie den Mann finden würden, mit wem er sich umgab oder wann er das nächste Mal in den Grind reisen könnte – nur, dass Boyle sich selbst als moralisch gefestigten, sittenstrengen Mann bezeichnete, der weder in Gesellschaft trank noch spielte und schwer zu überrumpeln sein würde.

»Unter diesen Umständen könnten euch eher die Harkers helfen als ich«, gestand Derrick, als Aster ihn bedrängte, ihnen mehr Informationen zu liefern.

Natürlich hatte er das nicht ganz ernst gemeint, aber Aster beschloss, seine Worte zu beherzigen. Die Gebrüder Harker wussten mit Sicherheit mehr als jeder andere über die Boyles.

Sie mussten sie nur zum Reden bringen.

Gewalt – gegen böse Männer, ja, aber dennoch Männer, die sich nicht wehren konnten – war abstoßend und nichts, dem sich Aster allein stellen mochte. Aber zugleich gehörte das nicht zu den Dingen, bei denen sie mit gutem Gewissen irgendjemanden um Hilfe bitten konnte … abgesehen vielleicht von Violet. Was der Grund war, warum sich Aster nun vor Violets Hütte wiederfand. Hitze stieg ihren Hals empor, als sie versuchte, den Mut zu finden, um an die Tür zu klopfen.

Reiß dich zusammen, schalt sie sich im Stillen. Sie war verlegen, nachdem sie sich am Vorabend hatte hinreißen lassen, so offen mit Raven zu sprechen. Da war sie trunken gewesen vor Kummer, war unbesonnen mit ihren eigenen Gefühlen umgegangen, und noch immer hing ein sanfter Hauch zarter Empfindungen über ihr wie die Nachwirkungen von zu viel Alkohol. Verzweifelt bemühte sie sich, einen klaren Kopf zu bekommen. Sie wollte Violet aufsuchen, weil Violet die Einzige war, die genug Mumm für das hatte, was ihr durch den Kopf spukte. Das war alles.

Sie klopfte.

Tansy öffnete – sie und Mallow teilten sich die Hütte mit Violet und Raven. Ihre Augen waren gerötet, als hätte sie geweint.

»Oh, Aster«, sagte sie kleinlaut. »Wir haben gerade über die Lady Ghosts gesprochen.«

»Deshalb bin ich gekommen«, sagte Aster. »Zumindest … gehört es dazu. Ist Violet da?«

»Wo soll ich sonst sein?«, fragte Violet von ihrem Bett aus und seufzte schwer. Aster schaute an Tansy vorbei zu dem Hochbett, auf dem Violet saß. Raven hockte auf dem Bett unter ihr und sah Aster auf eine Weise an, als wüsste sie genau, worüber Aster gerade nachgedacht hatte. Aster stieg die Hitze in die Wangen, und sie wandte den Blick ab.

»Sag mir, du hast einen Plan, um Priscilla zu rächen«, bettelte Mallow.

»Vielleicht«, sagte Aster. »Aber ich möchte das erst mit Vi besprechen. Hast du … hast du eine Minute?«

»Immer«, meinte Violet und sprang hinunter. Tansy ließ sie vorbei und musterte die beiden neugierig.

»Danke«, murmelte Aster und winkte Violet zu, ihr zu folgen.

»Schon komisch«, sagte Violet leise, als sie durch das ungewöhnlich stille Lager gingen. »Ich war diejenige, die alle dazu gebracht hat, Lady Ghost zu suchen, und nun bin ich die Einzige von uns, die ihr nie begegnet ist.«

»Priscilla würde dir sagen, dass Lady Ghost größer war als

sie«, antwortete Aster. »Die Gruppe ist nicht mit ihr entstanden, und sie hätte auch nicht mit ihr sterben sollen. Aber …«

»Aber?«, hakte Violet nach, als Aster nicht weitersprach.

»Aber wir dürfen nicht zulassen, dass die Landesherren uns noch einmal so empfindlich treffen. Das wäre das Ende unseres Kampfes. Also müssen wir tun, was immer nötig ist, um sie zu schlagen, ehe sie eine Gelegenheit dazu bekommen.«

»Was immer nötig ist«, griff Violet ihre Worte auf, und als sie Aster dann anblickte, spiegelte sich die Erkenntnis allmählich in ihren blauen Augen. Inzwischen hatten sie die Zwinger erreicht, und Aster blieb vor der Doppeltür stehen und schickte den Skorpion weg, der dort Wache gehalten hatte.

»Die Harkers könnten Informationen über Jonah Boyle haben, Informationen, die zu sammeln uns Wochen kosten könnte«, sprach Aster weiter, als er fort war. »Wir müssten sie nur … du weißt schon … aus ihnen herausholen.«

»Beispielsweise mit einer Zange?«, schlug Violet vor und zog eine Braue hoch.

Glühend vor Scham, wandte Aster sich ab. Das war nicht sie. Und doch ging es nicht anders.

»Wenn du damit nichts zu tun haben willst …«, fing Aster an.

Violet grinste spöttisch. »Sei nicht albern. Ein Mann muss gefoltert werden, und du hast an mich gedacht? Ich kann mich gar nicht erinnern, wann ich mich das letzte Mal so geschmeichelt gefühlt habe.«

»Ich meine es ernst, Vi.«

»Ich auch«, sagte sie, und das Grinsen verblasste. Sie trat näher an Aster heran und senkte die Stimme, damit Passanten sie nicht hören konnten. »Pass auf, ich verstehe das. Warum du damit zu mir gekommen bist. Du willst keine Flecken auf den Seelen der anderen hinterlassen. Du bist nicht mal sicher, ob du einen Fleck auf deiner eigenen Seele haben willst. Aber meine ist schon mehr als nur schwarz betupft, was also macht da noch ein Fleck mehr? Und du solltest wissen, dass ich derselben Meinung bin – du solltest das mir überlassen. Wir wissen beide, dass ich zur Hölle fahren werde, Aster. Da kann ich es auch gleich für dich tun.«

»Nein, das ist nicht das, was ich …« Der Rest von Asters Worten ging in dem wirbelnden Nebel unter, der sich in ihrem Geist ausbreitete. Plötzlich fühlte sie sich fiebrig, und das Herz wollte ihr aus der Brust springen. »Ich denke nicht, dass du … Ich würde dich *nie* so benutzen, Violet«, brachte sie schließlich hervor. »Es ist nur … ich vertraue dir, das ist alles. Ich vertraue darauf, dass du mir helfen wirst, das zu tun, was getan werden muss, ohne mich dafür zu verurteilen. Aber *ich* werde diejenige sein, die es tut, hörst du?«

»Dann machen wir es eben gemeinsam«, beharrte Violet stur wie eh und je. »Ich bin die Finsternis und du das Licht. Und jetzt gib mir dein Messer.«

Aster zögerte noch einen Moment länger, doch dann überließ sie ihr die Klinge. Grinsend nahm Violet sie entgegen.

»Na also, das war doch gar nicht so schwer, nicht wahr?«, fragte sie und stieß die Tür auf.

Nervös und frustriert zugleich, folgte Aster ihr zu den Zwingern.

»Schau, so, wie ich das sehe, sind das verweichlichte Männer, die ein verweichlichtes Leben geführt haben«, flüsterte Aster, vor allem, um sich selbst zu beruhigen. »Es dürfte nicht lange dauern, ihren Willen zu brechen.«

»Wenn du das so einschätzt, fangen wir am besten mit Anthony an. Er ist der Schwächere.«

Als sie sich den Zwingern näherten, in denen die Brüder

eingesperrt waren, verfielen sie in Schweigen. Wie Aster verlangt hatte, waren sie mit Pritschen, Kissen und Decken, einem Eimer Wasser zum Waschen und Arzneimitteln zur Behandlung ihrer Platzwunden und blauen Flecken versorgt worden. Die leeren Teller am Boden bewiesen, dass sie gegessen hatten. Trotzdem sahen beide Männer ausgezehrt und gequält aus, ihr Haar hing fettig herunter, ihre Gesichter waren schmutzig, Bartstoppeln begannen zu sprießen, die Augen waren blutunterlaufen und von Erschöpfung gezeichnet. Aster unterdrückte eine Woge purer Missachtung. Keine vierundzwanzig Stunden unter Bedingungen, wie sie für die meisten Staubblütigen normal, wenn nicht besser waren – und ihre bürgerliche Fassade schien komplett einzustürzen.

»Na, wenn das nicht die Schlampe ist, die Baby McClennon verführt hat«, sagte Colin gehässig, als er Violet sah. »Der Junge ist schwach. Wundert mich nicht, dass er sich vom rechten Weg hat abbringen lassen. Aber Jerrod hätte wissen müssen, dass er dir nicht trauen kann.«

»Jerrod McClennon ist ein größerer Narr, als die meisten zu begreifen scheinen«, sagte Violet sanft. »Der war nicht imstande, hinter den Schatten zu meinen Füßen zu blicken. Der Mann glaubt ernsthaft, dass Hellblütige das Beste sind, was die Menschheit je hervorgebracht hat, dass wir – anders als die Staubblütigen – von Natur aus ›anständig‹ und ›ehrbar‹ sind. Aber ihr wisst … und *ich* weiß …, dass das noch nie gestimmt hat, nicht wahr? Wir können so viel frevelhafter sein, und wir können auch damit davonkommen.«

Violet zog das Messer.

»Was zur Hölle soll das?«, fragte Anthony gedehnt, entfernte sich von dem Gitter und drehte sich zu Aster um. »Was zur Hölle soll das?«

»Ich werde es euch einfach machen, Harker«, sagte Aster. »Wir müssen wissen, wo wir Jonah Boyle finden können, und ihr werdet es uns sagen.«

»Warum? Damit ihr ihn auch hierher verschleppen könnt? Das glaube ich kaum.« Aber Anthonys Stimme zitterte bei jedem Wort, und in seinen Augen, die unentwegt das Messer fixierten, schimmerte Unsicherheit. Vielleicht spürte er, wie sehr sich die Dinge geändert hatten, seit Aster das letzte Mal mit ihnen gesprochen hatte.

Violet öffnete die Tür zu seinem Zwinger. Die Angeln quietschten.

»Wir wollen euch nicht wehtun«, fuhr Aster fort, als sie auf ihn zugingen. »Du und dein Bruder, ihr werdet die Antworten auf unsere Fragen aufschreiben, und wenn sie übereinstimmen, dann passiert euch weiter nichts.«

Sie hörte ein Rasseln, verbunden mit einem Krachen, als Colin sich gegen das Gitter seines eigenen Zwingers warf. »Das ist Wahnsinn. Ich schwöre euch, wenn ich hier rauskomme, werde ich …«

»Nein«, fiel Anthony ihm ins Wort. »Die versuchen, uns zu täuschen. Sie brauchen uns lebend.«

»Lebend, aber nicht unverletzt«, korrigierte Violet.

Anthony erbleichte, doch er schob entschlossen das Kinn vor. »Und wenn schon. Ich werde euch nichts erzählen. Ihr mögt es geschafft haben, McClennons Jungen zum Verräter zu machen, aber bei mir wird euch das niemals gelingen.«

»Weil du so viel Mut hast, richtig?«, fragte Violet. Anthony wich in eine Ecke zurück, aber Violet kam gnadenlos näher und fegte mit der flachen Seite der Klinge das Haar beiseite, das ihm über das verängstigte Gesicht gefallen war. »Weil du kein Feigling bist? Aber ich bin bereit zu wetten, dass die einzigen Leute, an die du je Hand angelegt hast, die waren, die sich nicht wehren konnten. Männer, die dich Boss genannt haben. Frauen im Welcome House. Und jetzt, wenn es nach dir ginge, auch noch dreizehnjährige Mädchen. Ich weiß nicht, Harker … mir kommt das ziemlich feige vor.«

»Ich … ich habe nie Hand an irgendjemanden gelegt …«

Violet schürzte die Lippen. »Nicht? Dann hast du also die Raubvögel bezahlt, damit die das für dich übernehmen? Noch schlimmer.« Sie nickte Aster zu. »Halt ihn fest.«

»Aber …«

Aster bewegte sich schnell, ehe sie kalte Füße bekommen konnte. Sie rammte dem Landesherrn die Faust in den Magen, dass ihm die Luft wegblieb, packte ihn an den Schultern und schleuderte ihn zu Boden. Dort hielt sie seine Arme fest, während Violet sich auf ihn kniete und ihm das Knie in den Brustkorb drückte. Er hustete und fluchte protestierend.

»Halt's Maul«, zischte Violet und presste ihm die Messerspitze an die Stirn. »Das Einzige, was ich von dir hören will, sind Informationen über Jonah Boyle.«

»WAS ZUR HÖLLE IHR DA AUCH TUT, HÖRT SOFORT AUF DAMIT«, bellte Colin aus seinem Zwinger. Aster blickte zu Violet auf, Zweifel rumorten in ihren Eingeweiden, aber Violet war noch immer voll konzentriert. Sie starrte Anthony an, und in ihren Augen schimmerte eine beängstigende Intensität. Mit unebenmäßigen, flachen Schnitten fing sie an, ein *F* in seine Stirn zu schnitzen.

»Wo ist Boyle?«, herrschte sie ihn an.

»Ich habe es dir schon gesagt, ich bin kein Verräter.«

Sie schnitzte ein *E.*

»Wann kommt er das nächste Mal in den Grind?«

»Sag uns einfach, was du weißt, Harker«, drängelte Aster.

Aber er schrie nur wie ein Wahnsinniger und schloss die Augen, um sie vor dem Blut zu schützen, das ihm über das Gesicht strömte.

»HÖRT AUF DAMIT! LASST IHN IN RUHE!«, bettelte Colin und schlug gegen den Zwinger.

F-E-I-

»Wie viele Raubvögel hat er in seinen Diensten?«

»Zur Hölle mit euch«, geiferte Anthony wild zappelnd, und seine Brust wogte unter seinen panischen Atemzügen. Er spannte die Armmuskeln, um sich Asters Griff zu erwehren, und sie kämpfte ihren Widerwillen nieder, den Instinkt, der ihr sagte, sie solle einfach loslassen. Wie oft hatte man sie so festgehalten? Ihr Gewissen bettelte sie an, ihn freizugeben.

Violet begann mit dem Buchstaben *G*. Dabei fletschte sie die Zähne, und ihre zarten Hände färbten sich weiß, als sie sie um das Heft des Messers spannte.

»Violet …«, flüsterte Aster.

»TAG DER ZECHE!«, schrie Colin plötzlich in seinem Zwinger. Violet hielt inne und blickte durch den dichten Vorhang aus Haaren auf. »Boyle kommt am Tag der Zeche in den Grind.«

Anthony schlug die blutüberströmten Augen auf. »Colin, nicht …«

»Die Landesherrengilde veranstaltet jedes Jahr ein Fest in Crimson Glen, um den Feiertag zu begehen«, fuhr Colin fort. »Dort werdet ihr Boyle finden. Dort werdet ihr sie alle finden.«

»*Alle*? Warum hätte Derrick etwas so Bedeutendes verschweigen sollen?«, fragte Aster skeptisch.

»Weil der kleine Schnösel wahrscheinlich nicht weiß, dass die Feier stattfindet – wir haben die Veranstaltung nach dem Feuer in Northrock um unserer Sicherheit willen abgesagt.

Aber dann hat McClennon sie doch wieder angesetzt und darauf bestanden, dass wir alle erscheinen, um öffentlich unsere Stärke und Solidarität zu demonstrieren.«

Aster und Violet sahen einander in die Augen. Der Tag der Zeche. Bis dahin blieben nur noch eineinhalb Wochen. Den größten Teil der Zeit würden sie für die Reise in den Süden nach Crimson Glen benötigen, der Hauptstadt des Grinds. Aber wenn sie rechtzeitig für dieses Fest dort wären, wo alle verbliebenen Landesherren an einem Ort zusammenkämen …

Violet fixierte Anthony erneut mit stechendem Blick. »Ist das wahr?«

Er sprach nicht. Sein Gesicht war zu einem Ausdruck verzerrt, der zwischen Schmerz und Hass schwankte. Aster knirschte mit den Zähnen und schüttelte ihn grob. *»Ist das wahr?«*

»Ja, es ist verhobelt noch mal wahr«, plärrte Colin. »Es findet im Regierungsgebäude um acht Uhr abends statt. Derrick war jedes Jahr dort, seit er ein kleines Baby war. Er kann euch alles sagen, was ihr sonst noch wissen müsst. Aber jetzt nehmt eure verdammten Hände von meinem Bruder.«

Diesem Wunsch kam Aster nur zu gern nach. Violet nahm das Knie von seiner Brust, bedrohte ihn aber weiter mit dem Messer, als sie sich erhoben und rückwärts aus dem Zwinger gingen. Anthony rappelte sich auf und knurrte wie ein in die Enge getriebenes Tier.«

»Was habt ihr mit mir gemacht?«, verlangte er zu erfahren.

»Nichts, das ein tief in der Stirn sitzender Hut nicht verbergen könnte«, entgegnete Violet ungerührt und schloss ihn wieder ein. »Ich sorge dafür, dass man dir einen bringt.«

»Du bist eine Schlange. Eine erbärmliche, giftige, gelbbäuchige …«

»Und du«, fiel Violet ihm ins Wort, »bist genau der Feigling, für den ich dich gehalten habe. Du solltest dankbar sein, dass ich nicht damit fertig geworden bin, dir das mitten ins Gesicht zu schnitzen.«

Ein Ausdruck des Entsetzens flackerte in seinen Augen auf, und seine Hände huschten zu seiner entstellten Stirn. Aster und Violet überließen ihn seinem Selbstmitleid, marschierten im Gleichschritt aus dem Zwingerhaus und schlossen die Tür hinter sich.

»Du hattest recht. Es hat überhaupt nicht lange gedauert«, murmelte Violet und gab Aster das Messer zurück. Beklommen nahm sie es an sich und wischte das Blut an ihrer Drillichhose ab, ehe sie die Klinge hinter ihren Gürtel schob. Derricks Ring glitzerte an ihrer Hand, und seine Worte hallten in ihren Ohren nach.

Ich habe nur solche Angst, das Falsche zu tun. Das Falsche zu sein.

»Ich … brauche ein bisschen frische Luft«, sagte Aster stockend.

Violet zog fragend eine Braue hoch – nur selten wagte sich jemand an die Oberfläche, wenn es nicht zwingend nötig war –, aber sie folgte Aster hinauf ins Freie. Dort kletterten sie auf das niedrige Dach einer verlassenen Hütte der Geisterstadt vor dem Mineneingang und setzten sich. Lange Zeit saugten sie nur den Sonnenschein in sich auf. Asters Blick wanderte von dem verfallenden Minenlager zu den undurchdringlichen Bergwäldern dahinter und wieder zurück. Wie stets waren Relikte unterwegs, deren durchscheinende Gestalt im Tageslicht kaum zu erkennen war, nur ein Schimmern in der Luft an einem sengend heißen Nachmittag. Nachdem sie nun schon seit Wochen hier im Lager Red Claw gelebt hatte, waren die Toten für Aster so leicht wiederzuerkennen wie alles andere an diesem Ort. Das kleine Mädchen, das Wasser aus dem Brunnen schöpfte, der einarmige Mann, der vor seinem maroden Haus rauchte, die alte Frau, die in ihrem Schaukelstuhl schlummerte. Sie waren ihr so vertraut wie die Familien in all den Pächterlagern, die die Skorpione befreit hatten. Unverändert über Generationen hinweg.

»Du denkst doch nicht, dass wir zu weit gegangen sind, oder?«, fragte Aster nach einer Weile. Die zersplitterten Dachschindeln fühlten sich unter ihrem Steißbein hart an, der Geschmack des Staubs auf ihrer Zunge bitter.

»Du machst wohl Witze«, schnaubte Violet, die ihre Beine träge in der Luft baumeln ließ. »Wir haben Anthony kaum angerührt. Und Colin gar nicht. Du wirst wohl weich, Aster.«

»Ich bin müde.« Sie seufzte und verdrängte die blutige Erinnerung ebenso wie so viele andere. »Das ist ein Unterschied.«

»He«, sagte Violet, drehte sich zu Aster um und umfasste ihr Gesicht mit den Händen; ebendie Hände, die sie gerade dazu benutzt hatte, Harker zu ritzen, waren nun unendlich sanft. Aster stieg die Hitze ins Gesicht. Sie konnte nur hoffen, dass Violet es nicht an den Handflächen spürte. »Wir haben es fast hinter uns, hörst du?«, beschwor Violet sie. »Alles. Wenn das, was Harker gesagt hat, wahr ist, dann können wir dieser ganzen Sache am Tag der Zeche ein Ende machen.«

»Ja, aber wie? Es wird noch viel blutiger werden, ehe es vorbei ist, Vi, vor allem, wenn wir gegen all diese Mistkerle auf einmal vorgehen. Es ist eine Sache, ihre Raubvögel zu töten. Die meisten von denen sind schon seit langer Zeit keine Menschen mehr. Aber wenn wir *sie* töten müssen …« Aster schluckte. »Ich fürchte immer noch, ich habe das nicht in mir … oder, schlimmer, ich habe es doch …«

Violet wandte sich ab, krallte sich am Rand des Daches fest und senkte den Blick. »Du hast es nicht nötig, dir von mir erklären zu lassen, dass diese Männer es verdient haben, wenn welche Hölle auch immer über sie hereinbricht«, murmelte Violet. »Die Toten wissen, dass *du* besser als die meisten anderen verstehst, wozu sie imstande sind. Aber nach einigem, was ich mit ansehen musste, als ich bei McClennon gelebt habe … nach einigem, was er mir angetan hat … Ich bin nicht sicher, ob ich mich nicht schlechter fühlen würde, wenn wir sie am Leben lassen.«

Aster erstarrte innerlich. »Was meinst du mit ›nach einigem, was er mir angetan hat‹?«, fragte sie und hatte Mühe, mit ruhiger Stimme zu sprechen.

Violet blickte sich zu ihr um und wandte sich genauso schnell wieder ab. Ihre Kiefer mahlten. Zum ersten Mal an diesem Tag wirkte sie verunsichert.

»Ich hätte gar nichts sagen sollen.«

»Aber du hast es gesagt«, drängelte Aster.

»Mehr werde ich dir nicht erzählen. Es bringt nichts, wenn du dich auch noch aufregst. Das ist längst vorbei.«

Aster regte sich natürlich auf, bittere Wut stieg ihr in die Kehle.

»In all diesen Monaten, nachdem wir dich bei McClennon zurückgelassen haben, bevor Derrick ihn überredet hat, dich freizulassen … Hat … hat er dir wehgetan?«

Sie kam sich vor wie eine Närrin, kaum dass sie die Worte ausgesprochen hatte. Natürlich hatte er das getan. Tief im Inneren war ihr das immer klar gewesen; die Gewissheit, dass Violet als Gefangene McClennons hatte leiden müssen, hatte ihr beständig im Nacken gesessen. Dennoch hatte sie gehofft – und sich eingeredet –, dass sie sich irrte.

Denn wenn sie das nicht täte, würde sie sich niemals vergeben können.

»Ich dachte, du hättest gesagt, dass du ihn davon überzeugt hättest, deine Taten zu bereuen«, fuhr Aster fort. »Und dass er dich gut behandelt hat, weil du eine Hellblütige bist.«

Violet stieß ein hohles Lachen aus, das durch die leeren Straßen hallte. »Ich bezweifle nicht, dass er mich besser behandelt hat, als es eine von euch hätte erwarten können. Aber ich würde nie so weit gehen zu behaupten, er hätte mich *gut* behandelt.«

Aster ballte die Fäuste. »Wir hätten dich nie zurücklassen dürfen.«

»Fang nicht davon an«, erwiderte Violet grob. »Zurückzubleiben war *meine* Entscheidung, das lasse ich mir von dir nicht wegnehmen.«

»Aber …«

»Und du bist zu mir gekommen, kaum dass du erfahren hast, dass ich noch am Leben bin. Das habe ich nicht vergessen. Das werde ich nie vergessen.«

»Jeder andere hätte das auch getan«, murmelte Aster.

»Nein, das hätte nicht jeder andere auch getan«, beharrte Violet. »Niemand hat je zuvor *irgendetwas* für mich riskiert, und schon gar nicht so etwas. Ich wache jeden Tag auf und bemühe mich darum, deiner würdig zu sein, Aster.«

Als Aster Violets Worte in sich aufnahm, wurde ihr abrupt mulmig im Bauch, aber dieses Mal war es ein gutes Gefühl, aufregend, als wäre sie mitten in einem Salto. *Diese Frau schaut auf alle herab, aber zu dir blickt sie auf*, hatte Raven über Violet gesagt. Und Aster hatte sich nicht getraut, ihr zu glauben, denn das hätte sie gezwungen, sich ihrer zunehmenden Liebe gegenüber einem Mädchen zu stellen, das sie einst gehasst hatte. Aber wenn sie wirklich so viel Mut hatte, wie Violet in ihr zu sehen schien … wenn sie wirklich bereit war, für etwas, von dem sie glaubte, es wäre den Einsatz wert, alles zu riskieren …

Aster sah Violet in die Augen, und zum ersten Mal streckte sie die Hand nach ihr aus, umfasste ihren Nacken mit unsicheren Fingern, strich mit dem Daumen über ihr Kinn. Violets Lippen öffneten sich in einem Ausdruck der Überraschung, und sie gab der Berührung nach, schloss mit flatternden Lidern die Augen.

»Dawn … was …«

Aster schloss ebenfalls die Augen, beugte sich zu Violet, und ihre Lippen berührten sich, erst zögernd, als hätte jede von ihnen Angst, die andere zu verletzen, dann immer drängender. Violet zog Aster an sich, schob eine Hand unter der Lederjacke in ihren Rücken. Asters Zunge huschte über Violets Lippen, kostete sie, trank von ihrem Glück.

Aster hatte schon viele Male zuvor ihre Lippen an die eines anderen Menschen gepresst. Aber dies … dies war ihr erster Kuss.

Nach einem endlosen Moment lösten sie sich atemlos voneinander. Violets Wangen leuchteten rosarot, und Aster war so schwindelig, dass sie rücklings auf das Dach sank, um nicht hinunterzufallen. Violet legte sich neben sie und lachte übermütig.

»Beim Schleier!« Sie legte ihren Unterarm über die Stirn. »Wo zur Hölle kam das jetzt her?«

»Mir tut es jedenfalls nur leid, dass ich dich so lange habe warten lassen«, sagte Aster. Ihre Lippen kribbelten, und sie legte staunend die Finger daran. So hatte sich das noch nie angefühlt.

Violets Hand ertastete die ihre, und sie verschränkte die Finger mit ihren. »Das ist schon richtig. Du warst vorsichtig. Ich auch. Nach allem, was wir durchgemacht haben …«

»Ich weiß. Ich hätte auf keinen Fall gewollt …«

»Genau.«

Sie gaben auf, lachten wieder, drehten sich zueinander um und pressten die Stirnen aneinander. Die Sonne schien warm auf ihre Haut, und der Wind war so sanft wie eine zärtliche Liebkosung.

»Ich werde niemals zulassen, dass sie dir wieder wehtun, Violet«, versprach Aster und strich sich das Haar zurück. »Ich mache dem ein Ende. Egal, was es kostet.«

Zum ersten Mal, seit sie sich erinnern konnte, sah Aster für sich selbst ein Leben jenseits des Kampfes, und das verlieh ihr mehr Mut, als Furcht oder Zorn es je vermocht hatten. Umso entschlossener war sie nun, es zu Ende zu bringen. Bis zum Tag der Zeche waren es keine zwei Wochen mehr.

Und sie würden bereit sein.

KAPITEL SIEBENUNDZWANZIG

Niemand aus ihrer Gruppe war je zuvor in Crimson Glen gewesen, abgesehen von Derrick, der geschockt war, dass sein Onkel das Fest tatsächlich abhalten wollte, insbesondere in Anbetracht der Spannungen, die infolge des Feuers in Northrock herrschten. Aber zu Asters und Violets Erleichterung erinnerte er sich gut genug, um ihnen bei ihrem Plan zur Infiltration der bevorstehenden Feierlichkeiten helfen zu können. Sie wählten einen einfachen Weg: Die örtlichen Gesetzeshüter würden auf das Schlimmste vorbereitet sein, also würden sie es ihnen liefern. Die Skorpione, die Neun und die übrigen Lady Ghosts würden einen stadtweiten Aufruhr inszenieren, der ungefähr das Ausmaß der Unruhen haben sollte, die die Staubblütigen von Northrock angezettelt hatten. Brennende Gebäude, umgestürzte Statuen, ausgeraubte Banken – den Schimmer würden sie den Menschen zurückgeben und nichts einbehalten. Sie mussten die Vertreter der Obrigkeit einfach auf Trab halten.

Derweil würden Aster und ihre Leute – Tansy, Mallow, Violet, Clementine, Raven, Derrick und Zee – im Regierungsgebäude bereits Position bezogen haben – verkleidet als Dienstpersonal. Ihre Aufgabe war es, die ganze Gesellschaft als Geiseln zu nehmen. Derrick hatte ihnen erzählt, das Fest begänne stets damit, gemeinsam die Gläser zu erheben – wenn sie also ein Sedativum in den Champagner schmuggeln konnten, wäre es ihnen möglich, alle auf einmal zu überwältigen. Danach dürfte niemand mehr rein oder raus, bis die Landesherren ihren Forderungen nachgegeben hätten.

»Und wenn das Tage dauert?«, fragte Tansy, als Aster ihren Freunden den Plan unterbreitete. »Es gibt nur eine begrenzte Menge an Nahrung und Wasser in dem Gebäude. Was sollen wir tun, wenn die Vorräte erschöpft sind, ehe sie nachgegeben haben?«

»Dann hungern wir eben«, sagte Aster, ohne zu zögern, und sah die anderen am Tisch an. »Und die hungern mit uns.«

Erstauntes Gemurmel ertönte, aber Aster fuhr einfach fort, ehe irgendjemand die Nerven verlieren konnte.

»Denkt darüber nach. Diese Männer haben nie in ihrem Leben eine Mahlzeit ausgelassen, nie mehr als eine flüchtige Unannehmlichkeit erdulden müssen«, sagte sie. »Schaut euch doch nur an, wie schnell die Harkers aufgegeben haben. Und deren Freunde sind auch nicht besser. Wenn es zu einem Zermürbungskrieg kommt, dann, das verspreche ich euch, werden sie sich geschlagen geben.«

»Aber, Aster, wenn sie *nicht* …«

»Dann verhungern sie eben«, konstatierte Violet. Sie saß zurückgelehnt auf ihrem Stuhl, die langen Beine übereinandergeschlagen, die Füße auf dem Tisch. Dies war auch ihr Plan, ihrer und Asters; sie waren am Vorabend lange aufgeblieben, um ihn auszuarbeiten, und zwischen ihnen hatte sich eine ungestüme Energie wie von einem voltrischen Strom gebildet. Aster hatte noch niemandem von dem Kuss erzählt – nicht einmal Raven, nicht einmal Clementine –, aber sie hatte das halb panische Gefühl, alle müssten spüren, was sie einander bedeuteten. Wie sollte das auch irgendjemandem entgehen? Wie hatte es *ihr* entgehen können?

»Ich dachte, wir würden niemanden sterben lassen«, sagte Zee vorsichtig und lenkte Aster damit von Violet ab.

»Du musst nicht mitmachen«, sagte Aster nicht unfreundlich. Sie hatte nicht die Absicht, anderen etwas aufzuzwingen. »Niemand von euch muss das. Ich kann nicht so tun, als wäre dieses Unterfangen nicht mindestens ebenso lebensgefährlich wie alles, was wir bisher getan haben – nicht nur für unsere Geiseln, sondern auch für uns. Aber wir hätten alle verbliebenen Landesherren an einem Ort – die Politiker und Geschäftsleute, die alten Familien und das junge Blut. Jonah Boyle, *Jerrod McClennon.* Wir müssen bedenken, dass dies eine echte Chance und zugleich unsere *letzte* Chance sein könnte, der verdammten Rasselschwanzschlange den Kopf abzuschlagen. Du willst wissen, wo das endet, Zee? Es endet *hier.*«

Danach ging es schneller voran als nötig. Aster hielt eine größere Besprechung mit den Skorpionen und den Rebellen der Neun ab, ehe während der folgenden Tage Ausrüstung zusammengestellt und Freiwillige geworben wurden, die nach Crimson Glen geschickt werden sollten. Eine Notmannschaft Skorpione würde bleiben, um sich der Läufer anzunehmen, aber die meisten Jungs waren erpicht darauf, sich dem Kampf anzuschließen. Die Neun stimmten unter der Bedingung zu, dass alle denkbaren Vorbereitungen getroffen wurden, um einem weiteren Massaker zuvorzukommen, und Sid schlug vor, ein Netzwerk aus Kundschaftern zu bilden, um die Heereslager zu beobachten, die Crimson Glen am nächsten waren. Das gäbe ihnen die Gelegenheit, im Falle verdächtiger Truppenbewegungen die Abrechner zu benachrichtigen, damit sie sich rechtzeitig zurückziehen konnten. Die verbliebenen Lady Ghosts waren schwerer zu überzeugen – einige hatten sich immer noch nicht von der Tragödie im Graveyard erholt, manche wussten nicht recht, ob ihr Vorhaben in Priscillas Sinn wäre. Aber viele andere waren froh über die Gelegenheit, zurückzuschlagen und diejenigen zu treffen, die ihnen so großen Schmerz bereitet hatten. Und so machten auch sie sich auf den Weg nach Süden, um den letzten Schlag gegen die Landesherren auszuteilen.

Nachdem alle sicher auf den Weg gebracht waren, war auch für Aster und ihre Leute endlich die Zeit zum Aufbruch gekommen. Aber Sam wollte sie nicht ohne eine letzte Party gehen lassen.

»Das ist Wahnsinn«, grummelte Aster, als Sam persönlich ihre Gläser mit seinem selbst gemachten Cocktail füllte. Ein letztes Mal hatten sie sich in der Versammlungshalle zusammengefunden, wo Sam, Cutter und Eli sie verabschieden wollten. »Wie kannst du dich hinstellen und uns ein schwarz gebranntes Gesöff verabreichen, als wären wir nicht alle auf dem Weg hinter den Schleier?«

»Umso mehr ein Grund zu trinken«, entgegnete Sam vergnügt.

»Was ist da überhaupt drin?«, fragte Clementine und rümpfte die Nase über ihrem Glas. Das Getränk war so rot wie ein Paradiesapfel, und in der Flüssigkeit wirbelten undefinierbare Feststoffe herum.

»Das ist eigentlich ein Familiengeheimnis …«

»Ne, lass mich da raus«, sagte Eli leise lachend. Er hatte ihnen bereits das Abendessen serviert und lehnte sich nun, die Schürze immer noch um den Hals, entspannt zurück, die Hände hinter dem glatt rasierten Kopf gefaltet.

»Ich wünschte, du würdest mit uns kommen, Eli«, meldete Derrick sich zu Wort.

Eli zog eine Braue hoch. »Warum? Du brauchst mich nicht, um deinen dürren Hintern zu retten. Ich habe gehört, wie du mit Harker umgesprungen bist.«

Derrick lief rot an. »Ich … ich glaube nicht, dass ich da besonders viel geleistet habe, aber ich danke dir trotzdem für deine Worte.«

»Ehrlich, ich wünschte selbst, ich könnte mit euch gehen«, gestand Eli, und sein Blick huschte zu Aster. »Ich weiß, euch muss niemand retten, trotzdem … Ich komme mir albern vor, wenn ich zurückbleibe, während der Rest von euch sein Leben riskiert.«

»Eli, bitte«, sagte Zee, ehe Aster auch nur den Mund zu einer Antwort öffnen konnte. »Alle wissen, dass du hier gebraucht wirst. Diese Familien würden ohne ihren Koch nicht lange durchhalten. Und für *mich* musst du außerdem Emilys großen Bruder spielen, bis das alles vorbei ist. Ich bin ja bereit, mein Leben für ihre Zukunft zu riskieren, aber nur, wenn jemand da ist, der mein Vertrauen genießt und nach ihr sieht.«

»Danke, das sage ich ihm auch ständig«, bemerkte Sam. Er war mit dem Einschenken fertig, setzte sich neben Raven und legte den Arm um sie. »Wie kommst du überhaupt auf die Idee, dass die Mädchen dich dabeihaben wollen?«

Eli beugte sich vor, und sein trauriger Blick ruhte auf Aster. »Wollen sie das etwa nicht?«

Aster spürte, wie die Hitze in ihr emporstieg. Er hatte offenbar immer noch diese Wirkung auf sie, obwohl ihre chaotische Gefühlswelt sie zu jemand anderem geführt hatte. Und sie war sicher, dass er das auch spürte, ebenso wie sie spürte, dass Violet, die einige Plätze weiter saß, sie beobachtete und sehen wollte, wie sie reagierte. Aber wenn Eli im Lager Red Claw bleiben würde, dann könnte dies durchaus ihr letzter gemeinsamer Abend sein.

Sie schuldete ihm eine Antwort. Sie wünschte nur, sie wüsste, wie sie ihm die geben sollte.

»Natürlich wollen wir dich dabeihaben, du Idiot«, kam Raven Aster zu Hilfe. »Und genau darum können wir auch nicht zulassen, dass du dein Leben wegwirfst, um den Helden zu spielen.«

Aster warf Raven einen dankbaren Blick zu, und die nickte unmerklich. Eli runzelte die Stirn, und sein Blick schweifte fort.

Während des restlichen Abends fiel es Aster schwer, sich zu konzentrieren. Ständige Besorgnis vernebelte ihr Bewusstsein. Sie fühlte sich, als gehörte sie nicht dazu, während die anderen sich schwindelig tranken. Mallow forderte die Jungs zum Armdrücken heraus, Zee erging sich in einem rauen Wegemann-Trinklied, Derrick gab übertriebene Zeugnisse seiner Spionagetätigkeit zum Besten, und Violet verkündete fröhlich allerlei Unsinn. Das wiederum führte dazu, dass alle ihre wildesten Geschichten aus dem vergangenen Jahr vortrugen wie eine Art magischen Schutz vor den Gefahren, denen sie sich bald stellen mussten. *Wisst ihr noch, als die Raubvögel uns durch die Schlucht gehetzt haben … wisst ihr noch, als Aster es beinahe nicht in den Zug geschafft hätte … wisst ihr noch, wie Raven den Spielsalon in Brand gesteckt hat …* Sie hatten schon früher überlebt, und sie würden wieder überleben, das war es, was sie sich gegenseitig zu sagen schienen.

»Es ist ein Wunder, dass von euch überhaupt noch jemand am Leben ist«, bemerkte Cutter und lachte fassungslos.

Zee warf sich in die Brust. »Sie hatten doch mich.«

»Darum ist es ja ein Wunder.«

Zee ließ die Schultern hängen, und Clementine lachte und zerzauste ihm zärtlich das Haar. »Keine Sorge, Cutter, wir sorgen schon dafür, dass Zee in einem Stück zurückkommt.«

»Obwohl …«, ging Tansy dazwischen, und ihre Augen funkelten vor Aufregung. »Wenn wir bei dieser Sache Erfolg haben, dann werden wir das Lager gar nicht mehr brauchen. Dann werden die Staubblütigen frei sein.«

»Na ja, ganz so schnell wird das nicht gehen …«, warnte Derrick.

Mallow packte sein Hemd am Kragen und riss es ihm über den Kopf. »Klappe, wir feiern.«

»Was, bevor wir gewonnen haben?«, fragte Raven mit einem warmherzigen Lachen.

»Nachdem wir all die Staubblütigen und sogar ein paar hellhäutige Freunde zusammentrommeln konnten? Ich würde sagen, wir haben schon gewonnen«, entgegnete Clementine, und alle, sogar Aster, erhoben ihre Gläser.

Als schließlich alle den Rest von ihrem letzten Drink hinuntergekippt hatten, schleppten sie sich allein oder zu zweit in ihre Betten. Sie hatten eine lange Reise bis nach Crimson Glen vor sich und durften ihre Mission nicht dadurch gefährden, indem sie noch länger aufblieben. Aster allerdings verweilte noch, bis außer Eli, der angefangen hatte, die Tische zu wischen, und Violet, die ihr nicht von der Seite wich, niemand mehr da war.

»Alles in Ordnung?«, fragte Violet sanft. »Du warst heute Abend so still.«

»Mir geht nur viel durch den Kopf«, murmelte Aster. »Aber nichts, worüber du dir Sorgen machen müsstest. Geh ins Bett.«

Violet strich mit der Hand über ihre Schulter und drückte sie kurz beruhigend, ehe sie kehrtmachte und die Versammlungshalle verließ. Eli sah ihr aus dem Augenwinkel nach, als er sein Wischtuch in einen Eimer mit Spülwasser tauchte.

»Nichts, worüber sie sich Sorgen machen müsste«, sagte er, als Violet weg war. »Und wie steht es mit mir?«

Aster seufzte und glitt auf die Bank, um näher bei ihm zu sein. »Ich wollte nie, dass du dir meinetwegen Sorgen machst, Eli.«

»Und doch tue ich es.« Nun wandte er den Blick ab und konzentrierte sich auf seine Arbeit. »Ich habe gesehen, wie du dich von mir zurückziehst, und mich gefragt, ob ich irgendetwas getan habe, was dich gekränkt oder, schlimmer noch, verletzt hat. Ich mache mir Sorgen, dir könnte da draußen etwas zustoßen, und ich könnte nie mehr in Ordnung bringen, was immer zwischen uns schiefgelaufen ist.«

»Nichts ist schiefgelaufen zwischen uns«, sagte Aster eindringlich, griff nach seiner Hand und hielt sie. »Es hat sich immer richtig angefühlt, wenn ich in deiner Nähe war. Das tut es immer noch. Es ist nur … Ich hatte es schwer herauszufinden, was ich wirklich will. Kein Mann hat mich das je gefragt, nicht, bevor ich dich getroffen habe. Über so etwas nachzudenken bin ich nicht gewohnt.«

Eli betrachtete ihrer beider Hände, und seine Stirnfalten verloren sich, als er sich ihr gegenübersetzte. »Natürlich. Es tut mir leid. Es war nur, jetzt, wo du gehst, da dachte ich, vielleicht … Aber ich wollte dich nicht zu einer Antwort nötigen.«

»Das tust du nicht. Und du hast recht – du verdienst es, sie zu kennen, ehe ich gehe.« Aster atmete tief durch, fand endlich den Mut und wappnete sich innerlich. »Ich liebe dich, Eli, wirklich. Und ich werde nie imstande sein, dir zu sagen, wie dankbar ich dafür bin, dass du mir gezeigt hast, dass ich diese Art von Liebe immer noch in mir habe. Aber wenn ich wirklich ehrlich zu mir selbst bin, dann gibt es da jemand anderen, den ich sogar noch länger liebe. Ich hatte bis jetzt nur nie den Mut, es mir einzugestehen.«

Er runzelte die Stirn, sein Mundwinkel zuckte, aber davon abgesehen, blieb seine Miene wohlüberlegt neutral. »Den Rotschopf kannst du nicht meinen.«

»Nein. Violet.«

Verwirrung schlug sich auf Elis Gesicht nieder, wich jedoch bald einem Ausdruck der Enttäuschung. Er entzog ihr seine Hand.

»Violet«, wiederholte er.

»Niemand ist darüber mehr überrascht als ich selbst.«

»Dann bist du also …« Er schien um Worte zu ringen. »Du bist so wie Tansy und Mallow? Du hast dir nie was aus Männern gemacht?«

»Nein, Violet und ich sind anders als Tansy und Mallow … Wir sind wahrscheinlich sogar untereinander sehr verschieden. Ich weiß, dass Violet Männer immer gemocht hat und das immer noch tut. Ich dagegen weiß nicht mal, ob ich überhaupt irgendjemanden gemocht habe, ehe ich aus Green Creek rausgekommen bin. Ich konnte mir an jenem Ort einfach keine großartigen Gefühle erlauben. Darum ist das alles ja so neu für mich.« Bei diesen Worten empfand Aster eine Mischung aus Scham und Verlegenheit, dass sie auch als Erwachsene noch so verwirrt auf derartige Dinge reagierte, doch sie verdrängte das Gefühl. »Und Violet versteht das«, bekundete sie. »Sie weiß besser als jeder andere, was ich durchgemacht habe, weil sie das Gleiche durchgemacht hat. Ihr gegenüber muss ich nichts erklären, muss mich nicht entschuldigen oder so tun, als wäre ich jemand, der ich nicht bin. Da ist einfach dieses … *Vertrauen* zwischen uns. Und ich habe zugesehen, wie sie es aufgebaut hat, darum weiß ich, wie standhaft es ist.«

»Das … ergibt Sinn«, räumte Eli seufzend ein, und seine Schultern entspannten sich wieder. »Ich finde es nur schade, dass du nicht das Gefühl hattest, mir auch vertrauen zu können.«

»Aber das habe ich. Das *tue* ich«, widersprach Aster. »In mancher Hinsicht kannst du mich auf eine Art verstehen, wie es eine Hellblütige wie Violet niemals könnte. Mir war es ein großer Trost, dass ich mit dir ernsthaft über solche Dinge reden konnte – und ich hoffe, das war es auch für dich. Und ich hoffe außerdem, dass wir das auch in Zukunft tun können.«

Zum ersten Mal, seit sie allein waren, lächelte Eli. »Tja, darum musst du dir keine Sorgen machen. Ich bin sicher, wir finden eine Lösung.«

Aster war überhaupt nicht klar gewesen, wie dringend sie diese Worte hören musste, bis sie es schließlich tat, und ihre Erleichterung verschaffte sich in einem Lachen Ausdruck.

»Weißt du«, fuhr Eli fort und beugte sich zu ihr. »Ehe du und deine Freunde euch in unser kleines Lager verirrt habt, hatte ich den Kampf beinahe aufgegeben. Mein Bruder war immer Überzeugungstäter, aber ich …« Leise lachend, schüttelte er den Kopf. »Na ja, du weißt ja, wie ich war, als wir uns kennengelernt haben. Hab mich in der Küche versteckt, bin jedem, der ernsthaft mit mir reden wollte, aus dem Weg gegangen, habe mich nicht aktiv beteiligt, aber nicht, weil ich nicht an die Sache geglaubt hätte, sondern weil ich nicht davon überzeugt war, dass es etwas nützen würde. Und ich wollte dir dafür danken, dass du mir das Gegenteil bewiesen hast. Ich bin ein besserer Mann, ein glücklicherer Mann geworden, weil ich dich getroffen habe, Aster, und nichts von dem, was du mir heute gesagt hast, kann daran etwas ändern.«

Tränen brannten in Asters Augen. Eli stand wieder auf, um seine Arbeit fortzusetzen, und da stand auch Aster auf und ging, ehe sie den Mut verlieren konnte, um den Tisch herum, um ihn in die Arme zu nehmen. Eli gab ein überraschtes *Uff* von sich, als sie die Arme um seinen Körper schlang, und sie konnte seinen schweren Herzschlag an ihrem Brustkorb spüren. Dieses Mal nahm sie keine Panik in ihrem Blutstrom war, kein

Summen in ihrem Kopf. Nur das Wohlbehagen, in der Nähe von jemandem zu sein, den sie liebte. Ehe der Moment verloren gehen konnte, löste sie sich wieder von ihm.

»Ich bete zu den Toten, dass wir uns wiedersehen, Eli. Aber für den Fall, dass wir das nicht tun – Glück sei mit dir.«

Eli lächelte wieder, breiter dieses Mal, und in seinen Augen leuchtete ein Ausdruck des Stolzes.

»Mach ihnen die Hölle heiß, Aster.«

KAPITEL ACHTUNDZWANZIG

Sie schafften es gerade noch rechtzeitig zum Tag der Zeche bis nach Crimson Glen.

Die Hauptstadt des Grinds, eingehüllt in die Schatten der rot gemaserten, steil gestuften Felswände, die das Tal umgaben, sprudelte vor Leben, als Aster und ihre Freunde eintrafen. Sie wagten es nicht, die Stadt auf dem Weg über die von unzähligen Gesetzeshütern bewachte Knochenstraße zu betreten, also kletterten sie über die Wehrmauer, nachdem sie in aller Stille einen vereinzelten Wachtmeister ausgeschaltet hatten. Auf der anderen Seite der Mauer breitete sich die größte Stadt vor ihnen aus, die Aster im Grind je zu sehen bekommen hatte. Ordentliche Pflasterstraßen verliefen kreuzweise über den roten Wüstenboden. Crimson Glen war nicht so groß wie Northrock, die Gebäude nicht annähernd so hoch, die Bebauung weniger dicht, dennoch war es verblüffend, derart tief im Grind so viele Menschen und so viele Lichter zu sehen. Auf der anderen Seite der Stadt fand anlässlich des Feiertags sogar ein Jahrmarkt statt, in dessen Mitte sich ein Riesenrad drehte, so langsam und gleichmäßig wie ein Zahnrad in dem Getriebe, das die Stadt in Gang hielt.

»Zu schade, dass wir nicht einfach zum Feiern hier sind«, bemerkte Mallow staunend. »Ernsthaft, ich habe immer gedacht, Riesenräder gäbe es nur im Märchen.«

»Zur Hölle damit, ich dachte, *Jahrmärkte* gäbe es nur im Märchen«, grummelte Raven.

»Bleibt bei der Sache«, mahnte Aster. Sie trugen nun Staubtücher, nachdem sie ihre Kokarden mit der Wolfsmilchsalbe versorgt hatten, und mussten das sichere Haus finden, das ihre Verbündeten für sie vorbereitet hatten. Die Abrechner, die vorausgereist waren, hatten bereits überall in der Stadt Position bezogen und warteten im Verborgenen auf den Sonnenuntergang, um mit dem Aufruhr zu beginnen. Während Aster die anderen durch die Straßen führte, den Kopf gesenkt, um sich den Blicken trunkener Feiernder zu entziehen, verspürte sie erstmals wahre Furcht, die sie wie ein Schlag in die Eingeweide traf. Hier taten noch mehr Gesetzeshüter Dienst als bei McClennons Rede in Northrock, alle mit Gewehren bewaffnet, und die Hälfte von ihnen führte einen Hund an der Leine. Die Abrechner mochten sich dank ihrer voltrischen Waffen einen Vorteil gesichert haben, aber sie waren zwei zu eins in der Unterzahl. Sollte es ihnen nicht gelingen, die Gesetzeshüter anderweitig zu beschäftigen, während Aster und ihre Freunde das Fest der Landesherren infiltrierten …

Nein, so darfst du nicht denken, ermahnte sich Aster im Stillen. Die Ladys, die Skorpione und die Rebellen der Neun gehörten zu den stärksten Menschen, die sie kannte, und nun, da sie alle zusammenarbeiteten, waren sie diesen Männern mehr als gewachsen. Sie musste darauf vertrauen, dass sie ihre Aufgabe bewältigen würden.

Genau so, wie all diese Menschen auf sie vertrauten.

»Da sind wir«, sagte Aster leise. Sie waren an einem Saloon mit dem Namen Crimson Inn angelangt. Ihre Kontaktleute warteten in einem der Räume im Obergeschoss auf sie. Noch blieb mindestens eine Stunde bis zum Sonnenuntergang, dennoch war der Gastraum schon voller Leute, größtenteils staubblütige Männer, denen ein freier Tag gewährt worden war, den sie so gut wie möglich zu nutzen gedachten. Alle paar Augenblicke wurde die Kakophonie der Stimmen durchbrochen von dem Klackern einer Billardkugel oder einem gebrüllten Fluch. Die Luft war stickig und roch widerlich süß nach Rauch und Kautabak. Stroh war auf den Boden gestreut worden, um verschüttetes Bier aufzusaugen, und es knirschte unter Asters Füßen, als sie sich durch die Menge drängte.

»Warum müssen die den Tag der Zeche überhaupt feiern!«, murrte Derrick, der sich dicht an Aster hielt, als fürchtete er, der Lärm könnte ihn zerbrechen wie Glas. »Die Zeche hat den Staubblütigen nichts als Leid eingebracht.«

Aster schluckte. Sie war zu sehr damit beschäftigt, sich darauf zu konzentrieren, ihre Sinne in diesem Raum voller schwitzender Leiber beisammenzuhalten, die ihr viel zu nahe waren, um Derrick die Vertracktheit des Zechentages zu erklären. »Es passiert selten genug, dass die Landesherren uns einen freien Tag gönnen. Was macht es da, ob wir ihn lachend oder weinend verbringen?«, entgegnete sie leise. »Das gibt den Leuten eine Gelegenheit, mit Familie und Freunden das Brot zu brechen. Nicht viele wollen sich das entgehen lassen.«

»Vermutlich … Trotzdem fühlt es sich für mich ein bisschen makaber an.«

»Tja, dann lass mich dich daran erinnern, dass wir heute Abend eine neue Zeche einführen werden, Derrick, und dass wir bald alle einen Grund zum Feiern haben werden.«

Endlich hatten sie den Weg zur Treppe hinter sich, und Aster führte sie hinauf zu dem Zimmer, in dem die anderen Abrechner auf sie warteten. Sie klopfte an, nannte das Losungswort und begrüßte ihre Verbündeten: eine jugendliche Lady Ghost und einen Skorpionjungen.

»Den Toten sei Dank«, hauchte das Mädchen und winkte sie alle herein. Eine Blumenkokarde zog sich über ihre hellbraune Haut, halb verborgen unter dem langen schwarzen Haar. »Ihr seid spät dran. Wir haben schon das Schlimmste befürchtet.«

»Wir haben unterwegs Zeit verloren«, leistete Zee Abbitte. »Wir sind über einige wilde Bergschweine gestolpert …«

»Das ist nicht wichtig. Jetzt seid ihr ja da. Aber ihr habt keine Minute zu vergeuden. Die anderen Dienstboten werden in einer Stunde eintrudeln.«

»Dann habt ihr Kontakt zu ihnen aufnehmen können?«, fragte Derrick. Er hatte ihnen den Namen des Bewirtungsunternehmens genannt, das sein Onkel stets beauftragte.

»Ja, und wir haben auch ein paar Dienstbotenuniformen für euch ergattert«, sagte der Junge. Er hatte weiße Haut und rote Haare wie Derrick, aber keinen Schatten. »Und die Namen der Leute, an deren Stelle ihr treten werdet. Das ist ein Leiharbeiterunternehmen, also werden sich die anderen Bediensteten untereinander nicht kennen. Darum wird sich auch niemand wundern, dass er euch nicht kennt. Das Gleiche gilt für die Raubvögel – sie haben eine Liste der Leute, die für heute Abend eingeteilt sind, aber sie wissen nicht, wie sie aussehen.«

»Unsere Kokarden werden sie trotzdem spüren«, wandte Violet ein und verschränkte die Arme vor der Brust. »Habt ihr das auch berücksichtigt?«

»Das habe ich getan«, sagte Derrick. Er hatte seine schwarze Haartönung nachgebessert, um den roten Ansatz zu verbergen, und nun sahen er und Violet aus, als wären sie Bruder und Schwester. »Wie eine Wehrmauer wurde auch das Regierungsgebäude mit Mörtel erbaut, in den Theomitstaub gemischt wurde. Viele solcher Regierungsgebäude wurden so konstruiert, ehe die Wehrmauern allgemein üblich wurden. Darum sollte die Magie des Gebäudes selbst mehr als ausreichend sein, um die eurer Kokarden zu übertünchen.«

»Die wir dennoch mit der Wolfsmilch und Schminke abdecken müssen«, stellte Tansy klar.

Aster wandte sich an das Mädchen und den Jungen und umfasste nacheinander ihre Unterarme. »Ohne euch hätten wir das niemals schaffen können. Ich kann euch gar nicht genug danken.«

»Ich bin einfach froh, ein Teil davon zu sein, ehrlich«, versicherte der Junge und lief rot an.

Das Mädchen, das die Begrüßung mit festem Griff erwiderte, nickte dazu. »Sagt diesen Mistkerlen, die Ladys hätten euch geschickt.«

Aster und die anderen schlüpften rasch in die Dienstbotenkleidung, frische schwarz-weiße Anzüge und Kleider, die dazu angetan waren, dass ihre Träger mit dem Hintergrund verschmolzen. Aster entging nicht, dass sie sich sogar jetzt, direkt vor dem bedeutendsten Kampf ihres Lebens, zurechtmachten, als wären sie die Schoßhunde der Landesherren, denen sie die Stirn bieten wollten. Der Gedanke fraß sich wie Säure in ihr Selbstvertrauen. Lieber wäre sie den Männern in der Kleidung gegenübergetreten, die sie in der Freiheit trug.

Aber solange diese Uniformen sie in einen Raum mit Jerrod McClennon brachten, war alles andere vergleichsweise unwichtig.

»Na, hoffentlich gehe ich als Mann durch«, murmelte Mallow und wickelte sich die Brust noch fester als sonst, ehe sie penibel die Vorderseite ihres Hemdes glattstrich.

»Eher als Junge«, kommentierte Tansy trocken. »Ein Zwölfjähriger, vielleicht.«

»Vierzehn«, feilschte Mal.

»Ich verspreche euch, keiner dieser Mistkerle wird euch eines zweiten Blickes würdigen«, ging Aster dazwischen, nicht nur, um Mallow zu beruhigen, sondern auch um ihrer selbst willen. »Das Dienstpersonal ist für die unsichtbar.«

Als sie fertig angezogen waren, trugen sie frische Wolfsmilchsalbe auf die Kokarden auf und überdeckten sie mit Schminke. Dabei durften sie nicht schludern, denn dieses Make-up würde schwer auf die Probe gestellt werden. Nach all den vielen Abenden, an denen Aster im Welcome House vor dem Schminktisch gestanden hatte, kontrollierte nun ein gewisses Muskelgedächtnis ihre Bewegungen, und ihre Hand führte vollkommen ruhig die sorgfältigen Pinselstriche aus. Doch statt dem Grauen, das damals in ihren Eingeweiden genistet hatte, rumorte nun Aufregung in ihrem Bauch. Ein letztes Mal musste sie sich diesem Ritual hingeben, ihr Gesicht für reiche Männer anzumalen, und dann würde sie dem allen ein Ende machen können.

Als alle vollständig getarnt waren, blieb ihnen nur noch eine Viertelstunde Zeit, um zum Regierungsgebäude zu eilen. Sie verabschiedeten sich von dem Skorpion und der Lady Ghost und hasteten zur Hintertür des Gasthauses hinaus.

Die Straßen hatten sich während der Zeit, die sie drinnen verbracht hatten, enorm verändert.

Der Himmel hatte einen dämmrig rostroten Farbton angenommen, und mit dem Sonnenuntergang hatten zugleich die ersten Aktivitäten der Abrechner eingesetzt. Mehrere Ladys und Skorpione brachen in Luxusgeschäfte ein – warfen Steine durch die gläsernen Schaufensterscheiben, zerrten Waren aus den Auslagen und reichten sie weiter an jubelnde Staubblütige auf der Straße. Andere kletterten auf Dächer und zählten, aus vollem Halse brüllend, die Missetaten der Landesherren und die Forderungen der Abrechner auf. Ein junger Mann hatte sogar das Pferd eines Gesetzeshüters gestohlen und ritt nun, wilde Jubelschreie ausstoßend, die Hauptstraße auf und ab. Die Hufschläge des Pferdes trommelten einen Zapfenstreich auf dem Pflaster. Das ausgelöste Chaos vermengte sich untrennbar mit dem der trunkenen Feiernden, die aus den Wirtschaften strömten, sich an dem Zerstörungswerk beteiligten und es sogar zu noch gefährlicheren Extremen trieben. Feuerwerkskörper zischten, Rauchgeruch waberte durch die Stadt. Während Aster sich mit ihren Freunden, hüpfend und im Zickzack, einen Weg durch die überfüllten Straßen bahnte, konnte sie nicht mehr sagen, wer mit den Abrechnern gekommen war, wer ihnen zu Hilfe geeilt war und wer einfach nur den Vorteil der allgemeinen Verwirrung nutzte. Dies war eine ungezügelte Freisetzung des schlummernden Zorns, strahlend und brennend, das Zentrum einer Explosion, deren Sprengkraft über viele Jahre herangewachsen war.

Aber auch die Gesetzeshüter schwärmten durch die Straßen – schlugen mit ihren Schlagstöcken zu, ließen ihre Hunde los, schossen, um zu verletzen, drohten zu töten. Schmerzensschreie zerrissen die Gesänge und den Jubel. Schüsse ratterten in schneller Folge. Dann und wann feuerte ein Skorpion im Gegenzug einen voltrischen Blitz ab, blauweißes Licht, das im Bogen durch die zunehmende Dunkelheit raste, während der Donner durch das Tal hallte.

»Diese Dissidenten können nicht alle zu dir gehören, richtig?«, fragte Derrick halblaut. Sie hatten sich untergehakt, um sich nicht zu verlieren, wurden aber immer wieder grob geschubst, wenn die Leute in alle Richtungen vorbeirasten. Dennoch beschränkten sie sich darauf, forsch auszuschreiten. Sich so durch die Menge zu kämpfen kostete sie zwar wertvolle Zeit, doch

Aster wollte nicht, dass die Gesetzeshüter auf sie aufmerksam wurden, und sie konnte nur hoffen, dass ihre Dienstbotenuniformen reichen würden, um jeglichen Verdacht zu zerstreuen.

»Nein, dafür sind hier viel zu viele Leute unterwegs«, entgegnete Aster. »Ich schätze, einige von ihnen sind einfach … ganz normale Leute, die die Nase voll haben.«

»Aber das ist doch ein gutes Zeichen, oder? Wenn die sich dem Protest anschließen?«, fragte Clementine.

Aster antwortete nicht. Ihre Lunge fühlte sich unter der feuchten Hitze ihrer wachsenden Panik an wie ein Schwamm. Sie wollte nicht sehen, wie diese Leute verletzt wurden. Sie hatten das Fest noch nicht mal infiltriert, und schon geriet alles außer Kontrolle.

Endlich, dachte sie, als sie am Regierungsgebäude angelangt waren.

Es beanspruchte einen ganzen Block für sich allein. Kutschen fuhren im Licht der Gaslaternen in einer langen Schlange über die große, kreisförmige Auffahrt vor. Der Rasen, üppig bewachsen mit Wüstenblumen und verziert mit kleineren Steingärten, wurde von einem eisernen Zaun begrenzt, der dem Ansturm der Menschen kaum standhalten konnte – Journalisten auf der Suche nach interessantem Stoff für einen Artikel, lauthals protestierende Abrechner, gewöhnliche Hellblütige, die hofften, einen Blick auf Arkettas Elite zu erhaschen, während die Landesherren von Raubvögeln durch die Tore gewinkt wurden und auf dem Gelände Einzug hielten. Die glatten weißen Mauern des Regierungsgebäudes schimmerten wie polierte Knochen, und auf dem Dach thronte eine gewaltige goldene Kuppel, an deren Scheitelpunkt eine arkettanische Flagge flatterte. Hätte Aster das Regierungsviertel von Northrock nicht gekannt, so wäre dies der beeindruckendste Ort gewesen, den sie je gesehen hatte. Doch auch so war der Anblick mitten im Grind schon allein aufgrund der Größe geradezu schockierend. Anders jedoch als eine Spielhalle oder ein Welcome House war dieses Haus nicht bis zum Exzess mit auffälligen Reichtümern dekoriert, sondern zeichnete sich durch die brutale Schlichtheit einer Macht aus, die längst über den Punkt hinaus war, an dem sie noch hätte beeindrucken müssen.

Einer Macht, die nicht gebrochen werden konnte.

Aster führte ihre Freunde um den Block herum zur Rückseite des Gebäudes und schwitzte trotz der nächtlichen Kälte in ihrer steifen Dienstbotenuniform. An diesem Eingang ging es viel ruhiger zu als vorn, und dunkler war er auch. Hier gab es kein Gedränge, und anstelle einer Schlange eleganter Kutschen warteten Lieferfuhrwerke darauf, das Gelände wieder zu verlassen. Auch hier standen zwei Raubvögel am Tor und regelten den Verkehr. Nun endlich verfiel Aster in Laufschritt und signalisierte den anderen, ihrem Beispiel zu folgen. Sie spielten die Rolle von Dienstboten, die sich verspätet hatten. Da würde es kaum schaden, ein wenig hektisch zu wirken.

»Entschuldigung! Pardon!«, rief Aster den Raubvögeln zu, als sie sich dem Tor näherten, und die Sohlen ihrer Schuhe klatschten auf den Gehsteig. Sogleich hob der Raubvogel, der ihnen am nächsten war, sein Gewehr, woraufhin Aster, gerade eine Armeslänge entfernt, schlitternd zum Stehen kam.

»Nur für Personal!«, blaffte er.

»Ja, wir gehören dazu«, keuchte Aster, schwer atmend. »Wir haben uns verspätet.«

Er senkte die Waffe ein Stück weit, die Augen immer noch zusammengekniffen. »Das will ich verhobelt noch mal meinen. Die Gäste treffen bereits ein. Ich sollte euch gleich wieder wegschicken.«

»Und McClennon in der wichtigsten Nacht des Jahres eine Personalknappheit bescheren?«, fragte Violet herausfordernd und trat vor. »Ich werde dafür sorgen, dass er erfährt, wer uns den Zutritt verwehrt hat.«

Sein Mundwinkel zuckte, aber er gab nach, steckte die Waffe ins Holster und zog ein Klemmbrett hervor.

»Namen«, forderte er mit gelangweilter Stimme.

Aster und die anderen ratterten die Namen herunter, die man ihnen genannt hatte. Der Raubvogel hakte einen nach dem anderen ab. Er fragte nicht nach irgendwelchen Einzelheiten und unterzog sie keinen prüfenden Blicken.

Den Toten sei Dank …

»Einen Moment mal«, meldete sich da plötzlich sein Partner zu Wort, und Asters Hoffnung erstarb, so schnell sie zuvor erwacht war. »Da ist doch was faul. Warum seid ihr kleinen Scheißer überhaupt so spät dran?«

Aster und Violet sahen einander aus dem Augenwinkel an. Für diese Frage hatten sie sich keine passende Antwort zurechtgelegt. Nichts von alldem war Teil ihres Plans gewesen. Auch die beiden Raubvögel wechselten einen Blick, in dem sich Argwohn niederschlug. Der zweite Raubvogel griff zu seiner Waffe …

»Das lag an dem Aufruhr«, sagte Violet mit überraschender Sicherheit. »Vor dem Haus sind Aufständische, und auf den Straßen hierher auch. Sie haben sie doch bestimmt gesehen, oder? Die haben uns Verräter genannt und versucht, uns daran zu hindern, das Gelände zu betreten.«

»Mm, tatsächlich?«

»Seid ihr sicher, dass ihr nicht dazugehört?«, verlangte der erste Raubvogel zu erfahren.

»Warum sollten wir? Jeder wäre froh, hier arbeiten zu dürfen«, mischte sich nun Clementine ein. »Bitte, Sir, wir freuen uns schon das ganze Jahr auf diesen Abend. Hunderte von Leuten würden ihren rechten Arm dafür geben, nur einmal einen Blick auf diese hohen Herren werfen zu dürfen, und wir werden auch noch dafür bezahlt, in einem Raum mit ihnen zu sein – wenn Sie uns nur reinlassen würden.«

»Also gut, verhobelt noch eins, ehe ihr mir hier die Ohren vollheult«, sagte der zweite Raubvogel mit angewiderter Miene und trat zur Seite, um sie passieren zu lassen. »Dann geht rein, aber lasst euch nicht von mir dabei erwischen, dass ihr noch mehr Ärger macht.«

»Danke, Sir, mögen Sie gesegnet sein …«

»Los jetzt!«

Sie hasteten an den Raubvögeln vorbei und den Pfad hinauf, stießen die schwere Doppeltür auf und betraten das Gebäude. Die gewölbte Decke in dem Korridor dahinter war so hoch, dass ihre eiligen Schritte über dem gefliesten Boden widerhallten. Sie alle hatten den Grundriss des Regierungsgebäudes in Derricks Notizbuch immer wieder studiert, doch die schlichte Schwarz-Weiß-Zeichnung hatte sie nicht auf die gewaltigen Vasen mit wuchernden Süßdistelpflanzen, die hoch aufragenden Statuen von Generälen mit Säbeln am Gürtel oder die lebensgroßen Ölgemälde von Landesherren vor ihren Minen vorbereiten können. Alle senkten die Stimme und verstummten bald ganz, als befänden sie sich auf einem Friedhof – und in gewisser Weise taten sie das vielleicht auch. Dies war ein Heiligtum der unheiligsten aller Religionen. Wie viele Staubblütige waren gestorben, um diesen Tempel zu erbauen? Wie viele hatten in seinem Schatten gelitten? Aster hatte das Gefühl, ihr Weinen in den Steinen der Wände hören zu können, und das jagte ihr eine Gänsehaut über den Leib.

Verlasst diesen Ort, flehten die Toten.

Geht fort.

Geht heim.

Aster schluckte. Hier drin war es kühler, aber ihr Gesicht war immer noch gerötet und schweißnass, ihre Kehle immer noch wie zugeschwollen.

Auf dem Weg die Treppe hinab, passierten sie einige andere Dienstboten, doch alle schienen genauso sehr mit dem beschäftigt zu sein, was sie gerade taten, wie sie selbst, und keiner von ihnen hielt sie auf. Die Küche hörte Aster, bevor sie sie sah – das Klappern und Knallen von Kochgerät, das Ploppen und Zischen heißen Öls. Sie folgten den Geräuschen, umrundeten eine letzte Ecke …

Und entdeckten einen weiteren Raubvogel, der den Eingang zur Küche bewachte. Hinter ihm waren noch mehr, die die Arbeit des Küchenpersonals beaufsichtigten. Aster fluchte tonlos.

»Geht einfach zielstrebig weiter«, murmelte sie ihren Freunden zu und stolzierte voran. »Sie haben keinen Grund, uns Ärger zu machen.«

Und tatsächlich ließ der Raubvogel sie anstandslos passieren. Sie bahnten sich durch das geschäftige Treiben hindurch einen Weg zu dem Tisch, an dem vier staubblütige Dienstboten Champagner einschenkten und die Gläser auf silberne Tabletts stellten. Ein ernst blickender Raubvogel stand mit vor der Brust verschränkten Armen hinter ihnen und sah ihnen bei der Arbeit zu.

»Also schön, überlasst mir das Reden«, murmelte Violet. »Wir bleiben bei der Geschichte von vorhin.«

Aster nickte, immer noch bemüht, die düstere Vorahnung abzuschütteln, die an ihr zu haften schien. Alles geschah so schnell – und zugleich nicht schnell genug.

»Sie werden oben gebraucht. Es gibt Ärger mit den Aufständischen«, sagte Violet zu dem Raubvogel in vage gebieterischem Ton. »Man hat uns geschickt, um Sie zu holen.«

»Wer zur Hölle ist *man?*«, fragte der Raubvogel erbost.

»Die beiden Raubvögel am hinteren Tor – die Aufstände breiten sich aus. Wir haben es selbst kaum geschafft herzukommen.«

Er fluchte tonlos. »Wir sind hier fast fertig«, sagte er dann. »Die können auch noch fünf Minuten warten.«

»Nicht nach dem, was ich gerade gesehen habe«, widersprach Aster. Der Raubvogel musterte sie vom Scheitel bis zur Sohle, und vielleicht spiegelte sich etwas von der zunehmenden Paranoia in ihren Augen, denn was immer er dort sah, schien ihn zu überzeugen.

»Verdammte, dreckige Staubblütige«, schimpfte er, zog die Waffe aus dem Holster und stolzierte von dannen.

»Wo zur Hölle willst du jetzt hin?«, blaffte ihn der Raubvogel an der Tür an.

»Oben gibt es Ärger. Du kommst besser gleich mit.«

Ihre Stimmen und Schritte wurden leiser und verhallten. Aster seufzte erleichtert.

»Jetzt müssen wir schnell sein«, sagte Tansy leise und zog die kleinen Fläschchen mit Schlaftrunk aus der Geheimtasche ihres Kleides.

»Sag uns nur, was wir zu tun haben«, entgegnete Aster und blickte die anderen Dienstboten an, die aufgehört hatten, Gläser einzuschenken und auf Tabletts zu verteilen.

»Stimmt das, es gibt Aufstände?«, fragte einer von ihnen gespannt. »Machen die denen da draußen die Hölle heiß?«

Aster signalisierte ihm, leise zu sprechen. »Allerdings«, flüsterte sie. »Und wir werden denen hier drin auch die Hölle heißmachen. Wir gehören zu den Abrechnern, klar? Darum müsst ihr uns diesen Tisch überlassen.«

Die beiden Dienstboten wechselten einen Blick. »Aber wir werden doch … Wir bekommen keinen Ärger, oder?«, fragte ein anderer.

»Nur, wenn ihr uns verratet.«

Ein Gefühl heimlicher Vorfreude schien sich von einem zum anderen fortzupflanzen, und sie eilten davon, um sich eine neue Beschäftigung zu suchen, während Aster und die anderen sich daran machten, die Champagnergläser mit der Droge zu präparieren. Sie gaben sogar einen Tropfen in jedes der Gläser, die für die Raubvögel bereitstanden, die während des Trinkspruchs zu Beginn des Abends hier unten Dienst tun sollten.

»Bist du sicher, dass das Zeug stark genug ist?«, fragte Raven zweifelnd.

»Das kann ich dir versprechen. Ich habe es selbst angemischt«, versicherte ihr Tansy.

Derrick war zappelig und fuhr sich mit seinen Spinnenfingern durch das kurz geschorene Haar. Er allein würde bis nach dem Trinkspruch hier unten bleiben und die Tür verbarrikadieren, um den Raubvögeln den Rückweg zu versperren – seine Tarnung mochte reichen, um Fremde hinters Licht zu führen, aber die Männer oben würden ihn früher oder später erkennen. Und dennoch, trotz dieser Vorsichtsmaßnahme wirkte er noch ängstlicher als alle anderen.

»Wie lange wird das denn noch dauern? Ihr müsst die Gläser raufbringen. Mein Onkel hält inzwischen bestimmt schon seine Rede«, flüsterte er drängend.

»Mach dir nicht ins Hemd, wir sind fast fertig«, zischte Mallow. Nur noch ein Tablett voller Gläser. Aster arbeitete, so schnell sie konnte, um ihr Fläschchen in die Gläser zu entleeren, beinahe entglitt es ihren schweißfeuchten Fingern …

Endlich.

»Fertig«, sagte sie mit einem befreiten Grinsen. »Lasst uns loslegen.«

Aster und die anderen balancierten die Tabletts auf den Handflächen und gingen die Treppe hinauf. Bei jedem Schritt, den sie tat, rang Aster um Beherrschung, zählte ihre Atemzüge, beschwor ihr Herz, langsamer zu schlagen. Es würde ihnen nicht helfen, sollten sie den Argwohn der Landesherren erwecken. Wenn sie nur diesen ersten Umtrunk hinter sich bringen konnten …

Sie betraten den Ballsaal.

Das Erste, was Aster auffiel, war das riesige Deckengemälde von einer Gebirgslandschaft. Die Krakelüre in der Farbe zog sich spinnwebartig über die Oberfläche wie Risse im aufgesprungenen Wüstenboden. Darunter, begleitet von dem Gemurmel sich überlagernder Stimmen, tanzten die Schatten, die die verbliebenen mächtigsten Männer Arkettas im Licht des gewaltigen Gaskronleuchters warfen – Landesherren, groß und klein, Architekten der Regierung und Titanen der Wirtschaft, an deren Armen ihre fein gewandeten Frauen hingen wie Paradiesvögel. Und dort, nur einen Steinwurf entfernt, stand Jonah Boyle, der Herr des Südens, und nicht weit von ihm Henry McClennon, Derricks Vater. Jerrod McClennon hatte bereits im vorderen Teil des Saals Position bezogen und sprach seine einleitenden Worte. Und neben ihm …

Lizzy Greene.

Der Schreck traf Aster wie ein Schlag in die Magengrube. Sie war in den Arm geschossen worden. Trotz der Selbstheilungskräfte eines Raubvogels konnte sie sich unmöglich rechtzeitig zu diesem Ereignis von der Verletzung erholt haben. McClennon würde sich nicht dazu herablassen, Dienstboten eines zweiten Blickes zu würdigen, aber Lizzy vielleicht schon. Wenn sie ihre Gesichter in der Menge erkennen sollte …

Aster drehte sich um, wollte die anderen warnen, doch ihre Freunde waren so schnell in das Chaos hineingezogen worden, dass Aster sie jetzt schon aus den Augen verloren hatte. Die Worte gerannen ihr auf der Zunge, und ihr Herz flatterte grausig.

»Du da! Ich habe noch kein Glas bekommen«, herrschte eine Frau sie an und tippte ihr auf die Schulter.

»Oh … V-verzeihung, Ma'am …«, stammelte Aster und hielt der Frau das Tablett hin. Bald umschwärmten sie mehrere Gäste, um ein Glas zu ergattern, und trugen ihre Ansprüche im Flüsterton vor, um McClennons Rede nicht zu stören. Aster hatte Mühe, das Tablett nicht fallen zu lassen. Und die ganze Zeit achtete sie darauf, den Blick zu senken und stets halb von der Bühne abgewandt zu sein, damit Zees Schwester sie nicht sehen konnte. Was ihre Freunde betraf, konnte sie nur hoffen, dass sie es auch so hielten.

»Und darum wollen wir nun die Gläser erheben auf eine neue Ära des Friedens und des Wohlstands in dieser einzigartigen, großen Nation«, verkündete McClennon abschließend. »Hat jeder ein Glas?«

Die letzten Gläser wurden Aster vom Tablett gerissen. Alle Gäste hielten den mit der Droge versetzten Champagner hoch. Endlich wagte Aster einen Blick zur Bühne, lugte hinter einer Marmorsäule hervor. Doch Lizzy schien sich – wie alle anderen im Raum – ausschließlich auf McClennon zu konzentrieren. Asters Herz schlug wieder schneller, dieses Mal jedoch vor Hoffnung, und ihr Magen wand und krümmte sich übermütig.

Sie würden es schaffen. Sie würden diese Sache durchziehen.

»Ehre der Zeche!«, rief McClennon und erhob sein Glas.

»EHRE DER ZECHE!«, donnerte ihm die Antwort entgegen.

Alle führten ihre Gläser an die Lippen …

Da plötzlich weiteten sich Elizabeths Augen unter dem Einfluss einer plötzlichen Erkenntnis.

»Halt!«, schrie sie und schlug McClennon das Glas aus der Hand.

KAPITEL NEUNUNDZWANZIG

Überraschte Schreie hallten durch den Raum. Für die meisten Gäste schien die Warnung zu spät zu kommen – sie hatten den Champagner bereits getrunken und sanken binnen Sekunden zu Boden. Die Raubvögel hielten einen Moment länger durch, doch dann brachen auch sie zusammen. Aster konnte sich eines flüchtigen Triumphgefühls nicht erwehren, als sie sie fallen sah, diese Männer und Frauen, die sich für so mächtig hielten, dass sie glaubten, unbesiegbar zu sein. Die einzigen Leute, die noch standen, waren die wenigen Gäste, die noch nicht getrunken hatten, die verdatterten Bediensteten, Asters im ganzen Saal verteilten Freunde und …

Jerrod McClennon, das Gesicht weiß vor Zorn, das Glas zersplittert zu seinen Füßen. Elizabeth hatte sich vor ihm aufgebaut, und in ihren orangefarbenen Augen glommen mörderische Absichten.

»Es sind die Abrechner, sehen Sie?«, sagte sie zu ihm. »Verkleidet als Dienstboten. Ich habe irgendwo meinen Bruder erkannt, sogar von hinten.«

»Ihr …«, sagte McClennon da gedehnt, und sein Blick wanderte von Aster weiter zu den anderen. *»Ihr …«*

Aster schluckte die aufwallende Panik hinunter und schaute sich hastig zu ihren Freunden um, die genauso geschlagen aussahen, wie sie sich fühlte. Und sie waren alle so weit voneinander entfernt, es war beinahe, als wäre jeder von ihnen ganz allein.

»NIEMAND RÜHRT SICH!«, donnerte McClennon, der nun anscheinend seine Stimme wiedergefunden hatte. »Ihr werdet euch alle friedlich ergeben! Wenn sich auch nur einer von euch Staubblütigen bewegt, wird er an Ort und Stelle erschossen. Ihr anderen ...« McClennon deutete auf die ungefähr sechs Gäste, die nicht umgekippt waren. »Verschwindet von hier. Holt Hilfe.«

Die Landesherren stoben davon wie die Ratten. Lizzy sprang von der Bühne und landete lautlos auf den Füßen. Die Flinte hielt sie bereits in der Hand, als sie auf Aster zukam. Aster spannte die Muskeln, befeuchtete die Lippen, tastete instinktiv nach dem Revolver, der nicht an seinem Platz war. Ihre einzige Waffe war das Messer, das sie in ihrem Stiefel versteckt hatte. Sie könnte so tun, als wollte sie sich ergeben, könnte Lizzy nahe an sich heranlassen ...

Plötzlich nahm sie verschwommen eine Bewegung zu ihrer Linken wahr.

Aus dem Augenwinkel erkannte sie, dass es Zee war, der an ihr vorbei zu seiner Schwester rannte und dabei über die am Boden liegenden Gestalten hinwegsprang.

Zee ...

»Nein!«, heulte Clementine, und schon jagte sie hinter ihm her.

Aster dachte nicht nach, sondern stürmte zu ihrer Schwester. Die Zeit schien langsamer zu laufen, schien einen Tunnel um sie zu formen. Sie passierte einen gefallenen Raubvogel, schnappte sich seine Waffe. Lief weiter.

Lizzy hob die Waffe, zielte direkt auf Zee ...

»Nicht!«, brüllte Zee und reckte die Hände hoch. »Schwester, bitte – nicht.«

»Du hast kein Recht, mich so zu nennen«, donnerte sie. Zee duckte sich gerade noch rechtzeitig, um dem Schuss aus ihrer Flinte zu entgehen, und warf sich schützend vor Clementine. »Nicht, nachdem du mich zum Sterben zurückgelassen hast.«

Endlich hatte Aster Zee erreicht, und die anderen waren nicht weit hinter ihr. Bald drängten sich alle um ihn herum. Aster richtete den gestohlenen Revolver auf Lizzys Brust. Nun standen sie einander in einer Pattsituation gegenüber. Über Lizzys Schulter hinweg konnte Aster McClennon sehen, der sie genau beobachtete.

»Wir wollen dir nicht wehtun, Lizzy«, sagte Aster mit zitternder Stimme, und sie meinte es auch so. Das konnte nicht so weitergehen.

»Wenn ihr mir nicht wehtun wolltet, dann hättet ihr mich in der Wiege töten sollen. Das wäre eine Gnade gewesen.« Aster verspürte eine Mischung aus Entsetzen und Verblüffung angesichts der Wut, die sich auf ihre Stimme niederschlug. Raubvögel sollten keinen Zorn empfinden, sie sollten gar nichts empfinden. Andererseits dauerte es eine gewisse Zeit, bis die dunkle Macht vollständig Besitz von einem Menschen ergreifen konnte – und Lizzy war noch nicht sehr lange ein Raubvogel.

Vielleicht förderte die Konfrontation mit ihrem Bruder einen verlorenen Teil ihrer selbst wieder zutage.

»Elizabeth …«, sagte Zee sanft, doch mit brechender Stimme.

»Jeden Tag verliere ich ein bisschen mehr von mir selbst, und jeden Tag danke ich den Toten dafür«, fiel Lizzy ihm ins Wort. *»Dies …«* Sie schlug sich auf die Brust, als könnten sie den hohlen Widerhall von der Stelle hören, an der einst ihr Herz geschlagen hatte. »… ist der einzige Weg, sich durch diese erbärmliche Welt zu bewegen.«

»Du hast das Recht, wütend zu sein«, versuchte Zee es erneut und ging, die Hände immer noch erhoben, einen Schritt auf sie zu. »Auf mich, auf die Welt … ich hätte mehr tun müssen, um euch vor ihr zu schützen. Aber, bitte, Lizzy, lass mich die Dinge in Ordnung bringen. Nimm die Waffe runter. Lass uns dir helfen …«

Zee streckte die Hände nach ihr aus, doch sie gab einen Laut von sich, halb ein Knurren, halb ein Schluchzen, und hielt ihm die Mündung ihrer Waffe vors Gesicht.

»Du kannst mir nicht helfen. Du kannst nicht mal dir selbst helfen. Sieh dich doch an, Ezekiel, verzweifelt und schmutzig und auf der Flucht vor dem Gesetz. Was kannst du mir bieten, das mir diese Landesherren nicht bieten könnten?« Mit einer ruckartigen Kopfbewegung deutete sie auf McClennon, der sich immer noch nicht gerührt hatte. Angespannt stand er auf seiner Bühne und beobachtete sie scharf aus seinen blauen Knopfaugen. »Er hat mir Schimmer gegeben. Er hat mir Macht gegeben. Er hat mir eine Waffe gegeben und die Freiheit, sie zu gebrauchen. Was hast du mir je gegeben außer Gram und Schmerz?«

Und da fühlte Aster diesen Schmerz, eine tiefe Pein in ihrer Brust, eine unerträgliche Schwere in ihrem Bauch, Verrat und Verbitterung und Elend, vereint in einem Gefühl des Leidens. Elizabeth schickte das alles in einer Woge zu ihnen – doch nach ihrem zutiefst unglücklichen Gesichtsausdruck zu schließen, wusste sie gar nicht, was sie tat. Heiße Tränen rannen über Asters Wangen. Mallow stieß einen erstickten Schrei aus. Sogar Raven bekam weiche Knie. Und Elizabeth presste die Mündung ihrer Waffe an Zees Stirn.

»Antworte mir!«

»Er liebt dich«, schrie Clementine und drängte sich an Zees

Seite. »*Wir* lieben dich. Sogar jetzt. *Besonders* jetzt. Du gehörst zur Familie. Du gehörst zu uns. Wir werden immer dein Bestes wollen, auch wenn wir es dir nicht immer werden geben können. Wir lieben dich, Elizabeth. Und *dieser* Mann …«, sie zeigte auf McClennon, »… tut das nicht.«

»Wir können ihn besiegen, Lizzy«, appellierte Zee an sie, ohne sich von der Waffe einschüchtern zu lassen. »Es ist noch nicht zu spät, das in Ordnung zu bringen. Du wirst frei sein, und wir können nach Hause gehen.«

Eine gequälte Art des Begreifens schien für einen Moment in Elizabeths Zügen aufzuflackern, und sie atmete bebend aus. Senkte die Waffe. Aster hielt die Luft an. Ihre Worte erzielten Wirkung, Elizabeth kam endlich wieder zu sich …

Das Donnern eines Schusses zerriss die Luft. Ein blutiger Fleck erblühte auf Elizabeths Brust. Ihr Mund öffnete sich vor Verblüffung, ihre Augen glänzten unter unvergossenen Tränen, und das Licht in ihnen erlosch allmählich. Hinter ihr, auf der Bühne, stand McClennon mit dem Revolver in der Hand.

»NEIN!«, schrie Zee auf, als wäre er derjenige, der getroffen worden war. Er fing seine Schwester in seinen Armen auf. *»Nein. Verflucht sollst du sein!«*

»Nutzlos. Ihr seid nutzlos, ihr alle«, höhnte McClennon nur. »Mein Vater hat mich stets davor gewarnt, einen Staubblütigen mit einer echten Aufgabe zu betrauen.« Nun richtete er die Waffe auf Zee, aber Aster war schneller und feuerte in rascher Folge zwei Schüsse ab. Zorn loderte in ihrem Inneren. Beide Schüsse trafen McClennons Hand, und er heulte auf, presste die blutenden Finger an die Brust und sackte zu Boden.

»Du wirst zur Hölle noch mal den Mund halten«, knurrte Aster, als sie auf ihn zumarschierte. Sie kletterte auf die Bühne, die Waffe noch immer erhoben. »Du bist erledigt, hast du gehört? Es ist *vorbei.* Niemand wird dich retten. All deine verbliebenen Verbündeten sind in diesem Raum. All deine Raubvögel wurden ausgeschaltet. Unsere Leute brennen gerade jetzt die Stadt nieder. Die Gesetzeshüter werden niemals an ihnen vorbeikommen. Damit sind es jetzt nur noch *du* …« Aster zog ihm den Lauf der Pistole über die Schläfe, worauf er erneut aufheulte, »… und *wir,* bis diese Angelegenheit erledigt ist. *Niemand* verlässt das Gebäude, ehe ihr euch unseren Forderungen gebeugt habt.«

McClennon lachte säuerlich, ein hässlicher Laut, der in einen bellenden Husten überging, als er sich in eine sitzende Position mühte. Blut sickerte von seiner Stirn.

»Dann werden wir sehr lange hier sein, Lucker«, sagte er und spuckte ihr vor die Füße.

Angewidert wich Aster zurück. Hinter sich konnte sie Zee schluchzen hören, während Clementine versuchte, ihm Trost zu spenden. Asters Zorn glühte weiß am Rande ihres Blickfelds.

Ihr Finger glitt zum Abzug.

Vielleicht sollte sie die ganze Sache gleich jetzt beenden …

Schnelle Schritte hallten vom anderen Ende des Saals herbei. Jemand kam auf sie zu. Aster wirbelte herum.

Derrick.

Angespannt atmete Aster aus. Derrick schien erschöpft zu sein, weil er so schnell gelaufen war, dennoch hielt er nicht inne, bis er wie die anderen an Zees Seite war. Er blickte auf Elizabeth hinab und dann wieder zu Aster, die Augen weit aufgerissen.

»Aster?«, fragte er mit bebender Stimme. »Ich … ich habe Schüsse gehört. Was ist passiert?«

»Derrick … ich …«

»Derrick«, fiel McClennon ihr ins Wort und stieß erneut ein

scheußliches Lachen aus. »Das *bist* doch du, oder nicht? Beinahe hätte ich dich nicht erkannt. Aber natürlich bist du hier. Natürlich bist du an dieser Posse beteiligt. Ich hätte es wissen müssen.«

»Das ist keine Posse, Onkel«, sagte Derrick, dessen Stimme plötzlich kalt und stählern klang. Er stieg neben Aster auf die Bühne und starrte auf McClennon herab. »Das ist eine Zeche, die längst überfällig ist.«

»Bitte. Versuch doch nicht, dich als Mann von Wert zu verkaufen, Derrick. Jeder kann sehen, dass du nur ein nichtsnutziger, wimmernder kleiner Junge bist. Dein Vater wusste es; darum hat er dich mir aufgedrängt. Dein Bruder wusste es; darum hat er dich geprügelt wie den Hund, der du bist. Und diese Staubblütigen haben es auch gleich erkannt; darum konnten sie dich so mühelos für ihre Zwecke benutzen. Das sind verschlagene Bestien, die sich an den Schwachen gütlich tun. Ich bin sicher, an dir konnten sie sich satt fressen.«

»Ich habe dir gesagt, du sollst zur Hölle noch mal den Mund halten«, blaffte Aster McClennon an und hob die Waffe, um ihn zu schlagen. Er zuckte zurück und hielt abwehrend die gesunde Hand hoch.

»Mach dir keine Mühe. Ich habe ihm nichts mehr zu sagen. Diese kleine Ratte ist für uns sowieso längst gestorben.«

Derricks Gesicht war so weiß wie ein Knochen. Sein Mund zuckte, doch er gab keinen Ton von sich. Stattdessen ging er in die Knie, um auf Augenhöhe mit seinem Onkel zu sein.

»Du bist derjenige, der schwach ist, Onkel«, sagte er schließlich mit einer Stimme, die kaum über ein Flüstern hinauskam. »Und ich bin jeden Tag, den ich fern von unserer erbärmlichen Familie verbracht habe, stärker geworden. Eines solltest du wissen: In diesem Raum sind viele, die nicht zögern würden, dir das Leben zu nehmen, und sie alle haben mehr Anspruch auf dieses Vergnügen als ich – aber ich zähle mich zu ihnen.«

Nun war McClennon derjenige, der erbleichte. Endlich fiel die Maske der Gleichgültigkeit von ihm ab. Derrick stand wieder auf und wandte ihm die Kehrseite zu.

»Wo brauchst du mich, Aster?«, fragte er.

Aster warf einen Blick über den Ballsaal. Clementine hielt Zee in den Armen. Sein Schluchzen war verstummt, aber es hallte noch immer in Asters Ohren nach wie das Wehklagen eines Rächers. Die anderen jedoch sahen ernster aus, als Aster sie je erlebt hatte, und ihre eisernen Blicke ruhten entweder auf Elizabeths Leichnam oder auf Jerrod McClennon. Aster konnte den Zorn spüren, der wie etwas Lebendiges zwischen ihnen hing, wie ein Berglöwe, die Fänge gebleckt, während sich ein wütendes Gebrüll in seiner Brust aufbaute.

Es war an der Zeit, diese Energie zu nutzen.

»Schnapp dir jeden Landesherrenbastard, der noch halbwegs auf den Beinen ist, und fessel ihn«, befahl Aster, ohne auf die Protestrufe der fraglichen Landesherren zu achten. Sollten ein oder zwei von ihnen in dem allgemeinen Durcheinander entkommen sein, dann kümmerte sie das nicht länger. Wo sollten sie schon hingehen? Diese Stadt gehörte jetzt den Abrechnern. Und zu ihren Füßen lagen immer noch Hunderte schlafende Mitglieder der Landesherrengilde – mehr als genug Druckmittel, um Autoritant Lockley dazu zu bewegen, die Forderungen der Abrechner ins Gesetz zu schreiben. Er war ein schwacher Mann, das hatte Derrick ihnen immer wieder versichert. Er tat, was die Gilde wollte, weil er Angst vor ihr hatte.

Sollte er doch sehen, wie machtlos sie im Grunde war.

Es war an der Zeit, dass der Autoritant aufhörte, seine Freunde zu fürchten, und anfing, das Volk zu fürchten.

Sie holten sich Metzgerschnur aus der Küche und verschnürten Landesherren und Raubvögel wie Schweinehälften. Dann brachten sie die Raubvögel nach unten und schlossen sie in einem Lagerraum ein. Von dort aus würde es ihnen unmöglich sein, ihre psychischen Energien gegen irgendjemanden einzusetzen. Den anderen staubblütigen Dienstboten hatten sie natürlich gestattet zu gehen, also waren jetzt nur noch die Landesherren im Ballsaal, die langsam wieder zu sich kamen. Schock und Verwirrung ergriffen Besitz von ihnen, als ihnen ihre Lage bewusst wurde. Sie sahen gar nicht mehr aus wie die gut gekleideten, eleganten Größen der Gesellschaft, die sie zu Beginn des Abends noch dargestellt hatten. Nun war ihre Kleidung schmutzig und verrutscht, und anstelle der gewohnt kühlen Überlegenheit spiegelte sich purer Zorn in den rot angelaufenen Gesichtern. Sie verwünschten die Abrechner auf das Unflätigste. Speichel flog von ihren Lippen, und sie drohten mit allen möglichen blutigen Vergeltungsmaßnahmen. Aber Aster hörte gar nicht hin, und ihre Freunde anscheinend auch nicht. Dennoch hatte diese Arbeit nichts mit Vergnügen zu tun, nur mit bitterer Entschlossenheit. Zees Schwester war bereits infolge ihres Plans zu Tode gekommen. Sie mussten die Sache zu Ende bringen.

»Wir haben Nachricht von draußen, dass die Skorpione es geschafft haben, das Gebäude rundum abzuriegeln. Die Gesetzeshüter kommen da nicht durch, jedenfalls nicht heute Nacht«, berichtete Violet, während sie gemeinsam mit Aster ihre Runde machte. Eine bäuchlings am Boden liegende Frau trat rückwärts mit ihren Lackschuhen nach ihnen aus, als sie vorübergingen, und Violet brachte sich mit einem Sprung in Sicherheit und schürzte die Lippen: »*Pass bloß auf,* Arschloch …«

Aster nickte knapp, ohne sich um das Gerangel zu kümmern. »Gut, das ist gut. Konnten wir unsere Nachricht rausbringen?«

»Ja. Der örtliche Gesetzesmeister weiß, dass wir die ganze Landesherrengilde als Geiseln genommen haben und nicht vorhaben, sie gehen zu lassen, ehe Autoritant Lockley unseren Forderungen nachkommt. Ich bin sicher, er wird das in der Befehlskette weiter nach oben reichen.«

»Schön. Perfekt. Ich werde eine Ankündigung ...«

»Aster ...« Violet berührte sanft ihre Schulter, um sie aufzuhalten. »Schau, der Abend war lang, und der Tag morgen wird noch länger werden. Wie wäre es, wenn ich jetzt hier übernehme, damit du ein paar Stunden schlafen kannst? Zee und Clem haben Elizabeth irgendwohin gebracht, wo es ruhig ist. Du könntest dich ihnen anschließen.«

Aster schüttelte den Kopf. Sie war erschöpft, ja, furchtbar sogar, aber sie konnte jetzt keine Pause machen. Sie wollte nicht, dass ihre eigenen Gedanken sie einholten.

»Du musst ausgeruht sein«, beharrte Violet.

»Wie zur Hölle soll sich irgendjemand ausruhen, so, wie die sich hier aufführen?«, fragte Aster erbittert. Das unaufhörliche Wutgeschrei der Landesherren hallte so laut durch den Ballsaal, dass Aster kaum klar denken konnte.

Violet lächelte, doch es war ein humorloses Lächeln. »Wir haben gelernt, trotz des Geheuls der Rächer zu schlafen. Das hier ist nicht halb so schlimm.«

Nun gut, das war unwiderlegbar ... Trotzdem ...

»Ich kann nicht, Vi.«

Aster marschierte zur Bühne, ehe Violet eine Gelegenheit hatte, sie davon abzuhalten, und klatschte in die Hände, um sich Beachtung zu verschaffen.

»Zuhören!«, brüllte sie der Menge entgegen.

»Lucker-Abschaum! Dafür werdet ihr bezahlen ...«

»*Zuhören!*«, wiederholte sie, und als sie dann begann, die Neuigkeiten zu verkünden, kehrte Ruhe ein. »Die Gesetzmeisterei wurde über eure Lage in Kenntnis gesetzt und wird noch in dieser Stunde ein Voltragramm an den Autoritanten persönlich senden. Ich rechne irgendwann, vermutlich schon früh am morgigen Tag, mit dem Eintreffen eines Unterhändlers im Auftrag des Autoritanten. Ich möchte, dass ihr alle *sorgfältig* darüber nachdenkt, was ihr diesem Mann erzählen werdet, wenn die Zeit gekommen ist. Wenn ihr ihm sagt, ihr stimmt unseren Forderungen zu, dann könnt ihr bei Sonnenuntergang alle hier rausspazieren.«

»Warum sollten wir eure Forderungen akzeptieren, nach dem, was ihr getan habt?«, brüllte ihr ein Mann entgegen.

»Weil wir, wenn ihr es nicht tut, alle hier sterben werden«, entgegnete Aster unverblümt und zeigte auf Jerrod McClennon, der sicher verschnürt neben seinem Bruder Henry saß, einen frischen Verband an der verletzten Hand und einen finsteren Blick in den Augen. »Als meine Freunde und ich Gäste von Mister McClennon waren, hat er uns erklärt, wenn wir essen wollten, müssten wir dafür arbeiten. Nun, da ihr in unserer Obhut seid, gelten für euch die gleichen Regeln – widmet euch der schweren Arbeit, all das Unrecht, von dem ihr seit Generationen profitiert, wiedergutzumachen, und wir lassen euch gehen.«

»Niemals werden wir uns euresgleichen beugen«, verkündete Henry McClennon, und erneut brach Lärm aus. Aster verließ die Bühne.

Der Rest der Nacht verging quälend langsam. Tansy und Mallow verteilten sparsam Wasser, Verbandszeug und begrenzte Rationen des übrig gebliebenen Essens an alle, die bereit waren, etwas von ihnen anzunehmen. Raven bewachte die Raubvögel im Untergeschoss. Violet blieb mit ihren Verbündeten außerhalb des Gebäudes in Kontakt. Derrick diskutierte die Angelegenheit mit mehreren der weniger bedeutenden Landesherren, von denen er zu glauben schien, sie wären zugänglicher als einer ihrer mächtigeren Bundesgenossen. Derweil kreiste Aster durch den Raum wie ein Falke auf der Jagd. Ein Hinweis darauf, dass sich jemand von seinen Fesseln befreite oder irgendeinen unvorhergesehenen Zug tat, und sie würde ihn niederschlagen.

Violet hatte recht – Aster brauchte Schlaf. In ihrem Kopf hämmerte es bei jedem Schritt, den sie tat. Ihre Augen waren schrecklich trocken. Mitternacht zog vorbei, und bald war es zwei am Morgen und dann vier. Zwar weigerte Aster sich zu schlafen, doch sie bestand darauf, dass die anderen sich ausruhten. Kaum kehrten Zee und Clementine zurück, schickte sie Tansy und Mallow fort, damit sie sich ein paar Stunden Zeit für sich gönnten. Danach waren Violet und Raven an der Reihe, die sie beide beharrlich aufforderten, sich ebenfalls auszuruhen, und schließlich Derrick, der niedergeschlagen wirkte, nachdem er trotz all seiner Bemühungen kein nennenswertes Ergebnis hatte erzielen können. Aster machte sich jedoch keine großen Sorgen.

»Es sind noch keine zwölf Stunden vergangen«, sagte sie zu ihm. »Versuch es noch einmal, wenn sie erst ein paar Mahlzeiten auslassen mussten.«

»Aber …«

»Du hast dich gut geschlagen, Derrick. Du hast Wunder gewirkt. Jetzt schlaf ein bisschen.«

Als am Morgen die Sonne aufging, hatten sich auch die meisten Landesherren dem Bedürfnis nach Schlaf ergeben. Aster saß im vorderen Bereich des Ballsaals und sah zu, wie sie sich unruhig auf dem harten Marmorboden hin- und herwarfen, lauschte dem Geflüster derer, die noch wach waren und sich zweifellos darüber ausließen, wie sehr sie sie verachteten. Hunger nagte an ihrem Magen, und ihr war klar, dass es auch bei ihren Geiseln bald so weit sein würde. Sie gestattete sich, die Hälfte ihrer Ration von dem Essen, das sie in der Küche gefunden hatten – frisches Obst, Rauchfleisch und dünne Brotscheiben – zu verspeisen, aber das reichte kaum, um den schlimmsten Hunger zu beschwichtigen. Sie mussten mit dem begrenzten Nahrungsvorrat auskommen. Wenn jeder im Haus auch nur eine Mahlzeit am Tag äße, wäre der Proviant dennoch erschöpft, noch bevor eine Woche vergangen war.

Die wahre Schlacht beginnt erst jetzt, dachte Aster.

Trotz ihrer Bemühungen, wachsam zu bleiben, war sie gerade dabei einzunicken, als Raven zur Tür hereinplatzte. An ihrer Seite war ein hellblütiger Mann in einem dunkelgrünen Anzug. Er sah nicht wie ein Ordnungshüter aus, strahlte aber dennoch eine gewisse Autorität aus. Müde und argwöhnisch mühte sich Aster auf die Beine.

»Wer ist das, Ray?«, rief sie durch den Saal.

»Er sagt, er ist im Auftrag von Autoritant Lockley hier«, antwortete Raven. »Er soll mit uns verhandeln.«

»Mein Name ist Mister Monroe«, stellte sich der Mann vor. »Und Sie sind Aster, richtig? Wie wäre es, wenn wir uns einen Ort suchen, an dem wir uns unter vier Augen unterhalten können?«

Damit er sie in aller Stille überwältigen konnte? Sicher nicht.

Aster reckte das Kinn. »Alles, was Sie mir zu sagen haben, können Sie in Gegenwart meiner Freunde äußern«, entgegnete sie. Nun, da der Morgen gekommen war, waren sie mit Ausnahme von Clementine, die Raubvogeldienst hatte, alle hier und gesellten sich nach und nach zu Aster, angespannt und zu allem bereit.

Monroe breitete die Hände zu einer freundlichen Geste aus. »Nun gut, dann lassen Sie uns über die Bedingungen sprechen. Soweit ich es verstanden habe, wollen Sie, dass der Autoritant sich die Forderungen, die Sie alle gestellt haben, noch einmal ansieht.«

»Sagen Sie Lockley, er hat in *keinem* einzigen Punkt nachzugeben«, unterbrach ihn McClennon, worauf zustimmende Rufe in der Menge laut wurden.

»Ehe wir auch nur anfangen können, darüber zu diskutieren, braucht Autoritant Lockley die Gewissheit, dass all Ihre Geiseln am Leben und unversehrt sind *und* dass das auch so bleiben wird«, fuhr Monroe in dem allgemeinen Lärm fort.

»Unversehrt?«, kreischte eine Frau. »Wir wurden unter Drogen gesetzt und schikaniert …«

»Sie übertreibt«, fiel Derrick ihr ins Wort.

»McClennon wurde *angeschossen*«, schrie ein Mann.

»Nur, weil er zuerst geschossen hat!«, blaffte Mallow. »Und wir haben ihn anschließend auch noch medizinisch versorgt.«

»Das ist inhuman. Das ist entwürdigend …«

»Genau so war es für uns schon immer!«, schnitt Aster allen das Wort ab und brüllte so laut, dass ihr von der Anstrengung ganz schummrig wurde. »Ihr seid erschöpft? Ihr seid hungrig? Gut! Ihr fühlt euch machtlos? *Gut!* Ihr seid es leid, wie Tiere behandelt zu werden? Ihr denkt, ihr habt Besseres verdient? Dann *versteht* ihr es endlich. Ihr alle habt *eine Nacht* leiden müssen, und selbst das war eine Wohltat, verglichen mit dem Leid, das ihr euren staubblütigen Landsleuten aufgezwungen habt. Also sagen Sie dem Autoritanten genau das, was ich diesen feinen Herrschaften erklärt habe, Mister Monroe: Ihr Schicksal liegt

in ihren eigenen Händen. Wenn sie zustimmen, die Dinge in Arketta zu verändern, wenn sie Lockley ihren Segen geben, die Verfügung abzuzeichnen, kommen alle frei. Bis dahin verlässt niemand dieses Gebäude.«

Sollte Monroe irgendeine Art von Betroffenheit angesichts der Lage verspürt haben, so zeigte er es nicht. Noch immer zierte ein freundliches, bescheidenes Lächeln sein Gesicht, was Aster allenfalls noch mehr erzürnte.

»Ich sehe, dass Ihnen sehr viel daran liegt, Aster. Ich sage Ihnen was – ich lasse meine Leute zusätzliche Lebensmittel für diese Herrschaften herbringen, während Sie und ich uns Zeit nehmen, um die Einzelheiten auszuarbeiten …«, fing er an.

»Nein!«, fuhr Aster ihn an. »Die können ruhig hungern, so wie ich es als Kind getan habe, so wie es Tausende von Staubblütigen noch immer tun.«

Neben ihr nickten ihre Freunde zustimmend.

»Aster, bitte«, nahm Monroe den Faden wieder auf. »Das alles hat mit Ihrer wahrlich bewegenden Sorge um die Frauen in den Welcome Houses angefangen. Können wir nicht wenigstens darüber sprechen, diese Frauen hier nach Hause gehen zu lassen? Sie sind zu feinfühlig, um so schwer geprüft zu werden …«

»Und wir waren das nicht?«, blaffte Violet.

Erstmals schaute Monroe ein wenig finster drein.

»Mit diesen Leuten können Sie nicht verhandeln«, schnaubte McClennon wütend. »Mit denen müssen Sie in ihrer eigenen Sprache sprechen. Sagen Sie Lockley, er soll mehr Gesetzeshüter herschicken und notfalls das ganze Haus einreißen.«

»Unsere Freunde draußen werden nicht zögern, jedes Feuer, das die Gesetzeshüter gegen sie eröffnen, zu erwidern, und wir auch nicht«, warnte Zee mit rauer Stimme.

»Dann werden wir euch Verräter zur Hölle schicken!«, donnerte Henry McClennon.

Zustimmendes Geschrei erhob sich, und der Lärm im Raum wurde unerträglich. Monroe flüsterte Raven etwas zu, worauf sie ihn aus dem Ballsaal hinausführte.

»Er sagt, er wird den Autoritanten über die aktuelle Lage informieren und bald zurück sein«, berichtete Raven, als sie wieder zu den anderen stieß.

»Gut, in Ordnung. Wir richten uns wohl am besten auf den Tag ein …«, begann Aster.

Raven schüttelte den Kopf. »Du brauchst ein bisschen Schlaf, Aster. Du siehst aus, als könntest du jeden Moment umkippen.«

»Es geht mir gut …«

»Sie hat recht«, unterbrach Tansy. »Wir können uns auch ein paar Stunden allein um die kümmern. Du solltest jedenfalls nicht hier sein, nicht in dem Zustand.«

Nicht in dem Zustand. War es denn so offensichtlich, wie wenig sie noch zu bieten hatte? Konnten die anderen sie schon auf den Füßen schwanken sehen? Konnten sie ihr Herz müde in ihrer Brust flattern hören? Sie fuhr sich mit der Zunge über die trockenen, aufgesprungenen Lippen.

»Möchtest du, dass ich mitkomme?«, erbot sich Violet leise.

Aster schüttelte den Kopf. »Nein, nein, du wirst hier oben gebraucht. Ich werde einfach … ich lege mich ein bisschen hin«, gab sie sich geschlagen. »Aber falls sich irgendetwas ändert – falls *irgendwer* nachgibt –, dann will ich das sofort erfahren, hörst du?«

Wie sich herausstellen sollte, änderte sich weitere ganze drei Tage lang gar nichts. Draußen unternahmen die Gesetzeshüter auf Befehl von Autoritant Lockley keinen Versuch, in das Gebäude einzudringen, und die Abrechner, deren Kundschafter bisher keine Truppenentsendung nach Crimson Glen gemeldet hatten, hielten die Stellung. Drinnen wurden die Landesherren schwächer, die Verzweiflung nahm zu, und sie bettelten um zusätzliche Essensrationen, doch wann immer einer oder zwei zu verhandeln versuchten, wurden sie vom Rest der Gruppe niedergebrüllt. Monroe kam jeden Morgen mit neuen Zugeständnissen, die geringer waren als das, was Aster gefordert hatte, und jeden Morgen schickten sie und ihre Freunde ihn wieder weg.

Aster selbst entwickelte eine barbarische Ader – sie konnte es deutlich spüren. Der Hunger machte ihr zu schaffen, körperlich und seelisch. Ihr Magen verkrampfte sich schmerzhaft, als würden sich bei jedem Atemzug Dolche in ihren Leib bohren. Ihr war schwindelig, und dunkle Flecken trieben durch ihr Blickfeld. Die Gedanken in ihrem Schädel kollidierten miteinander, unzusammenhängende Erinnerungen prallten aufeinander und erzeugten schauerliche Albträume, die sie sogar im Wachzustand plagten. Sie war wieder in McClennons Keller, gefoltert von den Raubvögeln, aber dieses Mal war ihre Mutter bei ihr und wollte ihnen Aster opfern. Sie war im Graveyard, aber nun wurde er von Mother Fleur geleitet, nicht von Priscilla, und Mother Fleur beschimpfte sie vor all den Lady Ghosts. Sie war mit Eli in den Minenschächten, doch dieses Mal rissen die Rächer sie in Stücke, und sie starben in der Finsternis.

Ihr einziger, bitterer Trost lag in dem Wissen, dass, wie sehr sie auch leiden mochte, die Landesherren doch noch mehr litten. Sie sah sie untereinander flüstern, wusste, dass sie darüber sprachen, klein beizugeben. Es konnte nur darum gehen. Sie waren drei Mahlzeiten am Tag gewohnt, und inzwischen waren vier Tage mit nur einer Mahlzeit pro Person vergangen. Viel länger konnten sie das nicht durchhalten.

Und tatsächlich kam Derrick am Nachmittag des fünften Tages zu Aster, um ihr zu sagen, dass Jonah Boyle mit ihr reden wollte.

Beim Klang von Derricks Stimme riss Aster erschrocken die Augen auf. Sie hatte nicht vorgehabt zu schlafen, aber der Hunger hatte sie geschwächt. Sie schalt sich im Stillen und setzte sich aufrechter hin.

»Boyle?«, wiederholte sie benebelt.

»Ja.« Endlich konnte sie Derrick wieder halbwegs klar erkennen. Seine Augen lagen tief in den Höhlen, geziert von den dunklen Ringen der Erschöpfung, und Bartflaum bedeckte sein Kinn. Mit seinen scharf hervortretenden Wangenknochen und dem schmalen Kiefer hatte er immer ein wenig ausgemergelt gewirkt, doch nun sah er gleich doppelt so ausgezehrt aus. Anders als der Rest von ihnen hatte er noch nie derart hungern müssen, aber wenn er auch leiden mochte, verlor er kein Wort darüber.

»Boyle …«

»Er will mit dir sprechen«, drängelte Derrick. »Komm, ich bring dich zu ihm.«

Derrick half Aster auf. Sie dankte ihm, weigerte sich aber, sich bei ihm unterzuhaken. Sie würde diesen Mistkerlen keine Schwäche offenbaren.

Jonah Boyle hatte sich in die Südwestecke des Ballsaals verzogen, und mehrere andere Landesherren waren ihm gefolgt und hatten sich um ihn herum versammelt. Unsteten Blickes sahen sie auf, als Aster sich näherte. Sie wusste nicht, wie Jonah Boyle sich draußen in Freiheit gab, doch hier drin hielt er den Kopf hoch erhoben und demonstrierte eine Art von stiller Kraft – müde, sicherlich, wie alle anderen, aber dennoch wachsam. Aster wusste, dass er in diesem Raum der zweitmächtigste Mann nach McClennon war, und sie hatte erwartet, er würde sich entsprechend verhalten, alle niederreden und Befehle erteilen. Stattdessen hatte er nun zum ersten Mal in den ganzen fünf Tagen auf sich aufmerksam gemacht.

»Aster, richtig?«, fragte Boyle. Aster setzte sich ihm gegenüber, und er streckte ihr die gefesselten Hände zum Gruß entgegen. Aster verschränkte die Arme vor der Brust.

»Ich schüttele einem Landesherrn nicht die Hand«, sagte sie. »Aber ich könnte einem zuhören. Derrick sagt, Sie wollen reden?«

Boyle seufzte schwer. »Das will ich. Ich habe mit einigen meiner Kollegen hier gesprochen. Sie sind in schlechter Verfassung. Kathleen hat heute Morgen das Bewusstsein verloren und ist erst jetzt wieder richtig zu sich gekommen. Und Gregory hat Herzprobleme – er wird das nicht mehr sehr lange durchhalten.«

Aster betrachtete die anderen Landesherren, die nach wie vor ihrem Blick auswichen. »So?«, fragte sie ausdruckslos.

»McClennon ist überzeugt, die Gesetzeshüter würden euch alle zur Rechenschaft ziehen, aber ich fürchte langsam, bis dahin könnte es für einige von uns zu spät sein … und vielleicht erkenne ich auch allmählich Wahrheit in euren Worten. Und ich glaube, es gibt noch viele andere, die das ebenfalls eingestehen würden, wenn nur jemand den ersten Schritt täte.«

Überrascht sah Aster sich zu Derrick um. Sie hatte angenommen, wenn irgendjemand nachgeben würde, dann nur, um der Quälerei ein Ende zu machen, nicht jedoch, weil er sich auch nur eines ihrer Worte zu Herzen genommen hätte.

»Und Sie … bieten sich an, dieser Jemand zu sein?«, fragte Derrick.

»Ich muss derjenige sein. Ich bin der Einzige, der vielleicht als den McClennon-Brüdern ebenbürtig gelten kann. Besonders Jerrod … Er hat großen Einfluss auf diese Leute, müssen Sie verstehen. Und er ist eher bereit zu riskieren, dass einige von uns hier sterben, als dazu, seine Macht aufzugeben. Doch die meisten dieser Leute haben nicht diese Art von Macht, wie sehr sie sich das auch wünschen mögen. Und sie werden schon bald begreifen müssen, dass die Macht, die sie tatsächlich haben, ihr Leben nicht wert ist. Ich werde eine Rede halten, in der ich das zur Sprache bringe, morgen früh, wenn der Unterhändler wieder hier ist, und ich werde mein Bestes tun, um für Ihre Sache einzutreten.«

»Warum nicht jetzt?«, fragte Aster, außerstande, die Schärfe in ihrem Ton zu mildern.

»Weil wir den Leuten nicht zu viel Zeit zum Nachdenken lassen dürfen. Wenn ich jetzt spreche, wird McClennon jeden, den ich überzeugen kann, bis morgen früh wieder ausreichend eingeschüchtert haben, dass er sich seinem Willen unterwirft. Es muss passieren, wenn Mister Monroe zurückkommt, und nicht einen Moment früher.«

Aster wusste, dass er recht hatte. Sie sah sich erneut zu Derrick um, und sie entfernten sich von der Gruppe, um sich untereinander zu besprechen.

»Und? Nehmen wir sein Angebot an?«, fragte Derrick. Aufregung überlagerte die Müdigkeit in seiner Stimme.

Aster hatte nach wie vor ihre Vorbehalte. »Ich weiß nicht, das kommt mir zu gut vor, um wahr zu sein«, murmelte sie. »Was führt er wirklich im Schilde?«

»Ich weiß nicht, ob er irgendetwas ›im Schilde führt‹. Boyle hat sich immer als rechtschaffen eingestuft. Mein Onkel hasst ihn dafür, aber soweit ich sagen kann, ist er einer der Guten.«

»Es gibt keine guten Landesherren, Derrick«, sagte Aster matt. »Jede halbwegs anständige Person würde dieses Leben hinter sich lassen … wie du es getan hast.«

»Na ja, das ist doch das, was er zu tun anbietet, oder nicht? Indem er deinen Bedingungen zustimmt? Er würde seine Macht aufgeben – und weitere Landesherren überzeugen, das Gleiche zu tun.«

Aster blickte zur anderen Seite des Ballsaals, wo sich die McClennons ihre eigene Ecke gesucht und sich mit verzweifelten, weniger mächtigen Landesherren umgeben hatten, die sich um sie drängten, als wären sie mitten in einem Sturm auf einem Floß.

»Und du denkst, sie lassen sich überzeugen?«, fragte sie.

Derrick zögerte. »Ich weiß nicht, wie viele von ihnen sich so wie Boyle überzeugen lassen würden, aber ich zweifle nicht daran, dass er recht hat: Die meisten von denen sind trotzdem bereit nachzugeben – sie wollen hier nicht sterben.«

Aster fiel es nach wie vor nicht leicht zu glauben, dass Boyle selbst aufrichtig war. Sie nagte an ihrer Lippe, versuchte sich zu überlegen, in welcher Form er sie womöglich manipulieren wollte.

Derrick seufzte, als könnte er ihr Schweigen lesen. »Warum sollte es so verwunderlich sein, dass sich jemand durch deine leidenschaftlichen Worte hat überzeugen lassen? Warum sonst hast du sie überhaupt ausgesprochen?«

»Ich schätze, ich bin einfach … nicht an so etwas gewöhnt …«, räumte sie ein. »Nicht von seinesgleichen.«

»Tief im Herzen wissen diese Leute, dass das, was wir tun, falsch ist. Es ist kein Wunder, dass einige von ihnen im Angesicht des Todes den Wunsch verspüren, sich davon freizusprechen – oder zumindest, den Tag, an dem über sie gerichtet werden wird, noch etwas länger hinauszuzögern. Das war immer der Plan, Aster. Beschwer dich nicht darüber, dass er so gut funktioniert.«

Er hatte recht. Das war lediglich das, was sie immer gehofft hatten. Wenn sie Boyles Angebot annahm, könnte diese ganze Geschichte morgen vorbei sein.

Und dann, oh Barmherzigkeit!, könnten sie nach Hause gehen. Aster versuchte, es sich vorzustellen. *Nach Hause.* Und das Bild, das in ihrem Geist aufschimmerte, zeigte ihr nicht Shade Hollow, nicht Green Creek oder irgendeinen anderen Ort im Grind. Es zeigte ihr überhaupt keinen Ort. Was sie sah, war Violets Gesicht, wie sie Seite an Seite in der Sonne lagen, sich an den Händen hielten und im Gleichtakt atmeten. Behaglich, ruhig. Endlich nicht mehr gezwungen zu kämpfen. Endlich frei.

In diesem Moment verkrampfte sich Asters Magen unter einer Begierde, die machtvoller war als der schlimmste Hunger ihres Lebens.

»Also gut«, sagte sie sanft, legte Derrick die Hand auf die Schulter und sah ihm in die Augen. »Also gut, lass uns ihm sagen, wir sind einverstanden.«

Als am sechsten Tag die Sonne aufging, hatte Aster kaum mehr die Kraft, sich mit ihr zu erheben. Trotzdem brodelte Aufregung in ihrem leeren Magen, und ihre eigene Erwartung spiegelte sich in den Augen ihrer Freunde – sie hatte ihnen von Boyles Entscheidung erzählt, und wie Derrick waren sie alle der Ansicht gewesen, dass dies unvermeidlich das Ende des Spiels einläuten müsse. Natürlich gaben die Landesherren zuerst nach – warum war sie so überrascht? Sogar Zee hatte trotz der Leere, die der Verlust seiner Schwester in seinem Inneren hinterlassen hatte, angesichts dieser Neuigkeit ein Lächeln zustande gebracht.

»Bleibt stark, Brüder und Schwestern!«, brüllte McClennon in den Saal, als Aster mit ihrer morgendlichen Runde begann. Anfangs hatten einige Landesherren aus Prinzip Nahrung und Wasser verweigert, aber nun wies niemand sie mehr zurück, und McClennon hatte das sowieso nie getan. Was zweifellos der einzige Grund dafür war, dass er immer noch genug Energie für seine Predigten hatte. Während seiner Sermone demonstrierte er stets Optimismus und verlor kein Wort darüber, dass er seinen obersten Raubvogel hatte töten müssen und selbst zwei Schusswunden davongetragen hatte. Vielleicht wollte er den anderen Mut machen, aber vermutlich ging es ihm nur darum, gut dazustehen. »Vertraut darauf, dass Rettung kommt!«, fuhr er fort. »Heute noch! Ich kann es fühlen! Diese niederträchtigen Verräter werden ihre Strafe bekommen.«

»Bei den Toten, ich kann es gar nicht erwarten, das Gesicht von diesem Dreckskerl zu sehen, wenn sich seine Leute gegen ihn wenden«, sagte Violet seufzend, während sie Aster auf ihrer Runde begleitete. Ihr langes Haar hatte sich längst aus dem gewissenhaft geflochtenen Zopf gelöst, und ihr Gesicht war vor Erschöpfung ganz eingefallen. Es schmerzte Aster, sie so zu sehen, all ihre Freunde so geschwächt zu erleben. Sicher, sie waren aus freiem Willen hergekommen, trotzdem … Sie fühlte sich für sie verantwortlich. Die Erleichterung, die sie empfand, nun, da sie wusste, dass sie endlich hier rauskommen würden, war beinahe stark genug, dass sie ihre eigenen Qualen hätte vergessen können.

Aster berührte Violets Finger. »Ich weiß. Wir haben es beinahe hinter uns, Vi«, versicherte sie.

Keine zehn Minuten später wurde die Tür zum Ballsaal

geöffnet, und Monroe schritt mit Raven an seiner Seite über die Schwelle. Raven sah ausgezehrt aus, abgespannt, beinahe, als wäre sie einem Relikt begegnet. Etwas an ihrem Gesichtsausdruck sorgte dafür, dass Asters Eingeweide sich vor Furcht zusammenzogen.

Sie ist nur erschöpft … wir sind alle erschöpft …

Sie sah Aster in die Augen, schüttelte einmal kurz den Kopf.

Jonah Boyle stand auf und räusperte sich. »Mister Monroe – ich würde gern ein paar Worte sagen …«

»Die Verhandlungen sind beendet«, verkündete Monroe. »Autoritant Lockley hat die Armee in Marsch gesetzt. Zweitausend Söldner stehen vor der Stadt. Die Abrechner haben vierundzwanzig Stunden Zeit, um sich zu ergeben.«

KAPITEL DREISSIG

Zweitausend Söldner stehen vor der Stadt.

Vor der Stadt.

Die Worte hallten wie pure Verdammnis durch Asters Kopf. Was war mit den Kundschaftern geschehen? Warum waren sie nicht gewarnt worden? Irgendjemand musste irgendwo von den Gesetzeshütern geschnappt oder womöglich getötet worden sein. Das war die einzige Erklärung. Ein ganzes Regiment Söldner durch den Grind zu bringen kostete Zeit; sie hätten schon vor Tagen davon erfahren müssen, als noch genug Zeit gewesen wäre, sich den Weg freizukämpfen. Aber jetzt … jetzt …

Es ist aus.

Mit den Raubvögeln konnten sie fertigwerden. Die Gesetzeshüter konnten sie abwehren. Aber die arkettanische Armee …

»WIE ZUR HÖLLE HABT IHR DENN GEGLAUBT, DASS DAS ENDET, LUCKER?«, höhnte McClennon. Seit Monroe seine Neuigkeit abgeliefert hatte, hatte er nicht mehr aufgehört zu lachen, ein scheußliches, abgehacktes Lachen, das Aster eine Gänsehaut über den Leib jagte. »WER, ZUR HÖLLE, HABT IHR GEDACHT, DASS IHR SEID? ICH HABE EUCH JA GESAGT, IHR WERDET EURE STRAFE BEKOMMEN. ICH HABE ES EUCH GESAGT …«

»Was machen wir jetzt, Aster?«, fragte Tansy mit furchtsamer Miene. Nachdem sie unter vier Augen mit Monroe gesprochen hatte, hatte Aster all ihre Freunde hinter der Bühne zusammengerufen, wo sie darüber sprechen konnten, wie es nun weitergehen sollte. Aster fühlte sich, als hätte man sie mit einem an den Füßen festgebundenen Felsbrocken ins Meer geworfen: Es gab keinen sinnvollen Ausweg mehr, sie konnten nur noch panisch um sich schlagen.

Sie hätte wissen müssen, dass das Glück sie irgendwann im Stich lassen würde, dass das alles viel zu gut gelaufen war, um wirklich wahr zu sein.

»Welche Wahl haben wir? Wir müssen sie alle gehen lassen«, flüsterte Clementine. Die dicken blutroten Bühnenvorhänge würden ihre Worte dämpfen, trotzdem konnten sie nicht riskieren, belauscht zu werden. »Du hast gesagt, sie lassen uns am Leben, wenn wir alle gehen lassen …«

»Glaubst du das etwa?«, fiel Raven ihr ins Wort.

»Wenn sie uns sowieso umbringen, dann können wir auch kämpfend untergehen«, sagte Mallow und rammte die Spitze ihres Messers in den Holzboden, wie um eine Kriegserklärung abzugeben.

»Sie werden nicht kämpfen wollen«, wandte Derrick ein. »Sie werden das Leben der Geiseln nicht aufs Spiel setzen wollen. Diesen Vorteil haben wir noch. Das ist eine Machtdemonstration, aber letztlich hat sich nichts geändert.«

»*Alles* hat sich geändert«, widersprach Zee. »Unsere Leute da draußen haben keine Chance gegen diese Menge an Söldnern, und ihre Waffen sind genauso fortschrittlich wie unsere. Die werden die Aufständischen massakrieren. Wir dürfen nicht das Leben unserer Verbündeten darauf setzen, dass die Armee nur so tut als ob.«

»Und was ist mit uns?«, fragte Violet leise und sah Aster an. »Tun *wir* nur so als ob?«

Asters Zunge klebte förmlich an ihrem Gaumen. Sie hatte das Gefühl, sie müsse sie abschälen.

»Inwiefern?«, würgte sie hervor.

»In Bezug darauf, ob wir unseren Geiseln wehtun – oder sie sogar töten –, wenn die Armee sich den Zugang zum Haus erzwingt.«

Stille kehrte ein. Aster konnte das Blut träge durch ihre Adern strömen hören. Jeder Herzschlag bereitete ihr Mühe. Es schien, als könnte sie keinen Gedanken mehr fassen, von Worten ganz zu schweigen.

»Wenn wir irgendeinen dieser Landesherren töten, geht jede Amnestie, die Lockley uns vielleicht bietet, in Rauch auf«, stellte Tansy schließlich fest. »Vielleicht ist das sowieso ein leeres Versprechen, aber … im Augenblick ist es alles, was wir noch haben.«

»Und wenn sie uns leben lassen, was dann?«, konterte Raven scharf. »Was haben wir davon, wenn sie uns in ein Gefangenenlager stecken? Wenn sie trotzdem diese abscheulichen Gesetze verabschieden? Lieber sterbe ich, als das zuzulassen – und das ist mein voller Ernst.«

»Wenn wir uns ergeben, haben wir vielleicht noch eine Möglichkeit, sie zu überreden, die anderen Abrechner gehen zu lassen«, sagte Aster schließlich. Ihre Stimme klang belegt, die Worte kamen stockend, als spräche sie im Schlaf. »Wir sind die, die sie wollen. Wir sind die, die das alles in Gang gesetzt haben. Wenn sie uns haben, können sie sich als Sieger hinstellen und werden froh sein, einem langen und kostspieligen Kampf gegen unsere Leute entgangen zu sein – auch wenn es einer wäre, den sie zweifellos gewinnen würden.«

»Aster hat recht. Uns bleibt keine andere Wahl, als uns zu ergeben. Um unserer Verbündeten willen«, drängelte Tansy und sah sich im Kreis ihrer Freunde um. »Wir werden das überleben, ganz bestimmt. Und wir werden eine Möglichkeit finden, den Kampf fortzuführen, so wie immer. Wir mögen diese Schlacht verloren haben, aber das bedeutet nicht, dass wir den Krieg verloren geben. Nein – wie es auch weitergeht, wir werden uns daran gewöhnen.«

Wieder kehrte Stille ein. Der Gedanke, sich »daran zu gewöhnen«, war grausam. An mehr Leiden, mehr Verluste, mehr Fehlschläge. Das war nicht das, was irgendeiner von ihnen verdient hatte. Asters Brust fühlte sich an, als fiele sie in sich zusammen, Kummer und Zorn drohten, sie zu erdrücken. Raven hatte recht: Lieber würde sie sterben.

Aber das wäre der einfachere Weg, nicht der tapferere.

»Also gut«, flüsterte Aster und wischte sich die Feuchtigkeit von den Augen.

Panisch sah Mallow sich um. »Also gut – was? Wir ergeben uns? Jetzt sofort?«

»Nein, nicht jetzt, bitte nicht. Lasst uns die Zeit nutzen, die uns bleibt. Ich meine nur … also gut. Ich werde es tun.«

Sie stand auf und ging, ehe einer der anderen sehen konnte, wie sie zusammenbrach. Die alten Bodendielen knarrten unter jedem Schritt, den sie tat.

»Ihr … geht einfach erst mal zurück auf euren Posten. Wir reden später weiter«, sagte Violet hinter ihr abschließend, und dann hörte Aster eilige Schritte, als Violet ihr folgte. Sie schaffte es gerade bis zu dem großen alten Piano, ehe Violet sie eingeholt hatte.

»Aster …« Violets Hand glitt über ihre Schulter, und die zärtliche Berührung war Asters Verderben. Ein ersticktes Schluchzen erzwang sich einen Weg über ihre Lippen. Heiße Tränen liefen über ihre Wangen. Violet zog sie in die Arme, und Aster schmiegte sich hinein.

»Ich hätte das kommen sehen müssen, Violet. Die Neun haben uns gewarnt … Sid hat uns gewarnt …«

»Und trotzdem haben sie sich uns in diesem Kampf angeschlossen, denn sie wissen wie wir alle, dass die Landesherren aufgehalten werden müssen. Und dadurch, dass du alle zusammengebracht hast, sind wir einander näher als je zuvor. Wir haben gute Arbeit geleistet.«

Aster war anderer Ansicht. Die Dinge waren noch schlimmer als je zuvor.

»Es ist, wie Tansy gesagt hat«, fuhr Violet fort. »Wir werden weiterkämpfen. Wir finden immer eine Möglichkeit.«

Aster seufzte zittrig. »Ich bin so müde, Violet.«

»Ich weiß.«

Violet hielt sie noch einen Moment länger in den Armen, ehe sie einen Schritt zurücktrat, aber nach wie vor ihre Schultern festhielt. »Was kann ich für dich tun?«

Aster suchte nach einer Antwort, aber sie schien nicht mehr klar denken zu können. Ihr Kopf fühlte sich zu schwer an und pulsierte mit jedem Herzschlag. Ihr leerer Magen verkrampfte sich qualvoll. Und hinter dem Vorhang im Ballsaal frohlockte McClennon hämisch über seinen Sieg. Er hatte nie damit aufgehört.

»ICH WERDE EIN WELCOME HOUSE IN EUREM NAMEN ERBAUEN, LUCKER! IHR MÜSST KEINE ANGST HABEN! ICH WERDE DAFÜR SORGEN, DASS MAN EUCH NIE VERGESSEN WIRD!«

Beim Klang seines Gegackers stellten sich Asters Nackenhaare auf.

Das war die größte Ungerechtigkeit dabei, oder nicht? Dass Jerrod McClennon unbeschadet davonspazieren konnte. Dass er sogar davon profitieren würde. Das alles würde seine Kampagne gegen die Staubblütigen nur noch wirkungsvoller machen. Dieser Mann, der in Welcome Houses im ganzen Land das Arbeitsalter auf dreizehn gesenkt hatte, der Violet monatelang gequält und sie schließlich wie ein Stück Fleisch seinem Neffen überlassen hatte, so ein Mann hatte diese Freiheit nicht verdient. Elizabeth hatte für ihn ihre Seele verkauft, und er hatte sie erschossen, kaum, dass sie ihm nicht mehr dienlich war. Er verdiente es nicht, frei zu sein. Er verdiente nicht einmal zu leben.

Wahrscheinlich würde Aster alles Leiden ertragen können, was ihr bevorstand, aber nicht, wenn McClennon da wäre, um Zeugnis darüber abzulegen.

Sie befeuchtete ihre Lippen und sah Violet in die Augen. *Wir wissen beide, dass ich zur Hölle fahren werde,* hatte sie gesagt. *Da kann ich es auch gleich für dich tun.*

Vielleicht sollten sie es gemeinsam tun.

»Violet …«, sagte Aster langsam. »Ich brauche deine Hilfe, um McClennon zu töten.«

Sie baten Derrick, seinen Onkel allein zu ihnen zu bringen.

»Bist du sicher, Aster?«, fragte Derrick flüsternd. »Ich habe jedes Wort ernst gemeint, als ich meinem Onkel gesagt habe, ich wolle ihn tot sehen, aber das war, bevor die Armee vor der Tür gestanden hat. Jetzt frage ich mich, ob das die Dinge nicht nur noch schlimmer machen würde.«

»Für uns drei vielleicht schon. Aber nicht für unsere Freunde. Die anderen werden nichts damit zu tun haben. Ich kann ihre Amnestie nicht aufs Spiel setzen«, erklärte Aster.

»Man wird es ihnen trotzdem anlasten.«

»Nicht, wenn wir es richtig machen«, versicherte ihm Violet. »Sie werden niemandem von uns die Schuld daran geben.«

Derrick schwieg lange und schien eingehend über ihre Worte nachzudenken.

»Es ist nur …«, sagte er schließlich. »Es ist nur, dass es einen einfachen und einen richtigen Weg gibt. Mir scheint, es ist der einfache Weg, jetzt zu versuchen, meinen Onkel zu töten, und wahrscheinlich selbst dabei umzukommen und uns so viel Leid zu ersparen … Aber der richtige Weg wäre, friedlich mit den anderen zu gehen, wie wir es versprochen haben, und uns diesen Kampf für einen Tag aufzusparen, an dem wir sicher sind, dass wir ihn gewinnen können.«

Plötzlich fühlte Aster eine glühende Woge des Frusts, was zum Teil daran lag, dass sie wusste, Derrick hatte recht. Aber das hieß nicht notwendigerweise, dass sie unrecht hatten.

»Wir werden nie sicher sein«, entgegnete sie. »Und wir werden ihm vielleicht nie wieder so nahe kommen können. Wenn wir nach alldem nicht mehr vollbringen können, dann lasst uns wenigstens diese Gelegenheit nutzen, um anschließend sagen zu können, wir haben dem Terrorregime dieses Mannes ein Ende gemacht.«

»Und darum willst du das tun?«, fragte Derrick gewandt. »Das ist keine … ausgeklügelte Selbstmordmission?«

»Nein, Derrick. Ich habe nicht die Absicht, für Jerrod McClennon zu sterben.«

Er atmete aus und nickte. »Also gut … Wie sieht dein Plan aus?«

»Du musst deinen Onkel nur überzeugen, dass du einlenkst«, erklärte Violet. »Sag ihm, was immer er hören muss – dass du nie wolltest, dass das so weit geht, oder dass du die ganze Zeit ein Doppelagent warst oder dass du das alles nur getan hast, weil du seine Aufmerksamkeit erringen und dich beweisen wolltest, weil du eigentlich zu ihm aufblickst. *Was auch immer.*

Bettel, wenn du musst. Und sorg dafür, dass du dabei gesehen wirst. Dann bringst du ihn runter in den Versteigerungsraum – dieses Mal erzählst du ihm, wir würden seine Raubvögel dort festhalten, und du wolltest sie befreien.«

Der Versteigerungsraum: der Ort, an den zu Beginn der Zeche Tausende von Staubblütigen aus den Gefangenenlagern der Regierung gebracht worden waren, um sie geschäftstüchtigen Landesherren als persönliche Arbeitskräfte zu verkaufen. Inzwischen gab es nicht mehr viele Staubblütige im Gewahrsam der Regierung, und so diente der Raum seit einigen Jahren vorwiegend zeremoniellen Zwecken.

Dennoch schien das ein passender Ort zu sein, um die Zeche McClennons einzufordern.

Derrick schwitzte. »Er wird mir nicht glauben.«

»Dann sorg dafür, dass er es tut«, beschwor ihn Aster. »Du kannst das, Derrick. Du bist ihm mehr als gewachsen. Das warst du immer. Und wenn wir mit ihm fertig sind, dann werden wir uns alle von ihm befreit haben.«

»Ja …« Derrick nickte langsam. »Ja, dann werden wir uns von ihm befreit haben.«

»Können wir auf dich zählen?«, fragte Violet.

Er sah von einer zur anderen. Ein Netzwerk roter Äderchen zog sich über das Weiß seiner Augen, aber das Blau leuchtete dennoch erwartungsvoll. »Immer.«

Sie packten einander an den Unterarmen, und dann trennten sich ihre Wege.

Aster und Violett hasteten durch die Korridore. War der Ballsaal das Herz des Regierungsgebäudes, so war der Versteigerungsraum der Bauch, in dem Menschen gebrochen und an den Rest des Grinds verfüttert wurden. Es war ein dunkler, kreisrunder Raum mit abgestuften, kreisförmig angeordneten

Sitzreihen und einem erhöhten Podest in der Mitte: dem Auktionspodium.

»Mir gefällt das nicht, Aster … Es fühlt sich an, als würde ich durch den Schleier gehen«, murmelte Violet, die Schultern hochgezogen wie ein kleines Kind in der Kälte. »Das sind nicht einmal meine Toten, trotzdem spüre ich, wie sie nach mir rufen.«

»Die Toten gehören zu uns allen«, erwiderte Aster sanft und dachte daran, was Eli ihr einmal gesagt hatte. »Und im Herzen bist du ihnen näher, als du vielleicht denkst. Wir wurden schließlich auch versteigert in unserer Glücksnacht. Dieser Brauch, Menschen zu verkaufen wie Tiere … das hat an Orten wie diesem angefangen.« Tiefes Bedauern spiegelte sich plötzlich in ihren Zügen. »Ich wünschte nur, wir hätten ihm auch hier ein Ende machen können.«

»Mit McClennon machen wir einer der ältesten Schreckensherrschaften ein Ende. Das soll vorerst reichen.«

Sie setzten sich gemeinsam in die erste Sitzreihe vor dem Auktionspodium. Aster zog ihr Messer aus dem Stiefel und legte es in den Schoß. Das Messer, das einmal Baxter McClennon gehört hatte. Dem haftete eine gewisse Symmetrie an, die ihr zusagte – ihre eigene Klinge würde beiden den Tod bringen.

Und doch, so viele Male sie sich diesen Moment auch vorgestellt hatte – so sicher dieser Mann verdiente zu sterben –, ihr Magen rebellierte bei dem Gedanken, ihm das Messer in die Brust zu stoßen.

»Ich kann das übernehmen, weißt du … wenn du willst«, erbot sich Violet stockend. Der Klang ihrer eigenen Stimme in dem großen, leeren Raum schien sie zu erschrecken. »Ich kann dein Schatten sein, Aster. Lass mich diejenige sein, die im Dunkel bleibt.«

»Nein, dieses Mal muss ich diejenige sein«, widersprach Aster. »Ich könnte nie jemanden bitten, das für mich zu tun, nicht einmal dich. Aber … danke, Violet. Das ist mein Ernst. Ich bin dir wirklich dankbar, und nicht nur für heute … für alles.«

»Das reicht nicht. Ich wollte dich von alldem wegbringen. Das habe ich dir versprochen.«

Asters Kehle war wie zugeschnürt, als sie an den Traum dachte, der bereits verblasste – sie beide, eines Tages frei. Irgendwo, ganz egal wo. Vielleicht in Ferron, zusammen mit Clementine und den anderen, weit außerhalb der Reichweite der bösen Erinnerungen, die sie alle plagten. Für einen flüchtigen, euphorischen Moment hatte sie sich tatsächlich gestattet, daran zu glauben.

»Es reicht, dass wir zusammen sind«, sagte sie schließlich.

Sie verschränkten die Finger miteinander.

Die Minuten zogen quälend langsam dahin. Als beinahe eine halbe Stunde vergangen war, bohrte sich die Sorge wie ein Wurm in Asters Bewusstsein.

»Warum zur Hölle braucht Derrick so lange?«, murmelte sie.

»Es sind noch keine dreißig Minuten. Gib ihm etwas Zeit. Du weißt doch, wie gern der Junge redet.«

Doch Asters Besorgnis wuchs weiter, als sich die Zeit des Wartens der vollen Stunde näherte. Sie konnte nicht einmal sagen, wie viel von der Furcht, die sie empfand, aus ihrem Inneren kam und wie viel einfach aus diesem bösen Ort in ihre Knochen sickerte. Flecken schwammen vor ihren Augen und formierten sich zu verzerrten Gesichtern. Ihre Haut prickelte unter trügerischen Gefühlen. Panik beschlich sie wie das Kaninchen vor der Schlange.

»Wir sollten gehen«, sagte sie dann endlich. »Etwas stimmt hier nicht …«

Da betrat Derrick mit seinem Onkel an seiner Seite den Raum. Sein linkes Auge war blau geschlagen, aber er sah Aster an und nickte ihr zu.

Aster spürte, wie sich der Nebel in ihrem Geist lichtete. Sie setzte sich aufrecht hin und umfasste das Heft des Messers.

»Wo sind die Raubvögel?«, fragte McClennon. Trotz der Strapazen der letzten drei Tage waren seine Schritte noch immer sicher und kraftvoll. Doch als er Aster und Violet sah, blieb er stehen. Verwirrung umwölkte sein Gesicht. »Was tun *die* hier?«

»Geh weiter, Onkel«, sagte Derrick kalt.

Aster und Violet erhoben sich.

»Nein«, sagte McClennon und wich zurück. »Kehr um, Sohn, das ist eine Falle.«

»Ja, und ich habe sie ausgelegt.« Derrick versetzte ihm einen Stoß zwischen die Schulterblätter. McClennon wirbelte herum, um ihn anzusehen, und ein Ausdruck der Erkenntnis und der Wut zeichnete sich in seinen kalten blauen Augen ab.

»Derrick, ich schwöre bei den Toten, wenn du nicht …«

»Deine Voreingenommenheit war immer schon deine größte Schwäche, Onkel«, fiel Derrick ihm ins Wort. »Du hast mir geglaubt, als ich um Vergebung gebettelt habe, weil das zu deiner Vorstellung davon gepasst hat, wie ein Mann wie ich sein sollte: willensschwach, feige, beim ersten Anzeichen für echte Probleme auf und davon. Aber ich habe dir schon früher gesagt, ich bin heute stärker denn je zuvor. Da hättest du mir glauben sollen.«

McClennon ballte die gesunde Hand zur Faust und schlug nach Derrick, doch der duckte sich, rammte ihn mit der Schulter und schleuderte ihn zu Boden. McClennon grunzte und fluchte. Sie rauften. McClennon schaffte es, über Derrick zu gelangen. Er packte Derricks Haare und rammte seinen Schädel auf den Marmorboden …

Aster und Violet sprangen herbei. Packten McClennon und zerrten ihn weg. Er schlug um sich wie ein Keiler. Natürlich hatten Hunger und Erschöpfung ihn geschwächt – aber ihnen erging es nicht anders. In Asters Kopf drehte sich alles, während sie versuchte, ihn im Griff zu behalten.

»Du verhobelte Ratte!«, geiferte McClennon. *»Wenn dein Vater herausfindet, was du getan hast, wird er dich eigenhändig umbringen!«*

»Niemand wird es herausfinden«, sagte Violet ruhig. Sie hatten das Auktionspodium erreicht, und nun hielt Violet ihn von hinten fest, die Arme unter seinen Achseln hindurchgeschoben und über seine Schultern gezogen, während Aster vor ihm stand und ihm das Messer an die Brust hielt. »Wir werden es so aussehen lassen, als hätte Elizabeth dich getötet.«

Ein wahnsinniger Ausdruck trat in seine Augen, Speichel troff von seinen Lippen. »Elizabeth – wer zur Hölle ist *Elizabeth* …«

Zorn stieg Aster in die Kehle, und sie schürzte angewidert die Lippen. »Dein oberster Raubvogel. Die staubblütige Frau, die du hinterrücks erschossen hast. Sie hatte einen Namen, du Schwein.«

»Aber warum …«

»Ihr wahres Wesen war immer noch in ihrem Inneren vorhanden«, sagte Aster mit heiserer Stimme. »Sie hätte sich gegen dich wenden können. Nun werden wir es nie erfahren. Aber *wir* können diese Sache für sie zu Ende bringen.«

Zum ersten Mal flackerte Angst in McClennons Zügen auf. Er hörte auf zu zappeln und sah Aster in die Augen.

»Nein … nein, das Gesetz wird das abgekartete Spiel erkennen. Ihre Leiche verfault schon seit fünf Tagen …«

Aster schnitt ihm mit einem beißenden Gelächter das Wort ab. »Selbst Good Luck Girls wissen, dass die Leichen von Raubvögeln nicht so verwesen wie unsere, McClennon, für wie dumm hältst du uns? Das Gesetz wird gar nichts erkennen. Und du Narr, der *du* bist, hast deinen Verbündeten immer noch nicht erzählt, dass du Elizabeth ermordet hast, nicht wahr? Zu stolz, um zuzugeben, dass du ihre Loyalität verloren hast.«

McClennons angespanntes Schweigen war Antwort genug. Er leckte sich die Lippen.

»Was wollt ihr von mir?«, fragte er mit leiserer Stimme. »Soll ich Lockley sagen, er soll sich zurückziehen, ist es das? Wollt ihr mir Angst machen, damit ich eure Forderungen akzeptiere?«

»Wir sind nicht dumm genug, um das zu versuchen«, flüsterte Violet ihm ins Ohr. »Du hast es doch selbst gesagt: Männer wie du geben nicht nach.«

»Wenn wir dich am Leben lassen, wirst du alles kaputtmachen, was wir geschaffen haben. Vielleicht werden wir unsere perfekte Zukunft nie erleben …« Aster drückte ihm die Klinge ins Fleisch, bis Blut floss. »Aber das wirst du auch nicht.«

McClennons Brust wogte. »Ihr denkt, ihr könnt mich umbringen? Während die arkettanische Armee vor der Tür steht? Wenn mir irgendetwas zustößt, werden die jeden von euch erschießen, ganz egal, welche Lügen ihr ihnen erzählt.«

»Selbst wenn sie das tun, wird der Kampf nicht mit uns sterben«, versicherte ihm Violet. »Inzwischen gibt es Tausende von Leuten, die an die Sache der Abrechner glauben, und die werden nicht ruhen, ehe sie gewonnen haben.«

McClennon gackerte, ein Laut, der an Hysterie grenzte. »Mir ist egal, wie viele Tausend ihr zu Verrätern gemacht habt. Wir haben jetzt unsere Truppen im Einsatz. Denkt ihr wirklich, ein Haufen verängstigter, verzweifelter Staubblütiger würde reichen, um eine Armee aufzuhalten? Die *Armee?*«

Wieder erging er sich in dem Gelächter. Aster würde es ihm aus dem Leib schneiden, und wenn es das Letzte wäre, was sie je täte. Sie sah Violet an und stellte fest, dass diese fragend eine Braue hochgezogen hatte. Sie antwortete mit der Klinge.

»Ehre der Zeche«, flüsterte sie und trieb das Messer tief in McClennons Herz.

Es war keine Kleinigkeit, eine überzeugende Szenerie zu schaffen, die den Eindruck erweckte, Elizabeth und McClennon hätten sich gegenseitig umgebracht. Diese Arbeit forderte einen großen Teil des Tages. Als sie endlich fertig waren, widmeten sie sich der noch schwierigeren Aufgabe, den anderen zu erzählen, was sie getan hatten.

»Zee«, sagte Aster, als sie mit ihrem Bericht fertig waren. »Elizabeth war deine Schwester. Wenn du nicht willst, dass sie ein Teil von dieser …«

»Nein, ich … Das ist in Ordnung.« Er schluckte, wenngleich sich in seinem Gesicht der gleiche Schrecken spiegelte wie in allen anderen. »Nach dem, was er ihr angetan hat … Er hätte es verdient, von ihrer Hand zu sterben, und sei es auch nur in der Geschichte, die wir erzählen werden. Soll es allen anderen, die daran denken, sich ihre Drecksarbeit von Raubvögeln abnehmen zu lassen, eine Lehre sein.«

»Mein Onkel wurde zuletzt mit mir zusammen gesehen, also wird es zweifellos Leute geben, die ein Verbrechen vermuten, auch wenn ich mein verdammt Bestes getan habe, um jeden zu überzeugen, dass ich versucht habe, alles wiedergutzumachen«, räumte Derrick ein.

»Mich hast du überzeugt«, murrte Mallow. »Tut mir leid wegen dem Veilchen.«

Derrick lachte leise und betastete vorsichtig sein blaues Auge. »Ist schon gut. Das macht die Geschichte nur umso glaubwürdiger. Ich werde den Landesherren heute Abend berichten, dass mein Onkel einem schrecklichen Unglücksfall zum Opfer gefallen ist, dass wir losgegangen sind, um die Raubvögel zu befreien, und sein oberster Raubvogel plötzlich außer Kontrolle geraten ist. Selbst wenn sie Zweifel haben, dürften sie kaum in der Lage sein, irgendetwas zu beweisen. Unsere Amnestie ist sicher.«

»Das ist immer noch der Plan?«, fragte Clementine. »Uns selbst zu opfern, obwohl McClennon jetzt tot ist?«

»Das ist der Plan«, bestätigte Aster. Eine seltsame Ruhe war über sie gekommen, als sie den anderen Bericht erstattet hatte. Sie würde es nicht Frieden nennen – dort, wo sie hingingen, konnte es keinen Frieden geben –, es war eher das letzte Aufglimmen von Wärme, das ein Mensch vor dem Erfrieren erlebte. Diese letzten paar Momente, bevor alles zu Ende war, wollte sie auskosten.

Es gab keinen Grund mehr, die Lebensmittel zu rationieren, also plünderten sie die Reste an diesem Abend. Aber im Gegensatz zu vielen Mahlzeiten, die sie gemeinsam in der Versammlungshalle im Lager Red Claw oder unterwegs an einem Lagerfeuer eingenommen hatten, war die Stimmung nun düster. Sie saßen auf dem Boden hinter der Bühne, aßen schweigend, lauschten dem aufgeregten Geschnatter der Landesherren jenseits des Vorhangs. Trotz der Neuigkeit über Jerrod McClennons Tod schienen die meisten zu feiern. Morgen würden sie frei sein, und einer von ihnen konnte den nun frei gewordenen Thron beanspruchen.

Es war alles zu viel. Kaum hatten sie ihr Mahl beendet, zog Aster sich mit Violet ein Stück weit zurück. Es kümmerte sie nicht mehr, wer sie zusammen sah. Sie konnten es sich nicht leisten, Zeit zu vergeuden, nur um den Schein zu wahren. Furcht hatte nun keinen Platz mehr in ihrem Leben. Sie suchten sich eine stille, dunkle Ecke und schmiegten sich aneinander.

Hätte sie irgendetwas anders gemacht, wenn sie gewusst hätte, wie es endete? Aster hatte nicht die geringste Ahnung. Ihre Freunde, nein, ihre *Familie* war frei gewesen, und sie hatte sie alle in die Knechtschaft zurückgerufen mit dem wilden Versprechen, sie könnten diese Freiheit auch zu anderen bringen. Im Gefangenenlager würde es zehnmal so schlimm sein wie im Welcome House, dort würden sie mit all den Grausamkeiten konfrontiert werden, doch die Vorzüge würden ihnen vorenthalten bleiben.

Aber wenigstens, dachte Aster, würden sie zusammen sein. Wenigstens hätten sie ihre Erinnerungen an eine Zeit, in der sie sich vor niemandem verantworten mussten. Und während Aster an die vergangenen Wochen dachte, schlief sie ein, begleitet von dem sanften Versprechen, das aus Violets Herzschlag zu ihr drang.

Aster hatte nicht beabsichtigt, die Nacht durchzuschlafen. Clementine hätte sie beide wecken sollen, wenn sie an der Reihe gewesen wären, den Wachdienst zu übernehmen. Stattdessen mussten ihre Schwester und die anderen beschlossen haben, sie schlafen zu lassen, denn als Clementine sie dann doch endlich weckte, war bereits der Morgen angebrochen.

»Morgen?«, wiederholte Aster benommen. Ihr Rücken war ganz steif von den vielen Stunden auf dem harten Holzboden.

Clementine nickte. Ihr Gesicht war in den Schatten kaum zu erkennen, aber Aster kannte es gut genug, um die Furcht darin wahrzunehmen.

»Ja, Dawn, es ist … es ist … es ist Zeit«, würgte sie hervor.

Zeit, sich dem Gesetz zu ergeben, Zeit, ihre Freiheit und ihre Zukunft aufzugeben. Zeit, sich ihrer Zeche zu stellen.

Aster weckte Violet sanft auf, und sie gesellten sich zu den anderen. Tansy mit ihrem flinken Verstand, Mallow mit ihrer Zähigkeit, Raven mit ihrer Weisheit, Clementine mit ihren Hoffnungen – die hatten sie weitergebracht, als irgendeine von ihnen es sich einst hätte träumen lassen. Es war nur nicht weit genug.

Aster schluckte die Angsttränen hinunter, die ihr in die Kehle stiegen.

»Also gut, Lucker«, sagte sie schließlich mit fester Stimme. »Gehen wir und stellen uns.«

Sie öffnete die Vorhänge und führte die anderen hinaus auf die Bühne. Die Landesherren jubelten bei ihrem Anblick.

»DRECKIGE LUCKER!«

»IHR HÄTTET BLEIBEN SOLLEN, WO IHR HINGEHÖRT!«

»IHR WERDET IN EINEM GEFANGENENLAGER VERROTTEN, UND DANACH WERDET IHR IN DER HÖLLE SCHMOREN.«

Zee und Derrick, die Wache geschoben hatten, schlossen sich stumm den Mädchen an, als sie durch den Ballsaal schritten. Aster blickte stur zur Tür hinüber. Sie würde die Landesherren weder ansehen, noch würde sie ihrer hasserfüllten Schadenfreude lauschen. Sie musste stark bleiben – für ihre Freunde, das schuldete sie ihnen nach allem, was sie füreinander getan hatten.

Auf der anderen Seite der Tür warteten zwei Söldner auf sie, um sie zu ihrem kommandierenden Offizier zu bringen. Es waren staubblütige Jungs, nicht älter als Aster selbst, einer hatte Pockennarben im Gesicht, der andere bemühte sich offenbar, sich einen Schnurrbart stehen zu lassen. Bei ihrem Anblick wurde Aster das Herz schwer. Sie erinnerte sich an Sids Geschichtslektion: Seit dem Krieg der Neun hatte die arkettanische Armee ihre Reihen mit jungen staubblütigen Männern aufgefüllt, die verzweifelt ihre Schulden abbezahlen wollten. Gekauft und verkauft von den Landesherren, ausgeschickt, um an ihrer Stelle zu sterben. Was brachte diese Männer dazu, einer Nation gegenüber so loyal zu sein, die ihre Treue niemals erwidern würde?

Das Gleiche, was Aster dazu brachte, sich ihnen nun zu ergeben.

Hoffnungslosigkeit.

»Folgt mir«, befahl der Pockennarbige.

Er führte sie nach draußen. Es war ein kalter, goldener Morgen, und das Sonnenlicht blendete Aster nach sieben Tagen im Regierungsgebäude so sehr, dass sie blinzeln musste. Sie schirmte die Augen mit der Hand ab und blickte hinaus auf Crimson Glen.

»Verhobelte Hölle«, entfuhr es Mallow hinter ihr. Sie war die Erste, die etwas sagte, seit sie ihren Weg angetreten hatten, und ihre Reaktion war die einzig passende. Hatte die ganze Stadt zuvor wie eine Explosion im Entstehen auf sie gewirkt, sah sie nun aus, als läge sie in den Nachwehen selbiger. Der Rasen vor dem Regierungsgebäude war voller Abrechner, die dort ein Lager aus Zelten aufgebaut hatten. Einige kümmerten sich um die Verwundeten, die überall verstreut auf Decken lagen, andere verteilten Wasser, wieder andere reinigten ihre

Waffen. Den Eisenzaun hatten sie mit Brettern versehen, um sich vor den Kugeln der Gesetzeshüter zu schützen, und etliche Skorpione patrouillierten mit ihren voltrischen Gewehren an ihm entlang.

Als sie die Mädchen sahen, erhoben sie die Stimmen und ergingen sich in wildem Jubel.

»EHRE DEN ABRECHNERN!«

»WIR HABEN IHNEN FÜR DICH DIE HÖLLE HEISSGEMACHT, ASTER!«

»SAG IHNEN, DASS WIR UNS NIEMALS ERGEBEN WERDEN!«

Im Angesicht der Grausamkeit der Landesherren hatte Aster Haltung bewahrt, doch konfrontiert mit solch einer überwältigenden Liebe und solchem Mut, knickte sie ein und ergab sich ihren Tränen.

»Du hattest recht, Aster«, sagte Raven mit belegter Stimme. »Wir müssen das tun – für sie.«

Violet ergriff Asters Hand, und die Wärme und Stärke ihres Griffs beruhigte Asters Nerven.

Die Abrechner, die das Tor bewachten, ließen sie mit ihrer Eskorte passieren. Auf der anderen Seite erwartete sie ein ganz unterschiedliches Lager: Hunderte von Söldnern in arkettanischem Grau verteilten sich in beide Richtungen über die Straße, einige zu Fuß, andere zu Pferde, und ein paar thronten auf den Dächern, die Gewehre an die Schultern gehoben. An ihrer Spitze stand ein alter Söldner mit dunkelbrauner Haut und grau meliertem Haar. Seine Lippen bildeten eine harte Linie, und er warf, wie die meisten der Männer hier draußen, keinen Schatten. Vier rote Streifen zierten seinen Ärmel.

Der kommandierende Offizier.

Die Söldner ihrer Eskorte salutierten. Aster drückte die

Schultern durch, und ihre Freunde versammelten sich um sie herum.

»Bist du die Gesetzlose, bekannt als Aster, ehemaliges Good Luck Girl aus Green Creek, Anführerin der Abrechner, auf der Flucht vor dem Staat?«, fragte der Offizier mit tiefer, rumpelnder Stimme.

Aster schluckte und nickte. »Ist mir ein Vergnügen«, sagte sie, ehe auch die anderen ihre Identität kundtaten: *Clementine. Violet. Tansy. Mallow. Raven. Derrick. Zee.*

»Ich habe viel gehört über euch Mädchen – und Jungs«, sagte der Offizier, als sie fertig waren. »Ihr fordert, die Welcome Houses zu schließen, die Zeche völlig abzuschaffen … Lasst euch etwas von einem altgedienten Söldner sagen: Ganz gleich, wie hart ihr kämpft, wie schlau ihr zu sein meint, ihr werdet nie eine Schlacht gewinnen, wenn ihr nicht genug Kämpfer habt. Und du, Aster, hattest nicht genug Kämpfer.« Aster spürte, wie bei diesen Worten der alte Zorn in ihr hochkochte, gefolgt von Verwirrung, als der alte Mann langsam lächelte, bis Fältchen sein ganzes Gesicht überzogen. »Aber jetzt …«, fuhr er fort, trat zurück und deutete auf die Männer hinter ihm. »Jetzt habt ihr sie vielleicht.«

Ganz langsam dämmerte die Erkenntnis in Aster herauf. Sie sah sich zu ihren Freunden um. Derrick runzelte verunsichert die Stirn. Tansys Lippen öffneten sich, als sie plötzlich begriff.

»Soll das heißen …?«, begann Clementine.

Denkt ihr wirklich, ein Haufen verängstigter, verzweifelter Staubblütiger würde reichen, um die Armee aufzuhalten?, hatte McClennon sie hohnlachend gefragt.

Aber die eigene Furcht der Landesherren hatte dafür gesorgt, dass die Armee selbst ein Haufen verängstigter, verzweifelter Staubblütiger war. Sie hatten sich nicht zum Dienst verpflichtet, weil sie an die Zeche glaubten. Die Zeche hatte ihnen keine andere Wahl gelassen, als sich zu verpflichten.

Und nun trafen sie eine neue Wahl. Nun würden sie für eine neue Zeche kämpfen. Endlich würde die Last des Kampfes nicht mehr länger auf Asters Schultern liegen.

Asters Herz füllte sich mit Wärme und Licht, so strahlend wie die aufgehende Sonne. Der Offizier wandte sich ihr wieder zu.

»Ehre der Zeche.«

EPILOG

Ein Jahr später

Eli stand vor dem Haus, das er und Sam mit eigenen Händen erbaut hatten, und schirmte die Augen vor der Nachmittagssonne ab, als er zusah, wie Derricks Kutsche langsam die Bergstraße hinaufrollte. In der Kutsche saßen Aster und Violet Derrick gegenüber, der sich nervös mit den Fingern durch das rote Haar fuhr. Als er als jüngster Legislant in der Geschichte Arkettas vor einer Menge gesprochen hatte, da hatte er das mit all dem Selbstvertrauen eines Mannes getan, der sich hinter den Schleier gewagt hatte und lebend zurückgekehrt war, um seine Geschichte zu erzählen. Doch als die Zeit für ein Wiedersehen mit seinen alten Freunden gekommen war, konnte er offenbar nicht aufhören zu zittern wie ein Hündchen.

Aster und Violet wechselten einen wissenden Blick.

»Hier wartet kein Raum voller Politiker auf dich, bei denen du dich einschmeicheln musst, weißt du?«, sagte Violet mit einem spöttischen Grinsen, die Hand gelassen auf Asters Knie. »Hier haben sich schon alle dazu durchgerungen, dich zu mögen.«

»Sie haben mich gemocht, ehe ich mich der Übergangsregierung angeschlossen habe«, nörgelte Derrick. »Nun werden wir herausfinden, ob sie meine Arbeit für gut befinden oder nicht.«

»Kühn von dir, einfach davon auszugehen, dass überhaupt irgendjemand an dich denkt …«

Aster rammte Violet den Ellbogen in die Rippen, um sie zum Schweigen zu bringen. »Niemand wird dir für alles die Verantwortung in die Schuhe schieben, Derrick, genauso wenig, wie dir irgendjemand alles zugutehalten wird«, versicherte Aster. »Wir alle wissen, dass du einer von Hunderten bist, die sich die Arbeit teilen.«

Was zutraf – die Übergangsregierung hatte noch keine Wahl abgehalten, um einen Nachfolger für Autoritant Lockley zu bestimmen, aber Staubblütige aller Art hatten sich den neuen Kammern und dem Kongress angeschlossen, von ehemaligen Bergleuten über Fabrikarbeiter und die Anführer der Neun bis hin zu Good Luck Girls, die ihre Welcome Houses für immer hinter sich gelassen hatten.

Aster gehörte nicht dieser neuen Führungsklasse an, so inständig Derrick und viele andere sie auch darum gebeten hatten. Stattdessen hatte sie Violets lange zurückliegendes Angebot angenommen, sie von alldem wegzubringen. Sie hatten sich Clementine und den anderen angeschlossen, die zu ihrem neuen Leben in Ferron zurückgekehrt waren. Und was für ein Leben das war: ein eigenes Gehöft in der schlummernden Gegend draußen auf dem Land hinter Steelway, von dem aus sie an schönen Nachmittagen in die Stadt reiten konnten, um zuzusehen, wie Mallow versuchte, ihre glücklose Schlagballmannschaft auf Vordermann zu bringen, oder sich Ravens neueste Skizzensammlung auf dem Künstlermarkt anzuschauen. Niemand von ihnen, so nahm Aster an, lebte das Leben, das von anständigen Frauen erwartet wurde. Aber es gab keine falsche Art, eine Frau zu sein. Das wusste sie jetzt.

Aster sah wieder zum Kutschfenster hinaus. Sam war zu seinem Bruder auf die Veranda geschlendert, eine Wurzelbräuflasche mit langem Hals in der einen Hand, die andere um Ravens Schultern gelegt. Nachdem sie monatelang Briefe ausgetauscht hatten, waren sie nun endlich wieder vereint. Bald darauf kam Zee mit seiner kleinen Schwester auf den schmalen Schultern heraus. Und schließlich tauchten auch Tansy, Mallow und Clementine in der Tür auf und grinsten von Ohr zu Ohr, als sie die Kutsche heranwinkten.

»Hölle, sind wir etwa die Letzten?«, fragte Aster mit einem geisterhaften Lächeln auf den Lippen.

»Stilvoll verspätet«, korrigierte Violet.

Derrick signalisierte dem Kutscher, er möge halten, und strich dann ein letztes Mal sein Hemd glatt, ehe er hinauskletterte und ihnen die Tür aufhielt. Aster folgte ihm. Ihre Stiefel trafen auf die heiße, hart gebackene Erde, feiner, trockener Sand fing sich mit der Luft in ihrer Kehle, und ihre Haut kribbelte im Flüstern des Bergwinds. Er murmelte ihren Namen, murmelte die Namen derer, die sie liebte.

Er sagte ihr, sie sei zu Hause.

DANKSAGUNG

Jedes Mal, wenn ich ein Projekt beende, bin ich überzeugt, es wäre das Härteste, was ich je geleistet habe, aber dieses Buch abzuschließen war wirklich das Härteste, was ich je tun musste, und es wäre nie vollendet worden ohne die großzügige Liebe und Unterstützung meiner Familie, meiner Freunde und Kollegen.

Zunächst möchte ich dem ganzen Team von Tor danken – ich könnte mir kein besseres Zuhause für diese Serie wünschen. Ich danke von Herzen meinen Lektorinnen Melissa Frain und Ali Fisher für ihre stete Bedachtsamkeit und ihr Verständnis und die dringend benötigte Aufmunterung während der Prüfung, die das Jahr 2020 dargestellt hat. Und ich danke Kristin Temple, der Redaktionsassistentin, die die ganze Maschinerie so fehlerfrei in Gang gehalten hat. Danke auch an Saraciea Fennell, Lauren Levite, Isa Caban und Anthony Parisi und den Rest des Marketing- und Publicity-Teams, ihr seid das Beste, was sich ein Autor wünschen kann, und habt mit meinem Debüt *Wild Flower: Die Gesetzlose* einen Traum für mich wahr werden lassen. Schließlich möchte ich auch Melanie Sanders für ihre endlose Geduld beim Redigieren danken – tut mir leid, dass ich das Wort »einfach« vierhundertmal gebraucht habe.

Der zweite Band der *Good Luck Girls* hat auch der emsigen Arbeit meiner Authenticity Readers Tymon Wall und Jordan

Merica und der Unterstützung durch meine kritischen Partnerinnen Kristina Forest und Maya Motayne enorm viel zu verdanken. Ich kann euch allen gar nicht genug für die Zeit danken, die ihr mit diesem Buch verbracht habt, und dafür, dass ihr mir geholfen habt, es in seine beste Form zu bringen.

Schließlich möchte ich meinem wunderbaren Agenten Brent Taylor danken, der so unermüdlich für die Serie geworben hat, und Lynn Weingarten und Marianna Baer von Dovetail, die es eifrig gefördert haben.

Und dann ist da meine Familie: Ich danke euch so sehr, dass ihr mir geholfen habt, solch ein schwieriges Jahr zu überstehen, und dass ihr mich begleitet habt, damit ich dieses Buch zu Ende bringe. *Wild Flower: Die Unzähmbare* handelt von der Bedeutung der Familie – der Familie, in die wir geboren wurden, der Familie, die wir uns schaffen –, und ich fühle mich unfassbar beglückt, dass ihr meine seid.